有爱的青春陪伴者

渡夏
〔上册〕
时汀 著

贵州出版集团
贵州人民出版社

图书在版编目（CIP）数据

渡夏：上、下 / 时汀著. —— 贵阳：贵州人民出版社，2023.10
　ISBN 978-7-221-17734-6

　Ⅰ. ①渡… Ⅱ. ①时… Ⅲ. ①长篇小说－中国－当代 Ⅳ. ①I247.5

中国国家版本馆CIP数据核字(2023)第132668号

渡夏：上、下
DUXIA：SHANG/XIA
时汀 / 著

出 版 人：朱文迅
责任编辑：徐楚韵
特约编辑：伍　利
装帧设计：颜小曼　唐卉婷
封面绘制：卿葡萄

出版发行：贵州出版集团　贵州人民出版社
地　　址：贵阳市观山湖区长岭北路贵阳国际会议展览中心D区D1栋
印　　刷：长沙鸿发印务实业有限公司
版　　次：2023年10月第1版
印　　次：2023年10月第1次印刷
开　　本：880毫米×1230毫米　1/32
印　　张：17
字　　数：466千字
书　　号：ISBN 978-7-221-17734-6
定　　价：65.80元（全2册）

如发现图书印装质量问题，请与印刷厂联系调换；版权所有，翻版必究；未经许可，不得转载。

上册目录

第一章 / 001
他的白月光

第二章 / 017
替代品

第三章 / 034
我们结婚吧

第四章 / 049
Eden Fang

第五章 / 069
她回国了

第六章 / 090
小槐夏,好久不见

第七章 / 104
他喜欢她,和别人无关

第八章 / 119
苏镇

第九章 / 136
依旧是那个少年

第十章 / 157
吴宅往事

第十一章 / 174
青梅与竹马

第十二章 / 189
奇点乐队

第十三章 / 206
阿渡哥哥

第十四章 / 223
因为他像你

第十五章 / 245
这次,我不会让了

下册目录

第十六章 / 267
还能像以前那样吗

第十七章 / 289
十八岁的生日愿望

第十八章 / 309
宋荷

第十九章 / 339
病娇总裁

第二十章 / 351
一首情诗

第二十一章 / 366
男友的立场

第二十二章 / 377
眼里只有她

第二十三章 / 390
异国恋

第二十四章 / 405
致小槐夏

第二十五章 / 425
醉酒

第二十六章 / 439
我愿意

番外一 / 454
少年篇

番外二 / 505
大学校园篇

番外三 / 516
订婚篇

独家番外 / 526
周年礼物篇

第一章
他的白月光

早上七点,蒙蒙亮的天色透过窗帘边沿的罅隙漏进屋内。

床头柜上的手机响起闹铃。

不过几秒,一只腕骨纤细的手掐掉闹钟。

林槐夏在床上闭目挣扎几秒,腹部隐隐作痛,她微不可察地皱了下眉,便果断起身,拉开窗帘。

一大片光影随着她的动作泻了进来。

窗外的法式梧桐伸展着枝叶,在微风中轻轻摇曳。

她轻轻呼出一口气,去床头柜里翻出一盒新的布洛芬扔到包中。

简单收拾完,林槐夏换了一身舒适的工作服。

白衬衫黑牛仔裤。

觉得太素,她又在颈间搭了一条墨绿色 Twilly 丝巾,这才满意。

虽然穿着以简约舒适为主,但仅是这样素雅的搭配依旧能衬出她纤秾合度的身材和美艳的长相。

她长得极漂亮,瓜子脸,桃花眼,皮肤白得近乎发光。只是那双好看的眸子带着天然的冷感,多了几分不易亲近之感。

林槐夏下了楼,家里的阿姨已经准备好早饭。

见她下来,陈姨热络地招呼她吃早餐。

陈姨见她脸上没有血色,不免像个家长似的唠叨:"脸色怎这么差？你身子本来就弱，少熬夜贪凉。"

"没事。来例假了。"林槐夏朝她露出一抹安慰的笑，余光瞥到桌上一个用过的咖啡杯，微怔，"阿泽回来了？"

陈姨正惦记着给林槐夏煮个红糖姜茶，顺着林槐夏的目光瞧见桌上那个杯子。

"瞧瞧我这记性，忘洗它了。"陈姨拿起杯子，笑眯眯地回答林槐夏的问题，"先生昨天夜里回来的。说是今早有个要紧的会，一大早就走了。"

"哦，这样。"林槐夏淡淡地应了声。

两人已经一个多星期没见过面。程栖泽难得回来，竟然没和她说一声。

知道的清楚两人在交往，不知道的可能会以为两人是合租关系吧？

怎么看都不像一对儿情侣该有的相处方式。

见林槐夏沉默，陈姨怕她多想，连忙解释："我看先生挺急的，应该是怕吵醒你，才没和你说。"

林槐夏知道陈姨是担心自己，朝她扬了一个笑，没说什么。

程栖泽明明知道她每天雷打不动七点起床，只要在家多待一小会儿，两人就能见个面。

连一分钟都不愿施舍给她。

林槐夏嘲弄地弯了下唇，但也仅止于此，内心并没有过多起伏。

陈姨幽幽地叹了口气，暗怪自己说错了话。

她是和程栖泽一起从老宅搬过来的，算是半个看着他长大的人。

程栖泽从小因着家庭缘故，性格比同龄人沉稳冷淡，也没交过女朋友。两年前他带林槐夏回家，陈姨十分欣慰他总算愿意正儿八经谈场恋爱。

陈姨在程家见过不少人，见到林槐夏的第一面就清楚她是个难得的好姑娘。

陈姨真心希望两人能走得长远，只可惜两人一个性子冷，一个性子淡，很多东西都不愿和对方吐露。明明交往了三年，两人中间却总像是横亘着什么，差了点意思。

她安慰林槐夏："是我没说明白，你别多想啊。他走之前还问你来着，是我说你最近睡得不太好还没有起，他才没去打扰你的。先生还是很关心你的。"

"陈姨，我没事的。"林槐夏好笑道。

"你这性子呀。"陈姨嗔怪地乜她，"有时间也要学着撒撒娇，你要是和先生多撒撒娇，他不得天天在家黏着你？"

林槐夏"扑哧"一声笑出来："他会嫌我烦的。"

"怎么会。那是他的福气。"

林槐夏吃完早饭，陈姨强迫她喝掉刚煮好的红糖姜茶，才允许她离开。

林槐夏一边打趣陈姨像自己的阿婆一样爱絮叨，一边喝下姜茶。

暖汤入肚，她其实不太喜欢姜的味道，可此时还是觉得身子暖暖的，心里也跟着暖了起来。

陈姨提醒林槐夏多穿点衣服再出门。

林槐夏出门前，陈姨想起程栖泽嘱咐的事："对了，先生说今晚有个应酬让你陪着去。"

林槐夏微不可察地蹙起眉："不去可以吗？"

她今天痛经得厉害，想下班后早点回家。

"这……"陈姨犹豫。这种事情她拿不了主意。

"我知道了，我和他说。"林槐夏没有难为陈姨，和陈姨道了别，匆匆出门。

她从车库里取出自己那辆红色的别克君威。和车库里一水儿的跑车相比，她这辆小车显得格格不入。

但林槐夏很喜欢这辆车，是她工作一周年买给自己的礼物。

坐上车，她戴上蓝牙耳机，给程栖泽打了个电话。

电话响了两声后被人接通，是那道久违的声音。低沉的声儿，带着几分疏懒的倦意。

林槐夏有片刻的不真实感。

两人是多久没说过话了？

她没主动联系他，他也没有联系过自己。

"喂？夏夏。"低沉的声音再次唤她，似乎和身边的人说了些什么，他继续和林槐夏说话，"怎么突然打电话过来？"

林槐夏回过神："啊，我听陈姨说晚上有应酬？"

"对。"

"我不舒服，可以不去吗？"

对面沉默半晌，程栖泽沉声道："不会耽误很多时间，我们早点回。晚上我让张叔去接你。"

果然。

林槐夏兀自扬起一抹笑。

跟了他三年，程栖泽不允许被拒绝，也不会设身处地地替她着想。他没那个时间。

林槐夏没说什么，只淡淡应了一声："好。"

帝都的早上，没有一天不是早高峰。

腹部隐隐传来钝痛感，林槐夏蹙起眉尖，望着眼前的"长龙"不免生出烦躁感。

一路堵到公司，她终于拐进公司的地下车库。

抬杆的保安早就认识她了，热情地和她打了个招呼。

林槐夏和他闲聊两句，把车子停到自己的车位上。

研究生毕业后，她受导师的推荐留在了帝大下设的建筑设计研究院工作，主要做古建筑修缮设计。虽然刚毕业两年，但是她凭借着出众的工作能力，已经能够独立负责项目。

刚到办公室，周莘莘眼尖地瞧见她，从包里翻腾半天，拿出一个袋子，跑到林槐夏身边："槐夏姐。"

"啊，早。"林槐夏朝周莘莘弯了弯眼睛。

周莘莘是她手下新来的助理建筑师，虽然做事总爱犯新人毛毛糙糙的毛病，但性格活络单纯，她还挺喜欢周莘莘的。

周莘莘把手里的袋子递给她："昨儿我看你痛经，就给你拿了袋我奶奶自己做的红糖姜，喝完特别管用，你一会儿泡点试试。"

林槐夏敛眸，袋子里是几块褐色糖块，上面有几点姜黄色，做工扎实。

鼻尖能隐约闻到一丝红糖姜的味道,连带着疼痛感都减弱几分。

旁边有接水回来的同事经过,瞅了瞅周苒苒手里的红糖姜,嘲弄道:"你也不看看槐夏男朋友家里是做什么的,还缺你这点红糖?"

周苒苒不以为意,嘻嘻笑道:"我这个再有钱也买不到呢!是吧,槐夏姐?"

林槐夏不想在公司里讨论自己的私事,接过周苒苒递来的红糖姜块,笑道:"谢谢苒苒。赶快工作吧。"

周苒苒朝那个同事吐了吐舌头,跟在林槐夏身边一起走到她的办公位上。

周苒苒扒着办公桌挡板的边沿,把脑袋抵在两条胳膊上,歪着脑袋看林槐夏:"槐夏姐,方教授回你邮件了吗?"

"我还没看。"林槐夏简单收拾了下工位。

"你快看呀。这稿子可是咱们花了两天两夜改出来的,我想知道他是怎么表扬我的!"

林槐夏好笑道:"方教授和我们只是合作关系,你要他的表扬做什么?"

"帅哥的表扬谁不想要!"周苒苒嘟起嘴,"槐夏姐,方教授长得真的特别帅。这么优秀又帅气的男人要是我的男朋友就好了。"

周苒苒口中这位方教授是纽约建筑学院的教授,主攻历史建筑保护方向。公司近年和国外的大学合作,偶尔会进行学术讨论或对修复方案提些建议。林槐夏连他的面都没见过,平时也只是通过邮件沟通。

林槐夏不知道周苒苒从哪儿听来的传言说这位方教授长得帅。

反正通过她这几次邮件沟通,倒觉得对方是个言辞老派,在学术上极其严苛的坏老头。她不明白周苒苒为什么会对这位方教授魂牵梦萦。

要她看,这位方教授令人头痛得很。连实地考察都没有过,凭什么觉得比他们更了解情况?

无奈领导重视他的意见,他们做下属的没法说什么。

林槐夏打开电脑，对这位方教授并不感兴趣。

她对周苒苒道："苒苒，这么优秀又帅气的男人应该是你工作的榜样，现在你该回去好好工作了。"

周苒苒嘻嘻一笑，朝她摆手："槐夏姐记得给我截图哦。"

林槐夏好笑地摇摇头，点开邮箱，里面果然有封未读邮件。

最近有场学术交流会，领导让林槐夏替自己出席。这是她第一次以演讲者的身份参与学术会议，认认真真准备了一篇演讲稿。领导让方教授帮她把把关，林槐夏没多想，昨晚把最终版的稿子用邮件发给了方教授。

她没想到对方回得很快，而且通篇都是红色的标注。

林槐夏看着那个醒目的红色就觉得头疼。

原本身子就不舒服，此时腹部的钝痛感更加明显，像是被撕扯着，让人忍不住倒吸一口凉气。

林槐夏顾不得那封邮件，慌忙从包里翻出药，就着陈姨帮她带的热水吞下肚。

她仰靠在办公椅上，额边沁出冷汗，唇色发白。

直到药效起作用，她才稍许缓和过来。

她慢慢吐出一口气，重新坐直身子，看向那封邮件。

因着痛经的缘故，那些红色的英文单词在她眼里连成血红一片，齐刷刷地映入眼帘。

头痛欲裂。

今天好像没有一件事是顺心的。

痛经，漠不关心的男朋友，每次都对她的邮件指指点点的教授。

真够倒霉的。

而且同为中国人，她不明白这位方教授给自己发邮件为什么如此执着于用英文。

红色的，密密麻麻的，英文。

外国的月亮就那么圆？

林槐夏不满地腹诽。拜他所赐，现在自己阅读和理解英文材料的速度不亚于中文材料。

英文都快成她的第二母语了。

林槐夏关掉附件,给方教授回了封邮件。

谢谢意见,今天身体不适,晚些回复消息。

言辞看似诚恳,但实则充满了不耐。

林槐夏想着,这位方教授看到消息时可能会紧锁眉头,斥责她不端不正的态度?

可她不想管这些了。她今天很难受,很不顺,需要一个小小的发泄口来让自己好受些。至少这篇演讲稿并不那么着急,他也不一定看得出自己的不耐。

消息发过去没多久,林槐夏收到一封回信。

很简短,中文的。

好好休息,身体要紧。晚些给你一份修改好的稿子。

林槐夏看着消息微怔。

她没想到这位看上去言辞老派、做事严苛的方教授还会关心她,甚至愿意浪费时间帮她修正稿件。

或许……他也没有想象中那么讨厌?

至少比她男朋友懂得关心人。

林槐夏来来回回看了这封邮件好几遍,不敢相信这是方教授回复的内容。

她的目光不经意地停留在落款处。

这是她第一次仔细看邮件里的默认落款。

她指尖微顿。

——"今天英语课上老师让我们给自己起英文名,我起了个Summer,他们都嘲笑我。"

——"为什么嘲笑你?明明很好听。"

——"真的吗?那……哥哥,你有英文名吗?"

——"有,Eden。光芒和快乐的意思。"

Eden Fang.

一样的名字。

只可惜,一个是对她要求严苛的老派教授,一个是她这辈子再也见不到的人。

忙完一天的工作,林槐夏收到程栖泽的消息,问她几点下班。

林槐夏贴了个周苒苒给她的暖宝宝,外加喝了一整天的红糖姜茶,此时状态已经好了许多。

她收拾好东西,给程栖泽回消息:现在。

他回:好,门口等你。

林槐夏没想到程栖泽会过来。

看到门口那辆熟悉的宾利,她怔了怔,坐到后座。

程栖泽坐在最里面,正在用平板电脑查看工作邮件。

男人穿了一身笔挺的黑色西装,姿态矜贵优雅。只单看半张侧脸,都不难想象出他俊朗出众的相貌。尤其是那双眼,轮廓深邃,眼尾微挑,褐色瞳仁犹如深不见底的汪洋,令人轻易沉溺。

见到林槐夏,他摘下鼻梁上的眼镜,收起平板电脑,淡漠的表情依旧没有起伏:"身子好些了?"

林槐夏点点头:"好些了。"

程栖泽的关心只止于此。她向来不会多要半分。

林槐夏对他道:"你不用亲自过来的。"

程栖泽将身旁的纸袋递给她,简单打量了眼她身上的穿着:"一会儿换身衣服。"

"哦,谢谢。"

原来是给她送礼裙来的。

她打开纸袋看了看,是件黑色鱼尾礼裙,配了一件女士西装外套。

最近的天气不至于多加一件外套,大抵是程栖泽听说她身体不舒服,才多给她带的。

倒没她想象中的那么薄情寡义。

林槐夏收好纸袋,问:"今晚是什么应酬?"

"蒋董的七十岁寿宴。最近有个合作在谈。"程栖泽顿了顿,淡声继续,"蒋夫人最近新买了一批画,你陪她多聊聊。和蒋夫人搞好关系合作更好展开。"

"哦，好。"林槐夏懂了他的意思。

程栖泽会带她出席各类宴会应酬，不是为了坐实她的女朋友身份，只是因为林槐夏知礼节懂教养，有艺术领域的积累，更容易和圈里那些先生太太聊到一处攀上关系，对他的生意可以起锦上添花的作用。

怪不得明知她身体不适，也要她一起参加。对于他来说，生意永远比女人更重要。

程栖泽见她一副公事公办的模样，微一歪头，目光落在林槐夏的脸上，弯了弯唇："说了半天，都不想我？"

林槐夏和其他女人不一样，从不会在他身边聒噪地博取多一份关注，乖巧听话，适可而止，相处起来很舒服。

更何况……

他的目光滞了片刻。

只见她眼眸微垂，睫羽轻颤，瓷白色的皮肤上没有一点瑕疵。

她天生一张微笑唇，嘴角自然上翘，即使性子再冷再淡，都不会令人反感。

反而叫人想亲近。

林槐夏偏过头，迎上他的目光。

程栖泽的眼睛很好看，深褐色的瞳仁在阳光的折射下流转成琥珀色。如果不是因他性格的缘故，总是给人冰冷疏离之感，只要多笑一笑，眼底总是会多几分令人难以抗拒的深情与缱绻。

她仔细打量着他的眸，像是看不够似的。

林槐夏难得露出浅浅笑意，唇边两个梨涡更是平添一丝娇俏，说："很想。"

程栖泽回过神，揉揉眉心，淡声道："我这个月不忙，会一直在这边。"

"这样啊？真好。"林槐夏往他身边靠了靠，"再不回来，我们就要变成异地恋了。"

程栖泽轻轻笑了声。

"周日我有空，想去哪里？"

林槐夏想了想,说:"国家美术馆这周末有个新办的画展,陪我去吗?"

程栖泽放在她腰间的手一顿,眸中闪过一丝意味不明的犹疑。

片刻后,他轻哂:"林小姐,你每次的约会场所是不是过于单一了?"

她喜欢去看画展。

林槐夏弯眸:"不会呀,你不想去就算了嘛。"

"陪你去。"

他低头,吻了吻她的发丝。

晚宴在郊区一幢别墅。古式庭院设计,红砖绿瓦,回廊水榭。廊上几盏古式灯笼光影绰绰,偶有浮叶落在一泓清潭中翻卷漂浮。

职业病的缘故,林槐夏从车上下来以后,多打量了几眼建筑样式和庭内布局。

程栖泽等了一会儿,有些不耐,抬手帮她整了整身上的外套,挽起她的手:"快些。"

林槐夏收回目光,点点头,跟上他的步伐。

与庭院内的寂冷静谧不同,屋内觥筹交错,人头攒动。林槐夏跟在程栖泽身边,见到蒋董和他的夫人。

都是些客套的应酬话,林槐夏乖顺地听着他们聊天。

几人去参观了蒋夫人的收藏,程栖泽不懂这方面,倒是林槐夏和蒋夫人相谈甚欢。从收藏室出来,蒋夫人已经热情地拉着林槐夏约下回喝下午茶的时间。

程栖泽对她的表现十分满意。

与蒋氏夫妇分别,程栖泽还有别的应酬。林槐夏身体不舒服,问他能不能去旁边休息。

她的任务已经结束,跟不跟着他其实都无所谓。程栖泽帮她要了一杯热茶,没再带着她。

林槐夏找了处角落的沙发坐下。

即使穿着长袖外套,她还是感受到室内冷气的温度,额角沁出点点冷汗。

为了保存画作,收藏室的温度比宴会厅还要低几摄氏度。她一直忍着腹部的钝痛感强忍到现在。

她抱了抱胳膊,从手包里翻出自己备的那片止痛药。

热茶解药,林槐夏叫了个服务生帮忙把手里那杯热茶换成热水,就着药片一起吞下。

她小心翼翼地蜷进沙发,等待药效。

"哎哟,瞧瞧这是谁呀。"娇滴滴的女声从头顶传来。

林槐夏抬眸,几个名媛打扮的女生趾高气扬地站在她面前。

为首的女生穿了一件月白色C家高定礼裙,双手环胸,轻蔑地打量着她,轻嗤:"果然是小地方出来的,坐都没个坐相。"

看清来人,林槐夏慢悠悠地恢复往日清冷的神色。她舒展身体,支颐着倚在沙发扶手边沿:"啊,乔小姐,好久不见呀。"

并不是端端正正的坐姿,但任谁看到,都会忍不住多打量几眼沙发上那个姿态慵懒的美人。

随性,媚人。

乔灵均弯唇:"是啊林小姐,好久不见。我还以为你和泽哥已经分手了呢。"

"借你吉言,暂时没有。"

药效还没上来,她的腹间还是隐隐作痛。

乔灵均最讨厌她这副听不明白好赖话的模样,撇撇嘴,语气尖锐几分:"林小姐,你不过是个替代品,劝你最好不要这么嚣张。要是宋荷姐姐回来了,还有你蹦跶的份儿?"

听到"宋荷"的名字,林槐夏不着痕迹地弯了弯唇。

是了,宋荷。

程栖泽的初恋白月光。

林槐夏刚和他在一起没多久就知道了宋荷的存在。

林槐夏一直知道,程栖泽并不喜欢自己,他会注意到自己和自己在一起,不过是因为自己的气质长相神似宋荷。

她站起身。

止痛药的药效上来，难忍的疼痛感终于好了些，她懒洋洋地舒展了下身体，走到乔灵均面前。

因着穿了高跟鞋的缘故，她比乔灵均要高了不少。

林槐夏微微俯身，冷淡的脸上浮现浅浅笑意。

乔灵均皱着眉，背后蹿上一股冷意。她不由自主地向后退了一步："你……干吗？离我远点，看到你就恶心。"

林槐夏笑意更甚，伸出手，细白的指尖捏住乔灵均的下巴。

乔灵均想要躲开，却不知为何她力量极大，怎么躲也躲不开，只觉得下巴处生疼。

林槐夏左右打量一眼，道："眼尾眼角都开一下，隆隆鼻，丰个唇，啊对，还有颧骨削一下，下巴也填充下。最后吸吸脂，应该能和你的宋荷姐姐有三分像。"

"你——"乔灵均从小娇生惯养，哪受过这种气，一下子眼泪都被她气出来了。

可林槐夏就像什么也没发生似的，还在仔细打量乔灵均的三庭五眼，最后还不忘叹息般"啧啧"两声："可惜呀，气质这种东西，没法学来。"

乔灵均彻底被她气哭了。林槐夏眨眨眼，一副并不知道自己做错了什么的模样。

乔灵均泪眼模糊，一时间竟分不出林槐夏到底是在气自己还是在真心提意见。

她的哭声引来不远处的几人。

程栖泽虽在应酬，但时不时会关注下林槐夏的方向。

也不知道发生了什么，他再注意到她时就看见一群女人围着她。

程栖泽身旁的齐家坤最先走过去，一把搂住乔灵均的肩膀，笑嘻嘻地安慰她："乔妹儿，怎么哭了？来，别哭了，哥哥心疼你。"

乔灵均扭了扭，甩开他的束缚，委屈巴巴地跑到程栖泽面前告状："泽哥，槐夏姐姐欺负我。"

程栖泽抬头，林槐夏也在望着他，神色淡淡的，似乎并不打算说些什么。

乔灵均他们几个和程栖泽是发小，相较之下，她更像个外人，她不想过多解释。

程栖泽蹙了下眉，不着痕迹地拉开与乔灵均之间的距离，走到林槐夏身边，沉声问："怎么回事？"

"没什么，就是灵均说我……"

话音未落，乔灵均急忙打断："槐夏姐姐竟然叫我去整容！太过分了！"

听她说完，程栖泽身后几个男人不约而同地笑出声。

乔灵均恶狠狠地瞪了他们一眼。

齐家坤不嫌事大，接着襄乱："嫂子说得也没错，乔妹儿你整个容肯定是个小美女。"

"你——"乔灵均气得牙痒痒。

她现在就是美女OK？！

林槐夏弯了弯唇，没多说什么。

没人会傻到在林槐夏在场的情况下和程栖泽提宋荷。乔灵均再讨厌她，也不会把刚刚和她说的那番话说给程栖泽听。

"行了。"程栖泽沉声打断几人，目光落在乔灵均的身上，"多大的人了，别没事哭哭啼啼的。"

乔灵均本来在和齐家坤拌嘴，听到程栖泽说自己，立马止住声，委屈巴巴地嘤咛一声。

"你也是。"程栖泽将林槐夏揽进怀里，沉声道，"她从小就不禁逗，别再逗她了。"

乔灵均见程栖泽没有偏心向着林槐夏，朝林槐夏抬了抬下巴。

骄傲的模样仿佛刚刚打了一场胜仗似的。

看样子程栖泽也没多喜欢林槐夏嘛。

要不是林槐夏那张脸和宋荷长得像，程栖泽才不会多看她一眼，得意什么劲儿。

乔灵均心情平复过来，装模作样地挽住林槐夏的胳膊，故意说道："槐夏姐姐，我知道你不是有意的，我不生你的气啦。周末国美有个青年艺术家画展，泽哥应该和你说了吧？到时候咱们一起去。你穿漂亮点儿,我给你拍照呀。"

林槐夏微怔,转头看向程栖泽。

那个画展,不是她刚刚在车上提的吗?听乔灵均的意思,他早就知道这个画展,并且没有叫她一起去?

程栖泽很少去看画展,除非需要应酬。每次去,他也会带上林槐夏。

可这回,他似乎并没有打算带上她?

他明明知道她很喜欢去这种地方。

林槐夏眨眨眼,发现程栖泽的脸色很难看,似乎在隐忍着什么。

乔灵均不动声色地看着林槐夏的反应。

看样子,程栖泽并没有打算带林槐夏去。

程栖泽怎么可能带她去嘛。

这回可是……

乔灵均暗自抿起一抹笑意。她佯装讪讪道:"哎呀……槐夏姐姐,你不会不知道这事吧?"

四周的空气陷入诡异的寂静。

所有人都看向林槐夏,神色中带着隐隐的八卦。

林槐夏不知道程栖泽为什么没有叫她一起去。

但说实话,她不是很在乎。就算他不陪自己,她也会自己去的。

还没等她回答,程栖泽冷声道:"我和夏夏周末一起去。她今天身体不舒服,我们先走了。"

两人到家已是深夜。

林槐夏洗漱完,下楼倒水。

陈姨还在厨房,林槐夏开灯的时候被她吓了一跳。

"啊,陈姨你怎么不开灯呀?"林槐夏呼出一口气,抚了抚胸口的位置。

"我看得见,省点电。"陈姨回头朝她笑了笑,"正好你来了。我给你煮了红糖姜茶,喝完再回去睡觉。"

林槐夏心里一暖,不由露出笑意:"又不是你交电费钱,那么节省做什么。"

"先生的钱也不是大风刮来的，该省还是得省。"陈姨笑道。她用汤勺搅开锅里的红糖，"我给你多加了点糖，姜味不会那么重。痛经好点了吗？"

"吃了两次药，没那么疼了。"

陈姨不免唠叨："是药三分毒，尽量少吃。你平时别熬夜贪凉，注意保暖，来例假的时候也少受点儿罪。"

不知道是不是被热气熏的，林槐夏鼻尖酸酸的。她揉了揉鼻子，轻声感慨："陈姨你真好。就你最疼我了。"

"别瞎说。"陈姨嗔怪地乜林槐夏，"先生最疼你的。知道你身子不舒服，特意叫我多给你备件衣服的。他只是不愿意跟你说这些罢了。"

"他才没你疼我。"林槐夏弯了弯眼睛，语气中带了点少有的撒娇，"他都没有给我煮红糖水，还是你最疼我。"

"是吗？"

门口传来凉凉的一声。

林槐夏和陈姨不约而同地背脊一凉。

两人凑在灶台前说话，根本没注意到程栖泽进了厨房。

林槐夏递给陈姨一个眼神，陈姨苦恼地摇摇头，一副她也没办法的模样。

程栖泽将两人的小动作尽收眼底，环胸倚在厨房门口，静静等着林槐夏解释。

林槐夏见他脸色沉沉，以为他生气了，讪笑道："我和陈姨开玩笑的……你怎么偷听呀。"

程栖泽歪头望着她，唇底含着似有若无的笑意。

……不会真的生气了吧？

林槐夏像是做了坏事般，心脏"扑通扑通"直跳，快速思考着怎么让他消气。

还没等她思考出来，程栖泽朝两人走过来："陈姨，我来吧。你早点休息，一会儿我收拾。"

015

陈姨立马反应过来,给他腾出地方:"好,再煮两分钟就能喝了,小心烫。"

她一边说着一边朝林槐夏眨眨眼睛。

林槐夏完全没有接收到她的信号,小心翼翼地看着程栖泽的动作,想不明白他要做些什么。

程栖泽接过陈姨递来的汤匙,慢条斯理地搅动着锅里的红糖水。

煮好后,他撇掉里面的生姜,给林槐夏盛了一碗。

林槐夏僵在旁边,一直没敢动。

程栖泽舀起一勺红糖水,在唇边轻轻吹了几下,用碗就着递到林槐夏面前:"生气了?"

林槐夏终于回过神来,机械地低下头,喝了一口:"生什么气?"

"没有提前叫你去那个画展。"

原来是因为这个?

林槐夏接过他手里的碗,碗身是热的,可以暖手:"不会呀。你要自己去?不方便一起的话,我自己去也可以的。"

程栖泽沉默。他垂下眸,细细地打量着林槐夏的神色,试图从她的表情中找出一丝端倪。

可她只是神色淡淡地喝着红糖水,并没有任何异样。

她一直是这样,不会多问一句,乖巧听话得过分。

程栖泽轻叹一声,心想是自己想多了:"不用,周末我们一起去。"

第二章
替代品

周六。

市中心的国家美术馆。

馆内近期有场新展,展品的作者是来自全球的优秀青年艺术家。展览还未正式对公众开放,今天到场的都是主办方发放邀请函的重要宾客。

林槐夏一身素色长裙,安静地跟在程栖泽身后,陪他应酬。

她其实不喜欢也不擅长这类应酬。

但有些私人展品不对公众开放,依靠这种方式能见到不少平日里见不到的真品,她也没有那么排斥。

陪程栖泽应酬完,林槐夏展开手里那份被她捏得皱皱巴巴的宣传册:"我想去看这个作品。"

程栖泽睨了一眼,视线停留在展厅序号上。

"走吧,我陪你去。"

两人走到展厅,程栖泽那几个关系不错的朋友也在那里,正围着一幅画评头论足。

林槐夏简单打量几眼他们围着的画作,是一个名为 Irene Moreau 的女画家作品。印象派风格,色彩鲜艳,不是她的菜。

看到两人,齐家坤朝他们招招手。

程栖泽微蹙眉头，松开林槐夏："我先去打个招呼。你想看的画在里面，一会儿我去找你。"

林槐夏歪头想了想："不着急，我和你一起过去吧。"

程栖泽沉默片刻，淡声道："好。"

林槐夏看出程栖泽那一瞬的犹豫，疑惑地眨眨眼："你今天有些怪？"

"没有。"程栖泽避开她的视线，掩唇轻咳一声，"走吧。"

林槐夏没多想，跟他一起去打招呼。

不只是程栖泽，其他人见到她时，目光也变得怪异起来。

尤其是齐家坤，明明一副憋了一肚子话要和程栖泽讲的模样，可看到她后，硬是忍住不敢吱一声。

林槐夏虽然经常陪程栖泽出席宴会，但从没参加过他的私人聚会。林槐夏清楚，程栖泽愿意带她去宴会是因为她"有用"。不愿意带她参加私人聚会，是因为还没完全承认她的女友身份。

她不是他圈子里的人。

林槐夏正思考着要不要回避，乔灵均走过来，亲昵地挽住林槐夏："槐夏姐姐，我们几个都看不懂画，你是专业的，能不能给我们讲讲这幅画呀？"

乔灵均指了指面前的画，嘻嘻笑了下。

林槐夏微微皱住眉。她不傻，乔灵均每次表现出亲昵的模样时，都不会有好事情。

林槐夏婉拒道："我不是很了解印象派的作品，不随意发表评论了。"

她抬起头，打量了眼面前的画。

画展总共有两幅这个画家的作品，面前这幅名为《新婚》，画家技术娴熟，画面色彩丰富，笔触肆意灵巧，将色彩与光感的美展现得淋漓尽致。

只不过作品虽名为《新婚》，色彩也极尽明艳，可林槐夏不知道为什么，难以从中捕捉到一丝新婚的愉悦感。画面反而流露出一种难以言表的哀伤，令人感到窒息。

林槐夏忍不住皱住眉头。

她不喜欢这种感觉。

相较之下，倒是旁边那幅同画家的画作更肆意潇洒，令人愉悦舒适。

"这样吗？"乔灵均捕捉到林槐夏神色中的变化，故作遗憾地叹口气，"我看你好像不太喜欢的样子，还以为是画家画得不好呢。"

林槐夏自然不会和她分享自己的真实感受，淡声回："不是，不了解而已。"

气氛越发压抑。

"行了。"程栖泽沉声打断两人，"夏夏还想看其他作品，我们先过去了。"

乔灵均指了指画："泽哥，这幅画你还没好好看呢。"

程栖泽没了耐心，揽着林槐夏示意她离开。

他的语气硬邦邦的："不看了。反正我也看不懂。"

"那画展结束后的拍卖会你还去吗？"乔灵均又问。

程栖泽微顿，淡声回道："知道了。会去的。"

乔灵均听他这么说，弯了弯唇，朝林槐夏露出一副得意的表情。

林槐夏并未理会。

她一时间没想明白，程栖泽去不去画展的拍卖会和自己有什么关系。乔灵均至于这么得意？

程栖泽陪林槐夏去看那幅她想看的作品。

与方才囫囵的欣赏不同，这次林槐夏看得很仔细。

反倒是程栖泽皱起眉。

他想不清楚面前这幅线条混乱，看不出到底要表达什么的画到底哪里好，要他看，比刚才那幅《新婚》要差太多。

"这有什么好看的？"程栖泽单手抄兜，漫不经心地玩弄着兜里的打火机。

每次他耐心耗尽的时候都会用这种方式打发时间。

林槐夏耐心地解释："Riccardo Bruno 这幅作品致敬了二十世纪初期的达达主义，是对现有艺术审美标准的一种抗议。有时没有必要给作品赋予太多意义，随心而行，离经叛道，不是也很有趣嘛。"

"看不明白。"程栖泽收回目光，"想不到你喜欢这种。"

林槐夏歪头笑了笑，随口道："可能因为你不了解我吧。"

"……"程栖泽眸光一沉。

林槐夏意识到自己说错话，抿着嘴，将目光重新放在画上，假装方才无事发生。

她并不奢求程栖泽了解自己，只是刚刚心情比较好，说话没顾忌。

隔了半晌，程栖泽又问："那刚刚那幅画，你不喜欢？"

林槐夏疑惑："哪幅？"

程栖泽抄着兜，朝不远处扬了扬下巴。

是他们刚刚和齐家坤他们打招呼的方向。

林槐夏明白过来，程栖泽提的是那幅《新婚》。

她一时间拿不准程栖泽的意思，不知道该说"喜欢"还是"不喜欢"。

如果说眼前这幅画给人一种反抗与自由感，那《新婚》就是压抑、哀伤的。

她并不讨厌那幅画，只是画中流露的感情让她不舒服。

程栖泽望着她，琥珀色的瞳仁蕴着冷彻的光，像是能将她穿透。

林槐夏知道自己骗不了他，只得实话实说："没有不喜欢，只是看着很难受。色调亮得让人不舒服。"

程栖泽早就看出她不喜欢，但她说出这些话时，他还是不由自主地心里一紧，一股怒意在心头肆意蔓延。

"咔啦"一声，他抵上金属打火机的盖子，轻嗤："都说你懂这些，我看也就那样。"

说罢，他头也不回地转身离开。

林槐夏微怔，没反应过来他这股没由来的火气到底怎么回事。

她下意识地追了过去，程栖泽却看也不看她一眼，快步走出美术馆。

坐上车，空气中蔓延开死一般的沉寂。

林槐夏小心翼翼地坐在后座的一侧，两人一人占据一边，中间隔着老远。

"张叔，先送她回家。之后送我去'竹林公馆'。"程栖泽沉声道。

空气中依旧低气压，林槐夏攥了攥衣角。

两人本来说好逛完美术馆，一起去吃晚饭的。他临时改变主意，去平时和朋友聚会的私人会所，说明自己刚刚那番话确实触怒了他。林槐夏不知道问题到底出在了哪里。

趁着程栖泽不注意，她用手机偷偷查了那幅《新婚》的资料。

点开网页，她的手不由自主地顿住——

Irene Moreau，中文名宋荷，优秀青年女艺术家，丈夫为法国畅销书作者 Andre Moreau。

寥寥两行字，并无过多介绍。

但林槐夏看到名字和照片，就明白程栖泽为什么会生气了。

是宋荷的作品。

林槐夏闭了闭眼睛，关掉手机页面。

程栖泽坐在她旁边，唇线紧绷，神色淡漠地望着窗外。

程栖泽没有和她聊起过宋荷的事。

林槐夏所知道的，都来自于乔灵均他们。

他们几人从小一起长大。宋荷比程栖泽大半岁，程栖泽一直喜欢她。

但宋荷心里只有画画和对法国浪漫的热忱，在程栖泽表白的时候就明确拒绝了他。

程栖泽总是自嘲是个俗人，对艺术一窍不通。对于他来说，宋荷是可望而不可即的存在，永远藏在心底，谁也不能触碰。

程栖泽能够接受她，也不过是因为她和宋荷有几分相似罢了。

林槐夏和程栖泽在一起的时候研究生还没毕业。

她不是本地人，从小地方一路考到帝都，在这里无依无靠。程栖泽和她不一样，帝都名门出身，年纪轻轻便掌管了家族企业。

两人身份悬殊，就连程栖泽的朋友刚见到她时，都觉得她不过是程栖泽用来解相思之苦的小情人。

林槐夏没想过会和他谈恋爱。

两人在一起是个意外,程栖泽对她没有什么感情,她以为程栖泽厌了就会把她丢开。

但两人就这么不声不响地在一起三年。她会以女朋友的身份陪他出席各类宴会,也不用做那些情人该做的事,程栖泽完全尊重她的意愿,未有半分逾越之举。

两人看上去像是对情侣,但林槐夏心里清楚,两人不算严格意义上的情侣。

她觉得自己更像是替代宋荷站在程栖泽身边的慰藉。

自己怎么那么蠢,没有在看到画的第一时间想到宋荷。林槐夏轻声叹气。

她不想给自己找麻烦,总是刻意规避提及宋荷。

如果她早些知道那是宋荷的作品,断不会把刚刚那些想法说出来的。

这一声叹气引来程栖泽的目光。

林槐夏和他对上视线,尴尬得想要转移视线,却发现他一直在看自己。

林槐夏躲不过去,只好硬着头皮往他的方向贴了贴,挽起他的胳膊,软声道:"对不起,阿泽。我不知道你喜欢那幅画。不要生气了。"

每每遇到程栖泽生气,不管是谁的错,她都会做那个主动示好认错的人。

她不想给自己惹麻烦,懒得深究到底是谁的错。程栖泽不是个会轻易低头的人,但她清楚该怎样让他消气。

程栖泽垂下眼帘,神色淡漠,令人看不出他的情绪。

林槐夏仰头望着他,唇边缀着笑意。她笑起来的时候眼睛也会弯成两道月牙儿,任谁看了都不忍责怪。

她伸出食指点了点他的眉心:"不要总皱着眉啊,会变丑的。"

程栖泽没说什么,松了松颈间的领带。他抬手捉住她落在自己眉心的指尖轻轻挪开，反手握住她。

林槐夏知道他没再生气了。

每次他生气的时候林槐夏都会这样做。

程栖泽虽然性格阴晴不定，但懂得控制情绪。更何况，他喜欢看林槐夏笑起来的模样。

程栖泽其实早就消气了。

冷静过后，他清楚自己气得没缘由。她不过是客观地评价了一幅画而已，他没有理由生气。

只是那个瞬间，遥远又略显陌生的情绪被突然牵动，他下意识地做出了曾经的自己会做出的举动。

他有些分不清那个瞬间自己是真的生气了，还是只是习惯性地不愿别人说宋荷的不好。

程栖泽想要和林槐夏道歉，但骨子里的高傲使他不愿低头示弱，到最后，干脆什么也没说。

车子一路开回城东的别墅区。

张叔将车子停到门口，林槐夏小心翼翼地问程栖泽："一起回去吗？我给你煲汤，好不好？"

程栖泽还是那张冷脸，沉默片刻，他淡声道："和楚辰他们约好了。"

"啊，这样……"林槐夏敛了敛眸，神色中划过一丝失落。

程栖泽唇线紧绷，默默地看着她。

最终，他还是没说什么，让张叔把他送到竹林公馆。

目送他离开，林槐夏轻叹一声，转身回到别墅。

陈姨见林槐夏回来，十分惊讶。

"吃过饭了？"她问林槐夏。

林槐夏摇摇头。

程栖泽先前打过电话，说两人在外面吃，不用做晚饭。陈姨什么也没准备，此时显得有些不知所措。

"等我一会儿，给你炒两个菜。"陈姨一边说着，一边往厨房走。

"不用那么麻烦。"林槐夏没什么胃口,"煮个粥就好。"

"行,那你稍等会儿。"

林槐夏应了声,没在一楼多逗留。

她回到房间,心里烦闷,不清楚程栖泽是不是还在生自己的气。

按理说他应该不生气了。可他没像往常那样顺着她给的台阶下,她一时间也拿不准程栖泽到底怎么想的。

每次都要猜他在想什么,真麻烦。

林槐夏叹了口气,翻出手机,给程栖泽发了条消息:你胃不好,晚上少喝点酒。

等了半晌,程栖泽没有回复。

林槐夏抿了抿唇,又发了一条:别生气了,早点回来。

她将手机调高音量,放到桌上充电。

林槐夏在桌子前面站了一会儿,顿了顿,从上锁的抽屉里翻出一沓发旧的信纸,摊开。

信纸的质量并不好,很薄,上面只有普通的黑色横线排版。纸上密密麻麻写满了字,字体端正苍劲。纸张边缘已然泛黄,有几张还能看到水渍晾干后皱皱巴巴的痕迹。

信纸最中间夹了一张照片。

林槐夏取出照片,小心翼翼地将信纸重新折好,收进抽屉。

她轻轻摩挲着泛黄的相纸,目光停在照片上那个少年的身影上。

照片上,立在她身边的少年清瘦挺拔,笑容含蓄温柔,与第一次照相兴奋又紧张的她完全不同。那时的她还会傻乎乎地将嘴角翘得老高,比一个俗气的"V"字。

照片是十几年前在老家的照相馆照的。

当时她省吃俭用,攒下一个月的生活费,硬是拽着邻居家的哥哥陪自己去照相。方渡不喜欢拍照,但耐不住她磨,还是好脾气地陪她去照了相。

这是两人唯一的一张合影。

少女的喜悦从薄薄的纸张中洋溢出来,只要看到照片,林槐夏都能回想起当时的快乐与兴奋。

她不由自主地弯起嘴角。

那个时候的自己,每天傻开心,活得张扬肆意。现在回想起来,都是因为方渡会陪在她身边,小心翼翼地保护着她吧?

方渡总是那样,对人温温和和、客客气气的,但只要和她有关,他断不会让人欺负她分毫,自己更是不舍得欺负她。

不像现在,随便一个人都能欺负她。

林槐夏眼角泛湿,抬手揉了揉眼睛,目光不舍得从少年的脸上移开半分。

月光透过窗棂洒在照片上,柔和了少年的眉眼。如果细看,少年的脸型和眉眼,与程栖泽竟有几分相似。

林槐夏从没想过,能以这样的方式与他再次相见。

她不在乎程栖泽到底喜不喜欢自己,她唯一在乎的,就是不要再因为自己的原因失去他一次。

她收敛自己所有的锋芒和脾气,忍耐程栖泽所有的轻视与冷漠,只希望能陪在他身边,多看一看他。

毕竟,心里那个人已经再也没有机会见到了。

夜晚的帝都流光溢彩,街市如昼。

与窗外的喧嚣繁华不同,隐于市中心的竹林公馆难得一片清雅幽静。

二层的小楼装修雅致,推开窗子,能看到古时的旧城墙,红砖绿瓦,在幽幽灯光的照映下流转着岁月的沉重感。

清风拂过,垂柳掀起护城河畔几点涟漪。

程栖泽坐在靠窗的位置,神色淡淡地望着窗外景色。

他瞥了眼身侧的手机,界面还停留在林槐夏发来的那两条消息上,没有回复。

你胃不好,晚上少喝点酒。

别生气了,早点回来。

明明是她该生气才对。

林槐夏总是这样,脾气好得过分,不论什么事情,都是先道歉的那个。

  程栖泽心里莫名地堵着一团郁火，她不让他喝酒，他偏要喝；她让他早点回去，他偏要晚回。

  程栖泽不知道自己是怎么回事，他很少如此意气用事。

  "脸色这么差？有心事？"

  楚辰在牌桌上就见程栖泽一人坐在角落，趁着有新人加入，他把位置让给对方，朝程栖泽走过去。

  程栖泽没说什么，给他倒了一杯酒。

  楚辰坐在他边上，慢条斯理地摇晃着酒杯中的液体，问："因为宋荷？"

  "不是。"程栖泽想也没想。

  楚辰颇为意外地望了他一眼，将酒杯放回桌上。

  "都过去多少年了，你也差不多该放下了吧？宋荷都在国外结婚了，心里压根儿没有你。人家之前把你拒得那么狠，你还念念不忘？"

  程栖泽烦躁地摆摆手："都说了不是。"

  "那是因为什么？"楚辰目光犀利地望着他。

  程栖泽自己也想不明白到底是为什么。

  最开始生气是因为林槐夏不喜欢宋荷的画，但之后就不是了。可他到底在气什么，他又说不清楚。

  更像是在和自己赌气。

  "还能是因为什么。"齐家坤凑过来，大刺刺地坐到楚辰边上，"今儿在国美可精彩了。小程总就站在宋荷姐的画前和嫂子发脾气。"

  "我什么时候发脾气了？"程栖泽冷喝。

  "没发脾气也差不多了。"齐家坤咂咂嘴，把楚辰放在桌上的酒一饮而尽。

  "你是没看到，"他杵了杵楚辰的胳膊，"嫂子不喜欢宋荷姐的画，我们小程总那脸臭的啊。"

  程栖泽："……"

  见程栖泽没反驳，齐家坤嘻嘻一笑："我说，你俩处得也够久了。该分了吧？"

"别瞎说。"楚辰沉声止住齐家坤的话头。

齐家坤无所谓地耸耸肩,仰靠到沙发上:"泽哥不就图她的脸吗?玩够了,也该换一个了吧?"

楚辰无语地乜齐家坤一眼,对程栖泽道:"林小姐跟你够久了,什么样的为人大家有目共睹。你当她一点都不知道你心里有其他人?她忍着耐着,图什么?"

"图钱?"齐家坤插话。

楚辰懒得理他:"是不是图钱阿泽心里清楚。"

程栖泽沉默。

林槐夏跟了他三年,除了日常和他住在一起外,从未要过一分一毫。就连他送的那些名牌包包和珠宝,都是被她扔在衣帽间里,陪他应酬时才会拿出来用用。

她若真是图钱,未免隐藏得太好了。毕竟,他不吝于给她花钱。

齐家坤摸摸下巴,一副认真思索的模样:"那就是图色?说实话,咱们小程总确实有几分姿色。"

"……"楚辰无语,一时间竟也分不清齐家坤是真的在思考,还是来搞笑的。

他干脆屏蔽掉齐家坤,转向程栖泽,耐心劝道:"你这脾气说不上多好,平时林小姐什么都听你的,你当她图什么?无非是真心喜欢你。脾气好又真心对你的傻姑娘,这世上可不多了啊。"

程栖泽抿了抿唇,漫不经心地玩着手里的酒杯。

"你俩在一起也挺久了,你是不是该认真考虑考虑了?那么好的姑娘,可不缺男人追。到时有你后悔的。"

程栖泽沉默了片刻,沉声道:"知道了。"

"哎,老楚,你这话我觉得只说对一半。"齐家坤丝毫没感受到两人对他的嫌弃,硬是插到两人中间,"你知道嫂子不哭不闹是为什么吗?"

齐家坤朝两人眨眨眼,故作高深:"因为啊——她压根儿不喜欢泽哥。"

楚辰就知道他狗嘴里吐不出象牙来。

齐家坤见楚辰一副不信的模样，"啧"了一声："你有我了解女人？我那些小女友动不动就跟我耍小脾气，我都惯着。你知道为什么吗？她们跟我哭跟我闹，就是喜欢我，博我关注呢。"

　　楚辰："你确定你那些小女友喜欢你？"

　　"那当然——"齐家坤声音越来越虚，没了底气。

　　楚辰翻了个白眼。

　　"不过你刚刚最后那句我特赞同。"齐家坤咧嘴一笑，给两人倒上酒，"那么好的姑娘，确实不缺男人追。泽哥你什么时候分？到时候记得把嫂子微信推给我，我去慰问慰问。"

　　程栖泽："……"

　　楚辰："……"

　　现在把他丢进护城河，还来得及吗？

　　程栖泽回到家已是凌晨。

　　其他人都已经睡了，他脱下西装外套扔到玄关处的衣架上。

　　楼下的灯是智能的，只要有人经过，就会亮起。

　　借着亮光，他瞟到客厅的沙发上蜷着的身影。

　　程栖泽顿了下，伸手松了松颈间的领带，朝客厅走去。

　　似是感应到亮光，林槐夏蹙起眉，"唔"了一声。

　　她揉了揉眼睛，半坐起身，便恍恍惚惚看到一双眸子一动不动地望着自己。

　　四周的背景被模糊的光晕晕开，只剩那双眼和梦里少年的眉眼重叠。

　　梦里方渡说去给她买糖，结果走了好久好久都没有回来。她就坐在家门口的石阶上，等啊等，等了好久，终于等到了。

　　"你回来啦？"她轻声问。

　　"嗯。"男人淡淡应了一声。

　　"我还以为你再也不回来了。"她的眉头一皱，嗓音里裹着还未睡醒的倦意，甚至带了点温软的家乡话，有种撒娇的意味，"不要留我一个人，好不好？"

林槐夏很少用这种语气撒娇，大抵是还没睡醒。

程栖泽微怔，心里某个角落逐渐融化。

"回屋睡吧。"程栖泽嗓音清淡，将她打横抱起。

低沉冷淡的声线与记忆中的声音不符，林槐夏还未反应过来，便被突如其来的凌空感彻底激醒。

她意识到自己现在在帝都，不是苏镇，也不是十几岁的时候。

她下意识地搂住程栖泽的脖子，脸上燃起羞窘的烫意。

"几点了？"她问。

"快三点了。"程栖泽淡声答道。

他说话时胸腔微微震动，林槐夏只穿了一件真丝睡裙，隔着薄薄的布料，她能感受到男人的呼吸起伏和皮肤滚烫的温度。

鼻尖蕴着浓烈的醉人酒香，林槐夏脸上的温度更甚，搂着他的脖子，一动不敢动。

"……我可以自己走。"

"没事。"

程栖泽把她抱回卧室时，林槐夏小声问："是不是不生气了？"

借着月光，程栖泽能看到林槐夏漂亮的眸中蕴着水雾，小心翼翼地望着自己。她像只担惊受怕的小鹿，努力讨好着眼前人。

程栖泽忽地想到楚辰和他说的那些话。

——"她什么都听你的，你当她图什么？无非是真心喜欢你。"

——"你俩在一起也挺久了，你是不是该认真考虑考虑了？"

隔了半响，他弯了弯唇："在你心里我就那么容易生气？"

"没有。"林槐夏想也不想。

程栖泽抬手刮了下她的鼻梁，转移话题："过两天你是不是要回老家？"

程栖泽极少做这种亲昵又略显轻佻的动作，大多数都是在喝多的状态下。

果真是喝醉了。林槐夏默默腹诽。

林槐夏坐起身，点点头："嗯，回去看看奶奶，当天就回来。"

林槐夏的"看看"指的是回苏镇祭拜。下周四是奶奶的忌日，林槐夏每年都会在她的忌日回去看望她。

但往常程栖泽都不关心这些。一方面他没有那么关心她,另一方面,程栖泽莫名对苏镇有很强的敌意。

初得知她从苏镇来的时候,程栖泽就表现出了明显的厌恶。林槐夏不清楚原因,也不敢问。她知道程栖泽讨厌苏镇,就尽力避免在他面前提及那里。

程栖泽沉吟片刻,淡声道:"到时我陪你一起去。"

林槐夏愣了下,以为自己听错了:"啊?"

"到时我陪你一起去。"程栖泽耐着性子又重复一遍。

他起身,将窗帘拉好:"快睡吧,晚安。"

林槐夏愣怔地看着他的动作。

往常的程栖泽可没这么多耐心。

果然是……喝多了?

林槐夏完全没把程栖泽那晚说的话往心里去。

她不至于傻到信一个醉鬼的话。

周一外出参加学术交流会,林槐夏的演讲十分成功,几位参与交流会的学术泰斗对她赞赏有加。

其中关于参数化古官式建筑大木作构建的探讨尤其受几位前辈的关注。

要不是当初方教授给她发的邮件里着重提到那个点,她不会后续补充那么多资料,对几位前辈的问题对答如流。

交流会结束后,林槐夏想给方教授发个感谢的邮件,结果手机登不上公司邮箱,只能回公司再发。

搞不明白外国人为什么那么爱用邮件沟通,怪麻烦的。不像国内,一个社交软件就能解决所有问题。

林槐夏胡思乱想着,开车回了公司。

到公司以后林槐夏还有其他工作要忙,就把这事忘了。

还是第二天早上收到方教授的邮件,询问她交流会情况怎么样,她才想起这茬。她连忙写了封言辞诚恳的感谢邮件,发了过去。

跨过十二个时区的大洋彼端，夜色浓稠如墨。

办公室内只有点击鼠标时的"咔哒"声，方渡检查完最后一封邮件，摘下鼻梁上的眼镜。

他轻轻仰靠在办公椅上，捏着眉心，月色透过窗子洒了进来，勾勒出男人深邃的五官轮廓。

尤其那双眸，在光影的照映下，像是透明的琥珀，好看得足以攫取人心。

邮件里对方讲述了交流会上的情形，和他预想的相差无几。

方渡轻轻弯起唇。他清楚她能做得很好。

办公室的门突然被推开，随之而来的是一声惊呼："Jesus！"

灯被来人打开，方渡收起笑意，神色淡然地瞟向门口的李睿宸。

"大半夜的为什么不开灯！"李睿宸走了进来，不满地抱怨。

"马上回去了。"方渡站起身，从衣架上取下外套。

等他的时间里，李睿宸闲庭信步地走进来，四处打量打量，最终将目光放到办公室正中间摆放的一个偌大的手工搭建的木质模型上。是个佛殿模型，他仔细看了会儿，伸手去碰佛殿上方的垂脊。

还没碰到，手被人打掉。

他"啧"了一声："就这么宝贝？连碰都不给碰。"

"碰坏了你赔？"

李睿宸连连撇嘴："我可没那么多工夫给你做个一模一样的。"

两人一同走出教学楼，去停车场取车。

校园里漆黑一片，只有几间教室和远处的图书馆亮着灯火。

"先去Soul喝一杯再回家？"李睿宸扣好安全带，提议。

方渡睨他："我开车。"

"晚点让我老婆过来开回去呗。"李睿宸不以为意。

"你刚结婚没多久，天天和我混一起，Jessi不介意？"

李睿宸耸耸肩："Jessi没那么小气。况且我每天蹭车省交通费，Jessi还夸我会过日子呢。"

方渡："……"

李睿宸嘚瑟半天自己的婚后幸福生活，还不忘带上方渡："你说你也老大不小了，该考虑交个女朋友了吧？Jessi有个单身女同事对你挺有意思的，认识认识？"

"不需要，谢谢。"

李睿宸瞟了瞟方渡，揶揄地问道："怎么，还想着国内那个'小老婆'呢？"

方渡懒得搭理，用一种怜爱的目光看向他："Gavin，如果不知道中文词汇的含义，我们可以改说英文。"

李睿宸撇撇嘴。这人长得还行，就是嘴长坏了。他大人有大量，不和方渡一般见识："你不是一直在找她？好不容易碰到个从你们那小破地方过来的，打听到她的消息，我以为你会第一时间飞奔回国呢。怎么到现在一点动静都没有？"

方渡来美国时情况紧急，没有认真和林槐夏做过道别。

这几年，他一直想方设法地联系她。

可当年两人家里不富裕，没有可以联系的手机电脑。他又因为身体的缘故在美国接受治疗，没法回国。他和国内联系的渠道有限，想要找到一个十多年没有见过面的人，犹如大海捞针。

直到几个月前，他的学生里来了个从苏镇过来的留学生，他才辗转打听到了林槐夏的消息。得知她在帝大建筑院工作，得知她交了个男朋友……

"David说我现在的情况不适宜长途劳累。"方渡淡声解释。

David是他的主治医师。

"这样啊……可惜了。"

李睿宸轻叹一声，不好再说些什么。

夜色浓稠，车子在纽约街头疾驰而过。

方渡眯了眯眼，握着方向盘的手不由得攥紧。

实际上，他的身体状况基本稳定，David知道他思乡心切，前段时间和他讨论过回国的事。

他是可以回国的。

他想要联系林槐夏，却又犹豫，自己有没有必要重新介入她的生活。

她有属于自己的新生活,有男朋友,而且她的男朋友……

方渡眸色一黯。

——自己到底该以什么样的心情和身份,回国见她?

第三章
我们结婚吧

周三晚上,林槐夏收拾好回苏镇的行李。

她只请了一天假,当天去当天回,不用带太多东西。

但她从小就习惯把任何事情都提前准备妥帖,这样比较安心。

林槐夏把满电的充电宝和数据线塞到包里,确定没落下东西后,将背包的拉链拉好,放到衣帽间的中岛台上。

门口传来敲门声,林槐夏应了一声,趿着拖鞋去开门。

程栖泽倚在门边,把手里的热牛奶递给她。

"谢谢。"林槐夏轻声道谢。

见他一直站在门口,并未打算离开,林槐夏眨眨眼,问:"还有其他事?"

"明天几点走?我让耿宁订票。"

耿宁是程栖泽的助理。

"啊?不用呀,我已经订好了。"

"几点?"

"你要让张叔送我吗?不用的,我打辆车过去就好。"

程栖泽沉默。审视般的目光落在林槐夏的脸上,男人的眸光冷彻。

林槐夏歪着脑袋,疑惑地对上他的视线。

"我是不是说过,陪你一起去?"

"……"林槐夏反应几秒,依稀记起他那天醉酒后说过的话。

那不是喝醉了说的胡话吗,他还真打算去?

见她一脸讶然的神色,程栖泽气结。合着他说过的话,她压根没往心里去?

程栖泽无奈地翻出手机,冷声问:"订了几点的票?我让耿宁订到同一个时间。"

"早……早上七点的高铁。"

又是片刻死寂。

程栖泽不喜欢拥挤的交通方式,飞机头等舱是他的底线。

林槐夏硬着头皮解释:"苏市没有机场,我回家还要转大巴到苏镇,一个小时。要不……还是我自己回去吧?"

她其实私心不想让程栖泽和她一起去。

程栖泽听后果然不自然地皱了下眉。

就当林槐夏以为他要放弃的时候,程栖泽道:"高铁商务座。把大巴票退掉,我安排过去的车。"

林槐夏张了张嘴,不知道该说些什么。最后她只得道:"你……不是不喜欢苏镇吗?真的要和我一起去?"

程栖泽神色一凛,像是被触到逆鳞般,不悦地蹙起眉。

然而他并没有解释,只是淡淡回她:"想去你长大的地方看看,不可以?"

林槐夏微怔。

莫名地,心弦被轻轻拨动。

沉默片刻,她轻声道:"没有。你让耿宁订票吧,我把之前的票退掉。"

第二天早上,两人坐上开往苏市的高铁。

程栖泽第一次坐高铁,很不适应车站内拥挤的人群。林槐夏怕他嫌弃,密切地关注着他的一举一动。

好在商务座车厢的私密性和清洁度较好,程栖泽并没有表现出明显的厌恶。

从帝都到苏市要三个多小时,林槐夏带了电脑处理工作。她正聚精会神地看着屏幕里的施工图,眼前突然覆上一只骨节分明的手。

林槐夏眨眨眼,纤长的睫毛像是一把小刷子,扫过程栖泽的掌心。

他收回手,轻咳一声:"车上看电脑对眼睛不好。"

林槐夏睨了眼他手里的平板电脑,打趣:"你不也在看电脑?"

程栖泽是典型的工作狂魔,不会浪费一分一秒工作的时间。

他竟然好意思说自己。

程栖泽睨了眼她的电脑屏幕,上面笔直且密集的线条组合在一起,根本看不清是什么东西。

他摁灭平板电脑的开关,淡声道:"我不看了。你也不要看。"

林槐夏笑了笑,安抚似的握了下他的手:"别闹。这周任务要完不成了。"

说罢,她转过头继续工作。

程栖泽微不可察地皱了下眉:"完不成就不做了,总不至于开除你。就算开除,我又不是养不起。"

"你在说什么呀,"林槐夏讪讪,"这是我的工作,当然要按时完成。"

"你这工作又累又不挣钱,图什么?"程栖泽牵起林槐夏的手,因为工作的缘故,她的虎口处有一层薄薄的茧子,他轻轻捏了捏那里,"在家好好待着,想做什么做什么,我养你,不好吗?"

要出差勘察,要熬夜赶方案,要下工地……他不明白林槐夏为什么那么拼。明明不论她想要什么,他都能满足。

林槐夏抿了下唇,小声道:"……这份工作就是我想做的。"

见她执着,程栖泽无奈摇头。他不理解,但尊重她的选择。

从苏市高铁站出来,两人转车前往苏市边上的小镇。

与帝都的气候不同,苏市地处南方,空气更加湿润温和,就连路边行人的说话声都变得温软许多。

车子到达苏镇,城市的繁华与现代褪去,只留下南方水镇温婉素朴的模样。

林槐夏让司机把车子停到镇中心的商业街边上，商业街不让过车，她需要徒步进去。

程栖泽接了通工作电话，林槐夏和他比了个手势，自己一个人去买东西。

从闷热狭窄的车子里出来，林槐夏深呼吸了一口。

没有北方的冷冽干燥，取而代之的是印象里只属于小时候的湿润空气，甚至弥留了点桂花的香甜。

近几年苏镇发展，市中心的建筑重新修葺，并且建起一条商业街，不仅保留了南方水镇的独有特色，还兼具了年轻人喜爱的便利与热闹，一时间成为国内热门旅游景点。

林槐夏轻车熟路地找到自己要去的那家店，买了些奶奶爱吃的糕点，又从隔壁的花店买了一束新鲜的白百合。

林槐夏回到车上，报了个连导航都很难找到的定位。

车子缓缓轧过青石板路，路过热闹的商业街，路过旁边新修建的居民区，缓慢地开往苏镇的边缘。

车外的风景渐渐从整洁热闹变得衰败冷清。

苏镇发展没几年，并未覆盖整个小镇，目前只有镇中心那片区域发展得比较好。

政府在镇中心规划了许多新的住宅区，鼓励镇上的居民加入到旅游经济的发展中，不少住在老城区的人都纷纷搬到镇中心居住。

林槐夏曾经居住的这片区域越来越多的人搬走，只剩几个不愿离开的老人还留在这片。

渐渐地，原本就不热闹的街巷越发冷清破旧。

再往山上走，车子就上不去了。林槐夏和程栖泽一起下车，徒步过去。

程栖泽帮林槐夏拎着糕点，她抱花束。两人沿着河边慢悠悠地往前走。

说是河，其实只有窄窄一条，上面架了座只够一人经过的石砌拱桥。河已经很久没人打理，两旁耸着高高的芦苇，河水里满是淤泥苔藓。

小河的另一侧是清一水的矮房，是苏镇常见的石灰墙面和"人"字形硬山顶。常年没有翻修的缘故，墙面有的地方开裂泛黄，有的地方覆着一层青苔，空气中弥漫着一股很淡的潮腥味。

虽然破旧，那排粉墙黑瓦的建筑却在阳光的照射下，流转着一层奇妙的厚重的岁月感。

林槐夏抱着花束，心神恍惚。

熟悉的小巷勾起她幼年时的重重回忆，她想尽力忘掉，却又止不住地想念。

这也是她在奶奶去世后很少回到这里的原因。

她怕怀念，又忍不住怀念。

"我之前……就住这边。"她小声和程栖泽解释，"再往前走三条巷子，就住那里。"

程栖泽不着痕迹地打量了下四周："这边好像没什么人住了。"

"对，好多人都搬到镇中心了。就刚刚我们停车的地方。"

"那边确实比这边住着舒服些。"

林槐夏本以为程栖泽会嫌弃这里的破旧和落后，见他只是客观地陈述，轻轻松了口气。

两人停到一处旧宅前。

门口的石阶上坐着一个骨瘦嶙峋的老爷爷。他的面前铺开一张白布，上面乱七八糟摆了许多东西。

林槐夏走过去，俯下身，温声道："阿爹，我来买纸钱。"

老人抬起头，眼神不太好使。但看清林槐夏后，他弯起眼，笑容可掬："囡囡回来啦？"

"回来啦。"林槐夏笑着点头。

"啊，吃饭啦？"

"吃过了。"

两人有一搭无一搭地聊了会儿，程栖泽一手抄兜，站在边上，静静地等着林槐夏。

温暖的阳光洒在她的身上，她微微俯着身，秀发随着她的动作倾泻而下。她伸手将耳边的碎发挽至耳后，笑容温婉而明亮，几欲晃了他的眼。

买完纸钱，林槐夏和老爷爷道别，回到程栖泽身边。

见他神色恍惚，她伸手在他面前摇了摇："走吧？"

程栖泽回过神，喉结微滚，淡淡地应了一声。

"其实这边也很少烧纸钱了。"两人往山上走去，林槐夏漫不经心地和程栖泽解释，"但是王爷爷一个人住那里，回来的时候我都会买些纸钱。"

程栖泽默默地听着。

说是山，实际上就是个大土坡。两人没走多久，便到了半山腰。

山上依旧无人打理，野草蔓生。远远望去，歪歪扭扭的坟头映入眼帘。

林槐夏走到一个简陋的石碑前，她牵着程栖泽的手，回头望他一眼。

程栖泽微微颔首，将手里那盒糕点递给林槐夏。

林槐夏松开他的手，蹲下身，将糕点恭敬地摆在墓碑前："奶奶，我带男朋友回来看你啦。"

"你总怕我照顾不好自己，现在有人照顾我啦，放心吧。"林槐夏鼻子一酸，抬手抹了抹湿润的眼眶，"给你买了爱吃的糕点，你在那边也要照顾好自己。"

林槐夏又陪奶奶聊了会儿。都是些往日琐碎的事，她尽量用一种轻松的语气叙述，仿佛是在叫奶奶放心，不用担心她。

程栖泽站在她身侧，胸口像是堵着什么似的难受。

林槐夏说的这些，很多他都不知道。两人交往三年，他好像从没在意过自己不在的时候她做了些什么，她好像也不介意他的漠不关心。

他抬手揉了揉林槐夏的脑袋，似是安抚。

把想说的都说完，林槐夏将手里那束百合放到墓前。她习惯性地从里面抽出两枝，拿在手里。

林槐夏站起身，因为蹲太久的缘故，脚有些发麻。

程栖泽眼疾手快地揽住她，垂眸睨了眼她手上的花："为什么留两枝？"

林槐夏在他的怀里滞了片刻，支支吾吾地答："顺道看个朋友……"

程栖泽抿了下唇，没再多说什么。

往回走的路上，林槐夏找到方清的墓碑。

方清是方渡的母亲，去世的时候两家都不富裕，连个好好的葬礼甚至墓碑都没钱置办，只有一个简陋的石碑。而立在石碑边上的墓碑更加简陋，只是一个刻了字的木头碑。

林槐夏忍着心中翻腾的情绪，小心翼翼地将两枝百合放到两个墓碑前。

她想起方清刚走的时候，方渡每天都会来这里发呆。

他不想林槐夏跟着，就骗她说晚上这里闹鬼。林槐夏不信，偏跟着。结果晚上黑黢黢的，她吓得半死，硬要偎在他身边。

那时她还小，意识不到他唯一的亲人离世对他造成了多大伤害，只会眨巴着大眼睛和他讲："奶奶说方姨只是去了很远的地方，不要难过呀，不是还有我和奶奶陪着你嘛，我们都是一家人，以后我照顾你呀。"

谁承想，明明说着照顾他的人，却害他在本应最灿烂的年纪离开人世。

林槐夏愣怔地望着那个木头碑。

那是她在终于接受方渡彻底离开自己这个事实后，亲手给他刻的。

他在十几岁的时候突然闯入她的世界，闯入苏镇这个小小的地方，又在十几岁的时候从这里悄然离去。

这么多年过去了，这个世界除了她，似乎再无任何人记得他的存在。

那么好的少年，本应在最美的年华大放异彩，却因为她——

林槐夏想起生日前的那个晚上，想起她气呼呼地和他讲再也不想见到他，想起他为了讨自己开心遇到的那场车祸……

思绪乱成一团。

程栖泽等在不远处。他有一搭无一搭地玩弄着兜里那只打火机，不时望向林槐夏的方向。

林槐夏回来时,眼眶红得厉害。

"你——"

"走吧。时间不早了,该回去了。"林槐夏牵住他的手,似乎并不想提及这件事。

程栖泽绷直唇线,欲言又止。

他淡淡地睨了眼那两个简陋的墓碑,没有看清上面写了什么。

两人沿着泥泞的小路回到停车的地方。

林槐夏看了眼表:"时间不早了,咱们往回走吧?"

从帝都往返苏镇要花八个小时的车程。林槐夏每次过来都是当天往返,不会逗留太久。

程栖泽沉吟片刻,淡声道:"既然来了,去镇中心看看。"

"可是回去太晚了……"

"你不想去?"程栖泽打断她,审视般地望向她。

林槐夏哑然,不知该如何反驳。

程栖泽不喜欢别人拒绝自己。愿意陪她过来,已经是做出了无数妥协。

——虽然林槐夏并不需要这些妥协。

可她清楚,程栖泽在隐忍着许多情绪,如果因为这点小事惹他,那些隐忍的情绪会悉数爆发。

其实去商业街那边看看并没有什么。

只是之前的邻居都搬到了那边,林槐夏怕遇到熟人,怕他们提起往事。

——更怕他们看到程栖泽。

程栖泽的脸型和眉眼与方渡极为相似。虽然那时的方渡只有十六七岁的年纪,但林槐夏知道,如果他长大,也会像程栖泽这般俊朗挺拔,只不过眉眼间更多的是温润的笑意而非冷漠。

四月中旬的苏镇是旅游旺季。

正值下午三四点,骄阳隐去锋芒,只留温和的阳光笼罩着这座安逸质朴的小镇。

商业街上攘来熙往,热闹非凡。

商业街保留了南方水镇的特色,青石板路,用鹅卵石铺出形状,两旁是黑瓦白墙的楼阁,人字形硬山顶,墙刷粉白,饰以雕花木窗。街道中间一条河,绿水清波,河岸两旁嫩绿的柳枝姿态婀娜,偶有小船从河中间漂过。

街道两旁的房屋主要用来做生意。都是些特产、小玩意儿,深受游客喜爱。

林槐夏对那些特产见怪不怪,只是陪在程栖泽身边随意逛着。

程栖泽也没什么游玩的兴致,随便看看,模样更像是领导审查,不像是旅游。

逛到一间糕点铺,程栖泽打算买些特产带回去。

"这家的不好吃,我带你找一家味道正宗的。"林槐夏扯了扯他的衣袖,在他耳边小声道。

程栖泽见她那副小心翼翼像是做了坏事的模样,翘翘嘴角:"好。买点儿给我母亲带回去。你帮我挑吧。"

"啊……好。"

林槐夏和程栖泽交往三年,从未见过他家里人。程家家风严谨,程栖泽不会随便带女人回家,也不会随便和她讲起家里事。他不说,她便不多问。

这回突然提起,林槐夏有些不知所措,不敢怠慢。

她拉着程栖泽找到常去的那家糕点铺。

林槐夏仔细斟酌,挑了几款长辈喜欢的糕点,让店员帮忙包装得精致些。

等她准备妥当,发现程栖泽像个大爷似的,在店里随意逛着,一点也不上心这事。

见她买好糕点,程栖泽从门口支着的立架上取下一颗手工做的梅子糖。

这是苏镇独有的特产,其他地方买不到。

林槐夏微怔:"你要买这个带回去?"

虽然梅子糖是苏镇特色，但拿回去送长辈着实有些轻慢。

"不是，买给你的。"程栖泽笑容懒散，把糖递给林槐夏。

他进门时就注意到，林槐夏总是不由自主地瞥这个方向。得知这种糖只在苏镇有卖，他只当林槐夏是想念家乡特产，给她拿了一颗。

林槐夏抿了下唇，语气生硬："我不爱吃糖。"

程栖泽沉默了下，而后无所谓地耸耸肩，把糖放了回去。

不喜欢就不买，他不是个会纠结的人。

从糕点铺出来，林槐夏想去旁边新开的杂货店逛逛。一转身，她便听到身后有人叫她："小槐夏？"

林槐夏背脊一僵，想要装作认错，快速离开。

那人却快步走到她跟前，十分惊喜："真的是你。我还以为认错啦。"

见躲不掉，林槐夏讪讪地和来人打招呼："阿姨。"

来人是个四五十岁的中年女人，之前也住旧城区那片。如果硬算的话，和林家有点远房亲戚的关系，两家老人关系不错。

"回来看你奶奶呀？四五年没见了吧，越来越漂亮了。"

林槐夏弯了弯眼睛，乖巧地应了。

"这是你男朋友？常带回来看看呀，别总是不回来。"女人笑眯眯地望向程栖泽，蓦地，目光滞住。

程栖泽捕捉到女人的异样，却不知因为什么。他没太在意，礼貌地和女人打了个招呼。

女人回过神来，看看林槐夏，又看看他，最终只是讪讪地笑了笑："怪、怪俊的。啊，来家里坐坐啦？"

林槐夏立马讪笑地婉拒："不用了，我们还要赶回去的高铁。"

与此同时，程栖泽淡声道："好。麻烦您了。"

林槐夏呼吸一窒，不由自主地望向他。

以程栖泽的性格，肯定会冷漠拒绝。她不明白程栖泽为什么会答应。

他这两天的行为十分反常。

程栖泽不以为意，礼貌地做了个"请"的动作，让女人带路。

虽说他平日里性格淡漠寡情，但在礼仪教养上，对长辈极为谦逊恭敬。登门拜访前，还不忘多买一份上门礼一起带过去。

女人对他印象极好，不停地向林槐夏夸奖他。

女人就住在商业街上，店铺不大，主要卖些旅游纪念品。一副塑料珠帘隔开做生意和居住的地方。

两人跟在女人身后进入客厅，程栖泽简单环视了下客厅的布置。

非常简单的装修，家具不算高档，但收拾得很干净。

"坐呀，别客气。"女人热情地拉着程栖泽在沙发坐下。

林槐夏能看出程栖泽的拘谨。他有洁癖，是个对生活品质要求很高的人。这里虽然干净整洁，但远远达不到他的要求。

但程栖泽没说什么。

"你们先在这里坐，我去给你们倒水。"女人招呼两人坐下，拿了些水果和零食过来。

"阿姨，不用那么麻烦。"

"先坐，马上好。"

林槐夏站起身，跟着女人进了厨房："我帮你吧。"

女人没再客气，递了两只茶杯给她，让她帮忙清洗。

"我看他……和阿渡的眉眼极像。"女人突然道。

林槐夏没出声，垂着眸清洗茶杯。

"小槐夏……你不会还想着阿渡吧？"女人轻轻叹口气，轻声道，"阿渡走得可惜，但旧人终归是旧人。你也该走出来了。不要因为旧人，亏待了眼前人呀。"

林槐夏抿着唇，含糊地应了一声："阿姨，我知道。"

烧开的水壶"呜呜"作响，打断了两人的对话。女人沏好茶，端出屋。

客厅里变成了两个人，里屋的阿婆听到外面的动静，出来看了看情况。

"桂芳，阿渡和囡囡回来，怎么也不告诉我一声？"阿婆笑容和蔼，语气嗔怪地问道。

"桂芳"是女人的名字。

阿婆拉着程栖泽的手，笑眯眯道："阿渡啊，你和囡囡都长大了，奶奶高兴。你要像小时候一样照顾好囡囡啊。"

王桂芳一惊，看看老人，又看看程栖泽。她慌忙走过去，拉开老人："妈，你又糊涂啦。这是囡囡的男朋友，不是阿渡。"

她转向程栖泽，不好意思道："对不起啊，阿婆年纪大了，神志不清，总是认错人。"

"阿杜？"程栖泽微微蹙眉，疑惑地望向林槐夏。

"阿……杜哥是我家亲戚，阿婆她认错人了。"林槐夏心虚地扯了个谎。

程栖泽觉出哪里不对，却没深究。

"不说这些，你们怎么认识的呀？给阿姨讲讲。"王桂芳安顿好老人，拉着程栖泽坐下。

"学校认识的。"程栖泽淡声道。

他瞟了眼一旁的林槐夏，林槐夏有些难为情。他还是第一次见林槐夏如此局促羞赧的神色，怪可爱的。

程栖泽不着痕迹地捏了捏她的掌心。

王桂芳惊奇："你们是同学呀？"

"不是，"林槐夏不好意思道，"他是学校的投资人。"

说是在学校认识的并不准确，两人第一次见面其实是在酒吧。

她很少去那种地方。那天是舍友去找男朋友玩，央了她半天，她才陪着去的。

到了以后才知道，舍友答应给男朋友的兄弟介绍女生，才把她拽去的。

林槐夏本想离开，舍友的男朋友却遇见工作伙伴，两人一合计，两桌并一桌。

林槐夏就是在那里见到程栖泽的。

半明半昧的光线中，男人懒懒地靠在角落里。他抬起眸，漫不经心地扫了她一眼，微挑的桃花眸底落着冷寂。

林槐夏呼吸一窒，那晚，她的目光全都落在程栖泽的脸上。

她知道，程栖泽看到了自己丢人的模样，但他什么也没说。

当时的林槐夏没想到两人还有机会见面。第二天校图书馆落成仪式，投资方来参观。林槐夏作为建筑系研究生学生会副主席兼校图书馆设计者之一，承担了接待来宾的工作。

她没想到，投资方来的人是程栖泽，也没想到，他是程氏集团继承人。

那天活动结束，程栖泽主动要了她的联系方式。

一切都像是梦。

王桂芳听说程栖泽的工作，十分惊讶，不由得多看程栖泽几眼："这么年轻有为，小槐夏你可要好好珍惜啊！"

林槐夏讪讪地点点头，清楚王桂芳的意思。

"小槐夏很小的时候，她爸妈在外面打工遇到事故，奶奶一个人把她带大。现在奶奶也走了，这孩子从小吃了不少苦。"王桂芳叹口气，目光温柔了几分，"好在她一直性子要强又开朗，从小就是我们的开心果。现在啊，总算过上好日子啦。"

"开朗？"程栖泽下意识地看向林槐夏，怎么也无法想象出林槐夏"开朗得像个开心果"的模样。

在他印象里，林槐夏永远是安安静静、温温柔柔的，对谁都很好，对谁都很疏离。

"是啊，她小时候可调皮了。"王桂芳想起林槐夏小时候的模样，目光灼灼，"人家小姑娘小时候穿着裙子都安安静静地站那里，就她喜欢到处乱窜，还爬树给别的小孩子摘果子吃。被奶奶骂了就抱着奶奶的腿撒娇，奶奶没办法，只好买糖哄她。她倒好，吃到糖就笑了，鬼着呢。也不知道是真哭，还是为了骗奶奶给她买糖故意哭的。"

程栖泽听着，十分意外。他完全想象不出这样的林槐夏。

王桂芳说得起劲，给他讲了不少林槐夏小时候的趣事。

程栖泽努力描摹出那个形象，却一点也想不出，心里莫名生出一股燥意。

他不清楚自己为什么会有这种感觉。

"阿姨，别再说啦！"林槐夏脸颊通红，嗔怪地止住王桂芳。

王桂芳哈哈一笑:"看看,囡囡害羞啦。"

在王桂芳家里多坐了会儿,店里突然来了批客人,两人没再叨扰,从她家离开。

两人顺着商业街中央的小河,慢悠悠地往回走。

"那个阿姨刚刚说的都是真的?"程栖泽问。

"唔。"林槐夏含混地应了一声。

"怎么变化这么大?"

"什么变化?"

程栖泽:"性格。"

"有么。"林槐夏装傻。

程栖泽微微弯唇:"小时候可爱些。"

林槐夏沉默了下,淡声道:"可能是因为奶奶去世,对我影响比较大。"

不只因为这个,但是林槐夏不想和他说这些。

她不想聊太多自己小时候的事,转移话题:"夕阳。"她抬手,指了指蛰伏在黛色山脉上那抹金灿灿的半圆。

天空被渲染上浓墨重彩,街道也釉上暖融融的金黄色。整个小镇安逸地坐落在地平线上,闪闪发光。

"看会儿。"程栖泽捏了捏她的掌心。

他不是个喜欢追问的人,林槐夏不想说,他不勉强。

林槐夏点点头,找到岸边一处石椅坐下。

程栖泽嫌脏,没坐,站在旁边陪她。他从烟盒里掏出一根烟,点上,神色淡然地看着远处山脉上那抹金黄。

很快,原本的半圆形只剩一条细窄的金边。

程栖泽偏过头,垂眸打量了眼林槐夏。

她双手支在膝盖上,托着腮,不知道在看什么、想什么。

夕阳的余晖在她纤长的睫毛上跳跃着,她的睫毛轻轻一颤,仿佛下一秒便会有泪珠滚落。

程栖泽望着她,莫名地想到江南仕女图,烟波袅袅,美人如玉。

美则美矣,却添了几分孤寂。着实可惜。

心脏的某处忽地被牵动，猛然一跳。程栖泽突然发现，两人交往了三年，自己却一点也不了解她。

莫名地，他想要多了解一些。

隔了片刻，他沉声道："夏夏，我们结婚吧。"

第四章
Eden Fang

林槐夏正在细细研究对面建筑檐下的斗拱结构，突兀地听到程栖泽的求婚，她差点被口水呛到："咳，怎么突然提这个。"

"我们在一起三年了，也该稳定下来了。"程栖泽垂眸望着她，淡声问，"你不愿意？"

"你是在意气用事。"林槐夏抬起头，声音平静。

她没有正面回答他的问题。程栖泽不由得蹙起眉，一动不动地盯着她的眼睛。

这和他想象中不一样。

她该欣喜若狂地答应才对，至少表现出惊喜和期待？

可她却只是平静地告诉他，他在意气用事。

程栖泽不否认，刚刚那一瞬间的脱口而出确实是一时冲动的保护欲作祟。但他想要结婚并非临时起意。楚辰之前说的那些话，还有刚刚王桂芳说的，不无道理。

她需要有人陪伴，也需要有个真正意义上的名分。

两人交往了三年，该稳定下来了。

"你不愿意嫁给我？"程栖泽眸底晦暗，隐忍着情绪又问一遍。

林槐夏抿了下唇。片刻，她轻轻点点头，一字一顿道："我不认为我们应该结婚。"

程栖泽："……"

程栖泽心里烦躁，狠狠地吸了口烟。

他讨厌被拒绝的感觉，更想不明白为什么会有女人拒绝他的求婚，还是他交往了三年的女朋友。

林槐夏看出程栖泽情绪中的愤怒与狠戾，但她没法骗他。她一直以为，程栖泽总有一天会对她腻烦，把她丢掉，从没想过他会想要和自己结婚。

两人根本就是不同世界的人，只是机缘巧合下，发展了一段不合常规的恋爱关系。

"你冷静下。"林槐夏放软语气。她不想接受他的求婚，但也不想惹他生气，"你家里不会同意的。何必想这些没有结果的事？我觉得现在就很好。"

"就因为这个？"程栖泽审视般的目光扫过她的脸颊，"你就说想不想结婚，这些不是问题。"

林槐夏抿了抿唇，没有回答。

"走吧。"程栖泽冷笑一声，将烟头扔进垃圾桶里。

第二天一早，林槐夏六点多就起了。

昨晚她没有睡好，一直想着程栖泽求婚的事。

求婚？

林槐夏将冷水拍到脸上，突然被这个说法逗笑了。她还是第一次见到这么随意的求婚，她不至于昏头到以为程栖泽多想娶她。

林槐夏化了淡妆，下楼吃早饭。

陈姨给她倒了杯黑咖啡。林槐夏道谢，看到桌上还未来得及收拾的杯碟："阿泽已经走了？"

"……嗯。"陈姨想到程栖泽早上那副冷冰冰的面孔，不由得打了个哆嗦，"又吵架了？"

"算是吧。"林槐夏轻声回道。

陈姨见林槐夏一副无所谓的模样，幽幽叹气："你呀，不知道撒娇就算了，惹先生生气倒是一等一。"

林槐夏弯了弯眸，没说话。

等他消了气，就会想清楚他自己做了件多蠢的事。

林槐夏下了班，给程栖泽发了条消息，问他回不回家吃饭。

程栖泽没回。

林槐夏没在意，切到公司内部 App，打卡下班。今天车限号，她只能去公司后面那条小路上叫辆网约车回家。她正用软件搜着地址，余光瞟到林荫道的另一侧停着的宾利。

正值下班高峰期，那辆宾利停在那里显得格外突兀，不少人经过时都忍不住回头打量。

林槐夏微怔，快步走过去。

张叔替她打开门，林槐夏看到坐在另一侧的程栖泽，依旧是沉着脸，不理她。

坐上车，林槐夏问："你怎么过来了？我今天要是加班怎么办？"

"等你。"程栖泽淡声道，"张叔，开车。"一副还在和她置气的模样。

林槐夏忍不住弯起眸。

程栖泽明显是在生闷气，像小孩儿赌气似的，莫名地有点可爱。

林槐夏并不打算像往常那样哄他，撑着下巴望向窗外。

看了会儿，她发现张叔并没往回家的方向开，车子一转，上了高速。她有些惊讶，转头看向程栖泽："我们要去哪里？"

"回家。"程栖泽还是那副淡淡的口吻，随后补充一句，"回老宅吃饭。"

林槐夏瞳孔猛缩，神色中满是讶然。

程栖泽从没带她回过程家老宅，甚至很少向她提起那个地方。

程家家风一向严格，不会允许程栖泽随便带女人回家。

她清楚自己和程栖泽的关系远远未到被他带回家介绍给父母的程度，也从未提过这种事。

但程栖泽愿意带她回老宅，说明他提结婚的事，是认真的。

林槐夏一时间有些无措，双手不安地绞在一起。

051

程栖泽玩味地打量她一眼:"现在下车还来得及。"

"现在在高速,我怎么下车。"林槐夏难得露出一副凶巴巴的表情瞪他。

程栖泽不着痕迹地弯了下唇,声音还是不咸不淡的:"那就乖乖过去吃个饭。"

"……"林槐夏无奈,只好乖乖听他安排。

她翻了翻随身背的帆布包,里面只有一根润唇膏,神色沮丧道:"你早点告诉我要见长辈,我就好好化个妆了。"

工作日,她都只涂个防晒隔离出门,很少精心打扮。

"现在就很好看,不用化妆。"程栖泽淡声评价。

她莫名地被他安抚了点。

这根润唇膏带点颜色,林槐夏对着黑屏的手机涂上,气色好了少许。

车子一路开到北郊。

听说北郊这片上风上水,风景旖旎,非常宜居。

近几年这边的房价也水涨船高,尤其程家老宅所处的别墅区,住在里边的人非富即贵。

进入别墅区,车子往里开了十多分钟,进到最大的一处院落。别墅区内的建筑都是仿古中式庭院,建筑精巧雅致,环境清幽。

穿过花园的亭台水榭,林槐夏和程栖泽跟在管家身后,进入别墅。

一个身着旗袍的女人等在门口。女人虽上了些岁数,但保养得当,气质雍容,神色中带着几分锐利。

看到程栖泽身后跟着的人,她略显讶异,而后恢复往常那副清冷的模样。

"我还以为你和楚辰一起回来。"

程栖泽叫了声"妈",淡声道:"我说了是女朋友。"

他给两人做了介绍,女人不动声色地打量着林槐夏。

"伯母。"林槐夏恭敬地和程栖泽的妈妈傅静安打了招呼。

傅静安收回目光,微微颔首。她转头看向程栖泽:"爷爷在会客厅。"

程栖泽点点头，牵起林槐夏的手，对她道："去和爷爷见个面。"

林槐夏应了一声。

傅静安垂眸睨了眼两人牵在一起的手，轻轻扯了下嘴角。

傅静安带着两人去了会客厅。程栖泽的爷爷程鸿晟正在会客厅尽头的阳光房里修剪枝叶。

傅静安轻轻唤他："爸，阿泽带朋友回来了。"

傅静安说的是"朋友"，而不是"女朋友"。

程鸿晟放下手里的剪刀，回头瞟了一眼。老人气场极强，锐利的目光扫过林槐夏，最终落在程栖泽的身上："回来了。"

"嗯。"程栖泽带着林槐夏走过去，"我带夏夏回来一起吃个饭。"

"爷爷好。"林槐夏打了声招呼。

程鸿晟微微颔首，神色没有过多起伏，转身继续修剪面前的那株龙游梅。

程栖泽走过去，接过程鸿晟手中的修剪刀："我来吧。"

程鸿晟背着手站在程栖泽的身后，像个严厉的老师指导着程栖泽的每个动作。两人有一搭无一搭地聊着天，说是聊天，更像是领导审查。

"老许说你最近做得不错。"

"许叔来过了？"程栖泽微微皱眉。

"前天来家里下棋，一直夸你。"

"没什么可夸的。这个季度优化了组织架构，不少人背地里骂我呢。"

林槐夏安静地站在一旁。

两人在聊集团内部的事情，她不方便听，漫不经心地打量着阳光房里的布置。

她对植物不了解，但能看出主人的精巧用心。每株植物都是经过精心修剪与摆放，清雅别致，相得益彰。

她的目光扫过那些枝叶繁茂的植物，不由得落在掩映在绿叶间的百宝格上。

上面陈列着一排木质工艺品，都是些手作的小玩意儿，有凉亭、木塔、孔明锁……

有的做工粗糙,有的做工精细,有的能看出年代久远,有的又花花绿绿,一看就是小孩子的作品。

林槐夏不由得多看几眼。

程鸿晟的余光捕捉到她的三心二意,顺着她的目光望去,程鸿晟锐利的目光不禁柔和几分。

"喜欢这些?"

程栖泽工作汇报到一半,明显和程鸿晟的话对不上。他犹疑地蹙了下眉,便看到程鸿晟正盯着林槐夏。

林槐夏难得局促地绞了绞手指:"嗯……我、我就是随便看看。"

程鸿晟沉默了下,慢悠悠地踱步到百宝格前,随手拾起一把孔明锁,拿在手中把玩:"我父亲以前是个木匠。"他把孔明锁递给林槐夏,"他很喜欢做这些小玩意儿。"

林槐夏双手接过,指尖轻轻摩挲着精心打磨过的木块。虽然经过岁月的洗礼,六个小木块却依旧严丝合缝地穿插在一起。

"孔明锁虽然只有六块,却是榫卯结构的雏形。说没有它就没有那些壮观宏伟的古建筑,都不为过。"

程鸿晟扬起眉。

"夏夏是学建筑的,目前在做古建筑保护方面的工作。"程栖泽给他解释。

林槐夏回过神,不好意思地把孔明锁递还给程鸿晟:"对不起爷爷,失礼了。"

程鸿晟没说什么,反问道:"你不是帝都人吧?"

"不是,我是苏镇人。"

程鸿晟一怔,望向她的目光温和了许多:"第一次见没准备礼物。既然你喜欢这些,就挑个最喜欢的当礼物送给你吧。"

林槐夏不清楚程鸿晟的态度为何突然转变,不知所措地看向程栖泽,程栖泽轻轻点了下头。

林槐夏没再纠结,认真地打量起那排工艺品。

最终,她的目光落在最高一格中那个做工并不精巧,结构全是错误的小凉亭上。

凉亭上涂了花花绿绿的颜料。

她抿了下唇,踮起脚将小凉亭拿了下来,唇边镌着一抹清浅的笑意:"这个是阿泽做的吗?"

一看就出自小孩子之手。用料和制作痕迹都很新,照猫画虎地仿照着太爷爷的作品,可实际上,错误百出,这个手工的小亭子能不塌都已是奇迹。笨拙、稚嫩却又执拗地连雕花细节都要一板一眼地模仿出来。

林槐夏莫名地喜欢。

程栖泽看到那个模型,不由自主地蹙起眉头,语气骤然转冷:"这是我哥做的。夏夏,放回去。"

林槐夏手一顿,险些将手中的模型掉到地上。

程鸿晟笑容温和道:"阿泽,没事的。"

程栖泽命令她:"夏夏,放回去。"

林槐夏将模型放回百宝格。

她从不知道程栖泽还有个哥哥,程栖泽极少和她讲家里的事。隐约听过一些豪门恩怨的故事,但林槐夏从未往心里去,她不询问,也不好奇。

但从程栖泽的神色中能看出,他和他哥哥的关系并不好。

就算他不说,她也会放回去的。

林槐夏默默腹诽,她都不认识他哥哥,为什么要拿他的东西呀。

最后,林槐夏什么也没要。

程鸿晟看出两人间的微妙,自然也清楚程栖泽态度转变的原因。

他看林槐夏越发顺眼,乖顺温婉、知书达理,倒是和那人有几分相像。

"爸,晚饭已经准备好了。"傅静安敲了敲门,打断几人间微妙的气氛。

"先去吃饭吧。"程鸿晟从旁边拿起拐杖。

程栖泽作势扶程鸿晟,却被程鸿晟狠戾的目光制止。程栖泽噎了噎,就见程鸿晟问林槐夏:"丫头,叫什么名?"

林槐夏顺势搀扶住他的右臂,恭顺地答道:"林槐夏。双木林,槐花的槐,夏天的夏。"

"很好听。苏镇本地人?"

"是。"

"挺好挺好……家里几口人?"

林槐夏敛了敛眸:"父母和奶奶都去世了。"

程鸿晟沉默了下,安抚地拍了拍她的手背。

四人一起走到客厅,程栖泽问傅静安:"爸呢?"

傅静安冷声道:"身体不舒服,在楼上休息呢。"

她帮程鸿晟拉开椅子,等他最先落座。

程鸿晟正在和林槐夏讨论不同时期古建筑形态差别的政治文化影响因素,讲到兴头上,拉着她坐到离自己最近的一边:"夏夏是客人,今天就挨着我坐吧。阿泽坐夏夏边上。"

"好。"程栖泽并不介意,恭顺地应了一声。

反倒是对面的傅静安先是一愣,而后神色锐利地看向林槐夏,探究的目光仿佛能将她穿透一般。

"林小姐是哪家千金?"落座后,傅静安轻笑着问。她面上虽笑,声音中却听不出一丝笑意。

"我……不是……"听到傅静安问话,林槐夏挺直腰背。若不是程鸿晟过于和蔼可亲,林槐夏差点忘了这里是在程家。

那个家教森严的帝都名门,程家。

程鸿晟:"静安,夏夏是苏镇人。"

"爸,苏镇可大着呢。"傅静安笑道。

仿佛话里有话。

林槐夏抿了下唇,并不清楚傅静安话中意味。

她不知道程家和苏镇有什么特别的渊源,但程鸿晟对她态度的转变确实是听说她从苏镇过来才开始的。

程鸿晟神色一凛:"这话什么意思?"

"没……没什么意思。"傅静安一瞬间没了方才咄咄逼人的气势,恭敬地敛起眸。

程鸿晟冷哼一声。

好在家里的阿姨过来上菜,"救"了傅静安一命。

程家吃饭时规矩繁多,林槐夏平时和程栖泽一起吃饭,知道他在餐桌上的禁忌。但她第一次和他回老宅,还是有些拘谨。

战战兢兢地吃完一顿饭,林槐夏便听程栖泽和程鸿晟道:"爷爷,我今天带夏夏回来,是想讨论下结婚的事。"

程鸿晟斟酌几秒,道:"确实,你也该稳定下来了。"

程栖泽转头看了眼林槐夏,微微弯唇:"夏夏怕您和爸妈不同意。"

程栖泽清楚,程鸿晟一定会喜欢林槐夏。程鸿晟对苏镇的感情不一般——虽然自己很讨厌那里,再加上林槐夏的性格是程鸿晟最喜欢的那种,程鸿晟没有理由不喜欢她。

程家虽然家风严格,但在挑选孙媳妇这方面,程鸿晟更看重人品与品性,而非出身。门当户对自然是好事,但也非必须。程家在帝都根系牢固,无须倚靠他人,若是程栖泽想娶个出身名门却没教养的女人,程鸿晟也万万不会同意。

"不会。"程鸿晟蹙眉,"你俩都是好孩子,谁会不同意?"

他剜了眼傅静安:"你不同意?"

傅静安坐得端正:"不会的,爸。"

"那这事就定下来了。后续你们看需要准备什么,都让静安来安排吧。"

"好。"

从程家老宅出来,已是深夜。

林槐夏坐上车,难掩神色中的倦意。一晚上,她都紧绷着情绪,生怕哪里出错,此时骨头像是快要散了架。

车子驶入夜色之中,车厢内只有昏沉的灯光。

林槐夏胳膊搭在车窗上,撑着下巴,神色涣散地望着窗外。

良久,她淡声问道:"你是认真考虑结婚吗?"

"爷爷都同意了,你还有什么问题?"程栖泽的语气沉沉,盛着一丝不悦。

想要嫁给他,想要踏进程家的女人太多了,他不明白林槐夏还在犹豫什么。

"阿泽,结婚和恋爱不一样。"林槐夏轻声道。

程栖泽脸色不善:"有什么不一样?"

他以为林槐夏要讲现实,要提条件,却见她幽幽叹口气,轻声道:"以后……我们就只有对方了。"

程栖泽微怔,片刻后,他的神色染上一丝笑意:"当然。你还想有别人?"

林槐夏望着他,轻笑着摇摇头。她朝程栖泽摊开掌心:"好。我愿意。"

婚礼的事,全权交由傅静安负责。

傅静安并不喜欢林槐夏,第二天给程栖泽去了电话,劝诫他不要意气用事,娶一个不知出身的姑娘。

可程栖泽决定的事,从不会任人动摇。

他语气不耐地告诉傅静安,这件事就这么定了。

傅静安沉默了下:"别再小孩脾气了。就算小荷在国外已经结婚了你心有不甘,也不该自暴自弃,随便找个和她长得像的女孩儿回来。周围那么多好姑娘,为什么要找个不知道来历的?"

听到宋荷的名字,程栖泽不悦地绷紧嘴角。

"这事和宋荷有什么关系。"

"你要娶她,不就是因为她和小荷七分像?"傅静安的声音凉凉的,没有一丝感情。

气压骤然降低,听筒里只有隐约的电子杂音。

程栖泽紧紧揿着眉心,语调冷然:"都说了不是。"

说罢,他直接挂断傅静安的电话。

程栖泽胸腔里涌上一股无名的怒火。

一个两个都在他面前提宋荷,有什么意思,宋荷压根不喜欢他。

可更让他郁气的,是讨厌别人把林槐夏和宋荷放到一起比较。

虽然最开始注意到林槐夏，确实是因为她和宋荷长得有些像，但之后——

之后呢？又是为什么？

程栖泽摁了摁眉心，一时间竟想不明白自己到底在想些什么。

林槐夏从公司加班回来已经夜里十点多。

她见餐厅开着灯，趿拉着拖鞋走过去："陈姨，我想吃你做的清汤面。"

话音未落，她便看到坐在餐厅抽烟的程栖泽。

面前的烟灰缸已经堆满了烟头，餐厅的窗户大敞着，也无法消散弥漫在空气中的烟味。

林槐夏怔了怔："怎么坐在这里吹风？"

"等你。"他将手里那根烟捻灭，将桌上的东西往前一推。

林槐夏垂下眸，看到桌上的黑色丝绒礼盒："这是什么？"

程栖泽打开盒子，递到她面前："戒指。"

林槐夏怔了怔："怎么突然准备戒指？"

程栖泽反问："为什么不能准备？"

他将戒指取出来，递到林槐夏面前。

林槐夏看着上面的钻石，有些犹豫。

"怎么，不想戴？"

"不是……这个钻石也太大了吧？"林槐夏看着上面那颗硕大的钻石，讪讪道，"你买个素戒不就好了？"

"不行，怎么能让程太太戴素戒。"程栖泽示意她把手伸出来，"把手给我。"

林槐夏抿了下唇，最终还是把手递给他。

程栖泽小心翼翼地将戒指套在她的右手中指上，钻戒细碎的光芒衬得她的肌肤雪白明亮。他很满意。

程栖泽弯了弯唇，阴霾的心情消解不少。

他把林槐夏抱进怀里："不许摘下来。"

"知道了。"林槐夏清浅地笑了笑。

钻戒着实引人注目。第二天一大早，林槐夏刚到公司，就被眼尖的同事看到手上的钻戒。

"林工这是订婚了？"

"恭喜恭喜啊！"

"我看看你这戒指，得是几克拉的啊？"

"有钱人买的钻戒果然不一样哈。"

…………

几个女同事凑在她身边你一言我一语，谁来了都得看两眼她手上的钻戒。

林槐夏不喜欢上班时候讨论私事，但架不住几个同事热情，耐着性子一一回答了她们的问题。

几人正聊到兴头上，不知是谁叫了一声："魏工。"

听到这个称呼，所有人瞬间噤声。

魏志邦经过几人，笑眯眯地问："凑一起干吗呢？"

"没干什么，聊聊天。"

魏志邦点点头，和林槐夏道："小林，一会儿去趟我办公室。"

林槐夏应下，其他人默默递给她一个"祝好运"的眼神。

魏志邦离开后，其他人也作鸟兽散，回到自己的工位。

林槐夏好笑地摇摇头，叫周苒苒把昨晚整理好的图表打印一份给她。

周苒苒很快将一沓打印好的材料拿给她，林槐夏道了声谢。周苒苒并没打算离开，凑在林槐夏的工位边上，八卦道："槐夏姐，被求婚是什么感觉呀？"

林槐夏整理着材料，不甚在意地笑道："没什么感觉。"

"那姐夫怎么求婚的啊？求婚现场是不是超浪漫？就那种周围全是玫瑰花，天上还有烟火，特别特别浪漫的场景？"周苒苒完全沉浸在自己的幻想中，满眼冒着粉红泡泡。

林槐夏不忍打断周苒苒的幻想。她有一搭无一搭地听着，不由自主地回忆起那天的场景——点也不浪漫，甚至都不能把它称为

"求婚"。

"说完了?"林槐夏把手里的文件夹递给周苒苒,"帮我把这个拿给方峰。"

周苒苒把文件夹抱进怀里:"说说嘛,求婚是什么样子的。"

林槐夏无奈:"你说的这些都没有,只是觉得该结婚了而已。"

"啊?"周苒苒的眉眼耷拉下来,"姐夫这么不浪漫的吗?你就这么答应了?"

林槐夏耸耸肩:"你再不过去,就陪我去魏老师的办公室。"

一听到魏志邦,周苒苒吓得寒毛耸立:"这就走了,这就走了!"

周苒苒跑出两步,又笑嘻嘻地回头:"我得把你要结婚的事告诉方峰,他要失恋了!"

方峰是组里的同事,周苒苒一直跟林槐夏讲他喜欢林槐夏,但林槐夏并不觉得。

也不知道周苒苒的脑袋里成天装了些什么。林槐夏好笑地摇摇头,朝周苒苒摆摆手,示意她赶快去工作。

周苒苒蹦蹦跳跳地走远后,林槐夏去了魏志邦的办公室。她敲敲虚掩的门,毕恭毕敬地喊了声:"魏老师。"

林槐夏读书的时候,魏志邦是他们专业的代课老师,林槐夏管他叫"老师"叫习惯了。

魏志邦正在沏茶,看到林槐夏,笑眯眯道:"来得正好,尝尝我新买的毛尖。"

他给林槐夏倒了一杯,拉着她在办公室角落的小沙发坐下。

"魏老师找我什么事?"

"哎——"魏志邦责怪地望她一眼,"先喝茶。"

林槐夏轻轻抿了一口,她不懂茶,尝不出其中差别,只笑着道:"老师,被领导请喝茶可不是件好事。"

"哎?是吗?"魏志邦叹口气,"你们年轻人这些词我可真不明白。"

林槐夏弯了弯眸子,放下茶杯:"找我来是有什么事吗?"

"我听他们说,你要结婚了?"

林槐夏没想到魏志邦也是来八卦的，苦笑地点点头。

"婚礼什么时候？定下来了吗？"

"在准备了，具体时间还没定，大概两个月后。"

"两个月啊……"魏志邦慢悠悠地拂着茶杯上的浮叶，"挺好的。老许一直担心你，现在你也稳定下来了，他该放心了。"

魏志邦口中的老许是林槐夏的研究生导师，也是业内颇负盛名的学术泰斗，许泓昌。

林槐夏腼腆地笑了笑。

"不过——"魏志邦话锋一转，神色严肃几许，"最近有个新项目，我想让你负责。我不希望影响你结婚的事，但是我也不希望你因为结婚影响了项目。"

魏志邦一边说着，一边递给林槐夏一摞资料。林槐夏最先看到上面几个大字，瞳孔不由得缩紧。

魏志邦摊开资料，不疾不徐地指给她看："你应该看着眼熟吧？是苏镇老城区的项目。除了老城区的保护，有一处废弃的旧宅院，镇政府想要重新修葺，开放给游客做旅游景点。"

林槐夏仔细听着，认真地翻动着手中的资料。忽地，她的目光突然顿住。她看着照片上那个杂草丛生，如同废墟的宅院，迟迟没有继续动作。

她当然熟悉。

她在老城区长大，临塘巷的吴宅也是她小时候常去的地方。

——"阿渡哥哥，你为什么总来这里呀？奶奶说这边很危险，不能来这边玩……不就是废弃的院子嘛，一点也不好看。"

——"你不好奇，这里以前是什么样子吗？"

——"唔……肯定很漂亮吧？"

…………

林槐夏心脏猛缩，小时候的回忆如同决堤的洪水，汹涌而出。

她紧紧抿住唇，忍住即将崩溃的情绪。

魏志邦并未察觉出林槐夏的不对劲，继续道："其实以你目前的资历，这个项目轮不到你。但我想着你是本地人，比起其他人更适合这个项目,才和院长争取了很久。这对于你来说,是挑战也是机遇。"

魏志邦边说着,边幽幽叹了口气:"不过这个项目周期久,很可能影响你结婚的事。如果你觉得做不来,我可以把项目拿给别人。"

"不,我一定要接这个项目。"林槐夏将材料往自己的方向挪了挪,抬手揉揉发酸的眼角,斩钉截铁道。

把那座院落变回最初的模样,不只是她的梦想……还是那个人的梦想啊……

"行。"魏志邦点点头,"你自己把握好,也别因为工作影响生活。"

林槐夏合上资料,抱进怀里。她弯了弯眸,半开玩笑:"您放心,就算不办婚礼我也会把这个项目做好的。"

"那你男朋友能同意吗?"魏志邦道,"话说回来,你们这些小年轻现在就喜欢有钱的,到底有什么好的?那人真适合结婚吗,你可得考虑清楚了。"

"老师,我心里有谱。"

"你有什么谱。"魏志邦叹气,"老许最担心的就是你。之前还叫我给你介绍对象呢。"

林槐夏抿着笑,问:"那老师打算给我介绍谁?"

"咳咳!"魏志邦有些不好意思地清清嗓子,"我觉得小方就挺不错的。"

林槐夏:"哎?方教授?"

魏志邦无语地乜她一眼:"我倒是想把Eden介绍给你,人家在美国呢。我说的是方峰!"

"啊……我就说嘛。"林槐夏笑了笑,也不知道为什么自己脑海里第一反应竟然是方教授。

也是,魏志邦不至于给她介绍个四五十岁的男人。

"不过,Eden确实比你那个男朋友强太多了,就是可惜不在国内,不然我真介绍给你。"魏志邦幽幽叹了口气,神情中带着一丝惋惜。

林槐夏:"……"

可算了吧。

063

从魏志邦的办公室出来，林槐夏给方教授发了封邮件。

临走前魏志邦告诉她，方教授也会跟进这个项目。虽然之前几个项目，两人总是因为意见不合在邮件里争论不休，但林槐夏还是敬仰对方的学识和专业素养的，就是在学术方面太轴。

不过，听说他会帮忙苏镇的项目，林槐夏还是打心底里开心的。

她言辞诚恳地拟了封电子邮件，告知对方这个项目对自己意义重大，希望他能够尽最大可能帮助自己。

林槐夏再三确认措辞没有问题后，才将邮件发了出去。发完邮件，她轻轻呼了一口气，向后靠在椅背上。

她随手捡起桌上的材料翻了翻，脑子里有些混乱，满脑子都是一个人——

方渡。

如果方渡知道她是重建临塘巷吴宅项目的负责人，一定会揉着她的脑袋，笑眯眯地说："我们小槐夏长大后了不得。"

成为建筑师，一直是方渡的梦想。看到临塘巷那座破败的院落恢复往日的盛景，也是他梦寐以求的事情。

她想替他完成梦想。

林槐夏将资料放回办工桌上，抬手揉了揉眉心。

看到方教授还没有回邮件，林槐夏关掉页面。

她余光瞥到后缀的"Eden Fang""New York Institute of Architecture"字样时，顿了顿，又重新打开浏览器。

之前周苒苒就天天念叨方教授，这回魏志邦也和她念叨半天，她突然有点好奇这位方教授是何方神圣。

她着实想不到一个四五十岁的中年大叔到底有多迷人，会让周苒苒这种二十岁出头的小姑娘念念不忘。

林槐夏打开纽约建筑学院的官网。

其实官网都会有任教老师的简介和照片，只不过她没在意过，自然也不会特意搜索。

就是突然有点好奇，这个和方渡同姓又刚好英文名同名的方教授，到底长什么样。

公司的网不好,页面加载半天还是一片空白。

突然,电话铃响了,林槐夏瞟了眼来电显示,下意识关掉页面,去楼梯间接电话。

电话是程栖泽打来的,问她晚上回不回家吃饭。

林槐夏想了下今天的工作量,能按时下班。

程栖泽似乎心情不错,说要亲自下厨。

"我也有好消息告诉你。"林槐夏弯了弯眸,"公司接了苏镇老城区的项目,领导让我负责。"

"是吗?"程栖泽并没有想象中的惊喜,嗓音平淡地问,"会不会很累?"

"虽然很累,但是对我评级也有帮助。"林槐夏活动了下肩胛,"而且是苏镇的项目,我一直很想做。"

程栖泽:"这样。也不要太累。家里不图你赚钱,那么拼做什么。这种事情当个爱好就好。"

程栖泽的嗓音平淡,完全没林槐夏预想中替她开心的喜悦。她抿了下唇,昏胀的头脑一瞬间清醒过来。

程栖泽怎么会因为这件事替她开心。她到底在期待些什么。

"嗯,我心里有数。"林槐夏冷静下来,"过两个月我要去苏镇出差,时间可能比较久。"

电话那边的人沉默了下。

似乎是在隐忍着什么情绪,最终,程栖泽淡淡吐出一口气,浅笑着问她:"那请问林小姐,我的婚礼会来参加吗?"

空气中弥漫的那股微妙的情绪被打破。

林槐夏轻轻笑了一声,故作犹豫道:"我考虑考虑?"

"我会提醒你请假的。"

"好。"

"还有一件事。"程栖泽顿了下,继续道,"结婚以后,有些事情就不能任着性子了。该处好关系的,要多走动,明白我的意思吗?"

暖融融的阳光穿过香樟树的枝丫,在地板上投下一片明晃晃的光影。光影搅动,隐约有马路上人来人往的迹象。

林槐夏垂眸盯着那片阴影，小声"嗯"了一下。

程栖泽弯起唇，不着痕迹地为她换了称呼："程太太。"

周六下午。

林槐夏按照程栖泽的交代，去参加了乔灵均组织的下午茶聚会。

乔灵均虽然不喜欢林槐夏，但该给的面子还是要给。知道两人订婚后，乔灵均热情地将林槐夏拉进她们的姐妹小群。

转脸，她又和小姐妹们建了个新的小群。

林槐夏不知道她这些小操作，也不在乎。在乔灵均装模作样邀请她一起喝下午茶的时候，她想也不想地同意了——单纯为了完成程栖泽交代的任务罢了。

林槐夏到达约定的 Unknown Coffee 咖啡馆时，乔灵均和几个小姐妹已经到了。

几人在 Unknown Coffee 的二层露台，这里只开放给会员，独一桌。Unknown Coffee 位于一座大使馆遗址内，欧式皇家花园设计，风景优美宜人，花团锦簇，就连空气中都飘浮着玫瑰浓郁的芬芳。

几人谈笑晏晏，聊得欢快。看到林槐夏，几人蓦然噤了声，仿佛没有看到她一样开始做自己的事。

反倒是一直看她不顺眼的乔灵均换上一副笑脸，迎了过来："槐夏姐姐，你来啦。"

林槐夏浅浅地与几人打了声招呼，选了一处角落里坐。

乔灵均却硬是拉着她坐在自己身边，整张桌子的中心点。瞬间，所有人的目光都聚集在她身上。

林槐夏清楚今天过得必然不会顺畅，她坦然地坐到乔灵均身边，把包放到一侧。

其他人默默地打量着她。

林槐夏一身亚麻质地米色连衣裙，修长的天鹅颈间配一条亮色 Twilly 丝巾，背的小挎包看不出牌子，但是整体搭配在一起，漂亮、舒适。

与其他人全身高定的靓丽打扮相比，林槐夏浑身上下除了右手上那枚钻戒外，没一件值钱的。

众人不着痕迹地轻嗤。

虽说是和程家订婚了，但看这样子，她也没多受待见嘛。

飞上枝头的麻雀永远变不成凤凰。她能嫁进程家，不就靠着那张脸？

"槐夏姐姐，恭喜呀，终于如愿嫁给泽哥啦。"乔灵均笑嘻嘻道。

林槐夏懒得深究乔灵均的措辞，浅浅笑了下，和身旁的服务生点了一壶英式红茶。

"你真的太幸运了。要不是宋荷姐去了法国，程家少奶奶的位置该是她的才对。"乔灵均幽幽叹了口气，抬起杏眸瞟林槐夏一眼，满脸天真烂漫道，"哎呀，我没有别的意思啊，就是有点想宋荷姐，你别介意。"

林槐夏笑了笑："不会的。"

"哎，我也好想宋荷姐，长得又漂亮性格又好，小时候对咱们几个都好。"

"可不是，那会儿几个臭男生欺负乔儿，都是宋荷姐姐护着。"

"程哥和宋荷姐多般配，我一直以为他俩会在一起呢。"

几人一副怀念的神情，也不知是真的想她还是故意提起。

正好林槐夏点的红茶到了。她随手倒了一杯，兑了点牛奶，轻轻搅动。

"哎呀，你们干吗总提这个。"乔灵均娇嗔，亲昵地挽住林槐夏的胳膊，"槐夏姐姐都要和泽哥结婚了，你们就不要提以前的事了嘛。槐夏姐姐，你别听她们瞎说呀。泽哥虽然一直喜欢宋荷姐，但是两人根本没交往过，可不要因为这事破坏你们两人的感情。"

林槐夏举着茶杯的手一顿，不由得蹙了下眉。

她的胳膊被乔灵均"坠"着，根本没法喝茶。能不能让人安心喝口茶？

乔灵均观察着林槐夏的神色，不着痕迹地翘起嘴角："不过槐夏姐姐你还没见过宋荷姐吧？她真的人超好，一直是我们的女神呢。哦——对了，上次的画展你还记得吗？泽哥拍下的那幅画就是宋荷姐画的。她真的超有才华。"

"这样啊。"林槐夏弯了弯眼,漫不经心地回道,"确实想见一见本人。"

林槐夏根本不知道程栖泽拍下了什么。不过倒是听说他送出去几幅画,不知道宋荷的那幅是被送出去了还是被他私藏了。

乔灵均得意扬扬地笑起来:"你见到她一定会自惭形秽的。"顿了顿,她笑嘻嘻地补充,"哦,我的意思是,是个女人见到她都会自惭形秽的,不是特指你哈。"

坐在乔灵均对面的女人突然道:"不过,林小姐真有可能见到。"

"哦?"乔灵均眨眨眼,起了八卦的兴致,"怎么回事?"

"我妈那天和宋阿姨去美容,听她说宋荷姐在国外过得其实并不好,宋阿姨想让宋荷姐回国呢。"

"啊?不会吧?我记得两人结婚时候超甜蜜的。"

"是啊,她老公浪漫归浪漫,但是听说有暴力倾向,喝醉了会打她。"

"什么渣男啊!"

"太可惜了,当初要是宋荷姐选了程哥,留在国内……"

女人的声音越来越小,她偷偷瞟了眼林槐夏。

林槐夏敛着眸,抿了口茶,仿佛并没有听几个人在聊什么。

——宋荷很可能回国。

也不知道程栖泽知不知道这事。

如果宋荷回来,程栖泽还会和自己结婚吗?

第五章
她回国了

"行了行了,别在这儿瞎猜了。"乔灵均笑嘻嘻止住几人,"槐夏姐姐还在呢,总聊这些没意思。"

"这有什么?"其中一个女人不悦道,"有些人总该有自知之明吧?难道就因为要照顾她,我们不能聊想聊的话题?"

林槐夏想,这个"有些人"应该指的是自己。

"思桐,你在说什么呀。"乔灵均嘴上嗔怪,心里却扬扬得意宣思桐的耿直,"槐夏姐姐,你别介意哈。思桐就是性子直,没别的意思。"

"不会,你们随意聊。"林槐夏淡声道。

她是真不在意几人聊的这些,唯一在意的,大概就是如果真的要从程栖泽的别墅搬出去,到底是住得离公司近一点好,还是选个便宜的地方租房比较好。

乔灵均当然不信林槐夏不在意。

当初林槐夏上赶着和程栖泽在一起,不就是图程栖泽有钱有颜,甘愿给他当个替身。现在正主要回来了,她不着急才怪呢。

想到这儿,乔灵均恨不得嘴角翘到天上去。

有戏看了。

"你还挺大度。"宣思桐向后一靠,轻蔑地睥睨林槐夏,"你不会真觉得要和程哥结婚,自己就了不得了吧?你看这里谁瞧得起你?要不是靠男人,这里都是你这辈子进不来的地方。"

她伸手向下指了指,冷笑一声。

"思桐——"宣思桐身旁的女人小声喝住她。

宣思桐无所谓地耸耸肩,双手环在胸前,小声嘟囔:"要知道她会来,我才不来呢。"

林槐夏还是那副淡淡的笑意。她饶有兴致地盯着宣思桐,不知道在想些什么。

宣思桐被林槐夏看得快要夯毛,瘪着嘴把头撇向一边。

"宣小姐说得有道理。"林槐夏收回目光,慢条斯理地抿了口茶,"如果不是灵均约在这里,我确实这辈子都不会来。

"不过你不要误会,不是来不起,只是不喜欢这里的建筑罢了。"

林槐夏神色淡淡地环顾下四周:"这座使馆建于19世纪,那个时候流行将国内建筑特色与西方结合在一起。但由于当时的建筑师学艺不精,既没有学到我国建筑的精髓,又自大地生搬硬套西方形式,导致这里的风格不伦不类,着实可惜。

"不过……宣小姐应该不了解这些,以你的视角来看,这里确实挺漂亮的。'美'是很难下定义的,自己看着心情舒畅就好。"

"你!"

林槐夏这话细究起来没什么毛病,但落在宣思桐的耳中,却像是故意嘲讽。

宣思桐不自觉扬高声调,语气尖锐:"林小姐可真了不起啊。是不是觉得自己学了点皮毛,就高人一等了?"

林槐夏笑了笑:"那不至于。毕竟宣小姐连皮毛都没学过,就觉得自己高人一等了,不是吗?"

"林、槐、夏!"宣思桐咬牙切齿,"你这么了不起,干吗非巴着程家?哦——我知道了。你那破工作不挣钱,连自己都养不活,可不得靠男人嘛!"

"宣小姐!"林槐夏神色一凛,"请注意你的言辞!"

宣思桐见她生气,像只骄傲的小孔雀一样嘚瑟:"怎么,我哪句说得不对？"

林槐夏沉默了下，面无表情地收拾好东西，起身。走之前，她冷漠地丢下一句："请你尊重我的职业。"

"听说昨天你和乔灵均她们吵架了？"

不知是谁把周末发生的事传给了程栖泽。

林槐夏不咸不淡地"嗯"了一声。

程栖泽放下手中的咖啡杯，不悦地蹙了下眉。他语气中带了些许斥责："夏夏，我是不是说过要和她们打好关系？就算你不喜欢她们，也不能再耍小性子了。以后在外面你代表的是程家，懂吗？"

"……"林槐夏心下一沉，没有解释什么。她放下喝了一半的粥，伸手抽了张纸巾擦擦嘴。

林槐夏站起身，准备回房间："吃完了。今天加班，晚上不用等我。"

经过程栖泽身边时，程栖泽伸手握住她的手腕："夏夏，有没有好好听我说话？"

女人的腕骨纤细白皙，握在手里仿佛不存在一般。可她不知哪儿来的一股力量，狠狠将他的手甩开。

林槐夏没搭理他，径自上楼回到房间。

程栖泽的眉头蹙得更深。

这还是林槐夏第一次和他闹脾气。

平日里不论什么事，林槐夏都是乖巧顺从的，从来没和他发过一次脾气。

他不知道昨天到底发生了什么，但看林槐夏的样子，确实是生气了。

程栖泽没有安慰女人的经验，也不打算哄林槐夏。她性格那么乖，过两天就好了，到时再和她讲这些道理。

然而两天后，两人依旧一句话没说。

林槐夏平时话少，但不会无缘无故不理他。

程栖泽开始坐不住了。

他不由自主盯着林槐夏的一举一动，即使被她看到，林槐夏也没有理他的意思；他故意晚上喝酒喝到很晚，林槐夏也不会像往常一样给他发消息，在客厅等他回来。

　　齐家坤让他不要往心里去，告诉他都是些小女生的欲擒故纵。

　　可程栖泽却不这么认为。

　　林槐夏不是那种会和他玩小手段的女人，她不理他，是真的生气了。

　　他逼问乔灵均后才知道那天林槐夏和宣思桐因为什么事闹了矛盾。

　　虽然他不喜欢林槐夏的工作，但他尊重林槐夏的选择，也清楚她很在意自己的事业。

　　程栖泽第一次，想要哄她。

　　之前他从未在意过林槐夏的情绪，林槐夏也很少在他面前展露情绪，永远都是乖顺听话的。

　　可最近，他发现自己越来越关注她，怕她工作太累，怕她生气不开心……

　　是从什么时候开始的？程栖泽都不清楚自己为什么会突然在意起林槐夏的一举一动。

　　或许，是从他想要结婚的时候开始的？抑或是因为她那句"以后我们只有对方了"？

　　程栖泽想不明白。

　　他讨厌这种被情感困扰的感觉，干脆不再想它。

　　程栖泽下班回家的路上，特意买了一束林槐夏喜欢的桔梗花带回家。

　　他很少给她买花，但每次买花给她，都能看出她很开心。

　　林槐夏这几天下班时间都比较晚。

　　她到家后，便看到程栖泽等在客厅，桌上摆着一束花。

　　林槐夏眉梢轻挑，顿了顿，她还是装作没看见的模样，转身准备上楼。

　　程栖泽看到她回来，挂断打了一半的电话会议，站起身："我定了家餐厅，晚上一起吃饭吧。"

林槐夏:"吃过了。"

明明给陈姨打过电话,叫她准备晚饭。

程栖泽轻笑,从身后抱住林槐夏,往日冷淡的语气染上一丝清浅的温柔:"还在生气?"

"没有。"林槐夏语气硬邦邦地回道。

她推了推程栖泽的手臂,想要离开他的桎梏。可她的力道不及男人分毫,根本推不开。

程栖泽低下头,唇畔划过她的耳际,裹着炽热的气息:"别生气了,好不好?"

这还是他第一次,卸下浑身冷然的气场,耐着脾气哄她。

林槐夏抿了抿唇,目光不经意落在客厅的展示柜上。

"……那是什么?"她突然问道。

程栖泽顺着她的目光望去,落在展示柜一层的手工模型上。

程栖泽松开她,漫不经心道:"哦,我堂哥送的订婚礼。"

那是他堂哥寄来的订婚礼物,晚上刚收到。程栖泽只随意看了一眼,便叫陈姨随意处置。

可能陈姨对"随意处置"的理解和自己不一样,她特意收拾出一个展示柜来,把模型小心翼翼地摆在当中。

林槐夏惊喜地走过去,隔着一层玻璃,细细打量起来——那是一个等比缩小、手工搭建的木制佛殿模型,完全还原了国内现今仅存的最早一座木结构建筑。这座建筑对于研究古建筑的人来说,意义重大。

她仔细观察着每个细节,能看出制作者精心打磨的痕迹。

应该费了不少心思吧?

林槐夏恍然想到在程家看到的那个比例问题严重的凉亭模型,不禁弯了弯眼睛。

看来制作者的技术精进了不少。

"怎么会有人送这种礼物。"林槐夏轻笑一声,抬眸问道,"他是做建筑行业的?"

"不清楚。"程栖泽撇了撇下唇,不甚在意,"在国外教书吧。"

"哦……"林槐夏没再追问。

"不喜欢的话我叫人搬走。"

林槐夏摇摇头:"没有啊,很喜欢。"

她俯下身,继续研究起来。

程栖泽的眉梢松了松。虽然他不喜欢这个礼物,但看到林槐夏开心的神色,他的心情缓和不少。

"喜欢的话,我让人搬到你卧室里?"

林槐夏小心翼翼地问:"可以吗?"

"当然。"程栖泽将她拥进怀里,"晚上一起吃饭?"

林槐夏的双眸染上笑意,轻轻点头:"好。"

纽约。

方渡回到办公室时,便看到李睿宸大刺刺地坐在自己的办公椅上,玩弄着他上课用的 3D 打印模型。

"我看你办公室没锁门,就进来了。"李睿宸丢掉手里的模型,闲庭信步地踱到办公室中央,"以后记得锁门,你看你这屋里最贵的东西就丢了吧。"

方渡顺着他的视线瞥了眼最中央那个空荡荡的展示架,沉默了一下,将手里的教案放到书架上,又把李睿宸弄乱的桌面收拾好。

李睿宸背着手绕展示架一圈,啧啧道:"这贼还挺有艺术素养,知道那东西值钱。"

"没丢,当礼物送给我弟了。"方渡淡声道。

"你弟?"李睿宸惊了惊,"国内那个堂弟?"

方渡:"嗯。"

"你俩不是关系不好吗?随便送点贵重的不就行了,干吗把你这么宝贝的东西送出去?"李睿宸叹了声,"我连碰都不给碰,你居然就舍得让它漂洋过海,送给你那个二十几年没见过面的堂弟。"

"Gavin!"方渡停下手中的动作,抬头看他。

"干什么?"

方渡:"我很显老吗?"

李睿宸疑惑："？"

"只有十五年而已。"方渡漫不经心地解释，"他马上要结婚了，自然应该送份有诚意的礼物。"

十五和二十几也没差几年。

李睿宸默默腹诽。

他忽地想到什么，用胳膊肘顶顶方渡，朝他挤眉弄眼："那你是不是要回国参加婚礼了？你最近跟进的课题不也要回国做 field research？正好找'小老婆'去。"

方渡已经懒得纠正他的称呼："我不打算回去。"

"Jesus Christ！你送了这么一份大礼——"李睿宸夸张地比画出一个"大"字，"都不打算回去参加个婚礼？"

方渡微微蹙眉："如你所知，我们俩从小就不对付。"

"可是——"

"还打不打算吃午饭了？"方渡打断他。

李睿宸一时间没有理清其中逻辑。

明明关系那么差，为什么要送自己最宝贝的东西当礼物？都已经送出那么贵重的礼物了，按理说方渡是重视这件事的，又为什么对回国参加婚礼这件事充满厌恶？

方渡不打算和李睿宸解释。

与其说是送给程栖泽的订婚礼，不如说是给林槐夏的。她一定会喜欢。

方渡有私心，不想以兄长的身份回去参加两人的婚礼。

他知道林槐夏没有认出自己，不然她不会那副公事公办的语气回复他的邮件。既然如此，不如就从她的世界里永远消失，知道她平安幸福就好。

退一万步讲，就算……她认出了自己，又怎样？

她的态度，早已说明了一切。

林槐夏收拾好东西，准备和程栖泽一起出门。

她平时上班不习惯化妆，特意回房间换了身连衣裙，简单化了妆。

收拾满意，林槐夏踩着高跟鞋下楼。

程栖泽正在楼下等她，见她下来的同时，手机铃声响起。他朝林槐夏比了个手势，退到落地窗边接起电话。

电话是齐家坤打来的。

"泽哥，宋荷姐的事你听说了吗？"

听到宋荷的名字，程栖泽眉心一跳，不由得蹙起眉。

他下意识地瞟了眼林槐夏的方向，林槐夏见他在打电话，并没有打算靠近，但程栖泽还是朝她比了个"禁止靠近"的手势，往后退了一步。

"什么事？"他问。

"我们在 Revol，你过来说。"齐家坤急匆匆道。

程栖泽斟酌片刻，淡淡回了个"好"便挂断电话。

林槐夏站在玄关处望着程栖泽，程栖泽收起手机，朝她走过去。

他嗓音冷淡地解释："齐家坤。说是有急事，让我去一趟。"

林槐夏轻轻皱了下眉。她第一反应是自己的妆白化了，卸起来很麻烦。

程栖泽捕捉到林槐夏神色的变化。

他心想，如果林槐夏留他，他就不去了。

可林槐夏只是朝他清浅地笑了下："可能是生意上的事，别耽误时间快去吧。一起吃饭的时间有很多。"

齐家和程家一直有生意往来，林槐夏以为齐家坤打电话来，是生意上出了问题。

程栖泽最看重这些，她没必要为了一顿饭捆住他。

反倒招人厌。

程栖泽垂着眸睨她，试图从她的表情变幻中看出一丝失落和挽留。可除了方才那一蹙眉，林槐夏神色与往常无异，清清冷冷的，满是理解。

程栖泽到 Revol Club 时，齐家坤正耽溺于美色，和他的"妹妹们"声色犬马。

程栖泽快步走到齐家坤身边，揪住他的衣领，把他从美人堆里硬是暴力地拽了出来。

"唔——谁——"齐家坤骂骂咧咧地转过头，便对上程栖泽几乎能杀人的目光，"原来是小程总哈。"

他小心翼翼地掰开程栖泽的手指，脸上挂着讪笑："小、小程总，先把我放下来嘛……"

"齐家坤。"程栖泽声音冷然，每一个字都像是能将齐家坤碾碎一般令人不寒而栗。

"小程总……"齐家坤委屈地呜咽一声，"能不能先放我下来。"

程栖泽狠狠地将齐家坤摔到沙发上，而后厌弃地掸了掸被他弄脏的手。

周围的热闹喧嚣一下子停住，瞬间陷入低气压中。所有人都小心翼翼地盯着程栖泽。

齐家坤委屈巴巴："我不就是提了一句……"

"老子要结婚了，你再跟我提宋荷，信不信我把你从这里扔下去？！"程栖泽很少爆粗口，只有脾气隐忍到极致的时候才会这样。

"哎，我以为……"齐家坤瞅了眼程栖泽攥紧的拳头上凸起的青筋，立马噤了声。

他以为程栖泽心里只有宋荷，结婚只是说着玩玩的罢了。

他战战兢兢地观察着程栖泽的一举一动，见程栖泽神色稍微缓和了点，才小声开口："宋荷姐离婚了……我以为你会想第一时间知道……"

程栖泽眉宇间的戾气松动些许。他怔了片刻，沉声问："你说什么？"

"宋荷姐……离婚了。"齐家坤小心翼翼地重复一遍。他朝身旁的女人使了个眼色，叫她给程栖泽倒一杯酒。

齐家坤把酒杯递给程栖泽，继续道："我听说宋荷姐在国外过得很不好，她丈夫家暴，两人前阵子就离婚了。离婚后她前夫一直纠缠，宋家想把她接回来。"

程栖泽蓦地沉默了。

程栖泽一直以为，宋荷在国外过着她最想要的那种生活。

浪漫的，自由的，热烈的。

却没想到，本应单纯美好，被人捧在手心里呵护的她，却遭遇这般蹂躏践踏。

齐家坤小心地盯着程栖泽的反应，小声问："所以……如果宋荷姐回来的话，你还考虑结婚吗？"

一时沉默。

程栖泽没有回答。

他不知怎的，脑海中第一个浮现的是林槐夏的身影。

他遥遥想起两人第一次见面时，是在酒吧。

林槐夏那个时候还在读书，简单的T恤牛仔裤搭配，又长又直的黑发披在身后，清冷中带了点学生的稚气，与酒吧喧闹的氛围格格不入。

女孩儿长得太漂亮，全场的男人都恨不得用目光将她生吞活剥。

可她谁的搭讪也没理，独独盯着他看，毫无避讳的意思。

程栖泽知道她一直在看自己，却未在意。

注意到她的时候，他喝得有些醉，恍惚间将她看成了宋荷。两人长得极像，就连笑起来都是眼睛弯弯的，似若含情，像是将天上所有的星尘都揉碎在那双眸中，亮盈盈的。

他从小就喜欢宋荷。

宋荷漂亮单纯，对谁都好，在他最崩溃最痛苦的那段时光里，只有她愿意陪在他身边，容忍他的坏脾气，温柔地告诉他要像个男子汉一样长大。

可他的爱情也止于十八岁那年。那年宋荷要出国读书，他鼓足勇气告白，却被宋荷直截了当地拒绝。

宋荷笑眯眯地告诉他："阿泽，你对我的喜欢不是爱情，懂吗？"

程栖泽不懂，但他知道宋荷为什么拒绝自己。

他不符合宋荷的理想型。她喜欢浪漫的、有艺术家气质的男孩子，与他截然相反。

那个时候的他，眼里只有程家继承人那个位置。利欲熏心的商人，不过如此。

宋荷出国后，他对女人没了兴趣，专注于事业。他把宋荷藏在心底，不敢触碰，也不想触碰。

——直到遇见长相和气质都很像宋荷的林槐夏。

但刚见面那会儿，他没想过和林槐夏进一步发展。他只想把她当作假想的宋荷，远远地看一看，就好。

可林槐夏像宋荷，又不像。

她有宋荷的漂亮单纯、温柔善良，却又不像宋荷那样天马行空、不食人间烟火。她有烟火气，乖巧又听话，听他讲话时认真的神情带着仰慕和眷恋，是一个女人对喜欢的男人会有的模样。

所以那晚喝醉，不小心打成她的电话后，程栖泽没忍住心里那股邪念，蛮横地吻了她。

他问她愿不愿意做自己的女朋友，她答应了。

第二天酒醒，程栖泽意识到自己做的糊涂事，当面和林槐夏道歉。她的神色很淡，没有想象中的愤怒和纠缠，只是平静地告诉他自己并不会怪他，愿意和他分手。

她太好了，即使他对她做了那么过分的事，她都没有半点责备他的意思。

鬼使神差地，程栖泽提出继续在一起。

林槐夏依旧答应了。

就这样，两人交往了三年。

程栖泽最开始确实觉得她像宋荷。就连朋友们提起这事，他都没有反驳过。可现在，他越来越分不清自己到底是觉得她长得像宋荷，还是只因为她是林槐夏了。

至少……他和林槐夏提结婚的时候，压根儿没想到过宋荷。

程栖泽将手中的烟捻灭在烟灰缸里。

他站起身，嗓音冷淡："最后一次。以后别让我听到她的名字。"

过两天是周苒苒的生日。

林槐夏没有和同事打好关系的心思，但她惦记着之前周苒苒给自己的红糖姜，还有时不时投喂的小零食，计划买个生日礼物还周苒苒这份心意。

林槐夏挑了个不上班的周末去了商场。

前两天加班的时候，周苒苒一直念叨Pandora的手链，说最近出了个什么迪士尼公主联名款很喜欢。

林槐夏打算买那条手链送给她。

从店里出来，林槐夏遇到从隔壁梵克雅宝出来的宣思桐和她的小姐妹。

"哎哟，林小姐？好久不见啊。"宣思桐阴阳怪气地和林槐夏打招呼。

林槐夏微微颔首，不想与宣思桐纠缠。

宣思桐抢先一步挡住林槐夏的去路，冷笑着问："这么巧，要不要和我们一起逛街啊？"

她垂眸瞥了眼林槐夏手里的包装袋，讥讽道："程栖泽给你那么多零花钱，只够买这个？"

林槐夏懒得搭理："还有别的事，就不陪宣小姐了。"

"行吧。你逛的那些我也看不上。"宣思桐嗤了一声，"看在今天遇到的份儿上，我大发善心告诉你个消息吧。"

"没兴趣。"

"宋荷要回国了。"

两人同时说道。

林槐夏一怔。

宣思桐看着林槐夏神色的变化，笑道："懂我意思吧？"

林槐夏抿了抿唇，没说话。

"别怪我没提前通知你。"宣思桐拍了拍林槐夏的肩，得意扬扬，"趁着程栖泽还没提退婚的事，多从他那里捞点好处再分手吧。"

从商场出来，林槐夏坐上车。

程栖泽刚刚接了通工作电话，没陪她上去。见她回来，程栖泽问："怎么这么久？"

"遇到宣思桐了。"林槐夏老实答道。

程栖泽注意到她神色中的异常，微微蹙起眉："怎么了？"

林槐夏没说话。

良久后，她轻轻呼出一口气，淡声道："她和我说，有个朋友要回国。"

"朋友？你们共同认识的朋友？"

"宋荷。"

听到这两个字，程栖泽搭在车门上的手一顿。

林槐夏转头，平静地看向他。

她是故意提宋荷的。

如果程栖泽想为了宋荷取消订婚，那还是尽早说明白比较好。

狭窄的车厢内静阒无声，只有程栖泽指尖有一搭无一搭敲在车门上的微弱声响。

空气闷得令人窒息。

程栖泽神色平淡，仿佛并没有听到她刚刚提到的那个名字。他道："如果不喜欢这些人，不来往也没有关系，不用难为自己。"

林槐夏静静地看着他，想从他的神色中发现一丝端倪。可他依旧是往日那副冷淡的模样，没有一点起伏。

"好。"她轻轻应道。

周苒苒生日的那天，公司行政特意给她准备了一个小蛋糕当作生日礼物。蛋糕是员工福利，每个人过生日的时候都有，大家早已习以为常。

可周苒苒拿到蛋糕的时候，兴奋得仿佛公司给她办了一场大型生日派对。

其他人被她感染，竟也不觉得工作日苦闷又漫长了。几人凑在一起给她过生日，点下午茶。

林槐夏和几个领导开完会回到工位，桌上放了个纸盘子，上面装了一角小蛋糕。

周苒苒捧着手机"哒哒"地跑过来："槐夏姐，我们在点奶茶，你喝什么?"

"不用了,谢谢。"

"为什么不喝呀?要减肥穿婚纱吗?"周苒苒歪头笑嘻嘻道,"你已经很瘦啦,不用减肥!"

"没有,不太想喝。"林槐夏弯了弯眼睛,将买好的礼物拿给周苒苒,"生日快乐。"

"呀!"周苒苒眼睛亮了亮。她双手接过林槐夏递来的礼品袋,打开看了看,"是我最想要的那条手链!"

周苒苒兴奋地抱住林槐夏蹭了蹭:"呜呜呜,谢谢槐夏姐!"

林槐夏很少和人这么亲密接触,不好意思地僵了下:"喜欢就好。"

"喜欢!超喜欢的!"周苒苒把手机扔到桌子上,迫不及待地掏出手链,让林槐夏给她戴上。

林槐夏帮周苒苒调好手链长度,周苒苒抬起胳膊,朝她晃了晃:"好看吗?"

林槐夏:"好看。"

周苒苒嘻嘻一笑,逢人就嘚瑟林槐夏给她挑的生日礼物。

林槐夏看着她永远活力四射的背影,好笑地摇摇头。

周苒苒就像是组里的开心果,明明平时工作压力大,组里气压低,可周苒苒却总是感觉不到,永远活力满满,每次都能带给整个组欢声笑语。

周苒苒炫耀一圈,跑回来:"谢谢姐,我真的太开心了,呜呜呜!槐夏姐你生日什么时候呀?我也要超——精心准备一份生日礼物给你。"

林槐夏又不是来和她交换生日礼物的,笑着道:"不用了,你喜欢就好。"

"不行!我一定要给你准备一份,槐夏姐快把生日告诉我。"

林槐夏拗不过她,只好道:"9月16日。"

周苒苒认真地在手机上备注好,突然一顿:"哎?我记得上次看到你的身份证是几月30号来着?你改过生日?"

"啊……"林槐夏讪讪,"我记错了,是30号。"

周苒苒嘲笑她："怎么会有人把自己生日记错呀！"

"太久不过生日，所以忘了。"

9月16日是方渡的生日。

林槐夏小时候总是喜欢黏着他同一天过生日，非要装作两人同月同日出生似的。

自从方渡离开后，她就没再过过生日，久而久之，对自己的生日也不敏感了。

林槐夏回家的时候抱了一束花。

周苒苒心血来潮，买了一大捧玫瑰给自己过生日，临下班的时候给组里每个女同事分了一束。

林槐夏本不想要，是周苒苒硬塞给她的。

回到家，林槐夏找了个空花瓶，把玫瑰插了进去。

程栖泽正好下班回来，看到林槐夏在客厅插花。他走过去，垂眸瞟了眼花瓶里的红玫瑰："买花了？"

"不是，同事送的。"

"哦？"程栖泽漫不经心地扬高语调，"男同事？"

"不是，是女生。她过生日，买了一大捧花，我们几个人分掉了。"林槐夏下意识地解释。

蓦地，她顿了顿，轻轻"咦"了一声。

"怎么？"程栖泽伸手捻起一枝瓶子里的玫瑰，谁承想上面的刺没有去干净。突如其来的钝痛从指尖传来，程栖泽微不可察地皱了下眉，将玫瑰扔了回去。

"你……"林槐夏转身看向他，唇边噙着一丝打趣的笑，"吃醋了？"

往常，他可不会在意这些。

"当然。"程栖泽大方承认，"女同事送的也不行。"

"小气鬼。"林槐夏好笑道。

她把花瓶摆到阳光房。

天色已暗，透明的玻璃映出屋外零星的灯光，林槐夏安静地伫立在绰绰光影和锦簇花团间,画面静雅美好。

那一瞬间程栖泽突然觉得,要是每天回家都能看到这样的场景就好了。

他回过神,松开颈间的领带,朝林槐夏走过去。他从身后抱住她,吻了吻她的耳尖:"周六去试婚纱,别忘了。"

潮热的气息贴着她的耳郭,林槐夏耳朵敏感,泛起酥酥麻麻的痒意。

她的脸颊瞬时染上一抹绯红。

"……没忘。"

程栖泽又靠近些,轻声问:"今晚……要不要搬到我房间睡?"

林槐夏一怔,脸颊烧得火辣辣的烫。

她清楚这句话意味着什么。

林槐夏思想比较传统,即使和程栖泽交往了三年,也没有和他进一步发生过关系。

程栖泽尊重她,从未逾越过。这还是他第一次提出这种"邀请"。

林槐夏并没有做好这方面的心理准备,犹疑地拒绝了:"过……过两天再说吧。"

"都要结婚了,差这一两天?"

林槐夏抿了下唇:"都要结婚了,不急这一两天。"

程栖泽被她气笑了。他放开林槐夏,不想在这种事上逼迫她。

"你最近是不是有心事?"林槐夏突然问道。

"嗯?"

"就是……"林槐夏犹豫了下,不知道该怎么形容,"有点怪。"

会关注从前他不在意的事,会突然和她亲近,这些都是之前没有过的。林槐夏一时间有点不适应,她觉得自己可能有受虐倾向,居然开始怀念之前那个对她冷冷淡淡的程栖泽。

程栖泽清了清嗓子,道:"没有。你就是婚前疑心变重了。"

"这样吗?"

"嗯,我听说结婚前都容易有婚前综合征。"

"哦……可能是吧。"林槐夏将信将疑。

程栖泽没说话。

自从林槐夏和他提起宋荷后,他就莫名变得敏感起来。他不由自主地关注林槐夏的一举一动,怕她因为以前的事和自己闹,又怕她不和自己闹。他拿不准林槐夏的想法,更不清楚自己到底怎么回事。

突然,手机铃声唤回他的思绪。

林槐夏见他发呆,帮他把手机拿了过来:"你的手机。"

她下意识地瞟了眼手机屏幕,是个没有备注的陌生号码,区号也是她没见过的一串数字。

程栖泽看了眼电话号码,微不可察地蹙了下眉。

他将电话挂断。

隔了会儿,电话再次响起。

程栖泽沉默了下,最终还是接了电话。

他拿着电话从阳光房出去,接起电话:"喂?"

六月底的帝都,空气干燥,已然泛起丝丝热意。静阒漆黑的花园里,能听到蝉鸣的声音。

"阿泽?我是宋荷。"

周六,林槐夏和程栖泽一起去工作室试婚纱。

工作室是傅静安找的。她虽然不喜欢林槐夏,但毕竟是程老爷子点头的婚事,自然要将所有事宜安排得井井有条。

傅静安不相信林槐夏的眼光,所有细节都必须亲自确认,就连婚纱都是傅静安先选出几条,再让林槐夏从中选身最喜欢的,按照她的身材尺寸定制。

"下周五去领证,周六有一场晚宴需要出席。还有周末要去看婚礼场地,确认方案。"程栖泽牵着林槐夏的手,和她确认时间。

"嗯。"林槐夏认真地听完,轻轻应了一声。

程栖泽握着她的手一顿,侧眸:"怎么感觉你一点都不兴奋?"

"嗯?"林槐夏满脑子都是协调工作进度的事,听到程栖泽的问话,她抬起头,"为什么这么问?"

"没什么。"程栖泽淡淡应了一句,只当自己最近太多疑。

——不是说女人结婚的时候都会特别激动吗？

"你看上去也没有很兴奋啊。"林槐夏好笑道。

"我只是没有表现出来而已。"

"那我也是。"

两人推门进入工作室。

这是间私人设计工作室，专门给上层名流设计礼服、婚纱。接待两人的设计师漂亮温和，领着他们进了VIP休息室。

傅静安总共挑出六套婚纱，除此之外，还有敬酒服、迎宾服……林槐夏翻着画册，眼花缭乱。

其实程栖泽说得没错，林槐夏对结婚并没有太多期待感。对她来说，只不过是走个流程让两人的关系具备法律效力，之后该怎么相处还怎么相处。

画册上的婚纱全都繁复华丽，林槐夏觉得都挺好看，却又大差不离，不知道该如何选择。

设计师见她犹豫，干脆替她挑出一条最符合她的气质和身材的婚纱。

林槐夏没再纠结，选了设计师推荐的那条。

助理把婚纱拿进休息室的时候，林槐夏正在看着窗外发呆。她一转头，便看到那条纯白的、拖尾足有几米长的婚纱。

平静的心湖蓦地泛起波澜。

"喜欢吗？"设计师站在旁边，笑着问她。

林槐夏盯着那条婚纱，不敢相信它将会属于自己。

"这条……可以吗？"她小声询问程栖泽的意见。

"很漂亮。"程栖泽一手支在沙发扶手上，食指有一搭无一搭地叩着。他望着那条裙子，喉结微滚，浅棕色的眸色染上一层暧昧，"试试吧，我想看。"

林槐夏轻轻咬了下唇，起身和设计师一起进入试衣间。

婚纱的拖尾极长，穿起来很复杂。拉上侧边的拉链，两个助理帮她调整婚纱鱼骨，将背后的绸带交叉打结。

设计师走到林槐夏身边，轻轻拢起林槐夏身后的长发，随意盘成髻，举在她的脑后。设计师望着镜子里的女人，笑眯眯地问："喜欢吗？"

林槐夏顺着设计师的目光望向镜子中的自己。

纯白色的婚纱衬得她肌肤雪白。V领抹胸鱼尾裙完美地勾勒出她的窈窕身材，将女人身体的每一处优点都恰到好处地展现出来。裙摆处的拖尾像是一朵盛放的白牡丹在她的脚踝边绽开，伸展至远处。

雍容美艳，清雅动人。

"到时在这里加一串珍珠项链，再补点正红色的口红，就非常完美了。"设计师的指尖划过林槐夏的天鹅颈，轻轻落在细长的锁骨处。

林槐夏的大脑已经宕机，无论设计师说什么都机械地点点头。

"腰身这里可以再收一点，Cathy记一下。"设计师摆弄着婚纱，让助理记录修改意见。

"你再看看有什么需要修改的地方。我先去拿一下程先生的礼服，一会儿回来。"

林槐夏点点头。

设计师和助理退出试衣间，只留下林槐夏一人。

林槐夏轻轻侧身，看了看婚纱后面的模样。

试衣间被精心布置过。身后的蕾丝纱幔和簇拥的玫瑰花束映在镜中，配着繁复华丽的婚纱礼裙，仿佛此时她正置身于梦幻而美好的婚礼殿堂一般。

心里的冰川正在渐渐崩塌，林槐夏望着镜子里的自己，仿佛能听到"扑通扑通"的心跳声。

她开始期待自己的婚礼了。

美好，神圣。

林槐夏拎起裙摆，朝镜中的自己抿起一抹清浅的笑意。

或许……

她该学会如何当一名好的妻子。

等结了婚，完成苏镇的项目后，她该放下过去，学会往前看了。

或许那个时候，她和程栖泽不会再像现在这样处于一段畸形的关系之中了。

那个时候,她会放下过去,当一名合格的、爱他的妻子。她相信程栖泽也会学会慢慢放下宋荷。

他们……会拥有一段平淡但幸福的婚姻。

林槐夏回过神,看到镜中的自己双颊绯红。

她羞赧地笑了一下,嘲笑这么小女人的自己着实丢人。

林槐夏双手提起裙摆,生怕把婚纱弄脏似的,小心翼翼地走出试衣间。

休息室里只剩设计师和几个小助理。

设计师手里拿着一套黑色燕尾服,见林槐夏出来,她犹犹豫豫地抬起头。

林槐夏疑惑地皱皱眉:"阿泽呢?"

"程先生他……"设计师抿了下唇,犹豫道,"程先生刚刚接了个电话,说有急事先走了。"

她怕林槐夏生气,立马将手里的银行卡递给林槐夏:"程先生走之前特意嘱咐过,林小姐不管喜欢哪件都直接刷卡,您再试下其他的,一会儿程先生的助理会过来接您。"

急事?林槐夏的眉头蹙得更深。

他明明推掉了所有工作上的安排来陪她试婚纱。是什么急事连具体情况都不能告诉她,让他连婚纱都没看到就离开?

——宋荷要回国了。

宣思桐和她说的话突然从她的脑海里跳了出来。

是了,还能有什么急事能让他这么匆忙,连未婚妻都能抛下。林槐夏轻轻弯了弯唇,笑容中不带一丝感情。

换回自己的衣服,林槐夏什么都没买,也没有等耿宁过来,直接打了辆车回家。

她点开程栖泽的微信,想问问他具体情况,又觉得没必要。

林槐夏忽地想起那晚程栖泽接的电话。

陌生的区号,特意避开她。

林槐夏抿起唇瓣，打开手机自带的浏览器。她把记忆中那个电话的区号输了进去。

0033，法国的区号。

宋荷在法国。

林槐夏觉得自己真是可笑。她和程栖泽两人本就是畸形的恋爱关系，自己竟然可笑地奢望一段正常的婚姻？

她闭了闭眼。

既然宋荷都回来了，这段畸形的关系，还是尽早结束得好。

林槐夏再次回到微信，点开和程栖泽的聊天框，简单地输入几个字：分手吧。

是时候结束这可笑的一切了。

第六章
小槐夏,好久不见

程栖泽在机场接到宋荷,开车带她回城东离机场最近的那套别墅。

这还是他十八岁以后第一次见到宋荷。她比印象中瘦了不少,神色疲惫,下巴处隐约能看到淡淡的瘀痕。

宋荷靠着车窗睡着了。

程栖泽关好微敞的车窗,打开车里的暖气。他给在法国的朋友打了个电话,那边的人问他:"接到没有?"

"接到了。"程栖泽淡声道,"麻烦你了。"

"小事。"那人道,"她想提前回国,所以临时改了航班。我一忙把这事忘了,才想起来提醒你。"

"没事,人已经接到了。"

"行,那我不打扰你们了。她这几天过得很不好,状态挺差的,你好好照顾。"

"嗯。"程栖泽应了一声,挂掉电话。

手机还剩3%的电,程栖泽把手机扔到充电的地方。

宋荷醒来的时候车子已经停稳。她迷迷糊糊地睁开眼,程栖泽正拎着她的行李箱,等在车外抽烟。

宋荷清醒一点后,打开车门。她问程栖泽:"你把我带到哪儿了?"

"放心,是我闲置的一套别墅。"程栖泽捻灭手里的烟,抬手示意宋荷一起进去。

门是密码锁,别墅里面已经打扫干净。

"我时差没倒过来,脑子不太好使,不太好意思哈。"宋荷昏沉沉地听着程栖泽给她讲别墅里的布局,什么也没听进去。

"没事,先好好睡一觉吧。"程栖泽把她的行李箱放到卧室,"我还有事,要赶回城里。"

"好,你忙。"宋荷连衣服都没换,直接倒在床上,把被子抱进怀里。

程栖泽看着她自由奔放的睡姿,不由得皱了下眉。他没说什么,转身打算离开。

"唔,差点忘了。"宋荷迷迷瞪瞪地坐起身,和他道谢,"谢谢你啊。我不想让我爸妈知道我回国了,在国内又没什么认识的人,法律上的事只能求傅阿姨帮忙了。"

程栖泽顿住脚步,一手抄兜,淡声道:"嗯,我和她说了,暂时不要和宋家说你回来的事。"

宋荷离婚后,前夫一直骚扰。她没办法,只能回国寻求帮助。

当初和那个法国人结婚的时候,宋家就不同意,宋荷这次回来,难免被家里人数落。这段时间的事情让她身心俱疲,不想和家里人周旋,她只好找别人帮忙。

国内唯一认识的律师就是傅静安,宋荷自然而然地想到找程栖泽帮忙。

宋荷若有所思地点点头,眼皮像是被灌了铅一样不受控制,她昏昏沉沉地躺回床上,就听程栖泽道:"真不知道你怎么找了这么个人结婚。以后不要再见他了,那种品行不端,吸毒打女人的垃圾配不上你。"

宋荷不想和他讨论这个,她在床上打了个滚,拿被子捂住耳朵:"阿泽,我现在又累又困,能不能让我好好睡个觉?"

程栖泽无奈地撇嘴。

一切安置妥当,程栖泽回到车上,给耿宁打了个电话。

"接到人了吗?"他问。

程栖泽打开导航,准备回家。

电话那头顿了顿,耿宁犹犹豫豫道:"我到店里的时候林小姐已经离开了,工作人员给我一张银行卡,说林小姐什么也没买直接走了。"

程栖泽怔住。

他挂掉电话,切到微信,便看到林槐夏发的那条消息。

他眉心一跳。

程栖泽顾不得其他,立马点着车子往回家的方向开,同时给林槐夏去了个电话。

没人接。

——自己到底是怎么回事?怎么会把她一个人扔在婚纱店?!

程栖泽揉了揉眉心,又给林槐夏打过去。

当时接到朋友的电话说宋荷已经下飞机的时候,他没想那么多。情况紧急,他又觉得宋荷精神状态不好,不敢随便打发个人去接她。

他自以为林槐夏这边安排妥当,不会出问题。

……不该留她一个人在婚纱店的。

电话依旧没人接。程栖泽狠狠地捶了下方向盘。

自己到底在想些什么!

平时林槐夏太懂事太好说话了,他竟然觉得可以把未婚妻一个人留在婚纱店试婚纱?!

程栖泽打第三个电话的时候,电话被直接摁掉。

很快,他收到一条短信:既然宋小姐回国了,以后就不要再联系了。祝安好。

——原来她什么都知道。

趁着红灯,程栖泽连忙编辑短信回复:不是你想的那样,乖乖在家等我,见面说。

他点下发送键,短信被退回了。

手机被拉黑了,微信也是。

程栖泽心口一窒,茫然地放下手机。

——到底为什么会变成这样?

指示灯转绿，身后传来刺耳的喇叭声。程栖泽回过神，拉下手刹，狠狠踩下油门。

程栖泽到家的时候林槐夏已经离开了。据陈姨说，林槐夏回来简单收拾了下，就拎着行李箱走了。

陈姨小心翼翼地问："是不是吵架了？"

程栖泽没说话，直接去了林槐夏的房间。房间里一尘不染，东西摆放有序，仿佛林槐夏不曾离开。

程栖泽的目光放到桌上那枚戒指上，不由自主地蹙起眉。

她不是没有离开，而是没有带走他送的所有东西。属于她的东西本来就很少，几件她自己买的常穿衣物，一些工作上需要用的材料。除此之外，程栖泽给她的那些高定礼服名牌珠宝，她一件也没有带走。

程栖泽拾起桌上那枚戒指，目光沉了下来。

明明屋里满满当当的，他却觉得十分空旷。

林槐夏从别墅离开后，并不知道自己该去哪里。

她开着自己那辆红色的小君威离开别墅区。导航第一栏是公司地址，她想了想，干脆找了公司附近一家酒店的地址，导航过去。

驶入市中心，她突然感觉眼前的景象变得陌生起来。

她不是本地人，在这里也没什么朋友。

当初会搬到程栖泽的别墅住，是因为租房遇到了个变态房东，不得已搬到了他家住，一住就是三年。

程栖泽是她在这里唯一熟悉的人。

林槐夏扯了扯嘴角，突然觉得莫名心酸。

自己是真的离谱啊。几个小时前还考虑着当一名合格的妻子，现在就把人家甩了。

又变回孤身一人。

导航提醒她还有三百米到达目的地，林槐夏揉了揉发酸的眼睛。

她把车停到酒店的停车场，只拿了一只随身行李箱去前台登记入住。她在程栖泽家里放的东西很少，一只大箱子和一只随身箱就能装下属于她的全部物品。

现在想想,可能那个地方本身就不属于自己。

不是节假日,酒店空余房间挺多。

林槐夏直接订了一个星期的房间。换好房卡,她拖着行李箱走到电梯间,上楼。

房间不大,但干净整洁,她把行李箱放在过道,坐到床上。

第一件事是赶快租房。

林槐夏下载了个租房 App,在上面找到公司附近的房源,快速联系了几家约好看房时间。

周一上班,林槐夏习惯早起,全部收拾完距离上班时间还有一个多小时。时间像是凭空多了出来,她莫名还挺喜欢这种感觉的。

林槐夏收拾好东西,慢悠悠地吃了早饭,出发去公司。

刚走到公司大门口,她看到一抹熟悉的身影独自站在大门旁边,抽着烟,莫名地添了几分孤寂感。

林槐夏微怔,下意识地转身往大门的另一端走。

那人看到林槐夏,将手里的烟捻灭,快步朝她走去。

林槐夏还未反应过来,胳膊被人桎梏住。

"程先生,请放开我。"林槐夏逃不掉,干脆停下脚步,毫不避忌地看向程栖泽。

程栖泽一怔:"夏夏……"

眼前的林槐夏像是变了一个人,口吻疏离,神色淡然的模样仿佛站在她对面的是个陌生人。

明明往常她都是乖巧听话的,为什么可以做到这么决绝?

林槐夏趁着他愣怔的瞬间,将胳膊从他手中抽离,向后退了两步,和他保持距离。

陆陆续续有人来上班,不少人注意到角落里的两人,忍不住张望几眼。

林槐夏看到其他人的目光,不由得蹙起眉。她朝程栖泽微扬下巴,示意他离开门口。

林槐夏带他走到树荫下。那里是员工经常摸鱼抽烟的地方，比较隐蔽。

　　林槐夏淡声道："以后不要来公司找我，我不希望因为你耽误工作。"

　　程栖泽跟在她身后，心想着，原来自己还不如她的工作重要。

　　程栖泽："你的电话打不通，我只能来这里找你。"

　　林槐夏不以为意："宋小姐已经回来了，还来找我做什么？"

　　程栖泽沉默了下，解释道："我确实是去接宋荷了。但只是因为她情况不稳定我才去的。不管她回不回来，对我们的婚约都没有影响。"

　　"情况不稳定？那下回她情况不稳定的时候，你是不是要婚礼办一半跑过去？"林槐夏轻哂，"程先生，我都帮你省去提分手的步骤了，还不够吗？"

　　"夏夏，不要这样。"程栖泽作势想要抓住林槐夏的手，"这件事是我做得不对，以后不会再发生。不要拿结婚赌气。"

　　林槐夏不愿与他有身体接触，厌恶地躲开他的动作。

　　"夏夏。"程栖泽手上空落落的，他身体一顿，垂下眸，"乖，别闹了。"

　　"还要我多乖？当初你把我认错成宋荷，我便乖乖给你当了三年的宋荷，还不够吗？现在本人都回来了，还要我这个替代品做什么？"

　　原来林槐夏一直都知道宋荷的存在，只不过没说而已。

　　程栖泽道："夏夏，我喜欢的人是你，将来要娶的人也是你，和宋荷没有关系。"

　　"程先生，"林槐夏讥讽地笑了下，"说这种话自己不心虚？你说你喜欢的人是我，可你连我到底是什么样的人都不了解。你喜欢的,可能只是你想象出来的一个喜欢你又听话顺从的'宋荷'而已。"

　　林槐夏的每一个字都像是狠狠地砸在他的心口。程栖泽微一恍惚，有一种喘不过气来的窒息感。

　　林槐夏不想与他继续纠缠，越过他，朝公司门口走去。

　　程栖泽挡住她的去路。他垂着眸，轻声道："夏夏，我们都冷静下。至少你还喜欢我,对不对?"

"喜欢?"林槐夏仰起头,对上他的视线。

她望着他那双眸,深褐色的瞳仁在阳光的映射下像琥珀般晶莹好看。只不过,没有印象里的浅浅笑意。

她忽地笑了起来。

"你想多了,我喜欢的,只有你那双眼睛而已。"

吃过中午饭,林槐夏去茶水间泡咖啡。还没走进去,她便听到里面几个人聊天。

"真的是林工!早上和她一起的那个帅哥超帅的!不知道是不是她男朋友。"

"怎么可能是她男朋友,她不是傍了个集团老板吗?那都得好几十了吧?贵圈可真乱。"

"你们注意没有?林工今天没戴戒指来上班……"

"被甩了吧?估计人家前妻找来了。"

"向安阳,你酸不酸啊?"最后一句是周苒苒说的。

林槐夏站在门口,不知道自己这会儿是进去好,还是不进去好。

就在她犹豫的片刻,周苒苒转身看到门口的林槐夏:"槐夏姐?"

茶水间里其他人一下子噤了声。

林槐夏点点头,装作什么都没听见的模样走进茶水间,翻出自己放在储物柜里的挂耳咖啡。

茶水间里的众人交换了个眼神,最后把目光锁定在周苒苒脸上。

周苒苒撇着嘴瞪她们一眼,但着实忍不住好奇心,问:"槐夏姐,今天早上和你一起的那个帅哥是谁呀?"

林槐夏拆着包装袋,轻描淡写:"哦,前男友。"

早上看到林槐夏和程栖泽站一起的章嘉敏道:"林工,你男朋友又帅又有钱,怎么舍得分手啊?"

旁边的女同事附和:"是啊林工,怎么突然分了?"

林槐夏不想解释太多,干脆道:"他出轨了。"

从某种意义上讲,应该也算出轨吧?

章嘉敏听罢，帅哥滤镜碎了一地："长那么帅原来是个渣男！"

向安阳笑了笑："这年头有钱人出轨的多了去了。槐夏，找这么一个不容易，你应该好好扒着的。"

林槐夏笑了笑，没搭话。

其他人倒没像向安阳那样说风凉话，纷纷劝林槐夏不要伤心难过，好男人一抓一大把，不要在一棵树上吊死。

林槐夏谢过几人好意，神色却依旧淡淡的。

差不多到了上班时间，几人随意聊了会儿别的就散了。

周苒苒陪林槐夏回到工位，和她道："槐夏姐，你别理向安阳。她就是酸鸡，自己能力不行提不了职称又没人要，就是羡慕嫉妒恨。"

林槐夏抿唇笑道："好。"

其实她压根儿没把向安阳的话放在心里。

"不过……"周苒苒顿了顿，朝林槐夏眨眨眼，"槐夏姐，我怎么觉得你的反应一点都不像失恋了？"

"嗯？"林槐夏抿了口咖啡，"有吗？"

"有啊，感觉你一点都不难过？"

林槐夏突然有种被人看透的感觉。她清了清嗓子，故意反问道："我为什么要难过？"

周苒苒双手抱着保温杯，歪头想了想。

"哎——槐夏姐你说得对哎！"她眼前一亮，"干吗要为了渣男难过！天啊，你太酷了！你简直是我的女神！"

林槐夏好笑地看了看周苒苒，不知道她的脑子里到底装了些什么。

林槐夏不着痕迹地转移话题，快走到工位的时候，两人被一个男人挡住去路。

那人大概一米八五的个子，身材壮硕，留着个寸头，浓眉大眼国字脸，笑起来十分憨厚。

方峰拎起手里的袋子，朝林槐夏弯起眼睛："林工，我给大家买了下午茶，你先挑一杯喜欢的。"

林槐夏笑了笑，还没说话，旁边的周苒苒道："哇！金融街上那家新开的'雪茶'！我听说队排得老长了，你怎么买到的？叫的'跑腿'啊？"

"瞎说什么呢。"方峰瞪她一眼，"我排了一中午好不好？"

他从保温袋里取出一杯，递给林槐夏："听说这是他们家的当季限定，你尝尝好不好喝。"

周苒苒"啧啧"两声："你怎么光给槐夏姐，我也想喝。"

方峰无语："这么多呢，有你的份儿，别在这儿瞎掺和。"

周苒苒咧着嘴，朝林槐夏挤挤眼睛，满脸写着"你看我就说方峰喜欢你吧，听说你分手了赶快跑来献殷勤了"。

林槐夏抿唇轻笑，淡声婉拒了方峰的好意："谢谢，我不喜欢喝奶茶，你分给大家吧。一会儿我把钱转给你，就当我请客了。"

"别啊，林工——"方峰话音未落，林槐夏已经回到自己的工位上，只留他和周苒苒两人站在原地。

周苒苒"扑哧"一声笑了出来："你放弃吧，槐夏姐的前男友又帅又有钱，你以为你几杯破奶茶就能抱得美人归？"

"那渣男有什么好的。"方峰不屑地嗤了一声，朝她抖落抖落手里的奶茶袋，"我这是真心，是诚意！"

他把袋子塞到周苒苒手里："喏，你拿去给大家分了吧。"

周苒苒突然多了满手的东西，咬咬牙，瞠目瞪他："什么诚意，连槐夏姐不爱喝奶茶都不知道！"

"你不懂！失恋那么难过的事，当然得喝点甜甜的奶茶抚慰一下受伤的心灵。"

周苒苒做了个"呕"的表情："油腻。"

没过多久，林槐夏分手的事就在公司里传了个遍。

虽然她本人没有在公司里讨论自己私事的喜好，但奈何设计院男女比例严重失调，再加上她的长相在为数不多的女性中算是相当出众的，她重回单身的消息很快在公司传开了。

就连魏志邦都知道了她分手的事。

魏志邦特意把她叫去喝茶，安慰她公司里有不少青年才俊，哪个都比她前男友强。

林槐夏品着他新买的龙井,笑道:"老师,您放心,我不会因为私事影响工作的。"

"唉,还说没影响,"魏志邦叹口气,"你看看你,最近成天加班到十二点,再这样下去身体耗不住!"

林槐夏:"……"

合着她加班还有错了?

她前两天在公司附近找到一套不错的房子,一居室,带落地窗,房东是对和蔼的老夫妻,就住在隔壁。

房东阿姨见她工作累,极心疼她,隔三岔五地给她送点自己包的饺子、炖的肉。林槐夏很喜欢那里,本来签的是半年的合同,后来直接改成两年。

正好最近她手里有几个小项目要结案,苏镇的勘察工作又近在咫尺,她平时一个人住没什么事可做,所以就在公司加紧进度做结案查资料,回家刚好睡觉。

"一个男人而已,不值得你这么伤害自己的身体啊!"

林槐夏好笑道:"老师,我加班不是因为这个。您也说过苏镇的项目对我来说是个机遇。我想再努力点,尽早坐上总工的位置。我想往上走也有错啊?"

魏志邦被她噎住。他沉默片刻,耐心劝慰:"小林啊,只是分手而已,不用这么难过。身边那么多优秀的异性,千万不要错过。"

林槐夏:"……"

合着她刚刚慷慨激昂说了半天,魏志邦一句都没听进去。

林槐夏干脆转移话题,和他对了对工作上的事。

苏镇的项目前期要去现场勘察测绘,涉及的建筑群庞大,工作十分繁重。和魏志邦确认好大致工作安排和出差人员名单,魏志邦想起什么事来:"对了,有件事忘了告诉你。"

魏志邦:"之前不是和你说 Eden 远程协助嘛,前两天我们两人聊了聊,他在做这方面的课题研究,还是觉得实地考察比较好。正好赶上学校假期,他可以回国提供帮助。"

"方教授要回国?"林槐夏讶然。

"对。我听说他母亲是苏镇人,可能也是想回来看看家乡。"魏志邦惬意地靠在沙发上,捻了捻手中的佛串,笑眯眯道,"刚好你也很重视这个项目,我相信有他协助的话,这个项目你们两人能完成得很好。"

他顿了顿,原本严肃的神情中带了点不正经的调侃意味:"小林啊,抓住这次机会。"

林槐夏连忙点头:"老师放心,我一定好好完成这个项目!"

"啧。"魏志邦一副"恨铁不成钢"的模样瞪她,"谁说这个了。Eden也是单身,你好好和Eden聊一聊,这么优秀的青年才俊,可得抓住机会了!"

林槐夏:"……"

她心想,魏志邦可真是不服老,四五十岁的男人在他眼里都算是"青年"了。

她不敢反驳领导,只好打个哈哈糊弄过去。

魏志邦又道:"正好Eden后天的飞机,本来我是想亲自去接他的。既然你们两个一起做苏镇的项目,干脆你去吧。正好互相熟悉下,讨论讨论工作上的事。"

"……"

林槐夏怀疑魏志邦并不想让她和方教授讨论"工作上的事"。

正犹豫着拿什么理由搪塞,魏志邦神色一厉:"这是我安排给你的工作任务,别想着拒绝。"

……行吧。

从魏志邦的办公室出来,魏志邦把方教授的微信和航班信息发给林槐夏。

林槐夏看了看魏志邦推给她的微信名片,犹豫片刻,点下申请。

很快,对方通过了她的好友申请。

她一直以为,像方教授那样的老顽固,只会用电子邮件和手机短信,没想到他也有微信。

她和方教授只有工作上的对接,平时用电子邮件就能完成,这还是她第一次添加他的私人联系方式。

林槐夏点开那个名为"Eden"的对话框，犹豫半天，不知道该给他发些什么。

她思索良久，最终言辞诚恳地发出一条非常正式的打招呼信息：Hi, Eden. I'm Summer Lin. So glad you'll come back and help me with my project. I'm gonna pick you up at the airport the day after tomorrow. Looking forward to seeing you.

对方的名字变成"对方正在输入……"顿了顿，又变回"Eden"，就这么来回反复了好几次，方教授给她回复：说中文就好。

林槐夏："……"

对方一定把她当成了傻子。

林槐夏尴尬地切回中文输入法：方教授好，我中文名是林槐夏，你叫我"小林"就行。

Eden：嗯，知道。

……感觉自己更像傻子了。

气氛诡异得可怕。

林槐夏想尽早结束话题，连忙看了眼魏志邦发给自己的航班信息，顺手转了过去。

林槐夏：魏老师已经把航班信息发给我了，后天我去机场接你。

Eden：好，辛苦了。

林槐夏：我把我的手机号发给你，如果微信联系不上也可以给我打电话，暂时不打扰了。后天见。

Eden：好的，后天见。

对方发来一个"天天开心"的中老年表情包结束了本次对话。

林槐夏看着那表情包发呆良久。

为什么要她天天开心？这是美国式结束对话的方式吗？

不会是……魏志邦把自己分手的事情也告诉方教授了吧？

后天下午，林槐夏驱车去了国际机场。

方教授是下午三点四十分抵达的航班，林槐夏提前了十分钟到达。

她确认了下航班信息，找到出站口，在那边等着接人。

接机的人不少，站在她旁边的几个女生手里拿着灯牌，灯牌上写着名字，林槐夏没听说过，应该是哪个明星的粉丝。

林槐夏没太在意，往前挤了挤，找到一个视野宽阔的位置。

她望着那几个女生手里的横幅和灯牌发呆，忽然想到，自己压根儿不知道方教授长什么样，一会儿怎么知道是他？

应该写个接机牌子，或者管他要张照片的！

林槐夏懊恼地拍了拍脑袋，最近就是太忙，脑袋混混沌沌的，这么重要的事都忘记了。

虽说她对方教授没兴趣，但他是领导的座上宾，而且他是无偿帮助自己的项目，理应不该怠慢的。

林槐夏连忙给他发了条消息：方教授，我已经到机场了，在出站口这边。一会怎么找你？这边人挺多的，我怕我们会错过。

飞机应该已经落地了，方教授很快给她回了消息：不会的，我会找到你。

林槐夏看着他回复的消息，目光一顿。

她恍然想起小时候玩捉迷藏，每次她都会问方渡："要是我躲起来睡着了，你找不到我怎么办？我会不会在山里睡一晚上？"

方渡总是会笑着揉她的脑袋，说："不会的，我会找到你，把你带回家。"

每次他都没有食言。

方教授又回一条：在过海关，稍等。

林槐夏扯回思绪，心口处涌上说不出的窒息感，她捂着心口的位置，突然好难过。

她好想念方渡，可她再也见不到他了。就连那双和他神似的眼睛，都再也看不到了。

她是怎么熬过没有他的这些年的？往后的日子里再也看不到他，该怎么熬？

"小姐姐，你没事吧？"旁边举着灯牌的女生见她捂着胸口，有些担忧地问。

林槐夏回过神，朝对方扬起一抹感谢的笑："没事，谢谢。"

女生还是担心:"是不是心脏不好?你要不去医院看看吧?"

她的话音刚落,站在旁边的女生疯狂扯她:"我们恬恬出来了!啊啊啊,本人太好看了吧!"

粉丝群里掀起一阵骚动。女生没再在意林槐夏,和朋友一起疯狂摇动起手上的灯牌。

林槐夏听到旁边两个女生的聊天:"恬恬旁边那个帅哥不会是她男朋友吧?"

"啊啊啊,有点帅啊!"

"就算是帅哥也不行啊,我们恬恬还小,不能谈恋爱!"

林槐夏下意识地抬头,看到一群人从出口走出。

那群人旁边,有个身材挺拔的男人,他戴的口罩几乎遮掉了大半张脸,却遮不住他温润出众的气质。尤其是露出的那双桃花眸,不论是谁都会在人群中第一眼被他吸引。

男人的眉眼深邃,勾人的桃花眸眼尾微挑,眸色如琥珀般晶莹。他高挺的鼻梁上架着一副金丝边眼镜,带着一抹书卷气,使他给人的感觉更加柔和温润。

林槐夏怔在原地。

那人似乎也看到了她,微一歪头,原本带着一丝倦意的眸子弯起一个好看的弧度。

旁边两个小姑娘立马尖叫:

"啊啊啊,恬恬的男朋友刚刚是不是在朝我们这边笑?"

"啊啊啊,太帅了吧!"

再之后,她们说了什么林槐夏已经听不到了。

周围聒噪的气氛已然与她无关,整个世界都仿佛与她无关。她死死盯着那双眸,好像一不留神,它就会消失一般。

男人走出出站口,朝林槐夏的方向走了过来。

最终,他停在林槐夏的面前。

他把口罩摘了下来,眼底蕴着记忆里那抹浅浅的笑意。

"小槐夏,好久不见。怎么,不认识我了?"

第七章
他喜欢她，和别人无关

林槐夏难以置信地看着眼前的男人。

她怎么也不敢相信，说话都变得语无伦次："你……方……"

方渡看她呆呆的模样，轻弯起嘴角。

他笑着摇摇头，把口罩戴了回去，朝林槐夏伸出另一只手，故意道："还没来得及做自我介绍。Eden Fang，中文名方渡。叫我'小方'就可以了。"

这是林槐夏微信里的自我介绍。

心里涌起那股复杂的情绪被他的打趣气得消失殆尽，林槐夏嗔怪地瞪他一眼，帮他拎起行李箱上的纸袋。

她示意方渡和她一起往停车场的方向走。

"你为什么不早点告诉我？"

方渡拖着行李箱跟在她旁边，温润的语气带着一丝笑意："本来想告诉你的，但很快就要见面了，想给你个惊喜。"

林槐夏咬了咬唇："你知不知道，我一直以为你死了。"

方渡一顿，轻轻垂下眼帘，抄在兜里的手不由得缩紧。半晌，他轻声问："为什么会这么想？"

"你出车祸以后，你们家来了好多穿西装的人，把东西全都拿走了。之后你再也没出现过。任谁都会以为你死了吧？"

林槐夏的眼眶红了起来。

她那时候年纪还小，只有在别人家葬礼上才见到过穿西装的人。方渡出车祸的第三天，家里涌进来好几个穿黑西装的人，凶神恶煞的。林槐夏已经有两天没见到他了，又怕又急，小心翼翼地问那群人方渡去哪儿了。

其中一个凶巴巴地提了句车祸，就把她打发走了。再之后，林槐夏再也没见过方渡。

方渡不是本地人，方清死后就他一个人住在镇上。镇上其他人得知他出了车祸，嘴里都说着可惜，但也仅此而已，很快，他就在其他人的记忆中渐渐淡去了。

林槐夏一直把他出车祸归结在自己身上，觉得他的死和自己脱不了干系。

林槐夏思绪万千，既欣喜，又因他明明认出自己却不早点告诉她害她担心而生气。可她又怕自己太凶，把他吓跑；怕这是一场梦，梦醒了他又会离开。

"是出了车祸。"方渡轻声解释，"车祸之后查出了心脏病，当时病情比较复杂，国内暂时没有好的解决方法，家里人就把我送去了国外做手术。病情一直没有稳定，所以没法回国，也没法联系上你。"

原来他还有别的家里人。

林槐夏都不知道。

林槐夏吸了吸鼻子，担忧地看向他："那现在身体好点了吗？"

方渡朝她露出抚慰的笑："嗯，稳定了才敢回来的。"

林槐夏对上他的眸子，还是记忆里那抹温润的笑意。可他好像又跟记忆里不太一样了，身材更高更挺拔了些，五官也成熟硬朗了些，不再是从前那个清癯的少年了。

她微一愣怔，耳尖染上潮热，心虚地避开他的目光。

"那你都知道是我，为什么不早点告诉我。"林槐夏问。

方渡轻轻咳了两声："我也是魏老说了以后才发现是你的。"

他没有和林槐夏说实话。方渡不知道该怎么解释自己和程栖泽的关系,也不敢告诉她是因为听说她退了婚担心她,才忍不住回国来见她的。

林槐夏敛了敛眸,似乎是接受了他这个说法。

"你没事就好。"她小声道。

两人走到停车场。林槐夏找到自己的车,打开车后备箱,让方渡把行李箱放进去。

正是机场接送的高峰期,停车场出口堵成一排。

狭小的空间内又热又闷,林槐夏将车窗打开一条缝,让新鲜空气溜了进来。

车里的气氛微妙。

林槐夏偷偷瞟了眼副驾驶的方渡,他微侧着头,神色淡然地看着窗外的景色,似乎对这里很陌生。

林槐夏握着方向盘的手紧了紧,她有一肚子话想和他说——想告诉他自己多想他;想告诉他自己为了他考上帝大的建筑系还保送了研究生;想告诉他他骗自己学的建筑有多难,自己每次准备期末考试的时候都哭着做习题……

可话到了嘴边,她又不知道该如何开口,该从哪里和他提起。

林槐夏的目光放在前面那条长龙火红的车灯上,好不容易往前挪了两个车身,她还是不知道该从何说起。

林槐夏张了张嘴,余光瞟到导航上的地址,是帝都大学下设的招待酒店,在帝大附近。

她眼睛亮了亮,像是找到了共同话题:"你住的酒店就在我大学边上,时间还早,一会儿到了可以去逛一逛?我请你吃食堂。"

"好。"方渡笑着应了一声。

方渡坐正身子,从包里摸出一个小药盒。

他问林槐夏:"有水吗?我这两天有点儿感冒。"

林槐夏一边看着路况,一边扫了眼两人中间那瓶水,示意他:"中间那瓶没开过,你拿着喝吧。"

"好,谢谢。"

林槐夏抽出右手,想把水递给方渡,正好方渡伸手去拿矿泉水瓶。

两人的手碰到一起,他冰凉的指尖触到她的手背,林槐夏耳根发烫,慌乱地撤开自己的手,搭回方向盘上。

方渡看到她下意识的动作,微微怔了下,略带歉意地朝她笑笑:"我想拿水来着……"

林槐夏意识到自己刚刚无意的动作冒犯到对方,死死盯着前方路况,语气透着心虚:"你喝吧,没有开过的。"

方渡垂下眼眸,笑了笑。他没说什么,就着矿泉水把药吃掉,将药盒和水瓶一起收了起来。

他把脑袋靠在冰凉的车窗上,细碎的刘海遮住眸子,让人看不清他的表情:"我有点困了,可以睡一会儿吗?"

"嗯。"林槐夏轻轻应了声,将自己那旁的车窗摇了上去。

空气一瞬间落入诡异的安静。

林槐夏心下一沉,她清楚方渡是怕她觉得尴尬。

把他送到酒店,林槐夏陪他登记入住,方渡借口时差没倒过来,想回房间补觉,没再提去校园里逛逛的事。

从始至终他都和林槐夏保持着礼貌的距离,没有逾越半步。

林槐夏知道,他是在为刚刚不小心冒犯到她而感到抱歉。

方渡总是这样,怕给别人添麻烦,永远替别人着想。

林槐夏心里很难受。

明明是想他的,可见到后自己却对他表现得那么生疏。

他一定也觉得难过……

两人沉默地走到电梯间,林槐夏恍然想到什么:"对了。这个忘了给你。"

"嗯?"方渡疑惑地停下脚步。

林槐夏低头从包里翻出一个包装精美的小礼盒。她想了想,干脆当着方渡的面把盒子拆开。

里面躺着一个小小的平安符。

"你还记得我们第一次合作的万云寺的项目吗?当时就听说那里的平安符很灵验,我去求了一个,本来想当个小见面礼送给'方教授'，现在看来，我这个礼物挑得刚刚好。"

她一边说着，主动牵起方渡的手，将那个平安符小心翼翼地放置在他的掌心。

两人的手相叠在一起，她的掌心柔软而温暖。

方渡垂眸看着她放在自己手里那块平安符，他将平安符握在掌心里，上面还残存着她的温度。

他轻轻笑了一声："谢谢。"

林槐夏仰起头，她的眸子弯弯的，缀着亮晶晶的笑意："明天见。"

"嗯，明天见。"

市中心的 Revol Club。

纸醉金迷，温香软玉。

齐家坤左拥右抱，招呼着他小弟找来的那堆漂亮妹子坐到自己身边。

不知道已经喝了多少轮，所有人都醉得不行，音浪震耳，气氛热辣。

夏晞儿第一次来这种场合，坐在人堆中不知道自己该做些什么。

她是被经纪人带过来的，经纪人告诉她一起聚会的几个男人非富即贵，搭上哪个都受益无穷。为此，她特意化了一个浓艳的妆容，换上一身热辣吸睛的穿着。可来了才发现，和自己一起的一堆女人都比自己还要漂亮，还要吸睛。

她夹在一堆人中间，不知所措。

几个男人玩着在她眼里属实无聊的游戏，但她依旧陪着喝了几杯酒。

她很少喝酒，几杯朗姆酒下肚，烧得她脸蛋红彤彤的，胃里火辣辣地烫。

她去卫生间喘了口气，结果卫生间有人在抽烟，混着空气清新剂的味道，没比外面强多少。她匆忙补了个口红，又回去了。

她刚刚的位置已经被另一个女人占了。

夏晞儿茫然地看看两边，不知道该坐在哪里。

要是就这么离开,被经纪人知道了肯定骂她不中用,再不努努力,经纪人就要把给她的资源转给新签的那个小丫头了。

夏晞儿幽幽叹口气。

忽地,她看到坐在卡座角落的那个男人。

男人隐没在角落的阴影中,明明另一边气氛热闹,但他却一个人坐在角落里。

夏晞儿刚来的时候其实就注意到他了。那人一直在独自喝闷酒,周身没有一人,气场冷漠孤寂。

她刚过来时,最中央被众人包围,那个被称作"坤哥"的男人介绍了所有人,独独没有介绍他。当时夏晞儿觉得那人有点吓人,没太当回事。

此时借着闪过的灯光,她瞅到那人的长相。

那人眉眼深邃凌厉,长得极好看。

只此一眼,已然惊艳。

——今天晚上那几个男的,你搭上哪个都受益无穷。

她突然想起经纪人的话。

经纪人说的,应该也包含他吧?

思及此,夏晞儿小心翼翼地走到他身边。

她软着嗓子:"先生,你旁边可以坐吗?"

程栖泽掀起眼帘扫她一眼,被身边浓烈的脂粉气味熏得够呛。

他厌恶地压低嗓音:"滚。"

夏晞儿被他冷戾的气场吓得一哆嗦。

她硬着头皮坐到男人身边,一只小手搭在男人的腿上,笑容缱绻:"怎么这么凶?是有什么事不开心吗?"

话音未落,她便听到"哗啦"一声。

程栖泽将手里的酒杯砸在地上,四溅的玻璃吓了她一跳。

夏晞儿尖叫一声,下意识地捂住脸,跌坐到旁边的地上。

有玻璃碎片溅到程栖泽的裤脚边,他浑然不觉,冷声道:"还不滚?"

夏晞儿吓得往后退了两步,却被人搭住肩膀。与此同时,头顶传来调笑声:"哎呀,小程总脾气怎么这么暴躁。"

齐家坤搂着夏晞儿站起身。夏晞儿已经吓傻了,窝在他怀里哭得梨花带雨。

"哎哟,这么漂亮的美人儿,你怎么忍心!"齐家坤摸了摸夏晞儿的脸蛋,怜惜地咂咂舌,"别生那个哥哥的气哈,他刚失恋,凶得很。"

"失恋?"程栖泽冷笑。

他想要什么女人没有,至于折在林槐夏身上?

程栖泽换了个新的酒杯,又给自己倒了一杯酒。

林槐夏她凭什么?自己都低声下气去找她道歉求和好了,她耍什么脾气?不就是和宋荷长得像?一个替身罢了,自己才不在乎她。

齐家坤和赶过来的楚辰互望一眼,楚辰朝他摇摇头。

"好好好,您没失恋。您慢慢喝,我们不奉陪了。"齐家坤不正经地撂下一句,不再搭理程栖泽。

他拥着夏晞儿往回走,问她:"小美人儿,叫什么名字?"

夏晞儿还没回过神,哭着嗓子:"夏、夏晞儿。"

程栖泽喝得醉醺醺的,只隐约听到几个字。他微一恍惚,抬起头:"夏夏?"

几人皆是一顿。

齐家坤和旁边的楚辰交换了个眼神。齐家坤朝楚辰示意了下程栖泽的方向,而后直接将夏晞儿推到程栖泽身边:"你看她像不像嫂子?"

夏晞儿一个趔趄,跌坐在程栖泽怀里。

齐家坤朝她扬扬下巴。夏晞儿咬了咬唇,软声道:"先生……"

鼻尖再次充满浓烈呛鼻的脂粉气,程栖泽皱了皱眉,把夏晞儿推开:"你不是她。"

林槐夏不会用这呛人的香水。她身上的味道永远是淡淡的,很干净的香。

一瓶酒又要到底。

楚辰瞥了眼桌上斜得七七八八的空酒瓶,叹口气,坐到程栖泽身边。

"你到底怎么回事儿？"

"什么怎么回事儿。"程栖泽漫不经心地回。

这几天齐家坤凑的局程栖泽一场也没落下。他一边说着不在乎退婚的事，一边又喝得烂醉如泥，宿醉不归。

楚辰担忧地问："你知不知道自己现在什么样儿？"

"什么样儿？"程栖泽又开了一瓶酒。

楚辰止住他的动作。

楚辰："你知不知道……当初宋荷拒绝你的时候，你都没这么失魂落魄过。"

程栖泽微怔。他摸了摸指间那枚还未摘下的订婚戒指，眼神空茫茫地望着前方。

他总想不明白自己到底是怎么回事，被楚辰一说，他便清明了。

他怎么可能不在乎她。

她是他的未婚妻啊。

他喜欢她，和别人无关，只因为她是林槐夏。

周末，程栖泽带了些生活用品去看宋荷。

前几天傅静安去看过宋荷，宋荷咨询了些法律上的事宜。

傅静安见宋荷精神状态低落，叫程栖泽多去看望看望她，劝她不要做什么想不开的事。

程栖泽明白傅静安的意思，但他懒得理会。他会来看宋荷，单纯是怕她确实像傅静安所说，做什么想不开的事。

毕竟他从来没猜透过宋荷的心思。

宋荷的状态已经好了很多，程栖泽去看望的时候，她正在阳光房画画。

宋荷一身纯白色的连衣裙，光着脚蹲在高脚椅上。对面架着油画布，阳光打在她的身上和清亮的油彩上，波光粼粼，衬得女人纯净美好。

远远地看到程栖泽走到客厅，宋荷丢下笔刷和调色盘，隔着一层落地窗玻璃吼他:"程、栖、泽。"

程栖泽一顿,疑惑地将手里的东西放到茶几上。

他永远猜不透宋荷的情绪。

宋荷推开客厅与阳光房之间微掩的门,急吼吼道:"程栖泽,你是不是有毛病?"

程栖泽不知道她发什么神经,懒散地睨了她一眼:"能不能把鞋穿上?"

宋荷气鼓鼓地瘪瘪嘴,又跑回阳光房找鞋子。她的声音隐隐约约传了过来:"前天乔妹儿他们过来看我,和我说你要结婚了?"

一提结婚的事,程栖泽没了好脸色:"未婚妻跑了,不结了。"

宋荷穿好鞋,又跑回来:"你怎么惹到人家了?为什么不结了?"

"……"程栖泽摸了摸鼻尖,没有回答。

宋荷看他心虚的模样,觉得自己猜得八九不离十:"我听说你们都去试婚纱了……是不是接我的那天?"

程栖泽抿抿唇,不置可否。

宋荷骂他:"程栖泽你有病吧?你早点告诉我不行?我要是知道你要结婚了,死都不会找你帮忙。怪不得人家不跟你结了,要是我未婚夫陪我试婚纱时候跑去接别的女人,我掐死他的心都有。"

程栖泽看她骂得痛快,沉默了下:"宋小姐,你现在住在我家。你这是在教我做人?"

宋荷被他一噎,气鼓鼓地瞪他。

她没法反驳,只能耍赖:"怎么了,你做了错事,我骂你有错?!多大人了,做事还和小时候一样不过脑子!"

程栖泽懒得和她争论,指了指茶几上的东西:"还缺东西告诉我,我叫人给你送过来。"

说罢,他转身准备离开。

"我还听说了一件事。"宋荷突然道。她见程栖泽没有搭理自己的意思,慢悠悠开口,"我听说……你那个未婚妻和我长得很像?"

程栖泽背脊一僵。

宋荷踱到他面前,讥讽道:"你这人还挺长情啊。"

程栖泽挪开视线:"不是你想的那样。"

"当我夸你呢?"宋荷翻了个白眼,"那么好的女孩儿你不珍惜,就这么喜欢我?"

她眼珠子一转,往程栖泽面前靠近一步:"既然这样,反正我离婚你分手了。咱俩都是单身。你过来抱抱我,我答应跟你。"

程栖泽被她突如其来的靠近吓了一跳,下意识地往后撤了一步,与她拉开距离。

他不悦地皱起眉,冷着嗓子呵斥她:"宋荷,别闹了。"

宋荷知道他不会过来。他还戴着订婚戒,说明是真心喜欢那个女人的。退一万步讲,就算自己想错了,他走过来,自己也会掀他一巴掌,打醒他那蠢脑子。

宋荷对他的反应还算满意,气消了一半。她背着手往后跳了两步,指了指沙发的位置:"行了,我帮你想想怎么把她追回来。"

程栖泽淡声道:"不关你的事,别瞎掺和了。"

宋荷不以为意:"你这破脾气,怎么有女生忍得了的啊。真是活该。"

程栖泽抿了抿唇,不想再与她争辩。

宋荷也不在乎,翻了翻他带来的东西。里面有一盒桂花糖,是她小时候最喜欢的甜食。前几天傅静安来看她,她提起自己很想吃这个,估计是傅静安叫程栖泽一起带过来的。

宋荷心情愉悦地捧起糖盒,盘腿坐到沙发上。

"我的小乖乖,我好想念你呀。"她拆开盒子,捡起一块糖塞进嘴里,"唔,好好吃!"

宋荷递了一块给程栖泽:"你要不要吃啊?"

程栖泽拒绝了:"不了,我不喜欢甜食。"

宋荷弯了弯眼睛:"可是我很喜欢呀。女孩子很好满足的。如果有人也在乎她喜欢的事情,应该会很喜欢那个人吧?"

程栖泽抿了下唇。

宋荷见他半天不说话,笑意更甚。她心满意足地又吃掉一块糖:"不管你啦。"

——从她喜欢的事入手。

从宋荷那里回来，程栖泽满脑子都是这句话。

长长的会议桌两边坐满了西装革履的人。事业部的总经理刚刚汇报完毕，谨慎地看着长桌尽头的男人。

男人脸色阴沉，手指有一搭无一搭地叩着桌面，不知在想些什么。

底下的人窃窃私语，纷纷猜测着他对新方案的态度。任谁也想不到，程栖泽此时满脑子想的都是林槐夏到底喜欢什么。

他突然发现，两人交往三年，自己却对她知之甚少。她总是很乖很安静地站在他身边，从未向他展露过自己真实的想法，总是乖乖地听他的。

他习惯了她的好，便心安理得以为这些都是应该的。

哪有什么应该的，都只是因为喜欢。她在隐忍，在为他放低身段罢了。

而他，卑劣地践踏着她的心意。

他这几天一直不敢去找林槐夏。不是不想找她。他大可以堵在她的公司门口，和她道歉，求她原谅。可那样做势必会招她讨厌。比起他来说，她更在乎那份工作。

程栖泽突然一怔。

敲击桌面的节奏也随之止住。

会议室中沉闷的空气仿佛一瞬间凝固住了一般。所有人都屏住呼吸看向他。

是了，那份工作。

她喜欢的。

林槐夏很喜欢她的工作，也很在乎苏镇的建筑重建项目。

他记得当时她和自己打电话时语气中的兴奋与喜悦，可当时他根本没往心里去，只觉得她那份工作又累又麻烦。

既然她那么在乎那个苏镇的项目，那就帮帮她。到时，她一定会回心转意，原谅自己。

程栖泽回过神，才发现会议还未结束。他清了清嗓子，淡声道：

"今天先到这里，散会。"

"程总，真的很感谢你愿意资助我们镇上的振兴计划。"苏镇的领导苏启荣殷切地握住程栖泽的手，神色激动，"有了你的帮助，我们目前筹备的老城区重建工作以及学校建设工作简直如虎添翼！"

"您言重了，这是我应该做的。"程栖泽礼貌道，"我爷爷一直惦念这边，之前我也来过。苏镇的景色很好，理应被好好保护。"

苏启荣幽幽叹了口气。

近几年因为资金短缺的缘故，乡镇建设的计划一直搁置不前，人才流失严重。前段时间有人提出学习城市化建设，大力开发新楼盘，将苏镇打造成新型城市。但苏启荣一根筋，舍不得老祖宗留下的那些底蕴丰厚的建筑和文化，所以他力排众议，坚持以发展文化旅游业为主，重新修缮原有建筑，保留镇上的古建筑特色和古镇文化。

想法固然美好，但实际操作起来，遇到的问题也极多。资金短缺就是其中一大问题。

虽然政府拨款支持，但大大小小鸡毛蒜皮的事都要花钱，他每天忙得焦头烂额。程氏集团慷慨解囊，简直犹如救命稻草。

苏启荣不知道程家与苏镇的渊源，眼睛亮了亮："程老先生也是苏镇人？"

"不是，我大伯母是。"

"哦哦。"苏启荣无意细问程家的家事，带着程栖泽在老城区参观了一圈。

阳光洒在粉墙黑瓦间，像是给整个建筑群镀上一层粼粼波光。

苏启荣带着他们一行人转进小巷。

窄窄的弄巷铺着一层青石板，上面缀着青苔，刚刚下完雨，不平整的石板间积着一个个小水洼，每踩一脚，都会有雨水溅到裤脚上。

上次林槐夏带程栖泽来过这里，只不过在外面转了一圈，并没有进到纵横交错的窄巷内。巷子内不如外面接触到的阳光多，里面的墙体损坏严重，充斥着发霉的潮腥味。

程栖泽不着痕迹地皱了皱眉，难以想象林槐夏是在这种地方长大的。

　　"你别看这里现在破成这样，之前这里也很热闹。"苏启荣边走边给程栖泽介绍，"镇中心发展起来以后，大部分人都搬走了，所以这边显得冷清。现在只有几家老人还住在这边，不愿从老宅搬走。"苏启荣说完，幽幽叹了口气，也不知这声叹气是在叹些什么。

　　正说着，一个小孩从一旁的弄巷中冲了出来，几个陪行的工作人员下意识挡在苏启荣和程栖泽前面。

　　"你们要拆掉这里？"小孩儿仰起头，凶巴巴地问道。

　　苏启荣示意其他人让开，笑眯眯道："你听谁说的？"

　　"大爷说的。"

　　苏启荣揉揉他的脑袋，笑眯眯道："我们不拆这里，我们打算保护这里。"

　　"你说了算？"小男孩不信。

　　"当然，我说了算。"

　　小男孩审视般打量起他们一众人，程栖泽顺势低下头瞟他一眼。

　　男孩儿不大，十来岁的样子，骨瘦如柴，宽大的校服松松垮垮地搭在他的骨架上。他皮肤很白，却因为太瘦，凸出骨架的轮廓，他一双乌黑的眼睛亮而犀利，像只凶狠的猎鹰，仿佛随时能将敌人撕裂。

　　男孩儿将信将疑地收回目光，抬起手朝巷子里指了指："骗子，昨天有人写了那个。"

　　几人顺着他手指的方向望去，发现一个墙面上用血红色的油漆写了个大大的"拆"字。

　　苏启荣眼神一厉，示意几个跟在身后的工作人员去把那里清理掉。

　　他温声安慰小男孩，尽量用小男孩能听明白的词语解释："那个不是我们写的，估计是附近的人恶作剧。你放心，这里肯定不会拆掉的。过阵子帮忙重建的叔叔阿姨就过来了，这里很快就会恢复原样的。"

　　"信你一次。"男孩儿犹豫着，恶狠狠地瞪他一眼，转头便消失不见了。

等小孩儿走后，苏启荣不好意思地朝程栖泽笑笑："这边一些人家不愿搬走，就是怕我们毁了他们的老宅子建大楼，说了几次都不相信。能理解他们，但确实有时难以展开工作。"

程栖泽微微颔首。

几人没在意方才的小插曲，苏启荣带他又去镇中心参观一圈。

镇中心有处小园林，旧时是一户"彭"姓人家的宅院。彭宅后被改造成苏镇的历史馆，主要用来记录地方特色文化和历代变迁。

历史馆是他们参观的最后一站。苏启荣充当向导，给程栖泽他们介绍苏镇历史。跟在程栖泽身后的几个集团的员工囫囵地听着苏启荣的高谈阔论，兴致索然，唯独程栖泽听得认真。

他想好好了解了解林槐夏长大的地方。

他细细地看着馆内每一件物品，每一张照片，每一行字。展品仿佛真的有魔力一般，带他回到那个久远的年代。

历史馆最后一个展厅，是一面照片墙。墙上有苏镇古代名人画像，有黑白照片，还有一部分彩色照片。

照片没有固定主题，有的是当时的苏镇风景，有的是街头小孩儿玩闹，有的关于节日庆典，甚至还有普通居民的结婚照……

苏启荣见程栖泽看得认真，给他介绍："这里除了摄影师的作品外，大部分都是镇上照相馆留存的底片洗出来的照片。"

他随意指了一张街景照："这张是在老城区那边拍的。能看出来当时没那么衰败。"他又指向另一张，"这张结婚照就是照相馆给拍的，那时候大部分人都只能去照相馆拍，所以留下来不少底片。"

程栖泽顺着他指的方向看了过去，认真观摩着每张照片。

突然，他的瞳孔猛缩。

映入眼帘的那张照片，背景是处凉亭绿湖，有柳树叶随风飘荡。背景前站着两人，看上去都十几岁的样子。少女笑容明媚，开心地比着"V"字，站在她身后的少年清瘦挺拔，一只手略显拘谨地搭在少女肩头，唇边缀着温柔清浅的笑意。

那人与他有几分相似，尤其眉眼几乎一模一样。

但很显然，那个人不是他。不仅如此，他知道那个人是谁。

程栖泽突然想到林槐夏和自己说的那句话——
"你想多了,我喜欢的,只有你那双眼睛而已。"
一切仿佛豁然开朗。
怪不得。
程栖泽冷笑一声,头也不回地阔步离开历史馆。

致小槐夏：

今天得知了你订婚的消息，可笑的是，消息是从爷爷那里听到的。

前段时间好不容易打听到你的消息，还发现我们学校和你所在的公司有合作。我一直以为这是缘分，却没想到你订婚了。

请你原谅我，我现在的心情确实很复杂。我希望你幸福，和相爱的人白头偕老，可是我不敢想，站在你身旁的人是我的弟弟。阿泽人很好，我相信他能带给你幸福，可是……

可是，我每天都止不住想那个人为什么不能是我。你说过喜欢我，可我认为那个时候你还小，不懂什么是喜欢。如果我自私地答应你，或许未来有一天，你会后悔。可现在的我很想自私一回，至少那个时候我可以抱住你，和你说无数遍我喜欢你，自私又贪婪地表达我所有的爱意。现在的我什么也做不了，我甚至不知道该以怎样的身份回国见你。昔日的朋友？还是兄长？

作为曾经的朋友，我希望你幸福，也期待看到你穿婚纱的模样，一定很漂亮。但是作为一个喜欢你的人，我没法做到亲眼看你嫁给别人。我是个自私又怯懦的人，所以最终还是决定不回国见你，或许以后都不会再见面了，请你原谅我没法亲自送上祝福。

话说回来，这些不过是我的自作多情，或许你已经忘了我是谁……

总之，新婚快乐。希望你永远幸福，我永远是你坚强的后盾。

方渡
6月22日

第八章
苏镇

林槐夏做了个梦。

梦里方渡并没有回来,方教授就是方教授,只是自己把他们幻想成了同一人。林槐夏被梦吓出涔涔汗意,清醒的一瞬间闹铃也随之响起。

林槐夏关掉闹钟,从被窝里坐起身。她深深呼吸了一下,开始怀疑到底哪个才是梦。

犹豫半晌,她忍不住给方渡打了个微信语音。

听到熟稔的声音,林槐夏轻轻吐出一口气。

还好只是梦。

"突然打电话过来,什么事?"方渡问她。

林槐夏揪着被子角,不知道该怎么回答,总不能告诉他自己做梦梦到他不是"方教授"吧。

顿了顿,林槐夏道:"叫你起床。"

方渡笑着道:"我很早就起来了。"

"你现在也是每天起那么早吗?"

"嗯,而且时差还没完全倒过来。"

林槐夏掀开被子,踩着拖鞋去拉窗帘。阳光顺着她的动作倾泻进卧室,树木与繁花的剪影随着那片阳光一齐洒在地板上,光影浮动。

她不着痕迹地弯了弯唇畔，伸了个懒腰。

"今天什么安排呀？"她问。

"我和魏老约了一会儿见面，怎么去设计院？"

方渡所在的酒店是帝大下设的招待酒店，在学校附近。但建筑设计院的大楼离学校还有段距离。

林槐夏想了想："我去接你吧。"

方渡刚回国，连国内的手机号都没有，估计也没有办网银支付。现在国内的现金用得少了，大多都是网上支付。一时半会儿也没法给他讲清楚那些网上支付的东西怎么办理，还不如自己去接他来得省事。

"方便吗？"

林槐夏笃定："方便呀。"

于是半个多小时后，林槐夏堵在了帝都的早高峰。

林槐夏："……"

趁着前面堵成两条火红的长龙，林槐夏把后视镜掰过来，从包里翻出一根临出门前塞进去的口红。那根口红还是上学的时候见舍友用，试了试觉得很喜欢，毕业以后就一直买那个颜色的口红。

听说是什么斩男色，斩不斩男她不知道，反正挺好看。

确认口红涂得完美，林槐夏又对着镜子把下巴处没抹匀的粉底处理干净，这才满意。

早上着急，她快速上了个底妆就出门了，好在她底子不差，补上口红后，气色好了许多。

到酒店时，方渡已经在门口等她。

坐上车，他把手里的纸袋放到两人中间的储物盒里："是不是还没吃早饭？"

"啊，你怎么知道？"

方渡但笑不语。

他指了指纸袋："时间还早，吃完再走吧。"

林槐夏把车停到一边，打开袋子。里面是她喜欢吃的蟹黄烧卖和皮蛋瘦肉粥。

她吃了个烧卖，不禁感慨："竟然和学校食堂的味道一样，好怀念。"

正准备吃第二个，她见方渡一直看着自己，有些不好意思："你要不要吃一个？"

方渡笑着摇摇头："我吃过了。"

他将面前的抽纸放到早餐旁边，温声道："吃慢点，都吃到脸上了。"

林槐夏脸上一红，小心翼翼地抽了张纸巾，擦了擦嘴角旁边的位置。

"是这边。"方渡抬起手，用指尖点了点自己嘴角的右边。

"哦。"林槐夏应了声，慌乱地低下头，用纸巾擦掉右脸颊粘上的糯米粒。

方渡见她还和小时候一样毛毛糙糙的模样，轻轻笑出声。

吃完早饭，林槐夏开车从酒店出来，绕到环路上。其实公司离酒店并不远，但是经过的这段环路正是去往高新区的必经之路。去那边上班的白领极多，每天早上这条路都很堵。

方渡望了望前面堵死的一排长龙，又看到反方向也堵得死死的，才知道林槐夏过来并不方便："早知道这么堵就不让你过来接我了。"

"没事，你那边也不好打车。"林槐夏不以为意。

她还是头一次没有因为早高峰而急躁。

大概是早上那个梦太真了，她怕稍不注意，方渡又会离开。趁着能看到他的时候多看几眼，她就知足了。

林槐夏想了想，道："今天下午我不忙，陪你去办个国内的手机号吧。"

"好，"方渡和她道谢，"谢谢。"

林槐夏好笑道："跟我那么客气做什么。"

到了公司，林槐夏把方渡带上楼，给他指了指魏志邦的办公室。

"中午一起吃饭？"方渡问。

林槐夏点头："我请你吃食堂。"

方渡笑了笑："好。"

等他进了魏志邦的办公室,章嘉敏几个人凑了过来,跟她八卦:"林工,那个人是谁啊?"

从两人出电梯,他们几个就看到了。前两天刚八卦完林槐夏的帅哥前男友,现在又换了个帅哥一起上班,几人快要羡慕死了。

林槐夏道:"方教授。"

"好家伙,那个是方教授?!"章嘉敏惊呼一声,"我收回之前骂他不是人的话!"

周苒苒:"你看!我之前就跟你说过方教授长得特帅吧!你还不信!本人比照片上还帅哎!"

章嘉敏道:"我信了我信了呜呜呜,以后我再也不骂他是臭老头了!让我多看帅哥两眼,我改一百遍图都乐意。"

几人连忙附和。

林槐夏好笑地摇摇头。

倒是旁边的方峰听不下去了:"你们行不行,小白脸有什么好看的。"

周苒苒嘲讽他:"不看脸,人家也比你强啊。你有本事哈佛本硕连读,纽建博士后直接留校啊。"

方峰被她一噎,不屑与她争辩,灰溜溜回了工位。

周苒苒问林槐夏:"槐夏姐,方教授为什么突然回国啊?"

"为了苏镇老城区的项目。"

"啊——"周苒苒感慨一声,"我突然有了出差的动力!"

林槐夏问:"怎么,他不去,你还不想出差了?"

"谁想出差啊。"周苒苒噘起嘴,掰着手指头,"又苦又累加班还不算加班费。"

林槐夏好笑道:"这话你也就和我说说,可千万别在魏工面前说。"

周苒苒嘻嘻一笑:"当然,我又不傻,只敢和你说说。"

几个女同事凑一起又聊了会儿八卦,才回工位干活。

林槐夏回到工位。她心思不在工作上,画了会儿图,思绪就飘远了。

她想起周苒苒刚刚说的话,恍然意识到自己已经有十年没见过方渡了。在这十年里,他到底经历了什么、发生了什么,她无从得知,莫名地觉得不甘心。

林槐夏关掉CAD,她在浏览器输入几个字,打开了纽建的学校官网。

她按照院系找到任课教师,这回网很快,网页一下子就刷了出来。林槐夏看到那张方方正正的证件照,思绪万千。

照片旁边是一长段介绍,包括他的学术经历、发刊论文、参与的会议及项目。林槐夏细细读着,努力从中寻到这几年方渡的成长轨迹,可那些看上去很厉害的成就和表述,并不能看出他这几年具体经历了些什么。

林槐夏一手撑着下巴,望着方渡的照片发呆。

两人分别时,他还没有开始填报高考志愿。帝大的建筑系对于他们两人来说,还是一个遥远的梦。可仅仅用了十年,他就变成了自己遥不可及的人。

突然,有人叩了叩她的办公桌:"小林啊,上班偷懒是要扣工资的。"

林槐夏来不及反应,慌张地切换到CAD的界面。

等她回过头,才发现方渡笑眯眯地站在自己身后,修长如玉的指尖搭在自己的办公桌上。

林槐夏立马用身子挡住显示器,心虚道:"我在好好工作呀。"

"哦?"方渡双手环在胸前,懒洋洋地靠在她的办公桌旁边,微挑眉梢,"看我的照片是什么工作任务?"

"……"林槐夏没想到他居然看到了。

"你怎么偷看别人电脑屏幕啊。"

方渡轻轻笑了一声。

"我只是在想,你为什么那么厉害。"林槐夏关掉浏览器,坐在椅子上往旁边一滑,给方渡让出空间,"你才大我三岁,我也只是个研究生毕业。你怎么就评上教授了?"

"没你说的那么厉害。"方渡笑道,"魏老打趣我罢了。我也是去年刚拿到tenure,要升full professor还缺些资历。"

"那也很厉害了，迟早的事。"林槐夏叹口气，又敬佩又有点嫉妒，"你和老师聊完了？怎么出来这么早？"

"魏老让我叫你一起开个会。"方渡朝魏志邦办公室的方向微微昂起下巴。

"哦，好，稍等我下。"林槐夏拿了笔和本子，随方渡一起去了魏志邦的办公室。

刚进办公室，林槐夏就见魏志邦一副老不正经的模样："小林啊，和 Eden 相处得怎么样？"

林槐夏讪讪："挺好的。"

她瞟了方渡一眼，方渡神色如常，并没有听出魏志邦话中的打趣。

方渡不忘帮林槐夏在领导面前说几句好话："她很照顾我，不愧是魏老带出来的人。"

魏志邦挺受用，哈哈笑了两声："小林最近除了工作外也没别的事做，周末你让她带你出去转一转，这边很多历史建筑，难得回来一次，不要错过。"

方渡笑着应下。

开完会到了饭点，方渡问魏志邦要不要一起吃饭。

魏志邦打着哈哈糊弄过去，说自己还有事，让他们先去吃。他一边说着一边看向旁边的林槐夏。

林槐夏："……"

从魏志邦的办公室出来，林槐夏让方渡等她一下，她回工位拿饭卡。

折回去找方渡的时候，林槐夏看到向安阳站在方渡面前，笑意晏晏地和他做自我介绍。

向安阳朝他伸出右手，方渡笑容温润地颔首，没有和她握手。

向安阳也不觉尴尬，收起手，笑眯眯道："你在等魏工一起吃饭吗？"

方渡礼貌道："没有，魏工有别的事。"

"这样啊……"向安阳故作忧愁地皱了下眉，替魏志邦开解，"魏工每天确实很忙……我正好要去外面吃饭,要不一起吧?"

方渡笑了笑,回绝道:"谢谢,不用了。我已经有约了。"

林槐夏走过去,方渡主动朝她挪了几步,问:"走吗?"

林槐夏点点头。

两人正准备离开,向安阳突然挽上林槐夏的胳膊:"方教授和槐夏一起去吃饭呀?正好咱们一起嘛。我叫上苒苒她们,人多热闹。"

林槐夏没多想,问方渡:"……要不一起?"

方渡和其他人都不熟,不好拒绝,只得道:"听你的。"

还没等林槐夏答应,向安阳就自顾自地招呼周苒苒她们几个一起吃饭。

周苒苒看了看三人间微妙的气氛,无语地把向安阳拉开:"安阳姐,咱们今天不是约的火锅嘛,槐夏姐不爱吃辣,还是下次一起吧。"

她一边按着向安阳,一边朝林槐夏不好意思道:"槐夏姐,不好意思啊。我想吃那家火锅很久了,咱们下次一起聚餐吧。"

林槐夏迷迷糊糊地没有反应过来到底发生了什么,只能朝周苒苒点点头:"……好,那下次一起吧。"

等林槐夏和方渡走后,周苒苒松开向安阳,嘲讽道:"你没看出来方教授压根儿不想和你跟着一起啊?"

向安阳"喊"了一声:"大家都不熟,认识认识不就得了。"

周苒苒翻了个白眼:"走不走啊?大家都在楼下等着了。"

向安阳傲娇地哼了声:"我不去了,最近又胖了,我想减减肥。"

周苒苒朝她吐吐舌头,转身下楼了。

和方渡坐电梯下楼,林槐夏还是没反应过来刚刚到底发生了什么,略带歉意地和方渡道:"苒苒平时就是有什么说什么,大家都很好的,下次再一起吃饭。"

方渡见她没搞明白周苒苒的意图,自己也就揣着明白装糊涂,笑道:"我知道。"

中午的食堂人满为患。林槐夏让方渡找位置坐,自己去窗口点了几个他喜欢的小炒。

方渡喜欢清淡、甜口的食物。上菜后,林槐夏指了指他面前那盘话梅小排:"你尝尝我们公司做的排骨,特别好吃。"

方渡夹了一块。

他吃饭时举止斯文优雅,林槐夏托着腮帮看着他吃完。方渡放下筷子,笑意温润:"你怎么一直看着我吃?"

"这边的菜我都尝过,都快吃腻了。"林槐夏道,"好吃吗?"

方渡点点头:"已经很久没有吃过这么好吃的炒菜了。"

林槐夏好奇:"那你平时在美国吃什么?"

"平时比较忙,都是随便应付的。偶尔会自己做。"他一边说着一边给林槐夏夹菜,"别光看着了,一起吃吧。"

林槐夏道了声谢,拿起面前那双方渡已经帮她磨掉木刺的一次性筷子:"你会做饭呀?"

"嗯,自己住,没办法。"方渡半开玩笑道,"之前要不是有林奶奶在,我大概会饿死。"

方渡口中的林奶奶是林槐夏的奶奶。方清去世后,他每天都去林槐夏家里蹭饭。林奶奶厨艺很好,他去美国后念念不忘,可惜自己没什么做饭天赋,照猫画虎也做不出当时的味道来。

"不会的,你都会自己做饭了,奶奶肯定很骄傲。"林槐夏讪讪,"我到现在都不会做饭呢。有机会一定让我尝尝你的手艺。"

"好,"方渡笑道,"你不要嫌弃。"

林槐夏弯起眸子:"我只会煮汤,哪里好意思嫌弃你呀。"

林槐夏顿了顿,犹豫着问出这两天一直想问的问题:"你这次……回来待多久?"

方渡微一沉默。片刻后,他轻声道:"可能……不会太久。学校那边放完假就要回去了。"

毕竟,他也没有太多留在国内的理由。

"这样啊。"林槐夏敛了敛眸。

她的心头蓦地涌上难以言说的失落,却又没有资格叫他留在国内。他有自己的生活和事业,两人都已经不再是什么都要围着她转的年纪了。

七月末的苏市,梅雨季节还未彻底结束。

从高铁下来,拎着行李箱的旅人便感觉到空气中的潮意。

苏市的温度和帝都只有几摄氏度差异,却比帝都凉爽许多。刚下过一阵小雨,地上还有未干的水渍,在石灰路上迤迤着淡淡的潮湿的痕迹。

方峰刚下到月台,就急匆匆寻找林槐夏的身影。看到她从前面一节车厢下来,连忙跑过去:"林工,慢着点,我帮你——"

话音未落,他便看到林槐夏将手里的行李箱交给了站在她面前的方渡。

林槐夏正在和过来接他们的人通电话,手里拿着东西不方便,就下意识地递给了已经下车的方渡。

林槐夏没听清方峰说了什么,歪头朝他眨眨眼。

方峰见她在打电话,抿着嘴摇摇头,示意她没有什么事,而后扭头示威似的瞪了方渡一眼。

方渡注意到方峰的目光,朝他温润地笑了笑。

方峰紧绷着脸,没有搭理方渡。他就讨厌方渡这种表里不一、面上和气的伪君子。他拎着行李箱紧紧跟在两人身后,仿佛生怕方渡把林槐夏生吞活剥了一样。

这次来苏镇出差有八九个人,镇政府的领导安排了专人接送。

出站后,林槐夏找到接他们的人,一起坐车去苏镇。

从苏市到苏镇还有一个多小时的车程,大家坐车坐得有些疲倦,车子里气压很低,好几个人都睡着了。

来接他们的工作人员是个年轻的小姑娘,让林槐夏管她叫"小唐",笑起来甜甜的。

林槐夏和唐莉莉对了对这几天的工作安排,唐莉莉听着她温软的语气,问道:"啊,林工是苏镇人啦?"

林槐夏笑着点点头。

"我就说嘛,好亲切呀。"唐莉莉笑意更甚。

坐在林槐夏旁边的周苒苒道:"莉莉,你和槐夏姐说话都好温柔呀，好羡慕哦。"

周苒苒从小到大都被朋友吐槽嗓门大，虽然她没有当回事，但每次听林槐夏温温柔柔的语气，都会羡慕得要命。

"方教授也是，都好温柔。"

"啊，方教授也是苏镇人？"唐莉莉眨眨眼，看向坐在几人身后的方渡。

方渡正戴着耳机听语音，没有听到几人在聊什么。见她们齐齐看向自己，他摘下耳机，疑惑却不失礼貌地朝几人笑了笑。

唐莉莉看到方渡朝她们笑，不由得脸红了几分。她害羞地挪开视线，又忍不住偷偷多瞄他几眼。

"听苒苒说方教授也是苏镇人？"

"嗯。"方渡笑着点点头。

"他才不是，他是北方人。"林槐夏笑着拆方渡的台。

方渡在苏镇待了几年，却没怎么学会苏镇话，说话还带着北方的调调。林槐夏曾打趣他，就算自己和别人骂他，他都不知道自己在说些什么。周苒苒之所以觉得他温柔，不过是他的脾气如此罢了，和哪里人完全没有关系。

"怎么不是。"方渡朝林槐夏弯起唇，"严格意义上讲，我母亲是苏镇人，那么我也是。"

林槐夏轻轻哼了一声。

"看来方教授对苏镇的感情很深呀。"唐莉莉道。

"当然。"方渡朝她点点头，目光却落在林槐夏的脸上。

林槐夏正被周苒苒拽着看窗外的风景，并没有注意到方渡的目光。方渡趁她没有发现，明目张胆地盯着她的侧脸，唇边那抹清浅的笑意深了几分。

唐莉莉还想和他多聊几句，但是见方渡没有再和自己继续对话的意思，讪讪地止住话头。

一个小时后，车子停到苏镇的中心招待所。

招待所离老城区不远，主要方便他们工作。

唐莉莉帮他们几人办好入住，和林槐夏道："林工，苏主任今晚六点在镇中心的云鹤楼白云间组了个饭局，给你接风洗尘。一定要赏光呀。"

林槐夏不喜欢这类应酬，第一反应想要拒绝："今天大家都挺累了，还是算了吧？"

唐莉莉为难道："可是苏主任说一定要把你邀请过去。今天会有一些领导和集团老总来，先认识下之后的工作也好展开。你要是不想一个人去，可以找个同事陪你一起。"

这事唐莉莉没法做主，只能可怜巴巴地看着林槐夏，希望她理解自己工作。

林槐夏叹口气："好，我知道了。"

和唐莉莉分别，林槐夏回到房间。她本想带着周苒苒一起去见见世面，结果刚到房间就见周苒苒已然躺在床上睡着了。

林槐夏好笑地摇摇头，不忍打搅。

她干脆在工作群里问了圈，有没有人想去。群里都是些老油条，知道这种应酬费时费力，搞不好还得喝酒，纷纷找了理由推脱掉了，只剩方峰一个人特别积极。

林槐夏想着带个男的过去也好，就和他约好见面时间。

放下手机，林槐夏简单补了个妆，换了身干净的衬衫牛仔裤。怕夜里凉，她又添了件薄外套。

都收拾好，差不多到了约定时间。

林槐夏正准备出门，就接到方峰打来的电话，他的语气委屈又难过："林工，实在不好意思，我好像有点水土不服，正在找药店。一会儿可能没法陪你过去了。"

林槐夏关切地问："用不用陪你去医院看看？"

"不用不用，我买点药就行。"

确认方峰没有大碍后，林槐夏挂掉电话。

她幽幽地叹口气，转头看了眼和她一个屋的周苒苒，丝毫没有被她打电话的声音惊扰，睡得香甜。

林槐夏再次叹口气，没办法，只能去问问方渡了。

她本不想打扰方渡。刚刚在车上就见他神色倦然，在群里发的消息也没有回复，估计是在休息。

可她又不想一个人赴宴，只好抱着一丝希望找到方渡的房间，轻轻敲了敲门。

方渡开门时穿戴整齐，一身剪裁精致的黑色薄呢大衣勾勒出他挺拔修长的身材。

他垂眸望向林槐夏："有事？"

林槐夏："呃，你要出门？"

"嗯，想去看看我母亲。"方渡道。

"啊……"林槐夏顿了顿。

方渡问："是有什么事吗？"

"晚上有个应酬，想让你陪我一起去。"

"这样。"方渡思索片刻，有些犹豫，"但是很久没回来，想先去见一见她。"

林槐夏虽然想让方渡陪自己去饭局，但涉及方清，她没有理由任性让他先陪自己："那算了，我自己去就好。你还是先去看方阿姨吧。"

方渡点点头，笑意温润："等我回来，我去接你。"

"好。"林槐夏被他安慰到，弯了弯眸子，"镇中心的云鹤楼，大概八九点会结束。"

"嗯。"方渡应下。

没人陪她一起，林槐夏只能独自赴约。

别人都能随便找个理由搪塞过去，可她是负责人，没办法推脱。

林槐夏在招待所门口打了辆出租，按照唐莉莉发给自己的地址报给司机师傅。

二十分钟后，出租停在云鹤楼门口。

林槐夏找到白云间，彼时已经有不少人到了。几个中年男性坐在圆桌前侃侃而谈，除了唐莉莉，没有一个人是林槐夏认识的。

看到林槐夏，唐莉莉热情地迎接她，把她介绍给苏启荣。

苏启荣笑容和蔼地将林槐夏介绍给在场的其他人，陆续有人到场，苏启荣忙着应酬，没有和林槐夏聊太久。

唐莉莉帮林槐夏安排好座位，林槐夏问："你坐哪里？"

唐莉莉指了指另一边。

"我和你坐一起吧。"

"可是……"

"没那么多讲究，我和你坐一起心里踏实。"

唐莉莉没再纠结，拉着林槐夏坐到自己旁边。

两人随便聊了会儿，唐莉莉特别喜欢做美甲，乐津津地给林槐夏展示自己新做的指甲。

"这个是今年超火的红茶色，贴上云母片再加点闪粉，真的超好看。"唐莉莉晃了晃自己的手，在灯光的照耀下，红棕色的美甲闪烁着晶莹剔透的光。

林槐夏弯起眸："真的很好看。"

"林工，你的手这么白，做这款肯定特别好看。"唐莉莉抓着林槐夏的手仔细研究了会儿，"你指甲形状本来就好看，稍微磨一下就行。哪天有时间过来找我，我给你做。"

唐莉莉给林槐夏讲了一堆专业词汇，林槐夏懵懵懂懂地听着，跟她学了不少手部护理的知识。

正聊在兴头上，林槐夏不经意间打量到进入包厢的人。

她微微一怔。

唐莉莉见她突然不说话，疑惑地眨眨眼，顺着她的目光望了过去。看到苏启荣身旁的男人，唐莉莉不禁感慨："真没想到这种饭局还能见到秀色可餐的年轻男性。"

她瞟了眼四周已然发福的中年男性们，幽幽叹口气。

林槐夏没说话。

程栖泽的余光瞟到她们的方向，颇为意外却又似乎不太意外，朝林槐夏微微挑起眉梢。

林槐夏低下头，假装没有看到他。

苏启荣领他落座，那个位置刚刚好在林槐夏正对面。

林槐夏："……"

林槐夏本就不喜欢这类应酬，对面的人又堂而皇之地看着她，一顿饭吃得极其尴尬。

林槐夏的话很少，偶尔回答几个专业性的问题。有个啤酒肚的集团老总拿她讲荤段子，林槐夏懒得搭理，冷着脸当作没听见。

反倒是程栖泽神色一凛，沉声问："张总这是什么意思？我没听懂。"

张洪茂怔怔然，张了张嘴，不知该如何回答。

众所周知，这种荤段子只可意会，不可言传，说出来不仅没意思，而且显得自己特猥琐。

程栖泽扬起眉梢，等他解释。

虽然张洪茂比程栖泽大了好几轮，可他不敢招惹。

他在苏市做酒店生意，在当地也算小有名气。可程氏产业遍布全国，不是他那个小公司可以企及的。

张洪茂为难地看向苏启荣，苏启荣无语，但不想伤和气，打个哈哈把这事揭了过去。

酒过三巡，几个男人凑在一起互相敬酒吹水。和林槐夏一起的唐莉莉也被人叫走聊天。

林槐夏看了眼时间，打算找个借口离开。

突然，张洪茂举着酒杯过来，笑眯眯地坐到唐莉莉的位置上："听老苏叫你小林是吧。我是鸿运酒店的张洪茂。"

林槐夏颔首，礼貌地叫了声："张总。"

"刚刚无意冒犯，开个玩笑而已，你别往心里去啊。"张洪茂目光往下一瞟，落在林槐夏的脸上，"年纪这么小就当项目负责人，年轻人前途无量啊。"

"谢谢张总。"林槐夏淡声道谢。

她正准备找个借口离开，便见张洪茂笑容暧昧地问："平时工作那么忙，是不是还没交朋友呢？"

这种时候不管有没有都得说有。林槐夏直接扯了个谎："劳张总费心，有男朋友了。"

"也是也是。"张洪茂哈哈一笑，"你这么年轻漂亮，肯定一堆人追吧。下回和男朋友来苏市，就住鸿运酒店，你报我名字，随便住哈。"

他给自己和林槐夏各倒一杯酒："我自罚一杯，你随意。"说着，他一口将杯中的白酒喝了个精光。

虽然嘴上说着随意，但张洪茂喝完酒，目光却落在林槐夏那杯丝毫未动的酒杯上："你怎么不喝？是不是还在介意我刚才的玩笑话？"

"没有，我对酒精过敏。"林槐夏又扯了个谎。

"那就喝一口，是不是不给我面子？"张洪茂把酒杯推到林槐夏面前。

"要不我陪张总喝一杯吧。"

冷然的声音在林槐夏身后响起。张洪茂一哆嗦，抬头便看到程栖泽那张阴沉的脸。

程栖泽拿起林槐夏面前那杯满满当当的白酒，一饮而尽，眉头都没皱一下。

他翻了下空杯，示意张洪茂："怎么，张总不给我面子？"

"怎、怎么会。"张洪茂讪讪，又给自己倒了杯白酒，"咕嘟咕嘟"喝下。

连闷两杯白酒，张洪茂实在受不住，灰溜溜地离开。

打发走张洪茂，程栖泽冷嗤一声，放下手中的空杯。他从桌上抽了张纸巾，慢条斯理地擦掉唇边的酒渍。

只剩两人，林槐夏冷下脸，问："你为什么在这里？"

程栖泽反问："我为什么不能在这儿？"

林槐夏沉默了下，拾起搭在椅背上的外套。她绕过程栖泽，和苏启荣打了个招呼，离开包厢。

"外面下雨了，我送你回去吧。"程栖泽快步追上林槐夏，跟在她身边。

林槐夏没有搭理他。

"还在生气？我知道错了，原谅我好不好？"程栖泽软声道歉。

两人一路走到大门口，林槐夏终于顿了顿脚步。

"你到底怎么回事？"她问。

程栖泽有点无辜："我怎么了？"

"你以前不是这样。"

以前的程栖泽可不会道歉。

"因为我认识到了自己的错误，想要挽回你。"程栖泽敛起眸，温声道，"夏夏，我没法离开你。你是我认定的妻子，我喜欢你，和别人无关。之前是我做得不对，你打我也好，骂我也好，只要你能消气，无论要我做什么都可以。"

"分手了才说喜欢，是不是晚了？"林槐夏丝毫没有动容，"失去了才懂得珍惜，你有没有想过，你可能不是喜欢我，只是不喜欢失去已经到手的东西的感觉？"

"夏夏，不要这样说。"程栖泽皱起眉，"我清楚自己在想什么做什么。我以前是喜欢过宋荷，刚认识的时候也觉得你和她长得像。但和你结婚，只是因为喜欢你，和别人无关。不要生气了好不好？"

林槐夏无奈地摇摇头："我没有生气，也没有资格生气。"

或许当初程栖泽不声不响抛下自己的时候，她失落过，也生气过，但那一瞬间的愤怒冷静下来后，她异常平静。

两个人本来就没有什么感情，本就是一段各取所需的关系，是她当时冲昏了头脑，想越界。她本以为两人好聚好散，却没想过程栖泽会后悔。

"我们都是自私的人，为了自己才和对方在一起罢了。你不用觉得对不起我，我不是什么好人，为了满足自己的私心才和你在一起的，不值得你喜欢。"林槐夏的声音很淡。

程栖泽见她波澜不惊的神色，心口堵得难受："夏夏，我们在一起了三年，至少……有一点感情吧？"

林槐夏抿了抿唇，她敛起眸，朝他轻轻摇了摇头。

程栖泽苦笑："你就……那么喜欢他？"

林槐夏微微一怔。

"我看到了。照片。"程栖泽轻声道。

他说这话时像是有一把刀悬在心口上，一下一下，划出血淋淋的口子。

他看到照片时确实是愤怒的。可他没有资格愤怒。

她只是做了一件他也做过的事罢了。

他终于意识到，被人当作另一个人的感觉并不好受。即使林槐夏和他在一起并非因为喜欢，但她心甘情愿给他当了三年"宋荷"，忍受着别人对她的嘲讽和轻蔑。

那种感觉不会好受。

林槐夏抿唇，顿了顿，她道："既然这样，你也清楚我为什么会和你在一起了。不用觉得对不起我，好聚好散吧。"

"如果我说我不介意呢？"程栖泽往前一步，靠近了林槐夏些，他神色认真，"反正他不会回来了，就算你把我当成他，也没关系。"

林槐夏说不出哪里奇怪，也不知该如何回答。

夜幕浓稠，淅淅沥沥的小雨冲刷着整座沉睡中的小镇。烟雨缭绕，透着丝丝凉意。

两人彼此沉默着。

蓦地，程栖泽看到一个身影从雨幕中缓缓走来。那人撑着伞，淅沥的雨水描摹出他挺拔修长的身型。

渐渐看清他的长相，程栖泽愣在原地。

那人似乎也看到了他，微一愣怔，而后弯起眸子，扬起一抹温润的笑意。

那人朝两人走了过来。

程栖泽难以置信地张了张口："程……"

方渡含着笑意，朝程栖泽伸出手，温声打断："方渡。"

第九章
依旧是那个少年

    程栖泽望着两人离开的方向，目光沉沉。

    他没想到方渡会回国，对方甚至没和家里任何人说自己回国的事。

    方渡撑着伞，微微向林槐夏的那边倾斜了些，将她瘦弱的身影整个笼罩在宽大的伞面之下，而自己却露了半个肩头在伞外。

    林槐夏微微扬起下巴，语气半是埋怨半是撒娇的意味："你怎么才来？"

    "下雨不好打车。"方渡语气温和地解释，将手里的纸袋递给林槐夏。

    纸袋里是杯温热的红枣奶茶，林槐夏将奶茶从纸袋中拿出，温温热热的触感落在手心，驱散掉身上的寒意。

    纸袋里还有一个瓶子。林槐夏示意方渡提着袋子，她把瓶子拿出来看了看："这是什么？"

    "醒酒用的。"方渡笑道，"我还以为会来接个醉鬼。"

    林槐夏无语地乜他一眼："我没有喝酒！"

    "逗你的，是驱蚊虫的药水。"

    两人的声音消散在夜色中。

    程栖泽一手抄兜，斜倚在冰凉的砖墙边。影子被路灯拉得细长，显得落寞孤寂。他从兜里摸出烟盒，抽出一根，点上。一抹微弱的猩红色在浓稠的夜色中若隐若现。

林槐夏看上去是在和方渡置气。

他竟然有点嫉妒。

林槐夏从来没和他生过气，永远都是顺着他的意思。

他之前没想那么多，只当她是脾气好。可他现在才知道，她不是脾气好，而是在他面前小心翼翼地收敛了自己的性情。

他脾气并不算好，对她也不够有耐心。她怕惹他生气，所以从未在他面前展露过真实的自己。

可在方渡面前，她不用猜忌他的心思，可以尽情任性。

程栖泽很生气，生自己的气。如果他能早点意识到这些，早点懂得珍惜，多关注她一些，她或许也会像方才那样和自己撒娇耍赖，展现娇憨可爱的一面。

起码说明，她是在乎自己的。

从云鹤楼出来，林槐夏的神色淡淡的，有些心不在焉。

"打车回去吗？"方渡问她。

林槐夏回过神，顿了顿："我想走一走。"

"好。"

雨差不多停了。方渡收起伞，慢悠悠跟在林槐夏身边。

方渡："要聊一聊吗？"

"什么？"林槐夏疑惑地抬起头。

方渡示意云鹤楼的方向。

刚刚的事情发生得突然，林槐夏像是做了错事一般，只想着尽快拉方渡离开，不想让程栖泽惊扰到他。

林槐夏咬了下唇，摇摇头："前男友。不想聊。"

方渡没再多说什么。既然她不想聊，没必要提起那些不开心的事。

"你去看方姨了？"

"嗯。"方渡微微颔首，笑容温和，"陪她说了说话。她一人在这边，会很寂寞吧。"

"不会的。"林槐夏安慰他，"我每年都会来看她，奶奶也陪着她，她们在一起会互相陪伴对方的。"

方渡点点头，微一歪头，笑容中夹着一抹揶揄："我看到了。"

林槐夏疑惑："什么？"

"字有点丑。"

"你——"林槐夏恍恍意识到他说的是什么，脸上一红，"用刀刻字很难的！已经很不错了！"

方渡但笑不语。

"我很想你。"林槐夏轻声道。

方渡微怔，而后听到林槐夏问："你呢？"

顿了顿，林槐夏指尖朝下指了指，道："我的意思是，你会想这里吗？"

方渡浅浅笑道："很想。"

听他这样说，林槐夏不着痕迹地扬起嘴角。

她不敢奢望方渡像她想他那般想着自己，只要他一切都平安就好。

在林槐夏情窦初开的年纪，她意识到自己对方渡的喜欢不再是纯粹对兄长的喜欢。

自从方清去世后，她和林奶奶便成了方渡唯一的亲人。方渡比她高一个年级，在准备高考，每晚她都会在他晚自习结束后去找他一起放学，一起回家，一起吃饭，一起做功课。

他们每天都在一起，林槐夏习惯了这样的生活，对他十分依赖。林槐夏以为，他们会一直这样生活下去。

直到有一天，有个方渡班里的女生和他们一起回家，去方渡家拿物理笔记。

临走的时候，女生摸摸林槐夏的脑袋，从兜里掏出一颗草莓糖给林槐夏，笑眯眯地和方渡说："你妹妹真可爱。"

林槐夏莫名对那女生的话不爽，却不知为什么。直到晚上吃饭，林奶奶笑着谈起方渡即将上大学，要在大学找个漂亮的女朋友的时候，她慌了。

方渡那么好，那么宠她，她不想和别的女生分享他的好。正是情窦初开的年纪，林槐夏懵懵懂懂地意识到，她不想做方渡的妹妹，想一直和他在一起。

方渡十八岁生日前的那个晚上，她陪他一起过生日。她双手合十，闭上眼，故意说出自己的生日愿望。

她想和他一直在一起，做他的妻子。

许完愿，她睁开眼，期盼地看向方渡。

她以为，方渡会答应的，毕竟他什么都惯着她。

可方渡明显很震惊的模样。而后，他朝林槐夏摇了摇头："小槐夏，你还小，认识的人还少，所以才觉得自己喜欢我。等你上了大学，会见到更广阔的世界，认识更优秀的男生。等那个时候，如果你还觉得喜欢我的话，再许这个愿。"

她被他惯坏了。她不想听大道理，也不想等什么以后，她只想让方渡立刻答应。

可方渡不同意，坚决地摇头。

林槐夏觉得他就是不喜欢自己，故意找理由敷衍自己。她的初恋就这么仓促地开始，又仓促地结束了。那一瞬间，她崩溃得哭了出来，任由方渡怎么哄她都没用。

她任性地哭闹着，叫方渡以后都不要出现在自己面前。

方渡没办法，叫她不要哭，说给她买她最喜欢的梅子糖。

这一去，再也没有回来。

很久以后，林槐夏才接受方渡离开的事实。

她没法原谅自己，如果不是她哭闹，如果不是她叫他以后再也不要出现，他就不会出事。就算他不喜欢她，就算他讨厌她也没关系，只要他好好的就行。

他没有义务必须喜欢她，必须按照她的想法做事。

遇到程栖泽，是她意料之外的事。他的眉眼和方渡太像了，她太想方渡了，忍不住多看了好几眼，才意识到他并不是方渡。

可当时的她以为自己再也见不到方渡了，她想多看几眼，默默的就好。

所以那晚程栖泽醉酒，向她表白时，她为了自己的私心，答应了。

与其说她和程栖泽在一起是因为喜欢，不如说更多的是为了赎罪。

她知道和程栖泽在一起这样做既不负责，又卑劣自私，但她没法控制自己去冷静地做选择。这像是上天的惩罚，也像是上天给她的机会。那么好的方渡她不珍惜，那就让她遇到一个和方渡长得很像，却对她冷漠疏离的人。

她收敛脾气，小心翼翼地忍受着程栖泽的冷漠与周围人的嘲讽。假如当初她没有那么任性，她学会像现在这样收敛情绪，懂得珍惜方渡对她的好，她就不会失去方渡。

有时候林槐夏甚至会想，要是方渡是程栖泽的那个性格就好了，对她冷漠一点，不要那么关心她，这样他就不会出车祸，离开自己了。

林槐夏本以为宋荷回国，是所有这一切的结束，却没想到事情会发展到现在这般地步。

她要怎么和方渡提起自己和程栖泽这段畸形的恋爱关系？

——告诉他，自己找了个和他长得很像的男人谈恋爱？

方渡应该想象不到，自己会变得这么卑劣不堪吧。她已经不是他印象里那个单纯得傻乎乎的小丫头了，一定会让他觉得恶心吧。

林槐夏苦笑。

"小心。"方渡的声音扯回林槐夏的思绪。

还未反应过来，林槐夏被方渡拽住胳膊往后拉了一下。与此同时，身边一辆电动车穿梭而过。

"嘿！没长眼睛啊？！"那人扭头咒骂一句，而后扬长而去。

林槐夏根本来不及管他，她刚刚低头踩着地上的小水洼，重心没放稳，此时踉跄几步，不小心摔到了方渡怀里。温暖的气息瞬间包裹住她，林槐夏能闻到他身上那丝若有若无的冷调茶香。

方渡讶异地低下头，下巴蹭到她耳边的碎发，发丝拂过她的耳尖，酥酥痒痒的。

林槐夏的心跳突然漏了一拍。

方渡拽她的力道并不大，这样搞得像是她故意的似的。

她立马跳开，和他道歉："对不起……"

方渡不甚在意："在想什么？这么认真。"

"没什么。"林槐夏摇摇头。她故意和方渡拉开两个身位的距离,好像这样就能证明刚刚自己不是故意跌进他怀里的。

"你怎么还跟小时候似的喜欢踩水?"方渡笑着问。

林槐夏不服气:"我哪有喜欢踩水?"

方渡微扬下巴,示意她的脚尖。

林槐夏低下头,借着微弱的灯光,她看到自己的运动鞋沾着泥土和水渍,湿得不成样子。

她脸颊红了红,抬头问方渡:"我很喜欢踩水?"

"你自己喜欢什么自己不知道?"方渡好笑地问。

林槐夏可怜巴巴道:"我没注意过呀。"

方渡回道:"你每次想事情的时候看到水坑都会踩,不知道为什么。"

林槐夏思索片刻,想不起来自己从什么时候开始有的这个习惯,但她确实很小的时候喜欢在很浅的水洼里蹦跶,每次看到水花翻飞溅到奶奶的裤脚上,都会笑得乐不可支。

她的脸颊更红了,小声嗫嚅:"我才没有这么幼稚的习惯。"

方渡歪头睨她一眼,仿佛在说"你说什么都对"。

他好像一点都没变,还像小时候那样,温温柔柔的,明明很无奈,却又什么都向着她。

阔叶树的绿叶在轻风中翻飞,"沙沙"作响。河岸边,星星点点的灯光映在河面上,随着水波轻轻荡漾,温馨而又静谧。

这条河,他们每次放学的路上都会经过。无数个陪他下晚自习的晚上,都会看到这般同样的风景。

记忆与现实倏然重合,依旧是那片风景,依旧是那个少年。

什么都没有变。

真好。

第二天早上,方渡习惯早起晨跑。

从招待所出来,他看到站在门口的身影正靠在墙边抽烟。他微一愣怔,而后扬起笑意,朝那抹身影走了过去:"阿泽,早上抽烟对身体不好。"

程栖泽双手环胸，歪头睨他一眼："看来习惯没变。程渡，你还真是一成不变啊。"

方渡抽走他手里的烟，捻灭在旁边的垃圾桶里："说了，我姓方。"

自从方清和程文谨离婚后，方渡就跟了母亲姓。即便方清去世，方渡和程文谨去了美国，也没有再改回程姓。

在他的心里，自己早就不是程家人了。

"你爱姓什么姓什么。"程栖泽轻嗤一声，"突然回国，连爷爷都没说一声？"

"回来是为了工作，没什么可说的。"方渡笑着打量程栖泽一眼，"你变高了。"

他上次见程栖泽还是十二岁那年和方清一起从程家离开。那个时候程栖泽比他要矮半头，比他还要瘦。

多年未见，两人已是差不多的身高，程栖泽看着要比他健朗不少。

"我是来和你叙旧的？"程栖泽冷声道，"当初姓程的许诺再也不回国，你现在跑回来算什么事？"

方渡知道他在担心什么，笑容不减："你放心，我不是回来和你争财产的。我父亲做的那些肮脏事，我不屑做。"

程栖泽最讨厌方渡这副万年不变的笑脸，轻嗤一声："你也知道你父亲做的是脏事？当初做什么去了？我管你叫一声哥，你对得起这个称呼吗？"

"阿泽，你清楚我们那个时候都无能为力。"

程栖泽回忆起痛苦不堪的往事，一时间抑制不住内心激烈的情绪。他眼角猩红："好一个无能为力。你去看看我父亲现在变成什么样了？！你和那个姓程的就该跪在他面前，给他道歉！"

方渡轻声安抚他："如果你和二叔能原谅我父亲，我愿意跪在你们面前替我父亲道歉。"

程栖泽的手有些颤抖，他从兜里翻出一根烟，狠狠吸了一口，才逐渐冷静下来。

"就算你跪在地上把头磕破，我也不会原谅你们。"

方渡抿了抿唇，没有说什么。

"你到底是因为什么回国？"程栖泽质问道。

方渡不置可否地笑了笑。

程栖泽眯起眼，其实心中早已猜出大概："因为她？"

他微扬下巴，示意招待所楼上的方向。他清楚方渡知道自己指的是什么。

方渡还是那副笑意，没有回答。

"方渡，她是我未婚妻。"

方渡浅笑："已经不是了。"

程栖泽眸色一黯，沉声道："就算如此，我们也交往了三年。这些年你在做什么？现在回来是不是太晚了？"

"你知道我为什么没回国。"方渡顿了顿，"我本以为你会照顾好她，现在看来并没有。"

"那是我们两人的事。"程栖泽不爽，"你既然以兄长的身份自居，就有个兄长的样子，离你弟弟的女人远一点。"

"阿泽，如果你不珍惜的话，会有人珍惜的。"

程栖泽愤怒地攥住方渡的衣领，狠戾地说道："你就非要和我抢女人？！"

方渡难得被他激怒，神色不如往常那般温润，反而凌厉冷酷了些许："槐夏不是你的附属品。她之于我，就像宋荷之于你。你为什么不好好珍惜？"

程栖泽狠狠地盯着方渡。沉默半晌，他沉声道："我说过，我们两个人的事情我会处理好。不管你们之前是不是认识，现在都过去十多年了。你未必比我强多少。"

"是吗？"方渡不以为意，恢复平日那副儒雅温润的模样，轻轻笑了一声。

程栖泽冷着脸松开方渡，他拍了拍手，不屑道："方渡，走着瞧。"

林槐夏从楼上下来时，方渡已经晨跑回来，在餐厅吃早饭。

林槐夏走过去，看到他穿着一身休闲的运动服，有些惊讶："你还保持晨跑的习惯啊？"

"是啊，有人说我一成不变，形容还挺贴切的。"方渡示意她坐自己对面，"我不知道你几点起，没帮你拿早饭，你看看想吃什么，自己取吧。"

"好。"林槐夏点点头，没觉出哪里不对劲，去自助餐桌取餐。

方渡没有把程栖泽来过的事告诉她。

不管怎样，程栖泽有件事说得没错。程栖泽和林槐夏交往了三年，自己在她的记忆里却空白了许多年。

他不清楚两人交往的细节，这几天的相处他也能感受到，林槐夏对自己有隐隐约约的距离感，不像小时候那样亲密无间。

毕竟十年没有见过了。可能对于她来说，他现在只是小时候关系很好，很怀念的哥哥罢了。仅此而已。

方渡不敢越界。

吃过早饭，所有人整装待发。

林槐夏带着几人去临塘巷进行今天的勘察工作。

临塘巷在老城区边沿，吴宅是整条巷子乃至整个老城区最大的一处院落。占地近万平方米，自成一景。

院子南面临河，大门正对着南边的柳岸河。从大门而入，正对古时的轿厅，大厅及女厅依次排列；花厅、书房等分至两边。东西两边各有一花园，与楼阁相连，步移景异，相映成趣。

吴宅本是古时某吴姓大户人家的住宅，后逢一场离奇的大火，烧坏大半个宅子后，吴宅渐渐走向衰败沉寂。如今整个院落归政府管辖，早年因为位置偏、毁坏严重，一直无人问津，最近也是因为老城区的整体规划项目，才被纳入重建名单。

第一天的勘察工作，苏启荣亲自来接待几人。

吴宅东边的藏书阁未被大火殃及，苏启荣特地叫人把那片区域收拾干净，给林槐夏他们做临时的办公室用。

苏启荣领着几人走到藏书阁所在的小院，院子已经打扫干净，但依旧能看出多年未经修葺的破败与损坏："环境一般，辛苦各位将就下。如果有什么需要随时联系小唐，我们一定尽力准备。"

"谢谢苏主任，这边已经很好了。"林槐夏和他道谢。

苏启荣叫几人先把东西放下，带他们去院子里转一圈。

从藏书阁出来，紧邻着它的便是西花园。与旁边的干净整洁不同，西花园的水塘已然枯涸，四周杂草丛生。偌大的花园里破败不堪，亭台楼阁尽是烧毁的痕迹。

苏启荣勉强从杂草间找到一条鹅卵石小路，领着几人通过。

他有些不好意思："这边毁坏很严重，又长期没有打理……环境有点艰苦，对不住了。"

"没事，我们之前遇到过比这边还要严重的情况。"林槐夏笑道。

"听说吴宅最初只有东边那个院。后来扩建，家主专门请了镇上最有名的匠人建造，颇费心神。可惜没过几年就遇到了火灾，把整个院子都烧得不行，唯独藏书阁那边的小院没有遭殃，也是奇怪。那次火灾也很离奇，镇上从没发生过这么大的火灾。"苏启荣幽幽感慨，"镇中心最大的人容景园都没法和这边比，如果这边恢复往日的繁华，一定非常壮观。"

林槐夏下意识地瞥了眼身旁的方渡，他正仰头望着不远处掩藏在粗壮的树杈间层层叠叠的房檐垂脊，唇边镶着清浅的笑意。

林槐夏顺着他的目光望去，不由得露出微笑："确实。"

林槐夏刚上一年级的时候就知道了临塘巷吴宅的存在。

听同桌说，那里是个鬼宅，又脏又破，晚上全是鬼影。林槐夏好奇，回家给林奶奶讲起那处宅院，奶奶点点头，告诉她那里有吃小孩儿的鬼。

她的父母在外打工，极少见到他们，林槐夏和奶奶相依为命，她最信奶奶的话。虽然好奇，可她却从没往那边跑过，怕真遇到吃小孩的鬼。她那么不听话，一定会被鬼吃掉的。

直到她九岁那年，街弄里搬来一对她从没见过的母子，他们搬到离她家不远的一处无人居住的小宅子中。

那座小宅在林槐夏未出生前就已荒废许久，宅子虽然不大，但两进院落，布局精致，在巷弄里也算"大户人家"。听巷子里老一辈讲，那个宅子的主人姓方，很多年前就从家里搬走，去北边的城市做生意了。搬回来的应该是家里的后人。

林槐夏不懂这些，只知道那个方宅比她们家要大好多好多，她很好奇是什么人住在里面。

放学以后，林槐夏和朋友告别，没有直接回家，而是偷偷跑到方宅旁的偏巷中找到一处矮墙，从旁边搬来几块石砖，三步并两步，爬上了墙。

他们几个当地的小孩儿经常这么干。以前宅子里没人住，他们总是偷偷跑进去玩，所以林槐夏对里面精巧的布局很熟悉，嫉妒能住在里面的人。

她刚站稳，便看到院子中央一个身段窈窕的美丽女人，正朝角落里摆放的一堆杂物走去。女人走路的姿势优美婀娜，不疾不徐，林槐夏一时间看直了眼。

虽然她在巷子里见过不少漂亮阿姨，但眼前的这个阿姨不仅漂亮，而且气质优雅端庄，她从没见过这么美的女人。

女人从杂物中翻出一个箱子，朝屋里道："阿渡，来帮我一下。"

"好，就来。"屋里传来清朗的少年音。

林槐夏回过神，又顺着那道声音往另一边望去。

很快，一个少年从屋子里跑了出来。少年的身材清瘦笔挺，脸颊白皙如玉，眉目如画，温润清冷，像是从画里走出来的似的。

林槐夏第一次见这么好看的少年，不由得多看几眼。

果然，一家子都好漂亮。

少年接过女人手里的箱子，见女人拿起另一个，他道："都给我吧。"

"可是这个很沉……"

"没事，我能拿。你拿那个袋子就好。"

女人犹豫半晌，将手里的箱子叠到少年手中，眉眼弯了弯："还好有你在。"

少年也随女人笑了笑，但笑容十分短暂，很快又恢复最开始的清冷模样。

林槐夏就这么看着他们两人在院子里忙碌,不知不觉,太阳下山。

等她回过神的时候,才想起来林奶奶叫她回家时带瓶酱油。她连忙从墙上翻下来,正踩着砖往下爬,就听到身后一个清清冷冷的声音:"你在这里做什么?"

林槐夏爬墙的动作一顿,回过头,便看到少年仿佛从画中走出来一般,就站在自己身后,眉眼间含着警惕和疏离,冷声质问着她。

"哥哥好。"林槐夏没心没肺地弯起眼睛,笑眯眯地和他打招呼。

方渡眉头一皱,上前两步扯住林槐夏的胳膊,把她从石砖上拉下来。

林槐夏的胳膊被他弄疼了,龇牙咧嘴地哭喊道:"哥哥,你做什么呀!"

"你是从哪儿来的?为什么爬别人家的墙?"他凶巴巴的模样,一点不像刚刚在院子中那般温柔,林槐夏被他吓得一下子哭了出来。

方清闻声赶来,看见方渡手里抓着个瓷娃娃似的小姑娘,扬声道:"阿渡,你在干吗!"

"她一直扒着家里的墙,是个小偷。"方渡解释道。

"我不是小偷!"林槐夏抹着眼泪,学他凶巴巴的模样瞪他,不甘示弱。

方清走到两人身边把两人分开。她牵着林槐夏的手,笑容和蔼地问:"你是林奶奶家那个小丫头吧?叫什么名字?"

方清的笑暖融融的,林槐夏一下子忘掉了刚才被当作小偷的事情,眼睛弯成月牙儿,唇边绽起两朵甜丝丝的梨涡:"姨姨好,我叫林槐夏。双木林,槐花的槐,夏天的夏。"

"名字真好听。"方清笑意温柔,抬手帮她掸掉裙子上的灰尘,"怎么穿着裙子爬墙呀?"

林槐夏没当回事,骄傲地扬起下巴:"我还可以穿着裙子爬树呢,很厉害的!"

方清好笑道:"你怎么在这里?林奶奶知道吗?"

林槐夏一听,哭丧着脸摇摇头:"奶奶不知道,我偷偷来的。

想看看是什么人搬来啦。"

"那你看到了?"

"看到啦!"林槐夏点点头,"漂亮阿姨和漂亮哥哥!"

方清笑意更浓。

听到林槐夏的无忌童言,方渡微微一怔,而后局促地将脸撇到一旁。

方清揉揉林槐夏毛茸茸的小脑袋:"那你赶快回家吧,不然林奶奶会着急的。下次过来直接敲门就好,不要再爬墙啦。"

林槐夏眨眨眼:"我还可以再来吗?"

"可以呀。"方清点头,"我们刚搬过来,阿渡在这边没有朋友,你当他第一个朋友,常来找他玩,好不好?"

林槐夏抿起嘴,歪着脑袋看了看方清身后的方渡。他扭着头,没有看她。

他的侧脸也好好看哦。

林槐夏将他指控自己是小偷的事抛诸脑后,朝他扬起一抹甜丝丝的笑意:"好呀,阿渡哥哥。"

第二天在学校,林槐夏遇到来报到的方渡。

苏镇上的小孩不多,老城区这片只有一所学校,小学和初中在一起。等到了高中,就要去镇中心的高中上学。

方渡刚升初中,方清还有别的事要忙,他不想给方清添麻烦,自己一个人来学校报到。

学校的楼很破旧,小学班级和初中班级混在一起,又没有楼层导向,他很快迷了路。已经是早自习时间,楼道里人很少,他左右看看,不经意间瞥到走廊尽头的女生。

他走过去想要询问,却发现那人是昨晚趴在墙边上偷看的小姑娘。她正举着作业本贴在墙壁上,叼着手里的铅笔,冥思苦想。

方渡走到她边上,客气地问:"同学,你知道初一(1)班怎么走吗?"

林槐夏被他吓了一跳,扭过头,发现是昨天那个漂亮哥哥。她咬着笔,笑意盈盈地和他打招呼:"阿渡哥哥。"

还是个自来熟。

方渡没有回应,抬头打量了眼班级号,不由得皱住眉:"你多大啊?"

她个头要比同龄人小很多,身材瘦瘦弱弱的,脸上的婴儿肥还没褪去,一笑起来,脸颊上的软肉都跟着颤了颤。

林槐夏乖乖回答:"今年九岁啦。"

六年级(3)班。

"九岁读六年级?"方渡疑惑。

这得是多聪明,才能跳级上学。

林槐夏连连点头:"是呀是呀,我四岁的时候奶奶照顾不了,就把我送来上学啦。"

她眼珠子一转,自顾自地把笔递给方渡:"哥哥,我作业没做完,你能不能帮帮我?"

方渡:"……"

他淡声拒绝:"我在找教室,要迟到了。"

"救救我吧,我真的不会做。"林槐夏眉头一皱,小脸直接耷拉下来,一副泫然欲泣的模样,"阿渡哥哥,你最好了。"

"……"方渡拗不过她,不情不愿地接过她手里的笔,看向作业本上的习题。

看完,他更沉默了。

都是六年级最最基础的数学题,她竟然都不会。方渡偏着脑袋睨林槐夏一眼,她满眼仰慕与期待地望着他,完全不像是逗弄他的模样。

见他迟迟不动笔,林槐夏哭丧着脸,认真问:"哥哥,这个题这么难吗,连你也不会?"

这句话严重戳到了方渡的自尊心,他顿了顿,直接把答案写到了括号里。少年的字体清秀端正,比她那个狗爬似的字漂亮一百倍。

林槐夏瞬间变回"仰慕脸",捧着他还回来的作业本:"哥哥,你好厉害呀!连题目都没看就能把答案写出来!"

她把作业本收回书包，笑嘻嘻道："我要去找老师交作业啦，阿渡哥哥再见！"

方渡无语。这丫头真是傻得可爱。先不说他刚刚早就看过题目，只是默算出答案后没有第一时间写上去而已，她竟然连检查都不检查，就信他写的是真的，直接把本子塞回包里。

"你不用改一下吗？老师能看出来字体不一样。"方渡问。

"哦哦。"林槐夏这才反应过来，点点头，"哥哥说得对！"

她又把本子翻出来，用橡皮擦掉方渡的字，一板一眼地抄上答案。

方渡站在她身后看她抄答案，看了半天，才想起来自己今天是来报到的："初一教室怎么走？"

"哦。"林槐夏抄着答案，头也不抬，指了指楼上，"再往上走两层，就是啦。"

"好，我先走了。"

"嗯嗯，哥哥再见！"

那天林槐夏的数学作业破天荒拿了个"优"。

原来新搬来的哥哥不仅长得好看，学习还那么厉害。

有了"作业情谊"，林槐夏彻底把方渡当成好朋友了。得知他在初一（1）班，林槐夏每天都去找他一起回家。

但每次方渡都会拒绝。他并没有把她当成朋友。

他刚经历家庭剧变，父母离婚，能忍住全部的情绪和母亲搬到这个人生地不熟的地方来，已经吃力。他再成熟稳重，终究只是个孩子。他不是来交朋友的，对这个陌生的地方没有一丁点感情和好奇。

方渡的出现不仅让林槐夏的生活发生变化，更是像水滴滴落湖面，在这个不大的街区里掀起层层波澜。

这个地方平稳安逸，街坊邻里互相熟识，很少有陌生人出现。新搬来的邻居自然引得所有人的目光，只不过其中有善意的，也不乏恶意的。

从北方城市来的小少爷，长得俊俏漂亮，对人礼貌却冷冰冰的。没人知道他们为什么会突然搬到这里。

有人说，方家的小姑娘在外面给人当了"三"，人家不承认，她才带着儿子回了老家,方渡是个私生子。

林槐夏不懂什么叫"三",只知道方清温柔又漂亮,每次去方家做客,方清都会给她准备她最爱吃的梅子糖,叫方渡替她辅导作业。

终于有一次方渡答应和她一起回家,她把其他人传的那些话给方渡听,疑惑地问他:"阿渡哥哥,'小三'是什么意思啊?方姨那么好看,是不是夸她的话呀?"

方渡顿住脚步,神色一凛:"你在说些什么。"

林槐夏压根儿没意识到自己的话惹怒了他,又重复了一遍。

"小小年纪不学好,学那些大人嚼舌根。"方渡冷嗤一声,头也不回地抛下林槐夏。

林槐夏不知道他在生什么气,三步并两步追了过去,语气不满:"你是什么意思呀?我不懂她们说的是什么意思,才来问你的,你怎么这么凶。"

方渡不理她,埋头朝前走。

"古人云,不知者不罪。"林槐夏文绉绉地拽了句语文课上新背的课文,"哒哒"追上方渡的步伐,"我在虚心请教,你怎么这么小气!"

方渡依旧不理她。

林槐夏最讨厌别人和她冷战,更何况她都不知道自己做错了什么。窝的火气一股脑涌了出来,林槐夏气鼓鼓地骂他,说以后再也不要和他当朋友了。

方渡终于忍不住,冷着脸道:"没人把你当朋友。"

林槐夏"哇"的一声,彻底哭了出来。她号啕大哭地跑回家,和林奶奶控诉方渡的"恶行"。林奶奶听她说完原委,眉头一皱,直接抽了根藤条揍她屁股。

林槐夏一直是奶奶掌心里的宝,不敢骂不敢打,这还是奶奶第一次打她。她被打傻了,愣在原地呜咽。

后来她才知道,"小三"并不是夸人的话,而是很脏很难听的污蔑。

方清那么漂亮、那么温柔,是她见过最端庄美丽的阿姨,就像是天上的仙女下凡,怎么可能是那些人口中的"小三"。林槐夏意识到自己说错了话，跑去和方渡道歉，可方渡压根儿不理她。

也是那个时候，林槐夏知道了方渡的"小秘密"。方渡每天放学不和她一起回家，是因为他每天都会绕到临塘巷的那个"鬼宅"。

林槐夏悄咪咪跟了过去，吴宅的院子杂草丛生，破败不堪，虽然大门紧紧封死，但是离学校比较远的西边小门的木头已经被烧焦，上面挂的铁链也被铁锈侵蚀，松松垮垮地挂在上面。只要轻轻一推，身材瘦小的孩子便能挤进去。

林槐夏见方渡进了院子，犹豫良久，最终还是忍不住好奇，跟了进去。这是她第一次进临塘巷这个"鬼宅"，早已在脑海中勾勒出无数动画片中那些鬼神的形象。

她一直在心里安慰自己，有方渡在，就算遇到鬼也是他先遇到，大不了到时候和他一起跑。就这么跟着他走了一路，方渡在西花园停下脚步。

他找了处大石头坐下，发了会儿呆，从书包里翻出一个素描本，画起画来。

林槐夏偷偷躲在远处，不敢靠近。

她渐渐看清眼前的景象。黄昏已至，在天边泼下浓墨重彩。云彩压得很低，肆意生长的野草随风摆动，几乎遮住了远处的建筑。远处尽是被烧毁的古式建筑，枯败的木头上有断裂和腐蚀的痕迹，还有蜘蛛网缠绕其上，一片狼藉。

晚风卷起树叶呼啸而过，在整个花园里发出"呼呼"的声响。

怪不得被人叫"鬼宅"。

林槐夏寒毛耸立，蹲在野草丛间抱住胳膊。要不是方渡就在远处，她一定会被吓得拔腿就跑。

她偷偷观察着方渡，他的神色很淡然，似乎并未被四周的环境吓到。他时而抬头望向远处残缺的建筑，时而又低头在本上写写画画。

他的神色很专注，唇边噙着浅浅的笑意。这是林槐夏很少见到的模样。

方渡来了苏镇以后，几乎没有笑过。他好像只会对方清露出笑容。

明明笑起来很好看。

林槐夏看得出神，一时间忘了自己身处何地。

夏天的南方，虫子极多，更何况在这杂草丛生的地方。林槐夏露在外面的半截小腿很快被咬满了大包，等她意识到的时候，奇痒难耐，她不知所措地哭出声来，惊扰到不远处的方渡。

方渡猛地抬起头，这才发现林槐夏跟着跑了过来。

林槐夏哪还管那么多，哭着跑到方渡身边，委屈巴巴道："哥哥，好多虫子呀。"

方渡无奈，想质问她为什么偷偷跟着自己，又觉得她的模样好可怜，根本不舍得训斥。

方渡放下素描本，从包里翻出一盒药膏："喏，自己涂上。"

林槐夏抽着鼻子接过药膏，在腿上涂了厚厚一层。冰冰凉凉的触觉让她好受了些，她终于平复心情，和方渡道谢。

"哥哥，你在这里做什么呀？我听他们说这里有鬼，咱们赶快回去吧。"夜里渐渐泛起凉意，林槐夏朝方渡的身边凑了凑，抱住胳膊。

方渡没有理她，重新拿回素描本，漫不经心地应和："没错，这里有鬼，你快点回去吧。"

"我不要。你在哪里，我就在哪里。"林槐夏噘起嘴，她眼睛一斜，瞥到方渡素描本上的画，"哥哥你画得好好啊！"

"可是这里缺了一块，你怎么画全了？"她指了指画上那座建筑的房檐处，鼓着腮帮子问。

方渡没有回答，继续沉默地画着画。

林槐夏看得入迷，也不管方渡还是不是在生自己的气。等他画完，林槐夏仰起头："哥哥，我也想画。"

方渡睨她一眼，没说什么，将素描本翻到空白页，把笔和本子递给林槐夏。

林槐夏低着头，开始照猫画虎。

方渡曾学过素描，画画讲究结构和明暗关系。他故意没有讲给林槐夏，存了个坏心眼，想要嘲笑她。

可他看着看着，发现林槐夏照猫画虎，竟然画得还不错。

林槐夏一会儿抬头，一会儿低头，一会儿学着他的模样用拇指抵住铅笔立在建筑前，看上去专业极了。

　　"你学过素描？"方渡终于忍不住，问她。

　　林槐夏低头认真地画着画，甜甜地回道："素描是什么呀？"

　　"呃……"方渡被她一噎，不知道她是真傻还是假傻，"就是你现在画的这个。"

　　"没有呀。我就是照着你刚刚的样子画的。我也不知道你刚刚在比画些什么。"林槐夏笑盈盈地答道，"之前我只照着动画片里的人物画过，奶奶总说我画得像呢。"

　　方渡十分惊讶，林槐夏画得很好，甚至将石柱上的花纹都描摹得惟妙惟肖。

　　"这里排线是为了体现暗面，光从不同的角度打，会分出明暗灰面，用排线的方式区分，可以让物体更立体。"方渡忍不住指了指她画画上的排线，"这里是亮面，不用排线。"

　　"原来是这样！"林槐夏点点头，很快领悟了他的意思。

　　她学数学都没这么快。

　　两人画到很晚才回家。

　　林槐夏记不得来时的路，只能跟着方渡。昨晚下过雨，地上还留着浅浅的水洼。她有一搭无一搭地踩着小水洼，跟在方渡身边蹦跶。

　　"哥哥，你不生气了吧？"林槐夏问。

　　"生气有用吗？"方渡睨她。

　　其实他早就消气了。自从林槐夏意识到自己的错误后，每天都缠在他身边跟他道歉。其他小男孩都嘲笑他，学着那些大人的话说他是私生子，方渡懒得辩解。只有林槐夏向着他说话，看到其他小孩儿欺负他，还会跑过去凶人家。

　　明明小小的一只，还没他有战斗力，却凶巴巴地吓退一众毛孩子。天不怕地不怕的模样，傻得可爱。

　　林槐夏眼睛一弯，厚脸皮道："你还生气的话，我请你吃梅子糖好不好？每天都给你买，总有一天你就不生气啦。"

　　方渡笑着摇摇头。

"阿渡哥哥，你笑起来真好看，多笑一笑好不好呀？"林槐夏极少见他冲自己笑，一瞬间看痴了。

方渡收起笑，歪着头看她："你不要告诉我妈和林奶奶今天我们去哪儿了，我就考虑考虑。"

"真的吗？"一听方渡要答应自己，林槐夏乐开了花，"好呀好呀，我不会告诉她们的！这是我们两个人的小秘密！"

她弯着眼睛，语调着重压在"小秘密"三个字上，小模样得意极了。

"不过，阿渡哥哥，你为什么总来这里画画呀？奶奶说这边很危险，不能来这边玩……不就是废弃的院子嘛，一点也不好看。"

为什么总来这里？

方渡陷入沉思。

搬到苏镇以后，方渡依旧没有从痛苦中缓和过来。他不想承认自己的父亲会做那样卑劣的事情拆散了整个家，也不想承认他的家庭已然支离破碎。

从前所有人都说他性格好，懂事、乖巧、稳重，是程家未来的继承人。可他并不在乎这些，他只是个普通的孩子，希望家庭美满，希望能一直和弟弟，和自己的朋友们在一起。

现在，什么都没了。

吴宅是他和方清搬到苏镇以后唯一的慰藉。他是偶然发现这里的，破败不堪，荒芜寂寥，他看到的第一瞬间是痛心的。他很喜欢建筑，从小就喜欢摆弄太爷爷留下的那些木作小玩意儿，照猫画虎地用木料做小模型。

他想，这里以前一定很繁华，很漂亮。

这种念头滋生以后，无休无止，他每天都会来这里坐一坐，沉浸在幻想中，幻想着这里昔日的盛景，一点点画在本上，期盼着有一天自己的愿望能实现。这是唯一能带他逃离现实的方法。

"你不好奇……这里以前是什么样子吗？"方渡回过头，留恋地望了眼身后落魄的宅院。

林槐夏随着他一起看了过去。她从没想过这些，但方家就很好看了，这里比方家大好几十倍，如果好好打理，一定更好看吧？

"唔……肯定很漂亮吧？"林槐夏问。

方渡弯了弯唇，垂眸朝她扬起笑："嗯。希望有一天，它能恢复以前的模样。"

林槐夏用力点点头："肯定会的！"

第十章
吴宅往事

林槐夏回过神,发现大部队已经沿着鹅卵石铺成的小道,快要走出西花园了。

她从前方的阁楼上收回目光,脑海里不由自主地构想着整座建筑的立面图。

清样式建筑,硬山式屋顶,"纹头"屋脊,檐出飞椽,上覆灰色蝴蝶瓦。梁架为常用的彻上露明造,四周圆柱有卷杀,下为木鼓柱础,隐约能见覆盆雕刻莲叶碧荷[1]。

这些在她很小的时候从没注意过,当时的她只知道这里破败不堪,被岁月和大火侵蚀的残垣断壁十分吓人,就像个随时会有鬼魂出现的鬼宅一般。

但是,每一座建筑、每一个院落都倾注了无数匠人的心血,经历了岁月沧桑,它们代表的是一个时期的"社会背景"和人们的"思想体系",是历史的反映,不该就此磨灭、被人们忽略,消散在历史的长河中[2]。

她好像能理解当初方渡为什么总喜欢来这里,为什么想要复原这里了。

注:① 参考《苏州旧住宅〈纪念版〉》陈从周
　　② 参考《大拙至美》梁思成

方渡在前面等她，林槐夏快步回到他身边，弯了弯眼睛："梦想要成真了。"

方渡含着笑："是啊。"

他也未曾想过，自己小时候的梦想会和她一起实现。

"我会好好努力的，方教授。"林槐夏朝他眨眨眼睛。

方渡板起脸："我很严格的，小林。"

林槐夏忍不住打趣："你这样说话，感觉老了好几十岁。"

苏启荣带着他们在吴宅转了一圈，他之前多次来这里考察，对每条路、每间房子都如数家珍。

吴宅占地十六亩有余，并非常见的中轴线对称布局。主门在南边，从大门而入正对轿厅。轿厅为古时轿夫休息处。从轿厅往里走便为会客大厅。再往里，是面阔八间的女厅，自为一院。东花园为原花园，以一小花厅与中轴相连。

西花园为扩建后新加的花园，比东花园占地面积更广，曲廊环绕，凉亭轩榭点缀其间，与花园间的山石小溪相互呼应，曲径通幽。与花园相连有一四合小院，小院后门接书房小院。小院与其他建筑并不对称，像是单独开辟，却不违和，与花园景色相映成趣，融合得十分巧妙。

周苒苒第一次来苏镇，对哪儿都好奇。

"槐夏姐，我们常讲中轴线对称，为什么感觉这个院子一点也不规整啊？"

"地形原因，这边讲求的是因地制宜和整体的平衡，不会完全追求中轴对称。"林槐夏解释道，"而且很多人家会扩建或因为各种原因合并相邻的住宅，没法做到完全的对称。有时也会考虑风水的因素，有些院落的大门和建筑都不在同一条直线上，和我们在北方常见的院落布局不一样[3]。"

林槐夏："南方天气潮湿，建筑风格和北方也不同，这边的建筑群在修缮的过程中最需要考虑的就是当地的地理条件、气候条件，不能一味重复之前的方案。南方日照足，降水量大，建筑的结构和

注：③ 参考《苏州旧住宅〈纪念版〉》陈从周

材料都需要考虑到防潮的问题。还有依靠水系和空间布局来形成风道,不仅散热,还可以提高居住的舒适度。有些时候,也不一定是南北向的建筑。"

林槐夏给她指了指前方一个建筑,用手比画:"一般南方的建筑会采取防潮效果较好的杉木作建筑木材,在柱础下还会放置'礓石'起到防潮的效果。这些我们做方案时,也要考虑到。除此之外,建筑的比例、用色也与北方不同。④"

周苒苒懵懵懂懂地听着,虽然课上听老师讲过南北方建筑的不同,但完全没有考虑过要注意这些细节。

她不禁感慨:"老祖宗的智慧可太了不起了。"

林槐夏弯起眼睛:"是呀,所以我们才要保护好他们留下来的心血。"

"我们常说'修旧如旧',其实就是在保护过程中一定要考虑到其原有的历史文化因素,用原材料、工艺和样式,尽量还原其原来的模样。⑤"

"但是修旧并非做旧,新旧技术和材料如何取舍在实际施工时需要仔细权衡。修复古建筑不是简单恢复原貌,更像是对当时社会环境及文化的详细解读。⑥"方渡在一旁淡声补充道。

林槐夏点点头。

"不仅如此,不论是改造还是修复古建筑时,都要考虑到它周边环境,不能一概而论,忽略了当地的特色和文化。即使都是南方建筑,每个区域的特色和习俗都有差别。⑦"

"我同意。"一直在旁边听几人聊天的苏启荣插话道,"我去其他地方出过差,当地风土文化和苏镇其实还是有很大差别的。如果能在复原的基础上保留当地特色文化,那就再好不过了。"

几人又聊了些技术上的问题,慢悠悠回到了西院的藏书阁。

"那我就不打扰各位的工作了。如果有任何需要,让小唐告诉

注:④《适应气候的江南传统建筑营造策略初探——以苏州同里古镇为例》鲍莉
⑤《江南古镇历史建筑的保护与更新研究——以苏州甪直古镇为例》廖跃春
⑥《对话老建筑:老建筑保护与改造》韩文强、孟娇
⑦《苏州美丽乡村建设中文化传承模式研究》姜彬、侯爱敏、包婷婷

我。"苏启荣和他们告别。

正说着,林槐夏看到山石后藏着的一颗小脑袋。小男孩怯生生地望着他们,注意到林槐夏的目光,他扭头就跑。

"小心!"

话音未落,小男孩被身后起伏的野草石块绊倒,他"唔"了一声,眼角冒出泪花。

林槐夏跑过去,把他从地上扶起来,他的膝盖被石头划破,红了一片,渗出细密的血丝。

"这边看不见的石头很多,不要瞎跑。"

男孩儿轻哼一声。

"这里边很危险,你是怎么进来的?"苏启荣和其他人也赶了过来,厉声呵斥道。

他们来的时候,苏启荣特地将临时装的大门上了锁,按理说不是工作人员没法进来。

小男孩显然被他吓到,可怜巴巴地望着苏启荣,不知所措。

林槐夏温声解释:"这边有个小门,锁链生锈了,小孩儿一推就能进来。"

她不太在乎小男孩怎么进来的,反而看向他腿上的伤口,声音温柔几分:"疼不疼?"

小男孩眼角噙着泪花,轻轻点了点头。

苏启荣有点惊讶林槐夏怎么知道小门的事,他叫了个工作人员去检查林槐夏说的那个小门,而后和她道:"办公室里有清水和药箱,先去处理下伤口吧。"

林槐夏点点头,问小男孩:"能自己走吗?"

"好。"小男孩应了一声,借着林槐夏的力道站了起来。伤口处的疼痛袭来,他倒吸一口凉气,死死咬住牙关。

林槐夏见他浑身使劲,一跛一跛地走了两步,有些担心:"姐姐抱你吧。"

"我很沉。"男孩儿怯生生地摇了摇头。

"我来吧。"跟在两人身旁的方渡淡声道。

方渡在男孩儿面前蹲下身："上来。"

小男孩还是有点犹豫，抬头看向林槐夏。林槐夏弯起眼睛："让叔叔抱你走吧。"

得到她的同意，小男孩才搂住方渡的脖子，让他把自己抱了起来。

方渡抱着男孩儿，站起身。

"叔叔？姐姐？"

林槐夏笑意更甚："是啊，有意见？"

方渡轻笑一声："没有。"

两人走得很慢，林槐夏怕方渡碰到小男孩的伤口，一直跟在他们身后小心翼翼保护着小男孩。

周苒苒他们几个跟在两人后边，周苒苒小声和旁边的章嘉敏道："你看槐夏姐和方教授他们像不像一家三口？"

"岂止是像，根本就是啊！"章嘉敏直接嗑上CP，"他俩好般配啊！"

"般配个屁。"跟在两人身后的方峰听到她们对话，不屑地嗤了一声，"根本就是个人模狗样的伪君子，他对林工图谋不轨你们看不出来？"

周苒苒望了方峰一眼，阴阳怪气地揶揄他："你对林工就图谋有轨了？"

方峰被她一噎，不满道："那能一样吗？他和林工才认识几天就凑这么近？你们这些小姑娘就只会看脸，他在国外是个什么样的人谁清楚。"

"就你最清楚。"周苒苒挖苦道，"我看就是槐夏姐看不上你，你羡慕嫉妒恨。"

"你——"方峰冷哼，"你们能有我了解男人？等着瞧吧。"

两人直接把他屏蔽，凑在一起猛嗑CP。

"槐夏姐真的好温柔好厉害啊，也就方教授这样的配得上。"

"你看方教授那个眼神，宠死了。"

"真的，你说这次出差回去，两人是不是就成了？"

"那槐夏姐会不会和方教授去美国啊？呜呜呜，我会想她的！"

161

"让方教授留下来不就完了？我们林工不配吗？"

"就是就是，再生一儿一女，肯定像爸爸妈妈，特别可爱！"

方峰听两人把林槐夏和方渡的"终身大事"都安排得妥妥当当，着实无语："喂喂，你俩听没听到我说话啊？"

"闭嘴！"周苒苒和章嘉敏异口同声。

走在前面并不知道自己已经拥有一儿一女的两人根本不知道身后发生了什么。

林槐夏全部注意力都放在小男孩身上，她问小男孩："你叫什么名字？"

小男孩老实回答："梁淮生。"

林槐夏又问："你跑进来做什么？"

"我想看看你们在做什么。"

林槐夏道："我们在工作，这里不可以随便进的，很危险。"

梁淮生仰起脖子看看两人："你们要把这里拆掉吗？"

林槐夏和方渡互看一眼。

林槐夏："你听谁说的？"

梁淮生："大家都说这里要被拆掉了。"

"这里不会被拆掉的。我们要把这里恢复回原来的样子。"林槐夏耐心解释。

"真的吗？"

"不骗你。"林槐夏睨了方渡一眼，"这个叔叔比你还希望这里能恢复以前的样子。"

梁淮生探究地看了看方渡。明明自己那么沉，他抱着自己都没有一句怨言，而且看上去很温柔，不像是会骗人的人。

梁淮生搂紧方渡的脖子，把下巴颏垫在他的肩上，小声对林槐夏道："姐姐，这里是我家，你一定要说话算话。"

"姐姐说话算话，这里也是我和叔叔的家呀。"

方渡听她这么说，微微一怔。

回到藏书阁，唐莉莉把药箱找来。

方渡把梁淮生放到办公桌上,林槐夏从药箱里翻出药水。她俯下身,先帮梁淮生将伤口处理干净,又用棉签蘸了药水轻轻擦在他的伤口上。

梁淮生"嘶"了一声,咬紧牙关。

"很疼吗?"

"不疼。"梁淮生使劲摇摇头,"我是男子汉,这点伤不算什么!"

林槐夏扬起一抹温柔的笑意,动作又变得轻柔了些。

帮梁淮生处理完伤口,她抬起头,发现旁边的方渡正在看着自己发呆。林槐夏好笑道:"愣着做什么?"

方渡收回目光,掩唇轻咳一声:"没什么。"

他帮林槐夏将脏棉签扔掉,把其他东西收拾好。

林槐夏问梁淮生:"你有家里人手机号吗?我给他们打个电话,让他们来接你回家。"

梁淮生听到"家人"几字,眉眼耷拉下来,失落地摇摇头:"阿婆没有手机。我家不远,自己走回去就可以了。"

林槐夏听闻,微微一怔:"家里只有你和阿婆?"

梁淮生点头。

林槐夏恍惚想起自己小时候与奶奶相依为命,神色中多了几分怜爱:"以后不要一个人乱跑,让阿婆担心了,知道吗?"

梁淮生乖乖应下。顿了顿,他解释道:"阿婆知道我来的。她也怕这里被拆掉,叫我来看看。"

林槐夏揉揉他毛茸茸的小脑袋:"回家叫阿婆放心,这里不会拆掉的。我家在瓶棠巷,我也不希望这里被拆掉。"

后面一句林槐夏是用苏镇话讲的。

梁淮生讶异地抬起脑袋看她:"姐姐也住这里?"

"小时候住这里,现在不住了。"林槐夏道,"但是你放心,我和你一样希望这里能好好保护起来。"

听她这般说,梁淮生彻底放下心来,朝她重重地点了点头。

突然,屋外传来一阵吵嚷声,几人朝雕花窗棂外望去。

没一会儿,一个工作人员拽着一个小男孩走了进来。

那男孩儿十来岁的年纪,和梁淮生差不多大,比梁淮生高了半头,骨瘦如柴,眼睛却如鹰隼般犀利。他狠狠盯着屋子里的人,仿佛能用眼神将所有人生吞活剥一般。

他见几人都围着梁淮生,梁淮生眼角还挂着泪珠,立马气势汹汹地质问道:"你们要对我弟做什么?!"

林槐夏扭头问梁淮生:"他是你哥哥?"

梁淮生怯生生地点点头:"姑姑家的哥哥。"

他从办公桌上跳下来,朝男孩儿跑过去。

梁淮生拉住男孩儿的手,仰头望他:"哥哥,姐姐他们是来复原这里的。"

男孩儿训他:"谁的话你都信!和你讲过不要随便和陌生人说话没?"

梁淮生纤长的睫毛颤了颤,委屈巴巴地点点头。

男孩儿恶狠狠地瞪了林槐夏一眼,连道谢都没有,扯着梁淮生从办公室离开。

"这小孩儿,真没礼貌。"旁边有人不满地吐槽道。

等两人走后,苏启荣和林槐夏解释:"这小孩儿我之前见过,叫杭思淼,他们一家子都住在老城区。家里人怕祖宅被拆,一直不愿搬走。他大伯就是个泼皮无赖,经常煽动街坊邻里的情绪,让他们以为我们是要拆除这里。这孩子许是听他说的,才不信任我们。"

"那梁淮生呢?"林槐夏问。

苏启荣道:"梁淮生家就在吴宅的避弄旁边,他们家那块地之前也是吴宅的一部分,祖上是在吴家干活的。吴家出事后把那片地分给了周围没地方住的人,那一片的人都受吴家恩泽,所以梁淮生家里一直惦记这份恩情,不想让这里被拆掉。"

林槐夏若有所思地点点头:"刚刚你说的情况,我们之前也遇到过类似的。尤其是居民建筑保护或者改造的时候,或多或少会影响到当地居民的生活,有些人不理解,很容易产生误会。"

苏启荣幽幽叹了口气:"现在很多人对建筑保护的意识极其薄弱,并不关心这些。只觉得你会影响他的利益,就不能做。我们又何尝不是想把这里变好，让大家住得更舒适。"

林槐夏很理解他的心思："我和你是一样的想法。我从小就住在这边，我也想把这边改善得更好。"

苏启荣颇为惊讶地看了林槐夏一眼，转而挂上笑容："怪不得。既然这样，我就更放心把项目交给你们了。"

林槐夏笑了笑："苏主任放心。就算不是我带队，我的同事们也会尽最大努力做好这个项目。请相信我们的专业性。"

苏启荣："我当然相信你们。你们只要负责专业上的问题就好，剩下的我们会解决。我很赞同你说的理念，之后就靠你们了。"

林槐夏重重地点了点头："放心。"

一个项目的成功绝非一人之力，是多方合作努力的结果。看到苏启荣这么支持他们，林槐夏彻底放下心来。

这个项目，她一定要做好。

忙完一天的勘察工作，已是晚上。

吃完晚饭，众人回房休息。林槐夏整理完手上的资料，觉得晚上吃得有些多，想出门遛遛弯。

"苒苒，要和我出去逛逛吗？"她收拾好桌上的资料，扭头看向趴在床上玩手机的周苒苒。

周苒苒之前一直说想让她带自己在这边逛逛，正好天色还早，林槐夏打算带周苒苒去商业街那边玩。

结果一扭头，周苒苒已然睡着了。这一天确实挺忙，林槐夏看周苒苒呼呼大睡的模样，好笑地摇摇头，帮她把被子盖好。

林槐夏没再打扰她，披上外套，去敲了方渡的房门。

"要出去走走吗？"林槐夏问。

方渡微一思忖，道："好，等我下。"

他让开半个身位，把门打得更开了些，问，"要进来等吗？"

"可以吗？"

"为什么不可以？"方渡反问道。

林槐夏背着手，踱进他的房间，大有种领导视察的意味。

房间只有他一个人住,很干净,就连行李箱他都收拾好立在角落里,只有桌上放了电脑和几本书。

要知道,林槐夏和周苒苒的房间都没这么整洁。两人的行李箱随便敞开着放在地上,周苒苒把换洗的衣服和化妆品扔得哪儿都是。

"为什么只有你能一个人住?"林槐夏故作不满地问。

方渡从衣柜里拿了件外套,笑道:"因为只有我单出来了。"他把外套套上,"你想自己住的话,我可以把这间让给你。"

"那你呢?"林槐夏眨眨眼。

"我再开一间就好。"

林槐夏弯起眼睛:"逗你的,我才不要一个人住。晚上多吓人。"

她随处看了看,余光瞟到桌上翻开的本子,上面的笔记写了一半,旁边是一幅随手画的吴宅平面图。

"这个是……"

"随手做笔记用的。"方渡整理好大衣领子,顺着她的目光望了过去。

林槐夏问:"我能看看吗?"

"当然。"

征得他的同意,林槐夏拾起桌上的笔记本,随意翻了翻。上面都是些建筑的手绘,有中式建筑,还有西方建筑。有些是整体结构,有些是局部构件,抑或是整个建筑群的平面图,旁边都标注着数据和备注说明。他的字比以前还要好看许多,不论是英文还是中文的标注,都整齐隽秀,笔锋苍劲。

林槐夏细细看了好几页。

"你的图越画越好了嘛。"林槐夏打趣道。

方渡睨她一眼,颇为无奈地笑着。

林槐夏的手绘是方渡教的。但教会徒弟饿死师父,林槐夏显然在美术上比他有天赋,很快就比他画得好了。到后面,反倒变成林槐夏帮他改建筑手绘图。她在绘画方面极有天赋,方渡一直以为林槐夏会去学她最想学的油画专业。

大致翻了一遍,林槐夏翻回最后一页,顺手将他写了一半的笔记补全，把本合上放回原来的位置上。

"收拾好了吗？"她问。

方渡应了一声，反问道："我们去哪儿？"

"随便走走？"林槐夏歪头想了想，"你有想去的地方吗？"

方渡沉思片刻，弯起眸子："我想到个地方。"

从招待所出来，夜凉如水，只一轮清冷的弯月挂在绸缎般的天幕上。

林槐夏跟在方渡身后，好奇地问："我们到底去哪里？"

方渡不告诉她，故弄玄虚："到了就知道了。"

见他不愿说，林槐夏哼了一声。他不说，她还不想知道呢。

两人有一搭无一搭地聊着工作上的事。不一会儿，林槐夏看到不远处的青山。

她眼睛亮了亮："我们是去那里吗？"

方渡含着笑，微微点头。

那座山不高，是附近的野山，平时极少有人过来。山上有一座年久失修的凉亭，隐匿在绿荫间，几乎没有人知道。那是林槐夏小时候无意间发现的地方，虽然凉亭已然破旧，无法供人休憩，但那里的风景极好，能看到几乎整个苏镇。

年纪小的时候，她和方渡没少跑来这里玩。

"你还记得怎么走吗？"方渡笑着问。

山上道路陡峭崎岖，那座凉亭更是难找，不然林槐夏也不会把那里当作自己的小秘密基地。林槐夏从小方向感就不好，爱迷路。

她觉得方渡是故意嘲笑自己，不满道："我当然记得呀！那里可是我找到的。"

她往前跨了一步，十分自信："跟着我！"

两人一起往山上走去。山路崎岖，前人修好的石阶年久失修，有许多断裂之处，不好攀爬。顺着石阶走一阵，便出现分叉口。

林槐夏毫不犹豫地做了选择，自信满满地对方渡道："我可比你在这边多待了好几年，怎么会不记得路。倒是你，肯定不记得怎么走了。"

方渡但笑不语。

又走了一会儿,两人遇到一处断崖。

林槐夏沉默了下,这里和记忆中的情况完全不同。她踩住挡路的石块往高处爬了些许,前面空空如也,显然没有其他路了。

这里根本没法通向那处凉亭。

林槐夏怔然,惊讶地张了张嘴,不知道什么情况。

方渡终于忍不住,笑道:"你从一开始就走错了。"

林槐夏气鼓鼓地问:"为什么不早点告诉我?"

方渡无辜地朝她耸耸肩,仿佛在说"是你说你记得路,我才没敢告诉你的"。

林槐夏凶巴巴地瞪他,努力给自己"挽尊":"那么久没回来,我才记错的。你肯定也不记得了。"

方渡依旧笑而不语。

林槐夏轻哼一声,示威般朝他扬了扬下巴。她就不信他能记得路。

林槐夏弯下腰,准备从石块上下来。

她刚刚爬得太高,一手扶着石块的边沿,微微弓起身子。石块凹凸不平,她开始犹豫该以什么样的姿势从石块上跳下去。

突然,面前伸来一只手。

林槐夏抬起头,方渡面含笑意,用下巴点了点地面的方向,示意她借着自己的胳膊跳下来。

林槐夏顿了顿,最后还是一只手搭在他的手上,另一只手扶住他的胳膊,从高高的石块上跳了下来。

勉强站稳,林槐夏脸颊发烫地松开他,轻声道谢。

方渡收回手,浅笑道:"跟我来。"

两人顺着原路返回。天色渐渐暗了下来,山上没有路灯,一片漆黑。方渡打开手机当作手电筒,照亮下山的路。

林槐夏跟在他身后,不由得放慢脚步。

她大学以后渐渐开始看不清黑暗里的事物,有些夜盲,只是不影响生活,没当回事。

城市里的灯又亮，她极少遇到摸黑的情况。可此时山上黑黢黢一片，下山的路又陡峭，仅凭手电筒那点光，她根本看不清。

那种暗，和正常人在黑暗中的感受不一样。她目光所及的一切全然混合在一起，眼前只剩一片空洞的黑暗，她只能一点点试探，小心翼翼地下山。

方渡一开始没注意，慢悠悠往前走了几个台阶。

前面有几个断掉的石阶，他回过头，想叫林槐夏小心点，却发现她认真地看着脚下的路，每一步走得都小心翼翼。

林槐夏并没有注意到方渡停下，专心致志地看着脚下的路。

方渡沉默地观察着她的动作，微一拧眉，走回她身边，帮她照亮脚下的路。

倏然出现的灯光使林槐夏怔了几秒才反应过来，她抬起头，看到身旁的方渡。

方渡朝她伸出手，轻声道："扶着我走吧。"

林槐夏犹豫片刻，认为此刻不是该矜持的时候。她道了声谢，抓住方渡的手。柔软冰凉的触感从掌心传来，方渡怔在原地，而后不由得轻笑出声。

林槐夏皱起眉："怎么了？"

顿了顿，方渡道："我让你扶我胳膊，不是手。"

林槐夏的脸颊腾地红了大片。

她刚刚就是扶着他的手从断崖处下来的，所以看他朝自己伸出手，下意识地误会他是要自己拉着他的手。

方才只是借力，扶一下没什么，可现在岂不是要牵着手一直走下山了？

……还是她主动的。

"那你不说清楚，干吗还把掌心伸出来。"

她窘迫地抽回自己的手，却被方渡按下。

方渡牵住她，浅浅笑道："就这样吧。"

林槐夏的脸更红了，支支吾吾地"嗯"了一声。

石阶不宽，不够两人并排。方渡便站在她前面一格，帮她照路。

他走得很慢，迁就着她的步伐，尽量将微弱的光亮打在她目光所及的地方。

两人就这么牵着手，慢悠悠地走回分岔口。

离凉亭的位置还有点距离，方渡怕天色再暗，林槐夏更看不清路，便提议道："要不回去吧？"

林槐夏想了想，已然在这里耗了太多时间，如果没去成，太可惜了。她朝方渡摇摇头："都走到这里了，我想上去看看。"

方渡拗不过她，只得带她上山。

他轻车熟路地带着她走到凉亭所在的半山腰处。方渡得意地朝她扬了扬眉梢。

林槐夏讶然，他至少十年没有来过这里了，竟然将每一个分岔的路口都记得。

她羞窘地给自己挽尊："我也记得的，只是刚刚那个路口走错了。"

方渡不置可否地笑笑。

凉亭经年未修，已然破旧得不成样子。但是从凉亭往下看，能看到整座沉睡在黑暗与寂静中的苏镇。

林槐夏从兜里翻出纸巾，擦了擦只剩一根横木、勉强能坐的地方，示意方渡一起坐下。

从那里，能看到万家灯火点亮的小镇，斑驳的光点在纵横交错的河流中层层叠叠，飘飘荡荡。远离小镇的喧嚣，却能将镇上的车水马龙尽收眼底。

林槐夏很喜欢这个地方。

现在很喜欢，小时候也很喜欢。那种远离尘世却又身染尘世间的烟火气的感觉，很奇妙。

林槐夏静静地看着眼前的景象。

偶有车辆在镇中心的街道上穿梭而过，她盯着那抹突然出现而后又消失在黑暗中的光芒，久久没有回神。

仿佛这些天的疲惫也随着那抹光亮一起弥散在幽幽的夜色之中。

"那边不应该是学校吗？"身旁的方渡突然问道。

他抬手指了指远处的某个方向。

"早就迁走了。"林槐夏给他指了指更远的方向,"能看到吗?变大了很多。"

虽然天色已暗,但方渡能看到一个没有光亮的小长方形,大概猜出那是学校的操场:"嗯,看到了。"

"学校扩大了操场,还加盖了图书馆和活动中心,现在整个校区很大。"林槐夏幽幽叹口气,只恨自己生不逢时,没有赶上这么好的教育资源。

林槐夏抬手指向镇中心最明亮的那条街道,给方渡讲解道:"平河沿线建了条商业街,很繁华,基本所有旅游景点都在那附近。"

方渡仔细看了看,问:"那边以前是不是长途汽车站?"

"对,"林槐夏点点头,"你还记得?"

方渡道:"记得,那边有家白糖糕很好吃。"

林槐夏:"你记得还挺清楚嘛。那家现在还有,就在商业街上。每次回来,我都会去他们家买糕点。"

她歪着脑袋想了想,问方渡:"那你还记得我们住的地方在哪里吗?"

方渡垂下眼帘,好笑地问:"你想考我?"

林槐夏理直气壮:"当然,看你还记不记得。"

方渡抬手指了个方向。相较于镇中心,老城区那边暗了许多,死气沉沉的。

"那——我们常去的那家小卖铺在哪里?"林槐夏加高难度。

方渡沉思片刻,又指了个方向。

他干脆把他们经常去的地方全都指了出来,有些地方还是原来的样子,但更多的地方已经改建,变得繁华了许多。

林槐夏颇为惊讶,但很快扬起嘴角:"你都记得呀?"

"嗯。"方渡神色浅浅地望着那里。

林槐夏笑着打趣他:"没想到你还挺念旧的嘛。"

方渡收回目光,歪头睨她一眼。他的唇边镌着清浅的笑意,没有否认:"是啊,我很念旧。这里有我最美好的回忆。"

他的目光落在林槐夏的脸上,见她看着自己,他也没有丝毫回

171

避的意思。

林槐夏不知道他这番话是否还包含着别的意味,只觉得脸颊被那道灼灼的目光烫得火辣辣的。

她迅速别开脸,道:"这样一看,老城区比镇中心暗了不少。"

方渡顺着她转移话题:"嗯,希望那里也能像镇中心一样繁华。"

他将目光放到那片亮着零星灯光的区域,不知在思索些什么。

林槐夏偷偷瞟他一眼,他正神色专注地望着老城区的方向,并没有注意到她。林槐夏明目张胆地打量着他的侧脸,深邃的眉目,高挺的鼻梁……似乎还是印象里的模样,却又比印象中硬朗成熟了许多。她的脸颊不由得更烫几分。

林槐夏垂下眸,不着痕迹地抿住唇瓣,翘起一个很小的弧度。她突然感觉,这些年两人好像从没分开过,方渡一直陪在她身边似的。即使两人都长大了,他还是以前的那个他,真好。

林槐夏小心翼翼地往方渡身边挪了挪,两人离得很近,林槐夏轻轻唤他一声:"阿渡哥哥。"

方渡微怔,垂眸看向身边的林槐夏。

她没有看他,只是敛着眸子看向脚下的小镇。少女漂亮的眸子像是被点点星火点燃,亮盈盈的。她弯起唇,小声道:"你回来了真好。"

两人在凉亭多待了会儿。

已入深夜,山中泛起潮湿的凉意。方渡怕林槐夏着凉,提议早点回去。

林槐夏也有些困了,点点头。

下山前,方渡把自己的外套脱给林槐夏,搭在她的肩上。

林槐夏怔了怔,道:"我不冷的,你穿着吧,不然容易感冒。"

"都打哆嗦了还说自己不冷。"方渡拧起眉,像个忧心忡忡的老父亲,"下次多穿点,山上凉。"

"谁让你不提前说要上山的。"林槐夏将责任全部推卸给他。

方渡笑了笑,把手递给她,这回林槐夏长记性了,故意扶住他的胳膊。

她得意扬扬地朝方渡挑挑眉，方渡但笑不语，打开手机上的手电筒，照亮下山的路。

方渡迁就着林槐夏的步伐，走得很慢。每一步，他都会告诉林槐夏哪里能走，哪里不能走。

"絮不絮叨呀。"林槐夏嗔怪道。

她扶着方渡的胳膊，压根儿没有听他说了什么，他走哪里，她跟着就好了。

只要有他在，无论做什么，她都很安心。

林槐夏弯了弯唇，问方渡："周末要不要一起去商业街逛逛？我带你买白糖糕去。"

"好啊。"方渡笑着应下。

第十一章
青梅与竹马

周日,周苒苒难得睡了个懒觉。

虽然她早就做好了心理建设,可这两天忙到晚上,有时连饭都吃不上,真不如在公司坐班摸鱼舒服。

周苒苒起床去卫生间洗漱,她看到在水池子边上化妆的林槐夏,迷迷糊糊地问:"槐夏姐,出去约会?"

林槐夏动作一顿,差点将眼线画歪。

"不是,去趟镇中心。"林槐夏解释。

"啊——"周苒苒反应过来,"我也想去!上次不是说好一起去吗?你怎么自己偷偷一个人去!"

"没有,我……"

"不行,你得带我,说好给我当导游的。"周苒苒一把抱住林槐夏,用脸蹭她的肩膀撒娇。

林槐夏拗不过周苒苒,小丫头这几天工作很努力,应该带她好好放松下。况且来的时候确实答应过她带她在这边好好玩一玩。

方渡应该不介意她把周苒苒带上吧?

林槐夏前脚刚答应,周苒苒就开始在群里吆喝,问有没有人想一起出去玩。

其他人大多有自己的安排,只有方峰回应了她。

周苒苒第一时间把情况报告给林槐夏，林槐夏："……"

于是火速收拾完，和林槐夏一起开开心心出门的周苒苒看到等在门口的方渡时，彻底蒙了。

她是哪根筋坏掉了，非要打搅人家两人的约会？

周苒苒恨不得找个地缝钻进去，她左右看看，试图找个借口离开，可她旁边的方峰不乐意了，立马站到林槐夏面前，挡住林槐夏前面的方渡，气势汹汹地问："你在这里做什么？"

方渡歪着头打量几人一眼，递给林槐夏一个疑惑的眼神。

林槐夏解释："苒苒他们正好也要去商业街那边转转，一起吧？"

周苒苒拽着林槐夏的袖子，怯生生地打量方渡一眼，羞愧极了。

好在方渡脾气好，并不介意。

他叫了辆出租车。

镇上出租车很少，好不容易有人接单了，过来要二十分钟。四个人站在招待所的门口大眼瞪小眼了好几分钟，方峰更是满脸敌意地瞪着方渡，好像他一不留神，方渡就能把林槐夏生吞活剥了一样。

又等了几分钟，林槐夏没了耐心，干脆提议："要不我们坐公交车过去吧？"

"我觉得这个提议非常完美。"方峰无脑支持。

周苒苒第一次来苏镇，对什么都好奇，也挺支持："我也想坐公交车！"

方渡自然不会有意见，他把出租车订单退掉，搜了下附近的公交车站，带着几人走过去。

公交车只收现金，几人用惯了手机支付，压根儿没有带现金的习惯。

好在方渡回国时候换了不少现金，四个人只能靠他。

扯完车票，方峰眼尖地看到车上空位，激动地指给林槐夏："林工林工，你快去坐。"

而另一边的周苒苒抱着扶手，第一件事就是给车票拍照，准备发朋友圈。

几人走到车厢尾，只剩一个座位，林槐夏谦让道："你坐吧，我站着就行了。"

"那怎么行！你这几天这么辛苦，好好休息下。"

"我不坐，要不方教授坐吧？"林槐夏望向方渡。

方渡还没来得及拒绝，方峰便抢先道："林工，有什么好给他让座的！"

林槐夏想了想："……尊老爱幼？"

方渡："……"

他真的很显老吗？

四个人就她一个坐着，真的很尴尬，林槐夏又看向后跟来的周苒苒："苒苒坐吧。"

周苒苒摇摇头，她还不至于傻到跟自己领导抢座位："槐夏姐，你坐吧。"

周围开始有人将目光放到他们几人身上。四个人为了一个座位谦让半天确实显得脑子有病，林槐夏只好坐下。

"那我帮你们拿包吧。"林槐夏仰着脑袋看向三人。

"好啊好啊。"周苒苒没矜持，摘下挎包递给林槐夏。

方峰抢先一步接过挎包又递回给周苒苒："林工那么累，你让她好好休息下行不行？"

周苒苒哼唧一声，不情不愿地接回自己的小挎包。

林槐夏看着两人拌嘴，轻轻笑了一声。

趁着还有几站地，林槐夏翻出手机，搜了搜苏镇的旅游攻略。她本来打算是和方渡随便逛逛，带他去昨晚说的那些已经改建的地方看一看。但那些地方都不是旅游景点，周苒苒和方峰第一次来，还是去旅游景点看看比较好。

公交车正好停在商业街外面，林槐夏带着几人走进去。

苏镇最有名的容景园就在商业街旁边，林槐夏把那里当作参观的第一个景点。容景园是经典的园林布局，粉墙黛瓦，精巧清雅。

几人都是建筑专业出身，在里面转了一圈，便犯起职业病，开始分析建筑结构。

从容景园出来，周苒苒哭丧着脸道："槐夏姐，咱们能不能不要逛这种景点了？玩的时候还要工作，太痛苦了吧。"

方峰递给她一个眼神："这可是林工辛辛苦苦挑的地方，我觉得挺好的。"

周苒苒瘪了瘪嘴。

林槐夏好笑道："今天是带你们出来玩，当然是选你们想去的地方了。我选了几个地方，苒苒你看想去哪里。"

周苒苒见林槐夏向着自己，得意扬扬地朝方峰扬扬下巴。她环住林槐夏的胳膊，撒娇道："还是槐夏姐最好了！"

周苒苒选了几个网红打卡的景点，基本都在商业街的沿线上。

林槐夏成了周苒苒的专属摄影师，两人边走边拍，偶尔遇到装修精致的小店，也会进去逛逛。

方峰一直跟在两人身边，充当拎包拎水的苦力。他和周苒苒一左一右夹住林槐夏，硬生生地把方渡挤到三人身后。

方渡也不介意，抄着兜，慢悠悠地跟在三人后面。

苏镇比他想象中的变化还要大，多年未回，心底涌上一股复杂的情绪。

周苒苒找到一家网红零食店，专卖一种晒干的小鱼干零食，淋上特制酱汁，味道十分鲜美。她买了一盒，边走边吃，方峰也跟着她买了两盒，特地将其中一盒分给林槐夏。

林槐夏瞥了眼餐盒里满满当当的小鱼干，像是拿了个烫手山芋般接也不是，不接也不是。

她不想驳方峰的好意，轻声道了谢。

趁着周苒苒和方峰一起逛路边的纪念品摊，她偷偷退到方渡旁边，把手里那盒小鱼干塞给他："帮我吃了吧。"

她从小就不爱吃鱼，每次只要林奶奶做了鱼，她都会偷偷夹给方渡让他帮自己解决。

方渡垂下眼帘，默默看了眼手中莫名其妙多出来的那个餐盒。

林槐夏也意识到哪里不太对，脸颊倏然红了几分。她犹豫着把餐盒拿回来："那个……我自己解决也行……"

她明显是不好意思，却又很想让他帮忙的样子。

方渡轻笑一声，道："我来吧。"

还没等他拿起旁边的一次性筷子，方峰突然回来，扼住方渡的手腕："你干吗？这不是给你买的！"

方渡轻挑眉梢，不置可否。

方峰怒冲冲地瞪方渡一眼，郑重地将手里的盒子重新塞回给林槐夏："林工，你吃。"

周苒苒正好也回来了。她将塞了满嘴的小鱼干吞到肚中，唇边还挂着酱汁，嘲讽道："方峰，你故意的吧？槐夏姐不爱吃鱼，你不知道？"

"啊？"方峰一愣，转头望向林槐夏，询问她，"林工……你不爱吃鱼啊？"

既然周苒苒已经说出来了，林槐夏没再藏着掖着，略带歉意地点了点头："嗯……我从小就不爱吃鱼。"

"啊——"方峰脸涨得通红，窘迫地挠了挠后脑勺，"对不起对不起，我不知道。"

"没事，谢谢你的好意。"

方峰脸颊涨得更红了。为什么有这么温柔又善解人意的女人啊！

他又羞又窘，手里的餐盒也变成了烫手山芋，拿着也不是，扔了也不是。他看了看旁边的方渡，还是那副笑意盈盈的模样，仿佛是在嘲笑他的无知。

方峰狠狠瞪了方渡一眼，摆出一副凶狠的表情。他转过头，又放软声音，苦口婆心地提醒林槐夏："林工，方教授他刚回国没几天，之前是什么样的人，咱们可都不清楚。你那么单纯善良，可别被他这种居心叵测的人玩弄感情。你好好想想，刚认识没几天，怎么会有人突然和你这么亲近？他肯定不是什么好东西！"

方峰压根儿没有回避方渡的意思。他就是故意说给方渡听的，让方渡识点抬举，离林槐夏远一点。

林槐夏一边听着，一边偷偷瞟方渡一眼。他默默听着方峰讲自己坏话，还是那副神色淡然的模样，眼神却颇为无辜地看着她。

林槐夏没想到，原来方渡在别人眼里还有这么斯文败类表里不一的印象。

她忍着笑，努力装作一副严肃板正的模样看向方峰，认同地点点头："嗯，我觉得你的话有道理。刚认识没几天就装作很熟悉的样子，肯定不是好东西。"

众人眼里的某坏东西一脸无辜。

忽然，周苒苒被人撞了一下，差点将手里的小鱼干撒到地上。

"喂！"周苒苒踉跄一步，勉强站稳。她抬头找到那个罪魁祸首的人，大声喝他，"喂！你撞人了不道歉吗？！"

那人正在讲电话，回头看了眼气急败坏的周苒苒，连忙道："不好意思，不好意思！"

余光瞟到其他人，那人微一愣怔，和电话那边讲了一句方言，快速挂掉电话，朝方渡走过去："我的天！这不是渡哥吗！好久不见！"

方渡微一歪头，似乎不太认识他了。

那人一米七八的个头，瘦得像根竿，染了一头黄毛，笑起来痞里痞气的。

那人见方渡反应疏离，也不在意，笑道："我啊，郑昊，郑日天，不记得了？"

听到名字，方渡回忆起来，弯起眸，主动和郑昊握手："想起来了，好久不见。"

"嚯，你们文化人太讲究了。"郑昊咧嘴一笑，和方渡随意握了握手，"真没想到还能再见到你，我们几个一直以为你走了。"

"去美国了。"方渡淡声解释。

"原来是这样！当初你走得不声不响的，哥们儿几个可想你了，尤其槐夏她……"

"咳咳！"林槐夏在旁边清了清嗓子。

郑昊一顿，看到站在旁边的林槐夏："嚯！槐夏也在啊？！"

郑昊恍然大悟："我就说，你回来了，槐夏怎么可能不知道。"他仔细打量两人半天，"你俩这是回老家蜜月旅行？"

方渡、林槐夏："？"

"呃……"站在一旁的周苒苒小心翼翼地打破几人间微妙的气

氛,"槐夏姐……要不要介绍下?"

"这位是我和方教授的初中校友,郑昊。"她又将周苒苒和方峰介绍给郑昊,解释道,"我们两个现在在一起工作,正好过来出差。"

"啊——原来是这样。"郑昊意识到误会两人,连忙道歉,"你俩那会儿天天黏一起,我这不是开玩笑的嘛,别当真哈!"

"哪有天天黏在一起——"林槐夏脸上一红,小声反驳道。

郑昊嘻嘻一笑,不置可否。

周苒苒懵懵懂懂地反应过来,惊讶道:"啊——槐夏姐和方教授早就认识了啊?"

林槐夏点点头,没再藏着掖着:"对,我们两家以前是邻居。"

周苒苒:"原来是这样!怪不得总感觉你俩很熟的样子。"她一边说着,一边阴阳怪气地瞟了眼旁边的方峰。

方峰满脸涨得通红,恨不得找个地缝钻进去。

郑昊不知道刚才发生了什么,热情地朝几人道:"我在街角开了家音像店,要不要过来坐坐?"

林槐夏礼貌谢绝了:"我同事刚来苏镇,想在附近转转,今天先不过去了。"

"行,那你们有时间就过来。"郑昊在外套夹层里翻了翻,掏出几张名片,分发给几人,"离这儿不远,随时来。"

周苒苒拿着他递给自己的名片,前后看了好半天。黑底烫金logo,图案炫酷,看着着实"骚包"。她把名片塞进包包里,问:"你那边有黑胶吗?披头士、邦·乔维、涅槃乐队这些都有吗?"

郑昊眼睛亮了亮:"妹妹喜欢摇滚啊?哥哥这里什么都有!还有张哥哥我珍藏许久的披头士限量版黑胶,哪天过来,哥哥给你欣赏欣赏。"

周苒苒摇摇脑袋:"我不喜欢,是槐夏姐喜欢。"

郑昊讶然地望向林槐夏,林槐夏也很惊讶,不知道周苒苒怎么会知道这些。

周苒苒朝林槐夏 wink 一下,仿佛在说"我知道的可多了"。

"嚯,没想到我在这小破镇子上还能找到发烧友!"郑昊捋了捋自己的那头黄毛，喜出望外，"槐夏，有时间一定要去我那里坐，咱俩好好聊聊！"

"行。"林槐夏笑着应下。

郑昊道："说真的，你从小就有根反骨，我倒也没么意外。"

周苒苒好奇道："槐夏姐小时候很叛逆吗？"

她有些好奇地打量着林槐夏，实在想象不出来永远清清冷冷又温温柔柔的林槐夏叛逆起来是什么样。

"当然，她小时候比男生还淘，我们几个都打不过她。"郑昊朝周苒苒眨眨眼，"你现在是不是被渡哥驯化了？看上去和他一样无趣了。"

"你不会说话就不要说，用的什么词呀。"林槐夏红着脸，不满道。

郑昊嘻嘻一笑。

一阵吵闹的音乐声打断几人，郑昊从兜里掏出手机，接起。他听筒声音开得很大，其他人都能听到对面骂骂咧咧的声音，问他什么时候回去。

郑昊爆了句粗，这才想起来自己是出来买午饭的，连忙道："马上回来马上回来，我路上遇到个朋友。行行行，知道了，废话那么多。"

郑昊挂掉电话，和几人挥挥手："我哥们儿帮我看店呢，我得给他买午饭去。先不聊了，有时间找我玩哈！"

还未等其他人反应过来，他便小跑着一溜烟消失了。

郑昊走后，周苒苒肚子"咕噜噜"叫了一声，她尴尬地看看其他人："要不……我们也去吃午饭吧？"

方峰翻了个白眼，吐槽她："你刚吃了那么多，还饿？"

"零食哪够我填肚子的啊。"周苒苒不满。

"其实……我也有些饿。"林槐夏小声道。

方峰立马改变态度："确实到了午饭点儿，咱们先去吃饭吧！"

周苒苒无语地睨他一眼。

四人挑了个商业街上的网红餐厅。

趁着去卫生间洗手的当儿，周苒苒和林槐夏八卦："槐夏姐，没想到你和方教授还是青梅竹马啊！"

她刚憋了一路，没好当着方渡的面八卦。此时只剩她和林槐夏两人，可算找到机会把自己憋的那一肚子话说出来。

"不算吧。"林槐夏笑了笑，没多说什么。她没有八卦的爱好，也不习惯和别人分享很私人的事。

"算啊算啊，当然算！"周苒苒哪管她愿不愿意，小嘴跟开了机关枪似的，"叭叭"往外冒，"青梅竹马'yyds'！槐夏姐，方教授那么好，你怎么舍得让他一个人去美国啊？你俩为什么不交往啊！我觉得方教授比你那个前男友强一百倍！"

周苒苒自顾自地嗑着CP，压根儿没注意到林槐夏敛着眸失神的模样。

为什么没有在一起？

"因为他不喜欢我。"林槐夏淡声回答。

周苒苒还在那天马行空嗑着CP，自己的脑洞都够写一本青梅竹马言情小说的。听到林槐夏说的，她怔了一下："啊？"

林槐夏收回思绪，仓促地朝她笑了笑，解释道："我小时候喜欢他，但是他拒绝我了。我们两个人更像是兄妹，没有男女之间那种喜欢。"

这是林槐夏第一次，和别人谈及自己的私事。也是她第一次将这件令自己极其挫败的事说出口。

有些难过，但好像也不是那么难以接受。

周苒苒难以置信："不可能的，槐夏姐！方教授绝对喜欢你，你没注意到吗——"

"你想什么呢。"林槐夏好笑道。

"真的，你没发现方教授虽然对谁都很好，但唯独和你亲近吗？"

"可能是和我熟吧。"林槐夏不以为意。她旋开水龙头，冲掉手上的泡沫。

"不是！"周苒苒斩钉截铁道，"你相信我，他绝对喜欢你！"

林槐夏只当周苒苒想安慰她，笑着道："苒苒，谢谢你。其实都是很久以前的事情了，我已经放下了，没事的。"

周苒苒欲哭无泪，不知道该怎么解释那种微妙的感觉："我不是安慰你，是真的！我们几个都能看出来。"

林槐夏笑了笑，没说话。这几天一切都发生得太快了，林槐夏有些乱。

她对方渡的情感太复杂了。最初是喜欢，而后是愧疚。如今他回到国内，突然重新出现在她的生活里，她是惊喜的，却也迷茫着。发生了那么多事，她不知道该如何面对他。

但林槐夏清楚，当初被拒绝时那种崩溃与难过已经渐渐消失，甚至刚才将这件事说出口的时候，她感觉到的更多的是释然而非失落。

方渡对她有没有那种男女间的感情已经不重要了，现在最重要的是他平平安安地活着。

林槐夏不求他喜欢，只希望两人能回到小时候那般亲近。

还能回去吗？林槐夏恍然陷入沉思。

他似乎没变，还像那个时候一样温柔、一样完美，可又似乎和小时候不太一样了。

而她，变了太多。

两人之间隔着十年的鸿沟，没法忽略不计。

即使她做梦都想回到最亲密无间的时候，即使她努力装作什么也没发生过，但她不得不承认，现在两人都不是小孩子了。中间有太多复杂的东西缠绕着他们，组成两人间微妙的隔阂。

如果方渡知道她做的那些卑劣冲动的选择，会不会用不一样的眼光看她？林槐夏不敢想这些，只能走一步看一步。

她希望一切都顺利，他平平安安的，两人还能像小时候那般要好。

但未来会发生什么，她并不知道。

第二天上班，周莘莘还沉浸在旅游的快乐中无心工作，被林槐夏训了一顿，才勉勉强强恢复状态。

这段时间需要现场测绘，工作任务繁重，所有人都十分忙碌。林槐夏一直忙到下午，连午饭都没顾得上吃。总算清闲了些，唐莉莉给他们准备的午饭已经凉了。

林槐夏没什么胃口，随便吃了点水果垫肚子，准备继续回工地。

还没出门，方渡提着一个纸袋走进办公室。林槐夏的目光落在纸袋的 logo 上,是她最喜欢的一家生煎。

他把纸袋放到桌上:"还热着,赶快吃吧。"

"特意给我买的?"林槐夏问。

"不然?"方渡慢条斯理地拆开纸袋,将里面的餐盒取出。餐盒外面包裹着一层保温膜,打开盒子,里面还冒着热气,"你昨天不是说想吃这家的生煎吗?"

林槐夏没想到他还记得,耳尖泛红地坐到他对面。

方渡将餐盒摆到她面前,又将一次性筷子上的木刺磨掉,递给林槐夏。

林槐夏的肚子"咕噜噜"叫了一声,她有些羞窘地道了谢,接过筷子,毫不顾忌吃相地塞了一只生煎入口。生煎里带着汤汁,还是热的,她"唔"了一声,皱着眉,腮帮子鼓鼓的。

方渡好笑道:"慢点吃。"

终于将第一只生煎吞下肚,林槐夏改回讲究的吃法,将餐盒上的塑料盖子当作餐碟,接着生煎,轻咬一口,咸香饱满的汤汁便迅速溢了出来。

"你不吃吗?"林槐夏问方渡。

方渡坐到她对面:"不用,我已经吃过了。里面还有粥,记得趁热喝。"

林槐夏嘴里还有食物,一边咀嚼一边点点头,从纸袋里将保温盒拿了出来。临塘巷附近基本没什么商铺,方渡应该是走挺远去给她买的。

林槐夏抿了一小口粥,温热细腻的触感划过口腔,一直到胃里,整个人都变得暖乎乎的。她又多喝了几口。

吃饱喝足,林槐夏将桌上的狼藉收拾干净,扔到门口的垃圾桶里。

她在群里问了下工作进展,扭头问方渡:"一起过去吗?"

方渡朝她摇摇头,笑道:"我去楼上查点资料。"

苏启荣将吴宅的藏书阁借给他们做办公室,只将一层和相邻的两间小平房收拾干净,之上的楼层原封不动地保留住,并没有清理。前几天两人意外发现楼上还留存着不少古籍,方渡如获至宝,趁着苏启荣他们正在整理收录，每天都恨不得待在楼上看书。

要说这趟出差，最闲的大概就是他了。他这次跟过来，主要是提供顾问帮助，在实际工作中并不需要出力。是现场监督还是在办公室看书查资料，一切随他心意。

最招人恨的是，每天别人累成狗，过得随心所欲的他看到有人操作不规范时还要在旁边指点几句。

林槐夏叹口气，故作怨念："真羡慕你，不用工作。"

方渡轻笑一声："你可以给我安排工作。我什么都能做，你要是不放心，我递份简历也可以。"

"你这尊大佛我可请不起。"林槐夏无语地乜他一眼，"出差之前魏老师就和我说了，要好好招待你。我哪里敢使唤你啊。"

"没关系的，不然我闲着也是闲着。"

林槐夏转了转眼珠，打趣道："那……你帮我带午饭吧？"

方渡含着笑："好。"

他问："明天中午想吃什么？"

林槐夏就是随口一说，没想到他真的同意。她小声道："我开玩笑的。"

"可我当真了。"方渡板起脸。

林槐夏的脸颊红扑扑的，不知道是不是刚才被热气熏过的缘故。她张了张嘴，小声道："那……明天早上再说吧。"

方渡轻笑道："好。"

从办公室出来，林槐夏回到测绘现场。

其他人都在忙活手上的事，唯独周苒苒不见踪影。她早上就不在状态，这会儿不知道去哪儿摸鱼了。

林槐夏给周苒苒打了个电话。电话接通，周苒苒大咧咧的声音从听筒中传来："槐夏姐，我在大门口呢，你赶快过来一趟吧。"

听她火急火燎的声音，林槐夏没有深究，叫她在门口等着。

走到大门口，林槐夏便看到周苒苒对面的耿宁。

林槐夏脚步一顿，转身往回走。

可惜周苒苒眼睛太尖，看到林槐夏，她立马招了招手，大声道："槐夏姐，我在这里！"

林槐夏："……"

林槐夏没办法，只能朝两人走过去。

见到林槐夏，耿宁推了推鼻梁上的金丝边眼镜，毕恭毕敬地和她打招呼："林小姐。"

林槐夏微微点头："有事？"

"程总今天过来视察工作，给林小姐准备了些用得上的东西，我让人搬到您的办公室还是直接送回酒店？"

林槐夏睨了眼他脚边的纸箱，里面放着各种大牌护肤品日用品，淡声道："谢谢，不用了。你给程先生拿回去吧。"

周苒苒一听林槐夏不要这些东西，十分可惜地看了看箱子，小声凑在林槐夏耳边道："不是吧，槐夏姐。我刚看里面还有'腊梅儿'的精华呢！真的不要吗？"

林槐夏没有理她，直勾勾地看着耿宁。

耿宁不动声色道："林小姐，我也是公事公办。而且程总以林小姐的名义给每位工作人员都准备了一份，您不要的话，您的员工也不要吗？"

"既然这样，我不要这些，给其他人的东西你让程先生算一下总共多少钱，我把钱打给他。"

"这就是您和程总的事了，我只公事公办。除此之外，程总今晚想请您吃个饭，您务必赏光。"

还未说完，林槐夏直接打断："没时间。"

耿宁还是那副万年不变的表情："程总说如果您拒绝的话，务必当他的面拒绝。我只是个传话的。"

林槐夏："……"

"行。"林槐夏耐着性子，"他人呢？"

耿宁微一侧身，示意她停在巷子中那辆宾利的位置。

合着一直在车里。装什么酷呢。

林槐夏双手环胸，板着脸朝车子的方向挑了挑眉。

虽然车窗经过特殊处理，他们根本看不清车内的情况，但她知道，程栖泽肯定能看到她。

果不其然，车门被打开，程栖泽从车子里下来。

周苒苒眼睛都看直了。她终于相信章嘉敏说的话了。不愧是她的槐夏姐，连前男友都这么极品！

只不过，眼前的男人冷然的气场过于强大，震慑得她不敢说话。旁边的耿宁毕恭毕敬地叫了声"程总"，周苒苒下意识挺直腰板，跟他一起叫道："程总。"

林槐夏一副恨铁不成钢的样子睨了周苒苒一眼。周苒苒讪讪，小心翼翼地躲到林槐夏身后。

林槐夏并不惧他："程先生，这是你请人的态度？"

"当然不是。"程栖泽淡声解释，"刚刚没有看到你，就没下车。"

"没什么好看的，可以回了。"林槐夏轻声道。

林槐夏不想与程栖泽过多纠缠，他们当初不过是互相利用的关系，该散便散了，又何必再次纠缠在一起？

程栖泽递给耿宁一个眼神，耿宁心领神会，拉着周苒苒去清点吉普车里的物品，给两人留下独处的空间。

其他人离开，林槐夏干脆对程栖泽道："程先生，就不要纠缠了吧。"

"我说过，我知道错了。给我个改正的机会好不好？"没有其他人在，程栖泽的语气软了几分，温声道，"夏夏，我很想你。"

林槐夏微微一怔，错愕的神色满是难以置信。她盯着程栖泽许久，最后轻轻舒了口气："你喜欢的是宋荷，既然她回来了，就不要再纠缠我了。"

"夏夏，我说过，我喜欢的人是你，不是宋荷。"

"可我喜欢的人一直是方渡。"林槐夏打断他。

林槐夏知道这种话说出来卑鄙又伤人，但她不想让程栖泽再在自己身上耗费时间了。不管方渡喜不喜欢她，她和程栖泽都没有可能了。

程栖泽微怔，但很快他恢复如常："夏夏，我不介意。"

林槐夏："……"

"我不懂珍惜你，这是我罪有应得。但他就真的好吗？你们已经十多年没有见过了，你知道他变成了什么样的人？他那么多年都不回来找你，他就懂得珍惜了？"程栖泽敛眸望着林槐夏，一字一顿道，"我不介意的，夏夏。我可以等，等你想清楚了自己是不是还喜欢他。我只希望你能给我次机会。"

"程栖泽，我们没有可能了。"

程栖泽蹙起眉尖，问："为什么？"

沉默片刻，林槐夏认真道："我不清楚你为什么会觉得自己喜欢我。但是我们两个人会在一起都是为了各自的私心。这段感情本来就是自私卑劣的，永远不会发展成真正的爱情。你对我的不是喜欢，你甚至不了解我的喜好，又谈何喜欢？你对我的感情不过是习惯，是执念罢了。过了这阵，等你真正放下后，会发现现在的自己很可笑。"

说罢，林槐夏决绝地转身离开了，只剩程栖泽愣怔在原地。

第十二章
奇点乐队

从苏镇回到帝都,已是夜里。

齐家坤给程栖泽打电话,问他自己攒的局,要不要来。程栖泽沉默了下,答应过去。

他让张叔掉头,去 Revol Club。

酒吧里依旧热闹非凡,震耳的音乐混着暧昧的光线,搅得程栖泽心烦意乱。

他走到二楼,找到齐家坤常包的卡座,其他人都在,玩得热火朝天。宋荷最先看到他,朝他招招手,示意他过去。

回国这段时间,宋荷恢复得差不多,很难看出她在国外经受了什么。她从小就是这样,好像什么事都打不倒她,活得肆意潇洒。

宋荷笑容明媚,问:"怎么样,追回来没有?"

一提这个,程栖泽冷下脸,默默坐到旁边的角落里。

"我就说他追不回来吧?"宋荷没搭理他,笑嘻嘻地递了两瓶黑啤给齐家坤,"愿赌服输,快喝。"

旁边的人纷纷起哄。

齐家坤哭丧着脸:"宋荷姐,饶了我吧。我都快喝得酒精中毒了。"

几人闹作一团,只有程栖泽一个人坐在角落里喝闷酒。

过了会儿,宋荷抱着酒瓶子过去。程栖泽睨她一眼:"醉鬼不要和我说话。"

这段时间宋荷就没说过什么他爱听的话，都是骂他的。

"姐姐我酒量可好了，没喝醉。"宋荷不满，她大剌剌地坐到程栖泽旁边，"说说吧。"

"没什么好说的。"程栖泽淡声道。

"你真以为那么好追回来？"宋荷冷笑，"你当女生都是你随叫随到的？自己做的蠢事，就做好付出代价的准备。"

程栖泽抿了下唇，声音弱了几分："我知道。"

宋荷叹口气："说吧，到底怎么回事。"

程栖泽将下午的事简单复述给宋荷。

宋荷："……"

"程栖泽，你是——"宋荷忍了忍，终于忍住没爆粗口，"你俩真的在一起了三年？你连她平时什么习惯都不知道，你好意思说喜欢她？"

"我……"程栖泽自知理亏，讪然道，"我平时忙工作的事，没注意过这些。"

"活该你追不回来。"宋荷翻了个白眼。

"我这不是知道了。"程栖泽的语气有点可怜巴巴的。

"回去好好想想你们两人的生活细节，能想起来多少是多少。"宋荷恶狠狠瞪他一眼，"再因为这原因被骂，我也不想帮你了！"

酒过三巡，宋荷去卫生间补妆。

有个路过的男人纠缠她要手机号，宋荷笑眯眯地把齐家坤手机号写在纸巾上，递给男人。临走前，她还不忘朝他 wink 一下，叫他一定要给自己打电话。

进了卫生间，宋荷直接将给男人写手机号用的口红扔进垃圾桶，低声骂了句"晦气"。好在她还有根唇膏，薄薄地涂了一层，虽没之前的烈焰张扬，却多了几分潋滟动人。

正好乔灵均和小姐妹也来卫生间补妆。看到宋荷，乔灵均笑盈盈地迎了过去："宋荷姐。"

"乔妹儿。"宋荷挽了挽唇，笑着和她打招呼，"怎么感觉你今天没玩尽兴？"

"哪有呀。"乔灵均热情地凑到宋荷身边，"宋荷姐在，我怎么可能玩得不尽兴。"

乔灵均一边说着，一边不留痕迹地撇了下唇。

要说她多喜欢宋荷，也没有。当初一直和林槐夏说宋荷的好，只不过是因为比起林槐夏来说，宋荷相对讨喜点罢了。起码和程栖泽两人门当户对，两人真在一起了，她也没什么可嫉妒的理由。

宋荷从小就是这帮朋友里的大姐大，长得漂亮，性格开朗爽快，成绩又好，总是一群人里最引人注目的那个。

乔灵均羡慕她。宋荷走后，她成了姐妹圈里最受人追捧的那个。

可宋荷回来，宋荷的光芒一下子又压住自己了。乔灵均一时间适应不过来。

"我刚看你和泽哥在一块儿，说什么悄悄话呢？"乔灵均八卦道。

"没说什么。"宋荷弯了弯眸。

"说他那个前女友呢？"

宋荷抿了抿唇，将唇膏抿开。她没回答乔灵均，慢条斯理地将唇膏盖子旋好丢进包里，又从中拿出粉饼补妆。

乔灵均心里那些小九九，她都明白，只是觉得关系不错，没有点破罢了。

但不点破，不是让乔灵均得寸进尺的。

"宋荷姐。我不明白。泽哥明明喜欢你，你干吗让他回去追他那个前女友啊？"乔灵均故作天真烂漫地睁大眼睛，"我觉得你俩最般配呀。就算你不喜欢泽哥，那也轮不到那个女人嘛！你不知道，她——"

"乔妹儿，"宋荷歪过头，朝乔灵均扬起一抹明媚的笑容，"感情的事呀没人说得准。一个萝卜一个坑，不是所有的萝卜都适合那个坑。我不是那个萝卜，你呀，也不是。"

乔灵均一怔，不由自主地攥紧拳头。她不敢招惹宋荷，只好勉强扬起笑："宋荷姐，我不是那个意思嘛。我只是……"

"我也不是那个意思。"宋荷笑眯眯地打断她。

宋荷将粉饼丢回包里，慢悠悠踱到乔灵均身边。她垂眸睨着乔灵均，帮乔灵均整理好肩头的碎发："我的意思是，女孩子呀，自爱点。别总盯着不属于自己的男人，掉价。"

程栖泽回家时已是凌晨。客厅还亮着灯，他有些醉，恍恍惚惚地以为是林槐夏在等他，下意识地唤了一句："夏夏？"

"你又喝多了。"陈姨被他的动静吵醒，连忙走过来，接过他手中的西装外套。

程栖泽揉了揉眉心，淡声道："没有。你不用每天等我回来。"

"那怎么行。"陈姨领着他到客厅坐下，将提前准备好的醒酒汤热了热，给程栖泽盛了一碗，"自从林小姐走了以后你就成天出去喝酒，我怎么放心得下。"

程栖泽抿了口热汤，淡声道："没事的，最近应酬比较多而已。你直接睡就行，不用等我。"

"唉。"陈姨叹了口气，"要是林小姐知道你天天这样，肯定担心坏了。"

"她会担心我？"程栖泽自嘲地弯了下唇。

"不然呢？"陈姨嗔怪地乜他一眼，"林小姐不担心你，天天晚上熬夜在客厅里守着你回来做什么？不就是怕你喝太多酒，回来不舒服？"

程栖泽微怔。

确实。林槐夏每次都会给他发信息让他少喝点酒，每次都会在客厅里等他回来。

就算她再喜欢方渡，也不至于为他做这么多。

她是真的担心过他，可他却从未当回事。

"咳！"程栖泽清了清嗓子，淡声道，"都是我的错。我想把她追回来。"

陈姨一听，心里乐开了花。她一直觉得两人分手可惜，可程栖泽是主，她不敢多说什么，只能旁敲侧击说说林槐夏的好。现在程栖泽终于知道错了，她立马道："那太好了！先生，林小姐真的是个好姑娘,那孩子命不好,我想想就心疼。"

陈姨一边说着,一边耷拉下眉眼,不知想起了什么,十分心痛的模样。

被她这么一说,程栖泽心脏的位置更是钻得疼。他不敢多想,淡声转移话题:"之前都是我不上心,有件事还得麻烦你。"

"什么事?你尽管说。"陈姨问。

"就是……"程栖泽突然发现,难以启齿,"她平时都喜欢些什么,生活习惯上有什么需要注意的吗?"

"这个啊!"陈姨想了想,道,"其实林小姐平时没有特别多的讲究,她饮食习惯比较清淡,喜欢喝粥,吃甜口的食物。她不喜欢吃鱼,海鲜也吃得少,但是忙起来特别爱吃果干糕点之类的零食。她身子比较弱,又爱熬夜,我经常给她准备些补身子的吃的。"

"那如果我想送她东西,该送什么?"

"我想想啊……"陈姨思考片刻,"我感觉林小姐没有什么特别喜欢的东西。她平时穿衣服都很素,也不是什么大牌子,女孩子喜欢的那些化妆品和珠宝什么的,她也不太感兴趣,都是固定那几个牌子。哦,对了,先生还记得很早之前你送她的一条项链吗?好像是个锁扣设计,她拿着研究了好几天,自己还做了个一模一样的小模型。她好像挺喜欢这些手工小玩意儿的。"

陈姨又说了许多林槐夏生活上的小习惯,都是程栖泽从未注意过的。程栖泽静静地听着,自嘲地弯了弯唇。

相处了三年,他还没有陈姨了解她多。

第二天下班,林槐夏在招待所门口看到耿宁。

这次程栖泽没有过来,耿宁站得笔直,似乎已经等了许久。

林槐夏走过去,淡声道:"今天又是什么事?"

"程总说昨天送来的东西您不喜欢,今天换了些您喜欢的。"

耿宁叫人把东西从车上拿下来:"帮您送回房间?"

林槐夏瞟了眼,有些惊讶。这回程栖泽送来的东西确实都是些她平时常用常吃的。还有些保暖的衣服,也是她喜欢的款式。

林槐夏没想到程栖泽竟然如此执着，微微挑起眉梢："你们程总人呢？"

"程总今天临时有个会议，没法过来。但程总说如果您想见他的话，他开完会可以过来。"

林槐夏："我并不想见他。这些东西你也拿回去吧。"

耿宁面不改色道："林小姐，程总说如果这些东西您不收，我回去就可以直接递辞职信了。大家工作都不容易，互相理解下。而且这些都是您常用的，既然买了就不要浪费了。您不想见程总也没事，他说他不介意。"

林槐夏："……"

她没想到程栖泽现在还学会软硬兼施了。她干脆没多说什么，向耿宁身后的人示意了下，让他把手中的袋子给自己。

那人有些犹豫，在耿宁示意后才将袋子递给林槐夏。

林槐夏拿着袋子，走到旁边的垃圾桶，直接扔掉。

她笑道："那你回去帮我带句话，东西我收了，也当着你的面扔了。让他不要再做这些没用的事情了，我们两个不可能了。"

回到房间，林槐夏换了套整洁的衣服，从周苒苒扔在桌子上的化妆品和资料之间找到自己买的糕点和零食。全部收拾好，她照了照镜子，轻轻呼出一口气。

还好下楼时候耿宁已经走了。她叫了一辆出租车，按照手机上的地址报给司机，让他稍微开快一点。

林槐夏管苏启荣要了梁淮生家的地址，打算下班以后去拜访，结果东西落在了房间里，又被耿宁耽误了些时间，已经比约好的时间晚了很多。

她从那天见到梁淮生，就有种莫名的怜爱之情。可能他和自己太像了，都是从小和奶奶相依为命。虽然她和苏启荣讲的是以工作的名义拜访，但实际上，她私心想去看一看他，做点自己力所能及的事。

方渡刚从吴宅出来没多久，正在巷子口等她。见她过来，他主动接过她手里的东西。

"会不会准备太多了？"方渡笑着问。

林槐夏张了张口，犹豫着道："……不会的。"

除了周末在商业街买的糕点外，她又从超市买了一大包零食和水果。

林槐夏顺着地址找到梁淮生家，轻轻敲了敲门。

"谁啊？"随着一声稚嫩的少年音。

大门"吱呀"一声打开了一条缝，梁淮生的半张小脸从缝隙间露了出来。

"还记得我吗？我们前几天刚见过面。"林槐夏弯了弯眼睛。

梁淮生抬起头，毫不犹豫地叫了一声："姐姐！"

他把门打开，问："你怎么过来了？"

"我来看看你。"林槐夏示意了下方渡手里的袋子。

梁淮生好奇地看了看塑料袋中的东西。到底是个孩子，看到一堆零食立马乐开了花，扭头用苏镇话朝屋里喊了一句："阿婆，有客人来啦！"

他领着林槐夏和方渡往院子里走。

林槐夏拉着梁淮生的手，跟他道："以后不要随便开门，问清楚了是谁再开。"

梁淮生笑着道："没关系的，这片大家都熟，没事的。"

"那也要注意安全。"

"好。"梁淮生乖乖地应下。

"你的腿好些了吗？"林槐夏又问。

"好些了，我贴了创可贴。"梁淮生扒拉起裤子给林槐夏看，"可爱吗？"

林槐夏低下头，他的膝盖上贴着个熊猫图案的创可贴。

"很可爱。"林槐夏轻轻笑了声。

梁淮生的脸红扑扑的，晕着笑意。他把两人带到院子中间的石桌前落座，道："我去把奶奶叫过来。"

"好。"林槐夏和方渡坐下。

趁着梁淮生回屋的空当,林槐夏简单扫视了下整个院子。

院子不大,有些陈旧,但收拾得很干净。四方形的院子中只有一棵老树和最中央的石桌椅,正对着一间房,就是梁淮生刚刚跑进去的那间。

没一会儿,梁淮生扶着阿婆出来。

林槐夏和方渡站起身,和老人问好。

老人已到古稀之年,鬓角斑白,拄着一根拐杖,精瘦的背微微佝偻着,在梁淮生的搀扶下颤颤巍巍地走到两人身边。她虽然不认识两人,看到两人时脸上却挂着和蔼慈祥的笑意。

林槐夏蓦地想到林奶奶,鼻尖一酸。

"听阿生说那天是你们救的他,谢谢。"老人说的是苏镇话,温软婉转。

林槐夏干脆换成乡音,与老人聊天:"那天是我们吓到了他,他没事就好。"

"听他说,你们是要重建吴家那个宅子,不是拆掉?"

林槐夏点点头:"对的。政府出资重建吴宅,我们是来出重建方案的。"

"那会建成原来的样子吗?"

林槐夏尽量用老人能听明白的语言解释道:"我们没法保证完全一样,但一定会尽最大努力复原。"

"那就好,那就好。"老人握住她的手,郑重地拍了拍,"囡囡,阿婆信你的话。"

林槐夏再也忍不住,抿着唇背过脸。她用另一只手的手背蹭过湿润的眼眶,抬眸时正对上方渡的目光。

方渡垂眸望着她,神色中蕴着一抹抚慰的浅浅笑意。他轻轻握了下她的手,温柔的指尖划过她的掌心,仿佛传递了一股支撑她的力量。

一切都发生得很快。林槐夏勉强朝他扬了扬唇,重新面对老人。

"阿婆,我可以常来看你吗?"

老人笑容和蔼:"囡囡常来家里玩。"

两人又在梁淮生家待了会儿，帮他辅导了下学校作业才离开。

离开前，老人给他们拿了一袋子手工做的梅子糖。梅子糖是苏镇特色，小的时候每家大人都会做，有时会做出形状，用一支短木签串上做成棒棒糖的样子，有时也会做成一粒粒小圆球，用糯米纸包裹，外面再用糖纸覆盖，做一大把，孩子们可以分着吃。

从院子里出来，方渡从纸袋里拿出一颗梅子糖，拆开糖纸，递给林槐夏。

林槐夏垂眸看了眼躺在他手心那颗焦糖色的糖果，轻轻地抿了下唇。

她已经很多年没有吃过梅子糖了。

林槐夏不由自主想起当初方渡就是为了给自己买它，才会出车祸，才会离开那么多年。她伸出去的手轻轻一顿，最终还是撤了回去："不太想吃，你吃吧。"

方渡神色清冷地望她一眼，没多说什么，将递给她的那颗糖吃掉。

林槐夏突然后悔了，不过是一颗糖罢了，没必要这么抗拒。她心虚地解释："年纪大了，就不爱吃糖了。"

"确实。"方渡微微颔首。

林槐夏见他似乎并没有发现自己的异样，轻轻舒了一口气："剩下的放办公室，给苒苒她们吃吧。"

"好。"方渡没多说什么，将牛皮纸袋小心翼翼地折好。

两人叫的出租车进不了巷子，只能在巷子口接他们。

距离巷子口还有一段路程，两人沿着小巷往外走，有一搭无一搭地聊着工作上的事。

"我一直想问，"方渡突然道，"你为什么会做这行？"

林槐夏一怔，牙齿不小心咬到舌尖。她轻轻"嘶"了一声，小声问："怎么了？"

"就是好奇。"方渡淡声道，"你之前不是想学美术？"

"建筑也需要画画，没什么区别。"

"你明白我不是这个意思。"

两人正好经过吴宅，能看到高耸的墙壁后隐约露出一角楼阁的飞椽。

林槐夏沉默了下，道："可能是被你影响了吧。我也想看看这里修好后会是什么样。"

"你可不是会被人影响的性格。"方渡淡淡地说道。

林槐夏一怔，目光不由自主地落在他的脸上。方渡也在看她，神色很淡，带着些许的探究。

林槐夏自嘲地弯了弯唇，轻声道："阿渡哥哥，人是会变的。可能，我已经变成你不知道的样子了。"

话中似乎带着别的意味。方渡一瞬间失了神，神色中那抹探究更甚，只是他看不清她在想些什么。他兀自笑了一声，苦笑着摇摇脑袋。

或许她说得没错，她已经不是小时候那个能被人一眼看穿心思的小姑娘了。他也不是以前的那个人了。

林槐夏不想把气氛搞得太僵硬，她适时地转移话题，问方渡："对了，那天看到你的笔记本。有时间能不能借我看看？好多哥特风格建筑，我还挺感兴趣的。"

"当然，随时。"方渡收回思绪，弯了弯眸。

从巷子里出来，有几个小孩在巷子口打闹。两人注意到的时候，几个小孩儿已经进了巷子。

其中两个小霸王拿着水枪一通乱呲，打得其他人落荒而逃。巷子里的两个人也不幸遭殃。好在方渡反应快，下意识将林槐夏护在身后。混着泥汤子的水花溅在他的衬衫上，他不由自主地皱了皱眉。

"谁家的小孩儿呀！"林槐夏凶巴巴地扬高语调。

几个小孩儿也被吓了一跳，像阵风似的从两人身边蹿了过去。那两个滋水枪的男孩儿也不觉得自己做错了什么，跑的时候还朝林槐夏比了个鬼脸。

林槐夏被这群小鬼气得不行，反倒是方渡拍了拍她，语气平淡道："没事，算了。"

"你的衣服都脏了！"林槐夏看着他白衬衫上的泥点，拧起眉。

方渡却只是清浅地笑了笑，打趣道："那你还要把他们找回来，揍一顿？"

"我——"林槐夏脸上一红,"下回让我看到他们,一定揍一顿。"

"和小孩儿置什么气。"方渡好笑道,"车都等好久了,咱们赶快过去吧。"

林槐夏只好点点头。

回到酒店,林槐夏还想着刚刚在巷子里发生的事。方渡爱干净,衬衫被那群小鬼搞得那么脏,她看着都难受,更何况是他。要不是刚刚他护着她,她也会弄一身脏。

想到这儿,林槐夏从床上坐起身,看到桌上还剩半盒白糖糕,她干脆盖好盒盖,拿着去找方渡。

方渡已经洗过澡,换了一身干净的家居服。

林槐夏将手里的糕点盒递给他:"刚才谢谢啊。"

"没事,为什么这么客气。"

方渡弯了弯眸,接过她手里的糕点盒,正要打开,又听林槐夏道:"咳,只剩半盒了,就是意思意思。"

"……"盒盖在她说完的一瞬间打开,里面只有零星几块糕点,卖相可怜。

方渡没忍住,笑出声。

林槐夏瞟了瞟糕点盒里那几块可怜巴巴的白糖糕,自己都觉得诚意不足:"房间里只剩这些了……一份心意,不要嫌弃嘛。那件脏衣服,我帮你洗吧,我带了洗衣液过来。"

"不用。心意领了。"方渡道。

"不行,你这样搞得我很愧疚。我帮你洗干净就送回来,很快的。"

方渡拗不过她,只好实话实说:"不用麻烦,已经被我扔掉了。"

"啊,这样。"林槐夏敛了敛眸,没再多说什么。

"还有其他事吗?"方渡笑着扬了扬手中的盒子,"没其他的事,我就把这个拿回去了?"

"嗯。"林槐夏点点头。

方渡这人真的很爱干净,小时候两人还因为这事闹过别扭。虽

199

然他没多说什么,但是林槐夏知道他肯定很介意。

想到这儿,林槐夏决定周末去商场买一件新的衬衫送给他。

周末,林槐夏去了镇上唯一一个大型商场,给方渡买新衬衫。她挑了一家比较适合他风格的牌子,进去逛了逛。

导购很热情,给她介绍了一堆当季新款。林槐夏从中选出一件素白色的衬衫,做工精致剪裁立挺,她十分满意,还选了两枚铂金袖扣做搭配。

导购接过她手里的衬衫,声音甜美:"这件是XL的,确定这个尺寸我就包起来啦?"

"嗯。"林槐夏一怔,她一心挑选适合方渡的款式,完全忘了尺寸问题。

她对他的记忆只停留在十年前,那会儿林奶奶给两人织毛衣,林槐夏帮他量尺寸,吐槽他太瘦了该多吃些肉。

可现在,他比当时高了不少,健朗了不少,已然不是印象里那个人了。

"唔……"林槐夏用手比画了一下,"大概这么高,比较清瘦……"

导购好笑地道:"小姐,你不知道自己男朋友穿什么尺码的衣服吗?"

林槐夏脸上一红:"不是男朋友,是哥哥……"

"那更好办了,你打电话问一下?"

如果她打电话问的话,方渡一定会拒绝。林槐夏只能用自己知道的男性作对比,她唯一知道的就是程栖泽的衣服尺码,可是程栖泽和方渡差不多的身高,却比他壮一些,方渡未必合适。

买小一号?又怕买完他穿不上。

犹豫良久,她最终还是放弃了。她和导购轻声道谢,匆匆走出服装店。

从服装店出来,她漫无目的地在商场里转了一圈,准备回去。等电梯期间,她翻出手机叫网约车。

"林槐夏?"蓦地,有人在身后叫她。

林槐夏转过头,发现郑昊站在自己身后。林槐夏跟他打了声招呼,正好电梯到达,两人一起上了电梯。
　　"你怎么一个人过来逛街?"郑昊问。
　　"随便转转。你呢?"
　　郑昊压根儿没注意她一个人跑来男装楼层逛个什么劲儿,打开自己手里的袋子给她展示:"这边有家潮牌店上新,我一早就赶过来了!你看我买的这几件,超酷。"
　　林槐夏瞟了眼他袋子里花花绿绿的卫衣衬衫,扯了下嘴角,附和道:"嗯,挺好看的。"
　　郑昊心满意足接受她的夸奖,合上纸袋。
　　他吊儿郎当地靠在观光梯的玻璃墙上,和林槐夏聊天:"一会儿有安排吗?"
　　"没,打算回住处。"
　　郑昊一听,立马朝她挤眉弄眼道:"要不要去我店里看看?"
　　自从上次知道林槐夏和自己喜欢相同的乐队和音乐风格后,他一直想找她好好聊聊天。
　　这镇上的人本来就不多,年轻人更少,喜欢摇滚的少之又少,他一个人都快憋出病了。
　　林槐夏思忖片刻,反正下午也没什么事,便道:"好,但是你能先帮我个忙吗?"
　　"什么忙?"郑昊问。

　　二十分钟后,郑昊靠在收银台旁边看着小票上的金额,连连感慨:"你也太舍得给渡哥花钱了吧?"
　　林槐夏盯着柜员装袋,抽空瞥他一眼,道:"你可千万别跟他说。"
　　果然男人最了解男人。林槐夏让郑昊帮自己挑了个适合方渡的尺码,郑昊随便一看,便言之凿凿地确定了一个尺码。怕她不信,他还特意找了个和方渡身材相仿的顾客帮她试衣服。
　　"我哪里有机会跟他说这个。"郑昊把小票递给她,"你俩到底怎么回事?一起回来,又是逛街又是买衬衫的。"

"没怎么回事，都跟你说了，现在是同事。"林槐夏将小票收到包里，接过柜员递来的纸袋。

男生对这类八卦向来不敏感，郑昊"啧"了一声，便没再聊这茬儿，转而和她聊起音乐来。

商场离商业街还有一段距离，郑昊骑着他的小电驴带林槐夏回到店里。

店面不大，货架上挤满了专辑。泛黄的墙面贴满了海报和装裱后的黑胶盘，狭小的柜台上方还挂了一把贝斯。

"你不知道，我一个人在这儿都快闷死了。就和我一起那哥们儿，根本不懂什么才是真正的摇滚，跟他说简直是对牛弹琴。"

林槐夏细细看着架子上的每一张专辑，有一搭无一搭地和郑昊聊着天："这边客流量怎么样？"

"还好吧。旅游的人比较多，还是有人进来的。不过收入肯定没法和你们在大城市比。"郑昊不甚在意地回道。

"那你为什么留在这边啊？"林槐夏问。

郑昊耸耸肩："我父母身体都不好，没法离开人。"

林槐夏微怔，忽地笑了下。

郑昊捕捉到她的笑容，懒散地倚靠在柜台边，轻哼一声："你是不是觉得，我这样的不像是会留家里照顾父母的？"

林槐夏没骗他，点点头。

郑昊小学、初中都是巷子里的小霸王，抽烟喝酒打架斗殴样样不落，高中以后直接辍学外出打工。他那头黄毛从初中染到现在，额角那道浅浅的疤就是打架时候留下的，永远一副痞痞的模样。

郑昊"啧啧"两声："小姑娘，不要以貌取人。"

林槐夏的视线忽然被货架上一张专辑吸引。

"你这里有奇点乐队第一张专辑？"她从密密麻麻的热门乐队的专辑中间抽出一张孤零零的专辑，难以置信地问道。

专辑有些旧了。封面由简单的黑白组成，设计略显粗糙，中间用黑色镂空字体写了个大大的"Undefined"，是这张专辑的名字。

郑昊两只手搭在柜台边上，舌尖顶了下腮帮，惊讶道："你知道奇点乐队？"

奇点乐队是国内极小众、冷门的一支摇滚乐队。乐队风格离经叛道，写的歌词也十分跳脱，不属于主流的音乐审美。但是郑昊总觉得奇点乐队的歌曲带着一股强有力的力量，对抗着这个世界的枷锁与条条框框，不屑于世俗的评价。

就像是他们第一张专辑的名字一样，他们不愿意被定义（Undefined）。

听起来实在太酷了。

林槐夏点点头："你这里竟然有他们第一张专辑？"

因为冷门，所以他们的专辑发行量很小，刚成立不久时发行的第一张专辑更是在市面上无从找寻。

郑昊嘚瑟地晃晃脑袋："当然，我说了我这里有不少宝贝。不过没想到你也知道奇点乐队，小姑娘，还挺有审美的嘛。"

林槐夏将专辑抱进怀里，乜他一眼："不是知道，是热爱。"

郑昊咧嘴一笑。

林槐夏又挑了几张喜欢的乐队的专辑，拿给郑昊结账。郑昊只扫了其他几张专辑，没扫奇点乐队那张。

林槐夏问："你是不是少扫了一张？"

"那张送你了。"郑昊满不在乎地帮她找了个纸袋，将专辑全部放进去，"难得遇到一知音，哪有收钱的道理。"

"那不行，进门前说好了正常付款。况且这张专辑市面上卖能值不少钱，你不收的话不是亏大了？"

"哥哥我不缺那点钱。"郑昊满不在乎地朝她摆摆手，"你要真过意不去，今天晚上有个局，都是我们巷子里那些朋友，你叫着渡哥大家一起聚聚呗？"

林槐夏没再纠结，点点头道："行，那到时候我请客。"

从音像店出来，林槐夏叫了辆出租车，才发现方渡给她发了不少消息。她手机静音，又一直在和郑昊聊天，根本没注意到方渡的信息。

她以为方渡有什么重要的事找她,便给他回了一条:路上遇到郑昊聊了会儿,马上回去。

方渡的消息很快回来:好,路上注意安全。

林槐夏没在意,将手机收回兜里。

等她到了招待所,方渡正站在大门口等她。

修长挺拔的身影立在香樟树的阴影下,碎了一地的阳光斑驳地洒在他的身上,仿佛笼罩着一层金色的光芒。过往的女生都不由自主地多看几眼。

方渡握着手机,不时抬头看下来往的车辆。看到停在路对面的出租车,他将手机收了起来,走过去,帮林槐夏打开车门。

林槐夏从车里钻了出来,有些疑惑:"是有急事吗?"

她顺手将手里的纸袋放到方渡伸来的右手中。方渡拎着纸袋,帮她关上汽车门,神色并不好看。

他道:"你看看自己出去了多久!所有人都联系不上你,知不知道我们多担心?"

林槐夏歪了歪脑袋,她刚刚在车上顺便看了眼微信消息。除了章嘉敏在工作群里@了她一条消息,后来又私聊她以外,没有人找过她呀。

但她能看出方渡是真的担心自己,没有反驳。她指了指方渡手里的纸袋:"我去给你买衬衫了,回去试试看喜不喜欢。"

方渡微微一怔,严肃的神色松了几分。顿了顿,他又板起脸:"你是觉得这样我就不会说你了?"

林槐夏抿了下唇。这人还是一如既往地严格。她踮起脚,轻轻点了下他蹙起的眉心,语气有点撒娇道:"你看,你这副样子跟老头似的,都不好看了。"

方渡捉住她的胳膊:"以后不要不接电话。"

林槐夏点点头,讪讪道:"不是故意的呀。在商场遇到郑昊了,我去他店里坐了坐。他那里好多宝藏!"

林槐夏一边说着,一边从纸袋里翻出一张专辑,递给方渡看:"他那里竟然还有奇点乐队的第一张专辑!还有邦·乔维、涅槃、黑豹……"

林槐夏如数家珍，露出少有的激动的一面。方渡静静听着，微不可察地皱了下眉。

林槐夏说得口干舌燥，终于停下来，问道："你之前听过摇滚吗？有没有喜欢的乐队？"

方渡摇摇头："我更喜欢古典乐。"

"啊……听上去像是你喜欢的类型。"林槐夏张了张口，不知道该怎么接。

她属于听古典乐会睡着的那种。林槐夏干脆转移话题："你今天晚上有事吗？郑昊说叫了几个以前的朋友，想大家一起聚一聚。"

方渡问："你去吗？"

林槐夏点点头："我想去。"

她之前一直不敢回苏镇。不是厌倦了这里，而是因为方渡的事，不敢面对这里。现在方渡回来了，她反而很想念这里。积压了太久的情绪如洪水般倾泻出来，她开始怀念小时候，想念故人。

"好，我陪你一起去。"

第十三章
阿渡哥哥

郑昊约的是晚上八点。

老城区边上一家小餐馆，吃烧烤。

林槐夏和方渡到的时候其他人已经到齐，除了郑昊外还有三个男的，都是住在临塘巷，和郑昊从小玩到大的兄弟。

他们已经点了一桌子烧烤，郑昊脚边放着一打啤酒，桌上还摆着好几瓶。

看见两人，郑昊站起身朝他们摆摆手："这边，这边！"

其他人也看到他们，连忙随着郑昊站起身。等两人走过去，三人微微弯着腰，和两人握手："渡哥，好久不见！槐夏也是！"

林槐夏看着三人的动作着实好笑。也不知道是不是因为方渡看上去太过正经，他们才用这么正经的方式打招呼。

郑昊站在边上也看不下去了，不屑地嘲讽道："你们仨行不行，都多大了还这么狗腿子。"

他一边说着，一边对方渡道："渡哥，别站着了，你和槐夏坐沙发。"

他狗腿子的模样不亚于其他人。

林槐夏："……"

她偷偷瞟了眼身旁的方渡，还是万年不变笑容可掬的模样。

其实最初林槐夏和方渡两人和郑昊这帮兄弟关系并不算太好。

用"水火不容"来形容反倒更为贴切。

当初几人都是学校里有名的小混混,以郑昊为首,抽烟喝酒骂老师调戏女同学这种事没少干。几人都住在瓶棠巷沿线上,林槐夏小时候就认识他们,但因为这帮大自己几岁的男生没干过什么正经事,所以奶奶不让她接近这帮人,她也不屑搭理他们。

会和他们有交集,还是因为方渡搬过来。

那会儿关于方清的谣言人尽皆知,几个巷子里的小混混嫉妒他成绩好女生缘又好,就学着大人的话骂他是没人要的私生子。

方渡为人本就清冷,懒得与他们辩解,每次都无视他们。他越这样,别人越觉得他好欺负,变本加厉。

林槐夏看不下去,就帮他骂这群欺负他的人。几个男生见她年纪小,长得又漂亮,就总爱逗她玩,每次都能把林槐夏气得半死。

后来也不知道因为什么,这帮人突然就不说方渡的坏话了,反倒一口一个"渡哥"叫着,每每见到他,都敬而远之。

林槐夏不知道发生了什么,只当是岁数大了几人变成熟了,没有深究过其中原因。

渐渐地,他们的对立关系缓和了许多。

有时候郑昊他们几个还会带着林槐夏逃课去捉螃蟹打电玩,要是被方渡抓到了,郑昊几个人就包庇她,替她想办法开溜。

几人纷纷落座。

多年未见,大家第一句话聊的便是工作和家庭。

其中一个穿得一本正经的男生努力考上大学以后就"从了良",毕业后回家考了个公务员;另一个还染着粉毛,在商业街上的理发店当"Tony老师";最边上看着老实巴交的男生也在家里的厂子打工。

"现在应该就家勇单着了吧。"郑昊喝着啤酒,感慨道。

"家勇"就是坐在最边上那个男生。

陈家勇憨厚地挠了挠后脑勺:"是啊,一把年纪了,家里都开始着急这事了。"

林槐夏笑着道:"怕什么,你看他,比你大不也单着。"

她用眼神示意坐在自己旁边的方渡。

方渡："……"

说得好像他已经人到中年了似的。

"那我哪敢和渡哥比啊。"陈家勇憨憨一笑。

"哎，槐夏不是也单着？"陈家勇旁边的粉毛贼兮兮地笑了下，"你不是小时候就喜欢她，正好趁着人在，赶快表白啊！"

"还有这事？我怎么不知道？"

"对对对，快表白！"

其他人纷纷起哄。

陈家勇一惊，说话都不利落了："我我我……你们别别……别瞎说……"

粉毛勾着陈家勇的肩膀，笑嘻嘻地替他说道："槐夏你不知道，这小子从小就觉得你漂亮，可喜欢你了。"

这都是几百年前的事了，大家只当玩笑话讲，林槐夏也没当真。她不想气氛变得尴尬，笑着附和道："是吗，我都不知道。"

"当然了。家勇，难得有机会，你就表个白呗，万一槐夏喝多了答应你呢！别落遗憾啊！"其他几个男的纷纷起哄。

"我、我——"陈家勇"我"了半天，那句"喜欢"也没有说出口。他的脸涨得通红，从桌上抽了张纸巾擦掉额角的汗，讪讪笑道："有渡哥在，哪里轮得到我呀！"

其他人"吁"了一声，骂他没用。

几人闹作一团，不知是谁突然扬高语调："哎！要不然——渡哥你今天表个白吧？"

空气一下子安静了。

林槐夏僵在原地。

明明是开玩笑的话，她不知道自己为什么这么紧张。她小心翼翼地看了眼身旁的方渡，方渡也在看她。两人的视线相撞，不由自主愣怔一下，林槐夏匆匆收回视线，局促地低下脑袋。

方渡却很快恢复往日那般从容淡然的神色，笑容清浅道："别开玩笑。"

"你对槐夏那么好，怎么到现在还没表白？"

"渡哥，你行不行啊！"

"表白！表白！表白！"

几个男生都喝了酒，起哄的声音越来越大。

林槐夏连忙帮方渡解围："你们想什么呢，我们一直是兄妹。"

兄妹吗？方渡握着茶杯的指尖微顿。

几个男生"吁"了声，朝方渡比了个"逊毙了"的手势："渡哥，你活该单身一辈子！"

方渡笑了笑，没有辩解。

他朝林槐夏小声道："他们喝多了，你别介意。"

林槐夏轻轻摇了下头："没事。"

她有什么可介意的，他又不是真的打算和自己表白。

几个男生果然喝多了，很快便忘了这茬儿，把话题转到了别处。

林槐夏看着眼前几个男生互相敬着酒插科打诨，突然觉得这些吵闹离自己很远。她偷偷打量了眼身旁的方渡，他正笑意盈盈地回答着郑昊的问题，仿佛刚刚什么也没有发生过。

她心底倏然划过一丝失落。

林槐夏不由自主地攥住衣摆，那抹突如其来的情绪转瞬即逝，让她摸不着头脑。

——她……到底在期待些什么？

"槐夏？槐夏？"突然有人叫她。

林槐夏迷茫地抬起头，她才反应过来郑昊在叫她。

"什么事？"

郑昊看她两眼空洞的模样，怔了一怔。他起身拿走林槐夏手里的酒杯，俯身看着她的眼睛："你是不是喝醉了？"

刚刚几人起哄劝酒，方渡心脏不好，只象征性喝了几口，林槐夏倒是和他们喝了两杯。

但也止于两杯。她的酒量不止如此，毕业前夕和舍友在宿舍喝过酒，几人啤酒洋酒一通乱兑，她是最后倒下的那个。

林槐夏回过神，摇摇头："没有。"

身旁的方渡将她的酒杯拿走，换了个干净的杯子倒上饮料："别喝酒了。"

林槐夏迷迷糊糊地点点头，接过他递来的橙汁，抿了两口。她抬手贴了贴脸颊，火辣辣的触感几乎灼了她冰凉的手背。

可能真的喝多了。

确认她没事，郑昊才回到自己的座位："你刚才可吓死我们了。"

林槐夏抿起一抹清浅的笑，问道："你们刚刚在聊什么？"

"我们在聊渡哥去美国的事。"郑昊道，"看你半天没反应，还以为你酒精中毒了。"

林槐夏："……"

见她没事，几人又和方渡热火朝天地聊起来。

粉毛兴冲冲地往前探了探身子，在胸前比画了下："渡哥，美国妞是不是都和视频里一样——"

郑昊等人送去鄙夷的目光，却不由自主一起望向方渡。

方渡浅浅笑道："没注意过。"

粉毛不信："渡哥，你可别骗我，你又不是瞎子，怎么可能没注意过。"

"我那会儿身体不好，又要上课写论文，哪有时间管别的。"方渡笑道，"你要是想听听美国的建筑史，我倒是可以给你讲讲。"

粉毛不屑地朝方渡比了个手势，仰靠回椅背上。他朝林槐夏道："槐夏，不要气馁，你看连美国妞都没法吸引渡哥，真不是你的问题。"

林槐夏："……"

林槐夏没搭理他，想了想，问方渡："那你在那边，有没有认识什么朋友？"

"倒是认识不少人。"方渡歪头睨她一眼，点了点头，"不过关系最好的就一个，家里有生意往来，和我又是同专业，所以比较聊得来。"

"嚯，渡哥还有家人在美国？"郑昊问。

方渡："嗯，我父亲离婚后去了美国，他把我接过去的。但是我读博的时候就从家里搬出来自己住了。"

几个男生惊讶他居然都博士毕业了,纷纷爆起粗口。

林槐夏撑着下巴,听他讲在美国的所见所闻。

粉毛偶尔不正经地插个话,方渡都认真回答了。

林槐夏静静地听着,思绪乱飞,对这些感到无比陌生。

果然,十年像一条鸿沟横跨在两人之间,她的身上发生了许多事,他又何尝不是?他经历了生死,有了新的朋友,与她无关。如果不是这次意外的相见,或许她会慢慢从他的生命中消失。

年纪小的时候总觉得两人要在一起一辈子,谁也离不开谁,可事实却是,没了对方,时间也在一如既往地向前走。

没了谁,都照样得活着。他已经不再是记忆里的那个少年了。

"在想什么?"方渡见她又在发呆,怕她是真的喝醉了,"身体不舒服的话,要不要先回去?"

林槐夏摇摇头,半开玩笑道:"没什么,只是觉得好像不认识你了。"

方渡听她这么说,微微一怔,而后扬起一抹清浅的笑。

"嘻,槐夏,这算什么。"郑昊散漫地跷着二郎腿,"渡哥就是个表里不一的人,跟你面前装犊子呢,这点小事不用往心里去。"

林槐夏眨眨眼,听不懂郑昊在说些什么。她看了看身旁的方渡,方渡依旧是那副清浅的笑意,似乎并没有将郑昊说的话往心里去。

"你见过他打架吗?一打五那种。"

林槐夏想了想,朝郑昊摇摇头。

方渡打架?怎么可能。他就是那种老师和家长眼里最标准的模范生,学习好,脾气好,对谁都礼貌客气。当初就算一堆小孩儿嘲笑他,他都只是一笑了之。要不是她在,他非得被那群不懂事的小孩儿欺负了。

郑昊点了根烟,问:"你知不知道,我们为什么把他当大哥?"

林槐夏摇摇头。

她一直以为是年纪大了以后大家都成熟了,又住在一条巷子里所以关系自然而然变好了。方渡又是年纪最大的,所以大家都管他叫"哥"。

对面烟雾缭绕,郑昊硬是凹出几分沧桑感。他慢悠悠开口,给林槐夏讲起往事来。

这件事要从方渡来苏镇的第二年说起。

那会儿初二班里吊车尾的几个男生在学校里是出了名的小混混,以郑昊为首。郑昊兄弟七八个人,在学校为虎作伥,就连老师和家长都管不了他们。郑昊自称二中扛把子,他最看不上的,就是成绩名列前茅的方渡。

说是看不上,不如说是嫉妒他。方渡才搬来两年,就成了巷子里的"风云人物"。不仅皮相好,性格好,学习也好,之前巷子里对自己仰慕的小女生们一窝蜂改去给方渡献殷勤,让郑昊气得牙痒痒。最可气的是连家里的大人,都叫自己和方渡好好学。

郑昊气不过,又比不过,只能天天揪着方家那点谣言,戳方渡的痛处。那会儿他最爱干的事,就是带着一帮兄弟堵方渡,嘲笑他有妈没爸。

他就爱看方渡那副明明很生气却又隐忍的表情。

那个时候林槐夏也升了初中。她成绩太差,在班里吊车尾,只能靠着方渡每天给她辅导作业。

初一比初二早放学一个小时,她就在班里写作业,等方渡放学给她改完作业,两人再一起回家。方清不会做饭,总是带着方渡找林奶奶蹭饭。久而久之,林槐夏觉得两人真的变成一家人了。

两人回家的路上,隔三岔五就会遇到郑昊那群人在旁边说风凉话。方渡不介意,可林槐夏特别介意。她不能忍受任何人说方渡的不好。

她虽然个子小,气势却不小,凶起来总是有股狠劲儿。她一个人对着七八个比自己高的男生,压根儿没有丝毫畏惧,经常把他们打得四散而逃。

而后她总会扬扬得意地叉起腰,大有种美救英雄的飒爽感。

郑昊他们一群人也喜欢逗她。小丫头长得贼漂亮,一双水灵灵的大眼睛凶巴巴瞪人的模样可爱得要命，而且傻乎乎的，总以为他们是真的怕她，可爱极了。

日子就这么一天天过去，一切都在一种混乱却又平衡的状态下，稳稳向前。

直到郑昊在外面认了个大哥。

那人二十几岁，初中还没毕业就出去混社会了。男人瘦得像根麻秆，气场却狠戾可怕。他的脖子上一条长长的疤从下巴一直延伸到后颈，听说是早年和别人打群架留下的。

郑昊那个年纪，没见过什么世面，觉得他简直酷毙了。郑昊立马带着自己那群小弟誓死追随。

自从认了大哥以后，郑昊一群人在学校里更是为所欲为，真把自己当成了镇上的一霸。

有一天，在他们聚点的地下台球厅，男人靠在台球桌边点了根烟，慢条斯理地问郑昊："昨天和你们一起的那个小姑娘是谁？"

郑昊几人面面相觑。男人没了耐性，咬着烟问："就昨晚和一男孩儿一起的那个。"

"啊……"郑昊最先反应过来男人说的是林槐夏，"我、我邻居。"

"邻居？"男人抬眸瞟他一眼，眼底缀着危险的笑意，"长得挺漂亮，明天带过来一起玩玩。"

郑昊吞了吞唾沫，小心翼翼道："雷哥，她年纪还小，是不是不合适？"

"有什么不合适？"男人的眼刀飞了过来，"我像你们这么大的时候都成家立业了。"

"不是，她……"郑昊不明白"成家立业"的意味，但确实被男人吓了一跳，头更低了，"她上学早，年纪真的特别小……"

韩雷冷哼一声，止住郑昊的话头。

他面上虽笑，却叫人胆战心惊。

"我管她年纪小不小？明天把她带过来，我奖励你们。"

…………

"昊哥，今天怎么交差啊？"

郑昊舌尖抵在牙床上："不行就只能带她过去了……"

"你真要把槐夏带过去？"跟班在一旁小心翼翼地问，"她才多大啊！你没看雷哥带过去那些女生最后都什么下场……"

郑昊冷冷的目光飘了过来，跟班一噎，将后半句话咽了回去。

"什么下场？我看她们玩得挺开心。"郑昊啐了一口，抓了抓自己那头黄毛。他不知道韩雷什么人？自己玩归玩闹归闹，他还不至于坏到把林槐夏拉进他们那个圈子里。

可是他今天不把人带过去，自己和这帮兄弟别想再好过。况且就算他不带过去，韩雷也有办法堵她，到时的局面可能还不如现在。

没办法，今天只能把人带过去了。他们七八个人，还护不住她？

郑昊下定决心，正准备把计划告诉其他人，听到卫生间门口传来清冷的一声："你们要带她去哪儿？"

郑昊抬起头，看到门口那个清隽挺拔的身影。

他冷笑一声："好学生，不上课在这里干什么呢？"

"来卫生间还能做什么？"方渡慢悠悠踱进来，"难道来卫生间欣赏你们？"

"你什么意思——"郑昊的小弟们立马跳出来，怒气冲冲地挡在方渡面前。

郑昊朝几人比了个手势，走到方渡面前，威胁道："小少爷，别听那些不该你听的。"

"我再问一遍，你们要带她去哪儿。"方渡垂眸睨他一眼，清淡的口吻中多了几丝冷峻。

郑昊吊儿郎当地吹了声口哨："去个好玩的地儿，关你什么事？"

方渡："我和你们去。"

郑昊笑得更大声了："你知道我们要去哪里吗？就你这小身板，不该管的事别管。"

郑昊伸手想要推方渡一把，却被方渡捉住手腕，微一使劲，郑昊的手被他折出一个难忍的弧度："你！"

其他人见郑昊落下风，立马往上涌。郑昊喝住其他人，"嘶"了一声，咬着牙关一字一顿道："那里不是你和她该去的地方。"

方渡垂眸睨郑昊，琥珀色的瞳仁中没有一丝温度。他冷漠地弯了弯唇："不是她该去的地方。"

……

放学后，郑昊一行人陪方渡一起把林槐夏送回家。等她进了门，方渡嘱咐她锁好门，除了他和方清外，不管谁敲门都不要开。

林槐夏不知道他们要去哪里，睁着大眼睛问他什么时候回来。

方渡只道晚一点。他笑容温和地揉了揉林槐夏的脑袋，问她："听哥哥的话，等我回来给你买梅子糖吃，好不好？"

林槐夏漂亮的眸子一弯，朝他点点头："阿渡哥哥说话算数哦。"

确认她锁好门，方渡才和其他人一起离开。

路上郑昊不停给方渡讲韩雷有多可怕，方渡静静地听着，早已没了方才的温柔，眼底蕴着晦暗。

等到了地下台球厅，韩雷看到跟在郑昊身边的方渡，将嘴里叼着的烟啐到地上："你听不懂人话？老子要的是那个女孩儿，你给老子带个男的回来什么意思？！"

"她不会过来的。"方渡不着痕迹地打量了眼男人脖子上的那道疤，笑了笑，语气平静，"我陪你玩。"

韩雷审视般瞅了瞅他，少年气质出众，带着一抹书卷气。一看就是个成天在家读书的书呆子，怕不是都不知道自己到了豺狼窝。

"行啊，会打台球吗？"韩雷不屑地收回目光，丢给方渡一根台球杆，"陪哥玩玩。"

"哦，对了。"韩雷慢悠悠地磨着球杆，"我们这里输了是有惩罚的，你知道吧？"

方渡含着笑："入乡随俗。"

韩雷见他一副初生牛犊不怕虎的模样，冷冷笑了一声。站在方渡旁边的郑昊拉了下他的衣角，朝他轻轻摇了摇头。

韩雷台球打得狠，就没人能打过他。除了他的好哥们儿，没人敢陪他打。而韩雷口中的"惩罚"，更不是闹着玩玩。

方渡睨了郑昊一眼，并未在意。他问："怎么个打法。国标、九球还是斯诺克？"

"哟，还挺懂啊。"韩雷惊讶地抬了下头，但也仅限于此，"国标，打完自己的球，谁先进黑球，就算赢。"

"好。"方渡淡淡地应了一声，朝韩雷做了个"请"的姿势。

韩雷最先开球，一颗单色球入袋。还是他的回合，韩雷摆好姿势，又是一颗单色球入袋。

他看了看台面上的其他球，直起身，重新找角度。换位置的过程中，他挑衅地朝方渡扬了扬眉梢。

方渡神色淡淡地朝他笑着，似乎并不在意他的挑衅。

"这要直接打到'黑八'怎么办？"郑昊低声骂了一句。

他自己都没发觉自己莫名其妙站到了方渡这边。

方渡淡声道："不会，顶多再进一球。"

果不其然，韩雷又进一球，之后角度不好，没有进球。

轮到方渡。

郑昊难以置信地看着方渡，不由得感慨："你是神仙吗？！"

方渡没有理郑昊，微微眯起眼，审视着球桌上的局势。最终，他找好一个角度。

韩雷双手环胸，嘲笑道："装那么厉害，还不是个菜鸟。这角度能进球？"

方渡没说什么，摆好击球的姿势。

少年的动作专业而优雅，像是来参加国际锦标赛的，而不是和一帮痞里痞气的混混在乌烟瘴气的地下球室打球。

郑昊和他那帮兄弟的眼睛都看直了。郑昊最先反应过来，看了眼身旁满脸仰慕的兄弟们，狠狠剜了他们一眼，让他们注意形象。

还没等他反应过来，方渡击球的动作干脆利落，两颗双色球接连入袋。

"好！"郑昊不由自主地拍手叫好。

韩雷的眼刀飞了过来。

郑昊："……"

两人打得有来有往。最后一球，韩雷挑衅道："小兄弟打得不错啊。要不要加大赌注？"

方渡微微扬眉。

韩雷指了指门外："隔壁就是个迪厅，输了的扒光去里面跑一圈。但是你这么厉害，这个惩罚不好玩啊。要不——"

韩雷顿了顿，弯起嘴角，牵动着那条疤痕都显得狰狞起来，"我们谁输了，砍对方一个小拇指怎么样？"

方渡神色如常，磨了磨球杆，笑道："我要你一根手指做什么。"

韩雷目光一戾："小兄弟，话不要说太满。"

方渡耸耸肩，淡声道："还有，如果你输了，离槐夏远一点。"

"哦？"韩雷挑起眉，"你家那个妹妹？"

方渡不置可否。

"你还挺心疼她。"韩雷眼珠子一转，"那要是你输了，亲手把你妹妹送过来怎么样？"

"不可能。"方渡想也不想地拒绝了，他指了指门口的方向，"我输了，脱光了去对面跑一圈。"

韩雷哈哈大笑："行，对面的老板娘肯定喜欢你。"

方渡敛了神色，将手里的枪粉扔到一边，淡声道："别废话了，赶紧的。"

韩雷拿起杆，冷笑一声："看你逞能到什么时候。这样吧，哥哥给你表演个花式打法，让你输得心服口服。"

韩雷一跃坐到球台边，反身架起杆子。

方渡看着他花哨的动作，微微一笑，淡声道："你知道不论打台球还是做事，最重要的是什么吗？"

韩雷朝方渡扬扬眉。

"确保每一次出击都有十成十的把握成功。"

韩雷啐了一口："怎么，觉得我进不了？"

"不是觉得，是肯定。"方渡抬头看韩雷，"你这个动作重心不稳，三号球的位置不好，不适合这么打。"

"臭小子，书读傻了吧？还想说教我？"韩雷不屑地剜方渡一眼，"爷爷我给你表演个什么叫实力。"

韩雷用力一击，白球擦着三号球滚了出去。

方渡歪了下脑袋,仿佛在说"你看我说什么"。

韩雷从桌子上跳了下来,把球杆往地上一扔,声音震得其他人瞬间噤了声。只有方渡处变不惊,依旧神色淡淡地望着韩雷。

"你牛,你来。"韩雷看了眼桌上仅剩的四颗球,自己那颗单色球刚巧不巧挡在了方渡那颗双色球和球袋之间。他冷笑道,"看你怎么打。"

"给你表演个'佛跳墙'。"方渡弯了弯唇,摆好姿势。

"还'佛跳墙'呢。"韩雷双手环胸,轻蔑道,"你怎么不表演个'猴爬墙'?"

话音刚落,桌上的白球撞击到双色球的瞬间,双色球从桌上弹起,越过韩雷的那颗单色球,滚落进球袋。

就在所有人目瞪口呆的同时,方渡轻松将黑八也送入球袋。

"刚刚那个太帅了吧?!"所有人都围了过来。

方渡还是那副清淡的笑意,朝韩雷道:"你刚才那个才叫'猴爬墙'。"

韩雷爆了句粗口,冲上前攥住方渡的衣襟:"你小子作弊了吧?"

"我能作什么弊?"方渡淡笑道,"我说过,要做有十成十把握的事。"

他垂眸睨了眼韩雷的手:"选哪只?"

韩雷一怔,四下望了望。其他人都不敢出声,小心翼翼地望着他。他打台球还没输过,莫名其妙输给个小孩儿,怎么想都颜面尽损。

方渡见韩雷不说话,唇边的笑意冷了几分:"怎么,不敢了?"

韩雷松开方渡,拍拍手,轻轻笑了一声。

韩雷往后撤了一步,朝自己的小弟挥了下手:"小家伙,大人的世界可没那么多诚信。今天让你见见社会。"

说罢,四个男人围住方渡。

几人都比方渡要高要壮,方渡抬眸瞟了眼面前的几个小混混,唇边的笑意渐渐消失,取而代之的是股令人畏惧的狠劲儿。

韩雷看着少年锐利冷冷的目光,不屑地弯起唇,唇边那道长疤也跟着颤了颤:"有没有人说过,你笑起来特招人讨厌。"

"确实有。"方渡淡声回道。

话音刚落，眼前的男人朝他扑了过去，方渡眼疾手快地擒住男人的胳膊，而后抬起膝盖，快狠准地踢向男人的腹部。男人吃痛，还没反应过来，就被他扭着胳膊摁在地上。

郑昊几人吓得不敢出一声，躲在角落里瑟瑟发抖。

谁也没想到他看着那么瘦弱，却极有力量。相反，眼前几个比他壮实的男人就像纸老虎，很快被他撂倒在地。

"上啊，继续上啊！"韩雷慌了神，朝郑昊几人吼道。

暂且不说几个小男生被吓破了胆子，就算他们不怕，也不想上。相较于韩雷，他们现在更想站在方渡这边。

郑昊拼命朝韩雷摇头："雷、雷哥，我、我吓得腿软了——"

韩雷骂了声"废物"，见方渡朝他走来，他慌忙拾起桌上的玻璃酒瓶："你别过来——"

方渡就像是没听见一样，活动了下肩胛，慢悠悠地朝他走来。

方渡还是往日那副清浅的笑，此时看着，却透着股骇人的杀气。

"哐啷"一声，韩雷将手里的酒瓶子扔了出去。

方渡微一侧身，酒瓶在他身后炸开，迸裂的碎片划过他的脸颊，白皙的肌肤上很快渗出鲜血。

他抬起手，随意地将血迹蹭掉。血污在他的脸上留下痕迹，他全然不管，慢悠悠地走到韩雷身边，俯下身，笑眯眯地问："以后还敢吗？"

有些人狠起来就是亡命徒。方渡就是这样的人。

有些人就是恃强凌弱的主儿。韩雷就是这样的人。他吓得腿软，抬头对上方渡的眸子。少年深褐色的瞳仁如同琥珀般清亮，缀着温柔的笑意，与他脸上的乌青和脏乱不堪的血渍形成鲜明的对比，令人胆寒。

韩雷："哥！不、不敢了！你放心，以后我绝对不会出现在你和那个妹妹面前！"

方渡冷笑了一声，没再搭理韩雷，朝郑昊他们走去。郑昊几人怂作一团，看到他的影子覆了过来，往后缩了好几步。

方渡好笑道:"你们还不赶快走?"

郑昊看他没有对付他们的意思,连忙点点头:"走走走!"

和方渡一起出了地下球厅,郑昊深深地呼吸了一口。

"以后不要再和他们混在一起了。"方渡冷声道。

"知道了,渡哥!"郑昊几人也是墙头草,纷纷上道地管方渡叫起了"哥"。

方渡见他们愣头愣脑的模样,语气严厉几分:"你们知道他们桌上那些是什么吗?"

郑昊几人面面相觑,纷纷摇头。

方渡叹口气:"能让你们倾家荡产,在戒毒所待一辈子的东西。"

郑昊他们回过味来,只觉得后怕。他们虽然叛逆,但心不坏,还清楚那根底线在哪里。

"还不快走?"

几人回过神,连忙和他道谢,四散而逃。

等所有人都跑远,方渡眸色深沉地打量了眼身后的地下球室,而后,扭头去了附近的警察局。

"要不是当时渡哥在,我可能这辈子都赔进去了。"回忆起当时的场景,郑昊连连感慨。

"谁不是。"几人连忙应和。

粉毛举起杯,给自己倒了满满一杯子酒:"渡哥,这杯我敬你!"

其他人也不甘落后,纷纷向方渡敬酒。

方渡好笑道:"我喝不了太多,只能以茶代酒了。"

"我们干了,你随意!"

方渡抿了口茶,笑着道:"当时年纪小不懂事,现在可不敢了。"

"哪里,现在和当时一样威武!"

"就是就是,风采不减当年。"几人开始商业吹捧。

林槐夏却不禁皱起眉。

她没想到方渡为了自己做过这么危险的事。

她还记得那个晚上,睡觉的时候外面有警车呼啸而过,她问奶奶发生了什么事,奶奶只叫她乖乖睡觉,什么也不要管。第二天她见到方渡受了伤,担心地问他怎么回事,他只轻描淡写地说不小心摔了一跤。

她那会儿太单纯,根本没把两件事往一块想。方渡说什么,她就信什么。

她不由自主地看向方渡。注意到她的目光,方渡偏过头,朝她扬起一抹清浅的笑意,似乎根本没将这件事放在心上。

"以后不要做那么危险的事了。"林槐夏担心道。

方渡微微颔首,苦笑道:"我现在也没法做什么危险的事情了。"他指了指自己心脏的位置。

林槐夏鼻尖一酸,小心翼翼地伸出手,攥住他的衣袖。

方渡笑了笑,温柔地安慰她:"不用担心,现在一切都很好。"

林槐夏吸吸鼻子,轻轻点了下头。

"怎么还和小时候一样爱哭。"方渡抬手揉揉她的脑袋,抽了张纸巾给她,"今天大家都很开心,不要哭了。"

林槐夏又点了点头。她突然很想抱抱他,可如今的自己,没有这个立场。

从烧烤店出来,其他人约了KTV。

林槐夏和方渡没去。

他们散得太晚,不好打车。烧烤店离招待所不远,两人干脆步行回去。

夏季的苏镇并不热。空气中裹着湿润的水汽,清风拂过,吹起丝丝凉意,十分舒服。昏暗的路灯拉长石板路上的影子,远方的延绵山脉只剩下模糊的轮廓,在寂静中沉睡。

"今天玩得开心吗?"方渡问道。

林槐夏的注意力全在脚下马路牙子的直线上,轻轻"嗯"了一声。

"好久没有和朋友聚会了。能见到以前的朋友,真的很难得。"

林槐夏转头望他,微醺的脸颊被清风撩起淡淡的粉色:"这么说来,我们也有十年没见过了。"

方渡顿了顿,点点头:"是啊,都已经十年了。"

"十年了，你都快变成我不认识的样子了。"借着酒劲儿，林槐夏半开玩笑道。

"有吗？"

"有啊。"林槐夏认真地点点头，"不仅现在，好像之前的你也不认识了。我都不知道你家里还有其他人，不知道你和郑昊他们打架的事，还有好多我不知道的事……"

林槐夏越说越失落。她似乎根本没有真正了解过他。

"如果你想听，我可以说给你听。"

林槐夏轻轻摇了下头："等有机会吧。"

那瞬间，她突然害怕，他说得越多，自己越觉得离他遥远。

原来方渡一直都不是只属于她一个人，以前不是，现在也不是。

"别想那么多。"方渡抬手揉了揉她的脑袋，"人都是会变的。但不论在成长的过程中人们怎么改变，那些最真挚的感情都不会变，不是吗？"

林槐夏仰起头看他："那你有没有想过，我可能已经变成了你最讨厌的模样？"

第十四章
因为他像你

周日,方渡要去藏书阁帮工作人员整理古籍。林槐夏没事做,也和他一起过去了。等两人从临塘巷回到招待所,已经是下午一点多钟。

两人刚下车,林槐夏遥遥地看到一个身影站在招待所门口。

她微微一怔,下意识地往车里躲:"那个……要不我们去镇中心吃饭吧?"

方渡没有注意到她的异样:"好,等我先把东西放回去。"

两人说话期间,那人已经注意到两人的方向,朝他们走过来。程栖泽直接无视掉方渡,低头看向林槐夏:"最近怎么又瘦了?我带了些你喜欢吃的东西,让他们给你送上去。"

"我说过我不用。以后别再麻烦你助理跑了。"

"所以我自己过来了。"

林槐夏:"……"

明明之前已经和他说清楚,也明确拒绝过,可他还是纠缠她,林槐夏有些生气,干脆不再理他,转身朝招待所的方向走。

程栖泽拉住她,放软语气:"是不是还没有吃午饭?我订了一家餐厅。"

"不用,我们已经约好了。"林槐夏严词拒绝。她扯住方渡的胳膊,朝程栖泽扬了扬眉。

她不想和程栖泽单独相处，但更多的是不想让他过多地出现在方渡面前。她不知道该怎么向方渡解释她和程栖泽的这段关系，不想因为这件事把两人好不容易拉近的感情击碎。

她做了这些会让他讨厌的事，但她又私心不想在他面前揭露这样不堪的自己。他那么好，她想多看看他，她怕他会讨厌自己。

程栖泽抬起头，审视般地打量了眼林槐夏身后的方渡，好像才发现他的存在一般。

程栖泽："没关系，我们可以一起。"

林槐夏："……"

她没想到程栖泽脸皮已经厚到如此地步。

"不要。"林槐夏拒绝。

"我请客。"程栖泽斩钉截铁道，"况且方渡不会介意的，是不是？"

听到他这么说，安静吃瓜的方渡微微挑起眉梢。

林槐夏也望向方渡："谁说的，他介意。"

看到两人同时望向自己，方渡只能加入群聊："我——"

还没等他说完，程栖泽不屑地嗤了一声，神色中带着威胁："你有什么可介意的？"

方渡望向程栖泽，良久，他好笑地叹口气，语气温和地对林槐夏道："他请客。"

林槐夏："……"

没办法，方渡都同意了，她找不到再拒绝的理由。林槐夏不满地瞪了程栖泽一眼："你就是欺负他好脾气。"

程栖泽耸耸肩。管他好不好脾气，反正他的目的达到了。

既然程栖泽请客，林槐夏干脆挑了家镇上最贵的中餐厅。服务员领着三人进了一处小包厢，房门一关，阻断了外界的嘈杂，空气中蔓延开难以言说的尴尬。

林槐夏用菜单挡住脸，仿佛这样就能无视掉这诡异的氛围。

但程栖泽偏偏不让她好过，非要证明自己的存在感，一会儿给她倒茶，一会儿给她递筷子。

方渡什么也没说，脸上带着温润的笑意，抿着茶看他表演。

"听说这家的干锅牛蛙偏甜口，酱香味很足，要不要尝尝？"程栖泽拿着菜单，主动点了些林槐夏喜欢的菜品。点完菜，他还不忘再挑衅下方渡，"你应该不喜欢吃牛蛙吧？可是夏夏还挺喜欢这些的。"

方渡好整以暇地望着他："我都可以。"

程栖泽弯了弯唇："我记得她之前其实也不喜欢，后来才喜欢的。人的口味会变的，是不是？"

程栖泽话中有话，方渡只当没听到，依旧是那副温润的笑。程栖泽没再搭理方渡，将全部注意力放到林槐夏身上。见她伸手拿桌上的茶壶，程栖泽主动起身："我来就好。"

他帮林槐夏斟好茶，又问方渡："你要吗？"

方渡将茶杯往程栖泽的方向推了推："谢谢。"

程栖泽挑起眉，转手把茶壶放到离方渡最远的地方："自己拿。"

方渡意味不明地笑了下，没说什么。

林槐夏无语扶额："……"

原来男人幼稚起来真的不分年龄。

大概程栖泽真情实感地把方渡当作情敌，但在方渡眼里，他可能会笑话自己有个脑袋不太灵光的前男友。

林槐夏清了清嗓子，压低声音对程栖泽道："你……能不能正常点？"

程栖泽却不以为意："我怎么了？"

"你平时可不是这个样子。"

程栖泽顿了顿，微微俯身，凑近林槐夏耳边，压低声音："我知道，你不就是认为他比我温柔？我也可以做到。"

林槐夏无语："能不能不要给自己加戏？"

"那你喜欢他什么？"

林槐夏抿了下唇，不想理他。

程栖泽扬起眉："他也就这点优点。"

"他比你好一万倍。"林槐夏不满,往旁边轻轻挪了下椅子,和他拉远距离。

程栖泽不敢太过逾越,坐正身子,和林槐夏拉开距离。

见到方渡在望着两人,程栖泽朝他挑挑眉:"怎么了?没见过情侣说悄悄话?"

方渡轻笑着摇了摇头,给自己倒了杯茶。他轻声纠正:"前男友。"

程栖泽一噎:"那又如何?以前的习惯罢了,你应该理解不了吧?"

"确实不理解。我要是你,会懂得好好珍惜。"方渡清淡地也他一眼。

"你——"

两个男人间硝烟弥漫,林槐夏却没觉出不对,只当方渡是单纯向着自己说话。

好在服务员进入包厢上菜,打破三人间微妙的气氛。上好菜,程栖泽帮林槐夏布菜。

以前这些事都是林槐夏来做,她微微一怔,突然有些恍惚。

"我自己来就好。"林槐夏止住程栖泽的动作,轻声道。

"没事,"程栖泽手上未停,"以后都由我来做。"

林槐夏:"……"

她终于忍不住了,起身倒了杯茶塞进程栖泽嘴里:"你能不能闭嘴,好好吃饭?"

"唔——"程栖泽被茶水烫了下,下意识往后一躲。

一切发生得太快,林槐夏手忙脚乱地从旁边抽了两张纸巾递给程栖泽:"对不起!"

这要搁在往常,程栖泽一定会生气。但程栖泽只是抿了下唇,接过林槐夏递来的纸巾擦掉唇边的茶渍:"我没事。有没有烫到你?"

"没有。"林槐夏舒了口气,回到自己的座位上。她语气埋怨,却比之前软了几分,"谁让你那么多废话。好好吃饭。"

程栖泽浅浅地笑了一下,乖顺道:"好。"

方渡坐在一旁,静静地看着两人吵架。

刚刚那一幕虽然只是意外,却几乎灼了他的眼。可能连林槐夏都没有意识到，她刚刚和程栖泽相处的方式像极了情侣间打情骂俏，就算她已经不喜欢程栖泽了，她还是下意识地会以亲昵的方式与程栖泽相处。

他们两人交往了三年，这三年里比谁都要亲近。那种亲近，不是自己可以比拟的。

心口有种难以言说的情绪蔓延开来，像是用钝器一下一下砸在上面，疼得厉害。方渡眸光一黯，正对上程栖泽递来的若有似无的笑意。

他太了解方渡了，方渡面上看上去什么都不在意，对谁都彬彬有礼，实际上有自己的情绪。只不过，方渡不轻易将这些情绪展露给其他人罢了。

忽地，方渡朝程栖泽笑了笑。

程栖泽微一愣怔，回过神的时候，方渡已然收回目光，垂眸和林槐夏聊天。

林槐夏对两人的态度明显不同，和方渡说话的时候总是带着一丝腼腆和无尽的耐心。

程栖泽神色一凛，心底漫开妒火。

程栖泽："夏夏，赶快吃点东西，不然菜都凉了。"

林槐夏压根儿不搭理他，给方渡指着桌上的菜："他们家做的白灼虾特别好吃。你尝尝。你多吃点，不够再点，反正今天有人请客，千万不要客气。"

程栖泽不满地撇了下唇，他只想请林槐夏一个人，关方渡什么事。

方渡不着痕迹地睨了程栖泽一眼，轻轻弯起唇。

他故意夹了一只虾，慢条斯理地剥开。

男人剥虾的动作十分优雅，没有一丁点汁水溅在他白玉般好看的指间。剥好虾，他放到林槐夏的碗中，唇边带着温润的笑意："喜欢的话，就多吃些。"

林槐夏没想到他是给自己剥的，脸上一红，轻轻道了声谢。

说话间，他又剥好两只放到她的碗中。

程栖泽看着方渡的动作，气得不行："哎，夏夏你别吃。谁知道他手上脏不脏！"

"关你什么事。"林槐夏压根儿不想理程栖泽，她从碗里夹起一只虾放到方渡碗中，嘴角翘起一个微小的弧度，"你也吃。"

方渡睨了眼碗中的白虾，又望向程栖泽："她小时候不爱吃虾，虾都是我剥的。怎么了？"

他疑惑地眨眨眼，口吻着实无辜。

看他说什么来着——

程栖泽被方渡气得不行。方渡总是这样，明明心思深沉，却总是装出一副无害的模样。

家里大人偏偏爱吃他这套。

程栖泽冷笑一声："方渡——不，哥。"

这还是两人分开那么多年后，程栖泽第一次管他叫哥。

方渡微微一怔。

林槐夏也跟着怔了怔。

程栖泽向后一靠，指尖有一搭无一搭地叩着桌面。良久，他缓缓开口道："你——能不能有点做哥哥的样子？"

方渡轻轻笑了声："怎么？"

程栖泽垂眸望向一旁的林槐夏，淡声道："如果当初我和夏夏结了婚，她就是你弟媳，和我一样管你叫声哥。哪有当哥的给弟弟媳妇剥虾的道理？"

方渡笑意不减，语气清冷："可你们两人，不是没有结婚吗？"

虾肉哽在喉间，林槐夏愣怔许久，才勉强听明白两人的对话。她将食物噎了进去，不由自主地攥紧指尖。

他们……两人认识？

隔了许久，她才小心翼翼地抬起头看向方渡："他是什么意思？"

她期盼着是自己想多了，并不是她想的那样。

可方渡却道："之前一直没有和你说，我和阿泽是堂兄弟。"

"槐夏姐，你没事吧？"

周苒苒从旅游景点回到招待所，就见到林槐夏把自己闷在被子里。起初她以为林槐夏睡着了，可卸完妆回来，听到被子里传来呜咽的声音，她小心翼翼地告诉林槐夏不要蒙着被子睡，可林槐夏没有理她，还是把自己闷在被子里。

她实在担心，走过去小声询问。

"苒苒，我想一个人待着。"林槐夏的声音闷闷的，似乎还带了些许的哭腔。

"你怎么了？"周苒苒从未见她如此失态过。在她印象中，林槐夏像是无坚不摧的勇士，从不会被任何事情打倒，"如果有什么伤心的事，可以和我说说？说出来就好了。"

"没事，我就是想一个人待着，谢谢你。"

"好吧。"周苒苒没再打搅她，"那我需要出去吗？"

"不用，你干自己的事就好了。"林槐夏小声道。

周苒苒点点头，坐到阳台旁边的单人沙发上，翻出手机刷外卖。她选了几款林槐夏平时爱吃的东西，想着吃点好吃的，林槐夏的心情兴许会好些。

忽地，有人敲门。

周苒苒连忙放下手机，趿拉着拖鞋跑去开门。

看到来人，她疑惑道："方教授？你怎么来了？"

"我找林工。她在吗？"方渡问。

周苒苒往旁边一让，给他让开门，有些担忧道："在的。只不过她……"

话音未落，周苒苒便听到林槐夏在屋子里扬声道："苒苒，我没事！你问他有什么事，明天再说。"

"我已经进来了。"方渡朗声道。

"啪"的一声，林槐夏掀开被子，头发乱糟糟的："我刚才在睡觉，有什么事吗？"

哪有人穿着外出服睡觉，眼睛还红彤彤的？方渡歪头看着她，没说什么。

他把手中的纸袋放在桌上："看你中午没怎么吃东西，怕你饿，带了些粥过来。"

"啊,谢谢。"林槐夏抱着被子,往角落里缩了缩,"我过些时候喝,你可以回去了。"

方渡敛着眸静静地望她半晌,而后,他扭头对周苒苒道:"能让我们两个聊一下吗?"

"啊。"被点名的周苒苒回过神,"你们聊,你们聊。"她抄起沙发上的手机,匆匆跑出房间。

房间里只剩下他们两人。

方渡关上门,问林槐夏:"发生什么事了?"

林槐夏依旧坐在角落里,只露出一双眼睛看着他。她故意装傻:"没什么事呀?"

方渡叹口气,居高临下地看着她:"你回来的路上状态就不对,我很担心。"

林槐夏下意识地往后挪了挪。

自从得知方渡和程栖泽是堂兄弟后,她便开始心不在焉。她夹在两人中间,如坐针毡。

好不容易吃完饭回到酒店,她直接躲了起来。

怪不得程栖泽会和方渡长得像。

她一直不敢和方渡提起前男友的事,就是怕他遇到程栖泽,怕他知道自己做的那些荒唐事。

她怕方渡讨厌她,她怕方渡再次从她眼前消失,又是因为她。

可方渡其实从始至终都知道。

"你为什么……不早点告诉我?"林槐夏小心翼翼地问。见方渡神色疑惑,她小声补充了一句,"你和程栖泽的关系。"

"接你的那次想告诉你的。"方渡解释,"但你不想聊,我就没说。我怕让你想起不开心的事。"

顿了顿,他问:"我和他的关系,你很介意?"

林槐夏抿了抿唇,轻轻点点头。

怎么可能不在意。要是知道程栖泽是方渡的堂弟,她断然不会做那么荒唐的决定。她一定会离得远远的,就算是把他当作方渡,也会将这件事藏在心底,远远的,看一看就好。

方渡沉默。

"为什么这么介意？"他轻声问，"如果你是觉得我作为兄长，会替他说话，让你原谅他做的那些荒唐事，你放心，我不会这样做。"

"不是他，是我。"林槐夏彻底崩溃了，将脑袋埋进被子里。眼泪像是断线的珠子不停地涌了出来，泅湿了白色的被单。

方渡有些慌乱，想要上前安慰她，又怕这样做会让她哭得更厉害。他不知所措地站在原地，拳头在口袋中不自觉地攥紧。

"你还记得我和你说的吗？"林槐夏泣不成声，声音哽咽，"我好像……变成了让人很讨厌的样子。"

"为什么要这么说？"方渡的语气比以往还要和煦温柔，仿佛掌心拂过轻柔的羽毛，让人不自觉地平静下来。

林槐夏抱着被子，吸吸鼻子。

她不清楚要不要和方渡说，将最赤裸裸、肮脏不堪的自己展露给他，把他吓跑。

但他有权知道真相。

林槐夏深深呼了一口气，终于下定决心告诉他真相。

"我和程栖泽在一起，是因为……他长得像你。"

方渡一怔。

他一直以为，林槐夏和程栖泽是因为互相喜欢才交往的，从未往这方面想过。

鼓足勇气将第一句话说出口，之后便没有那么难了。林槐夏蜷成一团抱着手中的被子，小声将这么多年藏在心底的秘密讲给他听。

"你还记得十八岁生日那天晚上吗？我说我喜欢你，可你并没有答应我。那时候我年纪小，以为我喜欢你，你就该同样喜欢我。我没法接受你不喜欢我的这件事，所以和你哭闹，说我讨厌你，说我再也不想见到你。可那些都不是真的。

"我就是在耍脾气，说那些狠话很解气。可是你为了哄我，跑去给我买糖，结果却不小心出了车祸，真的离开了我。我——"

林槐夏深深吸了一口气，胸口堵得难受，她止不住眼泪。顿了顿，她继续道："我没想到你会真的离开我。我不是故意说那些的，我不是真的不想见到你。"

方渡蹙起眉。

见她哭成泪人儿,他的心脏就像悬了把刀子般,血淋淋地刺下无数刀痕。

"我知道你当时是在说气话。我从来没有怪过你。"

"可我怪自己。都是因为我,你才会出车祸,才会经历那么多痛苦的事。我配不上你对我的好。我就是个烂人。我不配任何人对我好。"

自那以后,林槐夏便将自己封闭了起来。她太差劲了,太自私了,只会伤害到真正对她好的人。她用一副坚硬的躯壳武装自己,不敢再用真心示人,不敢再轻易交朋友。因为她自己只会辜负他们。

"我一直以为自己把你害死了,所以我想赎罪,我报了你喜欢的专业想要完成你的梦想,我再也不爱吃糖,因为每次看到它我都会想,当初要是不叫你去买糖,你就不会出事。我每天都会做噩梦,梦到你说你再也不想理我。我怕你不理我,可又想着,要是你不理我就不会出事的话,也没关系。

"后来上大学的时候我遇到了程栖泽。你知道有多巧吗?我在你最想上的建筑系遇到了一个和你长得很像的人……我就把他当成了你,我想我对他好一点,就是对你好,把当初你对我的好都加倍还给你,这是我唯一能想到弥补自己过错的方式。

"所以他喝醉酒表白的时候,我答应了。我们两个人根本没有感情。"

说到这里,林槐夏轻哂一声:"真是讽刺,就算到现在,我还是以前那个自私的我。不论做什么事,都以自己为先,什么赎罪什么弥补,我只是想让自己好过一点罢了。"

林槐夏苦笑一声,抬眼望向方渡:"这样的我……很让人讨厌吧?"

空气突然归于寂静。

林槐夏的睫羽上沾着泪珠,轻轻颤抖着。

两人谁也没说话,只是静静地看着对方。

过了良久,方渡轻轻朝她摇摇头。他抬起手,轻声对林槐夏道:

"过来。"

林槐夏怔怔地望着他，犹豫地站起身，朝方渡走过去。

方渡主动将她抱进怀里。

林槐夏彻底僵在原地，趴在他的怀里一动不敢动。

"为什么要这样想自己？你一点也不差劲，你是我见过最优秀的女孩儿。"他轻轻拍着她的背，安抚道，"不论你和我说多难听的话我都不会介意的。你忘了吗？我说过，我们是一家人。我的责任就是保护你支持你，让你快乐平安地长大。是我没有做好，你不该因此责怪自己，封闭自己。

"还有，只要做你最想做的选择就好，不论那个选择正确与否，我都会站在你身后，永远支持你的每一个决定。你该做的，就是没有任何负担，快快乐乐地做自己。以后不要再这样看低自己了，好不好？"

"阿渡哥哥，对不起……"林槐夏再也绷不住，抱住他号啕大哭。这是她这么多年来，第一次打开心扉。

正值盛夏，湛蓝的天空浸泡在透明的阳光中，像是裹了一层色泽诱人的蜂蜜，明媚灿烂。

空气中没有一丝暑气，湿润清凉的温度宜人舒服。

周苒苒拉开窗帘，阳光随着她的动作洒进房间。

她伸了个懒腰，默默腹诽着这么好的天气竟然还要工作，简直暴殄天物。

突然传来开门声，周苒苒回过头，发现林槐夏刚回来，手里还拿着一份早餐。

"起这么早？"见周苒苒望着自己，林槐夏弯了弯眼睛。

"你才是，怎么起这么早？"

"哦，出去晨跑了。"林槐夏不甚在意，给她指了指桌上的早餐，"给你带了早饭，你先去洗漱，我要冲把澡。"

"好。"

周苒苒快速洗漱完，把卫生间让给林槐夏。时间还早，她一边吃着早饭，一边刷着微博热搜。

林槐夏冲完澡，换掉身上那套运动服，坐在周莘莘旁边画了个清淡的妆容。

周莘莘咬着包子，用眼角偷偷瞄林槐夏。

林槐夏涂完唇膏，笑着吐槽："你看我做什么？再不抓紧时间要来不及了。"

"没什么。"周莘莘摇摇脑袋，囫囵吞掉整个包子。她把手机扔到桌上，匆忙跑去换衣服，"就是感觉你今天不太一样？"

"哪里不一样？"林槐夏照了下镜子，没看出自己哪里有区别。

"唔……"周莘莘套上T恤，思索几秒，"感觉你今天心情很好？"

林槐夏噎了噎："有吗？我每天心情都很好呀。"

"总觉得哪里不太一样。"

"你睡迷糊了。"林槐夏笑笑，没在意。

周莘莘收拾得差不多，门口有人敲门。

林槐夏跑去开门。

方渡站在门口，看到林槐夏，笑意温润地问："走吗？"

"我问下莘莘。"林槐夏转头看向屋子里的周莘莘，"收拾好了吗，一起走吧？"

"哦，好。"周莘莘拿起椅子上的背包，和林槐夏一起出门。

周莘莘跟在两人身后，总觉得哪里奇怪。平时虽然大家都一起工作，但去上班的时间不尽相同，很少同行。方渡也从来没特意找过她们一起走，每次都是下楼吃饭时候碰到了，才会顺便一路过去。

从房间出来到电梯还有一段距离，周莘莘听到两人对话。

方渡问林槐夏："今天中午打算吃什么？"

林槐夏打趣着问："你陪我一起吃吗？"

"可以。"方渡道。

林槐夏歪着脑袋想了想："我想吃鸽子巷那边那家家常菜，你还有印象吗？高二的时候我们去过一次，不知道现在还开没开。"

"可以去看看。"

"好啊。那你带回来，我们一起吃。"

"好。"

林槐夏又想了下："可是我还想喝商业街上那家红豆莲子汤，怎么办？"

方渡道："都买不回来不就好了。"

林槐夏眼珠子一转，笑盈盈道："真的吗？两家离挺远的。"

方渡不甚在意："没事的，还有其他想吃的吗？"

"我想想啊。"林槐夏食指抵在下巴上，故作思考了几秒，"还想吃生煎、粉丝汤、石锅鸡、小馄饨……"

"好，都给你带回来。"

"你还真买呀。"林槐夏眸子一弯，拧了下他的胳膊，"我逗你的。"

方渡笑着道："吃不完别想去上班。"

林槐夏嗔怪地瞪他一眼。

跟在两人身后的周苒苒一言不发，静静地看着两人，莫名觉得异常和谐。

虽然之前两人关系也很好，但总觉得中间隔了什么。她和章嘉敏嗑CP的时候总觉得差了点意思。可今天不一样，两人之间的气氛温馨得要命。

周苒苒恍然反应过来。

"你们两个——在谈恋爱？"

"叮"的一声，电梯门关上。最先进入电梯的两人皆是一愣。

林槐夏好笑道："你想什么呢。"她朝一旁的方渡道，"她还没睡醒，说胡话呢。"

方渡笑了笑，没说什么。

没有在谈恋爱？周苒苒迷茫了。

自从昨晚方渡从她们房间出来后，林槐夏就像是变了一个人，完全没有了之前的消沉，甚至洗澡的时候都哼着小曲儿。她从来没见林槐夏那么开心过，就像是卸下了什么沉重的负担一般，能看出来林槐夏心情是真的好了很多。

她思来想去，最有可能的就是林槐夏表白成功了，再看两人今天的状态，完全就像是一对恩爱甜蜜的情侣嘛。

难道是自己猜错了？周苒苒揉揉头发，搞不懂。

中午吃完饭，林槐夏去门口取了趟快递。

是她之前买的几本书，一直没发货，终于发货了却寄到了公司，林槐夏干脆找同事帮忙寄到了这边，正好用得上。

找到快递员，确认物件没问题后，林槐夏在物流单上签好名字。

等她准备往回走的时候，看到停在门口的那辆熟悉的宾利，眉头一皱。

林槐夏走过去，不耐地敲了敲车窗。车窗摇了下来，果然是那张阴魂不散的脸。

"说实话，我发现你们两个人长得真的不像。"林槐夏看了看程栖泽，完全没了之前的耐心。说话上也不再在意他的感受。

"当然，说我们两个长得像是在侮辱我。"程栖泽淡声道。

"他比你好看。"林槐夏哼了一声。

"那你的审美还有待提高。"程栖泽并不生气，打开车门，从车上下来。

林槐夏无语，没好气地问："程总，天天不工作，瞎往这里跑什么？"

"我现在的工作就是把我未婚妻接回家。"

"……"林槐夏懒得理他，转身往回走。

程栖泽拉住她，顺手接过她手中沉甸甸的书："我帮你拿进去吧。"

"不用你——"

林槐夏还未说完，程栖泽已然拎着那摞书，迈开长腿走进吴宅。

"来这边视察也是我的工作之一。所以过来看看，不算耽误工作。"程栖泽进了吴宅，四周打量了下。

目前还处于测绘拟方案的阶段，吴宅还像之前那衰败冷清，程栖泽看着四周破旧不堪的环境，不由得皱了下眉。

"那你视察出什么结果了？"

"环境太差，委屈我的未婚妻了。"

林槐夏道："程栖泽，我以前怎么没看出来你脸皮这么厚？"

"我怎么了?"程栖泽不以为意,"我不能追你?"

他睨了眼林槐夏:"怎么,你和我哥谈恋爱呢?"

"你——"

见她反应,程栖泽就知道不可能,不屑地笑了一声:"以他的性格,肯定不会表白。既然你我都是单身,我为什么不能追你?"

"你在瞎说什么。是我单方面喜欢他。"林槐夏瞪他一眼。

程栖泽满不在乎地耸耸肩:"那又怎样?或许过两天你发现你不喜欢了呢?"

他弯了弯眼睛,有些轻蔑道:"夏夏,我和他不一样。喜欢的人就要竭尽全力争取,不像他,婆婆妈妈的,并非良配。"

林槐夏不想理他。

"不说那些不开心的。"难得和她有机会单独相处,程栖泽不想总提方渡。他从西装内兜中摸出两张门票,递给林槐夏,"这个周末在苏市有个音乐节,一起去看?"

"没时间。"林槐夏想也不想地拒绝了。

"真的不去?有奇点乐队。"

奇点乐队是林槐夏最喜欢的摇滚乐队之一。

她微微一怔,讶然道:"你怎么知道我喜欢这支乐队?"

"我知道很多事。"程栖泽愉悦地弯起眸,神色温柔了几分,"你的房间里还留着两张这个乐队的CD。哪天我给你送过来。"

顿了顿,他又改了主意:"要不……哪天我接你回家去拿?"

林槐夏冷漠道:"不用了,你扔了吧。"

程栖泽没再坚持,重新将话题转回到音乐节上:"周六下午四点开始,去不去?"

林槐夏摇摇头:"不了。你把票拿回去吧。"

"我拿回去给谁?"程栖泽知道她多半会拒绝,他把票塞进林槐夏的手里,"如果你不想和我一起去的话也没关系,找个朋友陪你去吧。"

"当然,"他顿了顿,继续道,"我还是希望可以和你一起去。"

林槐夏看了看手里的票,不想接,交还给程栖泽:"谢谢你的好意，还是算了，我不想要。"

两人停在藏书阁的小院门口。林槐夏看了眼院子的方向，问他："要进去打个招呼吗？"

程栖泽顺着她的方向往里瞟了一眼，摇摇头："和他有什么好打招呼的。"

他将手里两张票夹进书页中，将那摞书还给林槐夏："夏夏，就算你不想和我一起去也没关系。这是我的一点诚意，只要你愿意接受，我就已经很开心了。我也在学着改变自己，弥补我之前的错。我希望你可以给我一次机会，再重新考虑我一次，好吗？"

程栖泽望着她的眼睛，神色中是难得的认真。这是他第一次，如此卑微地乞求她能多看自己一眼。

林槐夏望着夹了两张票的那本书，一下午都在发呆。

突然有人叩了叩她的桌面："看什么呢？"

林槐夏回过神，发现方渡站在身后笑眯眯地看着自己。

"没看什么。"她把书挪到旁边，"做什么？来查岗呀？"

"想看下早上出的斗拱立面图。"

林槐夏翻出来打印给他。等打印的工夫，林槐夏问："你周末有空吗？"

"要来这边，怎么了？"

"没什么。"林槐夏顿了顿，还是没说票的事。方渡喜静，肯定不会喜欢奇点乐队的表演。

"哔"的一声，打印机完成工作。林槐夏将图纸取出递给方渡。

方渡并未看出她的异常，两人聊了会儿工作上的事，他便转身离开。

林槐夏幽幽叹了口气。她是绝对不会找程栖泽一起去听现场的，可她又不想浪费这两张票。思忖片刻，她恍然想到一个人。

下班后，林槐夏去了趟商业街。

正是旅游旺季，郑昊的小店生意不错。林槐夏推门而入时，郑昊正在接待顾客。

门口风铃的"叮咚"声吸引他的目光,郑昊打量眼来人,让旁边的小弟招呼顾客,自己迎了过去。

郑昊吹了声口哨,打趣道:"嚯,哪门子风把大忙人吹过来了?"

林槐夏关好门,打量了眼店内的生意,笑着道:"你先忙,我随便看看。"

"不用,让他看着就行。"郑昊指了指店里的小弟,拉着林槐夏到店铺里面供顾客休息的小圆桌坐下。

"我最近淘到一批好货,要不要看看?"

他一边说着,一边从旁边的货柜里翻出一箱黑胶唱片,从中翻出几张递给林槐夏。

他滔滔不绝地讲着自己淘到这批货多么不容易,过了好久,林槐夏才插上话:"我今天不打算买东西,是来给你送东西的。"

"啊?"郑昊愣了愣,抬手摸摸耳垂上的黑锆石耳钉,"什么东西?"

林槐夏从包里翻出两张票,递给他:"音乐节的票,周末要不要一起去?"

郑昊接过票,仔细看了好久,不禁爆了句粗:"这票超难抢的,还是VVIP!你怎么搞到的?"

"朋友送的。"林槐夏一笔带过。

郑昊没多想:"那你这朋友挺值得深交的。"

他把票推还给林槐夏:"算了,周末我得陪女朋友,你和你朋友去看吧。"

林槐夏歪头想了下:"那正好带你女朋友去音乐节玩吧,两张票都给你。"

郑昊连忙摆手:"不了不了,这么贵重的东西你自己留着吧。实在找不到人陪你,你问问渡哥呗。"

"他?"林槐夏好笑道,"一个只听音乐会的人,你确定会和我去听摇滚?"

"不一定哦。"郑昊朝林槐夏摇了摇手指,"前两天他还来找我买过两张专辑。"

"啊?"林槐夏一怔。

"我当时也是你这表情,"郑昊咧嘴一笑,"你说他那么不摇滚一人,买什么摇滚乐队的专辑啊。除非——"

郑昊顿了顿,斜着眼睛睨了下林槐夏。

"除非什么?"林槐夏压低眉尖,疑惑道。

"你这丫头是不是傻?"郑昊身子往前一倾,神秘兮兮道,"因为你喜欢啊。"

林槐夏彻底怔住。她恍然回忆起那天她问方渡喜不喜欢摇滚的事,他回答不喜欢的时候,自己还挺难过的,觉得两人越走越远了。

她没想到方渡会愿意了解她喜欢的事物。

想起昨晚方渡对她说的那些话,林槐夏不由自主地翘起唇瓣。

"所以说,你俩到底怎么个情况啊?"郑昊反手叩了叩桌面,唤回林槐夏的思绪。

"啊?什么情况?"

"你们两个。"郑昊伸出两个大拇指比画了下,而后微微弯起指尖,对在一起。

林槐夏:"……"

"不是你想的那样。"林槐夏无语地乜他一眼,语气平淡,"我们没有在谈恋爱。"

郑昊颇为惊讶:"不是我说,你俩从小就凑一起,现在也凑在一起。明眼人都看得出来吧?男未婚女未嫁的,别告诉我你俩互相一点歪心思都没有。"

林槐夏点点头,又摇摇头:"真的不是你想的那样。自从方姨走了以后,我们两个就像一家人,你明白吗?那种感情早就超越男女之情了。"

"不瞒你说,我之前表过白。"林槐夏托着下巴,淡声道。

"然后呢?"郑昊挑起眉。

"他当然拒绝啦。不过我现在也能理解他当时拒绝我的理由了。"林槐夏顿了顿,慢悠悠开口道,"那个时候我年纪还小,分不清自己对他的感情到底是亲情还是爱情,只是觉得自己不能离开他,想完全占有他。现在想想，那种喜欢又自私又幼稚。"

郑昊双手抱着后脑勺，垂眸睨着林槐夏。他难得正经地问："那现在，分清了吗？"

林槐夏一怔，没有回答。片刻后，她低下头，轻声道："已经无所谓了。不是非要谈恋爱才会一直想着对方，知道对于我们来说，对方都很重要，就足够了。

"我不想再想什么男女之间的感情了。上次就是因为我表白他才出了车祸，我不想再因为这些乱七八糟的感情问题引起不必要的麻烦了。我们两人现在这种状态就很好。"

郑昊幽幽叹口气，朝她比了个"逊毙了"的手势："我还觉得你挺酷的，怎么一到感情上的问题就这么怂？"

林槐夏轻轻笑了一声，不置可否。

"你呀，就是被渡哥带坏了。他那人就温温吞吞的，一点也不'rock n roll'。现在好了，把你也带成这样了。"

林槐夏听着郑昊带着口音的英语发音，"扑哧"一声笑出声。

"你还笑。"郑昊瞪她一眼。他低头睨了眼桌上的票，想到什么，往林槐夏的方向推了推，"你还是叫渡哥陪你去吧。正好他最近对这个感兴趣，你叫上他呗。"

郑昊一边说着，一边像只狐狸似的眯起眼。他双手架上后脑勺，惬意地靠在椅子上。

他倒要看看，两人这感情能纯粹成什么样。

镇上生活太枯燥无聊了，需要些有趣的八卦调剂调剂生活。

问问方渡？

林槐夏捻着郑昊还回来的两张票，托起腮。

她自然是想要方渡一起去的。但是她怕方渡不喜欢，况且票是程栖泽送的，莫名有种说不出的尴尬。

她站起身，在办公室里寻了下方渡的身影。

这个时间点不在办公室，就是在楼上。

林槐夏干脆拿着两张票，上楼找方渡。

年久失修的木楼梯发出"吱呀吱呀"的声响，林槐夏上到三楼，问通道处两个正在休息的工作人员有没有看到方渡。

其中一个女生给她指了方向："方教授在那边。你一直往里走，应该能看到他。"

林槐夏和她道谢。

等她走后，另一个人打趣女生道："我都没注意，你怎么知道他在那边？"

"哎呀，正好看到了嘛。"女生的脸颊红了红。

林槐夏顺着女生指的方向往里走。

虽是白天，建筑内的光线并不算好。二层往上没有通电，更没有灯，越往深处走，只能凭靠一抹微弱的光线。

遥遥地，林槐夏看到方渡。

漂浮在空气中的尘埃打着旋，静静地落在地上。他站在书架前，身影挺拔颀长。白色的光洒在他的身上，曳出一条长长的影子。

光线雕刻出他侧颜硬挺的线条，甚至连纤长的睫羽都描摹出来，在灰尘间轻颤。他垂着眼帘，十分专注地读着书上内容，丝毫没有注意到来人。

时间都好像在这一刻沉寂了。林槐夏不忍打搅这片静谧美好的景象。

结果转身时不小心踩到一片松动的木板，发出"吱呀"一声。

方渡抬起眸，唇边携起温润的笑意："你怎么上来了？"

既然已经被发现，林槐夏干脆走过去，坦然道："找你。"

"有事？"方渡将书放了回去，挑起眉梢。

"唔，昨天听到一件好玩的事。"林槐夏走过去，打量了眼他手中的书。

上面全是文言文，看得她头晕。这么古板一人，真的会喜欢听摇滚？

"我听郑昊说，你去他那里买了两张奇点乐队的专辑？"

方渡搭在书脊上的指尖一顿。少顷，他坦然承认："你说好听，我很好奇就买来听了听。"

"怎么样？喜欢吗？"林槐夏眼睛亮了亮，认真地看向他。

方渡斜睨她一眼，语气揶揄道："要听实话吗？"

听他这么一说，林槐夏大抵知道了他的意思。她幽幽叹了口气："我就知道，哎。"

"有点太……"方渡犹豫了下措辞，诚实道，"热闹了。"

说白了就是太闹腾。林槐夏耷拉下眉眼。

看她一副失落的模样，方渡连忙道："但是歌词写得很好，很有态度。"

"行了，你别安慰我了。"

她还以为以后能和他分享自己喜欢的音乐，看来两人的爱好差别还是很大。

林槐夏失落地叹了声气，朝他挥了下手里的票："我还以为能找你陪我一起去音乐节呢。算了，我还是把票给郑昊让他和他女朋友一起去吧。"

"我可以陪你去。"

"真的？"林槐夏眼睛亮了亮，再次燃起希望，"你不会觉得吵吗？"

"现场气氛应该很不错吧。"方渡弯了下眸，朝她伸手把票要了过来，"哪天的？"

"周六下午四点开始。"

方渡细细看着票上的介绍。

这周末的活动，之前从未听林槐夏提起过这件事。这种票一般都不好抢，应该不是她自己买的。刚刚又提到送给郑昊，应该也不是郑昊给她的。

方渡眯了眯眼，恍然想到昨天在院子里看到的那个身影。他不确定地问："票是阿泽给你的？"

林槐夏一怔："你怎么知道？"

果然是了。

方渡抿了下唇："他知道你要和我一起去吗？"

林槐夏不甚在意地耸耸肩："当然不知道啊。关他什么事？他

243

说我想找谁一起去就找谁。"

　　方渡垂眸观察着林槐夏的表情,良久后,他意味深长地轻轻笑了一声。他把票还给林槐夏,慢条斯理道:"虽然这么说,但他找票肯定花了不少心思。他送你两张票的意思是想和你一起去,不是让你和我一起去。你这样做,他会伤心的。"

　　林槐夏怔了怔,疑惑地看了看他,又看了看被他还回来的两张票。

　　——他的语气怎么听上去怪怪的?

　　就像是……争风吃醋的小孩子在撒娇耍赖皮?

第十五章
这次，我不会让了

林槐夏最终还是没有去音乐节，把票给了郑昊。

周一上班，程栖泽又以视察的名义来看林槐夏。这回他没有在门口等，干脆堂而皇之地带着人进了院子。

唐莉莉把他介绍给所有人，程栖泽简单打量了眼办公室内的众人，目光最终放到不远处那个人的身影上。

那人朝他笑了笑，程栖泽微一皱眉，收回目光，转头朝耿宁示意。

耿宁将他们带来的东西分发给大家，都是些吃的和平时能用上的东西，虽然不是特别贵重，但给他们忙碌的工作平添了不少惊喜。

众人想起上次他送的那些价值不菲的护肤品日用品，对这位程总的印象说不出的好。尤其几个女同事，不停地打量他。

有其他同事在，林槐夏不好说他，只能当作什么都没看见，低头专心工作。

程栖泽见林槐夏不理自己，并不介意。他微一歪头，对身旁的唐莉莉道："我想在这边转转。"

"啊，好。"唐莉莉连忙道，"我找同事引路。"

程栖泽沉声道："不用麻烦太多人，让负责人来就好。"

"好，那我去叫林工。"唐莉莉没多想，朝不远处的林槐夏招招手，扬高声调叫了她一声。

被点名的林槐夏不耐地拒绝："我们马上要开会了。"

程栖泽弯了弯唇："耽误不了几分钟。"

唐莉莉见程栖泽不肯让步，朝林槐夏比了个"拜托"的手势。程栖泽可不是她得罪得起的人。

林槐夏无奈，放下手中的工作，朝他们走过来。她朝程栖泽弯起唇，笑着道："既然这样，我给程总介绍个更了解这里的人吧。我们可以一起转转。"

程栖泽微一扬眉，心里有种不好的预感。果然，林槐夏侧过身，问方渡："方教授要不要和我们一起？"

方渡扬了扬眉，意味深长地望了程栖泽一眼，而后含着笑意点点头。

他走过来，林槐夏用极度官方的口吻给程栖泽介绍了一遍方渡的履历，最后还不忘补充一句："程总完全可以相信方教授的专业度。"

相信他个鬼。程栖泽才不在乎方渡是做什么的，他就是想和林槐夏独处一会儿，对这个破宅子一点兴趣也没有。

但方渡肯定不会让他如愿。别看他平时人前一副笑眯眯，什么都好说话的模样，实际上一肚子坏水，狡猾得很。

林槐夏已经把他架在那里了，他再拒绝说不过去。没办法，程栖泽只能同意。

干脆一群人去院子里转了一圈。

程栖泽故意挨在林槐夏旁边，林槐夏见他挨着自己，就往方渡旁边走。

结果三人就像是黏在一起走似的，场面十分诡异。

后面跟的都是跟程栖泽一起过来视察的员工，看着前面诡异的三人组合，远远地跟在后边，大气不敢多出一下。

"吴宅建于十七世纪中期，是苏镇目前最大一处园林景观，占地十六亩有余，全部为清式建筑。我们所在的是吴宅西边的花园，从这边过去可以到达正门轿厅。"林槐夏一板一眼地给他介绍吴宅布局和目前项目进度，大有种公事公办的态度。

程栖泽兴致索然，对她说的这些完全没有兴趣。他望了望四周破败的院子，墙壁上留着岁月的侵蚀和大火烧过的痕迹，丑陋得令人窒息。

他不禁蹙起眉头："你每天就在这种地方工作？"

林槐夏不以为意："怎么了？"

"看着不难受？"

"当然难受。"林槐夏环顾四周，"想想它以前的样子，被毁成这样怎么可能不痛心？"

程栖泽抿了下唇，道："我不喜欢这里。"他摸了根烟出来，"看着让人难受。"

他示意了下林槐夏手里的烟，似乎在询问。林槐夏皱起眉，伸手抽走他手中夹着的那根香烟："你没看到这里是怎么毁成这样的吗？！要抽出去抽！"

程栖泽讪讪地收起烟盒。

他没想到林槐夏工作环境如此艰苦，眉头蹙得更深了："为什么要选这么辛苦的地方工作？"

林槐夏怔了怔："我觉得这里挺好的。"

"有什么好的？工作累，环境又差，你明明有更好的选择。"程栖泽环顾了下四周，不屑地撇了撇唇，"就因为他？"

林槐夏哑然。

她顺着程栖泽的目光望向方渡，方渡似乎没有在听他们的聊天内容，只是神色淡然地望着身旁的建筑。从小到大他都会这样，每每进入方宅，他都会沉浸在这些建筑之中，有时甚至会忽略她的存在。

其实程栖泽说得没什么毛病。虽然她很喜欢自己现在这份工作，但她确实有更好，或者说更轻松些的选择。当初会选这个方向，多少是被方渡影响的。

可是真的只是因为方渡吗？

林槐夏说不清楚。

她没有回答程栖泽的问题，带着他们在院子里匆匆转了一圈。

往回走的路上，林槐夏对程栖泽道："以后不要再过来了，你这样很影响我们工作。"

"很影响吗？"程栖泽不以为意，"我看你同事还挺开心的。"

林槐夏撇撇嘴。

"我看倒是你，天天想着工作，有没有考虑过同事的感受？"程栖泽睨她一眼，继续道，"你想努力没问题，但大部分人都只是在给公司打工挣个养家的钱，你让他们为你拼命，也要考虑他们到底想不想，值不值得付出这么多。"

林槐夏沉默了下："你有什么资格教我做事？"

"我比你有管理经验。"程栖泽道，"这些经验，想必方教授没有吧？"

程栖泽阴阳怪气地称呼着方渡，方渡望向两人，很遗憾地耸耸肩："确实，在这方面阿泽比我们都有经验。"

程栖泽得意扬扬地挑了挑眉："我这是在帮你。大家工作都很辛苦，偶尔准备些大家喜欢的东西犒劳一下，放松放松，不仅能增加团队凝聚力，也能提高工作效率。"

林槐夏瘪着嘴，虽然不想理他，但不得不承认他的话有道理。

等他们回到办公室，程栖泽干脆对其他人道："今天大家工作都很辛苦，我们之后也会经常叨扰。所以刚刚在外面，林工提议今天早点下班，她做东晚上请大家好好放松下，就当办个联谊，互相认识下，以后也更好合作。"

一听到"放松""联谊"，其他人来了兴致，纷纷举手提问去哪儿玩。

林槐夏见大家兴致勃勃的模样，没好反驳。况且程栖泽这话说得滴水不漏，先是表明了之后会经常来烦她，后又用她的名义讨好其他人，让她根本没有反驳的余地。

不愧是个奸商。

程栖泽颇为耐心地回答着所有人的问题，完全没有平日里的冷然气场："镇上最近新开了一处私汤，请大家去泡温泉。"

一听去泡温泉，大家兴致更高了，原本低沉的氛围一下子火热起来，是这几天都不曾有的状态。

程栖泽弯了弯唇，颇为得意地朝林槐夏扬起眉。

林槐夏无语，说了那么多冠冕堂皇的话，实际上都是他布置好的天罗地网,就等着她一步步入套呢。

晚上,苏镇边上的温泉小院,程栖泽包了最大最好的院子,供大家休闲放松。温泉房男女分开,几个女生泡在温泉池里,暖融融的泉水浸泡全身,洗尽一身疲惫,十分舒服。

几个女生靠在温泉池边,惬意地聊着八卦:

"你们程总人还不错嘛,平时也这么大手笔?"

"有倒是有,但是他从没和我们一起出来过,今天也挺奇怪的。"

"哎呀,你们程总这么帅,有没有女朋友啊?"

"之前有过,听说分了。这些还是不要讨论了,"女生讪讪,"你别看程总今天挺和蔼的,他平时特严厉,当他女朋友肯定不轻松。"

"这么帅又有钱,管它轻松不轻松。"和她聊八卦的女生用肩膀顶顶她,"你知道他喜欢什么类型的吗?我试试去。"

章嘉敏在一旁道:"你看不出来,他的目标是林工?"

女生"嘶"了声:"确实,林工那么漂亮。可是……林工都有方教授了,应该不会再看上程总吧?"

女生刚说完,就看到林槐夏进了温泉房,她轻轻咳嗽一声,示意几人别说了。

林槐夏却不在意,脱掉鞋子和披在身上的浴衣,光脚进入温泉池,弯着眸子问:"你们在聊什么?"

往常她都不会参加这类闲聊,就算听到了也不会多说一句,只是笑笑当没听到。其他人都很惊讶,互相望了望对方。

林槐夏疑惑地眨了眨眼,问:"怎么了?"

"没什么没什么。"章嘉敏连忙朝林槐夏摆了摆手。

虽然平时林槐夏不参加她们的八卦闲聊,但是她们其实并不介意带她一起。

她长得漂亮工作能力又出众,平时为人处世冷淡但不疏离,相处起来极其舒服,想让人不由自主跟她更亲近些,但她本人似乎很排斥更进一步。

其他人互相交换了个眼色,会心一笑。

章嘉敏清了清嗓子，替其他人问出那个问题："林工，方教授和程总选一个人谈恋爱，你选谁？"

"啊？为什么让我选呀？"林槐夏弯了弯眸子，好笑着问。

"我们都选了呀，正好轮到你了。"章嘉敏嘻嘻一笑。

林槐夏好脾气地笑着，思忖片刻道："我都不选。"

"不行啊，必须选一个。"其他人互换了个眼神，坏笑道，"都是闹着玩的嘛，随便选一个。"

林槐夏拗不过她们，只好笑着道："那……那我选方渡吧。"

"你看，我就说是选方教授吧！"周苒苒得意扬扬道。

章嘉敏："虽然很难选，但我也觉得林工会选方教授。"

集团过来那个女生不免替老板说话："我们程总哪里不好了？"

林槐夏哭笑不得，总觉得被她们诓了："不是大家一起选吗？"

章嘉敏："嘻，你没看出来程总对你有意思？"

"啊。"林槐夏没再掖着，坦然道，"他是我前男友。"

章嘉敏惊呼一声："啊——你那个——"

林槐夏点点头："所以不可能选他。"

她朝集团来的那个女生笑道："你刚刚说得没错，当他女朋友真的很辛苦。"

女生张了张嘴，羞赧地低下头。

章嘉敏走到林槐夏旁边，安抚地搂住她的肩："没事，前男友都该被土埋，咱就当他是个死人。"

章嘉敏突如其来的动作让林槐夏不自觉地怔了怔，两人只穿着泳衣，光滑的肌肤贴在一起，是林槐夏从未感受过的亲昵。她有些不适应，但似乎并不排斥。

她的指尖攥住泳衣的裙摆，却没避开，转而朝章嘉敏笑道："嗯，说得对。不过大晚上的一会儿还要见面，听上去有些吓人哦。"

其他人哈哈笑作一团。

"话说回来，看程总的意思是想把槐夏姐追回来呀。"对面的女生道。

"确实。"章嘉敏摩挲了下下巴，给林槐夏出主意，"宝贝你可不能轻易原谅他。这种男人都是被女生宠坏了，你多吊吊他。"

林槐夏好笑道："放心，不会复合的。"

"就是就是，我们槐夏姐都有方教授了，才不会想着前男友呢。"周莓莓双手支在池子边撑着脑袋，嘻嘻一笑，"我作为CP粉，好想看你们两个谈恋爱。"

林槐夏不懂什么叫"CP粉"，但从后半句大概能联想出含义。她嗔怪地瞟周莓莓一眼："不都是说着玩的，你怎么还当真了。"

"意淫又不犯法嘛。"周莓莓嘻嘻一笑，"槐夏姐，你认识方教授那么久，就没见过他谈恋爱吗？"

林槐夏想了想，摇摇头："没有。那个时候都是学生，谈什么恋爱。"

"学习又不耽误谈恋爱，"其他女生一听有八卦，立马凑了过来，"方教授以前也长这么帅吗？追他的女生应该不少吧？"

林槐夏仔细回忆了下："嗯……好像挺多的。"

方渡从小长得就清秀俊俏，刚搬过来时就一堆女生没事便堵他找他玩。那会儿他还没适应这里的生活，对谁都特别冷淡。等到上了高中，去了镇中心的学校，那会儿少年的稚气全然褪去，更加俊朗温润，再加上他成绩好、性格好，几乎全校的女生都喜欢他。

但他好像没关注过任何女生。

那个时候方清的去世对他影响很大，他一心考大学学建筑，根本没有这些乱七八糟的心思。

"那么多女生追都没动过心思？"

林槐夏点点头，笑道："他好像不在意这些，就是个书呆子。"

"哎，好好奇哦。方教授喜欢什么样的女生？"

"他那么温柔，对女朋友应该很好吧？"

听着几个人的八卦，林槐夏也不免好奇起来。

方渡谈恋爱会是什么样？他对自己就已经好得过分了，等以后谈了恋爱，应该对他女朋友更好吧？

真羡慕他的女朋友啊……

想到这里，林槐夏的脸颊不由得热了起来。她羡慕个什么劲儿呀。

几个女生泡着温泉聊了会儿八卦,没聊够,又约着一起去桑拿房做汗蒸。

林槐夏身子弱,受不了桑拿房闷热的感觉,干脆和她们道别,提前离开了。她冲了把澡,回屋换了身干净的衣服。

屋里空落落的只剩她一个人,没有了之前的热闹。林槐夏刷了会儿手机,觉得无聊,干脆出门在院子里溜达了一圈。

院子很大,经典的南方园林布局,合院内东西两边是男女分开的温泉房,北边一排房子分别是活动室、餐厅、客厅和住宿的地方。

院子中间设有回廊,廊间装点山石和池塘,一步一景,设计十分精巧。

林槐夏顺着长廊走到远处,发现角落里放了一座秋千。她踩着鹅卵石铺成的小路走过去,坐到秋千上。

这里的景色极好,能看到满天星辰,像是细碎的钻石撒在一匹墨色绸缎上,闪烁着细碎的光芒。

倏地,高耸的墙上传来"喵喵"的声音。

林槐夏转过头,看到墙上赫然趴着一只橘色胖猫,懒洋洋地舔着爪子。小猫似乎也看到了她,傲娇地睨她一眼,而后收回视线,继续舔爪子。

林槐夏仰头看了半天,忽地一弯唇,学着小猫的声音"喵喵"两声。

感应到同类的声响,小猫也回应了两声。

一人一猫对峙半天,胖猫突然立起身子,纵身一跃,轻盈地落进院内。它站在离林槐夏几米远的地方,仰头看着这个学它同类叫唤的坏家伙。

林槐夏弯起眸,蹲下身朝它伸出手。可胖猫根本不搭理她,只是仰着头,警惕地瞪着她。

"我还说怎么有猫。"身后传来沉沉的男声。

林槐夏一顿,回过头:"你怎么在这里?"

方渡弯起眸子:"出来接个电话,结果听到你们俩在聊天。"

所谓的"聊天"就是一人一猫互相对着"喵喵"叫。

林槐夏更为窘迫,扶着大腿站起身,结果脚麻了,差点摔地上。

"……你能不能扶下我?"

更丢人了。

方渡含着笑意,扶着她的胳膊坐到旁边的秋千上。

林槐夏忍着脚上那股麻劲儿往旁边挪了挪,问他:"要坐吗?"

方渡摇摇头,思忖片刻,他道:"等我一下。"

林槐夏:"?"

没等她反应,方渡转身离开。隔了会儿,他又跑回来,递给她两包专门用来喂猫的小零食:"刚刚在屋里看到的,没想到真的有猫。"

怪不得刚刚和胖猫对峙半天它都不搭理自己。林槐夏接过他手里的包装袋,轻轻撕开一角,将里面的零食挤出来一些。

等脚缓过来些,她重新蹲下身,把袋子递到胖猫面前。

胖猫先是傲娇地无视她,没过几秒,慢悠悠踱到她面前,警惕地嗅了嗅她手中的食物。它装模作样地矜持了会儿,最终还是没有忍住,伸出舌尖舔起来。

"乖。"林槐夏顺了顺它的毛,弯起眸。

饱餐一顿后,胖猫满足地"喵"了一声,躺在地上任由林槐夏给它按摩。

"你要摸摸它吗?"林槐夏问方渡。

方渡半蹲下来,挠了挠胖猫的下巴,小猫舒服地打了个滚,蹭着他的手背。

"看来它很喜欢你嘛。"林槐夏颇为嫉妒道。

她可是喂了半天吃的才让小肥猫亲近自己的,好气哦。

方渡弯了弯眸,问她:"你怎么一个人在这里?"

"因为看到它了呀。"虽然小肥猫不喜欢自己,但林槐夏还是很喜欢它的,给小肥猫来了个全方位按摩。

"我的意思是,为什么不在屋里和大家一起玩?"方渡又问。

林槐夏手上的动作顿了顿,小猫感受到动作的停歇,不满地哼唧一声。

林槐夏回过神,小声道:"一个人待着挺好的。"

"是吗?"方渡没再多说什么。他敛下眸,望着草地里被林槐夏揉得舒服的小肥猫，声音淡淡的，"你以前很喜欢热闹。"

林槐夏的睫羽轻轻颤了几下。良久后，她兀自弯了下唇："可能因为长大了吧。"

四周一片沉寂，只有夜色中的蝉鸣声和小猫呼噜的声音。

清风拂过，吹乱少女的发丝。

林槐夏伸手将碎发别至耳后，声音像是空气中的尘埃一般细小得几乎听不到："其实我很少参加这种活动……我感觉我在的时候大家都有些拘束。她们聊的很多话题我都听不懂。"

"你想多了。"方渡伸手把猫抱进怀里，小猫极其听话地偎在他身上。方渡示意林槐夏去秋千上坐下，"大家都很喜欢你，是你太害怕和他们交流。"

"有吗？"

方渡微微点头。

"你自己没有发现吗？每次同事约你出去，你总是会找理由搪塞推掉。不是大家不想和你一起，是你害怕和大家一起。"顿了顿，方渡问，"你在害怕什么？"

林槐夏屈着膝，将下巴抵在膝盖上。她想了想，小心翼翼道："可能是怕被讨厌吧。"

方渡轻轻笑了一声。他斜睨林槐夏一眼，半是打趣道："怎么会有人讨厌小槐夏呢。"

林槐夏娇嗔地瞪他一眼。她指了指方渡怀里的小肥猫："它就讨厌我。"

"怎么会。"方渡将猫抱给她。

小猫已经睡熟，安然地躺在林槐夏的怀里。

"你看，它也很喜欢你。"方渡笑笑，"你就是太胆小，才不敢和大家一起玩。"

林槐夏哼唧一声："我才不胆小呢！"

方渡歪过头，揶揄地望着她："那你敢进去和大家开开心心地玩一晚吗？"

顿了顿，他郑重其事道："我猜你肯定不敢。"

这招激将法果然管用，林槐夏想也不想接受了他的挑战："这种小事我怎么可能不敢！是你眼光不行。"

林槐夏挑衅似的扬扬下巴："既然这样，我们总得有点惩罚措施吧？"

方渡轻挑眉梢："你想怎么惩罚？"

林槐夏想了想，道："我赢了，你答应我个愿望；你赢了，我就答应你个愿望。"

方渡弯起眸子，温声笑道："好。"

彼时所有人都在活动室玩乐，两人站起身，准备过去。

林槐夏舍不得怀里的猫咪，问方渡："那它怎么办？"

"带回去吧，房间里暖和点。"

林槐夏想了想，摇摇头："苒苒怕猫，还是不要带它进屋了。"

放在草坪又怕小肥猫着凉，两人干脆出了院子，找到店家安置的猫窝，把小肥猫放了进去，才回到活动室。

与屋外的寂静不同，活动室里热闹非凡。

活动室很大，被划分成多个空间。有人在包间里唱K，有人凑在一起打电动，有人在打桌球，还有人在棋牌室打麻将。

唱K的几个人最先看到两人，热情地招呼他们过去。

方渡跟在林槐夏身后，朝她微挑眉梢，似乎是在等她做决定。

林槐夏自小唱歌就跑调，着实招人笑话。虽然她豪情壮志地接受了方渡的挑战，但是从这么个地狱模式开始，她还是犯怵。

她谢绝了几人的好意，正好碰到章嘉敏从棋牌室出来拿啤酒，看到林槐夏，她连忙跑过去："宝贝，要不要一起打麻将？"

自从泡温泉出来章嘉敏就改称林槐夏为"宝贝"，这称呼让林槐夏有些羞赧，不过并不介意。

"可我不会——"还没等林槐夏拒绝，她就热情地挎过林槐夏的胳膊，招呼她去棋牌室，顺便将手里一打啤酒交给方渡，让他做免费苦力。

三人一起进了棋牌室，章嘉敏喝得微醺，豪迈地朝其他人道："我带了个雀神回来！"

林槐夏："……"

看到林槐夏，方峰连忙让座："林工，坐我这里，一起玩！"

林槐夏连忙摆手："不了不了，我真的不会玩。"

方峰根本不听，拉着林槐夏坐下："没事，很简单的，你肯定一学就会！"

林槐夏心里打起退堂鼓，却被大家的热情硬生生摁在原地。

她无助地看向身后的方渡，方渡走到她身边，将手轻轻搭在她的肩膀上，温声道："一起玩吧。"

"咳咳！"林槐夏一直把注意力放在章嘉敏和方峰身上，没意识到程栖泽就坐在自己上家。

他死死盯住方渡搭在林槐夏肩上的那只手，轻咳一声。

方渡却当作不知情，依旧保持这个亲昵的动作，和林槐夏道："我打得很好，我教你。"

程栖泽不悦地拧起眉："就你？教得会吗？"

程栖泽本意是想嘲讽方渡，但落在林槐夏耳中，却变了意味。林槐夏生气道："你是觉得我笨？"

程栖泽怔了下，才意识到自己这话有歧义："我不是那个意思……"

可林槐夏哪听得进去他的解释。她的小宇宙瞬间被点燃，雄赳赳气昂昂地对方渡道："你教我，我要让他知道谁才是真正的未来雀神。"

方渡被她的话逗笑了，点点头。

先从洗牌、码牌、开门教起。他们玩的是帝都的玩法，万条筒花牌全带，林槐夏摸完牌，花里胡哨的牌型看得她眼晕。

好在方渡教得极有耐心，渐渐地，她大概知道了玩法。两人手气不错，可惜对面的男人手气更好，连赢两把。

第三把林槐夏终于上道，逐渐看懂牌型。这次她的手气爆棚，摸了一副七小对，最后甚至摸出豪华七对的牌型来。

林槐夏问方渡："打哪张？"

方渡给她指了指："这个还剩一张，但是赢的番数大，另外的那张都还没有出，赢的番数小，你看你想留哪张。"

林槐夏想也没想，保留了豪七牌型："要玩就玩大的！"

方渡忍着笑，随她。

得知自己手上这副牌十分厉害，林槐夏不由自主地紧张起来。

局势胶着，其他人牌型都不太好，一直没有落听。她小心翼翼地看着其他人打的牌，不是自己要的那张的时候都会"哎"的一声叹口气。

其他人被她这副紧张兮兮的模样逗笑，观战的人都不由得过来看几眼她的牌型。

坐在她边上的章嘉敏笑着道："你要哪张？要不我喂给你吧。"

"不行不行，我得靠自己！"林槐夏义正词严地拒绝了。

场上的牌所剩无几，方渡皱眉思索良久，问她："你要不要换一张？"

林槐夏摇头，认真地盯着对家扔的牌："不行，我就要赌这张！"

方渡被她的赌徒心态搞得哭笑不得，他没多说什么，由着她的性子来。

马上就是她上家的程栖泽打牌了。

程栖泽垂眸看了眼自己的牌，又看向林槐夏。

她正死死盯着他，扬着小下巴，一副趾高气扬的模样。

他不由得笑了一声，随后抽出一张牌，打了出去。

"就是它！就是它！"

林槐夏当即推牌，学着刚刚方渡告诉她的专有名词："豪华七对，只和这一张哦！"

她得意扬扬地朝程栖泽扬起眉。

程栖泽低低笑了一声，随机将手里的牌全然推进洗牌机中，淡声道："很厉害。"

站在程栖泽身后的方峰不禁道："程总，你——"

他还未说完，后半句话就被程栖泽一个眼刀吓得咽了回去。

方渡也在看程栖泽，带着探究的神色。良久，他轻轻笑了一声，收回目光。

又打了几轮,程栖泽总能准确无误地给林槐夏喂上牌。

"看来程总打牌也就一般嘛。"林槐夏得意扬扬地嘲讽道。

程栖泽只笑笑,不说话。

林槐夏说完,还不忘仰起头笑眯眯地夸赞方渡:"还是师父教得好,把程总打得落花流水!"

程栖泽一听,生气地蹙起眉。他会给林槐夏喂牌,只不过因为是她罢了,和那个姓方的有什么关系!

但他又不能告诉林槐夏是自己故意喂牌给她,她连打个麻将都那么要强,肯定会生他气。

程栖泽不满地瘪起嘴,有理也没法说。

方渡朝林槐夏笑道:"不是我打得好,是阿泽故意喂牌给你的。"

"方渡!"程栖泽不满地制止他。

林槐夏一怔:"啊?"

方渡继续道:"他知道你要什么,故意拆手上的牌喂给你的。认真看牌的话,能看出各家大概什么牌型,需要什么牌。"

到后期,方渡干脆让她留着程栖泽手上有的牌,他知道程栖泽就算拆也会拆给她。

林槐夏一直以为麻将是个运气游戏,没想到还有这么多门道。怪不得方渡每次让她留的牌型总会有人打给他们。

"你是觉得只有放水我们才能赢你吗?"林槐夏丝毫不领情,挑起眉挑衅程栖泽。

程栖泽瘪了瘪嘴,没想到自己一片好心她却不领情。

可她是林槐夏,他又有什么办法?

看他一副欲言又止的模样,方渡也眯起眼,露出一副狐狸般狡黠的笑意:"阿泽,就算你不放水,我也能帮槐夏打赢的。"

"就你?"

林槐夏怎么挑衅他都无所谓,可方渡凭什么挑衅他?程栖泽冷哼一声:"来,我好好打,看咱们谁赢。"

坐在程栖泽对面的章嘉敏不爽:"喂喂喂,我还在这儿呢,咱们看看谁才是真正的雀神!"

被她一挑拨，坐在林槐夏对面的男人也跃跃欲试，兴奋地加入战局。

就这样，一场没有硝烟的战争就此打响。其他人纷纷跑来凑热闹，仿佛真的是在现场观看一场终极雀神争夺战。

林槐夏他们起手的牌型并不好。

东南西北样样不落，林槐夏想到这把终极对决，苦恼地皱起眉，仰头看向方渡："牌太差了，怎么办？"

"没事。"方渡抬手揉揉她的脑袋安慰她，并把手上的牌整理出来。

"喂，你打牌就打牌，手别乱放。"程栖泽不悦道。

然而身旁的两人并没注意到这个动作的亲昵，压根儿没搭理他。

——好气。

"牌不好，我们和个十三幺。"

林槐夏不懂什么是十三幺，只是方渡说什么，她便听什么。

她就像个执行命令的机器人，方渡叫她打哪张她就乖乖执行。

牌桌上气氛紧张，程栖泽也没了之前的随意，每张牌都深思熟虑。

其他观战的人仿佛在看一场世纪大战，纷纷屏住呼吸。

林槐夏也被牌桌上的气氛搞得紧张起来，每次摸牌的时候都小心翼翼的，一看不是想要的牌，立马小脸皱作一团。

方渡见她苦恼的表情可爱极了，笑着安慰："没事的，一张牌而已。"

十三幺的牌型渐渐成型，程栖泽那边也落了听。他知道方渡要和什么牌，故意留了同一张落听。他坐在上家，可以截和。

"方渡，你打牌可从没赢过我。"程栖泽向后一靠，身形舒展，似乎这场两人暗中的较量已经落下定局。

方渡笑着问："那你知不知道为什么？"

程栖泽一怔。

"就像你刚刚给槐夏喂牌一样，我也只是在让着你。"方渡口吻淡淡的，"但这次，我不会让了。"

程栖泽神色凛了凛，似乎从方渡的语气中听出了其他意味。

轮到林槐夏摸牌，方渡示意了下林槐夏，让自己来。

林槐夏点点头，给他让开位置。他轻轻舒了口气，捻起那张麻将牌。

方渡轻轻扯了下嘴角，将牌亮了出来："自摸。"

看来这次上天都站在他这边。

终归是场玩乐，大家闹腾完也就把刚刚的"世纪对决"抛诸脑后，将注意力放在了其他事情上。

打完麻将，林槐夏渐渐融入了热闹的气氛中。

她被周苒苒叫着一起打了会儿街机，又去KTV房间陪他们喝酒玩骰子。

周苒苒拉着林槐夏一起唱歌，林槐夏本想拒绝，架不住大家都很热情，她只能硬着头皮陪他们唱歌。结果林槐夏惊讶地发现原来大家唱歌都不怎么在调上，就连唱歌挺好的都会故意跑调。

大家乱七八糟唱了一堆，只图开心，根本没人在乎唱的歌到底在不在调上。

气氛高涨，几人都喝了酒。

方渡坐在角落里一直陪着林槐夏。他怕林槐夏喝得太醉，劝她少喝一点。

林槐夏不仅不听，还坏心眼地叫他陪自己一起喝。方渡没办法，只能陪她喝了几杯。

见他喝了酒，林槐夏将眸子弯成两道月牙儿，故意凑在他耳边，笑嘻嘻道："阿渡哥哥最好了。"

她喝得有些醉了，脸颊晕着粉嫩嫩的色泽，语调带着一抹撒娇的意味。

方渡一怔，抬手松了松颈间那枚衬衫扣，将脸别到另一边。

林槐夏根本没有意识到此时的自己有多诱人，听到旁边有人喊歌名，问是谁的歌，她立马从他身边跳起来，跑过去："我的我的！"

几个人凑在一起唱了半天"神曲"，最后终于唱腻了。

不知道是谁改点了好几首情歌，轻柔的曲调在音响中响起，全场一下子安静下来。

大家唱太久"神曲",还没转换过来。

黑暗中,有人问了一句:"这个谁唱啊?"

林槐夏眼珠子一转,把麦递给方渡:"你唱!"

方渡一怔,下意识拒绝:"不了,你们唱吧。"

林槐夏根本不听,和其他人道:"他唱歌可好听了!"

其他人纷纷起哄。

方渡还是笑着拒绝了。

林槐夏不满地噘起嘴,蛮横道:"我要听!"

"……"方渡没办法,只得接过她手中的麦克风。

方渡问她:"要认真唱吗?"

林槐夏一本正经地点点头:"当然,唱得不好要罚酒!"

方渡笑了笑,没说什么。

悠扬的音乐进入主旋律,随之响起清澈低沉的男声。

这世界有那么多人

多幸运我有个我们

这悠长命运中的晨昏

常让我

望远方出神

……

一瞬间,整个包厢都静了下来。

林槐夏撑着下巴,静静地听着他唱歌。昏暗的灯光描摹出他的侧颜,眉眼深邃而专注,唇边镌着一抹清浅的弧度。

她看得入迷,不由自主想到温泉时几人的聊天,莫名地好奇他喜欢什么样的女生。总是那么温柔的一个人,会对自己的女朋友很好很好吧?

等林槐夏回过神的时候,一曲终了,方渡将话筒递了回来。

看她发呆,方渡有些担忧:"怎么了?"

他微微俯身,凑近看她,却被林槐夏下意识地躲开。她的脸颊上燃起火辣辣的温度,连忙摇头:"我没事。"

方渡笑了笑，不着痕迹地与她拉开距离。

"还说没事，眼睛都发直了。要不早点回去休息吧？"

"真的没事。可能是里面太闷了。"林槐夏摇了摇脑袋，站起身，"我有点饿，想去吃点东西。"

"好，我陪你。"方渡和她一起站起身。

结果其他人不让方渡走，硬是拉着他再唱一首。

气氛热闹，林槐夏不想因为她扫别人兴，笑着和方渡说了句"没事"，让他和其他人好好玩，自己吃点东西就回来。

从活动室出来，夜晚裹着潮意的风吹散她脸上的温度。林槐夏轻轻呼出一口气，胸口涌动的异样的燥意终于消散。

她去了客厅，里面还有许多大家准备的零食和晚上自助餐剩下的水果甜点。

林槐夏拿了颗泡芙吃。泡芙里奶油很足，她刚咬一口，奶油从酥皮中流了出来，蹭在她唇边。林槐夏没在意，想着等吃完再说，又咬了一大口。

"晚上没吃饱？"身后突然响起沉沉的男声。

林槐夏像只偷吃被发现的小猫，三下五除二将泡芙塞进嘴里。

她尴尬地解释道："没有，吃饱了。"

程栖泽双手环胸靠在门口，微微扬起眉梢："都吃到脸上了。"

林槐夏尴尬地低下头，慌忙找纸巾擦嘴角。

看她一副局促慌张的模样，程栖泽轻笑一声："方渡没跟着你？"

"我过来吃点东西，马上回去。你怎么在这里？"

"我来找东西。"程栖泽道。

林槐夏不愿和他单独相处，轻轻"哦"了一声，将纸巾扔到垃圾桶里，便转身朝大门口走去。

程栖泽拦住她："等等。"

程栖泽挡在门口，林槐夏没法出门，只能凶巴巴地抬头瞪他。

"给你看个好玩的。"程栖泽一边说着，一边关掉屋子里的灯。

屋子里拉着窗帘，整个室内一下子陷入无尽的黑暗中。

林槐夏急了："程栖泽，你干什么——"

"夏夏，今天大家都玩得挺开心的，就不要和我吵架了。"程栖泽语气中有些无奈，他在墙边摸索一阵，终于找到一个开关，打开的那一瞬间，天花板上流转着无数星辰。

"刚刚他们发现的。"

那一瞬间的惊艳让林槐夏忘了自己要说什么，只讷讷地盯着天花板。星空是被投影上去的，模拟了真实的星空和银河。无数细碎的星辰撒在黑暗中，仿佛下一秒就会从天上落下来。

程栖泽把门关上，示意她屋中沙发的位置："坐着看会儿？"

林槐夏抿了下唇。

她在黑暗中视力不好，亦步亦趋地跟在程栖泽身后，很小心地找到沙发的位置。

她故意坐到离程栖泽两个身位的地方。林槐夏两只胳膊撑在膝盖上，支着脑袋，仰头静静地看着天花板上流转的星河。

"真是的，外面明明也有很多星星，非要待在屋里看假的。"林槐夏小声吐槽一句。

程栖泽抿着笑，没有多说什么。他歪着头打量林槐夏，虽然嘴上嫌弃，可她却看得很认真。

程栖泽指给她看："看到那边的天琴座了吗？就是很像竖琴的那个。"

林槐夏顺着他指的方向望过去，密密麻麻的星辰间，根本不知道他指的是哪里。

程栖泽干脆站起身，往前走了几步，指给她。

"还有这边的狐狸座、海格力斯、天鹅座……"程栖泽一一指给林槐夏。

林槐夏抬起手，问程栖泽："那边的呢？"

"是天鹰座。"

程栖泽将自己找到的星座全部指给林槐夏后才回到沙发。他仰靠在沙发上，一双长腿交叠，双手相抵在膝盖间，神色淡淡地看着天花板上流转的星河。

"你知道的还挺多嘛。"林槐夏弯了弯眸子。

她没有看程栖泽，全部注意力都放在刚刚他指给自己的那几个星座间。

"我之前很喜欢去天文馆。"程栖泽解释道，"那边有个展馆专门模拟星空，很漂亮。有时候我可以在里面待一整天。那会儿……"

程栖泽似乎想到什么不好的回忆，微一皱眉，欲言又止。

林槐夏没有注意到他的异样，见他半天没说话，突然想到什么："话说，你不是来找东西的吗？找什么呀？"

"哦，忘了。"他淡淡应了一声，起身摸着黑找到角落里的衣架，从外套中翻出一个小药瓶。他找了瓶没开封的矿泉水，就着水将药吞下。

林槐夏隐约看到他的动作，微微一怔："怎么了？"

"没事，老毛病。"程栖泽重新坐回沙发上，漫不经心地解释道。

"老毛病"指的是他的胃病。

林槐夏知道他的胃一直不好，所以当初还在一起的时候，她会经常念叨他应酬的时候少喝点酒。

"活该。"林槐夏小声吐槽，但语气中不免多了几分关心，"谁叫你自己不好好吃饭乱喝酒的。"

程栖泽笑了下，半开玩笑："这不是因为你不在，没人照顾我。"

"你是小孩子吗？必须要人照顾？"林槐夏无语。

程栖泽点点头，厚脸皮道："嗯，而且必须是你，没人比你照顾得好。"

林槐夏："……"

她翻了个白眼："这话要是让陈姨听到得多伤心。她知道你胃病又犯了，肯定给你做好多好吃的补身体。"

"陈姨请假住院了。"程栖泽淡声道。

林槐夏微怔，不由得担心起来。当初在程家，就陈姨对她最好。

"陈姨怎么了？"她问。

"前两天不小心被车撞到了，现在在住院。"

林槐夏皱起眉："为什么不早点告诉我？"

程栖泽道："没什么大事，她不想叫你担心，就没让我说。"

林槐夏撇了下嘴,从兜里翻出手机,给陈姨发了条微信。

很快,陈姨打了语音过来。

"没想到林小姐还惦记着我,我没什么事,你放心。"陈姨语气中夹着一丝疲倦,但她还是勉强打起精神来让林槐夏放心,"你能想着我我就很高兴了,病也好得快了。"

林槐夏一直把陈姨当亲人,听到她疲惫的语气,鼻子一酸。林槐夏询问了下陈姨的病情,听说做完手术一切顺利,只不过程栖泽不放心,叫她在医院多观察段时间,才没有出院。

林槐夏听她说没事,放下心来。

"你怎么知道我生病的事?"陈姨问她。

林槐夏道:"程栖泽告诉我的。"

"你和先生在一起呢?"

林槐夏应了一声,把手机递到程栖泽面前,程栖泽和陈姨聊了两句后,陈姨叫程栖泽把电话拿给林槐夏听。电话开着免提,林槐夏重新将电话放到自己面前,对陈姨道:"陈姨,我过两天回帝都,到时候去看看你。"

"啊……"陈姨本想叫林槐夏不要那么麻烦,但顿了顿,她道,"那你什么时候方便过来呀?"

林槐夏想了想,和她确认日期。

"确定能来呀?"陈姨又扬声和她确认了一遍。

"嗯,确定过去,你好好休息。"

和陈姨又聊了两句,林槐夏怕打扰她,挂断电话。

"现在放心了吧?"程栖泽问。

林槐夏点点头。

程栖泽递给她一张纸巾,示意她把眼角的泪水擦干净。林槐夏有些不好意思,和他轻声道谢,擦了擦湿润的眼角。

她不想因为自己把气氛搞得那么凝重,半开玩笑对程栖泽道:"陈姨在医院也能看到星星吗?"

程栖泽顺着她的目光望去,笑道:"帝都可没这么多星星。"

林槐夏轻轻笑了一声。

265

两人又静静地看了会儿。随着时间的推移，天花板上星星的位置也在慢慢发生着变化。

林槐夏在看星空，程栖泽却在看她。借着微弱的灯光，他能看到女孩安静的侧颜，睫羽轻颤，唇边带着清甜的笑意。能看出来，她很喜欢这里。

他已经很久没看过她这么开心的模样了，自从分手以后，她就像只浑身带刺的刺猬，每次看到他都会充满警惕和抗拒。

他突然发现，林槐夏其实很简单，她不需要太多，只是很小的事情就能让她打心底里感到开心。

她想要的东西从来都很简单，是他一直忽略了。

程栖泽一瞬间看得入迷，胸口燃起一抹莫名的燥意。他不由自主地靠近她，借着还未完全清醒的醉意俯下身。

就在即将吻上她的唇瓣时，突然一股力气将他推开。

他一瞬间清醒过来。

林槐夏吓得站起身，愤怒道："程栖泽，你在干什么？！"

渡夏

—下册—

时汀 著

贵州出版集团
贵州人民出版社

大鱼

有爱的青春陪伴者

第十六章
还能像以前那样吗

林槐夏跑得太急,根本没看清屋子里的路,小腿磕到桌角,疼得要命。

她强忍着眼角的泪花,出门看到正走过来的方渡。

方渡见她一直没回去,以为她喝醉了,怕她不舒服才想过来看看情况,没想到会看到她哭着从客厅跑出来。

他一怔,轻声问道:"怎么了?"

林槐夏看到方渡,又羞又气。她此时不太想面对他,低着头摇了摇,轻声道:"我想一个人静静。"

说罢,她越过他,快步离开。

程栖泽也追了出来。他刚才脑子不清醒才会做出那样的举动,他想和林槐夏道歉,却被方渡拦住去路。

方渡攥住程栖泽的衣襟,深褐色的眸中蕴着一抹危险的气息:"你做了什么好事?"

"没……我……"程栖泽难得没有反抗,伸出双手朝他示意了下。

"你跟我过来。"方渡的语气不容抗拒。

程栖泽清楚林槐夏此时肯定不想看到自己,干脆跟在方渡身后。

两人进了客厅,灯已经被打开,屋子里明亮得令人窒息。程栖泽拉开窗帘,将落地窗打开半扇,斜靠在旁边。

清冷的晚风令他彻底醒了酒。他从口袋翻出一盒烟,点燃一根夹在指尖。他把烟盒递给方渡,歪头示意方渡。

方渡走到他身边,这次没有拒绝,抽出一根。

"就你那心脏,还能抽烟?"程栖泽冷笑,滑开打火石,帮他点上烟。

方渡没说话,咬着烟吸了一口。良久后,他淡声道:"阿泽,别再纠缠槐夏了。"

"我纠缠?"程栖泽凉凉地笑了一声,"你是她什么人,有资格管?"

"你现在做的事她并不喜欢,相反,对她是种累赘。你只是在满足自己的占有欲罢了,并不是真的喜欢她。如果真的为她好,就离远一点。"

"还轮不到你教我什么是喜欢。"程栖泽慢条斯理地弹了弹烟灰,他冷笑一声,问,"方渡,如果你站在我的立场上,会怎么做?放弃吗?"

"我永远不会有你这样的立场。"方渡双手环在胸前,轻轻靠在落地窗的玻璃上。

夜凉如水,冰冷的玻璃浸着凉意。他的声音也被夜色染凉几分:"如果我是你,会好好珍惜她,让她每天都过得开心,而不是像现在这样。"

"现在这样?"程栖泽外头斜睨他一眼,语调扬起一抹嘲讽的意味,"你以为她现在这样是因为谁?她这么多年从来没有开心过,真的只是因为我吗?你有什么资格在这里说教我,是你让她这么痛苦的。"

方渡哑然,一时间竟找不到任何理由来反驳。

程栖泽冷哼一声,嘲笑道:"起码我知道自己想要什么就去争取。你呢?连表白都没有过吧?"

程栖泽眯起眼,见他沉默便知道自己猜对了。他愉悦地吐了口烟圈："方渡，你就是真的喜欢了吗？你从小就运气好，虽然什么都不说，但想要的总能得到。但是感情这种事，你以为什么都不需要做，伸手就能得来？"

"我从没有这么认为过。"方渡沉声道。

"是是是，你总说做事前要做好万全的准备。但你以为感情也是这样？什么样才算有十足的把握？等你有把握了，人早跑了。"

方渡抿了抿唇。他和程栖泽从小一起长大，兄弟两人却是截然不同的性格。程栖泽敢爱敢恨，想要的东西不惜任何手段都要得到。而他作为家里的长兄，更多的时候是包容和隐忍，只有在一件事有十成十的把握后，才会主动出击。

就连感情的事，也不例外。当初林槐夏表白，他拿不准她只是一时兴起还是真的喜欢，怕她后悔，才没有坦然接受。他想等她再大一点，等她明白什么是喜欢，等她分清楚自己是哪种喜欢后，再由他来表白。

他以为他们还有很长很长一段路要一起走，所以没有着急。可现在，经历了那么多事，分开了那么多年，他清楚两人不再像之前那般亲密无间。他们两人间总是有层若有若无的隔阂。最近好不容易亲近了些，她似乎也释然了当初的那些事。

可他却害怕了。他怕自己的仓促表白将这好不容易恢复的微妙平衡再次打破，将她吓跑。他真的不能再失去她了。

他不求更近一步的关系，只求能一直陪在她身边。他只想让她过得平安快乐，即使她喜欢上了别人，他也会选择送上祝福。

程栖泽说得没错。说到底，是自己太懦弱。方渡眸光一戾，将烟捻灭。他没多说什么，只是淡声对程栖泽道："以后别再让我看见你做这些让她讨厌的事，离她远点。"

程栖泽撇过脑袋，没搭理他。

从客厅出来，方渡问了一圈也没有人知道林槐夏去哪儿了。最后他想到一个地方。

看到来人，林槐夏只是打量一眼，没有说什么。

方渡走到秋千旁，朝她示意了下手里的药瓶，说："稍微处理下伤口吧？"

林槐夏顺着他的目光睨了眼膝盖上的伤痕，擦破了皮，渗出的血珠已经凝固了。

"没事的……"她嗫嚅道。

方渡不由分说地蹲下，半跪在她面前。

他用棉签蘸了些药水，一只手轻轻捧住她的脚踝，另一只手用棉签将药水擦在她的膝盖上。

林槐夏怔在原地，突如其来的痛感抽离她的思绪，她倒吸一口凉气，扒着座椅边沿的指尖不由得攥紧。

泪花一瞬间又冒了出来。

"很疼？"方渡顿了顿，"我轻一点。"

他不由自主地放缓动作。

"不是你的原因。"林槐夏的语气里裹着哭腔，她努力让自己看上去坚强一点，"现在好多了。"

方渡的动作十分轻柔，他专注地帮她擦着药，语气淡淡的："不管刚刚阿泽做了什么，我替他向你道歉。他也知道自己错了，所以不要再生他的气了，好吗？"

听到程栖泽的名字，林槐夏一噎，倏地没了声响。良久后，林槐夏低下头看他："你是来帮他说话的？"

"不是。我是来叫你不要生气的。你想骂他的话，使劲骂就好。"

帮她抹完药，方渡收起棉签和药瓶。他站起身，林槐夏往旁边挪了挪，示意他坐下。

林槐夏轻声道："我只想好好看星星，是他出格了。"

"我知道。"方渡轻声安抚道。

林槐夏不想再提那些不开心的事，转移话题，问："你知道那些星星都叫什么名字吗？"

她抬起手，指向天边几颗闪烁的星。

方渡顺着她指尖的方向望去，神色淡淡地看着。

良久后，他语气平静道："阿泽以前不是这样的。他小时候最喜欢去的地方就是天文馆，每次都要我陪着。自从家里发生了些事，我没有保护好他，他就不愿理我了。"

方渡轻叹一声："他以前性格不是这样，很开朗，都是我的责任。"

秋千戛然而止。

林槐夏歪过头，垂眸望着他。

"怎么？"注意到林槐夏的目光，方渡局促地弯了弯嘴角，似乎不愿让她看到如此狼狈不堪的自己。

林槐夏笑道："我发现你一直这样。"

"嗯？"

"明明不是你的错，却总爱把什么事都揽自己身上。"她抬起头，望着天上的星子，"对我也是这样。明明是我哭着叫你带我出去玩，出了事奶奶骂我，你却总要揽到自己身上，说是你没有保护好我。

"你什么事情都站在别人的角度思考，却总是忽略自己的感受。你有没有想过？每次你叫我做自己想做的选择，为了自己活着的时候，你总是在包容我迁就我的坏脾气。你都没有好好做自己，凭什么说服我要听你的话呀？"

听到她不满的控诉，方渡轻轻笑了一声："有吗？"

"有啊。"林槐夏郑重其事地点点头，"你替我考虑，替程栖泽考虑，却从来没有替自己考虑过。你说过的，人要自私一点，那你也要自私一点啊。我也希望你可以只考虑自己，每天开开心心的，不要总是替别人考虑，忽略了自己的感受。"

夜已经深了，寂静的夜空中只有蝉鸣，还有星辰在闪烁。

清风拂过，吹散少女的秀发，几缕碎发飘到她的脸颊上。

林槐夏烦躁地拂开遮挡视线的碎发，倔强地扬着下巴，直勾勾地望着方渡，仿佛在用这种无声的方式证明自己是对的。

方渡垂眸，一动不动地打量着她的动作，倔强又可爱。

良久，他收回目光，轻轻弯起唇瓣："好，我听你的。"

"什么叫听我的。"林槐夏嗔怪地瞪他一眼,伸手捶他,合着刚刚自己说的那一通,他根本没往心里去。

方渡故意往旁边躲了一下。他笑着道:"既然你都这样说了,我也要任性一次。我现在心情很不好,你必须陪着我。"

"好呀,你想让我陪你做什么?"

方渡顿了顿,故意做出一副思考的模样。隔了会儿,他道:"陪我看星星?"

"你真的是——"林槐夏彻底被他气笑。她往方渡身边凑近了些,抬起头看向星空。

她不懂天文知识,也看不懂那些星座,干脆自己编:"你看那边那几颗星星,像不像一头猪?哎,旁边的云像翅膀哎。"

她天马行空地想象着,压根不管自己说得多离谱。

方渡好脾气地陪着她,把天上的星星想象成各种奇怪的事物。

木秋千轻轻摇晃着,发出"吱呀吱呀"的声音。林槐夏蜷在上面,双手抱着膝盖。她轻轻把脑袋搭在方渡的肩上,目光却舍不得离开天上那些璀璨的星辰。

方渡肩头感受到重量,他微微一怔,目光不由自主地向下瞟去。

林槐夏根本没有意识到自己的动作有多么亲昵。

方渡心底最深的一处悄然松动。无数的情绪几乎抑住他的理智。

方渡无奈地弯了下唇,收回目光。

她到底知不知道自己这个动作有多危险。

从温泉回来,大家很快投入到忙碌的工作中。

那晚发生的事已被林槐夏抛诸脑后,毕竟手上的工作更重要。

吴宅的勘察工作已经接近尾声,他们有大量的图表需要绘制整理,还有开不完的研讨会,办公室每天的气压都很低。

与吴宅同时期的建筑已经所剩无几,他们只能频繁考察,查阅镇上的资料,以还原建筑原本的样貌。

林槐夏身为负责人,压力更大,每天都要忙到很晚。好在有方渡,每天都会给她买好饭，盯着她按时吃饭，晚上也会在办公室陪着她，和她一起回酒店。

有时林槐夏会觉得两人之间有些微妙的变化，但又说不出来是哪里。总之现在的状态她并不排斥，她也没有太多时间去思考这些，每天都忙于工作。

这天晚上十一点，林槐夏整理完最后一张图表，才松了口气，舒展了下已经坐得有些发僵的身体。

办公室里十分安静，其他人早就回去休息了。

她扭了扭发酸的脖子，下意识叫方渡一起回家。这几天她加班到很晚，方渡都会陪着她。

叫了两声没人理她，林槐夏抬起头，这才发现方渡已经睡着了。他仰靠在办公椅上，脸上盖着一本书。

"真的是。"林槐夏轻轻笑了一声，走过去帮他把书拿开。

方渡睡得很沉，眉尖微微皱起。他睡觉时候总喜欢皱眉，平时也是这样。林槐夏伸出食指轻轻展开他眉宇间隆起的褶皱，唇边划过一抹无奈的笑意。

明明已经很累了，还要陪她熬夜，也不知道怎么想的。

虽然心里嗔怪，但她并不想打扰他睡觉。林槐夏四周看了看，发现他的外套搭在一旁的衣架上。

林槐夏从衣架上取下衣服，悉心地帮方渡盖上。结果她还未起身，就听头顶传来质感沙哑的声音："你在做什么？"

"……"

空气一瞬间安静了。

两人离得很近，林槐夏就这么直愣愣地望着方渡。鼻尖隐隐能嗅到他身上那抹淡淡的冷茶香气，林槐夏垂下眸，正好对上方渡探究的神色。她慌忙从方渡身上逃离，支支吾吾地解释道："我……我如果说就是就是怕你着凉盖件衣服……你相信吗？"

明明是事实，林槐夏不知道为什么自己说出来像是在撒谎。

方渡好笑道："为什么不信？"

林槐夏张了张嘴,不知该如何反驳。她慌乱地避开方渡略带调侃的神色,直起身,快步走回自己的办公桌前:"我忙完了,你醒一醒,我们往回走吧?"

"好。"

林槐夏低头收拾东西,仿佛只要不看他就能将刚才尴尬的一幕遗忘掉。

方渡简单洗了把脸,穿好外套。

他主动接过林槐夏的电脑包,帮她提着。

林槐夏脸上还是红红的一片,好在灯光昏暗,他没有看到。

林槐夏和他一起走出办公室,故意和他拉开些许距离。她偷偷打量方渡一眼,发现他神色如常。

——真是的,一点反应都没有,是不是总被女生抱,都习惯了。

方渡没有注意到她懊恼的模样,正巧门外有个卖糯米糕的婆婆在收摊,他问林槐夏:"饿不饿?"

林槐夏收拢思绪,鼻尖飘过一阵热乎乎、香甜甜的糯米香。

肚子适时地"咕噜咕噜"叫了起来,她不好意思地点点头:"是有点……"

方渡走过去包圆了婆婆剩下的糯米糕。他给了林槐夏一块,剩下的都用纸袋装好,拎在手上。

林槐夏捧着糯米糕,疑惑地问:"你不吃买那么多做什么?"

"阿婆不容易。"方渡解释道,"我不饿,剩下的拿回去给大家当夜宵吃吧。"

林槐夏抿了抿唇,朝他点点头。

一块香甜软糯又热腾腾的米糕下肚,林槐夏满足感爆棚,好像洗掉了一整天的疲惫。

她管方渡又讨了一块吃。

"吃慢点儿。"方渡笑话她吃东西的样子像只馋猫,伸手将她唇边沾着的白糖擦拭干净。

略有粗粝感的指腹不小心蹭到她柔软的唇瓣,林槐夏像是触电一般，怔在原地，心脏又开始像方才那样不听话地"扑通扑通"狂跳。林槐夏不由自主地舔了下唇瓣，悄悄举起手中的糯米糕，遮在嘴唇前面。

方渡没有注意到她细微的异常，他从兜里翻出一包纸巾，擦掉手上的白糖，又抽出另一张干净的纸巾递给林槐夏："慢慢吃，没人和你抢。"

林槐夏支支吾吾地"嗯"了一声。她用纸巾擦了擦嘴唇四周，擦到他刚刚碰过的位置，她下意识想起刚刚的触感，忍不住反复摩挲了几下。等她反应过来的时候，她才意识到自己这个动作有多变态。

真丢人。好在方渡并没有发现。她将纸巾揉作一团，轻轻地呼出一口气。

方渡朝她摊开掌心，叫她把纸团拿给自己，他去扔掉。

见他走远的背影，林槐夏恍然意识到，两人最近的相处似乎亲昵得过分。

之前方渡也会给她带午饭，但不会像现在这样监督她每顿饭的时间，一定要每顿都陪她一起吃；他会陪她上下班，却没有像现在这样就算硬熬也要和她一起回招待所。平时虽然亲近，可他又会保持相对疏远的距离，从不会如此自然地做一些亲昵的动作。

因为两人关系一直很好，所以这些小细节她从没在意过。现在想来，确实有细微的差异。这样亲密的状态不是没有过，但那些记忆都很遥远，都是在她很小的时候，她会和他撒娇耍赖皮，让他给自己擦嘴，让他抱。

可那个时候她年纪很小，只把他当作哥哥，没有什么男女之分。

林槐夏不由得回想起刚刚的细节。

她莫名发现，自己并不排斥这样略显暧昧的亲昵。她甚至开始害怕方渡意识到这些小动作有些越界后，重新和她保持距离。

林槐夏连忙摇摇头，自从她意识到自己的想法后，这些乱七八糟的想法便像是野草般在她的脑海里疯狂生长。

方渡走回来，发现林槐夏站在原地，像是摇拨浪鼓似的摇着脑袋，不禁问道:"你在做什么?"

林槐夏沉默了下:"我在实验一种新的保持清醒的方法。"

方渡好笑地摇摇头:"早点回去睡觉不好吗?"

"有道理。"林槐夏停下动作,她顿了顿,最终,她还是故意凑近他,并未像之前那样保持半个身位的距离。

两人的胳膊总是无意中蹭到,她仰起头看向方渡,他却并未觉得有任何不妥,只是淡声道:"你要是看不清路就拽着我袖子。"

"还行,有路灯,能看清。"林槐夏摸了摸鼻尖,往旁边挪了挪,"这两天太忙了,脑袋总是蒙蒙的。"

方渡点点头:"等月中就没这么忙了,到时候好好休息下。"

林槐夏应了一声,突然想到:"月中就是你生日了哎。"

"……嗯。"方渡犹豫地应道。

见林槐夏抬头看他,方渡淡声解释:"已经很久没有过生日了。"

"我也是。"林槐夏讪讪笑道,"年纪大了,不爱过生日了。"

"今年要过吗?"方渡问。

其实他一直对过生日这件事态度平平。只是小姑娘总是喜欢过生日的,之前林槐夏总会拉着他同一天过生日,他才陪她的。

林槐夏想了想:"我们好像已经很久没有一起过生日了。"

"嗯。"

她扬起头,眸子弯成两道月牙儿,问:"那今年可以还像以前那样吗?"

方渡笑了笑,点头应道:"当然。"

"好呀,那今年一起过生日吧!"

已经很久没有过生日了。

林槐夏没有想到自己对过生日这件事还会有期待。毕竟随着年岁的增长,每年的生日都是在告诉她自己又老了一岁,更何况,一个人的生日也没有意思。去年此时的自己怎么也想不到今年可以和方渡一起过生日吧。

林槐夏托着下巴，嘴角不由自主翘起弧度。

"槐夏姐……"周苒苒过来送图表，看到林槐夏在盯着电脑屏幕发呆，不由自主地看了眼她的屏幕。

林槐夏回过神，连忙将网页关掉。她扶了下额，腹诽自己到底怎么回事，查个资料都能点开旅游网站，看别人在苏镇过生日的照片。

可惜周苒苒已经看到了网页上的内容："我都忙忘了，月底你就要过生日了！"

林槐夏朝她做了个噤声的动作。林槐夏朝四周看了眼，好在大家都忙于工作，没有人注意到她们这边的动静。

周苒苒显然没有接收到林槐夏的信号，兴奋道："我们给你开个生日派对吧！"

"不用，"林槐夏不以为意，"大家都很忙，搞这些做什么。"

"不会的，生日当然要隆重点了！"周苒苒道，"况且大家平时都那么辛苦，总需要找点事情忙里偷闲嘛。"

她朝林槐夏wink了下："这事你交给我，绝对办得漂漂亮亮！"

林槐夏嗔怪地乜她一眼，催她赶快回去工作。

一听到工作，周苒苒瞬间变回蔫了的茄子，拖着疲倦的身体回到工位。

林槐夏好笑地摇了摇头，并未将周苒苒的话放在心上。她只记住那句"生日要搞得隆重点"。林槐夏摸摸下巴，重新点开旅游网站的页面。

里面有各种生日主题的博客分享，看着各种漂亮的拍摄照片，她突然也想搞得隆重些。她细细浏览过去，"苏镇最美景色生日派对""在容景园办生日宴超详细攻略""和男友在最美水乡过生日拍照秘籍"……各式各样的标题眼花缭乱。

苏镇最美夜景？

林槐夏点进博客，看到博主分享的照片，无非都是些苏镇夜景、水上餐厅、烟火孔明灯这些常见的网红打卡地。这些景色美则美矣，却美得乏味。

要说在苏镇看夜景，林槐夏认为最美的观景点就是野山上那处凉亭，没有之一。

她微微一怔。

她怎么忘了，那里是她和方渡小时候的"秘密基地"，两人过生日的时候总喜欢偷偷跑去等零点。没有哪个地方比那里更有意义了。

确定好过生日的地点，林槐夏按照博主推荐的方案下单了一套装点气氛的装饰品，又从镇上的西餐店订了漂亮的蛋糕和红酒。

一切准备就绪，林槐夏再次确认了下订单内容和配送日期，对自己准备的这一切十分满意。

方渡生日前一天，林槐夏要回帝都开个会。

她和方渡约定好，等她回来一起吃晚饭，等零点过生日。

开完会，林槐夏去了趟医院。自从得知陈姨出事后，她一直惦记着，正好趁着这个机会来医院探望。

在帝都待了这么多年，只有陈姨像亲人一样照顾她，虽然陈姨只是程家的用人，但她早已把陈姨当作亲人看待。

林槐夏带了束陈姨最喜欢的百合花和一些她爱吃的水果，按照地址找到病房。

陈姨见到林槐夏，止不住脸上洋溢的笑容："人来就行，带那么多东西做什么。"

她想下床迎一迎，却被林槐夏制止住："陈姨你好好休息，不要下床了。"

"没事，医生也让我多运动。"陈姨笑容和蔼道，"好久没见你，太想你了。"

"我也很想你。"林槐夏弯了弯眸子。她把东西放到桌上，扶着陈姨下床。

陈姨走得很慢，林槐夏在旁边小心翼翼护着。

"先生也很想你。"陈姨指了下窗边的位置，示意林槐夏去那边，"我还没出事前，先生叫我每天都要把你的房间收拾干净，就等着你回家呢。"

林槐夏抿了下唇，没说话。

"先生知道错了，你就别生他的气了。"陈姨叹了一声。

"陈姨，你好好养病，就不要操心这些了。"林槐夏不想提起程栖泽，适时转移话题，"我买了很多你喜欢的水果，我去把葡萄洗了。"

从卫生间出来，林槐夏差点撞到进门的人。

看到程栖泽，她抿了下唇，故意装作没看见的模样，连招呼都没有打，径自朝陈姨走去。程栖泽还记得之前的事，略带歉意地望她一眼，没说什么。

陈姨看出两人间微妙的尴尬，与程栖泽打招呼："先生怎么过来了？这也太巧了。"

她招呼程栖泽过去坐。

程栖泽瞟了眼冷着脸的林槐夏，犹疑道："我来得不是时候……东西放下了，下次再来看你。"

"别啊。"陈姨着急，想去拦住程栖泽，最终被林槐夏制止了。

林槐夏瞥了程栖泽一眼，淡声道："陈姨让你进来你就进来吧。"

"哦。"程栖泽没再推脱。

"先生最听你的话了。"陈姨娇嗔道。她张罗程栖泽和林槐夏一起坐下吃葡萄。

林槐夏和陈姨聊着天，陈姨没两句就会把话题转到程栖泽的身上，程栖泽也不说什么，只安静地听着。

"这医院就是先生帮忙找的，我这老婆子哪住过单人间，这还是我第一次住，你别说，还挺不适应。"陈姨和林槐夏打趣道。

林槐夏笑道："还是不要盼着住院的好。"

"那是，谁能想到那时候会蹿出来一个毛小子，他怕我追责，一溜烟人就跑没影了。还好先生帮忙垫了医药费，不然我想死的心都有了。"

陈姨愤恨地给林槐夏讲起当时的遭遇，还给她看自己腿上和胳膊上的伤。

两人有一搭无一搭聊了半天,天色不早,林槐夏还要赶火车。

陈姨没再留她,道:"等出差回来了,多过去看看我。"

"好,等我不忙了就来。"

"到时我给你做好吃的。"陈姨瞟了眼身旁一直沉默的程栖泽,恨铁不成钢地叹口气,"时间不早了,让先生送你去车站吧。"

"不用,我叫辆车就行。"林槐夏拒绝了。

陈姨朝程栖泽使了个眼色,程栖泽回过神,连忙道:"这边不好打车,我送你吧。"

林槐夏知道就算自己拒绝陈姨也会想尽办法让他们两人独处,干脆没说话。

从病房出来,林槐夏问程栖泽:"是陈姨故意叫你过来的?"

程栖泽没说话。

"我想为上次的事道歉,是我脑子不清醒——"程栖泽低下头,轻声道说,"……对不起。"

林槐夏歪头睨他一眼,他此时的模样像极了一只温顺的金毛,朝她摇着尾巴讨好她。男人卸下往日里全部的骄傲,小心翼翼地祈求着她的原谅。

林槐夏抿了下唇,最终还是淡声道:"不用和我道歉,你说的什么事,我已经不记得了。"

"我这几天都没有去打扰你。"程栖泽低声道。

"挺好,以后都不要过来。"

"不行,我很想你。"程栖泽执拗地摇摇头。

林槐夏一怔,程栖泽从未和她如此直白地表达过想法。他更善于将全部情绪隐藏,不展露给任何人。

林槐夏其实知道,他是真的喜欢上了自己。可她没法回应他的感情。三年的相处,她更多的是将他当作一种赎罪的工具。她不敢面对方渡,又何尝敢面对他?

她亏欠程栖泽的,没法还上,更不敢接受他这份沉甸甸的感情,唯一能做的,就是明确拒绝,让他尽快放下这份执念。她并非良人,不值得。

"可是我并不想见到你。我也不值得你这样放下身段,以后不要再来找我了。"林槐夏淡声道。

"没有什么值不值得。"程栖泽道,"起码我喜欢你我懂得争取,方渡呢?缩头乌龟一个,这种人值得你喜欢?"

"这关他什么事?"林槐夏皱起眉。

"他还没和你说?"程栖泽轻嗤,"真怂。"

"程栖泽。"林槐夏的声音骤然冷了几分,"我不知道你在说什么,但他是你哥,无论什么时候都在维护你,可你呢?却在背后说他坏话,一个大男人,幼不幼稚?"

程栖泽微怔,隔了半晌,他不屑地轻哼一声:"他能维护我什么。"

林槐夏没有与他争辩,正巧叫的出租车到了,她淡声道:"以后不要再找我了。"

说罢,便扬长而去。

从帝都回来,林槐夏满脑子都是程栖泽那句"他还没和你说",方渡能和她说什么呢?

刚好回苏镇的大巴到站,林槐夏没再纠结,只当程栖泽是情急之下的胡言乱语。

正值旅游旺季,大巴上人很多,大多是去苏镇旅游的人。林槐夏好不容易找到一个空位,坐在里面的女生用鸭舌帽挡着脸,用自己那只毛呢拼接款香奈儿流浪包占着另一个座位。

她的行为引起了许多游客不满,但大家看她是个小姑娘,没好意思说。

大巴一个急转弯,林槐夏差点没站稳,她只好拍了拍女生,轻声问:"请问我可以坐这里吗?"

女生脸上的帽子滑了下来,她嚼着口香糖,斜眼睨林槐夏一眼。她拿起旁边的包包,用下巴尖示意了下座位的方向。

原来没睡着。林槐夏抿了下唇,坐到女生旁边。

林槐夏坐下后，女生朝她凑过来一些："They're too sweaty.（他们身上好多汗）"

甜甜的香水味飘了过来，林槐夏不由自主地皱了下眉。

女生一边说着，一边嫌弃地瞥了眼斜后方几个侃大山的大叔。

林槐夏顺着她的目光看了一眼，没说什么。

女孩应该是想跟自己解释为什么要用包多占一个座位。林槐夏没有和陌生人搭讪的习惯，女生也不打算和她聊太多，说完那句，便将鸭舌帽重新盖回脸上。

女生身上的香水味过于浓烈，但不难闻，林槐夏不由自主多打量她一眼。女生皮肤很白，身材极好，一件V领短衫勾勒出她漂亮的胸型和马甲线，她浑身上下都是大牌，但不扎眼，看上去充满了少女的青春活力。

应该是一个人来旅游的。

林槐夏适时地收回目光。她翻出手机，和店家确认好取蛋糕的时间，打算一会儿下了车就直奔商业街。

她没告诉方渡在哪儿过生日，打算给他一个惊喜。

林槐夏给方渡发了条消息，告诉他自己已经坐上大巴，很快就到苏镇。发完消息，她摁灭手机，打算在车上补个觉。

一个多小时后，林槐夏在商业街的停靠站下车。坐在她旁边的女生也和她一起下了车。

商业街就在路对面，林槐夏等红灯的当儿，发现那个女生正拿着个纸条向一个阿姨问路。两人张牙舞爪比画了半天，谁也没听懂谁在说什么。

林槐夏终于忍不住，走过去用英文和女生讲道："商业街就在路对面，你要去哪个景点？"

"你会说英语啊。"女生用英文回道，"她在说什么我听不懂。"

林槐夏又用苏镇话和那个阿姨讲了一通，和她轻声道谢。

阿姨走后，女生吐槽："为什么我听不懂她说什么？"

怕林槐夏误会，女生又转成普通话："我会说中文，但是我听不懂她在说什么。"

"她讲的是方言。"林槐夏淡声解释，问女生，"你要去哪里？"

"哦，这里。"女生递给她看了眼自己的手机，上面是用英文写的地址。

林槐夏读了一遍，发现是自己住的那个招待所。她颇为惊讶地看了女生一眼，这女生看上去是那种对生活品质要求极高的人，没想到会选择那家招待所入住。

"我就住那里。"林槐夏解释道，"你要和我一起走吗？"

女生警惕地乜林槐夏一眼，但是看林槐夏的气质和穿着不像坏人，她犹疑地点点头："怎么过去？"

"那边离这里有些远，我们打车过去。"林槐夏道，"不过我要先去取趟东西，你要陪我一起吗？还是我帮你叫辆车？"

"我不着急，和你一起吧。"女生道。

林槐夏微微点头，示意她往商业街的方向走。

路上，女生主动向林槐夏做起自我介绍："我叫陆曦，叫我Lucy就行。在Parsons读时尚管理，你呢？"

林槐夏歪头想了下，弯起眸子："Summer Lin。"

"你英文名还挺好听嘛。"陆曦是个自来熟，很快和林槐夏熟络起来。

林槐夏被陆曦的热情感染，笑着问她："你怎么一个人来这边旅游？"

"我不是来旅游的。"陆曦脸上一红，小声解释道。

"哦。"林槐夏看着她害羞的模样，心领神会，"来找男朋友的？"

"啊——"陆曦脸上更红了，连忙朝林槐夏摇摇手，"不、不是——我的意思是——现在还不是男朋友。"

那以后会是。林槐夏读懂她后半句的意思。

林槐夏笑意更甚，打趣着问："他在这边读书？"

"不是，他在这边工作。"

"那你们异地,以后会很辛苦吧。"

"哎呀,我都说了,还不是男朋友嘛!"陆曦嗔怪地瞪她。

两人边走边聊,林槐夏找到那家订蛋糕的西餐店。店家已经将蛋糕和红酒准备好,林槐夏只要签个名就可以提货了。

陆曦主动帮她拿红酒,她看了眼牌子:"你这酒挑得不太行啊。"

"这边没有什么好牌子,能有得喝就不错了。"林槐夏弯了弯眸。

两人聊了会儿红酒,陆曦没想到林槐夏这么懂行,跟林槐夏更亲昵了些。

上了出租车,陆曦一直问司机还有多久到。

林槐夏见她这么着急,好笑道:"你们是多久没见面了,怎么这么着急?"

"不是有句古诗叫'一日不见如隔三秋'?大概就是这种感觉吧!"陆曦摇头晃脑道,她睨了眼林槐夏怀里的蛋糕,"你不也要过生日,不着急吗?"

"不急,还要准备准备。其实是明天的生日。"林槐夏道。

"啊,你是明天的生日呀?"

林槐夏点点头,懒得解释其中缘由。

"好巧呀。"陆曦喃喃地念了一句。

终于到达目的地,出租车在招待所的对面停下。林槐夏给陆曦指了指招待所的方向,对她道:"你找的地方就在那边,我先回去了。你问下你朋友的房间号?"

陆曦点点头,给了林槐夏一个大大的拥抱:"谢谢你呀,你人真好。"

"没事。"林槐夏动作一僵,脸颊不由自主泛起一抹红晕,"祝你早日脱单。"

陆曦不懂"脱单"是什么意思,朝林槐夏眨眨眼:"什么意思?"

林槐夏想了想,解释:"从'friend'变成'boyfriend'……"

陆曦哈哈一笑:"明白了!也祝你早日'脱单'!"

两人分别后，林槐夏回到招待所。招待所的旋转门坏了，她只能从旁边的推拉门进入，她双手拿着东西没法开门，正要将蛋糕放到地上，门突然开了。

她和里面的人道谢，抬眼便看到方渡站在自己对面。

"咦——"林槐夏下意识地将蛋糕藏到身后。

方渡垂眸睨了眼她手上的蛋糕盒子，好笑道："我看到了。"

他示意林槐夏进去。

林槐夏只得红着脸，和他一起进到招待所里。

"你怎么回来了？"她问。

按理说这个时候他应该在办公室才对。

"我收到你消息就回来了，本来想去大巴站接你的，你没有告诉我哪站下车。"

"啊……"林槐夏讪讪道，"路上碰到个很可爱的女孩儿，一直没看消息。"

方渡示意林槐夏将手里的东西拿给自己："怎么准备这么多东西？"

"难得过次生日，当然要好好准备嘛。"

"所以……晚上去哪儿过生日？"方渡问。

林槐夏弯了弯眸："不告诉你，到了就知道了嘛。"

方渡耸耸肩，难得看她对一件事这么积极，便没再多问。

两人正准备上楼，突然听到身后有人叫他："Eden！"

两人俱是一怔，双双回过头去。

方渡看到身后的女生，神色怔然："你怎么会在这里？"

陆曦笑眯眯地走过来，道："特意过来给你过生日呀，惊不惊喜？"

她看到方渡身边的林槐夏后，也怔住了："你怎么在这里？"

此时的场景要多尴尬有多尴尬。林槐夏万万没想到，陆曦口中那个"男朋友"就是方渡。

陆曦来回打量着两人，最终目光落在方渡身上，口吻中带着质询："你们认识？"

方渡清了清嗓子，淡声道："我之前和你们提过，那个邻家妹妹。"

呵,现在变成邻家妹妹了。林槐夏酸溜溜瞥他一眼,心底哂然。

陆曦的目光重新放到林槐夏身上,多了抹强烈的敌意。

在美国的这圈朋友里,谁不知道方渡心心念念他的那位"邻家妹妹"?有时他难得喝醉酒,嘴里念的都是她的名字。陆曦嫉妒得半死,但又觉得方渡和她早就失去了联系,自己多半还是有希望的。

更何况,通过李睿宸的转述,她得知方渡喜欢的人性格开朗单纯,喜欢和他撒娇,笑起来像个小太阳一样温暖可爱。其他人都说,陆曦也是这样的性格,总是撺掇方渡多看她几眼。

陆曦觉得方渡既然喜欢这种类型的女生,那喜欢上她也是迟早的事。迟早他能忘记那个只存在于记忆中的人,和自己在一起。

陆曦的目光又在林槐夏身上转了一圈儿,不由得冷哼一声。陆曦一直以为方渡喜欢的人是个很可爱的女孩子,现在看来,她和描述里一点也不像,虽然不能说她不好,但是完全不是方渡的理想型。

一点竞争力都没有。想到这儿,陆曦方才的失落全然消失,重新燃起斗志。

她眉眼一弯,扬起一抹甜美的笑意,声音也变得甜甜的:"阿渡哥哥,我好想你呀!"

她一边说着,一边跑过去抱住方渡的腰。

方渡手里拿着东西,根本躲闪不及。他尴尬地立在原地,试图推开陆曦,可陆曦就是不撒手。

方渡难得冲人发脾气。他用英文快速地说了一句什么,林槐夏没听清。

陆曦终于舍不得地松开方渡,委屈巴巴地改了称呼,管他叫"Eden"。

两人用英语交流,语速很快。

林槐夏突然觉得自己特别特别多余。

她隐隐约约听着两人聊起在美国的事,提起共同朋友的名字,心脏就像是坠了块铁铅,一直向下坠,最终沉入深渊。

林槐夏莫名想到很早很早之前,方渡也这样凶过自己。现在看来,虽然他一副凶巴巴的模样,两人间却透着说不上的亲昵与熟稔。

林槐夏垂着眸,她以前也像陆曦这样,天不怕地不怕,只想黏在他身边,和他撒娇,方渡总是容忍她、纵容她。

那个时候的自己也单纯开朗,喜欢高高地扬起嘴角,笑得天真烂漫。可现在呢?心机又自私,对周围的一切冷漠又敏感。

她突然想到那天在温泉和同事的聊天。

——方渡喜欢什么样的女生?

大概就是陆曦这样开朗天真,像个小太阳一样温暖甜美的女生吧。

林槐夏回想起陆曦刚刚那声"阿渡哥哥"。以前只有她会这样叫方渡,方渡也只允许她一个人这样叫。

现在有别人叫了。

林槐夏回拢思绪,兀自抬了抬嘴角。

她到底在奢望什么。她只不过是方渡的"邻家妹妹"而已。

旁边的两人不知怎的又变回了中文交谈。

陆曦拧着眉,理直气壮地问他:"我大老远从纽约坐飞机,又坐了好几个小时的大巴过来,就是为了给你过生日,你为什么不和我一起?"

"我和你说过了,我有约了。"方渡沉声道。

"可是——"陆曦不开心地抿下唇,凉凉地打量一眼他身后的林槐夏。她本来信誓旦旦地和其他朋友说,自己出马肯定能把方渡叫来,可现在,她不得不换个理由,"可是 Gavin 他们都过来了,就为了给你过生日,你连见都不见一面?"

方渡一噎,眉尖蹙得更紧了:"Gavin 他们都过来了?"

"是啊,大家想给你个惊喜,全把手头的事推掉了。他们都在苏市等你,你不去?"

方渡朝她比了个手势,给李睿宸拨了个语音。确认其他人真的都在苏市,方渡沉默了。

站在两人身边一直默默听着的林槐夏开口道:"既然朋友都过来了,就去见一面吧。"

听到她说的，陆曦得意地挑起眉梢。

"可是……"方渡顿了顿，对林槐夏道，"要不我们一起吧？"

林槐夏勉强扬起一抹笑意，似是抚慰。她轻轻摇了摇头："不了，我不太熟，你们去玩吧。"

说罢，林槐夏头也不回地走进电梯。

第十七章
十八岁的生日愿望

　　林槐夏回到房间，周苒苒不在，和其他人出去玩了。一瞬间空落落的感觉席卷她的全身，她疲惫地坐到椅子上。

　　余光瞟到自己藏好的那一包装饰品，林槐夏抿了下唇，挪开视线。

　　门口传来敲门声，林槐夏走去开门，居然是方渡。

　　就在她以为方渡为了她要爽约其他人的时候，方渡朝她扬了扬手中的蛋糕盒。

　　原来是送东西的。

　　一瞬间的惊喜被浇灭，林槐夏敛起眸，恢复平时那副淡淡的神色。

　　"不用给我，你们拿去吃吧。"她淡声道。

　　"我不想去。"方渡坦然道。他想，只要林槐夏表现出一丁点想要他留下的意思，他都要爽那群人的约，不论来了多少人。

　　可林槐夏却依旧是那副理解的笑："去吧，那么多人等你呢。玩得开心点。"

　　"那你——"

　　林槐夏耸耸肩："反正也不是我的生日。等你回来了，明天我再给你过。"

　　她朝方渡摆摆手："玩得开心。"

电梯那头传来陆曦催促的声音。方渡没再说什么，将手中的红酒和蛋糕放到地上。

方渡走后，林槐夏早已没了方才那副笑意，凶巴巴地瞪了眼地上的蛋糕盒。谁还需要这堆破烂东西。

她"砰"的一声关上房间门，气呼呼地舒了好几口气才缓过神来。

狗男人，谁稀罕他呀！

林槐夏冷哼一声，拆开之前准备的那堆装饰品。正要扔到垃圾桶里，看到里面小星星一样的灯串。

……挂上以后会很好看吧？

干吗为了个狗男人糟蹋这么多好东西？他不在，她一个人过生日不就完了！

想到这儿，林槐夏又将门口那瓶红酒和蛋糕拿进房间。

晚上，华灯初上，远处的地平线上延绵起伏着万家灯火，汇成一片静谧美好的灯海。

林槐夏将凉亭重新装点一番，星星灯在黑暗中发出幽幽的光芒，清风拂过，吹起散落在地上的玫瑰花瓣，掠过一抹清淡的花香。装点后的凉亭焕然一新，与远方的灯火交相辉映。

林槐夏看着自己的杰作十分满意，坐到撒了花瓣的地毯上。

幸好没有浪费这么漂亮的装饰品。

她从野餐箱中拿出红酒和玻璃杯，给自己倒了一杯。从这个角度正好能看到山下的风景，很美。林槐夏一时间有些失神，慢慢地摇晃着红酒杯。

广袤的天地间有星辰有村落，有青山有溪流，一切都显得那么祥和安逸。

她突然有一种释怀的感觉。

她为什么总是贪心地想要更多？明明之前只盼着他平安健康就好，现在为什么又盼着他能一直陪自己？

自己过生日，也没什么不好的。林槐夏将红酒一饮而尽，又给自己倒了一杯。

眼角有些湿润,她伸手擦了擦,将杯中的红酒再次喝掉。她的目光停留在远处,那是苏市的方向。她想象着方渡在那里和朋友玩得开心的模样,不由得弯了弯唇。

那股巨大的失落感再次涌来。

她一直觉得他忽远忽近的,现在想来,两人之间隔着十年的距离,小时候的回忆再美好,也只能被称作回忆。回忆就是用来怀念的,而非永恒的延续。

红酒已经被她喝掉了大半,林槐夏捂着昏昏涨涨的脑袋,翻出手机看了眼时间。

还有半个小时到十二点。

她从蛋糕盒里取出蛋糕,又翻出纸袋里的蜡烛。正摸索着找打火机时,她听到身后传来一声清浅的笑意:"怎么不等我?"

林槐夏一怔,以为自己听错了,直到那抹熟悉的身影在她旁边俯下身时,她才敢相信是他。

"你怎么回来了?"

"回来陪你过生日啊。"方渡淡声道。他接过林槐夏手中的蜡烛,在蛋糕四周插了一圈。

林槐夏小声地哼了下,似乎在和他置气:"又不是我的生日,什么叫陪我过呀。"

方渡笑了笑,伸手指向她买的蛋糕:"挑了个自己最喜欢的口味,还说不是陪你过?"

林槐夏不满地哼了声。

她突然想到什么,疑惑地问方渡:"你怎么知道我在这里?"

"有什么难猜的。"方渡不以为意,问她要打火机。

林槐夏四下找了半天,才想起来自己根本没有打火机,她又问方渡。方渡苦笑道:"我平时不抽烟,没有带打火机的习惯。"

他四周看了看,干脆拿起石阶上的电子蜡烛,摆到蛋糕旁边:"凑合下吧。"

林槐夏看到漂亮的蛋糕后面赫然杵着的巨大蜡烛,被他气笑了:"你朋友那边呢?"
　　"去蹦迪了。"他有点可怜巴巴道,"为了早点回来,我敬了一圈酒呢。"
　　林槐夏嗔怪道:"又没有人叫你回来。"
　　方渡往返苏市至少两个小时,还要从市中心往这边赶,算下来,他在苏市并没有待太久。
　　"那不行,答应你一起过生日的。"
　　"看来'妹妹'还挺重要的嘛。"林槐夏笑着打趣道。她语气里酸溜溜的,还惦记着这茬儿。
　　"当然重要。"方渡揉揉她的脑袋。他看了眼时间,对林槐夏道,"马上十二点了,要一起许愿吗?"
　　林槐夏弯了弯眼睛:"嗯。"
　　…………
　　远方的寺中敲响十二点的钟声,林槐夏许好愿睁开眼,发现方渡还闭着眼睛,在很虔诚地许着愿。
　　林槐夏打趣他:"许什么愿许了这么久?"
　　方渡睁开眼,笑着道:"许愿以后一直都能陪你过生日。"
　　林槐夏好笑道:"哪有什么'一直'啊。"
　　她把蛋糕切开,分给方渡一块,示意他坐到自己旁边。
　　林槐夏尝了口蛋糕,不禁夸赞:"我的眼光果然好,挑的蛋糕就是好吃。"而后还不忘瞥方渡一眼,"某些人居然还嫌弃!"
　　方渡好笑地摇摇头。他斯文地切了一个小角浅尝了一口,剩下的大半个蛋糕都留给了林槐夏。
　　林槐夏腮帮子鼓鼓的,也不注意什么形象了,对他道:"我不知道你会来,生日礼物回去再给你吧。"但她依旧厚脸皮地伸出手,"但是我的生日礼物你应该带了吧?"
　　方渡从旁边的外套中拿出一个小盒子,放到林槐夏的手上:"很早之前就准备了。"

她大概永远都猜不出来"很早"代表着什么意思。

林槐夏打开盒子，不禁眨眨眼。盒子里是一条粉宝石项链，做工精致漂亮，但最特殊的是，这条项链和她小时候在橱窗里看到的一条玩具项链几乎一模一样。

那时她年纪小，对这种漂亮的玩具十分钟情，但是林奶奶没有那么多钱给她买玩具，任由她如何哭闹都不会给她买。每次走到橱窗前，她都会忍不住打量一眼。方渡曾经答应过她，等他长大了就买给她。林槐夏没想到他竟然真的信守承诺。

小巧的水滴形粉宝石组成花朵的形状，中心镶嵌一颗钻石，四周由碎钻装点出图案，每个细节都还原了当时那条玩具项链的模样，只不过比那条做工更细致更好看。

"要戴吗？"方渡问。

林槐夏点点头，她转过身，撩开身后的长发，露出一截白皙的脖颈给他。

方渡俯下身，帮她把项链戴好。

冰凉的触感贴在她的肌肤上，与身后男人温热的气息形成鲜明的对比。

林槐夏脸颊发烫，不禁伸出手背敷了一下。一定是刚刚酒喝得太多了。她僵在原地，一动不敢动，脖颈后方薄薄的肌肤能感受到他的动作。

"戴好了吗？"她轻声问道。

"好了。"温润的男声响在她的耳边，惹得她耳尖酥痒痒的。她突然有种再不逃开就来不及的错觉，就听他继续道，"小槐夏，我一直想问你，之前的生日愿望，现在兑现，还来得及吗？"

夜晚的山风很凉，却吹不散她脸上滚烫的温度。寂静的山林中，她甚至能听到心脏狂跳的声音。

他说得含蓄而内敛，但林槐夏清楚，他指的是十八岁前那晚，她许的愿望。她许愿说，想要和他一直在一起，做他的妻子。

如果是十八岁那个晚上,他答应她的表白,她一定会激动又兴奋地抱住他,坦白自己内心的欢喜。

可现在的他们,已经不是当初不顾一切的孩子。她曾经的任性妄为导致了十年的分离,而这十年里,她还做了许多错事。她早已不是曾经那个单纯烂漫的小女孩,或许方渡喜欢的,不过是十年前那个印象中的女孩罢了。

现在的自己可能会让他失望,可能早已被他远远地落在身后,根本配不上他。

空气中很静,静得只剩下两人的呼吸声。她干脆装傻,讪笑:"你说的是哪个愿望呀?我许了那么多,早就不记得了。"

"你记得的。"方渡低低地笑了一声,似乎并不介意她的拒绝。他俯下身,炽热的气息离她的耳尖又近了几分,"没关系,我等你。"

那一瞬间,她心底最后一道防线几乎被攻陷。林槐夏咬了下唇,舌尖的血腥味让她冷静了不少。她小声道:"我真的不记得了,我刚刚喝太多酒了,好像有点醉了。"

方渡但笑不语。他松开林槐夏,拉开距离:"戴好了,你看下长度合适不合适。"

林槐夏垂下眸,指尖摩挲了下项链吊坠。粉宝石冰凉的凹凸感硌着指腹,她脸颊的温度却又燃起几分。

她轻声对他道谢:"谢谢。"

方渡没说什么,坐到她旁边。

林槐夏不敢看他,不停地摩挲着胸前那枚吊坠,她将视线放到远方的景色上。

她不知道该和方渡说些什么,便撒了个谎,小声道:"我困了,我们回去吧。"

方渡"嗯"了声,没有戳穿她。他温声道:"把外套穿上,不然容易着凉。"

林槐夏支支吾吾地应了一声,她看了眼身上披着的外套,是他穿来的那件薄呢大衣。

外套上还残留着温度,有一抹若有似无的他身上的冷茶香。宽大的男士外套几乎包裹住她整个人,就像是被他抱在了怀里一般。

她的脸颊不由得燃起燥意,磨磨蹭蹭地跟他一起下了山。

第二天一大早,林槐夏洗漱完,视线不由得落在颈间那枚粉宝石吊坠间。昨天的红酒喝得太猛,又吹了些风,她现在脑袋还有点疼,没缓过神来。

乱七八糟的情绪再次浮现,她伸手摸了摸那枚吊坠,竭尽全力将它们悉数摁了回去。

突然想起来昨晚回来就回房间睡觉了,还没把生日礼物给方渡。她从储物柜里找到包装好的礼物,打算给他送过去。

正准备出门,她低头看了眼身上的睡衣。T恤短裤人字拖,怎么看都有些邋遢。沉默了下,她又折回房间,从箱子里挑挑拣拣,最终选了一条白色连衣裙,外面套了件鹅黄色针织衫。

想到下午还要去现场测绘,她低声骂了句"笨蛋",又将连衣裙脱下,换了套简约舒适的装扮,而后又补了粉饼口红。

这么一折腾,时间过去了大半。终于收拾好,林槐夏抱着礼物去了方渡的房间。

还未走到,林槐夏便看到他站在门口,面前还站着两个人,其中一个是陆曦。

林槐夏眨眨眼,不由自主地顿住脚步。

"这丫头喝醉了,一直嚷着要来找你。"李睿宸推了推眼镜,朝方渡道。

"我没醉!我很清醒!"陆曦不满地瞪他,撒娇地看向方渡,"Eden,今天陪我出去玩嘛!"

陆曦撒娇的模样可怜巴巴的,林槐夏几乎能看到陆曦身后摇晃的小尾巴,莫名惹人怜爱。饶是她看到,都想答应陆曦的全部请求。

三个人没有注意到她。

"我还有工作。"方渡皱了下眉。

"什么工作嘛，休息一天怎么了！"陆曦不满道。

李睿宸也在旁边搭腔："就是，我们难得回趟国，带我们附近转转呗。有朋自远方来，岂有不招待的道理？"

"你别瞎掺和。"方渡无语地乜李睿宸一眼。

李睿宸咧嘴一笑："不是我说，你昨天就出现了那么一小下，我都看不过去了。Lucy想你想得要命，你就带她在这边好好玩玩呗。"

"就是就是嘛。"陆曦鼓起腮帮，拉着方渡的胳膊摇晃几下，"就今天一天，带我在这里玩一玩。"

方渡不着痕迹地拂开陆曦的手："我说了，我没时间。"

"就一天。一上午也行。"陆曦可怜巴巴地伸出一根手指头，不死心地再次拉住方渡的袖子，"再说了，Gavin告诉我你是来做免费苦力的，什么人这么压榨你呀，连一天假都不给请吗？"

方渡睨了李睿宸一眼。

李睿宸耸耸肩，仿佛在说"我又没说假话"。

"叮咚"一声，电梯开门的声响吸引了三个人的注意力。

林槐夏本来待在电梯间，正好遇到从电梯出来的人，又正好是他们一同出差的同事。

"林工，来找方教授啊？"那人见到林槐夏习以为常，和她打了声招呼。

林槐夏只能硬着头皮应了一声，和他一起走出电梯间。

其他几人正盯着她。方渡看到她，微微一怔。

方渡和同事打了声招呼，同事很快回了自己房间，只剩林槐夏尴尬地站在原地。

气氛瞬间变得微妙起来。陆曦看到她翻了个白眼，李睿宸则是递给方渡一个眼神，似乎在询问她是谁。

林槐夏睨了眼陆曦还搭在方渡袖子上的手，不由自主地抿了下唇，道："不好意思，我就是那个压榨他的人。"

方渡注意到林槐夏的目光，才反应过来，不着痕迹地与陆曦拉开距离。

李睿宸注意到几人的动作，吹了声口哨，双手环到胸前，大有种看好戏的架势。

陆曦弯起眸："这样啊，姐姐你看着就人美心善，能不能把Eden借给我一天？"

她故意管林槐夏叫"姐姐"，大抵有种嘲讽林槐夏是老女人的意味。

林槐夏还未回答，方渡厉声道："Lucy，我们没有时间陪你闹。"

林槐夏懒得与陆曦计较，只弯了弯眸子道："我哪里有权利管方教授。"她又朝方渡道，"既然朋友从那么远过来找你，就好好陪一陪吧。"

方渡："……"

她已经很久没用过"方教授"这个称呼了，看来是真的生气了。方渡垂下眸，有些无辜地看向林槐夏。

林槐夏却不理他，佯装没有看到，笑眯眯道："既然方教授今天请假，我没有别的事了。"

说罢，她朝几人道别，转身回了电梯间。

一瞬间又只剩下三人。

李睿宸吹了声口哨："什么情况？"

方渡无奈地撇了下唇，朝李睿宸伸出掌心："手机。"

"干吗？"李睿宸愣了下。

"给我。"方渡不耐道。

李睿宸犹犹豫豫地将手机交给方渡，方渡打开浏览器，快速输入几个字后，重新交还给李睿宸。李睿宸看着上面几个大字——"苏镇旅游攻略"，愣了愣。

"这个比我靠谱，你带Lucy按照上面的攻略去逛一逛就行了。"方渡道。

"到底怎么个情况啊？"李睿宸划了划手机屏幕，"你这怎么全是汉字？我看不懂啊……"

李睿宸的中文水平仅限于会说，汉字认识有限。看着上面密密麻麻的文字，醉酒的后劲儿又袭了上来，他两眼发晕。

"正好，抓紧练习中文的机会。"方渡面无表情地用眼神鼓励他。

李睿宸瘪了下嘴，摁灭手机屏幕："我不管，这是你的情债，自己解决。"

李睿宸勾住方渡的肩："兄弟，我把她带过来找你已经仁至义尽了。我可是有家室的人，要是让 Jessi 知道我陪 Lucy 坐夜车来这破地方，又孤男寡女一起旅游，回去还不得杀了我？剩下的交给你了。"

"我难道不是？"方渡慢条斯理道。

"你是什么是。"李睿宸"喊"了一声，"你连个女朋友都没有，还不好好抓紧和 Lucy 独处的机会？话说回来，刚刚那个妹子什么情况？怪漂亮的，你同事？看上人家了？"

方渡无语地抿了下嘴，没有理会。

"啊！"李睿宸打了个响指，一副恍然大悟的模样，"不会是你那个'小老婆'吧——"

随着他的话音响起，电梯间传来"叮咚"一声。林槐夏从电梯间出来，疑惑地看了看两人。

……什么小老婆？

李睿宸和方渡互望一眼，李睿宸递过去一个"兄弟好自为之"的眼神，立马转身朝陆曦的方向走。

看到方渡和林槐夏站在一起，陆曦十分不爽，结果被李睿宸提着领子进了电梯间。

方渡轻咳一声，问她："你怎么又回来了？"

"哦。刚刚是来送东西的，忘记了。"林槐夏收回疑惑的目光，把怀里的东西给他，"生日礼物。"

方渡拆开上面的丝带，里面是两本他一直很想要的古籍。林槐夏本来对自己准备的生日礼物挺满意的，可和他送给自己的项链相比，不管是心意还是价格上都差了好几倍。她突然有点心虚，讪讪道："我找了好久的……"

方渡弯了弯眸:"谢谢,我很喜欢。"

他小心翼翼地将包装袋重新包好,说:"稍微等我下,一起去吃早饭?"

"你不是要陪你朋友?"

"不用,他们自己可以照顾好自己。"

林槐夏:"……"

方渡一边说着,回屋子取了房卡和外套。他把门关好,听到林槐夏问:"刚刚你们在聊什么啊?我听到……"

"咔嚓"一声,房门关闭。方渡眯了眯眼,笑容惬意道:"你真的想知道?我可以给你讲讲——"

"不、不用了,我什么也没听到。"林槐夏连忙摇摇头,仅存的那点好奇都被他吓没了。

晚上下班,林槐夏打算去拜访梁淮生家,问方渡要不要一起。方渡应下,将手里的资料简单整理后,便拿上外套和她一起离开办公室。

刚出门,两人便看到等在门口的陆曦。看到方渡出来,陆曦咧嘴笑了起来,开心地朝他招了招手,可转眼看到他旁边的林槐夏,陆曦的脸立马垮了下来。

"阴魂不散。"陆曦撇撇嘴,朝两人走了过去。她的眼睛直勾勾地看着方渡,好像他旁边的林槐夏是空气一般不存在,"晚上一起吃饭吗?"

"李睿宸呢?"方渡问。

陆曦的眼珠子滴溜溜一转,面不改色道:"他在饭店等你呢。"

方渡没有揭穿她,只是淡声道:"我有事,你们去吧。"

"我马上要离开了,就不能稍微陪我一下?"陆曦有些受伤。

方渡摇了摇头。

方渡之前不是这样的,他明明对自己很有耐心。陆曦将一切都怪罪到林槐夏头上,一双大眼睛凶巴巴地盯着林槐夏,两道目光仿佛能将林槐夏穿透。她极快速地说了一长串英文,都是咒骂的话。

方渡厉声喝止陆曦。陆曦一点没有悔改的意思,又骂了一句。

林槐夏面无表情:"陆小姐,我能听懂英文。"

陆曦哼了一声,不死心地又改法语骂了句脏话,才切换回中文道:"既然能听明白,就不要在这里碍眼了。"

"当然,我不会打扰你们。"林槐夏点点头,她拿过方渡手里的纸袋,里面都是些给梁淮生带的零食和日用品,"你陪陆小姐吧,我自己去就行了。"

还不等方渡反应,她便一个人离开了。方渡想要追过去,却被陆曦拉住:"你们两个有的是时间相处,我马上要回去了,分我几分钟不可以吗?"

方渡拂开陆曦的手,与陆曦拉开距离:"有什么事?"

陆曦有点委屈:"你这样我很受伤。你以前不是这样对我的。"

她是个直来直去的性格,不愿与方渡打太极:"你明明知道我喜欢你,你为什么还放不下她呀?"

陆曦的表白引来周围人的注意。方渡无奈,只能把她拉到偏巷中,对她道:"谢谢你的心意,但你也清楚,我有喜欢的人了。你值得更好的,所以不要在我这里浪费时间了。"

陆曦摇摇头:"我想不明白,你为什么放不下她?Gavin和我讲的时候,我以为她是个特别阳光可爱的女孩儿,如果输给这样的人,我认了。可是她跟形容的一点也不一样,我不服气!在我看来,我更像你喜欢的类型。"

方渡笑了:"你觉得我喜欢什么类型的女生?"

"我这样的呀。"陆曦歪着脑袋想了想,完全不吝啬于夸赞自己,"开朗阳光,爱撒娇,虽然有时候比较直接又有点幼稚,但是不招人讨厌嘛。不像她,虽然很漂亮但是看上去就无聊,而且总是话里有话,一点也不干脆。"

陆曦皱了下眉:"你有没有想过,你只是觉得自己还喜欢她罢了,因为'喜欢过',所以才有执念。其实她早就不是你喜欢的样子了。"

方渡摇了摇头:"你说错了。"

"哪里说错了？"陆曦问。

方渡道："我没有什么特别喜欢的类型。我喜欢她，只是因为她是她。不论她变成什么样子，我都只喜欢她。或许你说得没错，这是种执念，一辈子的执念。"

所以他一直将她小心翼翼地藏在心里。他怕她只把他当作哥哥，又怕自己吓到她，怕她会躲得远远的，再也不见他。他不喜欢做没有把握的事，所以才不敢轻易踏过那条线。但是现在，他不想再做个胆小的人了。就算她现在不喜欢自己也没关系，他可以慢慢等，等她愿意的那天。

就算等不到那天，也没关系。至少他尝试过了。他这辈子，早就栽到她的手里，再也容不下别人了。

听他说完，陆曦陷入沉默。半晌，她沮丧道："……我明白了。"

从梁淮生家里出来已经很晚了，梁淮生把林槐夏送到门口，奶声奶气地问："姐姐，你下次什么时候过来呀？"

"等我不忙了就过来。"

梁淮生点点头："你好好休息，休息好了再过来。到时候我数学一定考个一百分给你看。"

林槐夏弯起眼睛，揉揉他的脑袋："好，在家听阿婆的话，好好做作业。"

梁淮生重重地点了下头，问她："叔叔为什么没有和你来？"

"他今天比较忙，没时间过来。"

"可是……"梁淮生不解地眨了眨眼，指向巷子口，"他就在那里呀。"

林槐夏顺着梁淮生指的方向望去，方渡正站在小巷的拐角处，半倚着路灯。天色已晚，暖色的路灯将他的影子拉得又直又长，孤零零的一条拓在石板路上。

林槐夏想假装没看到，梁淮生却高高地举起胳膊朝方渡挥了挥，扬声道："叔叔！你怎么不进来呀！"

301

听到梁淮生的声音,方渡慢条斯理抬起头,朝两人的方向走了过来。他笑着和梁淮生解释:"有点事,刚到,我来接她回家。"

梁淮生心地单纯,他说什么就信什么:"噢,那叔叔照顾好姐姐,姐姐刚刚进门的时候不小心把脚崴了,在家敷了点药,但是还没好。"

方渡微怔:"怎么搞的?"

"没事。"林槐夏没想到梁淮生嘴这么快,红着脸道,"想事情结果没看台阶,绊了一跤。"

她推了推梁淮生:"快回去做作业吧。"

"好,叔叔照顾好姐姐,我先回去啦。"梁淮生朝两人摇摇手,蹦蹦跳跳地跑回去了。

梁淮生走后,方渡半蹲下身:"让我看下,严不严重?"

"没大碍的。"林槐夏推了下他的肩膀,"回去再敷点药就好了。"

方渡不禁皱起眉:"如果他不说,你是不是都不打算告诉我?"

"没有。"林槐夏小声嗫嚅,"……走路有点瘸,能看出来。"

"还说不严重。"方渡眉宇蹙得更深了,"把裤脚撩起来,让我看下。"

林槐夏不情不愿地撩起裤脚,脚腕处肿起来一块瘀青的鼓包:"真的没事,就肿了一点而已。"

"还好没伤到骨头。以防万一,去医院看一下吧。"

"没事的,我带了药膏,抹一抹就行。"

"不行,去医院看看。"方渡执意道。

两人争执不休时,一个男生拐了进来。杭思淼看到两人,不禁一愣,而后凶巴巴地皱起眉:"你们怎么在这里?"

林槐夏对眼前这个男孩儿有印象,是梁淮生的哥哥。

她温声道:"我们来看看淮生。"

"看他做什么?"

杭思淼一直对他们有敌意。受他大伯影响,他一直觉得林槐夏他们是来毁掉他们住的巷弄的,也就梁淮生总是向着他们说话。

他今天可算是明白了,合着有事没事就跑来给他弟弟灌迷魂汤,梁淮生心思那么单纯，肯定他们说什么信什么。大伯说了，这些人就是资本家的走狗，见什么人说什么话，不可能替他们真心着想。

想到这儿，他也没了听林槐夏解释的耐心，怒冲冲地推搡她一把："以后别来烦他！"

一切都发生得太快。林槐夏脚上有伤，一个趔趄，跌跌撞撞地倒在了墙上。

杭思淼觉得自己没使多大力气，是林槐夏碰瓷。他的语气又狠戾几分："你装什么！"

他故意朝地上啐了一口，转身要跑，却被旁边的方渡拽住胳膊。方渡没跟他客气，语气阴鸷道："跟她道歉。"

杭思淼哼了一声，满不在乎地扬起下巴。

方渡冷笑："只会欺负女人算什么本事？能不能有点骨气？"

杭思淼被他激了一下，怒气冲冲地瞪起眼："我——"

他还没说完，瘦得只剩骨头的胳膊被方渡一捏，杭思淼吃痛，知道眼前的人是要和他来真的。他打不过方渡，又不愿认怂，只能用尽全身力气将胳膊抽了出来，凶巴巴地瞪着两人："别怪我没警告过你们！再敢来，小心我对你们不客气！"

说罢，他头也不回地跑到梁淮生家里了。

林槐夏还是第一次见方渡这么生气。她拉住方渡："算了，跟小孩子置什么气。"

"小孩儿？他都多大了还不知轻重，迟早学坏。"

林槐夏笑他："真要变成怪大叔了，怎么都管起人家小孩儿长大什么样了？"

方渡叹口气："你脚都受伤了，还替他说话。"

"就是说嘛。我都没说什么，你生什么气。"林槐夏弯了弯眸，抬手抚平他蹙起的眉尖，"别生气啦，不是要去医院？再不走人家就下班了。"

离临塘巷不远有家小医院，好在没有伤到筋骨，检查完，医生给林槐夏开了药膏，让她回去注意休息。从医院出来，两人打不到车，方渡查了下导航发现医院离招待所不远。

他半蹲到林槐夏面前，背对着她："我背你回去。"

"不用——"林槐夏被他突如其来的动作吓了一跳，红着脸拒绝，"医生都说了没事的，我可以自己走。"

"医生还说了让你不要乱走动。"方渡一脸严肃，"你知不知道我刚才多担心？能不能听话一次？"

"是你小题大做。"林槐夏小声嘟囔一句，见他不为所动，只好不情不愿地俯下身，勾住他的脖子，"我很沉的。"

"不会。"方渡架住她的膝盖窝，将她背起。这种感觉很陌生，林槐夏一瞬间没找稳平衡，紧紧勾住他的脖子。

"……你这是要勒死我？"方渡咳了一声，逗她。

"啊——对不起！"林槐夏意识到自己全身过于用力，缓缓松开胳膊，"很久没被人背过了，有点奇怪。"

"不奇怪，多背几次就好了。"

林槐夏的脸更红了，她伸手拧了下他的脸颊："你是咒我多摔几次吗？"

她没想到方渡看着那么瘦，脸上的肉却软软的，忍不住又多捏了两下。

"走路都不看着，能不摔吗？"

"还不是因为——"林槐夏一顿，差点把实话说了出来。她刚刚满脑子都是他和陆曦站在一起的画面，才会没注意到台阶踩空的。

"因为什么？"

"没什么。"林槐夏收回手。

方渡走得很慢很稳，林槐夏渐渐适应了这种感觉。

其实她很小的时候方渡经常这样背她从临塘巷走回家。她会在他的背上踏踏实实地睡一觉。那个时候不觉得，现在却有一种微妙的情感在心底化开，越发浓烈。

终于走到酒店，林槐夏眼尖地看到两个站在门外抽烟的同事。她心脏都快跳到嗓子眼了，连忙拍了拍方渡的背："你放我下来！"

方渡不紧不慢地问："怎么了？"

林槐夏紧张兮兮道："张浩他们在门口呢。让他们看到不好。"

方渡遥遥地望了过去，轻笑着叹口气，找了处台阶，把林槐夏放了下去。

怕她站不稳，方渡一直护着她，直到她从台阶上稳稳走下来，才松开她的手。

"自己能走？"

"能走。"林槐夏往前蹦跶两下，示意他自己的脚没事。

方渡又叹了一声，笑容中裹着一丝揶揄。

"你笑什么。"林槐夏脸红红的。

虽然她能自己走，但是脚踝处还有些疼，走起路来有些跛，只能慢慢跟在他身边。

"没什么。"方渡轻笑道。

正好经过门口，他坦然地和两人打了声招呼。两人没有觉出异样，和他随意聊了两句。倒是林槐夏，一副做贼心虚的模样，快速走进酒店。

上了电梯，只剩他们两人。方渡问她："我刚刚为什么背你？"

"因为我脚受伤了啊。"

"那你怕什么？被他们看到解释一句不就完了？"

"对哦。"林槐夏恍然大悟。

方渡笑意更甚："你这样搞得我们像是去偷情了一样。"他慢条斯理地咬重"偷情"两个字，故意调侃她。

"……"林槐夏想到自己刚才那副做贼心虚的模样，脸上燃起火辣辣的温度。她竟然找不到理由辩驳，只能凶巴巴瞪他一眼。

方渡将她送回房间，嘱咐她按时抹药。

林槐夏还记恨着他刚刚在电梯里戏弄自己这事，门一关，连招呼都不打一声，直接无视掉他。

方渡微怔，而后轻轻笑了一声。
还挺记仇。

晚上睡觉前，林槐夏敷好药膏。
医生叫她伤口处暂时不要沾水，没办法，她只能艰难地冲洗头发和上半身，一直搞到很晚才全部收拾完。
正准备睡下，门口传来敲门声。林槐夏看了眼表，已经夜里一点半，这个时候怎么会有人来敲门？
敲门声慢慢停了下来，她只当是走错了房间。没过一会儿，敲门声再次响起。比刚才更加急切与不耐烦。
林槐夏叫了下旁边的周苒苒，周苒苒睡得很死，根本没听到。她蹙了下眉，只能趿拉着拖鞋，死死撑住手机，一小步一小步挪到门口。
还没走到，她就听到门外不耐烦的声音："快点开门！"
招待所的门隔音效果不好，林槐夏辨认出声音的主人，不悦地蹙起眉。
她打开门上挂的锁链，拧着门把手将大门打开。
陆曦站在林槐夏的对面，双手环胸，软塌塌地靠在墙上。她一张小脸红扑扑的，眼神无光地睨着林槐夏，满脸不耐。
看上去喝了不少酒。
林槐夏没好气道："陆小姐，有什么事不能明天说？你这样算是扰民，我可以报警的。"
她不知道为什么，最近自己的脾气越来越差了。
"我明天就要回国了。"陆曦满不在乎。
"哦。你可能找错房间了，方渡不在这里。"林槐夏淡淡应了一声，打算把门关上。
陆曦看到她的动作，"啪"的一声摁住大门："我不是来找他的，我是来找你的。"
林槐夏："找我什么事？"
陆曦上下打量林槐夏一眼，神情中还是充满不屑。她撇着嘴，不满地嘟囔道："真想不明白，他到底为什么那么喜欢你。"

她见林槐夏神色淡淡的，轻嗤道："你不会看不出来吧？Eden喜欢你。"

林槐夏没想到陆曦这么直接，颇为讶异地抬了下眉梢。陆曦以为她真的不知道，不屑的神色更浓："他到底喜欢你什么啊？傻里傻气的。"

陆曦有时发音会很奇怪，尤其"傻里傻气"这几个字之间还夹杂着莫名其妙的儿化音。所以明明是一副傲慢看不起人的模样，林槐夏却莫名觉得她说这几个字的时候有点可爱。

"你傻笑什么呢！我说正经的！"陆曦被林槐夏一副淡然的模样气急了，"你知不知道他多受欢迎？好多人都喜欢他，可他就喜欢你！我来就是想告诉你，你要是喜欢他就好好珍惜，不喜欢的话早点说清楚，别吊着他。"

林槐夏被陆曦凶巴巴又可爱的模样逗笑，方才的那抹愤怒早已烟消云散。她抿着笑，朝陆曦点点头。

陆曦见林槐夏根本没有把自己当回事，气冲冲地往前两步，拎住林槐夏的睡衣领子："你是不是瞧不起我？"

"Lucy，你喝多了。"

"我没有喝多！"陆曦怒冲冲道，"你就是瞧不起我。"

林槐夏往前挪了一步，半掩住门："Lucy，我没有瞧不起你。我的同事在睡觉，我们小点声说，好吗？"

陆曦抿了下唇，这才冷静了些，松开她："你别以为自己是个胜利者。我才不怕你。我有一百种方法对付你，只是我不屑用罢了。"

"既然Eden不喜欢我，我也不想强求。为了个男人要死要活的，不是我的作风。"

陆曦傲娇地扬起下巴，再次将双手环在胸前，她轻轻哼了一声，似乎十分生气："我特意推了Chanel的秀，跑到这穷乡僻壤找他。结果他告诉我他喜欢别人，真是气死了！后天还一场秀，我可不能再耽误了！"

307

林槐夏点点头配合，一副"你说什么就是什么"的模样。醉酒的人没法和她理论，更何况在林槐夏眼里，陆曦更像个得不到糖果就撒娇耍赖的小妹妹，还蛮可爱的。

陆曦自言自语半天，见林槐夏根本没把自己放在眼里，气得要命。

"你到底有没有在听我说话？！我来就是想告诉你，好好珍惜他，虽然我不在国内，但是我也会时时刻刻死死盯住你的！你要是敢对他不好，别怪我不客气！"

见陆曦气鼓鼓的模样，林槐夏不由自主地笑了一声。她点点头："我知道了，只是你醉成这样，我帮你开个房间好好睡一觉吧？"

"才不要你的施舍。我朋友在楼下等我呢，我不跟你废话了！"陆曦看了眼手机，转头警告林槐夏，"别忘了我今天说的话。我会一直盯着你的。"

说罢，她伸出手指比画了下自己的眼睛的位置，又朝林槐夏指了指。她凶巴巴地瞪了林槐夏一眼，这才满意地转身离开。

目送陆曦坐上电梯，林槐夏才关上房门，重新锁好。

没有了陆曦聒噪的声音，屋子一下子安静下来。

窗帘没有拉好，有一抹温柔的月光顺着窗帘间的罅隙泻在地板上，随风摇动。

所以……晚上的时候，方渡和陆曦聊了那些？

林槐夏伸出指尖，轻轻捂住心脏的位置，"扑通扑通"，心脏跳动的声音越发清晰。

致小槐夏：

你和林奶奶在国内过得还好吗？

今天是圣诞节，我第一次在国外过这个节日。听说圣诞节要和家人团聚，可你们都在国内，我没什么可以团聚的家人，今天只能在医院过节了。

前几天医生终于放我出去了，在纽约待了半年多，我还是第一次出去转。我去了你一直很想去的大都会艺术博物馆和现代艺术博物馆，里面有好多课本上才能看到的作品。真品确实比书本上印的要震撼很多，你肯定会喜欢这里。里面还有很多你喜欢的画家的作品，都是书上看不到的，不过我倒觉得你比他们画得要好看很多。

说起来，美国的建筑倒是很有趣。这边的城市氛围和国内完全不同，建筑混合了欧美各个国家和民族的建筑特色，风格迥异，却又奇妙地没有任何违和感，很值得细细研究……和你说这些你肯定又不爱听了，不过这次的信你也没法看到，不如让我说个痛快吧。

……不过，这些你都看不到了，我还有写这封信的意义吗？

算算时间你也该高考了，有没有好好复习？这段时间过得肯定很开心吧？我不在，你肯定很开心没有人念叨你了，恨不得这辈子都不要见到我？可是我真的很想你，我把我在这里看到的好玩的都画下来了，虽然丑了点，但是希望有机会可以分享给你。要是你来美国读书多好，我带你去逛你最想去的美术馆，去SAIC学画画。

可惜现在的我什么都不能为你做，我唯一能做的就是配合医生治疗尽快恢复健康。

不说这些不开心的，医生来查房了，有机会再聊。

圣诞快乐！

方渡
12月25日

第十八章
宋荷

九月末的苏镇，渐渐染上凉意。吴宅前的银杏露出灿烂的金黄色，盖住交叠的青瓦与白墙，铺下一地锦绣。

几近下班时间，办公室里气氛放松下来，大家凑在一起聊天，相约去苏市附近的白露寺观赏满山银杏。

周苒苒问林槐夏要不要去，林槐夏笑着拒绝了。最近忙着查资料写概念方案，她想利用周末好好补一觉。

"好吧。"周苒苒有些失落，但是也没有办法。顿了顿，她问，"槐夏姐，你怎么还不去吃饭？"

"要一起去吗？"林槐夏从电脑前抬起头，疑惑地问。

周苒苒像是有什么心事似的，目光很游移："我减肥呢，你忘了吗？倒是你，最近又瘦了，得按时吃饭呀。"

"我把这里写完就去。"林槐夏笑了下，将注意力重新放回到电脑屏幕上。

周苒苒张了张嘴，最后还是没说什么，从林槐夏的工位前离开了。

正巧遇到回办公室的方渡，她朝方渡使了个眼神，示意他林槐夏的方向。

方渡皱了下眉，显然没有接收到周苒苒传递的讯息。

周苒苒没办法，快步走到他身边小声说了几句。方渡点点头，朝林槐夏走了过去。

"要去吃饭吗？"他问。

林槐夏的思路再次被打断，好笑地问："你们怎么回事，一个两个都催着我吃饭？"

方渡抬眼看了看周苒苒的方向，周苒苒正用一种期盼的眼神望向他。方渡抿了下唇，继续道："我饿了。"

林槐夏其实也有些饿了，但是她想把这部分写完再走。但是她不想让方渡等她太久，便合上笔记本："那我们吃饭去吧。"

方渡点点头。

从吴宅出来，方渡特意挑了家较远的餐厅，叫她陪自己走过去。

方渡极少提要求，林槐夏觉得有些奇怪："你今天怎么回事？"

"怎么了？"方渡问。

林槐夏想了想，却又说不出来。往常方渡都是由着她的性子，她想吃什么就给她买什么或者陪她去吃，好不容易他提次要求，自己答应就是了，干吗想那么多？

她摇了摇头："没什么。"

方渡顿了顿，问她："……你还记得今天什么日子吗？"

林槐夏歪头认真思索片刻，没觉得今天有什么特别的。她问："什么日子？"

方渡欲言又止。最后他只是笑着摇了摇头："没什么。"

"你这么一说，我突然好奇了。"林槐夏皱起眉，仔细想了想，"9月30号，明天是10月1号，国庆节？"

方渡沉默，点点头："嗯，没错。"

吃完饭，方渡看了眼手机，问林槐夏："要不要再添点什么？"

"不了吧？我想赶快回去把剩下的内容写完。"

方渡点点头："那我再加点吃的。"

林槐夏："……"

她不好意思催他，叫服务员把菜单拿来。方渡慢悠悠看了半天，余光瞟到手机上最新跳出来的那条信息。

他合上菜单，慢条斯理道："突然不想吃了，我们回去吧。"

林槐夏："……"

从餐厅出来，林槐夏终于忍不住道："我总觉得你在瞒我什么。"

"没什么。"方渡不甚在意。

"肯定有。"林槐夏扬起下巴，"你说话时候都不敢看我的眼睛，绝对在瞒着我什么，而且还是和苒苒合谋的那种。"

"是吗？"方渡斜睨她一眼，笑道，"回去你就知道了。"

夜色已深，两人回到吴宅时院子里黑黢黢的一片，只亮着几盏院子里临时搭的白炽灯。

"他们走得也太快了吧。"林槐夏嘟囔着，不由得拽住方渡的袖角。两人走进藏书阁，门没锁，林槐夏一推便推开了，她对方渡小声吐槽，"也不知道是哪个糊涂鬼最后走的，门都没锁。"

说话间，两人走到办公室。

办公室的灯光骤然亮起，所有人都在办公室里，周苒苒站在最中间，捧着一个大大的奶油蛋糕，朝她弯起眼睛："槐夏姐，生日快乐！"

办公室内被精心装扮过，颜色亮丽的横幅与气球将原本压抑沉闷的空间装扮得温馨而明媚。林槐夏看到眼前的景象，惊诧得说不出话来。

见她傻愣在原地，方渡捏了捏她的后颈，示意她过去。

他用只有他们两人能听到的声音，轻笑道："糊涂鬼，生日快乐。"

林槐夏像个机器人一样执行着方渡的命令，走向众人，所有人都在祝她生日快乐，她的脸上染上羞涩而幸福的笑容。她已经很久没有过过生日了，就算过生日也会和方渡一起过，久而久之，早已忘记了自己真正的生日是在哪天。

她没想到周苒苒说给她办生日会是真的，也没想过大家会一起给她过生日。

泪水蓦然模糊了视线，将蜡烛的烛光模糊成绰绰光影。

周苒苒特意买了个数字"18"的蜡烛,插在蛋糕上点燃,笑嘻嘻道:"槐夏姐,永远十八岁,生日快乐!"

她叫门口的人把办公室的灯再次关上,热情地拉着林槐夏到蛋糕边许愿。

林槐夏十指相扣,闭上眼。

——"希望大家幸福快乐,希望我们的项目圆满。"

吹灭蜡烛,大家发出欢呼声。所有人拥着她切蛋糕,戴生日帽,倒香槟。周苒苒还特意跑去管郑昊借来一台黑胶唱片机,放的都是她喜欢的乐队的歌曲。

气氛热闹,林槐夏被大家挨个儿灌酒,很快就喝得一张小脸红扑扑的。

好不容易人群散去,周苒苒跑过来,递上自己准备的生日礼物。是一条浅米色的手工编织围巾。

"我看你挺怕冷的,就自己织了一条围巾,第一次织,不要嫌弃哦。"周苒苒挽着她的胳膊,脸上难得有一丝害羞的神色。

"不会的,我很喜欢。"

林槐夏展开围巾,发现围巾的一角还绣了一朵红色的小花。虽然针法歪歪扭扭的,但是特别可爱。她伸出指尖轻轻摩挲了一下。

"这个是我特意绣的!"周苒苒指着那朵小红花,得意扬扬地解释道,"你总是穿淡色的衣服,偶尔也要亮丽一点嘛。要像这朵小花一样每天开开心心生机勃勃。"

"好,听你的。"林槐夏弯起眸。她小心翼翼地收好周苒苒送的生日礼物,换上一副严肃的神情,"不过,以后不要就为了给我过个生日,麻烦大家弄这些了。况且是在办公室,多不好呀。"

"没事的,一会儿结束了我们会收拾干净的。况且大家玩得都很高兴啊。"周苒苒环视一圈,每个人都很开心地聊着天,"你不开心吗?"

"我……"林槐夏噎住,脸上红红的,"很开心,谢谢你。"

站在一旁的方渡毫不留情地拆穿她:"她从没过过这么开心的

生日。"

"哪有。"林槐夏脸上更红了,嗔怪地瞪他一眼,小声反驳道,"明明每个生日都很开心。"

方渡歪着头打量她一眼,轻轻笑了起来。

好像自从他回来以后,自己的生活就变得热闹起来,再也不是一个人了。林槐夏的嘴角不由自主地弯起一抹小小的弧度。

这些年她习惯了一个人,也习惯了隐藏真实的情绪,她把自己武装得很好,不敢轻易将真实的自己示人。她从未想过,有一天会像现在这样,和其他人在一起,酣畅淋漓地笑。

"好啦,你就是酒喝得不够,还放不开,好好享受自己的生日嘛!"周苒苒挽住林槐夏的胳膊,把她往香槟塔的方向推,"方教授,把槐夏姐借我们会儿,没关系吧?"

方渡笑着点点头:"别让她喝太多酒。"

"收到。"周苒苒俏皮地眨了下眼,拉着林槐夏朝其他女生的方向走过去。

章嘉敏在教几个女生划拳,玩得不亦乐乎。香槟被她们喝掉了大半,她旁边的女生大叫着让男生再去买几箱酒回来。大家闹得开心,没一会儿,几个女生玩起了蛋糕大战。

周苒苒被几人摁着抹了一脸的奶油,像只小花猫似的。周苒苒不服,趁着其他人分散注意,抹了一手奶油蹭到其他人脸上,谁也没能幸免。

好在林槐夏离得远,周苒苒又看在她是寿星的份上,才"饶她一命"。林槐夏看着眼前几人打作一团,笑得前仰后合。剩下的蛋糕都被她们"糟蹋"得差不多了。

林槐夏余光瞟到办公室另一头的方渡,他正和几个男同事聊天,笑意清隽从容。

她忽地计从心来,放下手中的酒杯,从一片狼藉的蛋糕上抹了点粉色的奶油。

她背过双手,装作什么都没发生的样子,施施然朝他走去。

——叫他故意和周苒苒一起瞒着自己!

林槐夏走到几个男人旁边,笑眯眯地问其他人:"我能借他一小下吗?"

其他几人识趣离开。

方渡忽地觉得她的笑容有诈,警惕地眯起眼:"有事?"

林槐夏一脸正经地点点头:"嗯,你脸上好像有东西?"

方渡抬手蹭了下,疑惑地问:"什么东西?"

"不是这边,"她抬起手,将奶油抹到他另一边脸颊上,一副得逞的模样,"现在不就有啦!"

方渡一怔,伸手蹭下一奶油。黏糊糊的,粉色的。

他有轻微洁癖,最受不了脸上沾脏东西,林槐夏知道。

"林槐夏!"等他咬着牙反应过来,林槐夏已经笑嘻嘻地溜走了。

方渡冷笑一声,眯起眼。

行,等着。

林槐夏的酒一下子醒了不少。她抬头看着面前步步逼近的男人,第一次发现原来他高自己这么多。

其他人都玩得开心,没有人注意到他们的方向,林槐夏被方渡堵在逼仄的角落里,瑟瑟发抖。

"阿渡哥哥,我错了。"她故意软下嗓子,和他求饶。这招按理说蛮管用的,方渡向来容忍她。

可方渡只是弯了弯眼睛,笑眯眯地问:"哦。错哪儿了?"

他脸上还挂着她刚刚恶作剧抹上去的奶油,粉色的,使他的表情看上去柔和亲切了许多。

但林槐夏清楚,事情没那么简单。

方渡脾气好是好,但有时候,也是个睚眦必报的人。

"我这不是想让你尝尝奶油甜不甜,结果不小心——"林槐夏小心翼翼地往旁边挪开一小步,试图找准缝隙逃离他的桎梏,"我帮你找张纸擦掉。"

"哦——"方渡懒散地应了一句。他慢悠悠地往前错了一步,将她活动的区域再次缩小一圈,"自己怎么不尝尝?"

小心思被他发现,林槐夏说话都开始结巴了:"我、我尝了,挺、挺甜的……"

方渡摊开手掌,指尖抹着一抹奶油。是刚刚追她的时候,顺便从那个已经被大家毁得差不多的蛋糕上沾的。

林槐夏睨了一眼:"我、我今天过生日,你不能欺负我。"

方渡微扬起眉梢,一副"你继续说,我听着"的惬意模样。

"我……我今天化了两个小时的妆,你不能这样。"

方渡点点头,还是那副表情。

林槐夏见自己躲不过,心想着,不就是抹奶油嘛。她干脆大义凛然地扬起脸颊:"抹吧抹吧,抹好看点。"

方渡笑了笑,十分满意林槐夏的态度,抬手将指尖的奶油抹到她的脸上。

软绵绵的奶油在她的脸上化开,她闭着眼,能清晰感觉到他指尖的动作。明明早就将奶油抹到她的脸颊上了,他的手却像是不舍得离开一般,慢吞吞地在她的脸颊上摩挲着。

林槐夏睁开眼,方渡正垂眸望着她,唇边噙着清浅的笑意。他的手还搭在她的脸颊上,触碰过的地方燃起一片火辣辣的烫意。

"抹完了?"她的声音有些发抖,很轻很轻。

方渡没有说话,而是浅浅地笑着。他的指尖顺着她的脸颊缓缓下移,很慢很慢,最终,停在她的唇边。

男人粗糙的指腹触到她柔软的唇瓣上,他惬意地眯起好看的眸,嗓音轻缓,带着某种诱人的意味:"你说……是蛋糕比较甜,还是这里比较甜?"

林槐夏没有回答,心脏的跳动声却越发猛烈。

她的背部抵在坚硬的墙壁上,僵在原地,一动不敢动地等待着他下一步动作。

方渡看她小心翼翼地望着自己,得逞般翘起嘴角。他松开林槐夏,往后退了两步,拉开两人的距离。方渡从旁边的办公桌上抽出两张纸巾,一张递给林槐夏,另一张擦掉自己脸上的奶油渍。

"放心,我不会碰你的。"他慢条斯理道,顿了顿,扬起一抹狡黠的笑,"暂时。"

"……"

林槐夏又羞又气地瞪他一眼,故意用纸巾狠狠地擦了擦嘴唇。

方渡这人真的很过分。他清楚她的底线在哪里,绝不会逾越,却会在这条线上反复横跳,像是在用一根羽毛挠得她心痒痒的。她怕他越过线,可发现他点到为止时,却又有些想让他越过那条线。

方渡离开后,林槐夏被周苒苒拉回去一起玩游戏。玩到凌晨,大家才渐渐散去。林槐夏玩游戏一直输,被灌了不少酒,此时已然喝醉,趴在自己的办公桌上打盹。

"方教授,能帮我把那个气球摘下来吗?"其他人已经走得差不多了,只剩下三两个人还在办公室收拾残局。周苒苒毫不客气地使唤着在场仅存的几位男性。

几人将办公室恢复如初,林槐夏还趴在工位上睡觉。

周苒苒走过去叫林槐夏,发现怎么叫也叫不动。她没办法,只好把方渡叫来。

方渡蹲下身,仰头正好能透过她搭在桌子上的两条胳膊间的罅隙看到她红扑扑的脸颊和微微翕合的唇瓣。她睡相傻乎乎的,又莫名地可爱。

她睡得很沉,似乎做了什么不好的梦,眉头紧紧地蹙着。方渡轻轻拍了下她的背,低声唤道:"小槐夏,醒一醒。"

林槐夏"唔"了一声,扭过头,不搭理他。

"回去睡好不好?"

林槐夏缓缓睁开眼,纤长的睫毛扑扇两下,茫然地看向他。她刚刚做梦梦见十几岁的方渡欺负她,她很生气很生气,不想理他。

她的脑袋在酒精的作用下依旧蒙蒙的,似乎还停留在睡梦中的记忆里,看到他的脸,生气地哼了一声。

"吵到你睡觉，生气了？"方渡轻轻笑了一声，抬手帮她整理好凌乱的头发。他的声音比往日还要耐心温柔，旁边的女同事都忍不住停下看来。

"嗯，不想理你。"林槐夏哼唧一声，尾音拖得长长的，带着一丝奶气，像个在撒娇的十几岁的少女。

"这边睡会着凉，我们回去睡好不好？"方渡帮她拿起椅背上的外套，披在她身上。

"不好。你欺负我，不想理你。"

方渡语气无辜："我怎么欺负你了？"

林槐夏歪着脑袋认真思索片刻，发现自己也记不太清了，便委屈巴巴道："你凶我，你说以后再也不想和我玩了，哥哥凶我。"

她一边说着，泪花从眼眶里冒了出来。

方渡见她要哭，连忙抬手帮她擦掉眼泪，语气也随之温柔了几分："爱哭鬼，哥哥没有凶你。"

其他人这才听明白，林槐夏是真的喝醉，把他当成别人了。可方渡依旧好脾气地哄着她，配合她。旁边的女同事瞬间星星眼，恨不得喝醉的那个人是自己。

"真的？"林槐夏听他这样说，将信将疑地眨眨眼。

"真的。"

她眼珠子一转，狡黠地笑了起来，朝他伸出两条胳膊："那哥哥背我。"

方渡好笑地叹口气。她平时避他而不及，喝醉了倒是不怕他，愿意和他亲近了。

他问："你确定？"

"你不想背？"林槐夏鼓起腮帮，不满道，"你就是凶我了，不和你好一万年了！"

方渡忍不住伸手戳了戳她鼓鼓的脸颊："怎么这么可爱。"

林槐夏只当他在夸赞自己，咧嘴一笑，朝他示意了下自己伸出的两条胳膊。

方渡无奈,转过身,林槐夏胳膊一勾,两腿夹在他的身侧。方渡将她背起后,她仿佛在骑大马般,假装手里有根小皮鞭,煞有介事地"抽"了下他的背,高喊一声"驾"。再之后,她又沉沉地睡了过去。

"方教授……不好意思哈,槐夏姐她好像真的喝多了。"从办公室出来,周苒苒忍不住替林槐夏道歉。

虽然她知道林槐夏和方渡关系好,但是自家老大刚才那副喝醉酒撒泼耍赖的模样着实和她平时判若两人,周苒苒怕方渡嫌弃。

"没事的。"方渡浅浅地笑了一声。

晚风习习,林槐夏趴在方渡的背上,半梦半醒间被冷风吹得一激灵。酒意消散了不少。她渐渐缓过神来,意识逐渐清晰。

林槐夏完全不记得刚才发生了什么,发现方渡背着自己,惊讶得说不出话来:"你、你放我下来!"

她慌忙拍了拍他的背,脚尖使劲往地上够。

方渡停住脚步,笑着问:"酒醒了?"

林槐夏脸颊晕红,也不知是被他这句话弄的,还是醉酒的缘故。她从他的背上跳下来,红着脸问:"刚刚发生了什么……"

周苒苒正要复述,就见方渡递给她一个眼神。她一噎,乖乖闭上嘴巴。

"真想知道?"

方渡学着她的语气,慢条斯理道:"你说,要是我不背你,就不和我好一万年了。我敢不背吗?"

"你……"林槐夏咬咬牙,"不可能,我才不会这么说。"

方渡耸肩:"不信问周苒苒。"

周苒苒见两人同时望向自己,不由自主地往后退了一步。

这话她听着都"社死",更何况是向来矜持有度的林槐夏。如果解释下前因后果,其实没那么尴尬。可方渡单拎出来这句话,怎么听怎么觉得微妙。

可他的话似乎也没哪里不对。

周苒苒犹豫地张了张嘴，看到方渡笑眯眯地看着自己，她最后还是点了点头："是说了……"

"……"林槐夏想死的心都有了。

一路上，林槐夏故意和方渡拉开距离。

周苒苒跑去和其他人一起走了，只留他们两个人在最后面。两人走得很慢，中间隔的距离能塞进一头大象。

"生气了？"方渡见她半天不理自己，笑着问。

林槐夏抿了抿唇，把脑袋撇到一边。这人真的很过分，明明知道她喝醉了，还要逗她。

林槐夏故意不理他。

方渡在兜里摸索片刻，朝林槐夏摊开掌心，一颗梅子糖赫然躺在她的掌心。他耐心哄她："别生气了。刚刚都是逗你的。"

林槐夏斜斜地睨了眼他掌心的那粒糖，轻轻哼了一声。

一颗糖就想收买她？没门儿。

方渡笑了笑，慢条斯理地捻开糖纸，语气也慢悠悠的："还生气呢？要不我喂你？"

"……勉强原谅你。"林槐夏脸上一红，连忙将他手里的糖抢过来，塞进嘴里。

夜色已深，四周静谧安详。

路边的河流静静流淌着，上面荡漾着点点光影。

方渡走到她身边，朝她伸出左手："天太暗，拉着我走吧。"

林槐夏含着糖，酸酸甜甜的味道顺着她的味蕾滑入心间。她脸上晕着浅浅的绯红，小心翼翼地伸出食指，钩住他的手。

正值十一长假，林槐夏睡了三天。同事大多回家休息了，她一个人在哪里都一样，干脆留在苏镇。方渡看不下去，收假前一天把她约出门。

她在屋子里宅了好几天，再不出门就要长蘑菇了。林槐夏欣然答应，和他去了市里。

苏市美术馆近期有场新展，是林槐夏很喜欢的一位插画大师的展览。两人买好票，顺着人群进入展厅。

林槐夏每幅画看得都很仔细，方渡慢悠悠地陪在她身边，偶尔会和她就作品和画家的生平讨论几句。

逛完展览，两人又在美术馆的其他展厅转了转。正好最近美术馆有个讲座活动，林槐夏看了眼时间，问方渡要不要去。

方渡自然随她。

两人找到举办讲座的展厅。展厅不大，座位也不算多。除了前排的媒体外，参加讲座的大多数是年轻的大学生和带着孩子的家长，将整个展厅坐得满满当当的。

林槐夏和方渡在最边上找到空位坐下，她翻开门口领取的宣传册，查看演讲安排。

看到下一位演讲者信息的时候，林槐夏愣了一下。

——宋荷，国内知名印象派青年艺术家，代表作《巴黎的清晨》《白崖》……

还未等她反应过来，主持人已经上台做起介绍，并将宋荷邀请到台上。这是林槐夏第一次见到宋荷本人，没想到会以这样意外的方式相遇。

宋荷款款走上台，脸上洋溢着明媚的笑容。她穿了一件彩色粗麻花针织毛衣和米白色长裙，毛衣领随性地搭在她的肩头，露出一截白皙圆润的肩膀，整个人的气质慵懒而又优雅。

她先是用一段发音迷人的法语做开场白，而后转回中文，缓缓朝大家鞠躬。主持人开场问了几个问题，她非常热情地一一回答，将整个展厅的气氛带得轻松而又活跃。

宋荷长得很漂亮，却不带一丝攻击性，相反，她优雅而明媚，成熟却又带着一丝孩童般的天真，迷人的笑容足以吸引所有人的目光。她和主持人聊绘画，聊旅行，聊文化，聊哲学，侃侃而谈，优雅从容。

林槐夏托着腮，看着台上的宋荷，思绪飘得很远。

怪不得程栖泽喜欢宋荷，所有人都夸赞宋荷，宋荷就像是天上的月，明亮却不可及。

她和宋荷其实并不像。

除了眉眼有几分相似外，其他地方完全不同。她喜静性子清冷，就连穿衣风格上也是以素为主，而宋荷却恰好相反，明媚张扬，对任何事都充满着好奇与热情，完全看不出之前曾经经历过家暴与离婚这些惨痛的事。

接下来是互动环节，宋荷回答着台下学生的问题。

有个坐在最前排四五岁的小女孩甜甜地问她能不能教自己法语，宋荷干脆走到台边，蹲下身子，笑容和煦地和她聊起天来。林槐夏不知道是不是自己看错了，宋荷起身的时候似乎看到了她，先是一愣，而后朝她扬起一抹微笑。

演讲结束后，林槐夏和方渡准备出门找餐厅吃饭。

正要离开，发现宋荷朝他们的方向走来。她走到林槐夏面前，笑眯眯道："希望我没有认错人。请问是林槐夏小姐吗？"

原来她刚刚没有看错，宋荷真的是在看她。

宋荷笑起来真的很有感染力，即使她真的认错了人，林槐夏想，自己也不会怪她的。

林槐夏点点头，和宋荷握手示意了下。

宋荷弯起眸："终于见到本人了，你比照片上还要好看。"

面对宋荷毫无保留的夸奖，林槐夏腼腆地笑了一下："谢谢，你也是。"

"我不是在恭维，我是说真的。怪不得阿泽放不下你，要我是个男人我也放不下。"宋荷俏皮地朝林槐夏wink一下，语气熟稔得像是认识了很久的朋友，"不过看来你已经交到新的——"

宋荷话还未说完，目光转向一旁的方渡，不由得一愣："渡哥？"

林槐夏没想到宋荷和方渡也认识。方渡朝宋荷微微点头："好久不见。"

"是啊，你和方姨离开以后，就没见过了。"宋荷弯起眸看看两人，"没想到你们认识。"

"嗯，一起工作。"方渡道。

只是一起工作？林槐夏不由自主地瞟方渡一眼。

"那真的很巧。"宋荷扬起笑。她和方渡随意聊了几句程家的事，都是林槐夏不清楚的事情。

林槐夏安静地站在旁边，心里腾起微妙的情绪。

似乎是注意到林槐夏的情绪，宋荷很快止住话头，转向林槐夏："你们是在苏市出差？"

"不是的，是在苏镇，从这边坐车过去大概一小时。"

"啊……我还没有去过呢。"

"欢迎来玩。"林槐夏笑道。

"真的？我可不是随便说着玩玩的。"宋荷摸摸下巴，似乎在考虑自己的行程，"过两天刚好有时间，到时去找你。"

林槐夏点点头。

两人随意聊了两句，互相加了微信。

主持人过来找宋荷讨论之后的演讲安排，林槐夏他们便没再打扰，离开了美术馆。

从美术馆出来，林槐夏和方渡双双陷入沉默。犹疑片刻，她小声对方渡道："没想到你们认识。"

方渡不甚在意："她家和爷爷家住得很近。"

他指的应该是程家的老宅，林槐夏去过一次。

林槐夏点点头。顿了顿，她抿了下唇，小心翼翼地问："他们都说我和宋荷长得很像……你也这么觉得吗？"

方渡显然没有想到林槐夏会这样问。他皱着眉思忖片刻，认真道："没有。"

他的模样不像是在骗人。

方渡弯了弯眸，道："她小时候就爱装乖乖女，后来装不下去就跑出国放飞自我了。你和她完全不一样，你小时候——"

林槐夏眯起眼，咬着牙问："我怎么了？"

方渡打量她一眼，笑意更甚："你一直很乖。"

林槐夏似乎对他的答案还算满意，眉眼愉悦地舒展开。她其实不是介意方渡和宋荷认识。只是莫名害怕，方渡对她好，也是和程栖泽一样的理由。
　　——觉得她像宋荷。

　　假期收尾，林槐夏很快恢复到忙碌的工作状态。从苏市回来后，宋荷只联系过她一次，问她的酒店在哪儿，有什么好玩的景点。
　　林槐夏发给宋荷一篇旅游攻略，之后宋荷没再联系过她。她只当宋荷对苏镇没有兴趣，没再惦记这事。
　　周五晚上，林槐夏从办公室回到酒店，刚进门，便看到一个歪歪斜斜靠在前台处的女人。她戴着墨镜，一件浅蓝色的牛仔衣松松垮垮地套在身上，身旁一个极小的行李箱上面立着装画板的袋子。
　　看到林槐夏，宋荷将墨镜扒拉到鼻尖，露出一双漂亮的桃花眸。身旁经过的男人都不禁被她吸引住目光。
　　她朝林槐夏热情地摆了摆手："Surprise！"
　　林槐夏微怔，朝宋荷走过去："怎么没有提前告诉我？我可以去接你。"
　　"给你个惊喜呀。"宋荷弯起眸，"刚下班？"
　　林槐夏点点头。
　　"工作太辛苦了吧。"宋荷拧起眉，上下打量她一眼，"但是你现在看着超酷。"
　　林槐夏脸上一红，摸了摸鼻尖。她今天着急去办公室，随手抓了件衣服穿，连妆都没化，狼狈急了，也不知道自己哪里酷了。
　　终于办好入住，林槐夏想帮宋荷搬行李。宋荷拒绝了，她将画板随意挎在身后，另一只手拖着行李箱，和林槐夏一起上了电梯。
　　"你住哪层？"宋荷问。
　　"五层。"
　　宋荷帮她摁下楼层，问："你吃晚饭了吗？这边有没有好吃的？"
　　林槐夏其实已经吃过晚饭了，但是宋荷这样问，她还是道："还没。这边吃的挺多的，你喜欢吃什么？"

宋荷睨她一眼，弯了弯眸："你性格真的很好。"

"哎？"林槐夏愣了下。

"你很不擅长说谎，明明吃过饭了，为了陪我故意说还没吃。"宋荷学着她的模样摸了摸鼻尖，眸子弯成月牙儿。

"我也有些饿了，正好可以陪你吃一点。"

"好，我听说这里的蟹黄粥很好喝，我们去喝粥吧。"

"好呀。附近正好有一家做得不错。"林槐夏问，"要叫方渡一起吗？"

宋荷朝她摇摇手指："No no no，girl's party."

两人去到餐厅，宋荷点了一大桌子菜。

看到林槐夏惊愕的神色，她嘻嘻一笑："不好意思，我真的很饿。"

等上菜的当儿，宋荷对林槐夏道："上次你发给我的攻略我看了，都是些很大众的景点，好看是好看，但是不特别。你是本地人，有没有那种其他人都不知道，景色特别美的地方？"

林槐夏想了想："有是有……但是不知道符不符合你的要求。"

"哎呀，我这个人很随意的，只要是美的风景都很欣赏。而且你眼光很好，挑的地方肯定没问题。"

菜上齐，宋荷用茶水涮了涮木筷，递给林槐夏，接着把自己的筷子也洗干净。她的吃相十分随意，根本不像林槐夏见过的那些大家闺秀一样端庄斯文，但又不会让人觉得失礼。

看到林槐夏探究的目光，宋荷递给她一个"我说了我很饿"的眼神。

林槐夏笑了笑，她不饿，便看着宋荷吃饭："这边有座野山上有个凉亭，当地人都很少去。那里能看到整个苏镇的景色，我觉得很漂亮。而且我看你的画非常讲求色彩运用，如果赶着黄昏时刻去的话，一定很好看。"

"啊，你看过我的画？"宋荷擦了擦嘴角。一聊到绘画，她的目光炯炯。

林槐夏点点头："不过真迹只见过两幅。"

宋荷被她一板一眼的"真迹"两字逗笑了，朝她眨眨眼："那下回多给你看几幅。"

林槐夏意识到自己的态度过于拘谨严肃，也跟着宋荷一起笑了起来。

"你看的是哪两幅？"

林槐夏歪头想了想，最终老实答道："《新婚》和……对不起，另一幅画的名字我记不太清了。是之前在国家美术馆看到的。"

"哦……那次展览呀。"宋荷若有所思地点点头，"是次评选的入围作品。老实说，那幅画我觉得很一般，但是其他人都说好，那就是好咯。"

林槐夏还是第一次见别人这么吐槽自己的作品。她微微一怔，笑着道："怎么会这么觉得？"

宋荷耸耸肩："我也不知道，说不上哪里不满意。但是当时作品要得急，我就交上去了。没想到反响还不错。你觉得那幅画怎么样？"

"你要听实话吗？"

"当然。"宋荷扬起下巴，她朝林槐夏做了个摸鼻尖的动作，"你也骗不了我呀。"

林槐夏抿唇笑了笑，她若有所思地歪着头仔细回想了下，对宋荷道："你那幅画很好看，不管是色彩运用还是绘画技巧都很娴熟。但是……虽然名为《新婚》，却感受不到'新婚'的快乐，反倒让人觉得很压抑。可能是因为运用的色彩过于鲜艳所导致的，反倒让人觉得不舒服。"

"就像是……"她顿了顿，尝试更直观地描述出来，"就像是人在焦虑的时候，会想要用更明丽的色彩和更即时的快乐压抑住那种痛苦的情绪，实际上内心是挣扎与失落的。"

宋荷听林槐夏这么说，不自觉地放下手中的筷子，认真思考了起来："你这么说的话……我参加朋友婚礼时确实在准备离婚的事情……怪不得。"

她一副豁然开朗的模样,欣喜道:"我终于知道别人为什么会觉得我们两个很像了,我们就像是对方的'镜子',能了解对方的情绪。换句话说,应该叫作'知己'!"

宋荷一边说着,一边点点头,似乎非常认同自己的说法:"而且还是'红颜知己',毕竟咱俩都这么漂亮。"

林槐夏被宋荷逗笑了。她还是第一次见有人这么用"红颜知己"这个词。

宋荷回国以后难得遇到个懂艺术的人,和林槐夏聊得十分开心。

吃完饭,宋荷终于想起来自己这次是带着任务来的。在苏市遇到林槐夏是她意料之外的事,但很快她就做了个决定。

——帮程栖泽把人给追回来。

她不清楚程栖泽为什么婆婆妈妈,这么久还没进展,她恨不得亲自上阵帮他追。

只不过和林槐夏聊得太开心,她全然忘记自己的计划,有一瞬间甚至希望自己是男人,把美人抱回家。

往回走的路上,宋荷问林槐夏能不能陪自己散步。

林槐夏没多想,同意了。

晚风习习,吹散白日的闷热。刚刚过完国庆节,河道两旁的街边还挂着火红的灯笼。粼粼波光中漂浮着红色的光影,随波渐渐远去。

"其实……有件事,我想和你说。"宋荷最先开口,"可能你听到会生气,但是听我把话说完。我必须要和你说清楚。"

林槐夏疑惑地眨眨眼:"……怎么突然这么严肃?"

"是件很严肃的事情,你别笑。"宋荷嗔怪地瞪林槐夏一眼,顿了顿,认真道,"可能你听别人说过,阿泽喜欢过我这件事。还有你们去试婚纱那天,他来找我也是事实。只不过不是你想的那样。我当时状态很不好,想找傅姨帮忙,所以才联系了他,我那时候不知道他在做什么。试婚纱时候抛弃未婚妻这件事搁谁都不能忍,是他做错了。可是他知道自己做错了,也很想弥补,我希望你能给他个机会。"

"那么久的事,就不要再提了。"

宋荷摇摇头:"不行,我必须和你说清楚。其实他从来没喜欢过我,至少不是男女之间的喜欢。"

宋荷抿了下唇,问林槐夏:"你知道他家里的事吗?"

林槐夏摇摇头,程栖泽没有和她提过。

"他小时候其实不是现在这样,他性格很开朗,和渡哥关系也很好。"想起小时候的事情,宋荷不由得弯起嘴角,"他小时候可黏渡哥了,总喜欢跟在渡哥身边。那个时候渡哥是我们所有人的大哥,又是他堂哥,他一直引以为傲。"

"但是后来……"宋荷顿了顿,继续道,"后来程爷爷病重,家里两兄弟因为争夺家产反目成仇,渡哥的父亲甚至找人陷害自己的亲生弟弟,害其坠楼,失去了一双腿。这件事最后以渡哥父母离婚结束,方姨带着渡哥离开程家怎么也不愿意回去,渡哥的父亲也因为失去妻子而懊悔,放弃集团去了美国。"

"阿泽就是那个时候变得沉默寡言了,他没法接受伯父做的那些事情,也没法原谅渡哥。也是从那个时候开始,他心里只有程家的家业,觉得走到最顶端就不会被人欺负了。"宋荷叹口气,"但你想,他那个时候只有十来岁,承受了那么大压力,其实特别崩溃。他恨渡哥,但是又很想他。"

"那时候我们几个关系很好,我见他天天不愿意和人说话,会经常陪他聊天,久而久之,他对我产生了依赖。他确实说过喜欢我,但其实不是这样的,他自己也清楚,我们两个人的三观和性格完全不合。我对于他来说,更像是代替了渡哥的位置。"

这些程栖泽没有和林槐夏说过,方渡也没有和她说过,林槐夏沉默着,心里堵得难受。

宋荷:"这事对他的影响挺深的。说实话,这些年除了程家的产业外,我没见他对别的什么事上心过,直到认识你。我觉得他都快心理扭曲了,幸好有你把他救回来。

"都说是因为咱俩长得像他才喜欢你,其实不是的,他是真心喜欢你的。当然,这事有他做得不对的地方,他不是东西,你想怎么骂他揍他我都支持你,不过我还是希望你能给他一次机会。"

"咳!"林槐夏有些不好意思,但宋荷都和她如此坦诚了,她也没必要藏着掖着,"其实……你不用这么说他。我也不是什么好人……你不觉得……他和方渡长得有些像吗?"

宋荷愣怔片刻,恍然想到之前听到的关于方渡的八卦,说他出国前有个心心念念的小丫头,在国外断了联系,托了不少朋友找小丫头的消息。

林槐夏这么一说,她全都对上了。

宋荷忍不住爆了句粗口。她揽住林槐夏的肩,朝林槐夏竖起大拇指:"姐妹,干得漂亮!这事还是你处理得更厉害,狗男人他活该!"

林槐夏被宋荷这波操作彻底搞蒙了。按理说她和程栖泽的行为都挺招骂的,可显然宋荷大有种"就要站在她这边,不管她做什么都是对的"的架势。

虽然宋荷和林槐夏骂了一晚上"狗男人",但她第二天还是暗搓搓地把程栖泽叫来了。骂归骂,该帮他追媳妇还是要帮的。

于是第二天程栖泽来找宋荷的时候,满脸不耐,但是看到宋荷旁边的林槐夏后,立马变了脸色。

程栖泽又惊又喜,看向林槐夏时小心翼翼的:"夏夏,你怎么在这里?"

"喂,你态度转变也太快了吧。"宋荷打趣道。

程栖泽压根儿不理她,眼里仿佛只有林槐夏一人。

宋荷被他的模样弄笑了,贴在林槐夏耳边对她说了些什么。两人不约而同地笑了起来。

程栖泽看着好气,为什么宋荷可以和林槐夏这么亲近!

自从昨晚宋荷和林槐夏讲了程家的事,林槐夏对程栖泽的态度转变了些许。虽然她依旧不愿与程栖泽相处,但至少不像从前那样排斥了。

甚至连程栖泽都感受到了林槐夏态度的转变。他莫名觉得林槐夏看向自己的眼神里多了丝……怜爱？

他并不想要这样的眼神。他用极具压迫力的目光询问宋荷，到底和林槐夏说了什么，可宋荷压根没理他，热络地和林槐夏聊着天。

林槐夏不想让程栖泽跟她们一起，宋荷瞟了程栖泽一眼，道："我要带的东西太多了，让他给咱们当苦力。"

林槐夏没办法，只好道："那我也带个朋友。"

"可以啊。"宋荷大概猜出了是谁。

没一会儿，方渡下楼找到他们。

看到方渡，程栖泽不屑地嗤了一声："你过来做什么？"

方渡笑道："我不知道你也在。"

潜台词便是他也不待见程栖泽。

"没关系啊，渡哥一起呗。"宋荷朝程栖泽扬了扬下巴，"你就是来干苦力的，没你说话的份。"

程栖泽："……"

收拾好东西，四个人一起出发。

宋荷大包小包拿了一堆绘画工具和零食，让程栖泽拎着。程栖泽看看自己手上一堆东西，身旁的方渡倒是轻轻松松，十分不满。他把画板塞到方渡手里："能不能有点男人的样子？"

方渡笑眯眯地把画板又塞回程栖泽的手里："阿泽，尊老爱幼，还是你拿吧。"

"那你怎么不爱幼？"程栖泽又把双肩背塞到方渡手里。

"……你俩确实挺幼稚。"林槐夏看着两个男人跟打太极似的推来换去，无语道。

自从宋荷昨晚和她说过那番话，林槐夏再看兄弟俩，发现两人之间的气氛确实微妙。

说两人关系好吧，两人之间火药味十足，没一句对方爱听的话；可说两人关系不好吧，这种无聊的争吵只有在关系很亲密的人之间会发生，如果真的关系不好，方渡不会这么容忍程栖泽，程栖泽也不会敛起往日冷漠寡言的脾气，肆无忌惮地和方渡吵架，反倒有些孩子气。

程栖泽凑到林槐夏身边，低声和她道："你看他，年纪大，身体差，不值得托付终身。"

方渡笑道："阿泽，你只比我小两岁。"

"我年轻气盛，正当年！"

林槐夏："……"

她着实不想理会这两个幼稚的男人。

她跑到宋荷旁边，远远地甩开他们。

宋荷正在采野花，她将手里的小花编在一起，帮林槐夏戴上。

"好看吗？"林槐夏问。

宋荷一双漂亮的眸弯成月牙儿："好看的，我帮你拍照。"

她朝林槐夏示意了下手里的微单，林槐夏很少拍照，有些扭捏："……不了吧？"

"不行不行，我带相机就是为了让你给我当模特。"宋荷四周看了看，挑了一处景色，"去那边照！"

林槐夏拗不过宋荷，只得温温吞吞地走过去，动作也十分拘谨。宋荷干脆直接走到她身边，帮她摆姿势。

"这样……好奇怪……"

"不会的，"宋荷拉开距离，架起相机，"你等我拍好给你看。"

拍好照片，宋荷拿给林槐夏看。林槐夏很少照相，更没有拍过这种堪比时尚杂志封面的照片。

她的脸颊倏地红了大半。

"好看吧？"

林槐夏轻轻点了下头："回去可以发给我吗？"

"当然，今天好好给我当模特哦。"宋荷朝她 wink 一下，用手指了指她发间的花环，"你看，你很适合这种明亮的颜色，下回买这种鹅黄色的裙子试试吧？不要总穿得这么素。"

林槐夏红着脸点点头："……好。"

宋荷嗔怪道："你要相信一个画家的审美。"

两人一路走，一路拍，很多景色都是林槐夏习以为常的，可宋荷总能发现它们的美，拍出好看的照片。

跟在身后的两位男士着实不理解这种行为，但又不敢发表意见。等着无聊，程栖泽干脆递给方渡一根烟，方渡正要接过，被林槐夏逮个正着："你能抽烟？"

方渡正准备接过的手一顿，默默收了回去。

林槐夏又转向笑容惬意的程栖泽："山里不许点火，有没有常识？"

本来还在嘲笑方渡的程栖泽也是一愣，沉默了下还是把烟收回烟盒里。等林槐夏走后，两人互望一眼，方渡在兜里翻了翻，找到两颗梅子糖，递给程栖泽一颗。

两人咬着糖，神色着实有些怅然。

方渡和程栖泽慢悠悠地跟在两个女人身后，有一搭无一搭地聊着工作上的事。

"爷爷问你什么时候回去。"

"过两天吧。"方渡道，"过两天正好要回去一趟。"

"连家都不回，还好意思说。"程栖泽冷笑一声。

方渡笑着睨他："你想让我回吗？"

"我想不想有什么用，是爷爷想你。"程栖泽轻哂，"你可是爷爷的宝贝大孙子。"

程栖泽的语气酸溜溜的，方渡知道他没有恶意，一笑了之。

程栖泽没再打趣方渡，突然神色严肃了几分："说真的，你这次回国，所有人都知道了。我知道你回来是为了什么，但是其他人并不知道。"

他的语气一顿，斜斜地睨方渡一眼。

方渡沉默。

当初程家兄弟为了家产的事闹得不可开交，最终以程文谨去美国收场。但这次方渡回国，没人知道他到底是为了什么。公司里人心惶惶，大部分人都在猜，他是为了夺权回来的。毕竟当初程老爷子最看好的人，是他。

"放心,我对公司没有任何想法。"

"就算你有,你也抢不过我。"程栖泽眯起眼,"但我清楚,别人可不一定清楚,现在公司里很多眼睛都死死盯着你,自己注意。"

"好,我知道。"

"你知道什么。"程栖泽轻嗤,"你在学校待傻了吧?知不知道里面的水多深?能离他们这些人远一点就远一点,最好尽快滚回美国去。"

方渡点点头,笑意温润:"谢谢阿泽。"

程栖泽被方渡一噎,明明自己的语气很凶,可方渡这样一道谢,反倒让他觉得自己不是人了。

这人可真够过分的。程栖泽轻嗤一声,撇过脑袋。

刚好走到凉亭。几近黄昏,天空染上瑰丽的色彩。

宋荷走过来找两人,不满道:"你们聊什么呢?还不赶快帮我把画板拿出来?"

"遵命。"程栖泽无语地乜她一眼,帮宋荷摆好画板,拿出颜料和笔刷。

宋荷喜欢在大自然中采风,不喜欢用照片记录。她照片捕捉的光影不如她的眼睛来得直观,所以她的笔触下总是能让人感受到大自然最真实的绚彩,粗放中带着一丝细腻。

宋荷很喜欢林槐夏挑的这个采风的地点。

黑魆魆的天幕渐渐压了下来,最后一抹夕阳的余晖给天空釉上一层厚重的油彩,远处村落的灯光渐渐燃了起来,明亮的光点与绚丽的天空交相辉映。

她像是个大自然的忠实记录者,用颜料将那一瞬间所有的色彩全部捕捉,汇集到画布上,又用短促的线条与光点,将面前这幅画面展现得活灵活现。

宋荷画画的时候很安静,没了往日的张扬热闹。可她似乎又很适合这安静的氛围,像是不食人间烟火的仙子,气质优雅宁静。

林槐夏在一旁看得有些痴,她用宋荷的相机将眼前这幅美好的画面悄悄记录下来。

宋荷画完画天色已暗,她把所有东西收拾好,伸了个懒腰。这几天的相处让她和林槐夏亲昵了许多,她直接把胳膊搭在林槐夏肩上,问:"夏夏,我们一会儿去吃什么?"

"你想吃什么?"

宋荷眼珠子一转:"蟹黄粥!"

林槐夏笑她:"都吃了两天了。"

"可是好好吃。"宋荷委屈巴巴地和林槐夏撒娇。

林槐夏拿她没办法,只能答应。

宋荷十分开心,蹦蹦跳跳地跑去找水喝。她在包里翻了一圈,没找到自己带的水瓶,正想叫程栖泽过来帮自己找,她扭头发现程栖泽正在林槐夏边上帮她清洗笔刷。

她顿了顿,干脆把方渡叫了过来。方渡从另一个袋子里找到她的水瓶,递给她。

宋荷和方渡道谢,"咕噜咕噜"灌了一大口矿泉水。

喝完水,宋荷唤了他一声:"渡哥。"

"嗯?"方渡疑惑地歪过头。

宋荷将水瓶收回包里,慢吞吞道:"虽然阿泽不愿意说,但你离开程家以后,他其实很难过,把自己封闭了起来。他表面好像记恨你,但是其实一直很想你,那种感情很复杂,你能理解吗?"

方渡微怔,淡声道:"我以为他很讨厌我。"

"他怎么可能讨厌你呀。"宋荷笑笑,"他小时候就爱黏着你,他确实记恨程叔叔的事,但他更难过的是你当时一声不吭就走了。"

"原来是这样……"

宋荷点点头,弯起眸子:"所以不要看他现在这样,他心里其实还是把你看作大哥一样敬重的。你有时间可以多回程家看看,程爷爷也很想你。"

方渡微怔片刻,那一瞬间,多年积压在心底里沉重的感情似乎正在逐渐消散。良久,他轻轻舒了一口气:"我知道了。谢谢。"

"不用谢我，都是事实。我也不想看你们两人这样相处。"宋荷叹口气。

顿了顿，她道："所以……你能不能帮帮阿泽？"

方渡疑惑："什么？"

宋荷朝程栖泽和林槐夏的方向扬了扬下巴，林槐夏正在无语地教他如何清洗笔刷。两人离得很近，远远地看，有些亲昵。

"阿泽一直把你当作大哥，你也总是迁就他。这回再帮他一把，可以吗？"

方渡轻轻笑了一声。他明白宋荷的意思了。她想让自己帮程栖泽把林槐夏追回来。

"这次真的没法帮。"他轻叹一声，目光落在林槐夏的身上，"让我自私一回吧。"

宋荷微怔："你……"

方渡的目光依旧落在林槐夏的身上，看到她又气又羞的模样，他微微弯起唇，对宋荷坦诚道："我喜欢她。感情的事，没法让。"

宋荷抿起唇。

良久，她轻声道："我明白了。"

四人下山时，天色已经暗了。

林槐夏眼神不好，看不清脚下的路，方渡便一直跟在她身边。

程栖泽见他一直黏在林槐夏身边，十分不爽："哎，方渡，你丢不丢人？能不能不要对夏夏动手动脚的？"

林槐夏正捏着方渡的袖子，小心翼翼地往下迈台阶。听到程栖泽的话，她不满地回过头："我看不清路，他扶我一下怎么了？哪里来这么多话呀！"

程栖泽被她一噎，羞愧地红了脸。他竟然一直不知道林槐夏在夜间视力会严重下降的事。

为了和程栖泽争辩，林槐夏没看清脚下的路，差点踩空。好在方渡眼疾手快地用另一只手扶住她："走慢点。"

林槐夏耳尖染红，轻轻点了下头。

她没再理会程栖泽，亦步亦趋地跟在方渡身后下台阶。

宋荷拎住程栖泽的衣领把他往后拽了两步，程栖泽无语："你要做什么？"

宋荷叹口气："所谓'宁拆一座庙，不毁一桩婚'，你看不出来人家两人情投意合？是时候学会放手了。"

程栖泽不满地睨她一眼："宋荷，你到底是哪边的？再说了，这些天都是谁帮你的？"

"咳！"宋荷清了清嗓子，想起程栖泽这段时间对自己颇为照顾，心里有些过意不去。但这种羞愧感只存在了半秒，她便毅然道，"本来是你这边的，但现在是渡哥那边的。"

程栖泽沉默了几秒，神色中充满鄙夷："……墙头草。"

"不怪我。"宋荷耸耸肩，朝他扬了扬下巴尖，示意方渡和林槐夏的方向，"渡哥比你细心温柔多了，有几个女人能不心动？怎么看你都没赢的可能，不如早点学会放手。"

程栖泽的目光顺着宋荷望去的方向，看向前面的两人。

林槐夏小心翼翼地捏着方渡的衣角跟在他身后，方渡笑意温润地和她说了些什么，她忽地抬起头，鼓起腮帮，往下蹦跶了两个台阶。

林槐夏从未对他这般撒娇过。

两人交往了三年，她总是那么乖，乖得不像是自己。

程栖泽第一次动摇，思考着自己是不是该放手。他心里甚至腾起一抹古怪的念头，竟觉得如果把她困在自己身边，她不会像在方渡身边那样幸福快乐。

他烦躁地将这抹情绪压了下去，他一下一下拨弄着打火机的金属盖子，发出"咔哒咔哒"的声音。

感情的事，谁又愿意轻易放弃呢？

宋荷在苏镇住了几天，林槐夏要工作，没法一直陪她，便帮她挑了几个适合采风的景点。

两人的作息完全相反，有时林槐夏去上班的时候能遇到刚画完画回来的宋荷，而她下班的时间，正好是宋荷起床吃饭的时候。

林槐夏对宋荷这种"阴间作息"十分担忧，可宋荷却不以为意，依旧过得随性潇洒，并且理直气壮地告诉她这是"艺术家的作息"。

最近方渡回了趟帝都参加学术会议，正好国外学校那边又有工作处理，一直不在苏镇。没人陪林槐夏吃饭，她干脆每天三餐揪着宋荷一起，监督宋荷好好吃饭，硬生生帮宋荷调整回正常作息。

宋荷怨声载道，可没几天她便习惯了，有时采风回来还会去接林槐夏，监督林槐夏按时下班。

项目进展不算特别顺利，这次的项目规模远远超过预期，再加上镇上已经没有和吴宅同年代的院落建筑可以参考，许多毁坏的地方如何修复他们无法考据，只能参考同时期附近城镇尚存的建筑，可是设计风格上依旧存在差异，没法做到完全还原。

提交初案的时间节点近在咫尺，林槐夏压力很大。

之前方渡在身边的时候，她很少有这种感觉。他在理论层面可以给她提供许多帮助和参考的意见，会让她有安心的感觉。可最近方渡不在，两人只能通过社交软件沟通，因为时差的缘故，两人能聊天的时间不多。

"渡哥走多久了？"点完菜，宋荷见林槐夏心不在焉，故意问道。

林槐夏收拢思绪，仔细想了想："八天了。"

"你记得还挺清楚嘛。"

林槐夏一噎，嗔怪地乜她一眼。

宋荷一手撑着下巴，另一只手在林槐夏眼前晃了晃："你陪我聊聊天，不要总想着工作上的事情了。"

林槐夏点点头，问："聊什么？"

突然被林槐夏这么一问，宋荷也不知道该聊些什么好。她皱着眉头努力思索片刻，道："有个问题我一直很好奇。"

"什么问题？"

"你和渡哥。"宋荷伸出两只食指比画了下，"他那个人虽然性格好，但很多事都喜欢藏在心里。再加上阿泽的关系，他可能没有和你说过。其实他也是喜欢你的，你一点都没有感觉出来吗？"

林槐夏的反应比宋荷想象中平淡许多。林槐夏敛了敛眸，轻声道："我知道的。"

"啊？"这回反倒是宋荷惊讶了，"你一直都知道他喜欢你？"

林槐夏点点头。

"那你们两个——"

"我不确定。"沉吟片刻，林槐夏轻轻呼出口气，"我不确定他是喜欢现在的我，还是以前的我。"

她朝宋荷腼腆地笑了下："我们其实也很久没见面了，互相有很多不了解。我怕他喜欢的只是以前的我，现在的我会让他失望。"

"你为什么会这么想？"宋荷惊讶，她从包里翻出一面化妆镜，煞有介事地放到林槐夏面前，"宝贝，好好看看自己的脸，有哪个男人会不喜欢现在的你？只有你不喜欢他们的份儿。"

林槐夏被宋荷逗笑了："我不是这个意思。"

"那你是什么意思？"

林槐夏垂下头，没有回答。她自认为在感情上是个拿得起放得下的人，但如果那个人是方渡，她却总是不由自主地多虑起来。不是觉得他不够好，也不是不喜欢，而是没自信。

他太好了，如果是年纪小不懂事的时候，她会想要占据他所有的好，会毫不犹豫和他在一起，可现在，她觉得这样的自己似乎配不上他的好。

宋荷伸出手，轻轻放在林槐夏的心口处，她认真地看向林槐夏："你认真告诉我，你现在喜欢他吗？"

宋荷的手抵在她的心口上，林槐夏能清晰地感觉到自己心脏的跳动声。她抿了下唇，轻轻点点头。

"那他也一样。他喜欢的是你这个人，不论现在的你，还是以前的你，他都喜欢。如果他因为你的改变而感到失望，那说明他并不是真的喜欢你，你也没必要感到遗憾。"

宋荷收回手,她托着腮,一双漂亮的眸亮盈盈的:"我前夫你应该知道,他并非一个好人,但我其实从未后悔过和他在一起,因为我们相爱过,也一起努力过。虽然结局并不好,但我不后悔那个时候的选择,因为当时的感情是真的。相反,如果我接受父母的提议联姻,嫁给一个我不喜欢的人,我想就算现在没有离婚,我也会后悔的。

"有时候你要学会跟着自己的感情走,不要瞻前顾后,不然等你把对方吓走了,你会后悔死的。"

林槐夏垂着眸,静静听着。

或许宋荷说得没错,她不该瞻前顾后,她已经失去过他一次了,不想再失去第二次。

"那……等他回来,我就和他说清楚?"

宋荷弯起眸:"这才对嘛,你可总算是开窍了。"

第十九章
病娇总裁

周五下班，林槐夏打算去一趟梁淮生家。

她下班前给宋荷发了条信息，告诉她自己要去拜访朋友，晚上要晚点回去。宋荷没太在意，回了个"好"，告诉林槐夏等她回来一起吃饭。

发完消息，林槐夏收拾好东西，准备按点下班。

梁淮生家里拮据，到现在都没有一个能联络的工具，有时梁淮生留校学习，又没法联系上阿婆，总是叫人担心。林槐夏干脆给祖孙两人各买了部手机，虽然不是最新配置，但足够他们用一段时间。

正巧她今天不算太忙，打算给他们送过去。

刚出吴宅的大门，林槐夏便看到站在门口徘徊的人。

林槐夏皱起眉，主动走向他，问道："你怎么在这里？"

"出差，顺便过来看看你。"程栖泽解释道。

林槐夏撇了下唇，说："我要去看望朋友，没时间招待你，赶快回去吧。"

"那我送你过去。"

"不用，很近。"

"那我陪你走过去。"程栖泽怕她依旧拒绝，便补充道，"放心，把你送过去我就走。"

林槐夏没办法,干脆默许他跟着自己。

从吴宅到梁淮生家里的路途并不远,可两人走得很慢。

程栖泽最先开口:"你和方渡……最近什么情况?"

林槐夏本能地不想和他提起方渡:"什么什么情况?"

程栖泽敛着眸,沉默许久,他问:"一定要和他在一起?"

他的语气平常,可浓稠的眸色中却隐忍着波澜。他怎么会不知道他们两人互相喜欢,可叫他就这么放弃,心平气和地祝福两人,他做不到。

顿了顿,他轻声询问:"我真的没机会了吗?"

林槐夏抿了下唇,而后坚定地摇了摇头,对他道:"就算没有方渡,我们也不可能。"

程栖泽微一愣怔:"……为什么?"

"再纠结过去的事情没有意义,"林槐夏淡声道,"其实我并不讨厌你。但是我们永远不可能复合了。"

两人谁也没再说话,沉默地走到弄巷口。巷子旁的电线杆边上蹲着一个少年。

杭思淼蹲在路边,手里拿了根木棍子。看到来人,他狠戾的目光斜睨过来。

他知道林槐夏今天要过来。

在学校梁淮生总是开心地和他分享,说林槐夏人特别好,总是给他带好吃的,还会教他做作业。

杭思淼只想嘲笑梁淮生天真。林槐夏为什么对他那么好?因为有所图。

最近陆陆续续有居民往外搬迁了,那天大伯来家里吃饭,聊起这事,说是下达了死命令,就算不愿意搬也要滚出去,他还亲眼看到隔壁不愿离开的老人的行李被人扔了出去。

大伯的描述绘声绘色,杭思淼觉得自己仿佛真的看到了这些事。为什么着急让他们搬走?不就是想用点钱将他们赶出去,好在这里建其他的大楼？听说有个什么集团的人投资，要在这附近盖工厂。

这群人才不会真的替他们着想，是些只考虑自己利益的资本家和他们的走狗罢了。

想到这儿，杭思淼狠狠地嗤了一声。

他知道林槐夏是这次改建项目的负责人。她和梁淮生非亲非故，为什么要对梁淮生这么好？不就是看梁淮生傻、老实，骗一个是一个吗？

听梁淮生说她今天要来家里做客，杭思淼故意来门口等她的。他想着，威胁威胁她，万一她怕了，或许他们就不用搬走了。

杭思淼站起身，掂了掂手上的木棍，堵在两人面前。他满脑子都是电影中的英雄形象，他想，把这群人吓跑了，自己就是这里的英雄了。

程栖泽对面前这个男生有印象，他们之前在老城区的巷子里见过面。对方来势汹汹，他下意识将林槐夏护在身后。

"什么事？"林槐夏拉了下程栖泽的胳膊，轻轻摇摇头。她清楚杭思淼来者不善，但不想与他过多争执。

杭思淼："你为什么还要来找淮生？"

"和你有关系吗？"

"他是我弟弟，当然有关系。你是他什么人，做什么来找他？"

"淮生就在家里，他如果看到你这样会怎么想你？"林槐夏口吻平淡地问。

"他今天被老师留堂了，暂时回不来。"

"哦，那我改天再来。"林槐夏不想与他多说，转身要走。

杭思淼好不容易逮到她，哪肯让她轻易离开。他挡住林槐夏的去路，上下打量了下她和程栖泽："上回不是这人和你一起啊？你怎么又换了个男的？这么随便，肯定不是好人。"

"小子，注意你的用词。"还没等林槐夏回复，程栖泽沉声开口。

杭思淼并不怕他，朝他扬起下巴："怎么，我说错了？"

林槐夏没了和杭思淼周旋的耐心，冷声问道："你到底有什么事？"

"我就是想告诉你,这里是我家,不许你们毁了这里。"

"我也想告诉你,这里只是修缮改造,不要再听你大伯胡说八道了。同意书上都写得明明白白,你认识字,回去好好读一读。"

林槐夏的语气很淡,但是落在杭思淼的耳中却被她深深地刺了一下:"你还想骗我?你以为我会信吗?不愿搬的都被你们赶了出去,还在这充当什么好人?"

"第一,我的团队只负责出改建方案,你说的这些和我们无关。第二,大家都是秉公办事,是否需要搬迁相关部门都有规定,你有任何疑问可以找他们反映,而不是跑来威胁我。你就算今天打死我,也无济于事。"

杭思淼被她一激,怒目圆睁地瞪着她:"你当我不敢?"

杭思淼就像个亡命徒,什么事都能做出来。

程栖泽立马拉住林槐夏,示意她不要乱说话。程栖泽走到杭思淼身边,捏住他握着木棍的胳膊,微一用力,杭思淼便吃痛地叫了一声。

"她刚刚说的听到没有?有问题就去反映,别在这儿欺负女生。"

"我去哪里反映?"杭思淼眼睛猩红,抬头瞪他,"我说话你们有人听吗?都是那些有权有势人的走狗!他们说话你们才会听!"

他用肩膀狠狠地撞开程栖泽,用木棍指向林槐夏:"如果你们真的会听我的话,那今天就把我说的这些都解决掉。"

"你不要在这里闹了。"林槐夏并不惧怕,冷冷地望着杭思淼,"我说了,我们不管这些。如果你真想解决问题,就去找相关部门反映,而不是在这里浪费时间。"

"你!"杭思淼的眼睛越发猩红,他想起他大伯曾经说的那些话。果然,这些人都是光鲜亮丽的无赖罢了,根本没有人关心他们,他们只能靠自己,即使手段极端一点也没关系……

杭思淼举起木棍,快步朝林槐夏走去。但他终究没有程栖泽反应快,程栖泽比他要高大壮硕许多,扯住他的胳膊,反手一拧。

杭思淼吃痛地将木棍扔到地上。程栖泽皱起眉,冷声道:"别再闹了,不然我们报警了。"

程栖泽捡起地上的木棍，扔到一旁的垃圾桶中，拉着林槐夏离开。

两人正准备走，却见杭思淼又扑了过来。

程栖泽余光打量到藏在他袖间的一抹银光，可等他反应过来的时候杭思淼已经近在咫尺。他慌忙将林槐夏护到怀里，随之而来的是一阵疼痛，血光四溅。

一切发生得太快了，林槐夏看到掌心的血渍，吓得浑身发抖。

杭思淼急红了眼，但真看到自己插在男人背后那把小刀时，所有的愤怒全部消失了。他跌坐在地上，脸色苍白，只剩茫然与畏惧。

救护车与警车的鸣笛声响彻整条街道。

将程栖泽送到医院后，林槐夏强装镇静地与警察一起到警察局里录口供。

程栖泽还在手术室，宋荷在医院陪他。林槐夏在等待的间隙里不停翻看着手机，生怕错过宋荷发来的消息。

可一直没有消息传来。

她颓然地靠在墙壁上，用手捂住脸。即使再冷静坚强，遇到这种事也会心有余悸，更何况，程栖泽是因为她才受伤。

录完口供出来，林槐夏看到赶来的苏启荣。苏启荣询问情况后，连连叹气，向她道歉。

正巧遇到警察带着杭思淼的父母进来，得知林槐夏是受害者，两人不顾警察阻拦，硬是跑到林槐夏面前，跪在地上。两人看上去都老实巴交的，与杭思淼乖张狠戾的性格完全不同。

孩子做的错事，家长难脱干系。

杭思淼的母亲已经哭得不成样子，不停地和她道歉："思淼一直是好孩子，一定是受人指使才做出这种错事的。他已经知道错了，求求你，不要和孩子计较。"

"阿姨，请不要这样。"林槐夏想要将两人扶起，两人却不肯。

怕被拉走，女人抱住林槐夏的腿："他年纪还小，不清楚自己在做什么，求求你给他一次机会吧。"

"阿姨，他已经十六岁了，该为自己的行为负责了。我的朋友还躺在手术台上，如果出了什么事，谁给他一次机会？对不起，该追究的责任我们会依法追究。"

女人被林槐夏吓了一跳，惶惶地睁大眼。她没想到林槐夏看着年纪不大，心却能硬成这样。

女人跪在地上，慌忙向前蹭了几步，她神色憔悴，佝偻着上身，她扒着林槐夏，死活不放手，已然泣不成声："求求你，不要这样。他还有大好的未来啊！"

林槐夏拍拍女人的背，神色却很淡。她将女人推开，旁边的警察也顺势拉开两人的距离。林槐夏淡声道："不是我要这样，法律自有判定。还有，他的大好未来是他自己争取来的，而不是我给的。"

说罢，她头也不回地离开警察局。

从警察局出来，苏启荣派车把林槐夏送往医院。他与林槐夏同行，将事情的原委告诉了她。

目前他们在组织原住民的搬离工作，有几家住户不愿离开。但是同意改造的居民已达标准，他们没法因为个别几家的意愿放弃整体改造计划。本来上面已经下达文件，并非所有人都要搬离，如若不愿离开，可以留下。

但有些人哪是不愿离开，只是觉得补偿款不满意，想当钉子户争取更多补偿款罢了。杭思淼的大伯就是其中之一，他在当地就是个有名的泼皮无赖，自己怂就煽风点火找人挑事，杭思淼就是信了他的话，以为叫他们搬家就是要拆掉他们住的巷弄建工厂。杭思淼知道林槐夏是改造项目的负责人，所以才会威胁她。

可是说白了，林槐夏也不过是来打工的，几乎没有话语权。杭思淼就是看她是女性，觉得好欺负，柿子挑软的捏罢了。

"其实我能理解杭思淼的想法。正是因为热爱自己居住的地方，才会害怕改变，不愿相信外面的人。这种情况我之前见过很多次，只是没有他这么极端罢了。"听苏启荣说完，林槐夏轻叹一声。

苏启荣以为林槐夏动了恻隐之心，本想顺水推舟，大事化小，却见林槐夏眸色一凛，继续道："但是，该追究的责任依旧要追究。不能因为他年纪小，就原谅他。"

苏启荣讪讪："自然，我们会好好处理的。"

"还有，你不要忘了。"林槐夏淡淡瞟他一眼，"受伤的人可是程氏集团 CEO。"

苏启荣瞳孔一缩。他发现林槐夏看上去柔弱瘦小，心思却缜密冷静得很。她清楚对错，也绝不会手软。

"明白……我们会严查的。以后绝不会出现类似事件。"

赶到医院时，程栖泽已经做完手术。好在没有伤及要害，手术非常成功。只是麻醉药效还未过，他还处于昏迷状态。

苏启荣得知程栖泽没事后，长舒一口气，告知林槐夏有什么需要他的地方随时叫他，他暂时先不打扰，等程栖泽醒了再来探望。

送走苏启荣，林槐夏终于撑不住了，抱着宋荷大哭一场。

不管在外人面前再坚强冷静，林槐夏依旧清晰地知道自己内心多懦弱害怕。当时的场景历历在目，刀子扎进去的那一刻，她被溅出来的鲜血吓得心惊胆战。

早知会发生这种事，她一定会在看到程栖泽的那刻就将他骂走，她宁愿自己受伤，也不愿伤及他人。

宋荷抱着她，没有多说什么，只是轻轻拍着她的背，温柔地告诉她不要害怕。

方渡得知程栖泽受伤的事，快速处理完手上的工作赶回苏镇。

他到医院的时候林槐夏也在，正在看护士帮程栖泽换药。

林槐夏："你个大男人，能不能不要叫那么大声？"

程栖泽委屈巴巴："夏夏，伤口真的很疼。"

林槐夏撇了下嘴，拿起桌上的水果去卫生间帮他清洗。刚出门，她便看到赶来的方渡。

林槐夏看到他风尘仆仆的模样，连行李箱都没来得及放下，微微一怔:"你怎么这么快就回来了?"

方渡:"我订的最近的航班,在邻近的雨城下的飞机。阿泽情况怎么样?"

"没有伤到要害,但还是需要留院观察几天。"林槐夏道。

方渡安心地点点头,又问道:"那你呢?"

"我?"林槐夏眨眨眼,"我没事,是程栖泽保护的我,我没受伤。"

方渡抬手揉了揉她的脑袋,语气温柔:"遇到那种事,一个人很害怕吧?"

听他这样说,林槐夏的鼻尖一酸。这几天,她要在医院陪护,要去警局配合调查,要工作,还要面对施暴者亲属的不理解与谩骂,她都坚强地扛了过来。

她强忍着眼眶中打转的泪水,朝方渡摇摇头:"你回来了就好。"

"对不起,我该早点回来的。"方渡轻叹一声,朝病房里瞟了一眼,"我宁愿受伤的是我,也不是你们。"

"不要这么说,谁都不能受伤。"林槐夏勉强扬起一抹笑,她朝方渡扬了扬手里的苹果,"我去洗一下,你先进去看他吧。"

方渡点点头。

林槐夏回来的时候,宋荷也过来了。方渡和程栖泽两人沉默不语,方渡靠在窗边看着程栖泽,程栖泽却背对着他。只有宋荷一个人在说话,一会儿和程栖泽聊两句,一会儿又让方渡帮忙拿东西。

看到林槐夏回来,宋荷朝林槐夏使了个眼色。她一个人周旋在兄弟俩之间,累得够呛。

林槐夏把洗好的苹果递给程栖泽,顿了一下,她问:"用帮你削皮吗?"

程栖泽想也不想地点点头。

林槐夏拿起桌上的水果刀,认真削掉苹果皮。有光洒了进来,照在她的侧颜,照在她的指尖。她十指纤细漂亮,捧着苹果的模样像极了油画中的夏娃,程栖泽看得有些呆。

"看什么呢。"林槐夏抬眸,见他一直盯着自己,凶巴巴地朝他扬了扬手中的水果刀。

程栖泽回过神，故作虚弱道："夏夏，我现在有点PTSD(创伤后应激障碍)，怕刀。"

林槐夏一怔，收起刀，轻声和他道歉。她走到程栖泽看不到的地方，继续帮他削苹果。

程栖泽见她站到方渡旁边，立马道："夏夏，我对他也有PTSD，能不能离他远一点？"他一边说着，一边用下巴示意了下方渡的方向。

林槐夏："……"

林槐夏虽然无奈，但还是和方渡拉开了距离。

林槐夏将苹果切成小块，装到盘子里，递给程栖泽。

程栖泽又得寸进尺："夏夏，能喂我吗？"

忍无可忍。林槐夏把苹果核塞到程栖泽嘴里。

"你是背部受伤，不是截肢。"

程栖泽："……"

宋荷实在看不下去了，她接过林槐夏手里的果盘，对林槐夏道："你先和渡哥回去休息吧，这里我看着就行。"

程栖泽瞪了宋荷一眼，宋荷更凶地瞪了回去。

林槐夏确实有些累了，便把一切安排妥当，告诉宋荷屋里的医疗器械都是做什么的、怎么用、护士什么时候来换药、自己什么时候来替她，事无巨细地安排清楚，才放下心来，准备和方渡一起离开。

见林槐夏要走，程栖泽一副不舍的神情，撒娇道："夏夏，我想吃轩云楼的小笼包，明天可以给我带吗？"

那意思是，你明天还得来看我。

程栖泽受伤后，他的助理第一时间赶了过来，接手了伤人事件的后续处理工作并且安排专人照顾程栖泽。本是想把他接回帝都养伤的，但那时程栖泽的伤势较重不愿辗转，而后又嫌安排的人照顾得不顺心，便全给撤掉了。

当然，还有一部分原因是——把这些人撤了，他就能理所当然把林槐夏留在身边照顾自己了。他就是瞅准了林槐夏这段时间对自己有愧疚感，躺在病床上肆意用卖惨博关注。他发现这招对林槐夏挺好用，还有点后悔没早使。

还没等林槐夏回答，宋荷把削好的苹果块塞到程栖泽的嘴里："快闭嘴吧你。"

程栖泽："……"

林槐夏叹口气，她虽然知道程栖泽是故意的，但她能容忍的时候还是会选择容忍。毕竟如果不是程栖泽，现在躺在床上的人应该是她。她没什么能为他做的，只能尽可能满足他的需要。

林槐夏点点头，答应程栖泽给他带午饭。

等林槐夏和方渡走后，宋荷将盘子扔到床头柜上，没了伺候程栖泽的兴致。她大剌剌地坐到病床对面的椅子上，双手环胸，骂他："我刚问过医生你的情况了，没你演得那么严重。夏夏是真的担心你，你能不能让她省点心？还这么死皮赖脸，有意思吗？"

林槐夏不在，程栖泽也敛起那副憔悴可怜的模样，神色恢复到往日的冷淡。

"有意思，如果不是这样，她会多看我两眼吗？"

宋荷微怔，平时那么骄傲一人，如今却颓然卑微到尘埃。

"可是感情的事情不能强求，你这样只是在给她添乱。"宋荷叹口气，"你如果真的喜欢她，就该尊重她的心意，学会放手。"

程栖泽敛了敛眸。

他不知道要放手？只是这么做的时候才发现有多么困难。

从医院出来，方渡叫了一辆出租车，和林槐夏一起回招待所。

他们等车的地方正好是个风口。天气转凉，湿冷的凉风带着股渗入骨髓的寒冷。方渡见林槐夏只穿了件薄毛衣，干脆将自己的外套脱给她，帮她穿上。

"我没事的……"林槐夏被他的动作弄得耳尖泛红，她小心翼翼地看着自己身上的外套，有些不好意思，"你把外套给我穿了，自己不冷吗？"

"没事，箱子里还有一件。"方渡指了指行李箱。他虽这样说，却没有打开行李箱的意思。

林槐夏拉着他回到医院大厅，玻璃门刚好阻隔掉室外的冷风。正好车子还没来，她一板一眼道："你拿出来穿，不然我把身上这件还给你。"

方渡没办法，只能拉着她找到一个不碍事的角落，从行李箱里翻出一件薄外套。他将外套穿好，笑着问："这样总可以了吧？"

林槐夏点点头，伸手帮他将纽扣系好。

方渡垂眸，静静地看着她的动作。林槐夏系得很认真，她微垂着纤长的睫毛，轻轻颤了颤，像是蝴蝶抖动着羽翼。

她轻声问道："你是不是没休息好？"

方渡回过神："怎么了？"

"感觉你在病房时候一直心不在焉。"林槐夏皱了下眉，和他解释，"其实你来看程栖泽，他很开心的。只是不知道怎么表达而已，你不要往心里去……"

"哦，你在说这个。"方渡弯了弯眸，笑道，"我知道的，我不是在想这个。"

"那你在想什么？"林槐夏疑惑。

方渡笑意更甚："我在想，要是我躺在那里就好了。"

"你不要这样说呀，"林槐夏不悦地蹙了下眉，"你们谁都不能受伤。"

方渡扯了下唇线，斜睨她一眼，笑着问："如果我躺在那里，你会给我削苹果，给我买小笼包吃吗？"

"当然。"林槐夏想也没想地答道。

方渡似乎对她的回答很满意，眉眼舒展开来。

顿了顿，林槐夏回过味来。方渡在意的并不是自己会不会给他削苹果，而是她照顾程栖泽的行为。

怪不得觉得他酸溜溜的。她狡黠地眯起眼，问："你是不是……

349

吃醋啦？"

她其实只是想逗逗方渡，毕竟之前总是他逗自己，每次她都中招。

不承想，他坦然地点点头，笑着道："是啊，吃醋了。"

这下反倒是林槐夏不会了。

为什么有人承认吃醋承认得这么坦然？一点都不可爱。她脸颊微微泛起红晕，扭过头，假装没听到他说了什么。

第二十章
一首情诗

这段时间，林槐夏每天都会给程栖泽带饭。前两天宋荷回帝都，林槐夏本想叫耿宁过来接程栖泽一起回去，在家里好好养伤，可程栖泽铁了心留在苏镇的医院，就是不走。林槐夏拿他没办法，只能麻烦耿宁找人来照顾他。

程栖泽本是想让林槐夏照顾自己的，可她还有工作，总不能真的死皮赖脸天天黏着她，反倒招人嫌，只好乖乖听她的安排。

还好，她每天都会来医院看看他，程栖泽已然心满意足。

林槐夏给程栖泽送完饭，和医生了解了他近日的情况。虽然没有大碍，但程栖泽的身子却莫名娇贵得很。南方天气潮湿，伤口容易滋生细菌导致感染，再加上苏镇的医疗环境着实与大城市的无法比拟，程栖泽的伤口愈合得很慢。

但是看看躺在病床上的那人，似乎还挺享受在小医院养伤的生活……林槐夏无奈，只能由着他。

从医院出来，林槐夏去了趟镇中心的图书馆。前段时间用于立项申请的概念方案已经审批通过，最近要出最终设计方案了。他们准备得差不多，在进行最后的调整。但是林槐夏对吴宅最终设计方案总是觉得不满意,可她又说不上到底哪里不对。

她没和任何人说这件事,就连方渡她也没说。

从图书馆的古籍区找到苏镇的地方志。那些书她早就翻过好多遍了,可书中对吴宅的记录寥寥,相关书籍本就不多,她只能多看几遍,寄希望于从中迸发新的灵感。

正准备拿起一本古籍,她的手和另一个人的手相撞在一起。她本能地往后退了一步,向那人道歉:"对不起。"

"没事,你拿去看吧。"对方是个年迈的老人,鬓角斑白,戴着一副老花镜,笑容和蔼亲切。

古籍只有一本,林槐夏礼貌地谦让道:"不用,我看过很多遍了,您拿去看吧。"

"现在很少有年轻人愿意研究这些了。"老人没再与林槐夏谦让,拿起书架上那本扉页泛黄的古籍。纸张很薄,她小心翼翼地翻看着,仿佛只要不注意书页便会脱落似的。

林槐夏腼腆地笑了笑:"工作需要罢了。"

"我只找一张图,看完就还给你。"老人笑容可掬道。

她温吞地浏览着每页的内容,生怕错过自己需要找寻的信息。最终,她停在一页平面图上。

她抚了抚鼻梁上的老花镜,抬眼瞧了下安静等在一旁的林槐夏:"找到了。"

林槐夏下意识顺着老人的目光瞥了一眼,颇为讶然。那是吴宅院落的平面图,也是仅存的唯一一张旧时吴宅平面图。

"很少有人知道这家。"

老人也有些惊讶:"你也知道临塘巷的吴宅?"

林槐夏点点头,向老人简单解释了下自己的工作。

老人听后,笑眯眯道:"真巧啊。"她指了指不远处的空桌,"要坐下聊一聊吗?"

林槐夏欣然答应了老人的邀请。

工作日的镇图书馆人很少,两人挑了个能聊天的位置坐下。座位靠近窗户，窗外高大的银杏树伸展着枝条，茂密的树叶半遮住窗外的阳光，在图书馆的大理石地板上洒下斑驳的光影。

老人向林槐夏介绍了自己的身份，她是位作家，祖籍是苏镇。

她向林槐夏解释道："我也是听说了吴宅重建的事，才想着以家乡为背景写部作品，回来搜集资料的。"

老人说话时语调很缓很温柔。她笑起来慈祥和蔼，带着一抹儒雅的书卷气，极富亲和力与感染力。

"那为什么一定要选择吴宅作为参考背景？"林槐夏好奇地问。

老人摸着下巴仔细思考了一番，笑着道："我祖上就住在吴宅，所以对那里有种天然的亲近吧。"

林槐夏惊讶地张了张嘴，一时间不知道该说些什么。

吴宅已经很久没有人居住过了。自从那场大火后，吴宅的人就陆续搬离那里，离开苏镇。那里空无人烟，荒芜一片，很长一段时间都被人当作"鬼宅"。

林槐夏从小就知道很多关于吴宅的"传说"，但大多都与鬼怪有关。经历了一个世纪的沉寂，没有人知道那里到底发生了什么，也没人知道吴家的后人现在都在何处。

同事甚至开过玩笑说，等吴宅正式成为旅游景点后，可以将它这些极具神秘色彩的故事当作景点特色宣传。

如今凭空出现了一位吴家的后人，林槐夏又惊又喜。

林槐夏问了许多关于吴宅的事情，但老人不懂建筑，对她的问题丝毫没有头绪，遗憾地摇摇头："对不起，只有我的太奶奶在那里居住过。你问的什么天井、雕花这些，我没有亲眼见过，没法告诉你。"

见林槐夏失落地敛起眸，老人又道："不过我从太奶奶那里听过很多她小时候的故事，这也是我想以苏镇作为背景写作的原因。如果你感兴趣的话，我可以分享给你。"

林槐夏对吴宅的了解仅限于现场勘查和查阅有限的资料，所能掌握的内容少之又少。虽然老人讲的内容可能与建筑本身的设计无关，可如果能了解到当时的人文背景，也会有许多帮助。

林槐夏点点头，从包里翻出一个笔记本："我能做记录吗？"

"当然。"老人笑容和蔼。

老人非常仔细地回忆起来，少顷，她缓缓开口。

她的太奶奶儿时生活在吴宅，在老人小的时候，总喜欢给她讲自己儿时的回忆。老人从小就喜欢听故事，将太奶奶讲述的事情当作故事一般听，久而久之，烂熟于心。

再加上她成年后的职业便是写作，老人将这些故事转述给林槐夏时，条理清晰，绘声绘色，林槐夏一下子就听入迷了。

林槐夏不时做着笔记，将其中一些重点记录下来。

虽然老人没有亲眼见过吴宅，但是从她太奶奶的故事中可以知道一些关于吴宅的小细节。比如西花园种着很多山茶花，门厅的院子里有个莲花底纹的大缸子，里面养着许多锦鲤……

两人相谈甚欢，纷纷忘记时间。

窗外湛蓝的天空也逐渐被夕阳的余晖代替。

桌上的手机发出响动声，老人正讲到高潮处，林槐夏斜眼瞥了下来电显示，挂掉电话。

没一会儿，手机又响了。林槐夏抿了下唇，见老人没注意，将手机收进上衣兜中。

老人止住话头。她打量了下林槐夏放手机的位置，笑眯眯道："要接一下吗？"

"啊，不用。"林槐夏收回思绪，为自己的行为感到十分抱歉。

"没关系的，你回一下消息我们再聊。"

林槐夏简单回了个微信，而后快速将手机静音收回兜里。老人笑眯眯问："男朋友？他好像有急事找你。"

"没有……只是问我在哪里。我忘了说来图书馆了。"林槐夏有些不好意思。夕阳的余晖洒了下来，将她脸颊晕开的微红照亮，"不、不是男朋友。"

老人的目光落在她的脸上，仿佛能将她看透似的。老人笑道："看得出来他很担心你，一定很喜欢你吧？"

林槐夏更加不好意思了。她低下头，不知该如何回答。
　　老人和蔼道："你们现在很幸福，要好好珍惜。很多人没有你们这样幸运，如果互相爱着彼此，就珍惜这段难得的感情。"
　　顿了顿，老人说："我给你讲个故事吧。你应该知道吴宅那把大火吧？"

　　自古以来，除吴宅这一起火灾外，苏镇从未有过失火的记录。
　　传统建筑均采用封火山墙进行阻隔，因地制宜的湿润气候以及通风管道、防火木材的选取，使得这个南方小镇从未走水过。①
　　显然吴宅的火灾并非意外，而是人为。
　　老人缓缓向林槐夏讲起这座宅子的故事。
　　吴宅的最后一任家主名为吴锦书，未到及冠之年，因父亲去世，便匆忙接手了家族生意。
　　吴锦书长相清隽俊秀，为人正直忠厚，又善经营，吴家的生意蒸蒸日上，从这个偏僻小镇一路将生意发展到南方的富饶之地。
　　吴家在吴锦书的带领下，生意做得越来越大，便合并了旁边的宅院，将吴宅扩建出西边的院落。
　　吴锦书请了当初镇上最有名的工匠进行修建，并且亲自规划图纸，除了外出办公事外，恨不得每天都要待在院子里与工匠一同探讨修建方案。
　　西院最引人注目的便是藏书阁与西花园中间的小院。
　　小院没有严格地运用薄砖墙将院子与花园做阻隔，而是用了一条雕花精致的长廊，从园中便能看到花园中的瑰丽景象。
　　那个院子与哪里都不对称，初建时工匠嫌突兀，提议省去小院或建在别处，吴锦书不肯，偏要将那个小院建在藏书阁与花园之间。他们修改了无数次设计，最终的成果令人欣喜。
　　小院的建筑与花园完美地融合，不仅不显突兀，反而设计精妙绝伦，锦上添花。

注：① 参考《适应气候的江南传统建筑营造策略初探——以苏州同里古镇为例》鲍莉

那时吴宅西花园的景色之绝美,在苏镇上都传开了。

可最令人不解的是,那个小院在建成后,却无人居住过。

老人的太奶奶是吴家嫡出次子的女儿,管吴锦书叫伯父。还是孩童时期,她曾与哥哥去那个院子摘过石榴,结果被吴锦书看到,厉声喝跑。那还是她第一次见吴锦书发脾气。除了吴家人外,没人知道那个小院为何一直空着。

这事还要从吴锦书接管家族生意前开始说起。

吴锦书从小便跟在父亲身边外出经商,长大后便会管理一些家中的小生意。十七岁那年,他走山路回家,路遇山匪劫财,争执中不慎坠落悬崖。

好在悬崖不高,他被正巧上山采药的小哑女所救。女孩儿名叫欢晴,独自住在山下,父母早逝,她孑然一身,靠采草药为生。

在欢晴的照料下,吴锦书养好腿伤,也对这个漂亮单纯的女孩儿日久生情。欢晴虽是个哑巴,却从未因此忧愁,反而对一切都充满了热情与善意。她什么都会做,还能写一手漂亮的字,最喜欢的事便是读书。

她认字读书是很早以前一位在她家中寄住的书生教的,那时她还会说话,父母还健在。后来,书生临走前还给她留了两本书。书已经被她翻烂了,她便将采草药赚的钱拿出一部分,买书来看。

有些书上的字眼生僻,吴锦书没法下床时,便教她认更多的字。

等吴锦书的腿好了些,他便能在附近活动了。

欢晴家很偏僻,但景色极好,山清水秀,山花烂漫。两人每天都会坐在山上,看着满山的山茶花盛放。欢晴没法说话,便听吴锦书讲。

他会给她讲苏镇的美景,讲经商路上的趣事。欢晴每次都听得极认真,漂亮的杏眸中只有他的倒影。

那是两人最美好的时光。

吴锦书养好病后,怕家人担心自己,必须尽快回家。临走前,他将自己的贴身玉佩一分为二,交予欢晴一半,他告诉她自己之后还会回来找她,到时他想娶她为妻。

回家后，吴锦书却收到了父亲病重的消息。他还未将欢晴的事告诉母亲，母亲便告知他要娶镇上有名的富商陈家的女儿为妻。当时吴家的产业并不及陈家，能与陈家结亲已然是吴家之幸，更何况是陈家的嫡出长女。

陈小姐几个月前偶然见过吴锦书一面，一眼便误终身，对他念念不忘。可吴锦书心中只有欢晴，怎么也不肯与陈小姐定亲。

这事僵了许久，谁也不愿退让。

吴父病情愈加严重，陈家也来催婚事。如若吴父病逝，吴家产业必会遭受重创，但吴锦书和陈嫣然联姻，有陈家做靠山，吴锦书的家主之位便能坐稳。

可吴锦书宁死不愿娶陈小姐为妻，吴母没办法，便提出各退一步，让他娶陈嫣然为妻纳欢晴为妾。吴锦书不同意，他只认欢晴一人。

吴母实在拿他没办法，便想了个下下策。

她骗吴锦书同意他娶欢晴，又骗陈家答应婚事，而后，她特意将欢晴接到吴宅附近，叫人伺候。吴锦书见母亲说话算话，满心欢喜地去见了欢晴。

他告诉欢晴自己会陪她一辈子，在院子里种满她最喜欢的山茶花，陪她在花下读书。

欢晴信了，也满心欢喜地应下了。

可那却是两人最后一次见面。

婚前忌讳，吴母不准他再外出见欢晴。吴家上上下下喜气洋洋，就连一直病重的吴老爷都精神了许多。吴锦书按照苏镇习俗与新娘拜完天地，等晚上回洞房时才发现新娘并非欢晴。

他震惊得说不出话来，这才意识到，母亲为何会改变主意地答应他和欢晴的婚事。

吴锦书不愿欺骗陈嫣然，将事情原委全盘托出，他不会与陈小姐行夫妻之实，愿意由陈小姐随意处置。

之后，他便到书房睡了一宿。

第二天，他与吴母大吵一架，吴母告诉他，为了断了他的念想，就在他结婚的同一天,她给欢晴也找了个"好人家"。

是镇外一家农户,男方老实忠厚,并且不嫌弃欢晴是个哑巴。吴母给了对方很多钱作为欢晴的嫁妆,让他们照顾好欢晴。

吴锦书得知实情后,病了很久。他想去接欢晴回来,却又不敢见她。他是个忘恩负义之人,哪有颜面去见她?

吴母本以为吴锦书伤心几天便没事了。毕竟家中有个娇妻,还有吴家的产业,以大局为重,他总会忘掉欢晴。可吴锦书却铁了心,只念欢晴一人。

陈嫣然念他是个有情有义的人,便没有向陈家告状。

两人婚后相敬如宾,吴锦书从未碰过她,却也没亏待她,将她视作吴家的女主人一般尊重。

吴父去世后,吴锦书接过家中生意。他醉心经营,将吴家产业发展得日益壮大,甚至超过了苏镇首富的陈家。

而后,他扩建了吴宅,将西花园与藏书阁间安置一处小院,当作欢晴的安身之处。他在院子前种满了一整个花园的山茶花,又在藏书阁与小院之间设置大门,仿佛她能随时随刻进出书阁取阅书籍。

可那里从没有人住过,吴锦书也不让任何人进入,只有他自己偶尔会去那里的长廊坐一坐,看着满园的山茶花发呆。

得知欢晴去世那天他彻底崩溃。欢晴嫁人后,大家嫌弃她是哑巴,对她并不好,她心里又惦念着吴锦书,每日郁郁寡欢,最终心病成疾而亡。

吴锦书终究撑不住了,他觉得欢晴的死都是因为自己,他要向她赎罪。

于是趁着家人去庙中拜佛那晚,他遣散了家里所有的用人,将整个宅子一把火烧了个干净,只留下西花园和藏书阁。那里是欢晴的一方净土,毁不得。

而他,也随欢晴一起去了。

吴母和家人回来以后才知道那火烧了许久,将吴宅几乎烧个干净。她一场大病,自觉罪孽深重,没多久便将吴宅偏弄没有遭殃的那块地分给无家可归的用人,自己带着吴家其他人和仅剩的一部分财产离开了苏镇。

之后,再也没有吴家的人回过那处宅子了。

老人将故事讲完,两人双双陷入沉默。

她望着林槐夏,语气温和地笑道:"所以每次我想要和我先生吵架我都会想起这个故事。相爱的人都没法在一起,而在一起的人为何要因为一些小事错过彼此?"

林槐夏抿了下唇,下意识地朝手机的方向瞥了一眼。

方渡骗了她没错,但喜欢她也是真。他们需要的是开诚布公,而非再次错过。

"还有,刚刚你和我聊到吴宅复原改造景区的想法。我不懂你们专业知识,但有些不成熟的建议。你说的那些专业词汇我听不懂,但听上去有些无趣。在我看来,吴宅更像是吴先生献给爱人的一首情诗,虽不轰轰烈烈,却有爱有情,有遗憾也有奔赴。"

林槐夏微微一怔,而后豁然开朗。

"谢谢,我明白了!"

从图书馆出来,林槐夏和老人道别。

她目送老人步履蹒跚地走出园区的大门,门口一位爷爷接过老人手中的袋子,笑容和蔼地搀住老人的胳膊。老人与他兴奋地聊着什么,面色红润,就连眼角的皱纹都洋溢着幸福。

林槐夏看着两人消失在视野中。顿了顿,她翻出手机,给方渡回了个电话。

"怎么一直不接电话?"

熟稔的声音从听筒中传来,平日里温润沉着的语调此时显得局促不安。

林槐夏捏着手机的手微微滞住,她轻声解释:"刚刚在图书馆,没法接电话。"

"知不知道大家都很担心你？"

林槐夏不由自主地轻笑一声。哪有什么"大家"，明明只有他在不停地找她。

"你在那边不要动，我去找你。"

"不用，我马上回去了。"

"我在医院，离那边不远。"

林槐夏没想到方渡会去医院找她。大概是医院里也找不到她才会不停地打电话给她的。

挂断电话，林槐夏看着通话记录里占满屏幕的那两个字，不禁扬起嘴角。

方渡赶到图书馆的时候林槐夏在园区的大门口等他。

见到她，方渡舒了口气，眉眼逐渐舒展开。他快步走到她身边："怎么在这里等？外面冷。"

林槐夏摇摇头："不冷，怕你找不到我。"

"不会的，肯定能找到你。"他极自然地朝她伸手，示意她将手里抱着的一摞书交给他。

林槐夏看着他的动作微怔片刻。刚刚就是在这个同样的位置，见到过类似的场景。

见她发呆，方渡干脆主动接过她手中那摞书："要回哪里？"

林槐夏歪着脑袋想了下："回办公室吧。"

经过老人的点拨，她终于知道自己的方案问题出在哪里了。

一栋建筑，一处园林，不仅是匠人的作品、社会的反映，更包含了主人的脾性与习惯，具有人情味。

她一心追求还原建筑的结构，希望尽最大可能去展现那个时代它的原貌，却独独忘记了它不只是座建筑，是个作品，它还有自己的生命和灵魂。它不该是座冷冰冰的建筑，不止它的檐梁斗拱需要研究，它背后的故事和包含的情感更为动人。

林槐夏将这几天的困惑告诉方渡，也将吴宅的故事告诉他。两人一直讨论到很晚，曾困扰她许久的问题全部豁然开朗。

…………

林槐夏改好方案已经是两天后，这两天她带着团队连夜修改赶进度，将之前的规划设计方案全然推翻重改。虽然辛苦，但大家显然对新方案更加满意。

开完最后一场会，林槐夏给所有人放了半天假，让他们回去好好休息。

散会后，她叫住方渡："我想和你单独聊一聊。"

方渡慢条斯理地摘掉鼻梁上的眼镜，端正地摆放在合起的笔记本上。他微微颔首，问："聊什么？"

林槐夏不好意思地摸了下鼻尖："……这几天的事。"

"不是已经聊过了？"方渡疑惑。

"不是工作上的事……"林槐夏犹豫着该如何开口，突然，她的手机铃响了。

方渡示意了下她桌上的手机，林槐夏皱了下眉，摁掉了。

铃声再次响起，还是同一个号码。

"先接电话吧，看上去很着急。"方渡道。

"好吧。"林槐夏应了一声，走到窗边接起电话。

方渡捏了捏眉心，拾起桌上的钢笔，有一搭无一搭地旋转着金属笔帽。他听不到电话那边讲了什么，只能听到林槐夏的语气越发急促地回应着对面，突然，笔尖不知怎的突然拧坏，一大片黑色墨迹在他的指尖和笔记本的纸张上洇染开来。

他微一愣怔，便听到林槐夏匆匆挂断电话，对他道："程栖泽出事了，医生让我们尽快去趟医院。"

林槐夏和方渡赶到医院的时候程栖泽已经陷入昏迷，伤口感染导致的感染性休克，情况很严重。

医生正在给病人补液，让林槐夏和方渡在外面等。

林槐夏不安地来回踱步，方渡握了下她的手，用目光安抚："不会出事的。"

林槐夏:"这边医疗条件比不上帝都,我应该态度强硬些,让他回去养伤的。"

"这不是你的错。"方渡语气温柔,温热的掌心紧紧贴合着她的手,莫名带给她安心的力量。

林槐夏轻轻点了点头,颓然地坐在走廊的长椅上。

时间一点一点地过去,医生终于从抢救室中出来,对两人道:"病人情况已经平稳,但是还在昏迷中。你们谁是病人的亲属?"

"我是。"方渡道。

方渡松开林槐夏的手,和医生走到一边。医生和他交代完病情后便离开了。

方渡回到林槐夏身边,林槐夏焦急地问:"医生说什么了?"

"没什么,放心。"方渡安抚地拍了拍她的肩,"你在这里等我下,我去给家里人打个电话。"

林槐夏双手抵在膝盖上,捂着脸颊,朝他点点头。

方渡打完电话回来,对她道:"等阿泽情况稳定后会帮他转院回帝都,这些我来处理就好,你不用担心。今天我在医院陪着他,你回去先好好休息下。"

林槐夏摇摇头:"我来吧,最近这段时间你都没有休息好。"

方渡抬手揉揉她的脑袋:"乖,听话。"

把林槐夏送上出租车,方渡回到医院陪了程栖泽整整一晚。

这一晚他基本没怎么睡过。

第二天程栖泽终于醒了过来,好在他身体底子不错,各项机能水平稳定,再观察一两天,等彻底稳定下来就可以转院了。方渡给家里打完电话,又给林槐夏打了个电话,跟她报平安。

得知程栖泽醒过来,林槐夏匆匆赶到医院。她到医院的时候方渡坐在病床旁打着瞌睡,听到声响,他缓缓睁开眼:"怎么来这么快。"

他的声音有些嘶哑。

林槐夏见他满脸憔悴,不由得放软声音:"我来陪他吧,你回去好好睡一觉。"

"没事的。"

"什么没事？"林槐夏凶他，"身上都臭了，赶快回去收拾下。"

方渡轻笑："好吧，那我回去洗个澡再过来。"

"不要过来了，好好休息。"

她见躺在病床上的程栖泽斜斜地望了过来，因为生病脸色苍白。他还戴着呼吸罩，没法说话，但神色中能看出一丝揶揄。

林槐夏见程栖泽笑，又开始凶他："你还笑？要不是你不好好回去养病，他会那么担心你？"

程栖泽委屈巴巴地眨眨眼。

林槐夏不由得叹声气，兄弟俩真是没一个让人省心的。

程栖泽在医院躺了两天，情况终于彻底稳定下来。

方渡叫家里派车过来接他，最终过来的依旧只有耿宁。他住院这段时间，甚至最严重的时候，家里都没有人来看过他。程文慎身体不好连家门都出不去，傅静安有一场重要的官司，没法来看他。

程栖泽似乎对这种情形早已习以为常，压根不在意。

帮他收拾东西的时候，林槐夏忍不住和他吐槽："你看，你家最关心你的就是方渡了。你还生他的气？"

程栖泽系着领带，不甚在意："当然，他欠我的。"

"你怎么这么没良心，他忙前忙后，守了你好几个晚上。"

"夏夏，他抛弃了我们，你还替他说话？"程栖泽顿了顿，又道，"哦，不对。他回来找你了。可他不要我了。"

这话怎么听着都腻味。

林槐夏撇了下嘴，看他半天都系不好领带，无奈道："过来，我帮你系。"

程栖泽顿了顿，还是朝她走了过去。

林槐夏抬手拾起他颈间垂下的领带，轻车熟路地系了起来。以前程栖泽的领带都是她系的。

程栖泽敛着眸，突然沉声问道："这是不是你最后一次帮我系领带了？"

林槐夏不甚在意地点点头。

空气静了下来。

良久，程栖泽有些不甘心却又无可奈何道："如果他欺负你的话告诉我，我帮你揍他。"

林槐夏轻轻笑了声："你当他是你？"

程栖泽撇了下唇："所以，这是你不愿意给我机会的原因吗？"

林槐夏的手顿住。她其实并不想和程栖泽聊这些，没法在一起就是没法，没必要讲得那么明白。可程栖泽似乎并不愿放弃。既然如此，不如开诚布公地讲清楚。

沉默了片刻，林槐夏淡声道："不是的。我给你过你机会。"

程栖泽一怔："……什么？"

她仔细地帮他调整好领带的位置，语气十分平缓："试婚纱那天。我决心学会做一名好妻子。"

说这些不是因为遗憾或者怨恨，林槐夏知道两人再无可能，不过是心态平和地将事实告诉他。

程栖泽闭了闭眼，终于明白林槐夏为什么一直不接受自己了。是他推开了她。她给过他一次机会，是他没有珍惜。

不会再有第二次了。

"我明白了。"他沉声道。

纵使心里翻涌着无数情绪，他也无可奈何。

"最后抱一下可以吗？"

林槐夏抿了下唇，朝他摇摇头："要不……握个手吧？"

程栖泽不由得哂笑："谁要跟你握手。"

林槐夏也跟着笑了下。她抬手帮他重新整理一遍领带，确认完美后，她松手："好了，你先穿外套，我去把行李箱拿过来，等方渡办完出院手续回来，你就可以回去了。"

程栖泽点点头。

从他身边经过时，林槐夏不小心绊到病床腿。她重心不稳，向前一倒，好在程栖泽眼疾手快扶住她。一切发生得太快，等林槐夏反应过来的时候，她已经整个人靠在程栖泽的怀里了。

程栖泽轻笑，揶揄地在她耳边道："看来命运使然，还是逃不过这一抱啊。"

林槐夏又羞又气，捶了他一下："放开我。"

"站稳了？"

"嗯。"

他拍了拍她的背，语气是少有的温柔："以后好好照顾自己。"

林槐夏微怔："……嗯。"

正要放开她，房门被人推开。

方渡和耿宁办完出院手续回来，正巧看到林槐夏靠在程栖泽的怀里，动作亲昵暧昧。方渡怔了怔，表情逐渐凝固。

林槐夏连忙推开程栖泽，想和他解释："我们……"

程栖泽却故意打断她，坏心眼地朝她扬了扬眉，唇边挂着笑意对门口的两人道："办好出院手续了？耿宁帮我把外套拿过来，我们走吧。"

话题被他自然而然地转移开，林槐夏怎么也找不到机会解释。

把程栖泽送上车，程栖泽拽住方渡，对他道："好好照顾她，要是让我知道你欺负她，你就死定了。"

方渡轻轻笑了声。

正要关上车门，程栖泽却按住方渡的胳膊，压低声音："还记得我之前跟你说的事吗？许叔他们怕你回来是打公司的主意，一直在盯着你。"

方渡微怔，不由得皱起眉。

"保护好自己……也保护好她。"程栖泽严肃地提醒他。

方渡朝程栖泽点点头。

第二十一章
男友的立场

终于把程栖泽这个祖宗送走，林槐夏问方渡："要不要走一走？"

方渡沉默着，默许了她的提议。见他心不在焉，林槐夏担忧道："发生什么事了？程栖泽和你说什么了？"

"没什么。"方渡双手抄在兜里，斜睨她一眼，"他说让我保护好你。"他的语气酸溜溜的。

林槐夏笑着问："刚刚的事，你很介意吗？"

方渡坦诚道："嗯，确实很介意。但是现在的我没有立场介意。"

"小气鬼。"林槐夏没想到他如此坦诚，好笑地叹了声。

她踮起脚，轻轻亲了下他的唇："现在有立场介意了。十八岁的愿望，要替我实现。"

被她亲吻过的地方燎起一片火辣辣的烫意，他耳尖泛上红晕。这还是他第一次如此局促。

林槐夏看着方渡愣怔的神色，不由自主地笑了一声。他之前总是故意逗自己，现在倒是害羞了。

正要放开他，林槐夏却被方渡重新摁到怀里。他一手揽住她的腰，另一只手托起她的后脑勺，加深了方才那个吻。

他的吻急切而又深情，仿佛将这些年积压隐忍了许久的情绪全部释放。

林槐夏先是一怔，而后自然地环住他的脖颈，轻轻回应着他。

似是一种安抚。

不知过了多久，她的气息变得细碎凌乱，她搂着他的脖子，把脑袋埋进他的怀里。

回去的路上两人一直拉着手，等到了酒店，林槐夏小心翼翼地松开方渡的手。

同事都住在这层，她怕其他人看到。虽然她不是不想公开两人的关系，但她下意识地认为这种事是私事，不愿大张旗鼓地告诉别人。

方渡看出她的小心思，逗她："怎么，我见不得人？"

"不是！"林槐夏的脸涨得通红，下意识地辩解，"就是有点不好意思。"

方渡抬手捏捏她的脸颊："我知道，逗你的。"

林槐夏嗔怪地瞪他一眼。

方渡笑着道："我已经很知足了，剩下的事慢慢来，不急。"

林槐夏点点头，她朝走廊两边看了看，四下无人，林槐夏踮起脚亲了下他的脸颊。

趁他还未反应过来，她像个做了坏事的孩子一般一溜烟钻进房间。屋里没人，她背靠在门上深深呼吸了一口。

她小心翼翼地听着门外的动静，等了很久，她才听到方渡离开的脚步声。她抬手抚了抚心脏的位置，不由得向上翘起嘴角。

等工作收尾，林槐夏他们就可以回帝都了。

方案等规划局最终审批通过后，就可以交由施工部门开展，他们只需定期沟通和验收成果即可。

在苏镇出差了几个月，大家都累了，恨不得立马回家。

林槐夏却无比珍惜在苏镇的最后几天。一个是因为这里是她的家乡，总归比其他地方舒服，而更重要的原因是，吴宅的项目结束后，方渡的调研工作也就结束了,需要尽快回学校。

他本就是利用暑假和年假才在这边待了许久,没法一直待在国内。林槐夏没想到两人刚在一起没几天,连热恋期都没过,就要再次分开了。

早知道是异国恋,她就换个男朋友了。

这话当然是开玩笑的,虽然遗憾,但她还是很珍惜两人相处的时间。

临近下班,林槐夏去找方渡一起吃晚饭。方渡正在写东西,见她过来,合上本子。

林槐夏睨了眼本子,打趣着问:"在写什么不给我看?"

"没什么。"方渡笑了笑,慢条斯理地旋上钢笔帽。

林槐夏"喊"了一声,故作不满道:"方教授自己偷偷学习,笔记都不能给我看看哦。"

方渡微抬眉梢,意识到林槐夏把这本当作了他平时常做建筑笔记的那个本子。

他笑道:"没有,等我写完再把它拿给你。"

"真的?"林槐夏眼睛亮晶晶的。方渡的笔记本可是宝藏,记录了各国建筑的数据和结构研究,她一直想借来仔细学习下。

"当然。"方渡牵住她的手,趁着其他人都在忙,低头亲了下她的额头。

林槐夏又羞又气,伸手轻轻推了他一下:"……在办公室呢!"

"没人看见。"他在她耳边轻声道。

林槐夏拽住他的衣襟,正想回吻他,就听旁边有人喝道:"喂,流氓,离林工远一点。"

林槐夏一惊,下意识和方渡拉开距离。方渡见她受惊的模样,轻轻笑了下,佯装什么都没发生过一般,低头收拾自己的东西。

方峰拎着水杯走过来,拿手指着方渡:"你的手刚放哪儿呢?"

方渡微一歪头,疑惑地朝方峰眨眨眼。

"不是,我们两个其实……"

林槐夏正要辩解，方峰把她拉到一边。

"林工，你没看见，他手刚就放这里，想吃你豆腐。"方峰抬手虚比画一下，落在离林槐夏腰间不远的位置。

远离方渡后，方峰对林槐夏道："林工，你可得好好注意他。像他这种人长得人模狗样，连个女朋友都没有，肯定是不怀好意，专门骗小姑娘的。还是离他远点比较好。"

"你在说什么。"林槐夏脸颊涨红，有些无奈，"方教授是魏老师专门请过来的，你不要再这样说他了。"

"魏老请过来的又怎么样？人品不行就是不行。"方峰轻嗤一声，但态度些微缓和了点。他朝方渡比画了下自己的两只眼睛，"我盯着你呢。除了工作的事，别想其他的。"

从办公室一前一后出来，林槐夏追上方渡。

"方峰说得太过分了，你不要往心里去。他只是……"

"他喜欢你。"方渡闷声道。

林槐夏怔了怔，以为他在吃醋生闷气，连忙拉住他的手："你不要想那么多嘛，不是的。"

方渡松开她的手，快步往前走了几步。

林槐夏以为他真的生气了，懊恼地抿了下唇。她追上方渡，软着嗓音哄他："不要生气了嘛。"

方渡轻轻笑了一声。

他并没有生气，只是刚刚那个地方容易被同事看到，所以才走远些。他对公不公开这种事无所谓，但是林槐夏似乎有些介意，他愿意尊重。

可是……

她撒娇哄他开心的模样着实可爱，方渡忍不住逗她。他板起脸，任由林槐夏拽着他的胳膊也不为所动。

林槐夏挽着他，歪头想了想，从兜里翻出一颗梅子糖，学他之前哄自己的模样："吃颗糖，不生气了。"

一颗糖就想打发他？方渡眯了眯眼。

林槐夏鼓了下腮帮。明明平时脾气那么好，怎么这会儿倒是不好哄了？

她捻开糖纸，将裹着糯米纸的梅子糖塞进嘴里。

玻璃珠似的梅子糖撑起她的腮帮子，她小声嘟囔："哼，你就气着吧，不给你吃了。"

方渡抿着笑意，朝她伸手："我也要。"

"没有了，最后一颗。"林槐夏在兜里翻了翻，摇摇脑袋。

"不是还剩一颗？"

"没有了呀。"

话还未说完，方渡捏住她的下巴，吻上她的唇。梅子糖的甜香在两人的唇齿间蔓延开来，等她反应过来时，那颗糖已经跑进他的嘴里。

他当着她的面，故意咬碎糖果，朝她挑了挑眉梢。她又气又羞，这才意识到他是故意逗她的。

林槐夏气恼地捶了下他的手臂，却被他揽进怀里。

他低下头，吻了下她耳边的碎发："我怎么会生你的气。"

林槐夏像是跟他赌气般撇开头，脸颊染着红晕。

吃完晚饭，两人顺着河岸往回走。路边有人在放孔明灯，一盏盏灯光在清风中摇曳升起，点亮了整湖星空。

方渡拉着林槐夏的手，两人慢悠悠地走在河岸边。天气转凉，方渡取下自己的围巾给她系好。一瞬间周身都变得暖融融的，林槐夏微微低头，下巴埋在围巾中，她能嗅到那抹淡淡的属于他的好闻的气息。

她小心翼翼地钩住他的手指，十指交错。

"你马上要回美国了吧？"林槐夏问。

"嗯。还有十几天。"

林槐夏幽幽叹口气。虽然两人每天都会见面，可像这样独处的时间少之又少。等他回美国以后，就更难了。

"我们都没有好好单独相处过。"林槐夏不满道，"周末去约会吧。

只有我们两个。"

"你想去哪里?"方渡笑着问。

林槐夏歪头想了想,苦恼地摇摇头。她对约会这种事其实并不在行。

方渡沉吟片刻,道:"要不要去看电影?"

林槐夏赞同地点点头。只要是两人待在一起,她就很开心,不论是做什么。

正好走到一处赏风景的湖边亭。亭子隐匿在黑夜中,旁边湖水潺潺,安静祥和。

他们曾经在这里一起照过相。

林槐夏指了指亭子,问方渡:"要不要去坐会儿?"

"好。"

两人走到亭边坐下。

亭子在镇上是出了名的观景亭,四周景色很好,对面是江南小筑,灯火通明,灯光像流星一般坠落湖中,随着碧波荡漾。

清风拂过,鼻尖萦绕着一股淡淡的花香。

林槐夏把脑袋靠在方渡的肩上,对他道:"我之前很喜欢这里,你知道为什么吗?"

"为什么?"

"你知道这个亭子叫什么名吗?"

方渡想了想:"……湖心亭?"

小时候大家都管这里叫"湖心亭",并没有什么特殊的名字。

林槐夏摇摇头:"它还有别的名字。"

"'只愿君心似我心,定不负相思意',"她悠悠念着诗句,目光落在湖面漂浮的绰绰光影中,"奶奶以前告诉过我,这个亭子还有个名字叫'相思亭'。"

所以,她总是喜欢和他一起来这里看风景,一定要和他在这里拍照。

少女时期悄悄的心思都藏在其中,只不过,他那时并不知道。

方渡将她抱进怀里,搂得更紧了些。

说到以前的事,林槐夏的脸颊染上一层红晕。那些藏在心底最青涩最羞于启齿的回忆,此时似乎都能说给他听了。

"我以前呀,总幻想着,你会在这里亲我,和我告白。我幻想过无数种场景,想象着自己该如何回应。"她轻轻笑出声,"很幼稚吧?"

"是有点。"方渡笑着道。

林槐夏抿着笑,脑袋在他的肩膀上蹭了蹭。

方渡低下头,温热的气息拂过她的脸颊。他轻轻吻上她的唇,低声道:"现在补上,还来得及吗?"

"唔……"林槐夏顿了顿,青涩回应着他的吻。

仿佛这是属于两人的初吻。

他的声线沙哑而又温柔:"小槐夏,我喜欢你。"

林槐夏恍恍想起十几岁时的夏天,少年拉着她的手时,她总是不由自主地盼望着更加亲昵的接触。她无数遍幻想着少年的拥抱、少年的亲吻,心口小鹿乱撞。

她以为自己早就过了那个懵懂青涩的年纪,可那久违的心动再次席卷全身。幻想变成了现实,她还是曾经的那个女孩儿,热烈地、赤诚地爱着他。

周末,两人约好一起去看电影。

林槐夏挑了个悬疑片,片子讲的是一个男人被误认成凶手,一步步洗脱嫌疑找到真凶的故事。故事内容很精彩,剧情一直在反转,她看得很认真。

方渡也看得很认真,两人谁也没说话。

为了气氛,两人挑了家比较老的电影院。设施环境一般,却极有氛围。场地不大,人也不多,零星坐了十来个人。

看到一半,前面的小孩儿哭了起来,家长凶了他几句把他抱出电影院。

人又少了几个。

林槐夏被小孩儿的哭闹声分散注意力，她余光瞟到角落里的一抹身影。一男一女，女孩儿被剧情吓得趴在男朋友的怀里瑟瑟发抖，两人黏在一起，恩爱得仿佛要淌出蜜来。

——这才是约会该有的样子吧？

林槐夏打量了下身旁的方渡，他根本没有被外界的噪音扰乱，正皱着眉研究剧情。

两人开场后唯一的交流也是极小声地讨论了下某个剧情点的合理性。

林槐夏抿了下唇，学着那女孩儿的模样挽住他的胳膊，把脑袋靠在他肩上。

方渡注意到她的动作，伸手将她揽进怀里，低声问："怎么了？害怕？"

林槐夏看了看屏幕上的血腥场面，内心毫无波澜，却依旧小声"嗯"了声。

刚说完，他的掌心便覆到她的眼睛上。

一瞬间，四周彻底暗了下来。温热的掌心灼着她冰凉的皮肤，林槐夏的脸颊烧起温度。她正准备学着那女孩儿的模样向他撒娇，她便听到方渡的声音在她头顶响起："害怕的话，我们就不看了，去吃饭吧。"

林槐夏："？"

预想中甜甜腻腻的场景并没有出现，她反而觉得自己像刚才被母亲无情拖出电影院的小男孩。

她从方渡怀里挣扎起身："没事，就刚刚那里有点害怕，现在不怕了。"

方渡点点头，把她往怀里揽了揽。他抬手指了指胸口的位置："害怕的话就躲这里。"

林槐夏"扑哧"一声笑了出来，脑袋在他怀里蹭了蹭。

毛茸茸的碎发隔着一层薄薄的衬衫蹭着他的胸口，痒痒的。方渡轻咳一声，努力将注意力放回电影情节上。

可却怎么也看不进去……

心猿意马地看完后半场电影，两人出了电影院，找到附近一家餐馆吃饭。林槐夏并不知道他心境的变化，兴致勃勃地和他讨论着结局。

"没想到男主角真的是凶手，这个结局真不错。"

方渡囫囵地附和着，压根儿没注意到她讲的那些剧情。他心口又热又闷，仿若堵着什么，蠢蠢欲动。方渡伸手解开颈间的纽扣，轻风顺着领口灌了进去，让他好受了些。

见他心不在焉，林槐夏止住话头。她问："怎么了？你是不是不喜欢这个电影呀？"

片子是她挑的，她还挺怕方渡不满意的。

"没有，很喜欢。"方渡清了清嗓子，淡声道，"有机会可以再一起看一遍。"

听他这么说，林槐夏弯起眸："好呀。我也想二刷呢。"

她停在方渡面前，帮他把解开的那粒纽扣系好："外面冷，别冻着了。"

方渡垂下眸，能看到她毛茸茸的头顶和轻颤的睫毛。他喉结微滚，再也忍不住压抑的那股燥意，低头吻住她的唇。

林槐夏先是一怔，而后抬手勾住他的脖颈。一番餍足，终于浇灭心口涌动的火苗，方渡松开她，哑着嗓子问："吃饭去？"

"嗯。"林槐夏踮起脚，又亲了下他，才满意地应下。

两人就近找了家饭馆，吃完饭，顺着巷弄慢悠悠地往回走。附近有条卖杂货的小巷，两人逛了逛，有不少吸引人的小玩意儿。

林槐夏在一个卖银首饰的老奶奶的摊上买了一对素戒，她给方渡套上其中一枚，将另一枚套在自己的食指上："这次不许把我送的东西丢了哦。"

她从小就喜欢买这些好看的乱七八糟的玩意儿，每次都会买一对，送他一个。可当初方渡走得急，什么也没带走，那些东西都被后来到方宅的西装男拿走丢掉了。

方渡转了转食指上的戒指，轻轻笑了声。他把戒指摘下来，套在无名指上,被林槐夏一个眼刀刺了过来:"做什么?又没有嫁给你,不许戴无名指。"

她把戒指重新套在他的食指上,理直气壮道:"这是我送你的礼物,又不是婚戒。你总不会连婚戒都想省了,让我送吧?"

方渡忍着笑,把她抱进怀里,用只有两人能听见的声音问她:"那你愿意嫁给我吗?"

林槐夏红着脸推了推他:"没诚意,不嫁。"

方渡笑了笑,用戴着戒指的手牵住她戴着戒指的手。金属质地的银戒碰撞在一起,摩擦出小小的印迹。

林槐夏没往心里去,她没想过那么长远的事,只觉得两人在一起,这些事都会自然而然发生,无须急于一时。

更何况,过段时间他还要回美国,下次见面都不知道是什么时候。想到这里,林槐夏敛了敛眸,不由得握紧方渡的手。

此时的时光,更值得珍惜。

林槐夏问:"这次回去,打算什么时候回来?"

方渡歪过头,笑着问:"你想让我什么时候回来?"

这是她能想的吗?林槐夏无语地抿了下唇。好在他的工作有固定的假期,不然真的不知道什么时候能见到他。

"一放假就回来,可以吗?"

"当然。"方渡点头保证。

林槐夏算了下时间,发现距离他的下次假期还有几个月,不禁叹口气。

现在就很想他了,以后要怎么熬过去?林槐夏胡思乱想着,突然听到方渡道:"小槐夏,问你个问题。"

"嗯?"林槐夏拢回思绪,疑惑地抬起头。

方渡捏了捏她的掌心,笑着问:"你愿意和我去美国吗?"

林槐夏微怔。其实她考虑过这个问题。她不愿问他要不要留在国内,她不想成为他事业上的累赘。而她又何尝不是?她在国内有一份稳定的工作,也处于上升期。她不愿为了任何人放弃。

林槐夏没法骗他,轻轻摇了下头。

方渡笑道:"嗯,我知道了。"

沉默片刻,方渡见她皱着眉,打趣道:"你不会真的在思考吧?我随便说说的。"

他的语气很轻松,仿佛真的是在开玩笑。

"比起这个,有件事你确实该认真思考下。"他又捏了捏她的掌心,语气突然严肃了不少。

"什么事?"林槐夏问。

"职业选择。"

林槐夏的眉头蹙得更深了:"什么意思?"

"你真的喜欢现在的工作吗?"方渡认真地问道。

林槐夏一怔,不明白他的意思。

"当初你为什么学这个专业?"

林槐夏恍然,实话实说:"……因为你。"

"这份工作并不好做,你的出发点本身就有问题,之后的路很难走,你确定要坚持下去吗?我记得你一直想学油画做个画家,"想到当初她年幼时信誓旦旦的模样,方渡弯了弯眸,"现在去学,也来得及。不要让自己后悔。"

"我……"林槐夏被他噎住,一时间不知道该如何反驳。她一直认为自己是个有规划的人,读研,进设计院,考一注,什么时候升到什么位置,走行政岗位还是技术岗……每一步都规划得很清晰。

可被他这么一说,又变得不确定了。确实,她当初选这个专业的目的就不纯粹,她有天赋却又天赋有限,自知天花板在哪里。偶尔,她也会情不自禁地羡慕宋荷,自由自在地做一个旅行画家。

但是真的很后悔吗?林槐夏也说不上来。

虽然又累又辛苦,但她却没想过换份工作。

见她沉默,方渡揉了揉她的脑袋:"好好想想,这种事急不得。但是,也不要让自己后悔。"

第二十二章
眼里只有她

自从回来后，林槐夏一直思考着方渡说的那些话。她之前从未考虑过换个职业，无论是她自己还是导师、领导、同事，都看好她的未来前景。

可无疑方渡的这番话让她心动了。她最初想报考的专业就是艺术系，是他离开以后，想要替他完成梦想才选择了建筑。现在他回来了，告诉她不要后悔，要为自己做选择。她的心态也发生了变化，不想再为别人活着，而是为自己而活。

可……她真的舍得放弃现在的工作吗？

林槐夏暂时没有想明白。

工作日的早上，几人去附近的景区施工地参观考察。负责人带着他们进了院子，里面刚动工没多久，满地狼藉。

周苒苒刚工作没多久，没去过几次工地，这还是第一次见这么乱的地方。她小心翼翼地跟在林槐夏身边。

好不容易考察完，回去的路上周苒苒对林槐夏道："槐夏姐，中午咱们别定外卖了，出去吃顿好的吧。"

林槐夏没有注意到周苒苒的局促不安，专心查看四周情况，应道："好啊。"

"那……我们去吃鱼火锅好不好？或者水煎包也行。"

林槐夏好笑道："不是刚吃完早饭？怎么就开始想午饭了。"

周苒苒一噎，不知道该怎么回答，倒是方渡最先看出她的局促，笑着问："第一次来工地？"

周苒苒连忙摇摇头，而后又点了下头："实习的时候去过几次，但是……"

她欲言又止，看了下两人。

林槐夏心领神会，笑道："还是来得太少，多来两次就习惯了。"

"真的吗？"周苒苒叹口气。

"我刚工作的时候和你现在一样，和魏老师出了几次差就习惯了。"林槐夏给周苒苒讲了几个自己在工地遇到的囧事，周苒苒这才缓和不少。

她朝林槐夏感慨："我希望每次下工地都能和你一起。"

林槐夏好笑地乜她一眼。

"槐夏姐，你那会儿有想过换个工作吗？"周苒苒问。

林槐夏一怔，陈年的记忆被周苒苒勾了出来。这几年好像已经习惯了现在的工作节奏，她早已忘了刚工作时的自己也像周苒苒这样，充满了好奇与恐惧。

方案被甲方一次次要求返工，加班加到后半夜，她只能一个人躲在厕所里哭；第一次到工地跟进工期，被包工头调戏，她只能躲得远远的，装作什么都不知道……

如今能如此平静地处理好每项工作，不过是每一次的磨炼让她学会打碎牙往肚子里咽，凭着心里那股信念和不肯认输的劲儿，才一直坚持到现在。

想换工作吗？当然想。但每一次的奔波和项目落成的成就感，又让她舍不得。

林槐夏的心思很乱，有些心不在焉。

正巧旁边的工人正在拆卸建筑材料，其中一个手上打滑，不小心将几根手腕粗的钢筋遗漏。几根钢筋倾泻而下，笔直地朝林槐夏砸了过去。

"小心!"

林槐夏正在发呆,完全没意识到自己有危险。幸好她身旁的周苒苒反应迅速,拉着她往旁边一躲。

两人重心不稳,摔在凹凸不平的石子路上。周苒苒还好,只是蹲坐在地上,而林槐夏的掌心被尖锐的小石子划破,痛得倒吸一口凉气。

场面十分混乱。

走在最前面的方渡听到身后的响声,连忙朝两人跑来。

刚刚手滑的工人也跑了过来,连连向两人道歉。

方渡和周苒苒将林槐夏扶了起来,方渡焦急地问:"受伤了吗?"

林槐夏摊开掌心,手掌被细碎的小石子划出一道长长的血印,旁边沾满了泥土。

方渡蹙起眉,握住她的手,小心翼翼地弄掉旁边的泥土:"怎么弄的?"

"不好意思不好意思,我刚刚手滑了。"旁边的工人连忙解释。

"没事的。"林槐夏摇摇头,"是我走神了。"

跟过来的小工人看到林槐夏和周苒苒,口吻嘲弄:"师父,道什么歉。小姑娘家家的别瞎往工地跑,这不是你们该来的地方。"

周苒苒怒气冲冲地剜他一眼:"小姑娘怎么不能来?就你能?"

小工人吹了声口哨,得意扬扬地朝她扬了扬眉。

"行了行了,小赵你少说两句。是我没注意。小姑娘,实在不好意思。"

"没事的。"

方渡问:"这里有没有医疗箱?"

"啊,他们放在东门传达室了。"工人挠挠头,"我这里倒是有个创可贴。"他在兜里翻了翻,掏出一张皱皱巴巴的创可贴。

"我没事,拿水冲一冲就行了。"林槐夏怕方渡担心,连忙道。

方渡用矿泉水帮林槐夏冲掉伤口处的泥沙,一条血淋淋的伤口刺进眼帘。

"疼不疼？"方渡攥着她的手腕，蹙起眉。

"还好。"

纸巾碰到伤口，林槐夏"嘶"了一声，方渡不禁放缓动作，小心翼翼地擦掉四周的水渍。

血和水混在一起，洇红她的掌心。方渡看着心疼，不由得叹口气："钢筋倒下来都不知道躲？"

"……在想事情。"

方渡的眉头蹙得更紧了："你在想什么事情？这么危险的地方，你总是这样心不在焉，我和周苒苒不在怎么办？"

林槐夏不满道："你之前也不在呀，我能保护好自己。"

方渡一怔："我不是那个意思——"

"你弄疼我了。"林槐夏蹙起眉。

伤口本来就疼，他不关心自己就算了，竟然还埋怨自己。再说了，要不是他说那些动摇自己的话，自己也不至于走神。林槐夏有点委屈又有点生气。她微一用力，将手腕从方渡手中扯了出来："我自己能照顾好我自己，不需要你。"

说罢，她扯过方渡手里的创可贴，头也不回地走了。

气氛一时间陷入诡异的尴尬。

周苒苒看出两人在冷战，但不知道该说些什么。前段时间也是这样，两人经常开会的时候吵架，最近好不容易缓和了些，没想到今天因为这点小事又吵起来了。一路上她小心翼翼地跟在林槐夏身边，大气都不敢出一下。

好不容易回了办公室，其他人都出去吃午饭了，只剩章嘉敏和方峰在等他们。

周苒苒本来约好大家一起吃饭的。两人见回来的几人之间气氛诡异，纷纷朝周苒苒递去眼色。

周苒苒朝两人摇摇头，跑到林槐夏旁边："槐夏姐，先去吃饭吧？"

林槐夏显然还在生闷气："不了，你们去吧。"

"别呀，人是铁饭是钢，一顿不吃饿得慌。"周苒苒朝她眨眨眼，半开玩笑道。

林槐夏配合地弯了弯嘴角,但显然兴致不高:"我不太饿,你们去吃吧。我晚点再吃。"

她朝周苒苒晃了下受伤的那只手:"我去抹点药。"说完,她便去找药箱了。

周苒苒说不动她,只好走到章嘉敏和方峰旁边:"槐夏姐心情不太好,让咱们先去。"

"发生什么事了?"方峰问。

他死死盯着不远处的林槐夏,她正在药箱里找药,方渡走到她旁边说了些什么便离开办公室了,林槐夏似乎心情很不好,都没怎么搭理方渡,"啪嗒"一声合上药箱。

周苒苒简单解释了下刚才发生的事:"槐夏姐刚刚走神差点被建材砸到受了伤,方教授和她说话的时候语气可能有点凶,两人就吵架了。"

一听林槐夏受伤了,方峰连忙过去关心:"林工,听说你受伤了?严重吗?"

"没事的。"林槐夏朝他摊开掌心,"已经没事了。"她白皙纤细的手上粘了一条皱皱巴巴的创可贴,掩盖住整个伤口。

方峰不由自主怜香惜玉起来:"林工的手这么好看,要是留疤就不好了。"

林槐夏笑了笑,没说话。

方峰道:"都怪那个姓方的,让你受伤了!"

林槐夏讪讪:"不是因为他,是我自己走神了。"

"那也怪他。听说他惹你生气了?你可千万别因为他生气啊,我之前不就说过,他不是什么好人。因为他伤到身体就不好了。"

林槐夏弯起眸:"谢谢,没事的。"

其实她已经不生方渡的气了。刚刚就是被伤口的疼痛激了一下子,方渡的语气又有点凶巴巴的,她才会一冲动,跟他赌气。回到办公室后她就冷静下来,也和方渡说开了。

"你看他,你受伤了,自己跟没事人一样跑掉了。"方峰借机多说了几句方渡的坏话。

林槐夏忍不住替方渡解释:"不是的,他是——"

药箱里治伤口的药用完了,方渡去药店帮她买药了。可她还未说完,方峰便着急地打断:"别管他了。和我们一起去吃饭吧,多吃点好吃的,心情也会变好。你想吃什么,我请你。"

林槐夏要在办公室等方渡回来,笑着朝他摇摇头:"谢谢,我真的没事。你们去吃吧,不用等我。"

拗不过她,方峰只好和周苒苒、章嘉敏一起离开。

三人出了办公室,谁也没导航,走了半天才发现几人连去哪家餐厅都没决定好,就顺着路瞎走呢。

章嘉敏最先反应过来,问:"咱们去哪儿吃饭?"

方峰回过神,叹口气:"我哪还吃得下饭,随你们吧。"

"我也是,有点担心槐夏姐。"周苒苒道,"她刚才摔了一跤又和方教授吵了一架,我觉得她现在正需要人安慰,不应该留她一个人待着。"

方峰点点头:"可不是嘛!要不你们去吃饭吧,我在附近买点吃的给林工带回去。"

"要回一起回,你一个人回去,我们俩算怎么回事?"

方峰"啧"了一声:"周苒苒,你能不能懂事点?"

"我怎么了?"周苒苒眨眨眼,不明白他在说什么。

方峰抓了抓后脑勺的头发:"你这丫头——我就是想和林工独处会儿,听不明白?"

"啊……"周苒苒这下听明白了。他哪是关心林槐夏啊,根本就是想借这个机会在林槐夏面前刷好感度。

周苒苒阴阳怪气道:"你没看刚刚槐夏姐都赶你走了?你也不问问槐夏姐想不想和你单独相处。"

"什么叫赶我走?"方峰瞪她,"那是林工善解人意,怕耽误咱们吃饭。你没发现她刚刚和我说话的时候心情都好了不少?"

他拍拍胸脯，自信满满："她现在需要的是男人的安慰，你就别瞎凑热闹了。"

"男人？"周苒苒冷哼，"我们槐夏姐独自美丽，根本不需要男人，尤其是你这样的。"

"我怎么了？"方峰懒得和她辩驳，"你不懂。我看得出来，林工还是很喜欢我的，我就是差个表白的契机，林工肯定答应我。"

周苒苒恨不得爆笑出来："槐夏姐喜欢你？！你也不撒泡尿好好照照镜子，你看看槐夏姐身边的男性都是什么质量，再看看你，她看上你什么啊？看上你不爱洗澡吗？"

"你——"方峰快要被她气死了，"我怎么了？我觉得自己挺好！你是觉得那个姓方的好吗？我告诉你，他不是什么好人，也就骗骗你们这些小姑娘。"

"你别忘了自己也姓方。"周苒苒"啧啧"两声，"同姓方，你怎么差人家那么多啊？"

"我比他差？！"方峰愤愤，"我差他哪儿了？你看他平时总往林工旁边凑，林工受伤他不闻不问，还要惹她不高兴。正常人都会担心林工吧？你再看看他，人都不知道跑哪儿去了！"

一提方渡，方峰就来气，平时装得人模狗样讨女生欢心，惹了事比谁跑得都快。

"行了，你们两人别吵了。"章嘉敏被两人吵得耳朵疼，无语道，"还要不要回去了？"

"回，当然回。"周苒苒朝方峰做了个凶巴巴的表情，这才罢休。

三人再次折回办公室。

办公室的门没关，有细若蚊蚋的哭声从里面溢了出来。几人听出是林槐夏的声音，皆是一愣。

在他们印象中，林槐夏独立坚强，从不会因为任何事哭哭啼啼。看样子伤得不轻，又被方渡凶了一顿，林槐夏才会如此委屈地哭了。

几人心下了然，怪不得林槐夏让他们先走，是不想让其他人看到自己如此狼狈的模样。

方峰被哭声搞得心都化了。他阔步朝办公室的方向走过去，周苒苒眼疾手快拉住他，递给他一个眼神。

方峰不悦地皱起眉，压低声音："怎么了？"

"槐夏姐让咱们先走肯定是不希望咱们见她哭，你现在进去让她怎么办？"周苒苒小声道。

方峰没那么细腻的心思："越是这样，林工现在才越需要人安慰啊！你看那个姓方的，把人欺负了就不知道跑哪儿去了，我就跟你说他不是什么好人吧。"

他一边说着，一边愤恨地握紧拳头。林槐夏性格那么好都能被方渡欺负哭，什么人啊！

办公室内的哭声变成了呜咽，之后没了声响。周苒苒和章嘉敏也担心林槐夏，这还是她们第一次见林槐夏哭，一时间也不知道该不该进去。

前段时间林槐夏和方渡经常因为工作上的事情吵架，他们不清楚具体缘由。这回林槐夏又被方渡惹哭了，看样子两人的关系还是没有缓和。

周苒苒和章嘉敏犹豫间，方峰已经走到办公室边上。两人互换一个眼神，连忙蹑手蹑脚地跟在他身后。

"林工——"方峰雄赳赳气昂昂地推开大门，嗓音嘹亮。

他正准备安慰林槐夏，视线一低，被眼前的景象吓傻了。

周苒苒和章嘉敏也跟着走了过来，看到办公室里的场景，也呆住了——

办公室里，林槐夏正坐在办公桌上，一只手勾着方渡的脖子，另一只受伤的手被方渡握着。他微微俯身，小心翼翼地吻着她的唇，手边的药水还未来得及盖上盖子。

微风顺着敞开的窗户吹起纱帘。白纱飘荡，画面十分旖旎动人。

听到动静，办公室里的两人皆是一怔，方渡松开林槐夏，掩唇轻轻咳了一声。

林槐夏脸上火辣辣的，根本不敢回头看身后几人。她心脏"扑通扑通"直跳,不知道为什么莫名有种被捉奸的紧张刺激感。

——明明两人是合法恋爱啊!

场面一度十分尴尬。

周莓莓最先反应过来,她没想到有朝一日自己嗑的CP竟然成真,星星眼地朝两人摆摆手:"你们就当我们没来过,继续继续。"

林槐夏、方渡:"……"

两人下意识地拉开距离,方渡假装若无其事地合上药水的盖子,把瓶子放回药箱中。林槐夏从办公桌上跳了下来,微不可察地整理好略显凌乱的衬衫。

"那个……你们吃完饭了?"

周莓莓道:"没有,我们担心你就回来了。"

"啊,我没事的。"林槐夏不好意思道,"谢谢你们。"

"既然都没吃饭就一起去吧。"方渡放好药瓶,走了回来。已经被其他人发现了,他便没再藏着掖着,顺其自然地拉起林槐夏的手,"我请客。"

"好呀好呀,方教授,今天必须你请客。"周莓莓朝方渡眨眨眼,而后不忘得意扬扬地瞥一旁的方峰一眼。

方峰自从推门后再也没动过半步。他着实不知道该如何消化眼前的一幕。上一秒他还在幻想着和林槐夏更进一步,下一秒竟然就发现她有男朋友了?!

几人一起出了办公室,林槐夏见方峰一直呆愣在原地,疑惑地叫了他一声:"方峰?"

方峰这才反应过来,张了张嘴:"啊……来了。"

他瞟了眼林槐夏挽着方渡的手,心里五味杂陈。

几人走出吴宅,方渡和林槐夏两人走在前面,其余三人跟在后面。

天气微凉,方渡帮林槐夏拉好外套的拉链,拉着她的手放进自己的兜中。

林槐夏还是第一次带着男朋友和同事吃饭,很不适应。她也没想到自己和方渡的关系这么快公开,本来还想顺其自然慢慢来的。

她叹口气，忍不住回头看看身后的三人。周苒苒正和章嘉敏举着手机找餐厅，方峰跟在两人旁边发呆。

方渡见她总是忍不住回头，好笑道："怎么了？"

"没什么，就是有点别扭。"

见周苒苒递来一个揶揄的表情，林槐夏连忙收回目光，往方渡的身旁挪了挪，好像离他近一点，就不会被别人看到了似的。

周苒苒嘻嘻一笑，屁颠屁颠朝两人跑过来："方教授，咱们去吃这家吧。"

方渡随意睨了眼她的手机屏幕，笑道："好。"

"方教授破费了！这是我们能挑到最贵的一家了。"周苒苒朝他咧嘴笑了笑，趁着方渡还没反悔，又颠颠地跑走了。

方渡笑着摇摇头。目送周苒苒离开，方渡对林槐夏道："没什么可别扭的，习惯就好了。"

林槐夏没听明白他在说什么，后知后觉意识到他又回到了上个话题，嗔怪地瞪他一眼。

正好是用餐时间，餐厅里人满为患，他们等了会儿才有座位。

周苒苒抱着菜单，极不客气地点了满满一桌子菜。也正是因为她在，气氛才没那么拘谨。

点完菜，便到了八卦时间。

周苒苒眉飞色舞地问林槐夏："槐夏姐，你和方教授什么时候在一起的啊？为什么都不告诉我们？"

"没、没多久呀……"林槐夏脸颊一红，像是被警官审问般紧张，说话都不利索了。

方渡抿着笑睨她一眼，捏了捏她沁出汗意的手掌："你别问她了，她都吓出冷汗了。"

周苒苒嘿嘿一笑："那我可以问你吗？"

方渡微微点头："有什么要问的？"

周苒苒双手撑着下巴，歪着脑袋看他："你们谁追的谁呀？"

"当然是我追她。"

"那……"周苒苒看看方渡,又看看林槐夏,"方教授从什么时候开始喜欢槐夏姐的呀?"

方渡没有立即回答,而是沉吟了片刻。空气一下子寂静,就连四周的嘈杂都仿若消失了。

周苒苒和章嘉敏两个"CP粉"八卦地望着他。

就连林槐夏都情不自禁地望向他。她并不知道方渡是从何时喜欢她的。不是当作妹妹的那种喜欢,而是当作恋人。

似乎是确认了答案,方渡笑着道:"很早很早以前,那时才十几岁。"

林槐夏一怔。

她都不知道,方渡喜欢了她这么久。

她心跳漏了一拍,脑袋晕乎乎的,隔了良久才恍然意识到什么:"那你——"

方渡似乎知道她要说什么,笑着解释:"那时你还小,并不懂什么是真正的喜欢。怕你后悔。"

他一边说着,一边宠溺地揉揉她的脑袋。林槐夏娇嗔地瞪他一眼,想躲开,却被他揽进怀里。

对面几人根本听不懂他们在说什么,只知道自己吃了一嘴狗粮。

周苒苒和章嘉敏又八卦了几个问题才满意。吃完饭,趁着方渡去结账,周苒苒和林槐夏打小报告:"槐夏姐,你知道我们回去找你之前方峰说什么吗?"

方峰这顿饭吃得已经很尴尬了,见周苒苒出卖自己,当场"社死"。他怒气冲冲地瞪周苒苒:"周苒苒,你闭嘴!"

周苒苒嘻嘻一笑,躲到林槐夏身边。她板起脸,学着方峰之前的模样:"'林工现在很需要我的安慰,我跟你们讲,林工还是很喜欢我的,我就是差个表白的契机,林工肯定答应我。'"

方峰捂着脑袋,恨不得找个地缝钻进去。谁能想到周苒苒能一字不差地记住,他现在根本没脸见林槐夏。

林槐夏听完，抿唇笑了起来。只不过她没有周苒苒那般嘲弄，笑容清浅道："他说得不错，只不过是同事间的'喜欢'。谈恋爱的事没有早点和大家说是不想因为私事影响工作，对不起呀。"

林槐夏的善解人意让方峰好受了些，但他还是找了个借口离开这个是非之地。

"嘻，没事。"周苒苒大大咧咧地搂住林槐夏的肩膀，"大家都是朋友，以后这种事不要再藏着掖着啦。我们都替你高兴呀。"

"朋友"二字让林槐夏微微一怔。自从成年后，她一直和其他人保持着距离，没有什么称得上朋友的人。可现在，她似乎拥有了不少"朋友"。

林槐夏看看周苒苒，又看看章嘉敏，弯起眸："嗯，我知道了。"

周苒苒嘻嘻一笑。她从桌上抓起一把服务员拿来的瓜子，分给两人。趁着方渡还没回来，几人分享起女生间的八卦。

周苒苒道："上次你还和我说方教授不喜欢你，我倒觉得他特别喜欢你。"

林槐夏嗑着瓜子，脸上有些红："啊，有吗？"

周苒苒点头："有啊，你没发现吗？你怕冷，出门的时候他就会把自己的围巾拿给你戴，还会把你的手揣进兜里。到了以后也是先帮你要了热水。"

"对对对，"章嘉敏吐掉瓜子皮，附和道，"吃饭的时候也是，方教授一直盯着你先动筷，会把你爱吃的东西放到你面前，不爱吃的都去掉再夹给你。"

两人开启名侦探模式，说出了一堆小细节。

林槐夏仔细回想了下，并没有觉得哪里特殊。她似乎早就习惯了他在身边，从未注意过那些细节。

"有吗？我没觉得呀……"

"你就是习惯了他对你的好，才不珍惜。"周苒苒感慨一声，满脸艳羡，"槐夏姐，方教授的眼里只有你哦。我要是也能有这么个男朋友，每天睡觉都能笑醒。"

林槐夏被她逗笑，安慰道："放心，会有的。"

正巧方渡结完账，和方峰一起回来。

方渡笑着问："在聊什么？"

三个女生互相交换了个眼神，默契地结束话题。

"没聊什么，我们回去吧？"林槐夏道。

方渡点点头，拿起她椅背上的外套和包包。等她起身后，他帮林槐夏穿上外套。他的动作极其自然，如果方才周苒苒没提那些，林槐夏一定会很自然地让他帮自己拉上拉链。

但此时，她小心翼翼地看着他的动作，两只手埋在袖子里，有些无措。衣服穿好，方渡把包递给她，顺手将椅子摆放回去。

见她站在原地发呆，方渡朝她伸手："走吧？"

林槐夏轻轻点了下头，拉住他的手。林槐夏敛着眸，看着他拉着自己的手揣进大衣兜。兜里很温暖，但是空间不算大，没法放下两人的手，他的半截手背露在外面。

"怎么了？"看她一直在发呆，方渡侧过头，小声问道。

林槐夏收回目光，抬头看他："冷不冷？"

"不冷。"方渡微一皱眉，语气担忧，"你是不是穿太少了觉得冷？把大衣给你？"

林槐夏清浅地笑了起来。她摇摇头，往方渡怀里蹭了蹭："这样就暖和了。"

方渡笑了声，把她抱进怀里。

看来周苒苒说得没错。

他的眼里，只有她。

第二十三章
异国恋

出差结束正值周末，林槐夏回家后好好补了个觉。

方渡马上要回美国了，临走前回了趟程家老宅。这还是他十八岁以后第一次回老宅。和他印象中没有什么差别，只不过程鸿晟不如曾经那般精神矍铄了。

他没有提前告诉程鸿晟自己要回来。看到方渡时，程鸿晟不禁一愣，一向严厉的面容染上慈祥的笑意。

"回国了？"

"嗯。"方渡笑着应下。他接过程鸿晟手中的喷水壶，帮他打理阳光房中的绿植。

程鸿晟站在旁边，抑不住神色中的慈爱。方渡问："听阿泽说您最近身体不好，有去看过医生吗？"

程鸿晟摆摆手，爽朗地笑了起来："没有的事，别担心。"

他问方渡："这次回国什么打算？"

"工作需要。后天就要回去了。"

程鸿晟原本期盼的神色渐渐熄灭，转而沉默不语。

方渡顿了顿，对程鸿晟道："不过……打算回国发展了。"

程鸿晟微一失神，掩不住惊喜："回国好啊。把公司交给你和阿泽，我也放心。"

方渡笑道："爷爷，我专业不对口，公司的事就交给阿泽吧。"

"阿泽这些年做得不错。"程鸿晟叹了口气，不知在思索什么。沉默了下，"你们见过了？阿泽他——"

方渡知道程鸿晟要说什么："我和阿泽很好，您放心。"

程鸿晟拍拍他的手背："我最放心的就是你了。你这个做哥哥的，要照顾好弟弟。"

方渡明白程鸿晟的意思，应道："我知道的，您放心。"

程鸿晟眉眼舒展开，示意方渡去一旁的沙发休息。方渡毕恭毕敬地搀着程鸿晟在沙发处坐下，为他斟茶。

"你父亲在那边……还好吗？"程鸿晟问。

"嗯。不过身体不如从前了，最近比较喜欢在家喝喝茶练练字。"

程鸿晟叹口气："既然你都回来了，让他也一起回国吧。到底是一家人，无论什么仇怨现在也该解开了。"

方渡笑了笑，没说话。

程鸿晟没太在意，继续问："回来以后做好打算了吗？"

"嗯，打算和朋友合伙开个事务所，做建筑设计。还是想做点擅长的事。"

"不错。"程鸿晟弯起眼睛，眼角堆起月牙形的褶皱，"你从小就喜欢这个，也好。"

他指了指一旁的八宝格："你之前做的模型我还留着呢。当时说长大了给我建个凉亭，什么时候兑现？"

方渡顺着程鸿晟指的方向望去，看到自己八九岁时做的模型被程鸿晟放到八宝阁的最顶端，花花绿绿的，连基础结构都是错的。

他的眉眼温润了许多："明年吧。在院子里给您修个真的。"

程鸿晟打趣："不错，到时帮我把院子也翻新翻新。"

方渡笑着应道："行。只要给工时费，都好说。"

程鸿晟爽朗地笑了起来："你这小子！连你爷爷都开始算计起来了？"

"好说，给您个亲情折扣。"

程鸿晟很久没笑得这么开心了。笑够了，他朝方渡摆摆手："你就别逗我开心了。说真的，爷爷这把年纪，还是有些人脉。有什么需要我帮衬的尽管提，别总是什么事都自己扛着。"

"您放心，有需要我一定会和您说的。"

两人又聊了些工作上的事，天色不早，程鸿晟留他在家吃晚饭，住一晚。

"晚上约了人吃饭，就不待在这边了。"方渡笑着拒绝，"等回国后再过来陪您。"

程鸿晟虽然惋惜，但还是点点头。他腿脚不好，走路有些许温吞，但还是执意将方渡送到门口，目送方渡离开。临走前，程鸿晟道："话说回来，怎么突然打算回国发展了？"

顿了顿，方渡轻言浅笑道："因为一个人。"

程鸿晟了然于胸，笑着摇摇头。

从别墅出来，方渡穿过院落后方的花园，准备从大门离开。

还未出门，他便迎面撞上刚进门的许宏儒和赵志诚。两人都是公司元老级别的人物，与程鸿晟的关系也十分亲密，就连方渡和程栖泽见了，都得尊称一声"叔"。

方渡见到两人，毕恭毕敬地打了个招呼："许叔，赵叔。"

两人看到方渡，皆是一愣。两人对望一眼，许宏儒最先反应过来，笑容和蔼道："阿渡回来了？"

"嗯。"方渡浅声应道，并不打算和两人过多寒暄，"爷爷在客厅等两位，我还有事，先不打搅了。"

方渡说完便准备离开，却被许宏儒挡住去路。许宏儒还是那副和蔼的模样，问："阿渡身体好些了吗？听说你身子一直很弱，还是要多多休息啊。"

方渡和许宏儒并不熟，突然关心起他，显然醉翁之意不在酒。

他想起程栖泽对他说的那句话——"许叔他们怕你回来是打公司

的主意,一直在盯着你。"

想到这里,方渡了然。他舒展眉眼,笑意温润道:"谢谢许叔关心,身体已经好多了。"

许宏儒装作放心的模样点点头,一双锐利的眸却始终紧紧地盯着方渡。

方渡也不畏他,直勾勾地望了回去。

许宏儒轻哼一声,他那双眼睛和他父亲可真像啊。

一旁的赵志诚可没许宏儒的耐性,见两人不说话,他急匆匆地问:"阿渡怎么突然回国了?也不提前跟大家说一声。"

他刚说完,便被许宏儒不动声色地瞪了一眼。赵志诚张了张嘴,赶忙闭上。

方渡知道两人醉翁之意不在酒,也懒得与他们周旋,坦然道:"为了工作才回国。工作比较忙,没有时间思考其他的,也就没和爷爷提前说。"

言下之意,他有自己要忙的事,没闲心参与他们这些钩心斗角。

"这样……"赵志诚若有所思地点点头。

许宏儒却不完全信任他,和蔼的笑容中依旧隐藏着警惕的审视:"阿渡现在在做什么工作?叔看看有什么能帮你的。"

"谢谢许叔,应付得过来。"

"别跟叔客气。"许宏儒顿了顿,故作打趣道,"程董向来喜欢你,你有什么想要的,叔就算上刀山下火海,都得给你找来。"

方渡轻笑一声:"谢谢许叔,没什么想要的。我赶时间,就不打扰二位了。"

许宏儒笑了笑,没说什么,却也没动。

方渡歪头睨他一眼,心底轻哂,慢条斯理地绕过两人,从大门离开。

方渡离开后,赵志诚看向许宏儒:"老许……他……"

许宏儒慢悠悠地捻着手串上的佛珠,不屑地扬起唇:"他说的话,你信?"

赵志诚摇摇头:"一个字都不信。"

"程家那么大块蛋糕,他作为长孙,怎么可能不动心?如果他真的要抢,未必会输。更何况他们兄弟二人关系不和,到时候……"许宏儒目光一戾,慢悠悠拖长尾音。

赵志诚瞳孔猛缩,不由得从兜里掏出方帕擦掉额角的冷汗:"到时候,我们也会被牵连!"

许宏儒不置可否。

正好管家从别墅出来迎接二人,二人没再聊这件事,和管家一同进了别墅。见到程鸿晟,两人早已没了方才那副精明算计的模样,俨然许久未见的老友。

寒暄过后,程鸿晟开门见山道:"今天把你们叫过来,是想问问晟世地产的情况。"

两人听到"晟世地产"几个字,皆是一愣。

"我前两天看了报表,第三季度利润严重下滑,前两天你们说阿泽最近状态不对,心思不在公司上,到底是怎么回事?"

两人支支吾吾半天,随意找了个理由搪塞过去。

晟世地产的情况和程栖泽完全没关系,是两人在执行层面操作不当导致的问题。但两人不想担责,前段时间程栖泽又疏于管理,两人便干脆将问题归结到程栖泽的身上,说他这些日子不知道在干什么,心思不在公司上。

两人私底里没少说程栖泽的坏话,这回也没太当回事。但方渡从国外回来了,程鸿晟再提起这件事,性质就不一样了。

程鸿晟并未注意到两人的异常,轻叹一声,问二人建议:"是不是我对阿泽逼得太紧了?或许应该想个办法帮他减轻压力……"

——这是什么意思?

许宏儒和赵志诚对望一眼。减轻压力?那不就是打算让方渡回公司?

许宏儒眸光一滞,不由得蹙眉沉思。

方渡年纪还小的时候,程鸿晟就喜欢他。认为他性格沉稳有担当,是未来继承人的不二人选。只可惜当初发生的事将他排除在集团继承人的人选之外，程鸿晟一直觉得可惜。

虽然程栖泽这几年做得很好，但许宏儒他们清楚，在程鸿晟眼里，程栖泽始终是个小孩，偶尔做事冲动激进，相较之下，少了程鸿晟最想要的那份稳重。

程鸿晟的最佳人选，一直都是方渡。

现在方渡从美国回来，谁能相信他不是为了争家产？他父亲就是那样心机深沉的人，他也好不到哪儿去。

许宏儒在程氏干了这么多年。程家内部的争斗也经历了许多回。当初他帮方渡的父亲程文谨暗地里干了不少勾当，后来是程文谨退出，自己想尽办法明哲保身，才待在了程文慎和程栖泽身边，坐稳了现在的位置。

如果方渡回来取代程栖泽，那自己当初干的事一定会被方渡翻出来。就冲他父亲对亲兄弟都能使出肮脏手段的狠辣劲，方渡肯定不会轻饶自己……到时自己的好日子可就到头了！

想到这里，许宏儒捏紧手串，额头隐隐冒出青筋。

——绝对不能让方渡回到公司！

方渡下午的飞机回美国，林槐夏周末休息没什么事情做，便过来帮他收拾行李。说是帮他，实际上方渡东西并不多，已经收拾得差不多了。

林槐夏只好无所事事地站在一边，看着他收拾。

她没有问过方渡什么时候回来，其实算算日子就能知道，最快也要等圣诞节的假期了。

她其实并不想让他离开，她怕方渡这一走，又像上次似的再也不回来了。有时她会想，和他撒撒娇，他是不是会为了她留下来。方渡那么宠她，肯定会答应。

可理智让她不愿这么做，她清楚方渡不会再次抛下自己，而自己也不该成为他事业的阻碍。

"槐夏？"方渡的声音拉回林槐夏的思绪。

林槐夏顿了顿，应了一声。

方渡笑道："在想什么？叫了你好几声。"

"没什么。"林槐夏摇摇头，她摸了摸鼻尖，问，"怎么了？"

方渡指了下她不远处的桌子："桌上的书可以递给我吗？"

"哦，好。"林槐夏走到桌子旁，拿起他说的那两本书，发现两本书下面还压着一个敞开的笔记本，和他做建筑笔记用的那个本子一模一样。

方渡也看到桌上的笔记本，目光一滞："别动那个本子……"

与此同时，林槐夏已然举起那个本子，将上面的建筑草稿展示给他，问道："能把你的笔记留给我看看吗？"

两人又同时怔住。

林槐夏最先回过神，笑着打趣："真小气，里面有什么不能分享的秘密研究呀。"

"没。"方渡尴尬地清了清嗓子，敛起方才紧张的神色，笑道，"你拿去看吧。"

"真的？"

"嗯，你拿走吧。"

林槐夏揶揄地扬了扬眉。她合上笔记本，随手塞进自己的包中，将手中的书递给方渡。

收拾好行李，两人在酒店下面的餐厅简单吃了个午饭，便出发去了机场。

取完登机牌，林槐夏将方渡送到出关口。

林槐夏拉着他的手，不舍得放开，方渡主动抱住她。林槐夏顺势环住他的背，把脑袋埋进他的怀里。

"早点回来可以吗？"她的声音闷在他的怀里，很轻。

"好，尽快。"

林槐夏轻笑着问："尽快是多快？"

"你想什么时候就什么时候。"

"那……"林槐夏仰起头,亮盈盈的眸子眨了眨,打趣道,"我想明天看到你。"

"好,那我不走了。"

林槐夏"扑哧"一声笑了出来。她松开方渡,轻轻拍了拍他:"别开玩笑啦,路上小心。"

她踮起脚,轻轻吻了下他的唇。方渡顺势托住她的脖颈,加深了这个吻。不知过了多久,方渡才不舍地松开她。

林槐夏的眸中漾着水雾,唇色红润,让人忍不住再亲一下。

"突然不想走了。"方渡抱着她,嗓音有些哑。

"别闹。"林槐夏弯了弯眸,虽然和他一样不舍,却还是推开他,"再不走就赶不上飞机了。"

"我很快就回来。"方渡许诺。

林槐夏点点头,她知道方渡最快也要等圣诞的假期才能回国,只当他怕自己不开心,在哄自己。

送走方渡,林槐夏开车回市中心。正好红灯,林槐夏的目光不由自主地放到后视镜上挂着的平安符上。

平安符随着车子的惯性轻轻摆动着,那是她几个月前在万云寺求的,给了方渡一个,自己留了一个。

她恍惚想到他刚回国时的场景。自己去机场接他,同样往市中心走的路,车上坐的却是两人。

许久未见,她的心情紧张又开心,甚至有些手忙脚乱,当时的自己一定想不到两人会在一起吧。

想到这里,林槐夏不由自主地翘起嘴角。

怎么办啊,刚分别十来分钟,她就开始想他了。

这一晚,林槐夏没睡好,辗转反侧,一直在做噩梦。虽然她在方渡面前总是表现得无所谓,但她清楚自己有多依赖他。她怕再次失去他,她不敢想象再失去他以后,自己会变成什么样。

林槐夏从噩梦中睁开眼，真丝睡衣被汗浸透。她拿起床头的手机看了眼时间，才凌晨五点多。

闭上眼都是刚刚噩梦的内容，她再也睡不着，干脆起身洗漱。

全部收拾完，林槐夏展开一张 A3 大小的白纸，认真地在上面写着日期。一直写到 12 月 25 日的圣诞节，那是方渡肯定会回来的日子。她在今天的日期上打了个大大的红叉，只要画到 25 号，她就能见到他了。

林槐夏想象着上面的红叉越画越多的情形，心里也安稳了许多。她把那张纸挂在卧室墙上，看了眼时间，心里合计着方渡到美国的时间。

她正准备给他发信息问情况，就收到了方渡打来的视频电话。

林槐夏微怔，接起电话。

他应该刚到美国没多久，还穿着昨晚离开时那身衣服。他把手机立在餐桌上，行李箱放在一边，正在对面的开放式厨房中翻找着什么。大约是没想到她会这么快接电话，方渡愣了下，连忙回到手机旁边。

"起床了？"

看到熟悉的眉眼，林槐夏鼻尖一酸，有眼泪盈在眼眶中："嗯。"

方渡打量了下她身上的衣服："怎么起这么早？我特意这个点打电话，想叫你起床的。"

"想你了。"林槐夏直截了当道。

方渡微微一怔，眉眼间染上清浅的笑意。

"傻丫头。"他笑道，"说好的今天见面，没骗你。"

林槐夏点点头，再也止不住眼泪。

"怎么哭了。"方渡有一瞬的慌乱，无奈两人离得太远，没法在她身边安慰她。

林槐夏从旁边抽出两张纸巾，摇摇头："没事，就是想你了。"

"我也想你。"他笑道。

再多的情话也抵不过最直白朴素的情感。知道他和自己的心情一样，林槐夏哭得更凶了。

"怎么又哭了？"方渡低声哄她，"别哭了，乖。我处理完这边的事情，很快就回去了。"

林槐夏点点头又摇摇头，声音嘤咛："我没事的，真的没事……"

方渡好笑道："还说没事，都哭成什么样了。"

"才没有哭。"林槐夏用纸巾胡乱地擦了把脸，她把摄像头对向自己贴在墙上的日期表，给方渡展示，"看，我有好好记录时间，要按时回来。"

方渡瞟了眼最后一格："12月25号？不用那么久。"

"那要多久？"

方渡思忖片刻："还不确定，但肯定要比圣诞节快很多。"

"没关系，等你到圣诞节。"林槐夏舒展眉眼，笑了起来，"要是圣诞节你还不回来的话——"

她歪了下脑袋，却发现自己根本说不出来任何狠话。

"要是圣诞节还不回来，我就……我就哭给你看！"

方渡笑道："放心，怎么舍得让你哭。"

林槐夏骄傲地朝他扬扬下巴。

两人又聊了会儿，林槐夏还要上班，只能依依不舍地挂掉电话。

从苏镇回来后，魏志邦就给她安排了新的项目。这个项目就在帝都，规模不大，但是这次的甲方要得急，他们必须加班加点赶进度。

林槐夏每天忙得不可开交。

不过巨大的工作量也让她没时间想其他的。这几天她一直在带团队赶进度，每天都要加班到凌晨。

工作结束后，她便利用走回家的那段路程给方渡打电话聊天。那段时间方渡不管在做什么，都会腾出空闲来陪她。

那是她唯一放松的时刻，虽然很累，却很幸福。

终于忙完最后一天，和团队一起确认完最后的改建方案后，林槐夏舒了一口气。

从会议室出来已经是凌晨一点，办公室里亮着寥寥灯光，只剩他们团队还在加班。只不过整栋楼并不安静,其他楼层还有不少人。

林槐夏回到工位收拾东西,算了下时间,方渡应该正好下了课。她把项目完成的事告诉他。

发完消息,林槐夏拿起桌上剩了半杯的咖啡,准备去茶水间倒掉。

刚到茶水间门口,她便听到几个同事在里面聊天。

其中一个吐槽道:"这真不是人干的活儿。天天加班到凌晨,工资又少,图什么啊。"

另一个扭了扭僵硬的脖子:"是啊,我前两天颈椎疼,医生叫我少看电脑。咱们怎么可能少看电脑。"

旁边人应道:"是啊,周末还要来加班,一点私人时间都没有。"

第一个附和:"还想要私人时间?能活着就不错了。对了,你们知道浩哥打算换工作的事吗?"

一聊到换工作,其他人来了八卦的兴致:"浩哥要换工作?"

"是啊,听说他换到朋友的小事务所去了,工作轻松不少。"

"真不错,我也想换工作。可咱们这专业,除了干这个还能做什么?"

其他人纷纷沉默。

建筑这行专业性强,门槛高,人才紧缺。但弊端也很明显,学这个专业出身的学生想转行,很难。

林槐夏走进茶水间时,其中几人交换了个神色,悄悄闭住嘴巴。他们很少和林槐夏讨论工作以外的事,一是她不感兴趣,从来不参与他们的话题;二是林槐夏是魏志邦的得意门生,多少顾忌她把他们嚼舌根的话传给魏志邦。

章嘉敏倒是没什么顾忌,见林槐夏进来,拉着她一起吐槽:"你说你都多少天没睡好了?黑眼圈都出来了。这魏工真不是人,给你压多少活儿。"

林槐夏笑了笑,她能感受到其他人的拘谨,便顺着章嘉敏的话道:"是啊,魏老不做人,太过分了。"

听她这么说,几个小年轻"扑哧"一声笑了出来。其实大家年纪相仿，几人并不讨厌林槐夏。只是她总是有股生人勿近的气场，他们不敢和她聊些有的没的。但从苏镇回来后，大家隐隐约约感觉到她的改变，好像更愿意和大家亲近了。

章嘉敏连连点头，把刚听到的八卦分享给她："听说浩哥打算离职了。不过还不确定，你可千万别和魏工说啊。"

"魏老和我说了。"林槐夏见她鬼鬼祟祟的模样，好笑道，"公司还是魏老给引荐的呢。听说那边待遇不错，晚上不加班，他还问我要不要过去。"

"那你怎么说？"众人好奇道。

"是专门做园林规划的公司，我不太感兴趣。"林槐夏弯了弯眸子，顿了下，她道，"而且……如果换工作的话我就不做建筑这行了。"

"哎？"章嘉敏眨眨眼，"不打算做建筑方面的工作了吗？"

林槐夏点点头："嗯。"

其他人皆是好奇。林槐夏在他们眼里是典型的工作狂，在工作上也力求精益求精。她的前途无量，没人会相信她考虑转行。

"其实还在考虑中，并没有确定的想法。"林槐夏坦然道，"如果有明确的目标，会辞职。"

其他人纷纷鼓励她。有些人帮她分析利弊，劝她继续坚持，也有人支持她去做自己想做的事情，并且给出建议。

林槐夏很少和人分享自己的真实想法，但这回说出口，她发现好像也没那么难。而且当她勇于迈出第一步时，便发现了身边的人的善良与可爱。

她很喜欢他们。

几人畅聊了会儿工作和未来的发展，越聊越兴奋，直到有人看了眼时间，已经快凌晨两点了，所有人才不情不愿地散了。

林槐夏回到工位，发现方渡给她发了消息。

"槐夏姐。"正准备给方渡回视频电话，林槐夏听到周苒苒叫她。

林槐夏放下手机，抬起头："苒苒，怎么了？"

周苒苒有些犹豫，顿了顿，她问："你真的……打算换工作吗？"

"还不确定。"林槐夏弯了弯眸,"怎么了?"

周苒苒摇摇头:"没什么……只是……"

踌躇半响,她终于坦白道:"其实我不想你换工作。"

林槐夏微微一怔:"什么意思呀?"

周苒苒思索着措辞,不知所措地抓了抓头发:"怎么说呢……其实我一直不喜欢现在的工作。我的专业是我爸妈给我选的,他们觉得这个专业毕业了好找工作,我的分数刚好够,所以就给我报了这个专业。我本来想换专业的,但是没有其他专业可换,毕业以后别的工作也不要我,就硬着头皮来了这里。

"但是自从咱们一起去了苏镇以后,我感觉自己好像改变了想法。每次看你那么认真工作,一遍遍加班改方案的时候,我都特别佩服。我有时候会去吴宅的院子里发呆,坐在那里看着那些破旧的建筑的时候,我好像有一点明白你为什么那么拼了,好像也明白自己到底在做些什么了。

"槐夏姐,你是我特别尊敬和崇拜的前辈,我也一直把你当作自己的精神支柱。我就觉得是你对这份工作的热爱和认真激励了我,不管工作多累多麻烦,我都想好好对待。所以你刚刚说想要换工作的时候,说实话……我感觉我刚建立起来的认知在逐渐崩塌……我又开始迷茫了……"

周苒苒很少和人这么交心地谈论起工作上的事。

她的父母不理解她的想法,认为女孩子找个稳定的工作就行。在他们看来,她现在的工作又稳定又体面,除了加班次数多以外,没什么不好。现在工作那么难找,她应该知足。

周苒苒和他们说不明白,便不说了。

她以为自己就这么两点一线地生活,上班边工作边摸鱼,下班刷刷手机,一辈子就这么浑浑噩噩地过下去。

可见到林槐夏后,她觉得生命重新燃起了光。她能感受到林槐夏对这份工作的热爱,这也让她开始正视自己这份工作。渐渐地,她发现这份工作虽然累,却很有意义。

前两天她和林槐夏去视察工程进度。那是她第一次参加设计修复方案的项目，看到自己努力的心血被工匠一点一点复原，她内心汹涌澎湃。

她发现自己渐渐地爱上了这份工作。可就在刚刚，她最尊敬、最崇拜的人告诉她，自己也要离开这个行业了，她一时间没法接受，不知道到底怎样才是正确的选择。

看到周苒苒哭丧的表情，林槐夏微微一怔，而后"扑哧"一声笑了出来。她伸手揉了揉周苒苒的脑袋，像是宠溺自家孩子似的："在说什么傻话呀。"

"真的！我就是这么觉得的！"周苒苒急切地证明着自己没有骗她，"我觉得自己之前浪费了太多时间，懂的东西也太少了，已经开始准备在职研究生的考试了！"

周苒苒心思单纯，想到什么说什么，从来没有丝毫保留。

林槐夏知道周苒苒说的都是心里话，只是没想到自己会对周苒苒有那么大的影响。在她看来，自己的人生都还处于迷茫之中，要不是当初方渡点醒自己，她会一直在为了别人的梦想而活。

看到周苒苒急切而又明亮的眼睛，林槐夏一时间不知该说些什么好。

顿了顿，她对周苒苒道："苒苒，做自己认为正确的选择就好。你会喜欢这份工作是件好事，它也值得你喜欢并且为之努力。我想要换工作是因为我有更想做的事情，并不是因为这份工作不够好，你能理解吗？"

周苒苒抿了下唇，似乎在努力消化林槐夏所说的。

沉默片刻，周苒苒朝她点点头："我明白了，谢谢槐夏姐。虽然我私心想你留下来，但还是支持你去做你想做的事。我也下定决心，做好这份工作。"

林槐夏扬起眸："嗯，我相信你能做得很好。有什么需要帮助的地方也随时告诉我，我可以帮你引荐我的研究生导师。"

周苒苒咧嘴笑了起来："谢谢槐夏姐！"

见她如此迅速地恢复往日活泼的笑容,林槐夏好笑地摇摇头。

周苒苒平时看着大大咧咧的,其实心思很细腻,也明白自己想要什么。林槐夏有时也会羡慕她这个样子,活泼单纯,无所畏惧,是一个年轻人该有的样子。

周苒苒趴在林槐夏的工位挡板旁,双手支棱着脑袋。她直勾勾地盯着林槐夏收拾东西,仿佛林槐夏这一走就不回来了似的:"槐夏姐,我好舍不得你呀……"

林槐夏道:"瞎说什么呢。我还没走呢。"

"对哦对哦!那你有可能留下来吗?"

林槐夏歪头想了想:"或许吧……其实我和你之前差不多,也没想好自己到底想要什么。不过现在你比我强很多,这样很好呀。"

顿了下,她补充道:"你不用把别人当作精神支柱,你自己就很厉害了,相信自己就好。"

周苒苒的脸颊微微泛红:"呜呜呜,槐夏姐,你真的是我的女神。我为什么不是个男孩子,好想把你娶回家哦。"

林槐夏见她一脸"迷妹"地望着自己,苦笑道:"行了,大晚上的别做梦了。赶快回家睡觉吧。"

周苒苒点点头。临走前,她问林槐夏:"槐夏姐,如果你真的不在这里工作了,还会记得我吗?"

她一副小心翼翼的模样,生怕林槐夏把她忘了似的。

林槐夏好笑地叹口气:"又在说什么傻话。"

周苒苒嘻嘻一笑,朝林槐夏吐了吐舌头:"虽然你是我领导,但我觉得我们更像朋友嘛。"

林槐夏弯起眸,朝周苒苒扬起明媚的笑意:"当然是朋友,你不要忘了我才是。"

第二十四章
致小槐夏

从公司出来,林槐夏给方渡打了个微信电话。林槐夏在公司里耗的时间太久,方渡那边已然吃完午饭,正在帮学生改论文初稿。

看到手机提醒,他朝学生比了个手势。男生心领神会,他接过方渡递来的论文,上面用铅笔写好了修改意见和下次见面时间。男生朝方渡吹了声口哨,嘴里调侃一句"Your girlfriend? God bless you",便朝方渡挥挥手,拎起一旁的书包,笑嘻嘻地离开了。

见男生一溜烟跑出办公室,方渡好笑地摇摇头。他摘下鼻梁上的眼镜,捏了捏眉心,仰靠在办公椅上。

方渡接起电话。他问:"今天怎么这么晚?"

"和同事聊天来着,没看时间。"林槐夏道。

几近寒冬,帝都突然降温。夜晚的街道挂着零星灯光,寒风在空旷的街道上肆无忌惮地叫嚣着。

林槐夏系好大衣的扣子,白皙的手被寒风吹红,又干又疼。她连忙将手缩回大衣的兜里。

"我看你那边降温了,有没有多穿件衣服?"方渡听到听筒中传来的呼啸风声,关心地问道。

"穿啦穿啦,怎么像个老妈子似的。"林槐夏打趣道。

"还有口罩和帽子，别着凉。"

林槐夏应道："知道。别担心啦，我会照顾好自己的，你也要照顾好自己。"

她找了个风小一点的地方走，有一搭无一搭地和方渡聊着天。她和方渡提起同事间的吐槽，还提起周苒苒和她说的那些话。

"苒苒真的很可爱，她最近也很努力，我觉得她没问题的。"林槐夏歪头想了想，像个老母亲一样操心周苒苒的未来大事，"你那边要是认识国内比较不错的导师，记得帮她推荐下。"

"好，没问题。"方渡应道，"不过你是不是也该好好考虑下自己的发展问题了？"

"啊……"林槐夏皱起眉，似乎并不想聊这个话题。但话头已然落在这里，她只好道，"你说得有道理……最近工作真的很累，我也不知道自己能坚持到什么时候。"

方渡提议道："那不如考虑下自己想做的事，先去试试，如果觉得合适再换。"

"嗯……我再想想吧。"

虽说林槐夏最近一直在考虑要不要换工作，但真的到了实际行动这一步，她反而开始犹豫了。

她甚至希望这件事可以无限期延后，慢慢想，不着急。

但方渡说得没错。

越早准备越好，再往后拖，就真的没机会了。

回到家，林槐夏干脆在购物软件上下单了一套画具和专业书，正式迈出她的第一步。

快递到家的时候已经是两天后。

林槐夏收到快递后，就扔到了客厅门口，一直懒得拆。直到某天下班比较早，她在家无事可做，才想起自己那两个还未拆开的快递。

她把快递拆开，全部安置好后捧着那本新书回到客厅的沙发上。

她小心翼翼地拆掉覆在书上的那层塑料薄膜。书很厚，主要是各国知名画作的历史由来、结构拆解、色彩搭配的分析。

林槐夏看得很细致，里面有不少她喜欢风格的作品和画家的解析。但是看了会儿，她的目光渐渐涣散，没法看下去书上的任何一行文字。

——有这时间，还不如看看建筑专业书呢。

这个想法从她脑海中蹦出来的那一瞬，林槐夏微微一怔。她突然意识到，她其实是喜欢建筑师这份工作，所以才会一直拖着不去考虑这件事。

她当初选这个专业确实并非因为喜欢，而是为了完成方渡的愿望。当时她的成绩并不算好，可帝大的建筑系分数却奇高。她为了完成他的梦想，咬了牙拼命地学，才将将够上建筑系的分数。

但她清楚，进入这个专业只是开始，她要代替他，见识祖国的大好山河，看那些令人惋惜的、被毁坏的古建筑一一复原，将它们最美的一面展现给世人。所以她拼命地学习，保研、跟在泰斗大师许泓昌身后做研究，为的都是完成方渡的梦想。

可这么多年下来，她经历过无数日日夜夜，看到过方案被一次次推翻、修改，最终由工匠呈现，其中的痛苦与喜悦都是难以言表的。每一次的过程都像是将她扔进熔炉里重塑，虽然痛苦，却会获得新生。

她并不讨厌这种感觉。

尤其是在苏镇遇到那位吴宅老人后，她对建筑的理解又深刻许多。当它们不再是纸上那些冰冷的数字和线条后，她意识到建筑不是"死的"，它有自己的品格和灵魂，每一座建筑都有独特的韵味。

林槐夏越发迷恋这些古老的建筑。

她终于明白方渡为什么喜欢坐在吴宅的院子里发呆，为什么总和她说建筑是迷人的，有种特殊的魔力。

如今，她也深陷其中，一发不可收拾。

林槐夏合上眼前厚厚的书籍，笑着叹口气。

要她说，有魔力的是方渡才对。他这人可真坏，不仅能让人轻易地喜欢上他，还能让她喜欢上他喜欢的专业。

看来自己这辈子都离不开他了。

林槐夏拿着书走到书桌前,准备把它放到桌子旁的书架上。林槐夏估计自己以后也很难把这本书拿出来翻阅,干脆将它放到角落里。她的余光瞟到夹在一摞专业书之间的笔记本,指尖微微顿了一下。

那是方渡留给她的建筑笔记,她之前粗粗地浏览过,上面记录了国内外许多古建筑的结构与数据,还有一些他的备注。

林槐夏将指尖搭在本脊上,思索几秒,她将笔记本抽出。

她想读一读他做过的研究,看一看他去过的地方,想离他更近一些。

可当林槐夏打开第一页时,她怔住了。

她快速翻了翻本子里的内容,发现这本根本不是她之前看过的那本建筑笔记。

这里满满当当,全部都是方渡从十八岁到现在,写给她的信——

上高中的时候,语文课上老师讲到写信。

林槐夏觉得有趣,央着方渡给自己写。方渡不愿意,可耐不住她撒娇耍赖,最后只好答应下来。

从那以后,每个学期和假期方渡都会给她写一封信。

信的内容洋洋洒洒,什么都写,有时方渡还会故意在信里记录这个学期林槐夏哭过的次数抑或捣乱被请家长的次数,希望她接下来的一个学期乖乖的。可每次都会成功激怒林槐夏,最终以给她买糖哄她开心结束。

方渡给她写的每一封信她都好好保留着。

她读过无数遍,有些已经皱皱巴巴,沾满泪痕。

自从他走后,这些信成了支撑她往前走的唯一信念。

林槐夏没想到方渡去了美国后,也保留了给她写信的习惯。

林槐夏粗略地翻看一遍,有些是他在美国的日常和所见所闻,有些是他对某些事情的感触想法,他将所有想和她分享的事情全部写在里面,写了满满当当一个本子。

林槐夏敛着眸，思绪有些涣散。

沉默片刻，她拿着笔记本蜷进沙发里，细细读了起来。

致小槐夏：

你和林奶奶在国内过得还好吗？

今天是圣诞节，我第一次在国外过这个节日。听说圣诞节要和家人团聚，可你们都在国内，我没什么可以团聚的家人，今天只能在医院过节了。

前几天医生终于放我出去了，在纽约待了半年多，我还是第一次出去转。我去了你一直很想去的大都会艺术博物馆和现代艺术博物馆，里面有好多课本上才能看到的作品。真品确实比书本上印的要震撼很多，你肯定会喜欢这里。里面还有很多你喜欢的画家的作品，都是书上看不到的，不过我倒觉得你比他们画得要好看很多。

说起来，美国的建筑倒是很有趣。这边的城市氛围和国内完全不同，建筑混合了欧美各个国家和民族的建筑特色，风格迥异，却又奇妙地没有任何违和感，很值得细细研究……和你说这些你肯定又不爱听了，不过这次的信你也没法看到，不如让我说个痛快吧。

……不过，这些你都看不到了，我还有写这封信的意义吗？

算算时间你也该高考了，有没有好好复习？这段时间过得肯定很开心吧？我不在，你肯定很开心没有人念叨你了，恨不得这辈子都不要见到我？可是我真的很想你，我把我在这里看到的好玩的都画下来了，虽然丑了点，但是希望有机会可以分享给你。要是你来美国读书多好，我带你去逛你最想去的美术馆，去SAIC学画画。

可惜现在的我什么都不能为你做，我唯一能做的就是配合医生治疗尽快恢复健康。

不说这些不开心的，医生来查房了，有机会再聊。

圣诞快乐！

12月25日

....

致小槐夏：

今天得知了你订婚的消息，可笑的是，消息是从爷爷那里听到的。

前段时间好不容易打听到你的消息，还发现我们学校和你所在的公司有合作。我一直以为这是缘分，却没想到你订婚了。

请你原谅我，我现在的心情确实很复杂。我希望你幸福，和相爱的人白头偕老，可是我不敢想，站在你身旁的人是我的弟弟。阿泽人很好，我相信他能带给你幸福，可是……（"是"字的最后一笔被不小心拉长，笔锋很重，钢笔的墨水洇了一片）

可是，我每天都止不住想那个人为什么不能是我。你说过喜欢我，可我认为那个时候你还小，不懂什么是喜欢。如果我自私地答应你，或许未来有一天，你会后悔。可现在的我很想自私一回，至少那个时候我可以抱住你，和你说无数遍我喜欢你，自私又贪婪地表达我所有的爱意。现在的我什么也做不了，我甚至不知道该以怎样的身份回国见你。昔日的朋友？还是兄长？

作为曾经的朋友，我希望你幸福，也期待看到你穿婚纱的模样，一定很漂亮。但是作为一个喜欢你的人，我没法做到亲眼看你嫁给别人。我是个自私又怯懦的人，所以最终还是决定不回国见你，或许以后都不会再见面了，请你原谅我没法亲自送上祝福。

话说回来，这些不过是我的自作多情，或许你已经忘了我是谁……

总之，新婚快乐。希望你永远幸福，我永远是你坚强的后盾。

6 月 22 日

....

看到这里，林槐夏的手微微颤抖。

她一会儿弯唇轻笑，一会儿眼泪又顺着眼角流下来，泪水浸湿了她扬起的唇瓣。

她蓦然想起方渡寄给她的订婚礼物，想起他轻描淡写的解释，想起自己误会后的冷战——

他当时心情该是多复杂，才会将最心爱的模型当作订婚礼物送给她，又该是以多复杂的心情接受了她订婚的事实。

薄薄的纸张在她的指尖压出折痕，林槐夏收拢思绪，慌张地将那个折痕一点点压平。

她深呼吸了一口气，终于有勇气翻到最后一页。

上面标注的是两人在一起的日期，雪白的页面上只有两行字——

小槐夏，
余生幸甚有你。

夜色如水，窗帘被微风吹起一角。静谧的房间中，只有尘屑在打着旋儿。

不知过了多久，林槐夏泪眼模糊地站起身。她跌跌撞撞地走到书桌旁，小腿不小心撞到桌子腿上。可她顾不得腿上的疼痛，急急忙忙在收纳盒中寻找。

泪水模糊了视线，她几乎看不清眼前的事物。

林槐夏胡乱地抹了把脸，终于从收纳盒中找到那本安静地躺在角落的护照。

护照上沾了一层薄薄的灰尘。这还是当年为了和导师去美国参加学术会议而办的，只可惜后来会议取消他们没去成。没想到现在派上了用场。

她的签证办的是十年签，今年的年假还没有用过，和魏志邦请个假，订好最早一班飞机，明天应该就能见到方渡了。

她等不及了，等不到圣诞节再见面了。

林槐夏胡乱地想着这些，丝毫没注意到手机铃声。等她回过神时，方渡已经给她打了三个电话。

林槐夏连忙接起电话,电话那端传来清浅的笑意:"在做什么?怎么不接电话?"

林槐夏吸了吸鼻子,却发现自己怎么也说不出话来。

方渡听到她的抽泣声,微微一怔:"怎么哭了?"

"没什么……就是想你了。我想去美国找你。"

"就这么想我?"方渡笑着问。

林槐夏点点头,后知后觉方渡看不到,连忙道:"嗯。"

他的笑意更甚:"开门。"

林槐夏愣在原地,很快门口传来敲门声。她顾不得其他,迅速跑到门口。

大门打开,门口站着她最想念的人。

林槐夏不由分说地抱住他,方才压抑的情绪全部释放,她再也忍不住,大哭起来。

方渡有些手足无措,他本是想给她个惊喜,却没想到林槐夏会情绪失控。他不知道发生了什么,只能轻轻抚着她的背,安慰她。

林槐夏已经很久没有如此情绪失控过了。她哭得很厉害,不知道哭了多久,嗓子都已经被她哭哑。她呜咽着,紧紧搂住方渡的腰。

"到底怎么回事?别哭了,我们先进去坐下,慢慢说,好不好?"方渡温声安慰着。

林槐夏埋在他怀里的脑袋晃了晃,根本不舍得撒手。

她指了指合在茶几上的笔记本,一边呜咽,一边小声道:"我都看到了。"

方渡顺着她所指的方向看了过去,发现自己的笔记本安静地躺在茶几上。

他愣怔片刻,恍然意识到林槐夏看到的那本并不是自己的笔记,而是那个用来给她写信的笔记本。

信里写得最多的一句话,就是"我想你"。

他的脸颊难得泛起一层红晕。他不知道该怎么解释,干脆抱住她,没说话。

　　林槐夏逐渐从失控的情绪中缓和，她环住方渡的脖颈，把脑袋垫在他的肩窝上，毛茸茸的碎发蹭着他的下巴，痒痒的。

　　"你不是说，如果表白的话要抱着我说无数遍'我喜欢你'？为什么我没有听到？"她的声音有些哑，有些颤抖，"阿渡哥哥，我想听。"

　　温热的气息拂过他的耳郭，惹得他脸上那抹红晕更加明显。

　　他微微偏过头凑在她耳边，低沉的嗓音染上一丝缱绻："我喜欢你，小槐夏，我喜欢你。"

　　他在她的耳边轻喃，不知说了多少遍的"我喜欢你"。

　　可无数遍的表白，都不足以表达他的爱意。

　　不知过了多久，林槐夏依依不舍地放开方渡。她恍恍惚惚地意识到方渡刚坐了十几个小时的飞机回来，外套还未褪下，手边还立着旅行箱，就被她逼着在门口和自己表白。

　　她羞赧地红了脸颊，示好似的拉过旁边的行李箱。

　　"坐那么久的飞机很累吧？吃晚饭了吗？"

　　"还好，飞机上吃了点东西。"

　　"我给你煮碗面垫垫肚子吧？"

　　听说她要下厨，方渡歪了下头，打量她几秒。他掩唇清了清嗓子，笑道："好啊。"

　　林槐夏把行李箱放到客厅，嗔怪地睨他一眼："你笑什么？"

　　方渡抿着唇摇了摇头，良久后他道："就是感觉……家里的小丫头养大了……"

　　他还未说完，林槐夏忍不住接下句："……可以宰了？"

　　方渡笑出声，抬手揉揉她的脑袋："怎么会。实在要论，那头猪也该是我。"

　　林槐夏递给他一个"还挺有自知之明"的眼神，这才满意地走到厨房。

　　方渡将脱下的毛呢大衣挂在玄关。收拾好，他走到厨房，便看到林槐夏笨手笨脚地择着青菜。

方渡慢条斯理地挽起袖子："要不我来吧？"

林槐夏拿着沥水盆往旁边挪了挪，摇摇头："不用，你等我下，很快的。"

方渡拗不过她，只好斜倚在门框边陪着她。他垂着眼帘，目光紧紧地追随着她的身影，琥珀色的眸中只剩她的倒影。

暖色的灯光拓长他的影子，他双手环在胸前，露着半截小臂，在灯光的照映下如精心雕琢的白玉，线形十分漂亮。

林槐夏并不擅长料理，就连煮面的步骤都有些生疏。

但她每一步都准备得很认真。光影与水雾摇曳，少女将垂下的碎发别至耳后，一手握着汤匙舀起一勺热汤，浅浅地尝了一口。

咸淡适中，林槐夏不由自主地翘起嘴角，纤长的睫羽也随之愉悦地轻颤着。

方渡一下子看呆了。

直到她捧着一碗热腾腾的面端到他面前时，他才回过神来。

林槐夏越过他，将碗快速放到餐桌上。热气腾腾的清汤面冒着水汽，林槐夏的指尖被烫红，她抬手捏了捏耳垂："站着做什么？快来吃呀。"

方渡这才回过神来。

两人在餐桌前坐下，方渡见她只拿了一个碗给他，自己面前空空如也。他再次站起身，去厨房里洗了一只碗和一双筷子，将清汤面分了一半给她。

林槐夏微微一怔："我吃过晚饭了，不饿的。你多吃点……"

"陪我再吃点。"

她没再谦让，接过他递来的半份面。

她吃得很慢，基本都在看方渡。她能看出方渡晚上没吃什么东西，但他依旧吃得不疾不徐，慢条斯理。他吃饭时不会发出任何声响，就连吃相都温文尔雅，十分赏心悦目。

林槐夏支着下巴看了半天，怎么都看不够。

"你怎么这么早就回国了？"林槐夏好奇地问。

刚刚光顾着抱着他哭，林槐夏完全没有意识到他比预期提前了一个多月回来。原来他之前说的"不用那么久"不是哄她开心的。

方渡轻描淡写地回道："辞职了。"

"辞职？"林槐夏讶然。

方渡抬头瞟她一眼，见她满脸惊讶，故意逗她："是啊，现在是无业游民，要靠你养了。"

林槐夏微微蹙起眉："你在那边工作都稳定下来了，为什么要辞职……就因为我吗？"

林槐夏没想到方渡会如此意气用事。她不愿意和他一起去美国，但这也不代表她想让方渡为了自己放弃事业。这件事他们可以从长计议，而不是不计一切后果地无条件为对方付出。

这样的感情她并不想要。

见她神色十分严肃，方渡不再逗她。他放下手中的筷子，认真解释道："不全是。我朋友想让我回国和他一起合伙开家事务所。这件事拖了很久，我一直没有同意。不是因为国内没有发展前景，而是对于当时的我来说，一是我的身体不允许，二是待在哪里对我来说都没有区别。但现在不一样，我的家在这里。"

林槐夏听完，脸上一红："什、什么家啊……"

方渡清浅地笑道："有你在的地方就是家。"

林槐夏被他的话惹得面红耳赤，嗔怪地瞪他："瞎说什么呢！"

方渡轻轻笑了一声，不置可否。

"你没有骗我？"

"我说过不会再骗你，就会信守承诺。"方渡轻轻握住她的手，"放心，我不是个冲动的人，如果没有权衡过利弊，不会贸然行动。"

林槐夏这才安下心来，朝他点点头："你告诉过我要做自己，我希望你也可以真真切切地做自己，我不想成为你的累赘。"

"怎么会是累赘，"他捏了捏她的掌心，"只有你在，我才可以踏实地做自己。"

林槐夏的脸颊晕着绯红,与他十指相扣。

吃完饭,方渡主动帮她洗碗。林槐夏一开始不同意,但拗不过他,她只好托着腮站在旁边看着他收拾。他收拾东西的速度很快,动作干脆利落,一看就是经常做家务。

林槐夏不由得想起他刚刚的调侃,把他养在家里给她干活,好像也不错。

她吃吃地笑了起来。

听到她的笑声,方渡斜睨她一眼,笑着问:"怎么了?"

林槐夏摇摇头,不好意思把心里那点小九九告诉他。她转移话题,问:"你订好酒店了吗?"

"没有。还没来得及。"

林槐夏:"那你打算住哪里呀?"

方渡歪过头,神色暧昧地打量她几秒:"这里……"

林槐夏怔了怔,莫名想到他对"家"的定义。原来还有这层意思?

她面红耳赤道:"谁同意你住这里呀!"

方渡凉凉地笑了一声,慢条斯理道:"这里应该有不少酒店,我打算一会儿随便找一家。"

意识到自己误会了他的意思,林槐夏咳了两声,假装无事发生。过了一会儿,她小声嘟囔:"这么晚了外面不安全……就……就勉强让你在这里住吧。"

方渡微微挑起眉梢。

林槐夏抿了下唇。

方渡压根儿就没打算留下来陪她,反倒惹得她心尖痒兮兮的。两人许久未见,她很难接受这么快再次分别。

她小心翼翼地抬起头,正对上方渡戏谑的视线。方渡垂着睫羽,故意俯下身凑近她的耳畔:"你就不怕……晚上我对你做些什么?"

"你——你能做什么呀。"林槐夏讪讪,脑海中不由自主地浮现某些不可言说的画面。

方渡悠悠然在她耳边吹了口气，不紧不慢道："我能做很多事，晚上……要不要试试？"

林槐夏脸上烧起温度，被他吓得向后退了一小步："不、不了……我相信你不是那种人。你肯定不会做那些事的。"

方渡微挑眉梢，慢条斯理地直起背。他的笑意促狭，故作遗憾地叹了一声："把我架这么高？我都被你架到道德制高点了，就算想做什么也不敢做了。"

林槐夏张了张嘴，红着脸不愿和他再讨论这事。

"我先去和房东阿姨说一声，她同意了你才能住。"

房东夫妇就住在林槐夏租的这个小一居隔壁。夫妻俩对林槐夏很好，知道她父母去世后，便把她当女儿一般照顾，经常把她叫到家里吃饭。林槐夏和两人关系很好，但到底房子是租来的，多了一个人住在里面，怎样都该提前和房东报备一下。

林槐夏拉着方渡去了隔壁，说明来意后，房东阿姨上下打量了眼方渡，笑道："没关系呀，随便住。"

她将目光落在方渡身上，像是在托付什么："小夏经常一个人在家待着，也不找朋友出去玩。你过来了好好陪陪她，不然小姑娘怪孤单的。"

方渡笑意温润地应了下来。

林槐夏睨了眼方渡温文尔雅的笑意，心底腹诽，这会儿倒是装得像个正人君子了，也不知刚才耍流氓的人是谁。

房东阿姨十分贴心地向方渡唠叨了些林槐夏的生活习惯，这些方渡都知道，但没有挑明，很有耐心地听完并一一应下。

林槐夏能看出房东阿姨对方渡很满意。临走前，房东阿姨又拽住林槐夏，不忘贴心提醒："小夏，这边隔音不好，晚上动静别太大。"

林槐夏："……"

她能有什么动静啊？！

从房东阿姨家回来，林槐夏着实无语。

她从衣柜里拿出一套新的被褥放到客厅,将客厅的沙发床放了下来。

方渡本想和她一起收拾,可林槐夏看到自己堆在沙发上那堆乱七八糟的衣服,觉得不好意思,便叫他去收拾自己的东西。

方渡刚坐了十几个小时的飞机,打算冲把澡换身衣服。他收拾好换洗衣物后和林槐夏知会了一声,便进了浴室。

林槐夏随口答应完,很快就忘了这茬。

沙发上堆了好几件需要洗的衣服,她收拾完沙发,顺手拿起那几件衣服,准备扔到卫生间的洗衣机里。

她推门,正要进去,便被眼前的景象吓傻了——

方渡刚解开衬衫最后一颗纽扣,白色的衬衫将脱未脱地挂在他的身上,隐约可见男人上半身紧实的肌肉线条。

若隐若现的轮廓十分诱人,林槐夏的目光不自觉下移,落在那道人鱼线上。

明明平时看上去很清瘦,没想到他的身材这么好。

她不舍地收回目光,轻咳一声,试图掩饰自己的尴尬和羞赧。

方渡显然也被突然打开的门吓了一跳,但他很快反应过来,歪着头,狡黠地朝林槐夏眨了眨眼:"这么主动?"

林槐夏:"……"

林槐夏终于反应过来,快速退到门后,遮挡住两人的视线:"你怎么不锁门呀!"

方渡懒懒答道:"你家门锁坏了,而且我刚刚和你说了。"

林槐夏这才想起厕所的门是坏的。但是家里就她一个人住,没有别人,她就没着急修。而且方渡刚刚确实和她说过要借用浴室……

林槐夏脸上更红了,"哐"的一声关上门。隐约听到一声轻笑从门后溢了出来,林槐夏面红耳赤地哼了一声,故意扬高音调,告诉里面的方渡自己生气了。

回到房间,林槐夏气鼓鼓地进了被窝,把脸蒙到被子里。她倒不是气方渡不锁门,而是自己居然满脑子都是刚刚的画面。

不应该，太不应该了！

她站起身，随便找了本专业书看，可房间的隔音确实不好，她有一搭无一搭地翻着书，耳朵却敏锐地捕捉着浴室里的动静。

没一会儿，水声停止。又过了会儿，传来"吱呀"的门声和细碎的脚步声。

林槐夏身子一缩，紧张地蜷成一团，努力将注意力放在书上。

无果。

门外的动静终于停止了。

她长舒一口气，正准备悄悄下床出门看看情况，就听到了敲门声。她吓得一激灵，又连忙把自己藏进棉被中，不悦地扬高音量："干吗呀。"

"给你热了杯牛奶。"

站在门外的男人清浅笑道。

"哦。"她没好气道，"你放门口就好了。"

"好。"

没想到方渡并未执意让她开门，看来不是来调侃自己的。林槐夏沉默了下，还是下床走到门边："等、等一下。"

她打开门，方渡正举着牛奶杯，不明所以地望着她。

他刚洗完澡，换了身黑色的丝质睡衣，质地柔软的布料衬得他身材修长挺拔，他的头发还未完全吹干，水珠顺着柔顺的碎发滑落，打湿了睡衣的领子和半截精致漂亮的锁骨。

林槐夏忍不住再次想起方才浴室里看到的那幕香艳画面，吞了吞口水，她将双手环在胸前，努力把思绪全部放回那杯牛奶上。

牛奶是热的。他刚住进来没几个小时，居然已经很自觉地动她家冰箱和微波炉了。

林槐夏接过牛奶，吐槽："你还真没把自己当外人。"

"当然。"方渡笑容惬意，"你在的地方就是家。"

林槐夏嗔怪地瞪他一眼，将牛奶一饮而尽。

她把空杯子塞进方渡手里："喏，拿去洗了吧。"

方渡接过杯子,顺手抹掉她唇边的奶渍。他俯下身,吻了下她的唇,唇齿间有股甜丝丝的奶味。

"晚安。"

林槐夏微微一怔,抬手抱了抱他:"晚安。"

这一晚林槐夏睡得很踏实。

第二天一早,雷打不动七点起床。林槐夏摁掉床头的闹钟,从床上坐起身。

窗外溢进来小鸟的啁啾声,林槐夏走到窗户边,拉开窗帘。天空是通透的蓝色,天气很好,云彩像是软绵绵的棉花糖层层叠叠地缀在天际。

她伸了个懒腰,难得被窗外热闹非凡的景色吸引。

洗漱完,方渡正在厨房做早饭。

光线明媚,一大片光影泻进屋内。阳光给他的侧影镀上一层浅浅的金边,勾勒出棱角分明的侧颜和喉结的轮廓。线条一路消失在熨帖的衬衫领中,他把衬衫一丝不苟地系到最上面一颗,就连挽起的袖子线条都是规整的笔直,平添一抹禁欲的味道。

林槐夏一时间失了神。

见她出来,方渡道:"冰箱里剩了些速冻的小笼包,我拿出来蒸上了,还煮了些粥。来不及出去买其他吃的了,今天先应付下吧。"

林槐夏点点头,走进厨房。

她突然起了坏心思,笑吟吟对方渡道:"你没穿围裙吗?"

方渡不解:"用穿围裙吗?"

"当然啊,这条围裙还是房东阿姨送我的,你一定要穿。"林槐夏一边说着,一边从旁边的橱柜中翻出一条围裙,展开给方渡看,"喏,很可爱吧?"

方渡垂下眸,一抹粉嫩嫩的颜色映入眼帘,上面还印了一只戴着粉色蝴蝶结的小熊。

他微挑眉梢,意识到林槐夏是故意的。小丫头一脸坏笑地望着他,浅浅弯起的眸子中缀着星子。

方渡："……"

他能怎么办？只能宠着。

"行吧。"方渡放下手中的筷子，转过身去，示意林槐夏帮自己穿上。

林槐夏贼兮兮地凑近他，把围裙套到他的脖子上。他面对着她，身后两根带子她只能双手环住他的腰，摸索着帮他系上。

两人离得很近，林槐夏甚至能听到他强有力的心跳声。系好围裙的带子，她顺势抱住他，踮起脚，啄了下他的唇。

正要松开他，她却被方渡摁进怀里，加深了这个吻。

林槐夏被他亲得晕乎乎的，不知道什么时候被他抱到大理石台面上。她搂着他的脖子，微微弓起身子，一点一点回应着他的吻。

呼吸逐渐凌乱，林槐夏的脸颊晕着酡红。

她整个人就像是坠落云端一般，飘飘然，不真实。直到身旁"哔"的一声，她才回到现实。

她轻咳一声。

方渡刚刚煮的粥好了。

林槐夏从台子上跳下来，帮方渡整了下被自己弄乱的衬衫，又将凌乱的发丝别至耳后，尴尬道："该吃饭了，我上班要来不及了。"

她不敢看向方渡，怕自己对上他的眸，又乱了阵脚。

方渡沉沉地笑了一声，整了整衬衫："我盛粥，你去餐厅坐着吧。"

"好。"林槐夏应了声，乖乖到餐桌前坐下。

方渡煮的是菠菜瘦肉粥，味道咸香，口感细滑。林槐夏忍不住朝他竖起大拇指："好喝。"

他帮林槐夏剥了个鸡蛋，递给她："你家只剩一点菠菜，我全放进去了。晚上去买点菜吧。"

林槐夏点点头："好。我在家很少做饭，所以每次都只买一点点。"

方渡笑了笑："以后我给你做饭。"

林槐夏小声吐槽："怎么说得好像我在包养你似的。"

方渡思索几秒，歪头朝她眨眨眼睛，笑容惬意："确实。我现在没有工作，林工愿不愿意包养我？"

不知是不是热气氲的，林槐夏的脸颊染上一抹绯红。她把脸埋进粥碗里，嗫嚅道："……看你表现。"

吃完饭，方渡问她用不用送她去上班。

公司离家不远，林槐夏觉得这么点路还需要他送，过于隆重了些，便拒绝了。

方渡没有纠结，答应她下班接她回家，之后一起去超市买东西。

林槐夏换好衣服，从玄关的收纳盒中翻出一把备用钥匙，塞给方渡。

见他还穿着自己故意拿给他的那件粉嫩嫩的围裙，林槐夏"扑哧"一声笑了出来。

她抬手搂住他的脖子，笑意明媚："乖乖等我回来。"

"好。"方渡低低笑了一声。

林槐夏揪着他的衣领，亲了亲他的嘴角，才不舍地松开手。

方渡将厨房整理干净，解下身上的围裙。他举着粉嫩嫩的围裙看了半天，无奈地扯起嘴角。思索片刻，他将围裙收到油烟机旁边的橱柜最高的那层。

这样林槐夏就够不到了。

计谋得逞，方渡满意地合上柜门。

从林槐夏家里出来，方渡去了趟程氏集团。

程氏集团的总部在帝都最繁华的金融街，高耸入云的大楼一度成为市中心地标式建筑。

方渡上一次来的时候还不到十岁，程氏集团大楼也没有如此雄伟壮观。

他站在门外打量半天，才信步走了进去。

走到前台，一位面容姣好笑容得体的前台员工接待了他。

小姑娘上下打量了下方渡，面上保持着专业的笑容，脸颊却不由得泛起一抹红晕。

是来面试的新人吗？

也不知道是哪个部门的，年纪多大，有女朋友了吗？她莫名觉得方渡看着眼熟，却又记不起来在哪儿见过。

……这难道是她前世的情缘？

小姑娘的心思飘飘然，直到方渡说明来意，她才拢回思绪。

"找程栖泽。"方渡笑容和蔼道。

小姑娘的笑容僵在脸上，她难以置信地确认了一遍："您……找程总？"

方渡点点头。

"那您有预约吗？"

方渡笑着道："没有。找他还需要预约？"

小姑娘开始变得无措了。她在程氏干了三年，还没遇到谁来找程栖泽直接报他名字的，来找他的人大多恭敬地称一声"程总"或者"小程总"。

多年的工作经验让她保持着面上的得体，她笑着道："您如果没有预约的话，最好给程总打个电话。程总的助理会下来接您。"

方渡摸摸下巴，若有所思："可是我没有他的电话。"

前台："……"

方渡笑着道："你可以帮我打个电话吗？我姓方，他知道我是谁。"

她让方渡等一下，给程栖泽的助理耿宁去了个电话。

没一会儿，小姑娘略带歉意道："实在不好意思方先生，程总在开会，您下次有时间可以再来找他。"

开会不过是个借口，程栖泽不想见他罢了。

方渡自然知道程栖泽这点小把戏，眯了下眼，不怒反笑道："那劳烦帮我再打个电话，就说我有事求他。"

小姑娘有点犹豫。奈何他的笑容着实好看，她也顾不上这么做合不合适了，只想按照他的命令做事。

她再次给耿宁打了个电话，说明方渡的来意。说完她都有些不好意思了,明明是求人的那个,这位方先生怎么反倒像个大爷似的?

程总会见他才怪。

可她万万没想到,这回程栖泽竟然真的答应见他了。

等耿宁把人接走,小姑娘凑到同事旁边:"你看到刚刚那个帅哥了吗?为什么我总觉得特别眼熟?"

同事早就把刚才偷拍的照片发到了行政群里八卦,有一搭无一搭地对她说:"你不觉得他和小程总长得有点像?"

"啊,怪不得!"前台小姑娘这才反应过来,怪不得觉得眼熟!

"听说小程总有个堂哥一直在国外,"同事噼里啪啦敲着手机键盘,在群里八卦得飞起,"这次回国也不知道为了什么事……"

"这样啊……"小姑娘望着方渡离开的背影,若有所思。

第二十五章
醉酒

程氏集团顶层。

方渡跟在耿宁身后，漫不经心地打量着四周的装潢。走到总裁办公室，耿宁推开门，欠身示意方渡："程总在里面等您。"

方渡微微点头，朝他道谢。走进办公室，程栖泽正在办公桌前处理文件，头也不抬。

他冷声问："你来这里做什么？"

方渡反问："开会？"

程栖泽终于抬起头，将 iPad 丢到桌子上，仰靠在老板椅上睨他。

程栖泽轻哂："这是你求人的态度？"

方渡轻轻笑了声。

程栖泽不屑地冷哼一声，但还是站起身，示意方渡坐到不远处的沙发上。

两人面对面坐下，女助理帮两人斟茶。

"谢谢。"方渡礼貌道谢。

女助理脸上一红，朝他腼腆地笑了笑，便拿着托盘离开了。

"拈花惹草。"程栖泽轻嗤，抿了口热茶，"真该让夏夏看看你这三心二意的模样。"

方渡不生气，反道："叫嫂子。"

程栖泽懒得理他，转换话题："听爷爷说你打算回国了？"

"嗯。"方渡放下茶杯，言归正传，"我和朋友打算合伙开事务所，我在国内没什么人脉，想麻烦你帮忙介绍些圈子里的人。"

程栖泽被他气笑了："方渡，你脸皮真的越来越厚了。你就这么笃定我会帮你？"

方渡弯起眸："阿泽，帮帮哥哥。"

"嘶——你别这么腻歪行不行！"程栖泽吓得一激灵，没了方才那副冷然的神色，龇牙咧嘴道，"你、你别冲我笑，怪恶心的。"

方渡悠悠然地抿了口茶，收起那副笑眯眯的模样。

程栖泽将热茶一饮而尽，这才缓和了点。他咬着后牙龈，语气酸不溜秋的："就算你不说，我也会帮你的。你是谁啊，程老爷子的乖孙子，听说你回来老爷子立马过来找我了。"

他故意咬轻"孙子"二字的尾音，给这两个字增添了另一抹意味。他十分满意自己这种小把戏，好像能从中取得压倒性胜利一般。

可方渡并不理会他这些小伎俩，笑吟吟道："谢谢。"

程栖泽见自己这点小伎俩对方渡一点用也没有，立马像只泄了气的皮球，无趣地耸耸肩。程栖泽叹口气："你现在住哪里？爷爷最近身体不好，要不搬回老宅住吧。"

方渡轻轻笑了声："二叔二婶不是也在？"

言下之意，他们并不想看到自己。

程栖泽捋了捋额前的碎发，为难地蹙了下眉。确实，程文慎和傅静安一直记恨着当年的事，不可能轻易原谅方渡一家。这也是方渡很少回老宅的原因，怕给他们两人心里添堵。

但程鸿晟年纪大了，身体也不好，只盼望家庭团聚。这次听说方渡回国，老头没少念叨，成天拉着程栖泽讲两人小时候的事，希望程栖泽能原谅方渡。

程栖泽虽然记恨当年的事，但是他其实也说不准自己对方渡的感情。

恨，但并没那么恨。毕竟方渡一直护着他，他是知道的。

程栖泽睨了眼方渡，方渡敛着眸，神色很淡，似乎在出神想着些什么。

顿了顿，程栖泽轻声道："其实……还好。他们恨的是程文慎，不是你。不用这么愧疚。"

方渡苦笑道："还是算了，再说吧。"

见他婉拒，程栖泽没再强迫他，微微颔首："如果没地方住的话，我有闲置的别墅，你可以……"

"没事，有地方住，放心。"

程栖泽："什么地方？住着舒服吗？你别总是挑那些廉价的地方凑合。"

方渡抿了下唇："……你确定想知道？"

程栖泽蹙起眉，疑惑方渡到底住在什么地方，还不方便告诉自己？

突然，程栖泽意识到什么——

"方渡！你给老子滚出去！"

从办公室出来，方渡撞见许宏儒一行人。看到方渡，几人神色很不自然，反倒是为首的许宏儒面色从容地和他打了个招呼。

"怎么突然回公司了？"许宏儒笑着询问。

"来看看阿泽。"方渡笑意温润，并未展露出丝毫不悦。

但两人心中想着什么，各自门儿清。

许宏儒上下打量他一眼，先发制人："阿泽将公司管理得很好，你这些年不在国内可能不了解情况，不用担心这些。"

许宏儒话中有话，明里暗里示意方渡不要打公司的主意。

方渡弯了弯唇，装作没听懂的模样，顺着他的话说道："当然，阿泽一直很优秀。"

或许程栖泽说得没错，他在学校待太久了，周围环境相对纯粹，自己并不适合商场这些尔虞我诈。

他玩不过许宏儒这帮人，也不屑和他们玩。方渡懒得理会许宏儒的这些花花肠子，寒暄几句，随意找了个借口离开了。

目送他下了电梯，许宏儒身后几人终于憋不住了，互相换了个眼神。他们几个跟了程栖泽不少年，还是当初站在程文谨对立面的人。如果方渡这次回来夺权，真的替代了程栖泽的位置，那他们几个肯定遭殃。

"老许……"赵志诚最先开口。他从怀里掏出方帕擦了擦鬓角的冷汗，战战兢兢道，"今天公司上下可都看到他回来了，议论纷纷，这事再拖下去……"

许宏儒的目光一厉，没了方才和蔼儒雅的模样。思索片刻，他眸子一转，幽幽道："说到底是他们两兄弟的争端。鹬蚌相争，渔翁得利。"

赵志诚一听，立马心领神会。

他朝许宏儒竖起大拇指："老许，还得是你啊！"

…………

一行人走进总裁办公室。

聊完工作内容，许宏儒话锋一转，对程栖泽道："阿泽，我们过来的路上遇到阿渡了。"

"哦。"程栖泽低头看着文件，不甚在意。他还记恨着刚刚那茬儿，听到方渡的名字，不由自主地蹙起眉。

对面几个老油条观察着他的脸色，互相对视一眼。

看来程栖泽也很不爽方渡回来。

"他回来这事公司都传开了，你可得注意些。"

程栖泽微抬眉梢，他抬起头，看向许宏儒："许叔，什么事在公司传开了？"

虽然是仰视，他却给人一种高高在上的睥睨感。

许宏儒几人对望一眼。许宏儒干脆点明："大家都在猜测他回来是要夺权，你要小心。更何况，这些流言蜚语容易影响公司正常运作，还是尽早处理比较好。"

"夺权？就他？"程栖泽轻嗤一声。

方渡那人佛得要命，就算自己把公司拱手相让，他都没心思要，怎么可能打公司的主意。那人跟个木头似的，眼里只有建筑，对权力和公司丝毫不感兴趣。

——也不能说对公司完全不感兴趣？

他好像对公司大楼挺感兴趣的。

程栖泽想起方渡临出门前，说要帮他重新设计大楼的事，想想就好笑。

赵志诚："你不要这么不上心。他父亲什么样你不记得了？虎父无犬子——"

"赵叔。"程栖泽笑吟吟地止住赵志诚的话头。

赵志诚看着他的笑，只觉得冷汗不断往外冒。

"陈年旧事就不要在我面前提起了。"程栖泽神色淡然，"公司里会有这种谣言就赶紧处理好。难道要我发个声明吗？"

"没有没有。"赵志诚讪讪，"我这就派人去处理。"

赵志诚跟随许宏儒回到他的办公室。

"瞧你刚才的样子。"许宏儒在屋内点燃一支檀香。

屋内瞬间充满香味弥漫，赵志诚心下平静许多，用方帕擦了擦掌心的汗渍。许宏儒转身回到办公桌边，上好的紫檀木雕花书桌上摆着茶具、毛笔架和一卷半展的画轴，上面的字还未写完。

许宏儒斟好茶，递给赵志诚一杯。赵志诚一饮而尽，将茶盏放回桌上。

许宏儒不动声色地睨他一眼，慢悠悠叹道："老赵，你还真是个急性子。"

赵志诚讪然："我能不急吗！你看小程，明显没把他哥当回事。这小子还是太年轻——"

赵志诚幽幽叹气。

许宏儒轻哂，面上没了之前的平和儒雅，转而狠戾几分："既然他不成器，我们只能靠自己。"

"老许，你有主意了？"

许宏儒颔首，淡声道："要做，就永除后患。"

赵志诚一怔："你的意思是……"

许宏儒笑着抿了口温茶："他父亲的手段，你没见识过吗？"

许宏儒抬起头，神色淡然地望向落地窗外车水马龙的繁华景色。他像只即将撕碎猎物的鹰隼一般目光炯炯，蓄势待发。

十一月份的帝都，凛冬将至。

林槐夏从公司出来，便看到等在门口的方渡。

正好遇到一起共事过的同事，方渡正和那人聊天，看到林槐夏，他朝那个同事说了些什么。同事意味不明地望了林槐夏一眼，和她打了个招呼便离开了。

林槐夏有些不好意思，快步走到方渡面前："你还真过来了呀？"

"当然，被包养就该有个被包养的态度，是不是？"方渡笑吟吟道。

林槐夏嗔怪地乜他一眼。

天气转冷，方渡将林槐夏的外套系到最上方一颗纽扣，又把自己的围巾给她戴好。他牵住林槐夏的手，放入自己的大衣兜里。

温热的掌心驱赶掉身上的寒冷，林槐夏反手与他十指相扣，紧紧握住。

超市离公司不远，两人挑了些新鲜的蔬菜和水果，转到日用品区域。林槐夏想起家里日用品剩得不多了，而且很多都是单人用的，干脆重新选购了一堆日用品放到购物车里。

"你……"

见她拿了两大袋卷纸，方渡欲言又止。

"怎么了？"林槐夏疑惑。

方渡摇摇头，但笑不语。

林槐夏瞪他："你笑什么啊！"

"你买这么多做什么？"方渡慢条斯理地问。

"你不是要住嘛，多备些，省得经常买了呀。"

"你这是打算让我住多久？"

方渡一语点破梦中人。

林槐夏怔了片刻，恍惚意识到，自己这是默认两人同居了？

每天两人一起吃早饭，方渡送她上班，晚上接她下班，给她做晚饭。偶尔两人会一起去超市，去附近的公园遛弯……

日子过得很慢，没有什么特别地方，可林槐夏却觉得每天过得很充实很幸福。就像小时候那样，两人每天溺在一起，会偶尔拌嘴，偶尔看对方不顺眼，却再也没法离开彼此。

周五晚上，组里的同事张浩正式离职。

几人关系不错，张浩便叫了组里的同事一起聚个餐，也算是为他践行。

林槐夏之前没参加过这种活动，也没人叫过她。她一直不太在意这种同事间的应酬，只觉得大家一起把工作做好就足够了。但这回张浩第一个问的她，她毫不犹豫地同意了。

自从苏镇回来后，她和同事之间的关系更近了一步。

再加上之前周苒苒和她说的那番话，林槐夏决定不再封闭自己，尽可能敞开心扉地去和其他人相处。

张浩让她把方渡叫上。他们在苏镇一起共事过，关系不错。

下班前，林槐夏给方渡打了个电话，问他晚上要不要和大家一起吃饭。

方渡婉拒了："我今晚约了朋友吃饭，就不过去了。你把定位发给我，结束后去接你。"

"好吧。"

"少喝点酒。"方渡笑吟吟地提醒她。

"我才不会喝酒。"林槐夏哼了声。挂掉电话，她将同事发在群里的餐厅信息转发给方渡。

同事选了公司旁一家日料。

吃完饭，有同事提议去附近新开的酒吧玩。

林槐夏本不想去，但方渡还没回来，气氛又刚好卡在高潮，她不好扫大家的兴，便和一行人去了酒吧。

到地方后,她第一件事便是给方渡报备行程。见她拿着手机,周苒苒抢了过去摁下关机键,扔进林槐夏的包里。

"槐夏姐,来这儿好好玩,别老抱着手机。"

酒吧新开业,来玩的人很多。他们排了会儿队,才进到酒吧里面。服务生将几人带到一处卡座,热情地介绍着店里的酒水。

林槐夏挨着周苒苒坐下,简单环顾下四周。

偌大的酒吧内光线暧昧,灯球五彩缤纷的亮光在室内旋转,人影绰绰,被彩色的灯光扭曲着映在墙壁上,好似群魔乱舞。热浪躁动,音乐声敲击着鼓膜,林槐夏觉得整个人像是失聪了一般难受。

但周苒苒似乎很喜欢这里。她好奇地打量着四周的人群,不由自主地随着节奏摇摆起来。

"槐夏姐,这是我第一次来酒吧!"周苒苒朝林槐夏大声道。

林槐夏一开始没听清,但随后周苒苒又凑在她耳边大声重复了一遍:"这是我第一次来酒吧!你呢?"

这次林槐夏听清了,耳朵被她震得"嗡嗡"作响。林槐夏揉揉耳朵,凑在周苒苒耳边:"之前来过。"

周苒苒打量她几眼,有些惊讶。看林槐夏比自己还拘谨的模样,还以为她和自己一样呢。

周苒苒笑嘻嘻道:"那你带我玩!"

周苒苒交托的任务过于繁重,林槐夏一时间不知道该怎么完成。正好酒水单子转到她们这边,周苒苒翻来覆去看了半天,竟然都是英文的,好多单词她都不认识。

她举着单子问了一圈儿,林槐夏给她认真讲解一遍。

周苒苒瞬间星星眼,竖起大拇指:"槐夏姐,不愧是来过的!"

林槐夏:"……"

也不知道是在夸她还是在骂她。

大家点了满满当当一大桌酒水。啤酒洋酒混着一起喝,很快,所有人都喝了不少。

舞池中央在办派对,无数草莓泡沫顺着天花板的喷头倾泻而出,瞬间充满整个舞池。男男女女在舞池中央，尽情地放纵自己。

一直玩到很晚，林槐夏拖着疲惫的身体和其他人一起回到卡座。她觉得自己就像个老年人一样，根本没有心力蹦迪。反观周苒苒，像是打通了任督二脉一样活力四射。

"槐夏姐，五点钟方向，有个帅哥！"周苒苒喝得醉醺醺的，还没坐下，就整个人贴到林槐夏身上，悄咪咪道。

林槐夏顺着她的目光看过去，一个男人独坐在吧台边，漫不经心地玩着手机。

她很快收回目光："哦。"

下一秒，周苒苒语出惊人："槐夏姐，帮我要个联系方式吧！"

林槐夏："？"

她扒拉了下周苒苒："自己去要。"

"我不敢呜呜呜。"周苒苒哭唧唧，"我第一次来酒吧嘛！说好你带我玩呢！"

什么时候和她说好了！

林槐夏不为所动。

周苒苒不依不饶："呜呜呜，槐夏姐，我单身二十几年这可能是我的天赐良缘，你忍心因为没有帮我要联系方式让我错失姻缘吗？十年之后如果我还是单身的话，你不会感到愧疚吗！"

林槐夏听着周苒苒的谬论头疼，周苒苒双手合十，诚恳许愿："今年的生日愿望就是脱单，希望槐夏姐可以帮我要到帅哥的手机号，当作我的生日礼物。"

林槐夏："……"

和醉鬼是说不清道理的。林槐夏也喝了不少酒，头脑一热干脆妥协了："要不到怎么办？"

周苒苒笑嘻嘻地抱住她的胳膊："没关系没关系，我就知道槐夏姐最好了！"

"……你别和方渡说。"

周苒苒朝她比了个敬礼的手势："放心，我绝——对不会告诉方教授!"

林槐夏幽幽叹口气。

走到一半,她就后悔了。搁在往常,这种离谱的事她是绝对不会答应的。今天到底是喝了多少酒,才会答应周苒苒做这种荒唐事。

林槐夏不情不愿踱到吧台旁,男人似乎注意到她,偏过头斜斜地睨了她一眼。

半明半昧的光线中,男人硬朗的五官线条像是工匠精心雕琢过一般,十分好看。只可惜他的眸光冷若冰霜,冷冷地瞟她一眼便收回目光。

林槐夏着实不喜欢这样的类型。

她喜欢方渡那样的,笑起来温润似玉,待人接物也温柔亲切,相处起来从不会有任何负担。

可惜她有任务在身,只好硬着头皮凑到男人身边,招呼:"你好,打扰了。"

男人懒洋洋地抬起头:"嗯?"

林槐夏指了指周苒苒的方向:"我朋友很喜欢你,但是她比较害羞,所以我来帮她问下能不能要个联系方式?"

男人似乎早就适应了这种搭讪,扯扯唇线,收回目光:"不能。"

林槐夏从善如流:"好的,打扰了。"

反正她也没答应周苒苒一定要到。她现在快尴尬死了,只想逃离这里。

男人大抵也是没见过这么快放弃的,颇为意外地瞟她一眼。

她正准备开溜,便听到自己身后笑吟吟的一声:"你怎么不问问我?我可以给你我的联系方式。"

林槐夏头皮一麻,后脊梁不自觉地挺直。

为什么……她人生中第一次搭讪,就被抓包……

林槐夏讪讪,不敢回头。她往旁边挪了挪,思考着能不能假装认错人了,尽快逃离这里。

可她面前的男人却仰起头:"你认识?"

方渡幽幽叹口气:"我女朋友。"

此话一出,原本面若冰霜的男人也嗤笑出声。

林槐夏绝望地闭了闭眼,当机立断地转过身,诚恳地向方渡解释:"我是来帮苒苒问的。"

方渡轻挑眉梢,手指搭在吧台的台面上轻轻叩着,示意她继续。

林槐夏莫名心虚:"真的……"

顿了顿,她发现自己说的明明就是事实,干吗要心虚?她干脆转移话题:"你为什么在这里?"

"我给你发的消息没看见?"

林槐夏立马又心虚了:"……手机关机了。"

"怪不得打不通。"方渡弯了弯眸,笑着解释,"我不是和你说约了朋友?正好他朋友是这里的老板,我们就约在这里了。我给你发了消息,但你一直没回。"

他睨了眼对面的男人,笑容揶揄:"本以为你在忙,没想到是在忙这个。"

林槐夏脸颊发烫,把脑袋埋进他的怀里:"能不能别再提这件事了?都说了是帮苒苒问的。"

方渡揉揉她的脑袋,笑道:"不逗你了。他是我之前和你提起过的朋友,事务所的合伙人,秦御。"

他将林槐夏揽进怀里,将对面的男人介绍给林槐夏。

秦御朝林槐夏微微点头示意,而后凉飕飕地瞟了方渡一眼,口吻嘲弄:"原来你还记得旁边坐了个人。"

方渡弯了弯眸,不置可否。

"所以不考虑下?"方渡调侃,"单了这么多年,也该找个女朋友了吧?"

"不好意思,没兴趣。"秦御收起桌上的手机,朝他微扬下巴,"我先撤了,之后联系。"

秦御离开后,林槐夏问方渡:"你……要过去一起玩吗?"

方渡眯起眼,反问她:"你喝了多少酒?"

刚刚抱她的时候方渡就闻到她身上的酒味,还裹着一股甜丝丝的草莓糖的香气。

林槐夏脸颊发烫:"没、没喝多少呀。"她低头嗅了嗅,"刚刚舞池那边有人洒香槟,不小心沾上的味道。"

"真的?"

"真的!"林槐夏信誓旦旦地朝他点点头,没把刚才自己啤酒兑洋酒的事告诉他。

方渡陪她回到卡座,和其他人打了个招呼。

周苒苒满心欢喜地跑来问林槐夏的战况。她刚刚一直盯着那个帅哥,见他和方渡认识,就觉得这事妥了。

林槐夏只得将实情告诉周苒苒。

周苒苒听完有些沮丧,就听方渡问:"你们在玩什么?"

"啊?"周苒苒眨眨眼,老实答道,"斗地主呢。"

"这样。"方渡笑眯眯道,"我陪你玩两把,你赢了把他微信推给你。"

周苒苒脸颊一红,一下子从刚才的失落中缓过神来:"这……这不合适吧?"

"有什么不合适,先赢了我再说。"

周苒苒二话不说,拽着旁边的章嘉敏加入战局。

两人连输了五把,周苒苒啤酒喝到胃胀了,哭丧着脸:"方教授,不玩了,我、我不要他微信了。"

方渡从容道:"别啊,只输了五把而已。"

"不行不行,再喝我要吐了。"周苒苒连连摆手,"我不要了,真的不要了。"

"以茶代酒就好,来,继续。"

"方教授,真的不行了,我错了,我真的错了。"

方渡眯起眼,笑着问:"错哪儿了?"

"我……"周苒苒对上方渡的视线,莫名觉得他笑里藏刀。顿了顿,她终于意识到方渡是故意的,"我错了,我再也不让槐夏姐帮我要联系方式了！"

　　方渡将手中的牌摊到桌上，满意地点点头："知道就好。"

　　一直玩到很晚，所有人才不舍地散场。

　　林槐夏喝了不少酒，前半场没觉得什么，后半场酒劲儿上来了，整个人都晕晕乎乎的。送走其他人，她非要拉着方渡在街上吹风看月亮。

　　可今天阴天，根本没有月亮。

　　好不容易被方渡带回家，林槐夏又举着钥匙，差点去开别人家的门锁。好在方渡及时制止，才没被邻居报警扰民。

　　方渡把她摁进怀里，带回自家门口。

　　"唔，我透不过气了。"林槐夏从他怀里挣扎着仰起头，却又被方渡再次摁了回去。

　　"乖，别动，马上到家了。"

　　钥匙旋进锁口，"吱呀"一声大门被打开。

　　方渡抬手打开客厅的灯。

　　白茫茫的灯光刺得林槐夏眼睛疼，她又伸手将方渡打开的灯再次关掉："别开灯，看不到月亮了！"

　　方渡："……"

　　也不知道要告诉她多少次今天没有月亮。

　　锁好大门，林槐夏叫他带自己去阳台看月亮。方渡拗不过她，只好任由她拉着自己去阳台。

　　屋里没开灯，黑黢黢一片。

　　经过客厅时，林槐夏忘了早上出门急，自己扔在地上的快递盒。她脚下一绊，整个人失去重心。

　　好在方渡眼疾手快，拉住她的手，她才不至于摔太惨。但两人因为惯性的缘故，摔到了一旁的沙发上。

　　"唔……"

　　林槐夏艰难地从他怀里挣扎起身，方渡问："受伤了吗？"

林槐夏摇摇头，正准备起来，却发现自己正搂着方渡的脖颈，两人离得很近。炽热的呼吸交织在一起，混着迷人的酒香和清甜的草莓味道，莫名勾人。

　　借着微弱的亮光，林槐夏细细打量着他的眉眼，而后，顺着鼻梁挺拔的线条一点点往下，停在唇畔边。

　　她抬手取下他鼻梁上的金丝边眼镜，微微俯身，吻上他的唇。

　　方渡抬手捏住她的后颈，掌心用力一摁，将她整个人箍进怀中。

　　唇齿交缠，一时情浓。

　　等林槐夏回过神时，方渡的衬衫已经被她解开几颗纽扣，凌乱地敞开一半，露出一截精致的锁骨，锁骨上方，蹭着一抹嫣红色。

　　暧昧的光线中，若隐若现，勾人心魄……

第二十六章
我愿意

第二天,林槐夏醒来时已将近中午。

酒喝得太多,头痛欲裂。不仅是脑袋,身子也像快要散了架似的难受。

方渡不在屋内,似乎出门了。

林槐夏洗漱完,发现他给自己备好了早饭,只可惜已经凉了。

盘子旁边还放了张纸条。

出去一趟,下午在超市等你,买点必需品。

"必需品"三个字使她眼皮跳了跳。

林槐夏忍不住揉揉酸痛的腰,脑海里不停翻滚着昨晚的画面。

她昨晚就不该那么主动,她没想到方渡这人看上去斯斯文文的,在床上却一点也不温柔,反倒有股狠劲儿。

林槐夏两顿并一顿,吃完早午饭,她窝在沙发里看了会儿专业书。

等方渡发来消息,才起身收拾东西出门。临出门前,她对着镜子看了看颈间那抹红印,心想着幸好现在是冬天,可以用围巾遮挡住。

反复确认好几次,她才满意地出门。

她到超市时,方渡已经在门口等她。

林槐夏不满道:"你顺路买回去不就好了?为什么还要叫我出

来啊。"

"我哪知道你想吃什么菜。"

"啊……"林槐夏怔了怔,耳尖染上一抹诡异的绯红,"你说的必需品……是菜啊?"

方渡颔首:"还有面包。你不是觉得之前买的不好吃?"

"哦。"林槐夏揉揉耳垂,"我还以为……"

"你还以为什么?"

"咳!"林槐夏立马止住话头,"没什么。"

两人买完菜,去收银台结账。

周末超市里人比较多,两人等了会儿,林槐夏的目光便不自觉地落在收银台旁边的货架上。

"你那里是不是有会员积分可以用?"

"啊?"林槐夏回过神,心虚地挪开目光,好像生怕方渡注意到自己在看什么似的,"什么?"

方渡指了指头顶超市的宣传海报,一板一眼地念道:"499积分可抵49元优惠。"

"哦,我看下。"林槐夏从兜里翻出手机,打开超市的App。

还没等她来得及查看,她余光便瞥到方渡经过货架时,顺手拿了两个小盒子。

她指尖操作的动作一顿,不经意间对上方渡的眼神。

方渡微挑眉梢,没有觉得丝毫不妥:"怎么?"

林槐夏不想表现得太刻意,慌忙扭回头:"没、没什么。"

方渡将那两个小盒子扔到购物车里,一手撑着下巴,笑容惬意地问:"总不能一直像昨晚那样没有准备吧?"

确实。

两人虽然一起住了很久,但方渡从未越过界。两人也没想过在家里准备这些东西。如果不是前些天小区做生理卫生宣传,宣传站的阿姨硬塞给了她一个,两人昨晚都不知道该怎么办。

总不能……一直靠人家的宣传赠品吧。

林槐夏低头领着优惠券,装作没听见。终于领好优惠券,她小心翼翼挪到方渡身边,眼睛没有看他,却是对他说的。

"要不……晚上搬到我房间睡吧。"

十二月初的帝都,天气预报称将有一股寒流入境。

天气越发寒冷,窗外的银杏褪掉金色的外衣,只剩光秃秃的枝丫在凛冽寒风中舒展腰肢。

出门前,林槐夏垂着眸,看着方渡把她武装成一只粽子。她的羽绒服是双十一促销时新买的,军绿色,配着白色围巾,更像一只粽子了。

"真的要穿这么多吗?"见他将她的羽绒服的拉链拉到最顶端,林槐夏不免小声吐槽。

"今天降温,你又来例假,当然要多穿点。"

"那也太多了吧。"林槐夏抖落抖落袖子,发现自己竟然连弯胳膊都困难。

方渡不置可否,帮她整理好围巾:"晚上不能去接你了,自己回来注意安全。"

林槐夏点点头,往前一倒,把脑袋埋进他的怀里:"啊……不想去上班。"

方渡笑了笑,拍拍她的背:"再不走来不及了。"

"那你接我吧。"林槐夏的脑袋在他胸前蹭了蹭,她两条胳膊一弯,把他圈进怀里。

"刚刚不是说了没法接你?"

"唔……"林槐夏委屈巴巴地呜咽了声。

事务所进入最后准备阶段,方渡基本每天都要和秦御出去应酬,变得忙碌起来。林槐夏开始怀念他在家的那段时间,每天都能接送她,给她做饭,陪她遛弯……

她把脑袋埋在他的胸口前,声音隔着衣服变得闷闷的:"你别去工作了,我养你吧。"

方渡喉间逸出一声笑意:"可以,不过我很费钱。"

撒娇无果。

林槐夏沉默了下,从他怀里挣扎起身,板起脸严肃道:"那你还是出去自己赚钱吧。"

方渡笑吟吟地揉揉她的脑袋:"回来给你带糖炒栗子。"

莫名被哄好了。

晚上九点,林槐夏在家完成了一张图,看了两篇学术论文,做了一顿饭,收拾好整间屋子,在屋子里来回踱了半天,她终于收到方渡的信息,得知他已经快到家了。

思索片刻,她还是决定下楼去接他,给他个惊喜。穿戴整齐,林槐夏下了楼,跑到小区门口。林槐夏在十字路口站了会儿,终于看到方渡。

她踮起脚,欣喜地朝方渡招了招手。

方渡正在打电话,看到她,眉眼间的神色不自觉地柔和了许多。

正好绿灯,他快步通过人行横道,和电话那端的人快速说了些什么,准备挂掉电话。

天气很冷,冷风扑在肌肤上,像是刀子一般锐利。林槐夏裹了裹身上厚重的羽绒服,蹦蹦跳跳地走过去迎接他。

路上没车,也没什么行人,街上黑黢黢一片,只有几盏孤零零的路灯将平阔的柏油马路照得发白。

忽地,远处一辆停靠许久的无牌照黑色轿车突然发动,朝两人的方向开了过来。悬在头顶的指向灯依旧亮着醒目的红色,可轿车却没有减速停下的意思,反而加快了速度。

方渡正在挂电话,完全没有注意到冲过来的汽车,等他反应过来的时候车子已经近在咫尺。

林槐夏最先反应过来,她用尽全力将方渡推开,可自己却来不及躲开,直直地撞在汽车的保险杠上。

"吱呀"一声,刺耳的刹车声登时响彻整条空旷的街道。

一切都发生得太快了,甚至所有人都没反应过来时,四周已然归于静寂,只有被路灯照得发白的地面上缓慢地染满血污。

张钊在车子撞上人的那一瞬间也有点蒙。虽然他做足了心理准备,也替雇他的人做了不少脏事,但要人性命,这还是第一次。那样猛烈的撞击像是狠狠地撞在他的心脏上,他忍不住颤抖起来,豆大的汗珠顺着他的脸颊流了下来。在他抬头的那一刻,他似乎与车外的方渡对上了视线。

张钊来不及多想,慌忙挂上倒挡向后倒了一段距离,而后车头一扭迅速逃离现场。

有行人围了过来,有好心人帮忙叫了救护车。

嘈杂声、尖叫声、鸣笛声在四周炸开,方渡却大脑一片空白。他来不及探究那辆肇事车辆,茫然无措地抱住林槐夏,理智和冷静已然不复存在……

手术室的走廊里空荡荡的,光线昏暗,只有正中央一抹荧光绿安静地亮着。

方渡坐在手术室外,双手颤抖着交缠在一起。他不知道该想些什么、该做些什么,只能从钱夹中翻出那个林槐夏送给他的平安符,紧紧抓在手中。

理智逐渐归拢,车祸发生时的一幕幕不停地在他脑海中回放,每一帧,他都不愿错过。

可越是回忆,他的手抖得越厉害。

他确定那辆车是冲着自己来的。

车子笔直地冲向他时,他看到了司机的脸。那个人,他在公司里见过。

是许宏儒的人。

他没想到许宏儒会用这样卑劣的手段赶尽杀绝,他更没想到,因为自己,会让林槐夏受伤。

巨大的无助感和悔恨淹没了他全部理智。如果他没有回国,如果

443

他不去招惹她，她就不会为了他生死未卜。

——他是让她受伤的罪魁祸首。

可现在他什么也做不了，唯一能做的，就是等待。

整整一晚上，方渡都守在手术室外。

终于，那抹荧绿消失，方渡一怔，快速站起身。

"放心，病人已经脱离生命危险。"医生带着一群人从手术室里走了出来，他摘掉口罩，向方渡简单讲解了下林槐夏的情况，"不过病人有轻微闭合性颅脑损伤，目前还处于昏迷中。具体什么时候醒来不能确定，需要再观察一段时间。"

"谢谢您。"方渡睨了眼病床上的人，她的脸上毫无血色，戴着氧气罩，紧紧闭着双眼，毫无早上出门前的生机。

他的心脏猛缩，像是被一根细线紧紧勒住，疼得几欲窒息。

他想握一握她的手，可他的手却止不住地颤抖，两人之间仿佛有一道无形的界限，他不敢逾越。

他……有什么资格去碰她？

安顿好林槐夏后，方渡去了趟集团总部。

这次他没去找程栖泽，而是直接进了许宏儒的办公室。

许宏儒正在练字，慢条斯理地写着"厚德载物"四个大字。

看到方渡，许宏儒略显惊讶，语调却不急不慢："阿渡，你怎么过来了？"

方渡冷冷地睨了眼卷轴上的几个大字，嘲弄道："厚德载物？这几个字你可配不上。"

许宏儒也不恼，哈哈大笑道："写着玩玩而已，莫要较真。我许某人可担不起这四个大字。"

"确实，写'肮脏卑劣'更适合你。"

许宏儒没了往日的温和，眸光一凛："阿渡真是说笑了，这四个字你父亲比我更合适。"

"所以？你就要学他的手段对付我，当第二个程文谨？"

许宏儒笑意更甚:"阿渡,你在说什么啊,我根本听不懂。"

方渡冷笑一声:"听不懂?看到我站在这里很惊讶吧?你找人杀我,想伪装成车祸意外,却没想到我会站在这里陪你聊天吧?"

许宏儒掌心浸出汗意,表面却依旧不动声色:"阿渡,这种莫须有的事情可不要随便说啊!"

"那个司机我在公司见过。"方渡慢条斯理地弯着唇,从兜中掏出一把瑞士军刀。他慢悠悠地展开折叠刀刃,在掌心摆弄,"我把司机外貌描述给警方,你说,他们会不会发现他是你的人?"

"你!你不要故意栽赃!"许宏儒目光落在他手中那把刀上,终于乱了阵脚,"阿渡,有话好好说,不要冲动。"

"好好说?你找人撞我的时候怎么没想过好好说?"方渡歪头睨他一眼,"许叔,我和你说过,我对公司没兴趣,对你当初背叛我父亲的事也懒得理会。我根本动摇不了你如今的地位,又何必来招惹我?"

许宏儒瞳孔一缩,终于没了往日的镇静。

原来……他什么都知道!

方渡靠近一步,他朝许宏儒扬了扬手里的刀,还是那副笑眯眯的表情,可他的表情却让人不寒而栗。

"许叔,我女朋友现在躺在医院里。你记住,但凡她有什么事,我手里这把刀就不会这么安分地躺在我手里。"他指了指自己心脏的位置,"而是插在你这里。"

许宏儒再次望向方渡手里的刀,不由自主地后退一步。许宏儒清楚,方渡不是吓唬他的。

方渡和他父亲一个模样,外表像是只温顺的绵羊,可内里却是狼。一匹凶狠嗜血的豺狼。

"阿渡,你冷静。杀人……是犯法的。"

"犯法?"方渡眯起眼,笑了笑,"你找人害我的时候怎么不觉得是犯法?许叔,你放心,我愿意负刑事责任。"

"程渡,你不要命了!"许宏儒歇斯底里。

方渡眸光一戾:"命?许叔,你记住了。动我没关系,我女朋友,你动不得。"

破门而入的声响打断两人。

程栖泽闻讯赶来,制止住方渡。

方渡看到程栖泽,猩红冰冷的眸子终于渐渐恢复聚焦,他止不住地颤抖。

程栖泽摁着他的肩膀,沉声道:"你冷静点。"

"你让我怎么冷静,槐夏还在医院。"方渡冰冷冷地望向他。

程栖泽微微一怔,很快理清思路。胃里一阵恶心,他知道许宏儒害怕方渡回公司,却怎么也没想到许宏儒会用这样的手段对付方渡。

这和程文谨十几年前做的事有什么区别?

许宏儒是自己的人,他觉得恶心,非常恶心。他嗤之以鼻的手段,却在十几年后被自己人用在了亲哥哥身上。

那自己和程文谨又有什么区别?!

更何况,还伤害到了林槐夏。

程栖泽眸光一凛,他强忍着保持最后一丝理智,朝方渡伸出手:"把刀给我,别做傻事。"

方渡摇摇头。

"给我,哥。"

方渡一怔。顿了顿,最终把手中的瑞士军刀放进程栖泽手中。

程栖泽拍拍他的肩,似是安抚。而后,程栖泽朝许宏儒走了过去。

许宏儒看到程栖泽过来,立马脸上堆笑。许宏儒清楚,方渡就是个亡命徒,自己现在唯一能做的,就是站死程栖泽的队,才能有活路。

"阿泽,你听我说……叔叔这么做也是为了你好!"

程栖泽冷冷一笑:"为我好?许叔,你知道我最讨厌这种卑劣的手段。"

"阿泽,叔叔这也是担心你啊!叔叔跟了你这么多年——"

"那又怎样?许叔,你不是说过,我这人不近人情,无情得很。"

程栖泽抬起刀，稍一用力，刀子狠狠戳在许宏儒心爱的紫檀木雕花书桌上，划出一条狰狞的裂口，"许叔，听好了。但凡她在医院出了什么事，不只方渡不会放过你。"

"我也不会放过你。"

纸终究包不住火。

方渡出事的消息很快在程氏传开，警方立案调查找到肇事司机。可惜司机拒不供认，一人揽下所有事情，让许宏儒全身而退。

但许宏儒的下场也没多好，被方渡在办公室那么一吓，中风复发，在医院躺了好几个月。

程老爷子得知他干的龌龊事，将他和他手下那帮人从公司清理了出去。可到底多年的情谊，程老爷子还是给他留了最后的体面，对外只说是正常退休。

处理完公司这摊乌烟瘴气的事，程老爷子也彻底倒下，被医院下了病危通知。

一时间，方渡在医院里两头跑，又要照顾程老爷子，又要照顾林槐夏，还要惦记事务所的事，忙得不可开交。

程栖泽见方渡辛苦，便叫方渡好好照顾林槐夏，自己则陪在程老爷子身边。

好在通过精心调养，两人身体都已无大碍。

得知程老爷子恢复意识后，方渡让护工帮忙照看林槐夏，自己则去了趟程老爷子的病房。

程栖泽一家都在，方渡站在门口，敛眸看了眼坐在轮椅上的程文慎，又看了看病床上笑容和蔼的程老爷子，沉默了下，转身便要离开。

程栖泽正要出门找医生，看到方渡："怎么不进去？"

"晚点再来吧。"

两人在屋外僵持，被屋里的程鸿晟瞧见了，他扬起声问："阿渡怎么不进来？"

程栖泽用眼神示意方渡。

方渡没办法，只好跟着程栖泽进了病房。

程文慎和傅静安正要离开，看到两人，方渡礼貌地打了个招呼："二叔，二婶。"

傅静安的脸色并不好，但程文慎看到他先是一怔，而后扬起一抹很淡的笑意。

有些事，不好用言语表达，但一个微笑就足够了。

方渡愣怔片刻，朝程文慎回以微笑。

程文慎不着痕迹地拍了拍他的手背，似是安抚。

程文慎和傅静安离开后，程鸿晟把方渡和程栖泽叫到病床前。

他看看方渡，又看看程栖泽，来来回回看了好几遍，最终幽幽叹了口气。

"我这次走了趟鬼门关，也不知道自己还能活多久。"

程栖泽蹙起眉："爷爷，不要瞎说。"

程鸿晟难得和蔼，笑道："你听我说完。"

"我现在只有两个心愿。"他拉着程栖泽和方渡的手，交叠在一起，"第一个，是你们兄弟俩和好如初。"

程栖泽睨了方渡一眼，轻嗤一声。

"第二个，"程鸿晟笑眯眯道，"我想看着你们两人成家立业。"

程栖泽抽回自己的手，懒洋洋道："爷爷，这事您还是交给他吧。我大概没法完成您老这心愿了。"

程栖泽双手环胸，朝方渡扬了扬眉。

"咳！"方渡难为情地清了清嗓子。

程鸿晟本着有一个算一个的原则，笑眯眯地问方渡："阿渡什么时候把女朋友带回家见见？"

"爷爷，我们暂时没有结婚的打算……"

"嚯，"程栖泽在一旁说起风凉话，"人家替你挡了车祸，竟然连婚都不愿意结？"

"不是……"方渡蹙起眉。

他自然是想结婚的，只不过这是两人的事，他无法替林槐夏做决定。

程鸿晟一听,精神矍铄道:"既然这样,择日不如撞日,赶快把结婚的事提上日程!"

从程鸿晟的病房回来,方渡忧心忡忡。

林槐夏见他回来,开心地朝他招了招手。

林槐夏身体恢复得很好,就连医生都说她命大,没有伤到要害,只不过车祸造成小腿骨折,需要慢慢休养。

今天她终于能下床了,不过只能一点一点往前挪。

看到方渡,她满心欢喜地朝门口走去。

她走得很慢、很吃力,但她毫不在意,铆足了劲儿似的往他面前走,一不小心,差点摔倒。

方渡眼疾手快地接住她。

林槐夏不仅不恼,反而嘻嘻笑了一声。

她伸手搂住方渡的脖子:"你终于肯抱我啦。"

自从她醒了以后,方渡都不愿碰她。林槐夏隐约能猜到是因为什么,每次他在自己身边时,手都忍不住抖。

"别闹,你的腿还没好利索。"

"那你抱我回床上。"林槐夏跟他撒娇。

她只能用这种方式告诉他,自己并不在意那场车祸。就算再回到那天一百次,她都会做同样的选择。他不忍心看她受伤,她又何尝不是怕他被伤害?

方渡将林槐夏放回床上,像是手里捧着什么易碎的宝物一般小心翼翼。

他帮她掖好被角。

林槐夏指了指桌上的橘子:"想吃。"

方渡洗了手,帮她剥橘子,剥好后,又细致地去掉上面的筋,才掰成瓣,一瓣瓣喂给她。

"爷爷他还好吗?"

方渡点点头:"他还问到了你。"

"问我?问我什么呀?"

"问你身体怎么样了,一直在内疚。"

"我很好啊。"林槐夏眨眨眼,"爷爷为什么要内疚?又不是他让人撞我。"

"可能因为没有管好手下的人吧。"

林槐夏若有所思地点点头,又问:"那你呢?"

方渡一怔。

"你在内疚什么?"

"我……"方渡敛起眸,不置可否。

这段时间,两人默契地没有提及这件事。他清楚,就算他和林槐夏不停地道歉,都无法弥补自己的愧疚。

林槐夏乖巧又善解人意,一定不会怪他。

可越是这样,他越是难受。

他希望出事的人是自己,这样他便能帮她扛下所有伤痛。

林槐夏望着他,伸手握住他的手。方渡本能地往后一缩,却被她紧紧握住:"内疚的感觉并不好受。我经历过,可后来我发现,你并不会怪罪我,不是吗?"

她眼珠一转,故作轻松道:"如果你实在愧疚,就当我还你的啦?当初因为我你才出了车祸,这次正好还给你。咱们两个互不相欠,谁也别觉得对不起谁。"

方渡好笑道:"哪有这样算的。"

"有啊,我就这么算。"林槐夏义正词严,"我真的不在意。就算重来一遍,我还是会把你推开。因为我知道你遇到同样的情况也会把我推开,不是吗?

"我不想要你的愧疚,你再这样下去,我会伤心的。我男朋友已经一个多月没有碰过我了,说出去也太丢人了!你忍心让我伤心吗?"

方渡被她逗笑,俯身吻了吻她的嘴角:"这样满意了?"

林槐夏弯起眸,朝他开心地点点头。她与方渡十指相扣:"我们现在需要做的就是珍惜彼此。谁知道下场意外什么时候出现？所以在它出现之前，每一分每一秒我们都不能浪费。"

方渡点点头。

林槐夏说得没错，他们现在更应该珍惜彼此，而不是因为愧疚将对方推开。

他帮林槐夏将额前的碎发撩开，轻声道："对不起。"

"接受道歉。"

方渡顿了顿，难为情道："还有另外一件事。"

"嗯？"林槐夏咬着橘子，疑惑道。

"爷爷他……身体不太好……想……看我们……办婚礼……"

林槐夏还是第一次见方渡说话磕磕巴巴的，好笑地弯起眸子："你这是在求婚吗？"

"算是？"方渡摸了摸鼻尖，游移开视线。他感觉自己好像变成了个十几岁的少年似的，站在喜欢的女生面前，犹犹豫豫地表白，生怕对方拒绝自己。

"你要是不愿意的话，不用勉强……"

"我为什么不愿意呀？"林槐夏好笑地问。

"毕竟刚在一起不到一年，如果你觉得太快了的话——"

"可是我们已经认识了十几年啊。你是觉得还不够了解我，还是我不了解你？"林槐夏笑意盈盈地握住他的手，"奶奶和方阿姨知道了的话，会很开心的吧？"

方渡微怔，紧紧握住她的手："一定会的。"

林槐夏吃吃笑了起来："不过我说啊，你们姓程的，求婚都这么随便吗？还是我看上去像个很随便的女生？"

"不是，我……"方渡再次语无伦次，他不知道该怎么和林槐夏解释，毕竟他自己连这个结婚的提议都觉得过于唐突。

林槐夏笑意更甚，伸手捏了捏他的脸："你怎么还有这么可爱的一面啊。"

林槐夏说他求婚过于随意那句不过是个玩笑话，她其实不太在乎这些形式主义，只要能和他在一起就好了。

可方渡显然没有把她的话当成玩笑。林槐夏出院后，方渡订了一家帝都古城边的高档餐厅，说是庆祝她痊愈。

林槐夏没多想，从医院出来后便和他一起去了餐厅。到了餐厅，她才发现整场只有他们两人。

"这也太破费了吧？"她四周看看，打趣道，"你这么花钱，我可养不起你。"

方渡但笑不语，叫来服务生点餐。虽说嫌他破费，但林槐夏还是很喜欢这里。

餐厅就在古城遗址旁边，全景落地窗，能看到护城河对岸的红墙绿瓦。下午刚下完一场雪，红色的城墙覆着一层厚厚的积雪，几点梅花点缀其间，古韵悠然。

一顿饭吃得很愉悦。

林槐夏完全没有意识到方渡的用意，全神贯注地和他聊着古城遗址的建筑，聊着帝都古时城市中轴对称的设计规划。

吃完餐后甜点，方渡问她："要不要去楼上的观景台看看？"

林槐夏惊喜地眨眨眼："可以吗？"

方渡点头，解释道："这家餐厅自带观景台，可以俯瞰整条中轴线。平时很少开放，我认识老板，他才愿意开给咱们的。"

"那必须上去看看呀。"

能近距离俯瞰整座古城遗址的机会不多，林槐夏自然不想错过。

吃完饭，服务生领着两人坐观光电梯去观景台。开门的一刹那，林槐夏怔住了。

观景台并不大，却用花束和白纱精心布置过。

地上铺满了玫瑰花瓣，红色的花瓣随着微风飘荡，像是一场火红的花瓣雨，鼻尖充盈着玫瑰的芬芳。

服务生递给她一捧玫瑰，林槐夏讶然地望向方渡，而他只是歪着头朝她笑了笑。

她脸颊微红地接过花束，和服务生道谢。她这才意识到，方渡为什么要带她来这里。

服务生离开后，她拉着方渡的手走到观景台边缘。

大半个都城展现在脚下，灯火通明，车水马龙。

而古城遗址安然地被包围在这繁华的都市中间，只亮了几盏孤灯，泰然自若地在喧嚣之中沉睡着，亘古不变。

"我之前是开玩笑的，你怎么当真了呀。"林槐夏望了望下面的景色，笑着问。

"当然要补一个正式的求婚。"方渡笑道。

"所以你选在了这里？"

方渡点点头，他给林槐夏指了指古城遗址的方向。居高临下，能清晰地看到整座古城每一处都严格地按照中轴线对称设计，像是一幅优美的画卷沿中线向两边铺展开，庄严而神秘。

"你知道我为什么选择这里吗？"方渡顿了顿道，"帝都古城有五百多年的历史，经历朝代变迁、战事和自然灾害，却依旧伫立在这里。所有的建筑都是这样，它们就像一双双眼，一丝不苟地记录着一个国家、一个民族的故事。人会死亡，但建筑不会。"

"工科男的浪漫可真奇怪。"林槐夏顺着他指的方向望去，轻轻笑了一声。她歪头睨了方渡一眼，笑意盈盈地问，"你知道我觉得什么最浪漫吗？"

方渡微挑眉梢。

林槐夏抬起头，眸子中只剩闪烁的星辰与他："和你在一起。"

方渡笑了笑，从口袋中翻出一个小方盒。

他单膝跪地，将盒子展开，里面安静地躺着一枚熠熠闪光的钻戒。

他问林槐夏："那你愿意嫁给我吗？"

林槐夏弯了弯眸子，接过他手中的戒指："嗯，我愿意。"

番外一
少年篇

01 方渡

"哥,去踢球啊?"

六月份的帝都烈日当空,少年的笑容被阳光照得熠熠生辉。他朝方渡摆摆手,指向怀里的足球。

方渡摇头:"不了,回家做作业。"

程栖泽歪头想了想,把球扔给身后的几个男生:"我要回家了,你们自己玩吧。"

话音还未落下,他便快步走到方渡身边:"走啊,一起写作业。"

方渡挽起笑,朝他点点头。

两人一起回到老宅。

中式庭院设计的宅院,庭院中央的绿植被滚烫的阳光晒得发蔫,懒散地投下一片阴影。院子里安静得出奇,只有蝉鸣和潺潺溪流声。往常这个时候,方清或是傅静安会在门口迎接两人,可今天院子里空无一人。

方渡和程栖泽互望一眼,快步走进别墅。

几个大人都在客厅,唯独程栖泽的父亲不在。几人面色凝重,看到两人进屋,纷纷陷入沉默。

隔了片刻，傅静安脸色难堪地开口："阿泽，你爸爸出事了。"

两人不知发生了什么，彼此交换了个眼神。

就是那个眼神，方渡一直忘不了。

再回过神，已经是两个月后的事情。

这段时间发生了太多事。程鸿晟的病情越发严重，程文慎出事，程文谨独揽公司大权，运用雷霆手段清理门户。而后程文谨为争夺家产陷害程文慎之事暴露，程家两兄弟彻底站在对立面。

程文谨每天都和方清吵得不可开交，这是方渡第一次见温柔的母亲歇斯底里的愤怒模样。

直到有一天，方清心平气和地告诉他，她要和程文谨离婚，她要去别的城市生活。她问方渡想要跟着谁。

方清私心想要带走方渡，不让他蹚程家这浑水。可她清楚，程家的水虽浑，能给方渡的机会远非自己能比。

方渡沉默了很久。

他问方清："如果我和你走，还能见到阿泽吗？"

方清没有说话，她只是静静地看着他，双手按在他消瘦的肩膀上。

她的手很软，搭在他的肩膀上像是安抚。方渡望着她平静的眸，里面含着无数情绪。

最后，方渡对她说："妈，你去哪我去哪儿。"

…………

方渡的梦很乱，一会儿是程鸿晟问他将来的理想是什么，他摆弄着刚做好的模型，满脸天真地对程鸿晟说，给爷爷和阿泽在院子里建个亭子。程鸿晟但笑不语，摸摸他的脑袋；一会儿又是一群小孩儿在院子里玩，程栖泽和一个男孩儿起了冲突，哭着抱住他，管他叫哥哥，让他给自己评评理；一会儿是程文谨狠戾的目光死死盯着自己；一会儿是方清冷酷坚决的背影……

光影晃动，所有场景就像是光怪陆离的走马灯，一闪而过。

最终，他被屋外一声巨响吵醒。

方渡匆匆起身，披了件外套跑出院子，便看到方清正踮着脚从院子里堆砌的一堆杂物中拿出一个小盒子。

几个包裹散落在她的脚边，一个小姑娘蹲在旁边乖巧地帮她捡起地上的包裹。

女孩儿白皙似藕节的胳膊圈在两边，被又大又沉的包裹搞得踉踉跄跄，仿佛下一秒就会摔个狗啃泥。

方清连忙将手中的小盒放到石桌上，接过女孩儿手里的重物："阿姨来就行啦，夏夏坐好等我。"

女孩儿执拗地摇摇头："我来帮姨姨。"

包裹很沉，就连方清拿都有些吃力。

方渡快步走过去："我来吧。"

方清见到他，微一惊讶："阿渡睡醒了？"

"还以为你被东西砸到了。"

"怎么会。"方清笑笑。

少年正处于变声期，又刚睡醒，嗓音像是轻轻拨动的大提琴声，低沉、悦耳。

林槐夏忍不住仰头看他，收回目光后又多瞧了一眼。

方渡没有给她好脸色，确认方清没事后，他回到屋内简单洗漱。

他们刚搬来没多久，东西都没收拾好，住的地方也极简陋。这是方家的老宅，很早之前方家人就搬到了帝都居住，老宅一直闲置。

若不是这次方清带他回来，方渡早已忘了苏镇是他的半个故乡。

他不喜欢这里。

这里之于他太过陌生，没有家人、没有朋友，街坊邻里说着他听不懂的话，望着他们指指点点。

就连天气都是他讨厌的潮湿感，明明是爽朗的夏季，这里却像个巨大的蒸笼，闷热得叫人想要逃离。

方渡打心底里拒绝这里的一切，包括院子里坐着的那个像洋娃娃一样的小丫头。

前几天那个小丫头就趴在他家墙上看了半天，方清不过是和她说了句客套话,叫她常来家里玩,没想到她当真了,今天一大早就跑到他家里。

小丫头年纪不大,八九岁,正是最黏人的时候。他讨厌被不认识的人缠着的感觉。

洗漱完,方渡故意留在屋子里收拾东西,并不想和屋外的小丫头有所交集。

方清给林槐夏梳了个漂亮的蝎子辫,从她刚刚翻出的首饰盒里找到两个好看的发卡,别在她的头上:"之前想给阿渡生个妹妹,特意买的发卡,正好给我们夏夏戴。"

林槐夏对着镜子看看方清给自己梳好的辫子,美美的。她弯起眸子,一板一眼道:"我可以给哥哥当妹妹。"

"好呀。"方清笑了起来,扬声对屋内的方渡道,"阿渡,在屋里做什么呢?把昨天买的西瓜切了给妹妹吃呀。"

方渡动作一顿,不耐烦地放下手里整理了一半的书,去厨房切瓜。把果盘递上。林槐夏甜甜道谢:"谢谢哥哥。"

方渡微微点头,便见她摇晃着脑袋,两个小辫子随着她的动作调皮地蹦跶起来:"哥哥,姨姨给我梳的辫子好看吗?"

他虽然不耐烦,但自小在程家长大,教养极好。他耐着性子道:"好看。"

林槐夏笑得更甜了。她从盘子里拿出一片西瓜,最先递给旁边的方清:"姨姨吃瓜。"

"谢谢夏夏,你先吃吧。"

"不,姨姨先吃。"

林槐夏伸出那截藕节似的胳膊,将西瓜递到方清面前,方清低头咬了一口,两眼随之温柔地弯起。

林槐夏也跟着笑了起来,笑声清脆如银铃般悦耳。

她拿了块西瓜,迫不及待地咬了一口。汁水顺着她的手指淌了下来,将她的皮肤染成粉红色。她浑然不觉,腮帮子鼓鼓的,琉璃般清澈的眼睛看向他:"哥哥也吃。"

方渡颇为嫌弃地瞥了眼她的吃相,淡声道:"你吃吧。"

"西瓜可甜了,你吃呀。"她咬着自己那块西瓜,从盘子里拿出一块新的递给方渡。

那只手上还蹭着先前的西瓜汁,方渡下意识地向后退了一步。

林槐夏似乎也注意到他的动作,敛了敛眸,咬西瓜的动作都慢了半拍。

方渡意识到自己的行为不礼貌,清了清嗓子:"谢谢,我不吃。你吃吧。"

林槐夏没再纠结,失落仿佛只是一瞬的事,早已消失得无影无踪。她把西瓜放回盘子里,拿起桌上的作业本,丝毫没注意到指尖的西瓜汁已然蹭到本上。

"哥哥,姨姨说你会教我数学题。你可以帮我做作业吗?"

方渡有洁癖,对小丫头邋遢的举动十分嫌弃。他皱了下眉,婉拒道:"自己的作业自己做。"

"可我不会。"小丫头懊恼地瘪瘪嘴角。

"不会就好好看看书上的例题,动动脑子。"

"我有很认真地动脑子呀,还是不会。"林槐夏扬起尖翘的下巴,理直气壮,完全没听出方渡语气中的嫌弃与不耐。

方渡只好换个借口:"我还有别的事情要做。"

"哦,这样呀……"小丫头失落地敛起眸。

"阿渡,"一旁的方清听不下去,"帮妹妹看看数学题怎么了?"

方渡皱眉,指了指屋里:"我的屋子还没收拾好。"

方清嗔怪地瞪他一眼,但也没多说什么,拍拍林槐夏的脑袋:"没关系,哥哥忙,姨姨教你做作业,好不好?"

听到方清愿意教自己写数学题,林槐夏立马眉开眼笑,早已将方渡抛诸脑后:"好呀,谢谢姨姨!"

终于从小丫头的魔爪中挣脱,方渡回到自己屋中,松了口气。他把刚刚收拾了一半的书籍整理好,又将行李箱中的衣服收到衣柜中。

他的屋子离院子不远。他总能时不时听到院子里的咯咯笑声。起先他并未在意,但很快,他被那串笑声吸引了注意力。

透过窗棂,方渡忍不住向外瞅了一眼。

方清正与面前的小丫头相谈甚欢,银铃般的笑声回荡在院中。

自从程家出事后,他再也没见方清这么开心过。向来温柔善解人意的母亲总是皱着眉头,暗自忧愁。

方渡不想见她这样。他想让她开心,也清楚方清很希望他能陪在自己身边。所以他才会选择和她一起来苏镇。

即使他并不喜欢这里。

这还是这么多天来,他第一次见方清发自内心地笑。

方渡的目光下移,不由自主地落在方清旁边的小丫头身上。她背对着自己,仰着脑袋,两截胳膊在空气中比画了一个夸张的动作,两股小辫随着她的动作向两边翘起,模样娇憨可爱。

方渡不由得翘起嘴角。

或许这个小丫头的到来也没想象中那么令人讨厌……

方清对林槐夏的喜欢并未让方渡对她的看法改变多少。

他不喜欢小丫头黏着他的感觉,可这个小丫头却好像读不懂他的拒绝,总是乐呵呵地跟在他身后,每天巴巴地盼着和他一起回家。

方渡不愿意和她一起走。

一是因为他并没有把她当成朋友。他一如既往地讨厌这个小镇,讨厌这里潮湿的空气,讨厌这里听不懂的乡音,讨厌街坊邻里看他的眼神,讨厌这里没有他熟悉的人。

他讨厌程文谨,让家里的一切都变了模样;他更讨厌自己,弱小得保护不了任何人。家中巨变与陌生的环境像是一只无形的猛兽将他生吞活剥,他筋疲力尽地挣扎着、对抗着。

他没有心力再去与他人消磨自己的精力,他尽力保持着礼貌与教养,却总是保持着冷漠的距离,不愿接近任何人,包括林槐夏。

二是因为他放学后与她并不顺路。

方渡这段时间在苏镇的唯一慰藉,就是发现了一处早已荒废许久的庭院。那里比镇中心的观赏园林容景园还要大许多,无人居住,野草丛生,住附近的人都把那里当作鬼宅。

可方渡不觉得那里是鬼宅。那建筑有明显烧断的痕迹,岁月与火光的侵蚀留下狰狞可怖的残缺,但未被殃及的地方却是雕琢精致,在满目疮痍的映衬下,它依旧安静地伫立在这里,美得越发极致。

他喜欢在这里发呆,放空自己,静静欣赏这满经沧桑的灵魂。心底缺失的那一块在逐渐愈合,这是他在苏镇唯一感到平静的时刻。

直到初一下半学期,开学的第一天。

方清在镇上找到一份工作,工资虽然不高,却够两人生活。她兴致勃勃地准备了一大桌菜,让方渡早点回家。

她叫方渡把林槐夏和林奶奶请到家里聚一聚。这还是方清第一次真正意义上"下厨",方渡不愿扫她兴致。

于是放学后,林槐夏雷打不动问他要不要一起回家时,他破天荒地同意了。

林槐夏似乎自始至终都没意识到他的疏离,颠颠地跟在方渡身后,开心地给他讲着自己上学期期末数学考了 40 分的事。

方渡面无表情地听着。

"就是那个翁明洋,他放学时候拽我的辫子,好过分呀!"林槐夏愤愤不平地抱怨着班里的调皮男生,"哥哥,明天能不能也和我一起走?你比他长得高,他看到你肯定就不会欺负我了。"

方渡没搭茬儿。

林槐夏伸手拽住他的袖子,语气软软的:"哥哥,好不好呀?"

方渡终于斜眼睨她,不着痕迹地拂掉她的手:"我不是你哥哥。"

"可是你比我年纪大,就该叫你哥哥呀。"林槐夏眨眨眼,不明所以。

方渡懒得与她辩驳,加快了步伐。

林槐夏颠颠地跟上,完全没有注意到方渡并不想理自己,很快想到了其他话题:"对了哥哥,我前两天听张姨她们说你是从北方来的。北方是哪里呀?和这里有什么区别?"

方渡觉得林槐夏像只聒噪的小麻雀,一直在身边叽叽喳喳。他想起方清叫他邀请林槐夏和林奶奶来家里做客这茬儿,只觉头疼。

他正思考着要不要提出邀请,就听林槐夏继续问:"阿渡哥哥,'小三'是什么意思啊?方姨那么好看,是不是夸她的话呀。"

方渡心底一沉。

"小三"两个字灼烧着他的心脏,他半天说不出话来。

他们刚搬过来时很多人都好奇。方清不是个爱和别人聊闲天的性子,方渡自然也不会和其他人说这些。更何况,他父亲做的那些事令他难以启齿。

久而久之,有些恶意的人传开闲话,说方清在外面给有钱人当小三,被人抛弃了才不得已回到这边。

方渡很讨厌他们说的那些话,但他又不敢将这些恶意中伤说给方清。直到有一天,他因为这事和巷子里的孩子打架,方清把他捉回家教育了一顿。他一声不吭地和方清回到家,方清问他为什么打架,他也不愿提起原因。

见他缄口不言,方清拍拍他的脑袋:"你是不是听到什么啦?"

方渡微怔,不知道说些什么好。

他摇了摇脑袋,又忍不住看向方清,清澈的眸小心翼翼地望着她:"你……都知道?"

方清笑意更甚,柔软的掌心从他的头顶向下移,覆在他的耳朵上,她的声音也变得闷闷的:"这样是不是就听不到了?"

方清收回手,半蹲在方渡面前与他平视,她蹭掉方渡脸上的泥土,笑容和煦:"打架可不是我们方家男孩子解决问题的方式。"

"他们说得那么难听……你不介意吗?"

"介意。"方清还是那副云淡风轻的模样,方渡从她的神色中看不出任何端倪,"那又怎样?他们的话会影响我们是什么样的人吗?"

方渡摇摇头。

"我们是什么样的人,不由他们定义,由我们自己定义。以后你会遇到更多人,听到更难听的话,如果把这些都放在心里,会很累。"

方清揉揉他的脑袋,"真正重要的是我们想要成为什么样的人,是真正关心我们的人,其他人愿意说什么,随他们去吧。"

"可是……"方渡不满地蹙起眉,"他们只会越说越难听!"

"不会的。"方清笃定,"重要的是我们怎么做、怎么说。如果真的有人偏信那些胡话,那不管你怎么解释都是没用的。他已经不愿用眼去看,用心去感受,我们又何必和那样的人较真?"

"比起这些,我更在乎你脸上的伤。"方清笑着起身,去卧室找药箱,"我儿子这么帅,脸上留疤了怎么办?以后娶不到漂亮媳妇啦。"

方渡嗤笑出声。

…………

自那以后,方渡便不再管那些人说的话。

渐渐地,说那些难听话的人也少了。方清性格温和待人亲切,邻里间有什么难处她都尽力帮助,很多之前误会过她的人也已改观,开始向着她说话,只剩些爱嚼舌根的妇人依旧说着老一套。

方清说得没错,在乎那些人做什么?

可从林槐夏嘴里说出这么难听的话是方渡没有想到的。方清那么喜欢她,对她那般好,她是怎么好意思说出如此恶毒的话。

方渡不由得停下脚步,沉声问:"你在说些什么。"

林槐夏见他发了半天呆,只当他没听到,又原原本本重复一遍。

方渡愠怒:"小小年纪不学好,学那些大人嚼舌根。"

林槐夏也愣住了。她说什么了?她明明在夸方阿姨温柔漂亮呀。

她不满道:"你是什么意思呀?我不懂她们说的是什么意思,才来问你的,你怎么这么凶。"

方渡不愿再理她,埋头朝前走。

林槐夏跟在他身边聒噪不停,她似乎根本不觉得自己说的话有什么问题。

方渡紧皱着眉头,想不明白方清为什么会喜欢她,为什么会邀请这样的人去家里做客。

林槐夏终于不再跟着他了。

她气鼓鼓地停下脚步,朝他大声吼了一句:"你这人好讨厌,我再也不要和你当朋友了!"

方渡挺直腰板,目光冰凌凌地望着她:"没人把你当朋友。"

回到家,方清正在厨房乐呵呵地忙活。方渡将摘下的书包放回屋里,挽起袖子到厨房帮忙。

方清正忙着将焯好的青菜捞出,热腾腾的水汽熏得她脸颊通红:"小槐夏怎么没和你一起过来?"

方渡目光游移地瞟了瞟窗外,淡声道:"她不想来。"

方清笑吟吟地问:"和小槐夏吵架啦?"

"没有。"方渡斩钉截铁。

"你这性子,"方清好笑地叹气,将青菜摆进空盘,"来这儿一个朋友都没有。好不容易小槐夏不嫌弃你,竟然还不知好歹。那么漂亮的小姑娘,你怎么会不喜欢呢。"

方渡睨了眼空盘里蔫了吧唧的青菜,伸手指了指:"你放盐了吗?"

"啊……忘记了!"方清一拍脑袋,连忙跑去拿盐罐。

方渡撇了下嘴,开始担心晚上的饭到底能不能入口。

方清哪儿哪儿都好,就是不会做饭。两人在苏镇待的这段日子,煮面煮粥,偶尔靠好心的邻居投喂,方清从没真正意义上做过一顿饭。所以当方渡看方清兴高采烈买了一堆蔬菜和鸡鸭鱼肉,他很难想象它们的下场。

果不其然,方清准备煎鱼的时候忘记烧干锅中的热水,锅里"刺啦刺啦"溅出油星。

幸好方渡眼疾手快把方清拉开,两人才没被热油溅到。

随之,冒出滚滚浓烟。

厨房不大,老式的厨房中也没有什么防火措施。等两人慌忙拯救残局,锅子和里面的鱼已经烧成黑炭。

家里唯一一口锅烧坏,这下真没法做饭了。

方渡也不知该难过还是该庆幸。毕竟就算厨房没有烧坏,方清做

463

的菜也不一定能吃……

终于收拾好厨房，方清望向厨房的一片狼藉和旁边备好的各类食材，遗憾地叹口气。

她撑在灶台旁，不顾一手的烟灰，垂眸看向方渡："阿渡，妈妈是不是……不是个合格的妈妈？"

她敛着眸，眼底拓下一层阴翳。夕阳西下，昏暗的灶台旁绰绰光影映在她的身上，衬得她瘦弱无助。

这还是方渡第一次见方清如此模样。

来到这个陌生的小镇后，她永远展现出温柔乐观的一面，不愿让他瞧见自己的无助。

就像是压死骆驼的最后一根稻草，烧坏的厨房，让她彻底崩溃了。

方渡为刚刚那一瞬的质疑感到羞愧。他朝前挪了一步，温声道："我从没有这么想过。"

方清掩着面，不愿让他看到自己的狼狈。她垂下头，把脸埋进他的肩膀，恍然意识到，原来方渡已经这般高了。

大人的罪过，为何要让孩子承担？

方清总是会想，自己执意带他搬来这里，是不是个错误的选择。

方渡似乎并不喜欢这里。

"你会怪我把你带到这里吗？"方清小声问。

"不会。"方渡顿了顿，还是骗了她，"我很喜欢这里。"

"真的？"方清抬起头。

方渡笃定地点点头："喜欢。"

方清轻轻笑出声。

她清楚方渡并不喜欢这里，但他像个大人一样安慰着她，她也不该让他失望。

方清没有告诉过他，她也不喜欢这里。不是不喜欢这里的环境、这里的人，他们都很好，只是陌生的环境让她没有安全感。

她再坚强，也会感到害怕。她最信任、最敬爱的山倒了，她还未从难以置信的恐惧中抽离，就搬到了这个陌生的小镇。

方渡的眉眼与程文谨越发相像。但方清知道，自己是时候把他忘掉了。

她扶住方渡的肩，目光坚定地望向他："阿渡，陪妈妈一起往前走，好不好？"

幸好有他陪着自己。未来的路，只剩他们母子相依为命，即使再怕，也不能软弱。

月亮挂上树梢，方清带着方渡敲响了林家的大门。

方渡着实没想到，方清口中的"往前走"目标如此明确——

从家出门，向右转，一直往前走，就能走到林家。

来开门的是林槐夏，她不像往常那般蹦跶，借着微弱的油灯光亮，能看到她漂亮的杏眸中闪烁的泪花。见来人是方清和方渡，她努力将眼眶中的泪珠憋了回去，和两人打招呼。

"怎么不问人就开门？万一是坏人怎么办？"方清笑眯眯道。

林槐夏乖巧地接过她手里的袋子，小奶音软软的："不会的，巷子里没有坏人。"

方清一板一眼："那也要先问人再开门。"

"知道了。"林槐夏乖巧地点点头，"姨姨和哥哥怎么过来了？"她一边说着，一边瞥了瞥方清身旁的方渡。见他面无表情，林槐夏小心翼翼躲到方清的身后。

回了家，她才从奶奶口中得知"小三"并不是什么好词，还被奶奶打了一顿。虽然很疼，但她觉得奶奶打得对，方渡不理她也对。

方清对她那么好，她怎么能用那么难听的词形容方清？还和方渡那么凶，说"自己不和他做朋友"么过分的话，实属不该。

她战战兢兢地瞅了瞅方渡，可惜天色太暗，看不清他的表情。

方渡其实也有些愧疚。小丫头虽然很烦，但真心实意把他当朋友，可他却说了那么重的话。小姑娘本来就心思敏感，看样子在家哭了一顿，肯定很伤心。

更何况，他答应了方清要"往前走"，那就不该陷在过去的回忆中。

他该学会接受他要在这里生活的现实，接纳这里。

他忍不住睨了眼躲在方清身后的林槐夏。她也在看他，一副想接近又不敢接近的模样，委屈巴巴的。

林槐夏的眉眼长得极好，尤其刚哭过，黑葡萄似的大眼睛含着泪光，亮盈盈的。

还是笑起来更可爱点。方渡挪开视线。

他瘪了瘪唇，思考着什么时候和她道个歉。

她将是他融入这里的第一步——

方渡很难想象身边跟着个聒噪的小丫头会是什么样的场景。

林奶奶很快准备好了一大桌子饭菜。

与方清做的没有味道的青菜以及黑乎乎的烧鱼不同，林奶奶烧的菜色香味俱全。腾腾热气氲着暖色灯光，映照着整个屋子，朦胧而温馨。

林槐夏帮奶奶摆好碗筷，见方渡要起身帮忙，她小心翼翼瞅他一眼："哥哥你坐，我来就好。"

正巧方清和林奶奶从厨房回来，招呼两人坐下。

林槐夏乖乖巧巧地坐到方渡旁边。她刚被林奶奶教育一顿，屁股都被打红了，现在只敢坐在椅子的边上，努力把上半身往前倾。

方渡给她递饭时看到她这诡异的模样，林槐夏窘得脸都红了，朝他露出一抹拘谨的笑。

等大人落座，林奶奶执筷前，朝林槐夏递了个眼神。

林槐夏扭扭捏捏的，终于开口："哥哥姨姨，对不起。"

方渡见林槐夏道歉有些意外，方清更是疑惑："小槐夏怎么突然道歉啦？"

林槐夏瞧了方渡一眼，原来他没向方清告状。她讪讪："今天我说了胡话，对不起哥哥姨姨。"

"童言无忌，你们多担待。"林奶奶也帮她说话。

"小槐夏这么可爱，谁会生小槐夏的气。"方清弯起眼，大概猜到了下午发生的事。她没戳破,拍了拍方渡的肩,"是吧,阿渡?"

所有人都看向方渡,尤其林槐夏,眼睛亮盈盈地蕴着期许。

方渡本是想向她道歉的,但现在所有人都看着自己,少年的自尊心使他挺直脊背,嗫嚅半天,他缓缓道:"没事。"

见他原谅自己,林槐夏开心地咧起嘴。

小丫头的笑容过于明媚,方渡有一瞬间发怔。等他回过神后,林槐夏正开开心心地给他夹菜:"哥哥多吃点,奶奶烧菜很好吃的。"

很快,方渡的碗里摞成小山一般高。

他脸颊微红,将自己的碗挪开,又觉得不合适,转手给林槐夏空空的小碗里加了一堆:"你也吃……"

"谢谢哥哥!"林槐夏弯起眼。

林奶奶和方清看着两人,相视一笑。

这是方渡来到苏镇后,第一次有了在家吃饭的感觉。

自那之后,林奶奶时常邀请母子二人到家里吃饭。方清会帮林奶奶打下手,方渡则要看着林槐夏做作业。

林槐夏的语文还行,其他极差,尤其数学。

方渡教她做题着实头疼,每天都要忍住暴走的冲动。可林槐夏似乎并没有意识到问题的严重性,总是眨巴着大眼睛,盼着他告诉自己正确答案。

林槐夏觉得方渡可能还在生自己的气。不然他不会拒绝告诉自己正确答案,而是让她自己做。而且方渡还是那副对她爱答不理的样子,放学也不愿意和她一起走。

换位思考,如果有人用那么难听的话说她妈妈,她也会生气。

林槐夏十分愧疚,每天都黏在方渡后面和他道歉,但方渡依旧不愿和她一起回家。

方渡其实早就不生她的气了,他不愿和林槐夏走,只不过是因为他每天都会去临塘巷那个老宅坐一坐。

他不希望有人打搅自己,尤其是这个聒噪的小丫头。

日子过得很慢,他渐渐习惯了有个小丫头每天都跟在身边烦他的生活。她的废话很多,做题速度慢得要死,每件事都让他头疼,但他却意外地不讨厌她。

她会朝他甜甜地笑,会偷偷塞给他她最喜欢吃的梅子糖哄他开心,还会在别的小孩说他家闲话时挺身而出,把他护在身后。

明明自己小小一只,个头还不到他的肩膀。

这天放学,方渡再次拒绝林槐夏一起回家的邀请。

林槐夏敛敛眸,委屈巴巴地问:"哥哥,你是不是还在生我的气呀?"

"没有。"方渡收拾好书包,将它挎到肩上。

"那你为什么不愿意和我一起走?就是在生我的气。"林槐夏自顾自地下了结论。

"不是。"方渡看了眼手表,方清叫他早点回家,他不能在外面待太久,"你们不是留了很多作业?回家好好写作业,晚上我帮你改。"

一提作业,林槐夏抱怨起来:"是呀!老师让我们写读后感,好难哦!"

"那你还不赶快回家写?"方渡斜她一眼。

"那你和我一起回家吗?"

方渡没想到她还记着这茬儿,见她满含期许地望着自己,他只好改口:"明天和你一起回去。"

"真的?"林槐夏眼睛亮了亮,她朝方渡伸出小指,"拉钩?"

方渡无语地抿了下唇,钩住她的小指:"嗯,我什么时候骗过你?"

小姑娘确实好哄。林槐夏咧嘴一笑,朝他摆摆手:"说好了哦,明天一起走。"

目送林槐夏蹦蹦跳跳地离开,方渡叹口气,转身去了临塘巷。

他对吴宅的地形早已轻车熟路,穿过西边的小木门,一路走到西花园,他找到一处石头坐下,从包里翻出自己的素描本。

那个本还是太爷爷在世时送给他的礼物。

太爷爷年轻时从事木工，喜欢做些木质小玩意儿。方渡完全遗传了他的基因，从小就对这些木构件、木建筑感兴趣，所以太爷爷特意送了他一个素描本，用来画建筑速写。

方渡翻开本，本子用了大半，大多是帝都的建筑。再往后，画上的建筑渐渐秀丽起来。

方渡有一瞬间的失神。

很快，他收拢思绪，翻到还未画完的那一页。

天色渐渐压了下来，晚风卷起树叶呼啸而过。夕阳镀上的那层金色消逝，眼前的建筑失去光泽，黯淡无光，却仿佛藏着什么悠长的秘密一般，神秘而又安静地伫立在不远处。

忽地，身旁的草丛间传来一声啼哭。

方渡笔尖一顿，莫名想起鬼宅的传说。他抬起头，却发现一个娇俏的身影朝他跑了过来，含着哭腔："哥哥，好多虫子呀。"

方渡："……"

他没想到林槐夏偷偷跟了过来。看来小丫头变机灵了，没那么好骗了。

方渡放下素描本，想斥责她跟踪自己，却又被她可怜巴巴的模样打动，心下一软，从包里翻出一盒药膏："喏，自己涂上。"

他经常来这里，知道这里蚊虫多，所以经常备一盒药膏。

林槐夏抽着鼻子，挨着他坐下，将药膏涂到腿上。夜里泛起凉意，林槐夏将药膏还给他后，往他身边贴了贴，像是在取暖。

"哥哥，你在这里做什么呀？我听他们说这里有鬼，咱们赶快回去吧。"

方渡轻哂。

小丫头原来胆子这么小，怕鬼。

他故意板起脸，严肃道："没错，这里有鬼，你快点儿回去吧。"

林槐夏被他吓得一哆嗦，连忙往他怀里钻了钻。可嘴上却逞强："我不要。你在哪里，我就在哪里。"

林槐夏注意到方渡的素描本，被上面的图案吸引，很快忘了鬼宅

469

的事。

"哥哥,你画得好好啊!"她不由得赞叹,"可是这里缺了一块,你怎么画全了?"

她自顾自地念叨着,压根儿不管方渡是不是理自己。看了会儿,林槐夏仰起头:"哥哥,我也想画。"

方渡执着铅笔的手一顿,想了想,将素描本翻到崭新的一页,递给她。

林槐夏画画的时候很认真,很快,她照猫画虎地画出眼前的建筑来,看上去还挺像那么回事。

"你学过素描?"方渡不禁问道。

林槐夏还在修改窗棂的雕花,专心致志地低着头,问:"素描是什么呀?"

方渡噎了噎,不知道林槐夏是不是在逗自己。

"就是你现在画的这个。"

林槐夏:"没有呀,我就是照着你刚刚的样子画的。我也不知道你刚刚在比画些什么。之前我只照着动画片里的人物画过,奶奶总说我画得像呢。"

见她一副云淡风轻的模样,方渡讶然。小姑娘数学怎么也学不会,画倒是画得挺不错。

两人一直画到很晚。

昨天下过雨,路上还残留着浅浅水洼。临塘巷距离他们住的地方还有段距离,林槐夏走了会儿就累了,非要方渡背她。

"哥哥,我困了,不想走了。"

"马上到家,再坚持会儿。"

林槐夏揉揉眼睛,朝他伸出两条藕节儿似的胳膊:"你背我回家。"

"多大人了,自己走。"方渡皱起眉。

"不要嘛,要你背。"她确实困了,口吻撒娇,"就要你背。你不背我的话,我就告诉姨姨你每天都偷偷来这里玩!"

方渡拗不过她,只好找到旁边一处石阶,弯下腰:"上来。"

林槐夏两只胳膊一勾，爬到他的背上。

她嘻嘻笑了起来："哥哥最好了！"

林槐夏勾住他的脖子，整个人挂在他背后。她把脑袋埋进方渡的肩窝，那里暖融融的。

林槐夏安心地闭上眼睛："这是我们的小秘密，我不会告诉其他人的。拉钩。"

毛茸茸的碎发蹭着他的脖颈，痒痒的。

鼻尖能闻到一股很淡很香的洗发水的味道。

方渡笑着叹口气。

……真是拿她没办法。

就这样，方渡渐渐适应了苏镇的生活，也渐渐适应了身边总跟着个小尾巴。

方清的工作越来越忙，经常没有时间照顾方渡，她便央了林奶奶帮忙照顾。不知从什么时候开始，方渡每天都会去林奶奶家蹭饭，和林槐夏一起做完作业再回家。

林槐夏虽然和他一样在读初中，但因为上学早，年纪小，总是像个小孩子似的需要人照顾。林奶奶年事已高，很多事都照顾不过来，于是照顾她的责任便落在方渡的肩上。

方渡也像个哥哥一样，将她照看得很好。

其实他一直都很有哥哥的样子，在程家的时候，他也是这样照顾程栖泽。陪他打球，看着他做作业，程栖泽闯的祸都是他来担。

有的时候，他很庆幸能在苏镇遇到林槐夏。虽然他失去了一个弟弟，却拥有了一个妹妹。这是一件开心的事。

只不过林槐夏的成绩一如既往的烂，每次给她辅导作业，方渡都觉得自己的耐心再次刷新底线。

"把蜡烛和凸透镜的中心和蜡烛中心调到同样的高度是为了能使光屏接到蜡烛的像，你这脑袋里到底装了什么，能把答案写成'为了不着火'？"方渡用签字笔戳了戳林槐夏的脑袋，一副恨铁不成钢的模样。

林槐夏将试卷推到方渡面前，振振有词："你看这张图，蜡烛和那个什么镜离着很远，不就是怕着火嘛？"

"林槐夏同学，你已经初二了。这种题还不会，以后还打算上高中吗？"

林槐夏压根儿没听出他是个反问句，还真认真思考了会儿："唔……你打算考吗？"

方渡："……"

他把签字笔收进笔袋，合上卷子："我看你别考了。到时候我一个人去镇上的二中，你自己在家玩儿吧。"

林槐夏一听，立马按住卷子："不行，我要和你一起上高中！"

方渡计谋得逞，眯了眯眼，把卷子推给林槐夏："十五分钟，把我刚才给你讲过的题重新写一遍，我一会儿检查。"

林槐夏一板一眼地改起错题，没两分钟，她咬着签字笔趴在桌子上："哥哥，好难啊……我们去临塘巷玩吧。"

说到出去玩，林槐夏立马精神了，兴致勃勃对方渡道："对了，我发现东院有处景色特别好，咱们去写生吧。"

虽然林槐夏的成绩增长速度"感人"，但画画的技艺越发炉火纯青。她画画是方渡教的，可很快她就比方渡画得更好了，甚至有时会帮他改建筑的比例和细节。

"改完错题再去。"方渡岿然不动。

林槐夏瞟了瞟满篇的红叉，沮丧地趴回桌上："你说过，我以后可以学美术。艺考不用那么高分的。"

"那你也要考上高中再说。二中可不招特长生。"

林槐夏："……"

他说得好有道理，完全无法反驳。

"帝大有美术系吗？"林槐夏问。

"当然有。"

林槐夏眼珠子一转，眸子亮盈盈地问："那我们大学也可以一起上？"

方渡面无表情地："物理先及格。"

林槐夏："……"

方渡今年升初三了，考镇上最好的高中没问题。他和林槐夏说过，高中毕业后，要去帝大读建筑。

镇上最好的高中几年才会出一个考上帝大的人，对于镇上的孩子来说，去帝都上学就像是遥不可及的梦，更别说去帝大最好的院系了。可林槐夏不知道为什么，方渡说的，她都信，好像他去帝大上学是件理所当然的事，而不是空谈的梦想。

她好想和他一起读高中、读大学呀。林槐夏幻想着两人一起去镇中心的二中读书，一起在学校食堂吃午饭，在校图书馆自习，一起坐公交车回家的画面，十分美好。

目光一垂，她便看到物理卷子上满篇的红色。

"啪"的一声，梦碎了。

她像条蔫了的茄子一样趴回桌上，委屈巴巴地改着物理题。终于改完所有题，林槐夏满血复活，豪横地将签字笔往桌上一扔："我们出去玩吧！"

方渡拿起她的卷子，仔细检查着她的答案："外面看着要下雨了，下次早点写完作业再去吧。"

"今天不会下雨的！"林槐夏不满，"你刚刚都答应我了！"

方渡无奈，只好实话实说："我妈不让我带你去那里。"

林槐夏顿了顿，疑惑地问："为什么？"

"那里危险，怕你出事。你要是出了事，林奶奶怎么办？"

林槐夏摸摸下巴，突然咧嘴笑了起来。她每次有坏主意的时候都是这副表情。

"不告诉她们不就好了？"她眼珠子转了转，"方姨还有两个小时才下班，奶奶会提前半个小时回来做饭。我们赶在她们之前回来，不就好了？"

林槐夏拽住方渡的胳膊摇了摇，小眉头一皱，嗲嗲地撒娇："阿渡哥哥，你刚刚答应过我的。"

她这副可怜巴巴的表情任谁都招架不住。

方渡沉默片刻，只能答应："好，早点回来。"

少女的脸上绽出明媚的笑："阿渡哥哥最好了！"

方渡将书包收拾好，只拿了素描本出门。临塘巷离他们住的瓶棠巷还有一段距离，两人以最快的速度跑了过去，生怕浪费一丁点时间。

穿过西花园和门厅，林槐夏带他找到自己前几天误打误撞看到的景色。

她得意扬扬："我没骗你吧！"

四周杂草丛生，破败不堪，唯有东花园的一个角落里，一树桂花挺秀吐香，开得旺盛。阳光斜照，花影摇曳，衬得树后那座残垣都生机勃勃。

这般景色，只有这里能看到。

方渡一下子看呆了。

破败的廊庑庭院，一半是残缺的美，一半是精致的美，与茂盛的桂花树交相辉映，有种浴火重生的熠熠生机。

两人找好角度坐下，方渡将素描本递给林槐夏。她只有在画画的时候才会安安静静的，方渡坐在边上看她画。

方渡看了会儿她笔下的线条，不一会儿，被她专注的神情所吸引。少女将素描本摊在腿上，一手执着铅笔，另一只手托住下巴。碎发遮住她的侧颜，只留下一双明亮的眼和秀挺的鼻尖。

小丫头软糯糯的长相一下子明艳了许多。就像含苞待放的花蕊在慢慢伸展柔嫩的花瓣，过不了多久，便会褪去青涩，变得明艳动人。

笔尖在雪白的本子上游走，很快便勾勒出眼前的景象。不知过了多久，林槐夏将素描本往方渡的方向挪了挪："喏，我画完了。好看吧？"

方渡回过神，接过本子看了看："嗯。"

林槐夏弯起眸，笑靥明丽："比你画得好看。"

方渡无语地乜她一眼，合上本子："下次别让我带你来画画。"

林槐夏吐吐舌头："小气鬼。你就是嫉妒我画得比你好。"

她将铅笔橡皮收进笔袋："上次你说等我过生日送我一套新的素描本，是真的？"

"自然是真的。"方渡慢条斯理，"不过有条件，物理考试及格。"

"真小气，生日礼物还有条件。"林槐夏歪着脑袋想了想，也不知道又想到什么坏主意，咧嘴笑起来，"你的生日在九月中旬，我的生日在月底，不如我们一起过生日吧？"

"一起过？"方渡皱了下眉。

林槐夏点头："我中旬和你一起过生日，这样就可以假装我们是同一天生日啦。"

"同一天？"方渡笑着问，"你只是想早点拿到生日礼物吧？"

小心思被戳中，林槐夏面红耳赤地瞪他："什么呀！我只是想和你同一天过生日。就像是同月同日生的亲兄妹一样，以后我们每年都一起过生日，你不觉得很有意义吗？"

方渡吐槽："同月同日不同年的亲兄妹？"

"不要在意这些细节！"林槐夏挽住他的胳膊，在他身边活蹦乱跳的，"这样才显得我们关系好呀。"

"谁和你关系好。"方渡好笑道。

林槐夏眉头一皱，委屈巴巴地和他撒娇："阿渡哥哥！"

方渡最受不了她这样，无奈地叹口气："行吧。但是物理考试要及格。"

"知道了知道了。"林槐夏松开他，哪还管什么物理考试。她满心都是以后两人每年都可以一起过生日了，想想就开心。

忽地，一滴雨水落在林槐夏的发梢。她疑惑地仰起头，又是一滴，落在她的脸颊上。

"惨了！"随着她的话音落下，无数雨滴从空中倾泻而下。

出门前，她信誓旦旦地告诉方渡，晚上不会下雨。

两人谁也没带伞，这会儿赶回家，一定会被雨水浇透。林槐夏欲哭无泪。淋不淋雨单说，回去肯定会被方清和林奶奶教训一顿。

"哥哥，怎么办？"林槐夏不知所措地仰起头。

见她还在雨里发呆，方渡快速脱下外套挡在两人头顶："能怎么办？赶快回去！"

林槐夏终于回过神，小鸡啄米似的点点头。她紧紧抱住怀里的素描本，大有种自己淋成落汤鸡也不能让本子沾到一滴水的架势，把它保护得严严实实。

等两人跑回瓶棠巷后，雨越下越大。细密的雨丝冲刷着浓浓夜色，模糊了眼前景象。

朦胧的光晕间，两人看到林家门口那抹焦急的身影。

方渡和林槐夏互望一眼，这顿骂是肯定躲不掉了。

两人干脆加快脚步，朝那抹人影跑去。方渡的外套已经湿透了，两人也好不到哪儿去，浑身上下湿漉漉的。

方清看到他们，连忙打着伞迎了上去。顾不上责备，她带着两人进屋。

"大下雨天，又跑去哪里玩了？"林奶奶给两人准备了干毛巾和热茶，看到他们淋了雨，满眼都是心疼。

"方渡。"方清见两人鞋底踩着脏泥，大概猜出两人又跑去了哪里，她蹙起眉，语气严肃，"我是不是和你说过，不要带妹妹去那处废宅？"

"又去吴宅啦？"林奶奶一听，也急了，"那里危险，别再去啦。"

林槐夏见两人都在责备方渡，连忙解释："是、是我……"

还未说完，方渡清了清嗓子，打断她："我知道错了，对不起。"

林槐夏讶然地望向方渡，他无声地朝她递了个眼神，示意她不要说话。

方清这次是真的生气了。

吴宅那里地势复杂，谁知会有什么危险。幸好两人平安回来，要是林槐夏出了什么事，她怎么跟林奶奶交代？

方清从屋子里顺起一根藤条，叫方渡把手伸出来："知道是错的，还要做。你和妹妹出了事怎么办？你负得起责吗？"

方渡低着头，乖乖伸出手："对不起。"

林槐夏看着方清手里那根粗粗的藤条，打人肯定很疼。她连忙抓住方清的手，可怜巴巴地和方清求情："姨姨，那里不危险的，你不要打哥哥。"

方清温声道："小槐夏乖，哥哥做错了事就要罚。"

"不是的，"林槐夏快要被她吓哭了，"是、是我叫哥哥带我去那里的。"

"你年纪还小，不用替他求情。"

"不是，真的不是的……"林槐夏哭得撕心裂肺，语无伦次。

见她这般，方清好笑地叹口气。

林奶奶也替两人说话："行了小清，他们淋了雨，赶快洗个热水澡吧。"

方清这才收手："好吧。赶快回家洗个澡，以后不许再犯。"

危机就这么莫名其妙地被林槐夏的一顿哭闹化解。

方渡不由自主地望了望旁边的林槐夏。她哭得煞有介事、梨花带雨，委屈巴巴的模样任谁都有几分恻隐之心。

可注意到方渡的目光，她揉了揉眼睛，已然没了刚才那副模样，俏皮地朝他吐了吐舌头。

方渡这才意识到她不是真哭，是故意的。

方渡低下头，趁着方清没注意，好笑地叹口气。

方清没有在林家耽搁太久，带着方渡回家洗澡换件干净的衣服。

临走前，林槐夏追出来，塞给方渡一块梅子糖。

她凑到方渡耳边，煞有介事道："姨姨要是打你，你就告诉我，我一定帮你。"

方渡但笑不语。

林槐夏顿了顿，又小声问他："我们……以后还能去那里玩吗？"

她小心翼翼地望向方渡，生怕他再也不带自己一起玩。大概是小孩子的好奇心和对探险的热衷，虽然吴宅看着阴森可怖，但林槐夏还是挺喜欢那里的。

她生怕方渡乖乖听话,再也不带自己去那里玩。

可两人显然都不是什么乖孩子。

方渡没说话,只是笑着朝她挑挑眉梢。

这么久时间的相处,两人间早已有了某种不约而同的默契。

林槐夏咧嘴笑了起来,朝他比了个"嘘"的动作:"我们的秘密。"

日子过得很慢,却好像又很快,方渡逐渐习惯了苏镇的生活,对这里也不像以前那么排斥了。

当他放下戒备,愿意接受这里时,发现自己也同样在被这里接纳。这座小镇很可爱,绿水青山,四季如春。人也很可爱,乡音温软,邻居奶奶每次看到他都会塞给他两颗杏子。

方渡不再像初到时那样,与人疏离,反倒和街坊邻里关系都不错。再加上他长得好,性格又好,巷子里的婆婆阿姨都很喜欢他。

虽然升到高中,林槐夏一如既往像个小尾巴一样黏在他身后。

方渡好像也适应了每天照顾这个小丫头的生活,适应了她对自己的依赖。

林槐夏中考那年,他偶然得知了林槐夏父母的事情。两人外出打工,遇到工地黑心老板偷工减料,大楼坍塌,夫妻二人均未幸免。事故方赔了一笔钱,可人没了,又有什么用。

林奶奶独自将她拉扯大,不敢告诉她真相,只能骗她说父母在外打工太忙,没时间回家。

方渡不知道林槐夏是真的不清楚真相还是怕林奶奶担心,故意装作不知道。但每次他看到她单纯开朗的笑容,都觉得心里像是针扎了一般疼。

在他眼里,林槐夏总是傻乎乎的、盲目乐观,可也正是她这种单纯乐观,和对他的无限信任,让他慢慢从阴霾中走了出来,愿意看看这个世界。她那么单纯,那么美好,本该家庭幸福,快快乐乐,不应经历这些生死离别。

自那以后，方渡对林槐夏的事更上心了，只希望能保护好她，让她快乐健康地长大。

只不过林槐夏显然没有接收到方渡的好意。

在她眼里，初三这一年，方渡简直像个恶魔一样监督她学习。不过也正是这魔鬼式的管理让她硬是吊着一口"仙气"，以高于分数线两分的成绩考上二中。

如果不是方渡，她可能连高中都上不了，更别说镇上最好的高中了。

收到录取通知的那一天，林槐夏高兴得手舞足蹈，这意味着她可以和方渡一起坐公交车回家，还可以一起考大学了。

她拿到录取通知的第一时间，连林奶奶都没给看，而是第一时间去方家给方渡看。

为此，林奶奶之后没少拿这事打趣她。

过完暑假，林槐夏就要和方渡一起去镇中心上高中了。

她一直生活在巷子里，还没去过镇中心。暑假的时候特意央着方清带她和方渡去镇中心转了一圈。

那里是她没见过的繁华，她也是第一次坐公交车，看哪里都是新奇的。

她满怀期待地迎来开学第一天，和方渡一起坐公交车。

可惜这次坐公交车，和她第一次坐的感觉完全不一样。

她要起很早，还遇到了很多人赶早班车。林槐夏睡眼蒙眬地和方渡上了车，拥挤的车厢令她喘不过气来。

她个子小，够不到头顶的扶手，身旁又没有能扶着的栏杆，她只好挂在方渡胳膊上。林槐夏还没睡醒，把脑袋顶在他的胳膊上，闭着眼睛打盹。

镇上的路并不好走，车子颠簸，林槐夏靠在方渡的胳膊上摇摇欲坠。

突然，车子急刹车，两人在惯性的作用下往前倒去，好在方渡力气大，用力抓住扶手，才不至于摔倒。

他下意识用她搂着的那条胳膊环住她,把她摁进怀里。

林槐夏被突如其来的急刹车吓了一跳,那股困劲儿所剩无几。她从方渡怀里挣扎起脑袋,蓦然发现自己仰起头,竟然只能看到他的下巴尖了。

"你又长高了哎!"她满脸惊喜道。

"嗯。"方渡含混地应了一声。

正好旁边有人下车,方渡把她摁到座位上:"坐好了。"

林槐夏完全没有发现他的异常,开心地摘下自己的书包抱进怀里,又叫方渡把书包拿给自己。

方渡婉拒,让她老实坐在位置上,不要乱动。

九月份的天气,不算太热。林槐夏只穿了件薄薄的校服 T 恤。刚刚他把她摁得太严实,不小心也感受到了她的变化。

鼻尖还残留着她发间洗发水的清香。方渡脖颈泛起浅浅的绯红。他突然发现,林槐夏已经不是印象里的小丫头片子了,她长大了,眉眼也长开了。

莫名有种自家妹妹初长成的自豪感,可他又开始担心起来,小丫头长那么漂亮,学校里那帮臭小子会不会把她带坏,带着她早恋?

也不知道哪家的猪会拱他家这棵翡翠白菜!

正想着要不要教育教育她,让她在学校好好学习,不要想那些乱七八糟的事,方渡便见林槐夏仰着脑袋,眼睛亮盈盈的:"哥哥,你演讲稿背好了吗?一会儿你上台,我能不能和同班同学说你是我哥?"

方渡收拢思绪,回她:"和别人说这些干什么?"

"长脸啊!我哥可是优秀学生代表哎!"林槐夏骄傲地扬着下巴尖,弯起眸,"以后你罩我!"

方渡垂眸睨了睨她。他家丫头这么傻……应该不会早恋吧……

他笑了笑:"我可罩不住你。"

"不会的。郑昊他们都被你降住了,你在高中肯定也是大哥!"林槐夏星星眼。

郑昊是他们初中时校里有名的混混,刚开始总爱欺负方渡。后来莫名其妙,他带着一帮人管方渡喊"大哥",林槐夏不清楚发生了什么事。但方渡那么厉害,她也不觉得意外。

方渡轻哂:"行,我罩你,争取不让你被老师找家长。"

"你!"

林槐夏初中时老被叫家长。林奶奶腿脚不方便,有时方清会替她去。后来次数太多,方清也忙不过来,林槐夏的家长就变成了方渡。

老师一开始也不满让个小孩过来,但是方渡这人靠谱,还降得住林槐夏。老师之后便也习惯了,干脆睁一只眼闭一只眼。

"我现在是大孩子了,才不会那么幼稚,被老师叫家长。"林槐夏怒气冲冲地瞪他。

方渡敷衍地点点头,眉宇间含着笑意。

"哼!"林槐夏决定和这人绝交一天。

只不过几个小时,林槐夏便和方渡重归于好了。

方渡作为优秀学生代表,要在开学典礼上上台演讲。由于老师要求,他没有穿校服,而是一身白衬衫西裤。

那还是林槐夏第一次见他穿白衬衫。林槐夏一直都知道方渡长得很好看,可他穿白衬衫的模样更加惊艳。

挺括的衬衫衬得他身材挺拔,霁月清风。少年的眉眼精致,在灯光下越发耀眼。他调整着话筒位置,目光有一搭无一搭地看向台下,似乎是注意到她的位置,方渡弯起眸,朝她清浅地笑了一下。

舞台的灯光打下,仿佛在他身后荡漾开层层光晕。

原本喧闹的礼堂内一下子安静了,所有人都不由自主地被他吸引住目光。

开学典礼结束,她颠颠地跑去找方渡,满脸洋溢着喜悦之情:"哥哥,你刚刚在台上好帅啊!"

方渡正在后台和同学说话,看到林槐夏,他朝同学比了个手势,转身朝林槐夏走过去。

"你们放学了？"

林槐夏点点头，说："老师说明天正式上课，今天可以回家啦。你们呢？"

"我们照常放学。"

林槐夏不开心地歪了下头："那我怎么办？"

方渡想了想："吃完午饭去图书馆等我？"

听到能和他一起回家，林槐夏弯起眸，说："好呀。那我们去吃午饭吗？"

正好是自由活动时间，方渡点点头："好。"

方渡带她朝食堂的方向走。路上不时有人和他打招呼，而且大多是女生。

林槐夏看着那一张张陌生的面孔，不禁感慨："看吧，我就说你在这里也是大哥！"

方渡好笑道："都是同学。你在这儿待一年，也会认识这么多人。"

"是吗？二中真好！"林槐夏美滋滋道，"我今天也交了很多朋友哦！她们知道你是我哥，都很羡慕我呢。"

"是吗。"

"是呀。"林槐夏扬起下巴，小模样十分骄傲，"都羡慕我有这么优秀的哥哥！"

方渡轻轻笑了一声。

林槐夏见他没当真，立马道："你好适合穿白衬衫，你今天在台上特别好看！"

方渡歪着头睨她一眼，耳尖不由得染红。林槐夏每次夸他的时候眼神都特别真诚。他都招架不住，更别提学校里那群臭小子了。

想起刚刚遇到的同班男生挤眉弄眼的模样，他就来气。

"小槐夏。"

"嗯？"

林槐夏正喋喋不休，听到方渡叫自己，连忙止住声，疑惑地仰起头。

"在学校好好学习,听到没有?不许想乱七八糟的事。"

一听"学习"二字,林槐夏立马耷拉下眉眼,朝他摆摆手:"知道啦知道啦,真啰唆。"

方渡蹙了下眉:"你知道'乱七八糟的事'指的是什么吗?"

"知道呀。"林槐夏笃定地点点头,"不就是不要和同学打架爬树逃课嘛。我都多大啦,才不会做那些事呢。"

方渡:"……"

果然,他家丫头是傻的。

方渡清了清嗓子,扭捏道:"离其他男生远一点,听到没?"

林槐夏歪歪脑袋:"为什么呀?"

方渡也不知道该怎么跟她解释这些。

按理讲,这种事不该是他教她。

他尴尬地摸摸后脑勺:"总之,好好学习,不要想其他的。"

"知道啦知道啦。"林槐夏最不喜欢听"学习"两字,回答得很敷衍。

方渡点点头,没再多说什么。林槐夏天天就知道傻玩,估计也不会早恋。是他太多心了。

正要换个话题,方渡便听林槐夏问:"哥哥,你谈恋爱了吗?"

方渡差点被口水呛到。他清了清嗓子,难掩震惊:"你在说什么?"

林槐夏眨眨眼:"我同学叫我问你的,怎么了吗?"

"没、没事。"

"那你有喜欢的姐姐吗?"林槐夏好奇地问。

方渡冷漠脸:"没有。没兴趣。"

"我就说嘛!"林槐夏弯起眸,"我说没有,她们都不信。"

"不要总和别人讨论这些,好好学习。"

林槐夏见他又像个老妈子一样念叨自己,十分扫兴:"都说了知道啦,你怎么那么烦!"

"还有,"方渡顿了顿,一板一眼道,"考上大学之前,不许谈恋爱。"

林槐夏眨眨眼，蓦地咧嘴笑了起来："我有哥哥就好啦，我才不要谈恋爱。"

…………

方清走的时候，是方渡人生最晦暗的时刻。那会儿他在读高二。

那天放学，他像往常一样和林槐夏一起回家，两人约着周末让方清带他们去划船。结果刚到家，他便见到邻居阿姨急匆匆地等在门口。

方渡心里腾起不好的预感，急匆匆问她发生了什么事。

阿姨着急地和他解释，可越说越快，方渡听不懂苏镇话，混乱间，只听到了方清的名字。

林槐夏很快反应过来，朝方渡道："方姨出事了，赶快去医院！"

方清是不稳定型心绞痛引起的猝死。

人送到医院，没抢救过来。

早上方清还笑盈盈地叫他早点回家……怎么会……

他突然想到这几天方清偶尔会说自己心脏不舒服，但是两人手头钱不多，她一直不舍得到医院看病，总是笑着和他说，休息休息就好了。

要是他态度坚决点，是不是就不会出现这种事了？

方渡捂着脑袋，他的大脑一片空白，整个人像是丢了魂魄一般跌坐在病房外。

他不知道该去怎么接受这件事，他不想接受。明明早上两人还说过话，她怎么可能走。

方渡的思绪很乱，他想到程文谨，想到程栖泽，想到程鸿晟……

所有人都离开了他，现在他真的，只剩自己一个人了……

方清在苏镇没有亲戚，只有方渡和她相依为命。

之后的事，都要由方渡来处理。很久以后想起，方渡都不知道自己那段时间是怎么度过的。

那时他只有十六岁，却经历了生离死别。

他给方清办了葬礼，有人来哀悼，有人来送别，方渡木然地接受着其他人的惋惜与遗憾，但那种悲痛不发生在自己身上，永远不知道到底有多痛。

那段时间他沉默寡言，拒绝与任何人接触。即使林槐夏来安慰他，他也不愿见她。

他的天塌下来了。

与他相依为命的母亲离开了，从此以后，他彻底孤身一人。

他不明白命运为什么总爱和他开玩笑，明明他努力成为更好的人，努力与人为善，可他的父亲背叛了他，他的母亲离开了他，现在无依无靠。

方渡每天除了上学就是去方清安葬的地方陪她。那里只简单竖了个石碑，他就那么发着呆，一看一晚上。

林槐夏怕他难过，总是会跟他上山。

方渡不想她跟着自己，便骗她山上有鬼。林槐夏最怕这些东西。可她不愿让方渡一个人，那样看着太可怜了。

她不肯走，就紧紧靠着方渡坐着。

方渡不理她，她也不打搅他。

她知道方渡很难过，可她不想他那么难过，她对方渡道："奶奶说方姨只是去了很远的地方，不要难过呀。她在那边一定也希望你开开心心的。"

方渡沉默地看着石碑上刻的字。就连那两个字都是冰冰冷冷端端正正的楷体。

过了很久，他哑着嗓子问："你懂什么叫'去了很远的地方'吗？"

林槐夏抿住唇。她抱住膝盖，沉默许久，轻声道："奶奶说爸爸妈妈也去了很远的地方。我知道我再也见不到他们了。可是他们一定在看着我，希望我快快乐乐的吧？"

她仰起头，看向夜幕中的星辰。广袤的天空上繁星璀璨，静静地闪烁着光芒。

方渡微怔。

他一直觉得林槐夏单纯，没有烦恼。可很多东西她似乎都清楚，只是不愿说出口，叫身边人担心罢了。

林槐夏握住他的手,弯了弯眸子。她的笑很清浅,不似往常那般明艳,却莫名有种安抚人心的作用。

　　"哥哥,不是还有我和奶奶陪着你吗?我们都是一家人,以后我照顾你呀。"

　　"你照顾我?"方渡轻笑出声。

　　这还是这么长时间以来,林槐夏第一次见到他的笑容。

　　林槐夏煞有介事地点点头:"我长大了,以后我照顾你,好不好?"

　　方渡垂眸望向她,她的目光是少有的认真。

　　是了。他们是一家人。

　　他并不是孤单一人,他明明还有妹妹和奶奶。

　　"过来。"方渡朝她招招手。

　　林槐夏疑惑地眨眨眼,往他身边挪了挪。

　　方渡将她抱进怀里,林槐夏怔然,而后,慢慢环住他的背。

　　"哥哥,以后我来照顾你,好不好?"她又轻声问了一遍。

　　方渡轻轻笑了一声。

　　心底的阴霾像是裂开一道口子,一束清浅的阳光照射进来。他并不是孤身一人,方清也一定不愿看到他如此萎靡不振。

　　方渡紧紧抱住林槐夏:"小槐夏,谢谢你。"

　　自此以后,他们成为真正的一家人。

　　方清去世后的一个月,程文谨才派人来探望。

　　他远在美国,连人都没回来。方渡看到他的秘书,一言不发地关上门,并不愿看到他们。

　　秘书敲了敲门,向他解释:"阿渡,程先生在新西兰开会,没法赶回来。他听说了夫人的事,十分难过。只是无法抽身而已。"

　　方渡没有搭理他。

　　"程先生想接你和夫人回去。"

　　回去?回哪里?

　　自从他和方清搬到苏镇后,程文谨从未来找过他们。

都说程文谨虽然心狠手辣,却实打实地爱妻子。可方渡感受不到他的爱。他是为了方清放弃争夺家产,可也没见他多关心方清。如果他真的爱方清,就不该做出那种害得程家妻离子散的事。

他爱的永远是自己罢了。

"阿渡,先让我进去可以吗?"

方渡没应声。

"程先生嘱咐一定要把你接回去。你如果不开门,我们只能在这里等到你同意。"程文谨的秘书慢条斯理道。他清楚,方渡一定会给自己开门。

方渡不愿他们站在自己家门外丢人,顿了顿,他打开门,让门口的人进到院子。

"在这说完,你们赶快回去。"

男人笔直地站在他面前,慢条斯理道:"阿渡,程先生现在定居美国,他其实一直想接你和夫人过去。但是夫人不同意。现在你一个人在这里人生地不熟,程先生希望你可以和他移民。"

"人生地不熟?我对他住的地方才不熟吧。"方渡轻哂。

"阿渡,血浓于水。不管怎样,程先生都是你的父亲。"

"我没有父亲。"方渡一字一顿地纠正他。在他心里,程文谨做出那样不堪的事情的那一刻,就已经不配被称作父亲了。

"阿渡!"男人皱起眉,"不要这样说程先生,他很想念你。"

"想念我?"方渡冷笑一声,他再也绷不住,多年积攒的怨恨从心底泻了出来。

他双眼猩红地抬起头,死死盯住男人:"他如果真的心里有我和母亲,就不会做出那种伤天害理的事,就不会和我母亲离婚,就不会害得我们躲到这个人生地不熟的地方,我母亲也不会死!我和母亲这几年是怎么过来的,他清楚吗?现在和我提亲情?你们不觉得可笑吗?!"

"阿渡,听我说。"男人伸手按住他的肩膀,沉声道,"过去的事已经过去了,程先生也很悔恨。至少给程先生一次弥补的机会。"

不论发生什么，他的声音一如既往的平淡。

方渡不喜欢他，甚至讨厌他，就像讨厌程文谨那样。他们根本没有常人的感情，却摆出一副怜悯的表情，只让人觉得恶心。

"更何况，你在这里一个人，经济来源都没有，怎么生活？你需要程先生，程先生也需要你，乖乖听话，和我们回家，好吗？"

"我就算死在这里，也不需要他！"方渡双眼怒气冲冲地瞪着他。

"哥哥？"门口传来甜甜的一声，打断两人的对话。

方渡看到站在门口的林槐夏，正一脸疑惑地望着自己。他将更难听的话收了回去，原本失控的理智也渐渐收拢。

他敛起愠怒的神色，温和地问她："你怎么来了？"

"奶奶让我叫你去吃饭。"林槐夏跑到他身边，小心翼翼地打量了眼他面前的几个男人。

那些人穿着黑色西装。林槐夏只有在方清的葬礼上，才看到过穿着西装的人。

大概是来悼念的人吧。

方渡将林槐夏拉至身后，不想让她接触程文谨的人。在他看来，跟程文谨混在一起的人，没一个是好人。

他沉声对面前的男人道："我的家就在这里，你们回去吧。"

比起那个所谓的"家"，这里才是他真正的家。

意识到喜欢，是在高二的下半学期，快要接近尾声的时候。

彼时方渡孑然一身，成为林家一员。

每天早上叫林槐夏起床，一起去上学，晚上林奶奶会给两人做好晚饭，吃过饭他们一起帮林奶奶收拾，一起写作业。他们俨然成为一家人，日子逐渐恢复平淡而温馨。

经历过太多变故，这样平淡温馨的时刻变成了奢侈。方渡不敢奢望未来一如既往，只是小心翼翼珍惜着如今的每一天，虔诚地期盼着林槐夏可以如此平淡而又开心地长大成人。

在他和林奶奶的悉心呵护下，林槐夏确实如他所愿，单纯而又幸福地成长着。

可方渡却没法忽视她的变化。随着年龄的增长,林槐夏不再是印象里那个软糯糯的小丫头,少女初长成,褪去婴儿肥,五官越发明艳动人,身材窈窕婀娜。

心底隐隐有了别样的情感,他努力无视,却无法做到。

高二下学期某天放学,林槐夏突然叫方渡给自己写信。

方渡拒绝了。

林槐夏挺不高兴:"为什么啊?你们高一语文课上老师没有要求写信吗?你为什么没有给我写?"

"只是个作业而已,随便写的。"方渡淡声解释,"每天还要给你改作业,哪有时间写这些。"

"可是……"林槐夏不满地扬起尖翘的下巴,"可是……"

她"可是"了半天,也没找到合理的理由强迫方渡给自己写信,绞尽脑汁思索半天,才想到个理由:"可是翁明洋都给我写了!"

"翁明洋"这个名字方渡并不陌生,小学初中和林槐夏都是同班同学,林槐夏没少向自己控诉他欺负自己的"恶行"。他高中也在二中读,只不过他比林槐夏成绩好点,在实验班。

为了证明自己没有骗他,林槐夏把书包翻到身前背着,从里面摸索片刻,找到一个浅粉色的信封:"喏,你看,我还没拆呢。"

她把信封递给方渡:"我们作业要写信,我本来想写给你的。你要是不愿意,我就给他回一封。"

说完,她还傲娇地哼了一声。

方渡捻着她递来的信封,垂眸看了半响。信封上端端正正写着"林槐夏收"几个字,背后还贴了一个可爱的贴纸。

"他为什么给你写?"方渡问。

林槐夏也没思考过这个问题,歪着脑袋思索片刻:"可能良心发现,打算和我道歉吧!"

方渡轻哂。十几岁的男生什么心思,他最懂。

"你还没看?"

林槐夏点点头："没看呀。喏，我还没拆开呢。"

他的指尖微微用力，原本被少年保护得很好的信封压出皱褶。

方渡抿了下唇，慢条斯理地和她讨价还价："你不看他的，我就给你写。"

"真的？！"林槐夏眼睛亮了亮。

方渡点头："我什么时候骗过你？"

正好路过垃圾桶，他转手将手中的信封扔了进去。

林槐夏惊讶地阻止了他的动作："你做什么呀！"

"你又不看，留着做什么？"方渡语气淡淡，努力装出一副不甚在意的模样。

"可好歹是别人写给我的，扔掉不太好吧？"

方渡想了想："以后我每个学期给你写封信，这个扔掉，怎么样？"

听他要每学期给自己写一封信，林槐夏欣喜地将翁明洋抛到脑后。她伸出小指，眼睛弯成两道月牙儿："拉钩。"

两人坐上公交车回家。

回程人不多，林槐夏拉着方渡在后排的双人座坐下。车上太闷，林槐夏站起身，越过方渡打开车窗。

正好车子遇上红灯，林槐夏没有站稳，身子往前倾了倾。

少女柔软的身体触碰到他。方渡怔了怔神，下意识往后躲了躲："你在干什么？"

"开窗户呀。"林槐夏不明就里。

"让我开不就好了？"

"你开我开有什么区别吗？"

林槐夏"喊"了一声，打开窗户。

清风顺着微敞的窗户灌了进来，方渡觉得好受了些。还没等他反应过来，林槐夏又紧挨着他坐下。

她压根没有注意到自己的变化，举手投足间还像小时候一样毫无边界。

少年情窦初开，羞耻于自己难以启齿的坏心思，只好在她想要靠近时悄悄与她拉开距离，却又不由自主地捏捏汗涔涔的掌心。

林槐夏不明就里，问："你怎么了？"

"没什么。"方渡挺了挺脊梁，紧紧靠着窗户坐着，似乎并不愿搭理她。

林槐夏自顾自地腹诽，明明刚刚还好好的，怎么突然又很嫌弃她的样子？

她盯着方渡看了半天，却看不出任何端倪。林槐夏鼓了鼓腮帮，决定和他绝交一晚，并在吃晚饭时将他的"恶行"告诉了林奶奶。

林奶奶笑吟吟地看向方渡，和蔼的目光透着睿智的光芒。方渡知道林奶奶看出了端倪，不知所措地埋头吃饭，沉默不言。

"奶奶你看他！逃避话题！"林槐夏不满控诉。

林奶奶乐呵呵道："你也是，没事总黏着阿渡做什么。你俩都是大孩子了，要有自己的空间。"

"啊，什么自己的空间，奶奶你总向着他。"林槐夏噘起嘴，故意往方渡身边靠，果不其然，他又不着痕迹地和自己拉了距离。

好气。一会儿饭碗全给他洗。

林槐夏愤恨地生着闷气，就听林奶奶问方渡："阿渡在学校有喜欢的姑娘啦？"

方渡沉默，不知道该回答"是"还是"不是"。

林槐夏咬着筷子，满眼好奇地看向他："是不是你们班那个班长，我看你总和她说话。"

林奶奶道："你知道还总黏着阿渡，以后阿渡找不到女朋友，怪你啦？"

"我——"林槐夏噎了噎，小声嘟囔，"他找不到女朋友，怪我做什么。"

"再说了，是他说要好好学习的，"林槐夏有点不开心，但她也不知道为什么，只将剩了半碗的米粥往前推了推，恹恹道，"光叫我好好学习，自己想这些乱七八糟的哦。"

林奶奶咯咯笑出声。

她叹气，给林槐夏夹了条小鱼："确实，你们两个都是要考大学的。先好好学习，其他的上了大学再说。"

"就是就是，阿婆说你呢！"林槐夏对着方渡指指点点。

方渡沉默地"嗯"了一声，对林奶奶道："我没考虑过那些。"

林奶奶也给他夹了条小鱼，盯着他看了半晌，眼角笑出几条皱纹："我们阿渡这么好，以后肯定疼媳妇。真不知道是哪家闺女这么幸运。要是我们小槐夏就好咯。"

林槐夏正偷摸摸地把碗里那条并不喜欢的小鱼夹给方渡，听到林奶奶说的话，她筷子一顿，瞪起眼："奶奶你不要乱说！"

林奶奶笑意更甚。

林槐夏面红耳赤地看了看方渡，生怕他当真："我……我黏着你是把你当哥哥，不是那种喜欢呀！"

方渡自然没有当真，淡声对林奶奶道："槐夏值得更好的。"

"就是就是。"林槐夏连忙附和，"等我考到帝大，肯定认识好多好多比你还要优秀的男生。到时候想让我黏你我还不黏呢。"

想到这儿，林槐夏的气消了一半。就是的，以后求着自己，自己都不黏他！

方渡轻轻笑了声，没说话。

林奶奶笑眯眯地望着对面两人。

吃完饭，方渡帮林奶奶收拾厨房。

"槐夏这孩子，真是浪费。"林奶奶将林槐夏吃剩下的小鱼和粥倒进垃圾桶，不免念叨。

"她挑食得很。"方渡笑了笑，接过林奶奶手里的碗，放进水池清洗。

"哎哟。"林奶奶起身时不小心抻到腰椎，疼得吸了口凉气。

方渡见状，连忙放下手里的活儿，扶住林奶奶："您没事吧？"

"没事没事，一把老骨头了。"林奶奶轻描淡写地开着玩笑。

方渡搀扶着她坐到一旁的椅子上："您好好休息，这里我来收拾就好。"

"麻烦你了。"

林奶奶坐在椅子上,揉了揉闪到的地方。她从旁边拿了把蒲扇,慢悠悠地扇着,目光落在方渡身上。方渡手脚麻利地洗完碗筷,又将灶台清洗一遍。

林奶奶越看越满意,这要是让林槐夏来收拾,能把厨房弄得更乱。她不由自主弯起眸子,连着眼角都笑出几条皱纹。

"阿渡。"她轻轻唤了一声,慢悠悠说道,"如果奶奶走了,帮我照顾好小槐夏,好吗?"

方渡动作一顿,微微敛眸,小声道:"您不要说这种话。"

"你是大孩子了,没什么不可说的。"林奶奶摇了摇蒲扇,"她年纪小不懂事,你多照看着。"

"您放心,我会好好照顾她的。"

林奶奶点点头:"她现在不懂事,以后就懂了。你也不用着急,有些事还不是时候,等你们考上大学了再说。"

"奶奶——"

"奶奶虽然年纪大了,可眼睛亮着呢。你瞒不住我,"林奶奶像个孩子般扬扬得意地笑起来,"把槐夏交给你,我也就放心了。"

少年心事泄露的那一刻,方渡紧张得心脏跳到嗓子眼。他紧紧捏住手中的盘子,双手浸在凉水中,脸颊却滚上烫意。

他的声音很小,小到只有自己能听见:"……不是您想的那样。"

方渡无法接受自己心底日益滋生的情感,像是肆意疯长的野草,野火烧不尽,春风吹又生。

他该将她当作妹妹般照顾才对,不该有任何杂念,但心底最深处的叫嚣,最真实的渴望,没有那么纯粹。他恨透了这样的自己,贪婪的,自私的,肮脏的。

他不配喜欢她。

方渡尽力隐藏着自己,可是越压抑,复杂的情感越是在心中蔓延。他不否认自己对她的喜欢,却又不敢声张。他清楚,林槐夏年纪还小，未来会遇到更优秀的人。他不能用自己所谓的喜欢禁锢她。

直到十八岁生日那晚，两人等林奶奶睡着后，悄悄跑到后山的凉亭一起过生日。

自从上高中以后，两人每年都会同一天过生日。时间久了，有时连他们自己都会觉得两人是同一天生日。

方渡给林槐夏买了块小蛋糕，特意在上面插上数字"18"的蜡烛。他知道，林槐夏一直想快快长大成人，想要过十八岁生日。

林槐夏很喜欢他准备的蛋糕。她满心欢喜地点燃蜡烛，双手合十，许出她的生日愿望。她闭着双眼，摇曳的烛光映在她的脸上。

她满是虔诚地许愿："希望我可以和阿渡哥哥一直在一起，做他的妻子。"

她的声音很轻，带着小心翼翼的试探。而后，林槐夏睁开眼，目光盈盈地望着他。

清风拂过，光影摇曳。

全世界一瞬间无声无息。

方渡的心脏仿佛跳到了嗓子眼，他怔然地垂着眸，似乎想从林槐夏的眼神中看出一丝玩笑的意味。

可她就那么静静地望着他，神情中满是期许。

"扑通扑通……"

心跳愈来愈烈。

他的大脑一瞬间变得空白。

少年情窦初开时的幻想，悉数变成现实。

原来她也喜欢自己。不是把他当作哥哥的那种喜欢。

方渡很想答应她的愿望，很想很想。他想拥抱她，告诉她自己炽烈的欢喜。

可是他不行。

方渡保持着最后一丝理智。林槐夏年纪小，或许根本没有搞清自己的喜欢是哪种喜欢。他不想仓促地答应她，不想等她想清楚后却被他桎梏，不想她后悔，不想被她讨厌。

那时的他过于胆小。他怕迈出这一步,便是万劫不复。

思忖片刻,方渡语重心长道:"小槐夏,你还小,认识的人还少,所以才觉得自己喜欢我。等你上了大学,会见到更广阔的世界,认识更优秀的男生。等那个时候,如果你还觉得喜欢我的话,再许这个愿。"

他愿意等,等她清楚自己真正的心意后,再换他来表白。就算她不再喜欢他,也没关系。他愿意默默守护着她,看她幸福。

可林槐夏却将他的话当成了拒绝。

她被他惯坏了。她不想听大道理,也不想等什么以后,她只想让方渡立刻答应自己。

可她越是这样,方渡越认为她没有想清楚自己的感情。他让她再好好想一想。

林槐夏哪还听得进去这些,她号啕大哭,哭得撕心裂肺。

方渡一瞬间慌了。

他不知道自己做的到底是对是错,那一瞬间,他甚至想把她抱进怀里,哄她不要再哭了,他会实现她所有的愿望。

他伸出去的手顿了顿,最终落在她的头顶,轻轻揉了揉她的头发:"乖,哥哥给你买糖吃,不哭了。"

林槐夏蜷作一团,压根不理会他。

"谁要你当哥哥。"她吸了吸鼻子,含着哭腔,"我不想看见你,这辈子都不想再看见你了。"

方渡知道她生气了,却又无可奈何。他叫她在原地等自己,山脚下卖梅子糖的老爷爷还没走,他去给她买糖。

等他找到卖糖的爷爷,却没注意到疾驰而过的汽车。

白茫茫的光遮盖了他所有的视线,耳边是刺耳的鸣笛声。

他下意识地抬起掌心遮挡刺眼的光芒。

他不畏惧死亡。

他只是遗憾,没能在死前向她袒露心迹。

02 程栖泽

"泽哥,今天训练怎么没去?"齐家坤火急火燎地跑回班上,用校服袖子擦掉额头的汗。他另一只手抱着足球,身上能看出在球场上摸爬滚打的痕迹。

程栖泽抬起眼皮,懒洋洋地睨他一眼,而后收回目光,漫不经心地收拾着书包。

"退队了。"

"啊?"齐家坤难以置信地瞪大眼睛,三步并两步跑到程栖泽身边,抬起胳膊搭在他肩上,"为什么啊?你不是说未来要当下一个C罗。怎么……怎么先帝创业未半,中道退队了?"

也不知道齐家坤的家庭教师周末逼着他背了什么,说话总是拽一些半文半古的东西。

程栖泽懒得搭理他,将收拾好的书包随意挎到身后,拽拽地丢下一句:"学习。"

齐家坤挠了挠头。

对于他们这些富家小少爷来说,学习是最不可能的事。他在家排老三,头上两个哥哥早早地培养成家族继承人,而他没有一丝继承人的气质,早就被家里大人放弃了。

齐家坤对此十分满意,人生规划就是当个游手好闲的公子哥,做自己喜欢的事,反正天塌下来上面好些人帮他顶着。他愿意背那些根本看不懂什么意思的古文,也是为了在朋友和女同学面前显摆。

程栖泽的情况其实和他差不多。程栖泽顶头有个哥哥,程家也是把他哥当作未来继承人培养。他们兄弟两人感情很好,程栖泽对家族企业丝毫没有想法。

在他看来,每天学一些不明就里的知识,时刻在外人面前保持着有教养的假面孔,甚至还要因为一点小事被罚在祠堂跪一宿,这种事,也就他哥可能应付得来。

他才不想做这些,他想活得肆意潇洒点。

所以程栖泽对学习这类事一直没兴趣。他更喜欢和朋友一起出去玩，去踢球去打牌，去别人家捣乱，当他的孩子王。反正身后有他哥包庇他，他只用做他觉得开心的事，不用思考太多。

齐家坤不知道程栖泽怎么转了性，转投了他们最大的敌人——学习的怀抱中。

"你怎么突然要学习了啊？这是巨星的陨落啊！"齐家坤"含泪"感慨。

他倒不是真抱希望程栖泽会成为新一代C罗，只不过下次父母骂他不好好学习的时候，他没法把程栖泽拉出来挡枪了。

程栖泽不屑地睨他一眼，懒得搭理，越过他走出教室。

齐家坤见程栖泽离开，随手将课桌上乱七八糟的东西一股脑塞进书包，拉链还没拉好，就拽着书包追上程栖泽。他并排走在程栖泽身边，程栖泽看上去怪怪的。

说不上哪里怪，好像话少了，看他的表情也像是在看傻子。

齐家坤默默嗤了声，心想这就是叛逆期吗？开始装酷装深沉了？

他苦思冥想，突然想到一个理由："不会是渡哥走了，你爸妈开始逼你学习了吧？"

程栖泽突然停下脚步。

齐家坤差点撞到程栖泽背后的书包。齐家坤抬起头，程栖泽已然转过身，居高临下地瞪着他。

到底是少年心性，也不懂如何掩盖自己的情绪。程栖泽的愤怒一览无遗，仿佛下一秒能将眼前的人生吞活剥。

齐家坤被程栖泽吓了一跳。虽然他们是好兄弟，但他还是偶尔会怕程栖泽的。

毕竟程栖泽是他们这圈人里的老大，谁也不敢真的惹他。

"滚。"程栖泽再也压不住情绪，怒气冲冲地吼了一声。

对于他来说，"程渡"是禁忌词。

从学校出来，程栖泽坐上家里的车。

上车时，他下意识坐到最里面，看到司机关上门后身旁空落落的座位，他微微怔了片刻。

他很快回过神来，不屑地嗤了一声，将书包扔到旁边的位置上。

"张叔，我要去天文馆。"程栖泽对司机道。

张叔从后视镜看了看他："少爷，二夫人让您早点回家。"

"天文馆能有什么危险？"程栖泽没好气地回。

张叔沉了沉声，启动车子。

天文馆离学校不远。程栖泽喜欢天文，程鸿晟便出资赞助市内最大的天文馆重建。为表感谢，程家人在闭馆后也可以随意进出。之前，程栖泽每周五放学都会赖着程渡陪自己去天文馆玩。

天文馆有个穹幕厅，模拟真实的星空，十分漂亮。他俩会在那里待到很晚，聊学校里的趣事，聊梦想，抱怨家里的大人管得太严。

大多时候是他在讲，他哥哥听。他不论说些什么，程渡都很包容他，无条件支持他。

那是他每天最开心的时候。

程栖泽把椅子推开，在正中央挪出一片空地。他把书包扔在地上，用书包垫着脑袋，直接躺在冰凉的地板上。

他在家是绝不能这样做的。

但在这里，随心所欲。

他把这里想象成一片辽阔的草原，他随心地躺在上面，入目是整片星空。斗转移星，广袤的星空沉静地、按部就班地变换着。大自然的万物永远不会因为一个人的喜悲而出现偏差。

它就那么静静地，俯视着他。

只有这里，程栖泽才能享受片刻的安静。

程栖泽把双手枕在脑后，深深呼了一口气，慢慢地闭上眼。

整个穹幕厅中悄无声息，只有他一个人。

这次，只有他一个人过来了。

以后也只会是他一个人。

程栖泽皱了皱眉。

这几天家里发生了太多事，他不知道该怎么消化。以前遇到这种情况，他会分享给程渡，会把心里所有的不解和牢骚说给程渡听。

每次程渡都会耐心倾听，给出意见。

程栖泽一直把程渡当作启明星一般的存在。

值得信赖，可靠。

可如今，自己唯一信赖的人却背叛了他。

傅静安总是教导他，人都是为了自己的利益而活，让他离程渡远一点。

他一向对她的说法不屑一顾。在程家长大，他见惯了大人之间的阳奉阴违，尔虞我诈。可他却一直不相信程渡会这样对自己。他们是亲兄弟，同吃同住，互相分享对方的秘密，也同样厌倦了大人之间的表里不一。

他以为他们会这样一起长大，他对程家继承人的位置没有兴趣，对程渡没有威胁。他们之间不会出现兄弟相残的情况。可他却没想到，程渡的父亲竟然为了争夺家产，用卑劣的手段陷害自己的父亲，致使程文慎下半生都要在轮椅上度过。

——他们也是亲兄弟，为什么可以做出这样卑劣的事？！

原来，在巨大的利益面前，人心经不起考验，亲情更是不值一提。

程栖泽恨，恨程文谨毁了所有人的生活，也恨自己软弱不堪。他向来对程家继承人的位置嗤之以鼻，但看到这些人为了那个位置，踩着别人的尸体向上爬的时候，他意识到，只有真正坐到那个位置上，才不会被人伤害。

这个世界本就弱肉强食，只有站在最顶端，才不会成为任人宰割的羔羊。

没有人是真正可以依靠的，包括亲兄弟。

程栖泽忽地睁开眼。

他的神色狠戾，满目星空映入眼帘，却在他的眸中熄灭。

他绝不会原谅程文谨，他要为他父亲报仇。

他要走到程家最高的位置，俯瞰所有人。

"泽哥竟然叫我滚？这是他该说的话吗？！"

齐家坤在别墅区的小花园里，和其他小朋友愤愤地抱怨着程栖泽的恶行。

他们虽然不学无术，但教养使然，绝不会对其他人说脏字，更何况是好兄弟。

对于齐家坤来讲，程栖泽的行为简直十恶不赦。

"活该，谁让你嘴欠。"一旁的乔灵均得意扬扬地打击他。

"乔灵均，这儿有你什么事！"齐家坤扬起语调，远远地瞪乔灵均一眼。

他们几个男生说话，她个小丫头片子搭什么话！

齐家坤像个大爷似的溜达到乔灵均身边，宋荷正在给乔灵均梳小辫儿。齐家坤嘻嘻一笑，伸手拽了下她的辫子。

"齐——家——坤——"乔灵均生气地大叫。

宋荷也瞪他："齐家坤，别乱动。"

齐家坤嬉皮笑脸地朝两人做了个鬼脸，见乔灵均伸手打他，他以迅雷不及掩耳之势朝后蹦跶了一步。

好在齐家坤对宋荷有几分敬畏，他没再动乔灵均的头发，却不忘打嘴炮："梳什么小辫儿，梳完也丑！"

乔灵均"哇"的一声哭了："齐家坤！我要告诉齐叔叔你欺负我！"

"就会告状。"齐家坤又做了个鬼脸，"告状鬼。"

乔灵均哭得更凶了。

宋荷叹口气，安抚她："乔妹儿梳完小辫子可漂亮了，别听臭小子的！"

听到"漂亮"二字，乔灵均止住哭声，吸吸鼻子："真的吗，宋荷姐姐？"

"是呀，等梳好了，我拿镜子给你看，好不好？"宋荷弯起眸子，"小淑女是不会哭鼻子的哦。"

乔灵均最听她的话，开心地点点头。

宋荷将齐家坤弄乱的头发重新整理好，编了个公主辫。她的指尖在乔灵均的发丝间快速穿梭着，一边安抚乔灵均，一边对齐家坤道："你知道阿泽为什么生气吗？"

齐家坤摇摇头。

他盯着宋荷灵动的指尖，一时间失了神，不由自主地思考起来自己的头发能不能也编辫子。

"阿泽家里出了那种事，你还敢当着他的面提渡哥？"

圈子就那么大，什么事都传得快，但是大家也没太往心里去。他们从小就清楚这个圈子的尔虞我诈，谁家都不干净。现在嘲笑别人，最后可能自己才是最大的笑柄。

更何况那是程家。

"唔……"齐家坤挠了挠头发，"泽哥说他不在乎啊。"

宋荷白了他一眼。

齐家坤这才意识到自己说错了话。他比了个掌嘴的动作："我一会儿去和他道歉。"

"别去烦他了。"宋荷叹气，"记住以后别当着他面提渡哥。"

"知道了。"齐家坤点点头。

"渡哥真的不回来了吗？"乔灵均问。

宋荷沉默了下。她虽然没比大家大多少，但心智比其他人成熟不少，一直是这群人里的大姐大。

他和方清离开的时候，宋荷遇到了他们。她也是唯一一个知道他们要离开的人。

她问了和乔灵均同样的问题。

程渡淡淡地看着她，神色很淡，她却能看出忧伤。他只是轻轻笑了下，和她说："帮我照顾好阿泽。"

而后，头也不回地离开了。

"可能不回来了吧。"宋荷垂了垂眸子，专心帮乔灵均辫辫子。

"他上次还答应了我，带着泽哥一起陪我玩过家家呢。"乔灵均嘟起嘴。

501

齐家坤笑她:"还玩过家家呢,你多大了!"

"怎么了嘛!"乔灵均不满,"我有好多漂亮的洋娃娃,准备请大家过来一起喝下午茶。到时候不叫你,哼!"

两人吵吵闹闹,一时间也忘了最开始聊了些什么。

从小花园分别,宋荷去了趟程家。

得知程栖泽去了天文馆,她只好回家。

宋爸宋妈在家里吵架。宋荷懒得听他们在吵些什么,干脆留了张纸条,让司机带她去天文馆。

天文馆的冷气开得很足。

程栖泽打了个喷嚏,恍恍惚惚地睁开眼。这么些天,这是他第一次睡了个踏实觉。

虽然有点冷。

他揉了揉眼睛,思考着下次过来要不要带件外套,就被眼前那张放大的脸吓了一跳。

宋荷蹲在他身边,双手撑着腮。看他醒了,她弯起眸,咧嘴笑了起来。

程栖泽吓得坐起身,确定不是在做什么噩梦后,他不悦地问:"你怎么在这里。"

"傅阿姨告诉我你在这里呀。"宋荷笑得一派天真。

"你怎么进来的?"

"我和你来过,门口的保安叔叔认识我呀。"宋荷朝他摊开掌心,"喏,他还给我两颗糖呢。都没给你吧?"

程栖泽白了她一眼:"我不吃陌生人给的东西。"

宋荷嘻嘻笑道:"骗你的。这是我路上特意给你买的,拿去吃吧。"

"我不爱吃甜食。"程栖泽再次拒绝。

"爱吃不吃。"宋荷懒得跟臭小子计较,打开一颗塞进嘴里,"唔,好好吃啊!"

她坐到程栖泽旁边,仰起头:"这里好漂亮。怪不得你喜欢这里。"

程栖泽喉咙里嗤出一声，不屑道："你懂什么。"

从她来了，程栖泽说话就带刺儿。他好像对谁都充满了警惕，讨厌别人接近自己。

要不是知道他家里的事情，宋荷才懒得好脾气地跟他讲话。她也轻轻哼了一声，咬碎草莓硬糖。

"哪个是双鱼座啊。"宋荷仰起头，问。

她是双鱼座的。

程栖泽鄙视地看了看她，但还是耐心地在头顶的星空中找寻片刻，指给她看："看到那个四方形了吗？那个是飞马座，旁边的星星组成了双鱼座的一部分，被称作'西鱼'。另一部分在仙女座边上，喏，那里②。"

"仙女座？说的不是我吗。我就是仙女做的。"宋荷眨眨眼，一本正经道。

程栖泽："……"

宋荷又问了好多稀奇古怪的问题。

程栖泽本不想理她，可渐渐地，他开始给她指不同的星座，绘声绘色地讲起天文故事来。

蓦地，他的声音止住。程栖泽敛了敛眸，低下头。

以前他和他哥每次来的时候，程渡都会非常耐心地听他讲故事。那时他会滔滔不绝说一下午，也不嫌烦。

"怎么了？"宋荷见他突然不说话，歪头问道。

程栖泽摇了摇脑袋，没说话。

宋荷道："今天放学齐家坤是不是惹你生气了？"

程栖泽还是没有说话。

宋荷把脑袋抵在膝盖上："我已经说他了，让他不要再跟你提渡哥了。"

"你也不许提。"程栖泽嗤了一声。

顿了顿，他再次沉默。他知道宋荷是来关心他的，他不该语气那么重。

注：② 取自百度百科

宋荷没说话,沉默了片刻,她随口问道:"你是想他了吧?"

少年全副武装的心脏被猛然戳了一下。

程栖泽怔然地歪过头看她。

他恨程文谨一家,恨程渡。但他更恨的,是程渡不告而别。

程渡凭什么自以为是,觉得对不起自己,就再也不见自己了?他为什么不能问问自己的感受?

程栖泽是恨程渡,恨他们家对自己做的事。他想听程渡对自己道歉,他想骂他想打他,可不想他离开自己。

这个世界对于他来讲,是黑的。他是他世界里唯一的光,可这束光,就这么消失了。

程栖泽没回答。

但沉默已经是最好的答案。

宋荷也没说话。她望着不停变化的星辰,很久很久。

过了一会儿,穹幕的影像开始变化,出现一片绿色的极光。

宋荷突然歪过头,漂亮的眼睛弯成月牙,里面盛着满满当当璀璨的星辰。

她握住程栖泽的手,笑吟吟道:"别怕,虽然你哥走了,但我还在呀。以后我就是你姐姐了,我护着你。"

少女掌心温热的触感染在他冰凉的手心中。

程栖泽转头看向她,她的笑容比天空上的星光还要耀眼。

他兀自笑了起来。他仰起头,望向极光中闪烁的星辰。

"你知道北斗七星吗?"他淡声问道。

宋荷皱起眉:"程栖泽,你是不是看不起人?"她抬手指向星空,"喏,不就是那里。"

程栖泽但笑不语。

北斗七星为旅人指引着方向。

代表生命的希望[3]。

注:[3] 取自百度百科

番外二
大学校园篇

周五下午，方渡受帝都大学许弘昌教授的邀请，在帝大有一节关于古建保护的讲座。

林槐夏下班，赶到帝大时，讲座已经结束。

方渡已经下课，正在关投影仪。他今天穿了件白衬衫，是林槐夏前不久买给他的。衬衫剪裁挺括，纽扣被他一丝不苟地系到领口最上方一颗，袖口处缀了两枚精致的铂金袖扣，衬得他整个人气质干净清隽，又不乏一丝贵公子的矜贵。

方渡摘掉鼻梁间的金丝边眼镜，那抹儒雅的气质却依旧不减。他笑容清浅，语气温润如春风："今天就讲到这里，如果大家还有什么问题，可以课下询问。"

台下瞬间窃窃私语起来。

林槐夏眯了眯眼，她双手环至胸前，目光不由得落在他颈间那枚纽扣上，满脑子想的都是解开后的旖旎画面。

她什么时候变得这么色眯眯了？

林槐夏回过神，觉得自己快被方渡带坏了。

坐在教室第一排的许教授走到台前，对下面的学生道："有任何问题可以过来问，如果时间来不及，可以找方教授要个微信，随时联系。"

台下有胆子大的学生扬声问许弘昌："真的吗,老师?"

"当然。"许弘昌严肃地点点头。

得到他的许可,一群学生收拾好书包,聚到讲台前,将那里围得水泄不通。

许弘昌从人群中挤了出来,这届学生对知识的渴求,令他十分欣慰。他眼尖地注意到站在门口的林槐夏,笑容和蔼地朝她颔首。

林槐夏朝许弘昌走了过去,毕恭毕敬地打了声招呼:"许老。"

"好久不见,槐夏。"

许弘昌是林槐夏的研究生导师,也是国内古建保护领域的泰斗级大师。许弘昌的教学风格一向以雷霆著称,但他对林槐夏却有着说不上的疼爱与惜才。

"工作太忙,一直没来看望您。"

许弘昌笑吟吟地朝她摆摆手:"小魏没欺负你吧?"

也就许老敢管她的顶头上司叫声"小魏"。

林槐夏讪讪:"没有,魏老一直很照顾我。"

许弘昌满意地点点头:"你应该早点来的。今天 Eden 的讲座和你的专业相关,你来听一听肯定受益匪浅。"

"有点堵车来晚了,确实可惜。"林槐夏表面附和,实则默默腹诽。前几天方渡在忙事务所的事,稿子里好多内容都是她帮着写的,她对他这篇内容烂熟于心,可不想再听他讲一遍。

许弘昌跟着叹口气,扭头看向围着方渡的那群"求知若渴"的学生。

"这届新生我真是没想到,竟然对古建保护这么感兴趣。"许弘昌感慨,"看来我要多加些这方面的课程规划了。"

林槐夏顺着许弘昌的目光朝方渡的方向瞅了一眼。也不知道围着他的那群女生到底是对知识的渴求,还是对他的渴求。

林槐夏没多说什么,只是应和着许弘昌的说辞,顺便把这群新生夸了一遍。

许弘昌心情愉悦，开玩笑说要给这届新生多加点课堂分。

两人聊了会儿工作上的事，许弘昌注意到林槐夏右手上的戒指。

"我听小魏说你要结婚了，还没来得及恭喜。"

林槐夏顺着他的目光看了眼手上的戒指，笑道："谢谢许老。办婚礼时请您一定要赏光。"

"那是自然。"许弘昌笑声爽朗，"你可是我最得意的徒弟。只不过不知道便宜了哪个臭小子，把你骗回家了？"

林槐夏轻轻笑了一声："魏老没有和您说吗？"

"没，我们那天开会遇到，顺嘴聊了一句，没细聊。"许弘昌道，"你可要擦亮了眼睛找，可不能找个配不上你的。"

"谢谢许老。"林槐夏笑道，"是您认识的人，很可靠。"

"哦？"许弘昌疑惑道，"我认识的人？"

林槐夏点头："嗯，他……"

"你先别说。"许弘昌摸摸下巴，老顽童的秉性上来，非要自己猜，"我来猜猜到底是谁。"

他思考片刻，问："是不是邹宴？你研一的时候他老来我这里念叨你，让我给介绍呢。"

林槐夏眨眨眼："还有这事？我已经很久没见过邹师兄了。"

"哎，看来不是他。"许弘昌遗憾地叹口气，也不知道是替邹宴感到惋惜，还是因为自己猜错了而惋惜。

他又猜了几个人，都是林槐夏的同门师兄。林槐夏根本不知道有这么多师兄对她有意思过，皆是笑着摇摇头。

"哎哟，那还有谁啊。"许弘昌懊恼地皱起眉，"你同事吗？"

"你们在聊什么？"

方渡终于从那堵人墙中解放出来，朝林槐夏和许弘昌的方向走过来。有几个女生想追过来，结果看到许弘昌，纷纷怂了，遗憾地离开教室。

许弘昌看到他，眉飞色舞道："Eden，这是我最优秀的徒弟，林槐夏。你们之前应该见过吧？"

方渡垂眸睨林槐夏一眼,清浅笑道:"嗯。"

林槐夏剜他:"许老在给我讲暗恋我的师兄,好几个呢。"

"哦?"方渡不急反笑,极自然地将她揽进怀里,"有我认识的吗?"

许弘昌见两人亲昵的动作,惊讶得说不出话来:"哎呀!原来是你呀!"

他拍了拍脑袋:"刚看见你戴了戒指,还想问问情况呢。一上课就把这茬儿忘了。"

"没来得及跟您讲。"方渡略带歉意地笑笑。

"恭喜恭喜。"许弘昌笑容爽利,"真不错。我把槐夏交给你也就放心了!"

两人和许弘昌又聊了会儿,许弘昌晚上还有个饭局,没多耽误,约两人下次一起吃饭。

从阶梯教室出来,林槐夏敛起笑意盈盈的模样,故意剜他:"说吧,加了多少个女大学生的微信?"

"没有。"方渡将她揽进怀里,笑意清浅,"吃醋了?"

林槐夏含混地"嗯哼"了一声:"方先生,你可不要忘了自己已经是有妇之夫了。"

她朝方渡摊开手,挑眉笑道:"我要检查检查。"

方渡轻轻笑了下,从兜里翻出手机,解锁放到林槐夏掌心中:"夫人随便查。"

林槐夏并非不相信他,就是故意逗他的。她打开方渡的微信,漫不经心地划拉两下:"要是真有想问问题的怎么办?"

方渡挑了挑眉梢:"许老不比我懂得多?"

林槐夏抿起嘴角,亲了亲他的下巴:"表现不错。"

正准备将手机还给方渡,林槐夏注意到自己是他的唯一一个微信置顶。

林槐夏歪头想了下,问:"你是不是该改个备注了?"

方渡问:"改什么备注?"

方渡把她放在置顶，不管她改什么头像什么名字，自己都不会认错，所以他也就没有改过她的备注名称。

林槐夏思忖片刻，点开自己的资料，找到备注一栏，郑重其事地输入两个字：老婆。

方渡垂眸看着她改的备注，轻轻笑了一声。

林槐夏对这个备注十分满意，刚要点确定，她又想到了什么似的回到输入框，恶趣味地多加了两个字。

——老婆大人。

方渡"扑哧"一声笑了出来。

"以后要听话。"林槐夏弯起眸，满意地点下确定，将手机还给方渡。

"好。"方渡低头吻了吻她的唇，"以后都听老婆大人的。"

时间还早，方渡和林槐夏没有着急回家，打算在帝大校园里逛一逛再回去。

这是方渡第一次来帝大，这也是林槐夏的母校。

林槐夏自觉当起向导，带他在学校里参观。校园很大，他们没法转完所有地方，林槐夏便挑了几个校园内著名的景点以及她常去的地方带他转了转。

"那边有个特别特别漂亮的湖，学校里有传说，只要往里面投硬币许愿，愿望一定会实现。"林槐夏指着一处古香古色的建筑群的方向，兴致勃勃道，"我每次考试前都会过去坐一坐，赞助了学校至少二十块钱的硬币！"

林槐夏嘻嘻一笑："不过那里是女生宿舍，你进不去。"她坏坏地朝他眨眨眼睛。

方渡拿她无可奈何，只能一副认真的模样听她侃侃而谈。对于他来讲，帝大什么样都无所谓，关键是，有她在。

他们本来约好一起考帝大的，是他失了约。

"你不知道，在这里学建筑真的好苦。"正好经过建筑系的大楼，林槐夏跟他抱怨道，"那群人都好聪明，我根本学不过他们。为了保研，我那时候成宿待在图书馆刷题画图，才稳住绩点的。

"我同学都好厉害，随便看两眼教材就会了，真的好厉害。"

在帝大的七年时光历历在目，林槐夏不禁再次感慨。

"要是你在就好了。"林槐夏叹口气，脑袋歪在方渡肩上，"你去许老那里偷题给我。"

方渡好笑道："有没有点出息。"

虽是打趣，方渡却是真的心疼。林槐夏一开始并不打算考建筑系，学习成绩也不行。尤其物理和数学，次次班级垫底。

帝大的建筑系在全国数一数二，对理科成绩要求极高。要不是为了实现他的梦想，她不用这般咬紧牙关拼命学习那些她并不感兴趣的东西。中间吃了多少苦，经历了多少次崩溃，只有她知道。

"真想一起上大学啊。"林槐夏哀怨地叹了一声。

林槐夏歪着头，畅想着两人一起读书一起上大学的美好时光。但人生没法重来，也没有如果，所有的一切都是上天设定好的。虽有遗憾，但她并不后悔。

现在她所拥有的，就是最好的。

林槐夏仰起脑袋看向方渡："在美国读大学好玩吗？"

"没什么好不好玩的，就是读书写论文考试而已。"

"怎么和我差不多。"林槐夏叹口气，她在帝大学习很吃力，所以每天基本都是在拼命学习，根本没有时间做别的事情，"你们不应该有很多聚会，很好玩吗？"

"没去过。"方渡淡声道。

"那岂不是很无聊？"

方渡歪头想了想："确实。"

他那会儿身体不好，对其他事情也没兴趣，每天除了学习就是学习，不然也不会三年修完全部学分申研读博。

"学习果然无聊。"林槐夏笑着总结。

两人在帝大转了一圈，帝大学生社团正在招新，在中心湖环湖支起摊位。

离他们最近的摊位支着喇叭,看到林槐夏他们,拿着喇叭的男生朝两人喊道:"同学,来加我们骑行社啊!"

林槐夏被那声"同学"叫得心神荡漾,她惊喜地朝方渡眨眨眼,满脸写的都是:"他刚刚叫我同学哎,我那么显小吗?"

被那声"同学"搞的,她还真走到骑行社的摊位拿了份宣传单,仔细端详半天。估计是想听更多人管自己叫"同学",林槐夏拉着方渡顺着摊位逛了圈,发现有好多有趣的社团。

动漫社的摊位前一堆穿着漂亮COS服的小姐姐,街舞社前两个帅气小哥哥在跳Popping,还有专门玩剧本杀狼人杀的桌游社,以及只写了四个大字"不想学习"的不学习社……

林槐夏看着那些千奇百怪的社团名,觉得十分有趣。

她默默收回刚才那句话,原来大学生活这么有趣,是她没有一双善于发现的眼睛!

"小姐姐。"突然有人叫住她。

林槐夏疑惑回头,发现一个抱着相机的女生羞涩地站在她身后。

"我是摄影协会的会长。今天要帮学校拍些宣传照,需要个模特,请问可以做我的模特吗?"女生怯生生地看着她,"你如果不介意的话,可以加我个微信,等照片修好后我会传成片给你。"

林槐夏眨眨眼。

见她犹豫,女生锲而不舍道:"我刚刚一直在偷偷看你,你长得好漂亮,真的很希望你能做我的模特。你是怕你男朋友介意吗?小哥哥,能把你女朋友借我一会儿吗?"

女生满脸拜托地望向方渡。

看到方渡的脸,她微微怔了下,有些不好意思地问:"那个……如果你们不介意的话,可以都当我的模特吗?我可以帮你们拍组情侣照,也蛮有纪念意义的!"

呜呜呜,两个人都好好看,她都想拍!

她好贪心,她有罪!

林槐夏抓抓头发，为难道："可以是可以……但是你拍学校宣传照不应该找学生吗？我已经毕业好几年了，不太合适吧？"

"啊！原来是学姐！"女生满脸诚恳，"学姐长得好年轻，我还以为是大一新生呢！"

这话简直戳进了林槐夏的心窝窝里。她害羞道："只要你不介意……我就可以呀。"

"我当然不介意！学姐有没有想拍的地方！我都可以满足！"女生直接被美色冲昏了头。

最后林槐夏和女生敲定了图书馆。

会选那里，一是因为图书馆比较能代表学校，二是因为那里除了学生其他人不能进入，她和方渡正好能蹭个学生证进去看看。

那里是她大学时期，陪她度过最多时光的地方。

女生帮两人借了两张学生证进到图书馆。她轻车熟路地带着两人去了顶层的阅读室。那里存放的都是外文哲学类书籍，去那里看书的学生少之又少，可以供他们随意发挥。

林槐夏还是第一次给人当摄影模特，根本不知道该如何摆姿势。

好在女生经验丰富又有耐心，指导她动作。

正是夕阳时分，阳光顺着大片的落地窗投下光影，林槐夏捧着一本书，眼帘微垂，细碎的发丝被微风拂起，画面静谧而美好。女生从书架之间找好角度，"咔嚓"一声，将眼前的美景悉数记录在相机之中。

方渡静静看着眼前的人儿，喉间微滚。

拍好照片，她拿给林槐夏看。

女生拍照技术极好，她拍的照片甚至不需要后期，可以直接当作成片来用。

"学长，你不和学姐一起拍几张吗？"拍完单人照，女生小声问方渡。

方渡不爱拍照，他一直安静地立在旁边，耐心地陪伴着林槐夏。

方渡笑容清浅地朝女生摇摇头。

女生用相机朝他比画了两下，遗憾地叹口气："太可惜了。你们两人一起拍肯定特别好看。

"大学时期相知相爱，互相陪伴对方步入社会，这种爱情太美好了吧！"女生满脸甜蜜地捧着相机，也不知道在脑补些什么。

但她的这番话令林槐夏十分动容。林槐夏扯了扯方渡的衣袖，俏皮地朝他眨眨眼："学长，陪我拍两张吧。"

她好想和方渡一起念大学呀。

就算现实不允许，可如果能用拍照的方式来实现，也没什么不好。方渡见林槐夏满脸期许地望着自己，哪里舍得拒绝。

女生站在一旁看着两人间的小互动，疯狂"星星眼"。

越是那些不经意间的小细节，才越能体现出两人真正的感情。

男生一般都不太会拍照，更何况是不喜欢拍照的男生。女生干脆没指导动作，就让两人自然相处，她自己找角度。

这种拍照方式效果很好，很快，她就拍了几十张照片。

女生对这些照片十分满意，那种真情实感的喜欢从画面中溢了出来，不是随便摆摆动作就能表现出来的。

拍完照，女生加了林槐夏的微信，答应出成片后发给她。

林槐夏想带着方渡在图书馆里再逛一逛，便和女生道别。

帝大的图书馆很大，除了阅览室和自习室外，还有一片专门的区域给艺术系的学生做展览。

两人在图书馆里转了一圈，最后停在了存放建筑书籍的阅览室中。

走得有点累，林槐夏和方渡一人找了本专业书翻看起来。也不知看了多久，林槐夏恍恍抬头，朝方渡扬起一抹苦笑。

阅览室里人不多，林槐夏将声音压至最低，只有两人能听到："我们不是来参观的吗？怎么又开始看专业书了？"

方渡回过神，发现她说得挺有道理。

两人相视一笑，双双叹了口气。

"肚子饿了，我们去吃饭吧。"林槐夏合上书，"我请你吃食堂。"

"好。"

两人把书放回书架。

方渡挑的那本书存放的地方比较偏僻。夜幕降临，书架隐在漆黑的角落中，只剩几片光影与黑暗交织在一起，隐隐晃动着。

阅览室里的学生很少，坐得也离这里很远。

方渡将书插回书架中，歪头睨了眼林槐夏。

"你说，我们上大学时候除了学习，没做过别的事，是不是有点可惜？"方渡问。

林槐夏丝毫没有注意到他的用意，点点头："确实。我今天才知道有那么多好玩的社团，早知道当时就加个社团了……"

"还有别的好玩的事情。"

"嗯？"林槐夏疑惑地歪过头，"比如？"

"比如……"方渡轻轻扬起唇瓣，将她拉入怀中，"谈恋爱。"

炽热的吻落了下来。

林槐夏紧紧抱住怀中的书籍，被他抵在书架上。大概是环境的缘故，明明两人都快结婚了，她却莫名有种刚在一起时的紧张与兴奋。

林槐夏能听到自己心脏猛烈跳动的声音，她清楚这里不会有人发现他们，却又害怕会被发现。

她一动不敢动地窝在他的怀中，小心翼翼地回应着他的吻。

青涩，而又炽烈。像极了少年少女间暧昧的情愫。

大概大学时的爱恋，就是这种感觉吧。

不知过了多久，两人的呼吸都变得细碎。

方渡松开她，却没完全放开。他抱着她，两人的心脏狂烈地跳动着。

林槐夏的脑袋垫在他的肩窝上。她不想显得太局促，故作轻松道："大学生谈恋爱就是这种感觉吗？"

方渡轻轻笑了一声。

沉默片刻，他轻声道："或许……不止。"

林槐夏疑惑地眨眨眼。

方渡将她抵在角落的书架上，指尖慢悠悠地摩挲着她腰间细嫩的肌肤："我在美国读书的时候，虽然没有体验过，但是见过。"

阅读室里不让说话，他的声音压得很低很低，只有他们两人能听到。

图书馆的冷气开得很足，林槐夏却觉得身上滚烫。心脏随着燃烧的温度逐渐加快速度，她生怕方渡一不注意就越过界。

"见过什么……"她低声问。

虽是这样问，她心里早已有了答案的轮廓。

方渡抵在她耳边，轻轻说了些什么。

林槐夏的耳尖一下子烧红了。她嗔怪地瞪他一眼，伸手推了推他的肩："别太过火。"

方渡自然不会那样做。他弯了弯唇，露出一个遗憾的表情，松开她："可惜了。"

番外三
订婚篇

01

知道方渡求婚成功后，程栖泽给方渡打了个电话。他很敷衍地恭喜了下，而后告诉方渡，自己给他准备了个订婚礼物。

方渡正准备拒绝，听到门铃声。他把看了一半的书放到茶几上，过去开门。

"我这个礼物，你肯定会收。"程栖泽淡声道。

话音刚落，方渡便看到一堆人抬着一个巨大的箱子站在门口。

他微微皱了下眉，往旁边给他们让出地方。几人小心翼翼地将箱子搬进屋里，拆掉包装。

方渡："……"

听到听筒那边的沉默，程栖泽猜他多半是看到了。

他得意扬扬地问："怎么样，喜欢不？"

"阿泽。"方渡无语，"把别人的东西送回来，可不叫礼物。"

摆在他面前的，正是他之前送给程栖泽的订婚礼物。

他亲手做的古建模型。

程栖泽"喊"了一声，散漫地靠在老板椅上："能还给你就不错了，要求还挺多。"

"你这破玩意儿在我家太占地儿了，不能磕不能碰，太金贵了。正好你要结婚，赶快给你还回来。"程栖泽喋喋不休，"运输费还收了我不少钱，你当随份子吧。"

　　方渡轻轻笑了一声。

　　家里空间不大，只能暂时放在地上。

　　方渡蹲下身，细细打量着玻璃盒中的古佛殿模型。

　　这是他在美国独自养病时，闲来无聊，亲自画的设计图，亲自寻的木料，打磨、搭建，全部由他亲自完成。对他来说，意义非凡。

　　"谢谢。"方渡笑了笑，对程栖泽道，"我很喜欢这个礼物。"

　　程栖泽本来送这个就是为了气他的，没想到方渡会道谢。

　　他轻轻咳嗽两声："……不逗你了，等你婚礼再送个大礼。"

　　顿了顿，他对方渡道："好好照顾她。新婚快乐。"

02

　　求婚成功后，方渡要带林槐夏回老宅见家长。

　　林槐夏嘴上答应，但每次方渡和她约时间，林槐夏总是以各种理由推掉。

　　这次程鸿晟请了人算日子，她没法再推了。

　　方渡看出林槐夏并不想和他回家，问她到底怎么回事。

　　林槐夏扭捏半天，终于小心翼翼道："我上次去，是和程栖泽订婚的时候……"她像只泄了气的皮球窝进沙发里，把脸捂上，"你爷爷该怎么想我呀……"

　　方渡坐到她身边，揉揉她的脑袋："瞎想什么，爷爷很喜欢你。"

　　"怎么可能呀。"林槐夏欲哭无泪。

　　方渡掰开她捂在脸上的手。林槐夏脸颊绯红，眼角氤氲着水汽，十分惹人怜，看样子是真哭了。

　　她不知道该怎么面对他的家人。上次见面，她是以程栖泽的未婚妻身份去见的程家人，这回……

　　林槐夏不敢想了，这么狗血的事情电视剧都不敢演，怎么会发生在她身上。

方渡把她抱进怀里,轻轻抚着她的背,不再逗她:"没事的,我都跟爷爷说过了。"

林槐夏抱着他,顿了顿:"……都说过了?"

"嗯。"

"都说了是说了什么?"林槐夏小声问道。

"就是全都说了。"方渡浅浅笑道,"我和他说,我要娶自己从小喜欢到大的小姑娘,我很喜欢她,她也喜欢我。也和他说了你和阿泽之前的关系。"

"都说了?"

"嗯,都说了。"

"那……爷爷怎么说的?"

"爷爷说啊——"方渡故意拖长尾音,顿了顿。见林槐夏抬起头瞪自己,他弯起眸,慢悠悠道,"爷爷说他记得你,很喜欢你。"

"真的?"

"真的。"

"你没骗我?"林槐夏不确定地问了一遍。

"我不骗你。"方渡点点头,笃定道,"爷爷说比起这个,他更在意别的事。"

林槐夏从他怀里挣扎起身,双手环在他的脖颈间,仰起头问他:"爷爷说什么了?"

"想听?"

林槐夏气呼呼地瞪他一眼。这都什么时候了,还逗她故意卖关子。以后就是一家人了,她当然在意爷爷对自己的看法。

方渡瞧她满脸期待的模样着实可爱,忍不住逗她。他故意别开视线,看了眼时间,转移话题道:"再不走就来不及了。"

他一边说着,一边松开林槐夏,起身收拾东西。

林槐夏见他故弄玄虚,凶巴巴道:"方渡!你不告诉我,我就不去了。你自己和自己结婚去吧!"

方渡懒懒地倚在五斗柜边上，笑着问："真想知道？"

"当然啊！"林槐夏盘腿窝在沙发里，仰头瞪他。

方渡朝她勾了勾手指，笑容惬意："你过来亲我下，我告诉你。"

林槐夏："……"

之前怎么没发现他这么无赖。

但林槐夏是真的担心自己给程爷爷留下不好的印象。她想知道程爷爷到底对她是什么态度。

权宜片刻，她决定暂时容忍他的无赖，不情不愿地蹭到他身边，解气似的咬了下他的脸颊："快说。"

方渡轻轻笑了笑，顺势将她抵在柜子上，他低头亲了亲她的唇，笑着问："这是你求人的态度吗？"

林槐夏窝在他的怀中，仰起头，怒目圆睁地望着他："我还可以态度更差点。"

方渡笑意更甚，在她耳边轻声道："爷爷说，他更在意什么时候能有曾孙子抱。"

林槐夏："……"

和方渡到北郊的程家老宅时已然临近中午。

这次来程家老宅，林槐夏比上次还要紧张。她特意准备了一套得体的素雅长裙，并花了两个小时化了个极精致的妆容。生怕哪点做得不够好，给程爷爷留下不好的印象。

天气很好，明亮的阳光照得翠绿的树叶发亮，在鹅卵石铺成的小路间映出斑驳交错的阴影。

精巧雅致的建筑与绿树红花交相辉映，每一处的景色都清幽别致。

一切都很完美。

希望程爷爷的心情也如今天的天气一样美好。

林槐夏胡思乱想着，手掌沁出点点汗意。

方渡牵着她的手，歪头睨她一眼。

林槐夏对上他的目光，见他唇边带着清浅又有点揶揄的笑意，就知道这个男人今天是指望不上了。

他压根就不知道事情的严重性。

听说两人已经到了，程鸿晟顺着后院的小花园出来迎接。看到两人，程鸿晟阔步迎上。他的气色红润，意气风发，根本看不出大病初愈的模样。

方渡松开林槐夏，上前搀扶程鸿晟，笑道："不是让您在客厅等我们？您刚出院，不要乱走动。"

程鸿晟爽朗地笑了笑，拍拍方渡的手："不碍事。医生让我多晒晒太阳，我就当出来散步了。"

说罢，程鸿晟将目光落在林槐夏身上。不似先前那般锐利的探究，程鸿晟的目光温和，道："之前就觉得你气质像清儿，阿渡说了，才知道你们是一起长大的。"

他伸手拍了拍林槐夏的手，似是安抚："阿渡这些年不容易，谢谢你的照顾。"

林槐夏腼腆地笑了下。

她担心的事都没有发生。几人默契地没有提及她和程栖泽的事，从程鸿晟的态度林槐夏也能看出，他确实像方渡说的那样，很喜欢自己。

林槐夏暗暗放下心来。

吃过午饭，程鸿晟找人来给两人算好日子。

一切妥当后，他乐呵呵地拽着方渡陪自己下棋去。

林槐夏乖巧地跟在旁边看了会儿，看不太懂，便回了客厅。

客厅与阳光房相连，绿叶掩映间，她看到阳光房里那个陈列了许多木质工艺品的百宝格。百宝格的最上方，是一个被涂得花花绿绿的凉亭模型，歪歪扭扭地立在格中，似乎随时都会坍塌。

这个应该是方渡小时候做的。

林槐夏弯了弯眸，走到百宝格旁，踮起脚，将凉亭模型拿了下来。

"你可真有手段。"身后传来清清冷冷的女声。

林槐夏回过头，发现傅静安斜倚在客厅门口，微眯着眸子，满是审视意味地盯着她。

"阿姨。"林槐夏礼貌地打了个招呼，并不想和傅静安有过多的接触。

这次回来，只有程鸿晟和程文慎夫妻在。方渡的父亲在国外，等两人结婚时才会回来。

程栖泽怕尴尬，随意找了个借口没有回家。

程鸿晟并不想插手小一辈的事情，他对林槐夏印象不错，了解具体情况后也就当作什么都不知道，难得糊涂。

程文慎之前没见过林槐夏，不清楚她和程栖泽的事，只觉得她举止得体，和方渡相配。

只有傅静安，看林槐夏十分碍眼。

吃饭的时候她不好说些什么，现在两人单独相处，她不免奚落一番。

在她看来，林槐夏的出身和程家并不相配。当初扒着程栖泽想上位没成功，现在又傍上了方渡，实在心机深沉。

傅静安踱到林槐夏身边，她穿着高跟鞋，居高临下地审视着林槐夏。

林槐夏并不畏她，回以微笑。

傅静安看不上她。林槐夏很早前就知道。之前是不得不收敛羽翼，这回，没有必要。

"阿渡和阿泽心思都很单纯，你倒是挺会使手段。"

"阿姨，不要说得好像他们两个没有脑子一样。"林槐夏笑意清浅，把玩着手中的模型。她心想着一会儿怎么拿这个丑萌丑萌的模型嘲笑方渡，压根儿没将傅静安放在心上。

傅静安轻哂。

林槐夏没有表面那么单纯无害，傅静安一直都清楚。

"另外，就算我和方渡结婚，我们也管您叫婶婶，不是妈。"林槐夏语气轻松，故意提醒傅静安，她管得太宽。

521

傅静安笑了笑，丝毫不理会林槐夏的伶牙俐齿："阿渡是我们程家人，他母亲不在，这种事我理应帮他把关。"

"确实。"林槐夏点点头，语气温软，"如果方姨还在，我也不用费心思应付您了。她比您，更像母亲。有这时间管闲事，您不如多关心关心程栖泽。"

"我们家的事，还轮不到你来指指点点。"傅静安双手抱臂，冷哼一声。

林槐夏笑了："那我和方渡的事，也轮不到您来指指点点。"

"你——"

"之前碍于您的身份，我不好说什么。这回说难听点，我和您没有任何关系。"林槐夏敛起笑意，平淡地看向傅静安，"所以我想告诉您，我对你们程家完全没有兴趣。我和方渡结婚，是因为互相喜欢。您把心思放在我身上，还不如好好关心下程栖泽，争取给他找个让您满意的儿媳，不是吗？"

傅静安没说话，冷冷地睨着她。

林槐夏舒了口气，再次朝傅静安扬起一抹清浅的笑意。

"槐夏。"电光石火间，门口传来一声清朗的男声，打断屋内微妙的气氛。

林槐夏抬起头，朝站在门口的方渡扬起笑："你不是在陪爷爷下棋吗？"

"爷爷睡午觉去了，让我带你在家里转转。"他朝林槐夏招了招手，和傅静安打了个招呼，"二婶。"

傅静安微微点头表示答应。有方渡在，她不好说什么，只得越过两人，出了客厅。

林槐夏走到方渡身边，方渡自然地将她搂进怀里："我带你去花园转转？外面阳光不错，可以晒会儿太阳。"

林槐夏点点头："好啊。"

两人默契地没有提及刚才在客厅中的事情。林槐夏窝在方渡的怀中，扬起手里的模型给他看："你做的？"

"嗯。"方渡睨了眼自己的黑历史，不忍直视。

林槐夏促狭地弯了弯眸："原来你小时候手工这么差。"

在苏镇的时候，方渡也爱做些小模型玩。那会儿他已经技艺纯熟，每次做出来的小模型惟妙惟肖，林槐夏那时候嫉妒得要命，觉得他不仅长得好学习好，竟然连手工也做得这么好，好像这世上根本没有他不会的事情似的。

"是啊，和你小时候做的那些不相上下。"

林槐夏没想到他这会儿还要带着自己一起损，凶巴巴瞪他一眼。她摆弄着小模型，问："我可以拿回家做纪念吗？"

"可以。"方渡轻笑一声，"不过拿它做什么？"

"很可爱啊。"林槐夏弯起眸，"想不到你也有这么可爱的时候。"

两人在花园里转了一圈，程家老宅的后花园比林槐夏想象中还要大很多。

之前来得匆忙，她根本没好好欣赏过，这次和方渡一起走，才发现廊亭水榭间设计精巧，自有一番风趣。

走累了，方渡带她在一处隐蔽的长廊停下休息。廊下是一条清澈的小溪，溪中鱼儿成群结伴地游动。

下午的阳光太毒，林槐夏感觉自己快要被晒化了。幸好方渡找的地方有一片荫凉，清风拂过，十分舒畅。

"我小时候很喜欢来这里发呆，睡午觉。"方渡对她道，"这里景色又好，又不会被人看到。"

方渡不知道从哪儿找到一包鱼食递给林槐夏："我以前喜欢把鱼食藏在石头底下，这样就不用回屋取了。没想到他们现在也放在这里。"

他取了一小把鱼食，抛在水中。漂亮的锦鲤瞬间聚了过来，眼前一片金红色，鱼尾摆弄起阵阵涟漪。

林槐夏双脚悬空坐在廊椅上，看着脚下一圈圈金红色的涟漪，不禁弯起眸。她抓了把鱼食，抛向远处，那几尾锦鲤扭动着身体，很快便游向远处，聚在一起。

林槐夏玩得开心，又朝另一边撒了鱼食。

"别喂太多。"方渡笑道，"之前我喂死过爷爷好几条锦鲤。"

林槐夏手上动作顿了顿，疑惑地歪过头："那怎么办？"

"能怎么办？挨顿打呗。"

林槐夏一听，立马收起手，像个做错事的小孩儿般战战兢兢地望向方渡。

方渡被她胆战心惊的模样逗笑，抬手刮了下她的鼻梁："放心，爷爷舍不得打你。就算打，也是打我。"

林槐夏觉得有道理，连忙把手里剩下的鱼食塞进方渡手里，朝他比了个"人证物证俱在，你别想抵赖"的眼神。

方渡笑了笑，将鱼食收了起来。

"爷爷让我问你，要不要搬回老宅住。"

林槐夏眨眨眼："爷爷真的这么说了？"

同意两人回来住，就意味着程鸿晟真的接纳了她。

方渡点头："嗯，爷爷很喜欢你。"

"我也很喜欢这里，不过……"

不过她不想和傅静安打交道。

方渡知道她有顾虑，不想强迫："没事。爷爷说不住这里也没关系，常回来看看他就行。"

林槐夏仰起头："你怎么想的？"

方渡敛眸看着她。沉默片刻，他轻轻弯起唇，低头亲了亲她："我都听你的。"

林槐夏脸颊微微泛红，害羞地把脑袋埋进他的臂弯中。

眼前景色清雅。

林槐夏静静打量着。

这里是他的家，是他长大的地方。她努力观察着每一处，好像能从中寻到他成长的痕迹。她幻想着一个长得极好看的"小团子"在这里跌跌撞撞学步，在山石树荫间又跑又跳，一定是很幸福的童年。

只可惜那个时候没有她的参与。

不过没关系,未来属于他的每个时刻,都有她陪伴。

林槐夏玩着手中那个小小的模型,不由得翘起嘴角。

独家番外
周年礼物篇

  结婚后,两人并没有搬回程家老宅住,而是在设计院附近买了套平层公寓。公寓要比林槐夏租住的小一居大了不止一星半点,而且是高层,站在落地窗前可以俯瞰帝都古城墙,林槐夏很喜欢这里。

  婚后其实没有什么不同。毕竟两人从小一起长大,即使中间分别了多年,但生活习性上没有太大变化。两人早已习惯了彼此在身边。唯一变化的不过是身份的转变,他们成为名副其实的一家人。

  方渡和朋友合伙创办的设计事务所进展顺利,偶尔偷闲,他还会提早下班去设计院接林槐夏一起回家。两人一起逛超市,一起做饭,一起散步,日子平淡,却温馨幸福。

  从超市回来,林槐夏说身体不太舒服。方渡便让她回房间休息,自己去厨房做饭。

  这段时间林槐夏身体状况很差,嗜睡,吃不下饭,总是觉得很疲惫,就连月经都很久没有来过了。但她没多想,最近有个要得急的项目,新来的助理设计师又什么都不会,帮不上忙,她一个人忙得不可开交,只觉得是熬夜和焦虑造成的抵抗力下降。

  项目在收尾阶段,过几天就能稍微轻松些了。正好赶上结婚一周年,她和方渡说好找个地方度假,好好休息休息。

卧室的大门敞开着，能听到厨房的动静。林槐夏躺在床上，听着厨房那边传来的隐约声响，漫不经心地玩着无名指上的戒指。

时间过得真快，两人结婚竟然已经快一年了。

林槐夏睡不着，干脆趿上拖鞋，去厨房找方渡。

林槐夏胃口不好，他只准备了青菜和白粥，让她好好养养身体。

见她过来，方渡颇为讶异地抬了下眉梢，问："怎么出来了？"

"睡不着。"林槐夏回道。她像个领导似的审查一圈，不免皱起眉头，"怎么又喝粥啊。"

"你身体不好，先养一养。养好了想吃什么我带你去。"方渡指了下电饭煲，"我放了冰糖和莲藕。藕是前两天郑昊专门从苏镇寄过来的嫩藕，你不是一直想吃？"

林槐夏一直很喜欢吃林奶奶煮的莲藕粥。不过北方的藕没有南方的好吃，她在这边就很少吃了。没想到方渡一直记着，还专门找人寄过来。

"你最好了。"林槐夏眉眼一弯，环上方渡的脖颈，亲了下他的下巴。

方渡手上沾着洗菜时的水渍，没有碰她，只低下头轻轻回应了下："行了，你在餐厅乖乖等我，菜马上就做好了。"

"不要。"林槐夏舍不得松开他，脑袋靠在他怀里撒娇。

方渡好笑道："那你就这么挂我身上，看我做饭？"

"好呀。"林槐夏笑嘻嘻地点点头。

她抱着方渡，肆无忌惮当起人形挂件。方渡身上挂着个人，想好好做饭已然困难，可林槐夏不仅不收敛，还故意给他增加难度，要不就是藏起调料罐让他找半天，要不就是趁他不注意偷吃颗洗好的小西红柿。

方渡拿她没办法，只能好脾气地任由她玩闹。

忽然，方渡手机响了。林槐夏伸手过去拿他的手机："谁呀。"

看到来电显示，方渡匆忙放下锅铲，从林槐夏手里抽走手机："没谁，一个客户。"

他把电话摁掉，若无其事地继续做饭。

"客户的电话不用接吗？"林槐夏疑惑地问。

方渡笑道："这会儿是下班时间，我也得有自己的私生活陪老婆啊。"

他低头亲了下林槐夏。林槐夏仰着头，狐疑地看了看他。莫名觉得方渡的态度怪怪的。

还没等她思考出任何头绪，突然一阵反胃。林槐夏受不了厨房的油烟味，干脆逃到餐厅。宽敞的空间里空气新鲜，林槐夏深呼吸了好几口，才勉强缓了过来。

见她这么难受，方渡担忧地蹙起眉："要不明天请个假，去医院看看吧？"

林槐夏摇摇头，说："没事，就是最近太累了。等这个项目结束就好了。"

方渡："做完这个项目你和魏老请个假，好好休息几天。"

林槐夏笑着应下："嗯。这周末小荷不是办单身派对嘛，正好放松下。"

一提这个，方渡想起来什么似的，抱歉道："嗯……这周末我没法陪你去了，一个人去可以吗？"

林槐夏眨眨眼："你不去了吗？"

"手头的项目最近在赶进度，周末也得过去。"

"刚刚那个客户的项目？"

"嗯……"方渡含混地"嗯"了一声，将饭菜端到餐桌。他坐到林槐夏对面，帮她将碗里的粥轻轻吹凉，确认温度合适后，才递给林槐夏，"尝尝新采的藕好不好吃。"

林槐夏小口抿着粥。

方渡的电话再次响起，他扫了眼，对林槐夏道："我去接个电话。"

林槐夏默许后，他拿着手机进了书房，并关上了房门。

林槐夏的目光随着他一同抵达书房门口。

是她想多了吗？平日里方渡接工作上的电话也会稍微背着她，但顶多是到客厅的位置，不会像现在这样，专门走到书房还关上门。而且她刚刚不小心扫到了手机上的备注，好像是什么"秋灵"。

女客户？需要背着她接电话的女客户？

林槐夏知道方渡最近在忙一个很大的项目，前段时间一直加班，回家很晚。最近也是因为她身体不舒服，才尽量早些回家陪自己的。她之前没想太多，毕竟她也经常加班忙工作。可今天方渡的反应太反常了。

林槐夏摇了摇脑袋。瞎想什么呢，方渡又不是那种人。

"夏姐，男人都是会变的。我劝你还是好好看紧点渡哥吧，不然哭的人是你。"齐家坤灌了口威士忌，搂着旁边娇俏的女伴，朝林槐夏笑嘻嘻道。

"瞎说什么呢！"宋荷坐在林槐夏身边，瞪了齐家坤一眼，"渡哥是那种人吗？再说了，姐姐马上也要结婚了，你能别让我们几个恐婚吗？"

市中心的酒吧，音浪阵阵，灯光迷离。宋荷包下整个酒吧办单身派对，来的都是她在帝都的好友。虽说都是熟人，但酒吧里人影绰绰，丝毫不比平时营业时人少。林槐夏不得不佩服宋荷的社交能力。

宋荷回国没多久，在一次画展上认识了她现在的未婚夫，是名律师。男人虽小她几岁，但两人志趣相投，聊得十分愉快。男人温柔会照顾人，又懂浪漫，宋荷很快便与他坠入爱河，交往小一年后，终于决定结婚。

齐家坤嘻嘻一笑："这不是让姐姐们多注意注意嘛。"

宋荷翻了个白眼，搂住林槐夏的肩："你别搭理他。跟这儿听他胡诌，还不如回去问问渡哥怎么回事。"

"算了，应该就是我想太多了。"林槐夏摇摇脑袋，努力将这事抛诸脑后。她平时很少过问方渡工作上的事，也从未像现在这般草木皆兵。她清楚方渡的为人，不会做对不起自己的事。可不知道是不是最近体质变差的原因，她的心思也跟着敏感多疑了许多，才会总是捕捉那些细微的事情，串联成另一个故事。

她把这事讲给宋荷，想问问宋荷的意见，没想到旁边的齐家坤正好听到，便不靠谱地加入群聊。

宋荷抿了下唇，对林槐夏道："不过……女人的第六感一向很准。如果你觉得他有事瞒着你，那一定是瞒着你。我建议你还是尽快和渡哥好好聊一聊。"

林槐夏恹恹地点点头。她不想再思考这件事，太消耗情绪了。

齐家坤要了两杯香槟给两人："行了，我请你们喝酒，两位姐姐就别想不开心的事了！男人嘛，就是用来给姐姐们开心的！"

宋荷好笑道："还挺会说话。不过这酒，该是我请的才对吧？"

宋荷包场，自然全部酒水算在她的名下。

齐家坤嬉皮笑脸："嘿嘿，借花献佛，借花献佛嘛。"

宋荷嗔怪地睨他一眼，将酒一饮而尽。她把另一杯递到林槐夏面前："你喝了一晚上果汁了，来杯酒吧。"

林槐夏摆摆手，正要拒绝，浓重的酒精味钻入她的鼻腔，她胃里一阵翻江倒海。她手忙脚乱地捂住嘴，跑到卫生间。

"没事吧？"宋荷跟到卫生间，满脸担忧地问。

林槐夏接过她递来的矿泉水，摇摇头："一直不太舒服，刚刚那个酒味有些冲。"

宋荷望了她一眼，欲言又止："你……是不是怀孕了？"

"不、不会吧？"林槐夏顿了顿，伸手摸摸平坦的小腹，"应该……不是吧？"

"你最近月经正常吗？"

林槐夏噎住。她之前经常月经不调，所以并没在意，但是宋荷这么一提，结合她最近的身体状况仔细想来，确实是怀孕的症状。难道……真的怀孕了？！

她有点难以置信。之前两人认真备孕过一段时间，可一直没有结果。后来两人工作都忙了起来，这事就被搁置了。没想到无心插柳柳成荫……

酒吧待着实在难受，林槐夏便没久留，正巧方渡那边忙完，她便叫他接自己回家。

两人回到家后，林槐夏早早休息，一直睡到第二天中午才醒过来。

她迷迷糊糊地想起昨晚的事，想叫方渡陪自己去趟医院做检查，看看是不是真的怀孕了。可叫了半天，她才发现方渡已经离开。

她趿着拖鞋走出卧室，远远瞧见餐桌上留给她的早饭。林槐夏皱了皱眉，走过去，发现方渡给自己留了纸条。

又是忙项目。

到底是什么项目让他周末两天都不休息，那个"秋灵"就比他老婆重要吗？！

林槐夏气呼呼地将纸条揉成一团，丢进垃圾筐。她本来就没胃口，再加上生气，更不想碰他准备好的饭菜。

林槐夏随便换了身衣服，一个人懒得走太远，她到小区附近的药店买了验孕棒。

原本怀孕是件开心的事，可当她看到验孕棒上的两条杠时，心情却莫名变得五味杂陈起来。

她一想到自己得知怀孕时是一个人，而方渡正陪在他那位"重要的客户"旁，她就觉得很委屈。是不是以后做检查，她也是一个人去，而方渡陪着他的"秋灵"？

林槐夏越想越难受，前段时间无数相处细节被她回忆起来，刚开始她全都没当回事，可现在细想起来，很明显方渡在瞒着自己什么。

心脏像是被无数根细线勒住，疼得窒息。难道真像齐家坤说的那样，方渡对她已经腻了，有了别的女人？

林槐夏甚至想到了前段时间陪周苒苒看的那些狗血电视剧，男人因为老婆怀孕耐不住寂寞，在外偷腥。

不能再想下去了。林槐夏使劲晃了晃脑袋。

她多半是因为怀孕才这么敏感多疑，不能这样。

她把验孕棒扔到卫生间，准备回卧室。

走到卧室门口,林槐夏瞧见书房半掩的门。实在没忍住,她还是走了进去。

她在书房转了几圈,仿佛想要找到某些蛛丝马迹。等她回过神时,她才好笑地意识到,平时书房她都是随便进的,方渡哪可能在这里藏秘密。

她随手翻了翻桌上的书,里面夹了半张素描纸。林槐夏微怔,将纸抽了出来。

那是她很早很早以前拿方渡的素描本画的房子。

那会儿她年纪还小,画的房子结构也不精准,但却是她的梦想。那会儿她瞧见电视剧里的主角住在一片薰衣草庄园里,她便幻想着自己也能住在那样的地方。庄园不用太大,里面种满了薰衣草,有一套二层的小别墅,每层都有大大的落地窗,可以看到屋外暖洋洋的阳光和大片的薰衣草。

她还想养一只猫,下午阳光温暖,坐在窗边的摇椅上,她看书,小肥猫就趴在她的腿上睡觉。

一想起年少时不切实际的梦,林槐夏不由自主地翘起唇瓣。她轻轻拂过纸上的铅笔线条,仿佛透过这幅画风稚嫩的画,便能看到那般温馨美好的场景。

没想到方渡一直留着这幅画。

林槐夏思绪纷繁,她想起幼时美好的点滴,又想起两人热恋时的场景,而现在,他却有了瞒着自己的事。

或许这才是现实?年少时的梦总是美好易破碎的,成年人的世界总是复杂的。

"你在这里鬼鬼祟祟做什么呢。"背后响起一道清朗的声音,打破林槐夏的胡思乱想。

她回过头,发现方渡不知道什么时候已经回家了,正笑眯眯地站在自己身后。

林槐夏连忙站起身,揉了揉眼睛,将那张画背到身后:"我哪有鬼鬼祟祟。"

"那你在藏什么？"方渡好笑地望了望她身后。

"我才没有藏。倒是你，在藏什么呢。"

"我藏什么了？"方渡疑惑地走到林槐夏的身边。

"我都看到了。"林槐夏理直气壮地朝他扬了扬下巴。反正做错事的是他又不是自己，自己有什么好藏着掖着的，"你最近的项目是个女客户吧？那么上心，你是不是外面有别的女人了？"

方渡微怔，他抬手刮了下林槐夏的鼻梁，笑道："想什么呢。"

"别想骗我，我看到了。那个人叫'秋灵'吧？"提起这个，她的眼眶不争气地泛红，眼泪扑簌簌地掉了下来。

方渡见她哭了，心疼得要命。他把林槐夏抱进怀里，温声道："胡思乱想什么，不是的。"

"那在你瞒着我什么呢，你最近对我好冷淡。"

"我哪有。"方渡好笑地揉揉她的脑袋，没想到她对自己竟然有这么严重的控诉，"我带你去个地方，你就知道了。"

林槐夏没想到方渡带自己去的地方这么远。她在车上昏昏沉沉睡了好几觉，直到她被颠醒。

林槐夏朝四周望了望，他们好像进了郊区的山里，四周绿植茂密，在阳光的照耀下，投下斑驳的树影。

又开了许久，车子终于在一处镶金铁门前停了下来。

随方渡一起下车，林槐夏便看到一个五大三粗的男人打开铁门，朝两人走了过来："渡哥，我刚看到你消息，你怎么又回来了？放心，我看着他们的，家具绝对按你的要求放。"

见到林槐夏，男人愣了下："这位是……嫂子？"

方渡点点头，给林槐夏介绍："这是我朋友，专门搞装修的，杜秋灵。"

林槐夏："？"

杜秋灵见林槐夏一脸茫然，哈哈笑了两声，朝她伸手："嫂子是不是也觉得我名字像女孩儿？之前老被他们嘲笑，我都想改名了！"

林槐夏这才知道，她确实错怪方渡了……

她讪讪地与杜秋灵打了个招呼，抬眼便见到方渡一脸玩味的笑意。她嗔怪地瞪他一眼。

杜秋灵并未瞧见两人间的小动作，热情地对林槐夏道："嫂子，本来渡哥说你们结婚纪念日才过来，里面还没弄完，你别嫌弃。我先带你进去参观下？"

林槐夏点点头，搞不懂方渡到底在瞒着自己什么。

等她随着杜秋灵进入铁门，林槐夏才惊讶地发现，里面是一片薰衣草庄园。入眼是一片淡淡的紫色，随着微风摆动。中间一道石板路，通向不远处的二层别墅。

一切都和她小时候梦想中的家，一模一样。

"这地方是我妈留下的，我重新画了图纸，找人翻新了一遍。"方渡笑着解释。

杜秋灵在一旁搭话："是的，嫂子！工程量特别大，渡哥忙活好久呢。"

林槐夏看了看两人，不禁笑出声。

方渡好笑地瞟她一眼："完全是照着你的想法设计的。二层的玻璃天窗他们都不让我弄，我争了好久，他们才想出解决方案。"

林槐夏想起小时候，自己执拗地撑着下巴，幻想着未来居住的庄园，要能枕着满天星河入眠，脸颊便不由自主地滚烫起来。

眼前的一切就像是她梦中的场景映入现实，她不敢相信这一切都是真实的。

"本来是想等全部弄好，结婚纪念日再带你来，给你个惊喜的。可今天这情况，我看再不带你来，我要连老婆都没了，更别说什么结婚纪念日了。"

林槐夏脸颊通红，嗔怪地瞪了方渡一眼。

方渡将她抱进怀里，轻声道："一周年快乐。"

林槐夏把脑袋埋在他的怀里，羞赧地回道："一周年快乐……谢谢你的礼物，我很喜欢。"

方渡轻轻笑了一声。他的手小心翼翼放到她的小腹上,语调温柔:"也谢谢你的礼物,我也很喜欢。"

<全文完>

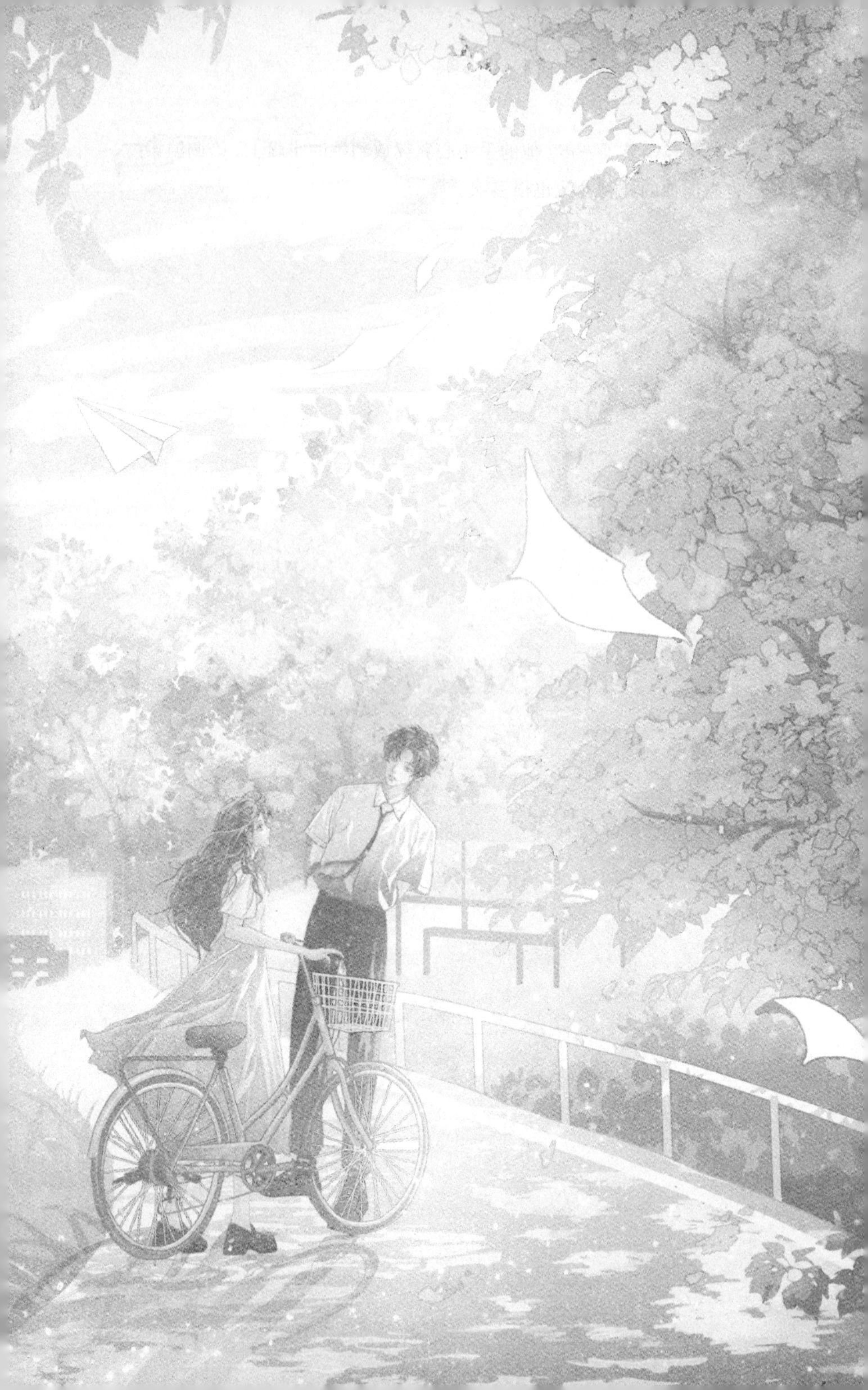